ullstein

CHRISTIANE LIND liebt es schon ihr Leben lang, Geschichten zu erzählen. 2010 veröffentlichte sie ihren ersten Roman, auf den zahlreiche weitere folgten. Die promovierte Soziologin interessiert sich für Auswandererschicksale, seitdem ihr Großvater von seinen Plänen berichtete, in den 1950er Jahren nach Australien auszuwandern. Die Familie blieb in Deutschland, aber das Interesse an fernen Ländern hat die Autorin nicht losgelassen. Für ihre Doktorarbeit lebte sie längere Zeit in den USA, von wo aus sie viele Reisen unternahm. Wenn sie nicht schreibt, spielt sie Doppelkopf, verbringt Zeit auf dem Pferderücken und liest viel. Einige Jahre lebte sie in Bremen, und die Stadt an der Weser gewann ihr Herz.

CHRISTIANE LIND

Weser-leuchten

Aufbruch in eine neue Welt

Ullstein

Besuchen Sie uns im Internet:

www.ullstein.de

Wir verpflichten uns zu Nachhaltigkeit

• Papiere aus nachhaltiger Waldwirtschaft
und anderen kontrollierten Quellen
• ullstein.de/nachhaltigkeit

MIX
Papier
FSC FSC® C021394

Originalausgabe im Ullstein Taschenbuch
1. Auflage März 2025
© 2025 Ullstein Buchverlage GmbH, Friedrichstraße 126,
10117 Berlin
Wir behalten uns die Nutzung unserer Inhalte für Text- und
Data-Mining im Sinne von § 44b UrhG ausdrücklich vor.
Bei Fragen zur Produktsicherheit wenden Sie sich bitte an
produktsicherheit@ullstein.de
Umschlaggestaltung: bürosüd GmbH
Titelabbildung: © bürosüd GmbH / Midjourney (Frau); ©
akg-images (Bremen Große Weserbrücke)
Gesetzt aus der Scala powered by *pepyrus*
Druck und Bindearbeiten: ScandBook, Litauen
ISBN 978-3-548-06945-6

Figuren

Familie Gildemeester

Louise Charlotte Gildemeester, Bürgerstochter
Cicely Gildemeester, geborene Ingham, ihre Mutter
Johann Carl Gildemeester, ihr Vater
Johann Georg Victor Gildemeester, ihr Onkel
Rosette Caroline Wilhelmine Gildemeester, Ehefrau von
Georg Gildemeester
Malvina Mathilde Henriette Gildemeester, Louises Tante,
Schwester von Carl und Georg
Sophie Marie Wilhelmine Gildemeester, Louises Cousine,
Tochter von Caroline und Georg
Johann Christoph Friedrich Gildemeester, Louises Cousin,
Sohn von Caroline und Georg

Personal der Familie Gildemeester

Else, Dienstmädchen
Minna, Dienstmädchen
Grete, Köchin
Gustav, Hausdiener

Freunde und Bekannte der Gildemeesters

Amalie Henriette Antoinette von Baudisin, Louises Freundin

Leontine Ernestine Feldhusen, Louises Freundin

August Martin Alexander Feldhusen, Leontines Vater

Emma Marie Felicie Feldhusen, geborene Pauli, Leontines Mutter

Bernhardine Cornelie Wilhelmine Pauli, Leontines Tante

Jost Rudolf Ostherloh, Bremer Kaufmann und Mäzen der Australien-Expedition

Rudolf Alexander Ostherloh, Josts erstgeborener Sohn

Rudolf Christian Ostherloh, Josts zweiter Sohn

Cornelius Justus Burchardt, Arzt und Freund von Christian

Forschungsreisende

Oskar Nolthenius, Leiter der Expedition

Wilhelm Felix Smitt, sein Assistent

Familie Nebelthau und Umfeld

Emilie Nebelthau, Naturforscherin

Albert Heinrich Nebelthau, ihr Ehemann, ebenfalls Naturforscher

Dora Pflüger, Emilies Mutter

Clara Nebelthau, Emilies und Alberts Tochter

Johanna Lucie Henriette Hildebrandt, genannt Fisch-Lucie, Emilies Freundin in Bremen

Hedwig Henriette Everding, Vermieterin und Freundin
von Emilie
Antonie Everding, Hennis Tochter
Ida Everding, Hennis Tochter
Paul Everding, Hennis Sohn
Willi Everding, Hennis Mann

Culpeper, Emilies Hund
Jeanne Baret, Emilies Katze

Prolog

»Mama! Mama, wo bist du?«

Als Emilie die Stimme hörte, wandte sie sich um. Ihr Blick glitt über die Sommerwiese, bedeckt mit rotem Mohn und blauen Kornblumen, auf der Suche nach ihrer fünfjährigen Tochter Clara. Unter ihren nackten Füßen spürte sie das weiche Gras, der Sommerwind strich über ihr Gesicht und spielte in ihren Haaren. Trotzdem raste ihr Herz, als sie den Kopf von rechts nach links und wieder zurück wandte.

»Clara?«, rief sie atemlos. »Wo bist du?«

Ein glockenhelles Lachen erklang, und wie aus dem Boden gewachsen stand ihre Tochter auf einmal neben ihr, das dunkle Haare zerzaust, die Wangen gerötet vom Laufen.

»Mama, komm mit und schau, was ich gefunden habe.« Clara streckte ihre Hand aus, Emilie nahm sie fest in ihre. Sie ließ sich von ihrer Tochter über die Wiese ziehen, freute sich über deren ansteckende Begeisterung. Endlich blieb die Kleine stehen, ging in die Knie und zog Emilie mit sich.

»Schau, ein Vergissmeinnicht!« Mit funkelnden Augen zeigte Clara auf eine himmelblaue Blume mit sonnengelber Mitte. »Der wissenschaftliche Name lautet *Myosotis*.«

Emilie lächelte voller Stolz und nickte ihrer Tochter zu,

während sie behutsam die Blume berührte. »Wunderbar, mein Kind, das hast du perfekt behalten.«

In dem Moment schob Clara traurig die Unterlippe vor, und ihre blauen Augen füllten sich mit Tränen.

»Schatz, was ist mit dir?« Emilie kniete sich neben ihre Tochter und umarmte sie liebevoll, erschrocken über deren Traurigkeit, die unerwartet kam wie ein Regenschauer an einem warmen Sommertag. Sie fühlte den zarten Druck von Claras Armen um ihren Hals und spürte, wie ihre Herzen im Einklang schlugen.

»Das arme Vergissmeinnicht, es ist ganz allein.« Clara wand sich aus Emilies Armen und zeigte mit der Hand auf die Wiese. »Von allen anderen gibt es so viele, aber das hier ist einsam.«

Bevor Emilie antworten konnte, lachte Clara bereits wieder und rannte davon. »Komm, Mama, wir suchen ihm ein zweites Vergissmeinnicht.«

»Ich komme gleich nach«, antwortete Emilie, deren Aufmerksamkeit von einem einzeln stehenden Löwenmaul angezogen wurde. Warum blühte die rosafarbene Blume denn jetzt bereits? Es war doch noch viel zu früh im Jahr. Kaum hatte sie diesen Gedanken vollendet, entdeckte sie eine ebenfalls rosafarbene Herbstzeitlose. Verwirrt blieb Emilie stehen und wandte sich um. Anstatt des Feldes voller Mohn und Kornblumen erstreckten sich nun Löwenmäulchen und Herbstzeitlosen bis zum Horizont. Ein einzelner Apfelbaum stand in der Mitte der Wiese, seine linke Seite voller Blüten, die intensiv dufteten, auf der rechten Seite glänzten tiefrote Äpfel, so appetitlich, dass Emilie ihre Süße förmlich spüren konnte.

»Clara, sieh dir das an!«, rief sie und drehte sich zu ihrer

Tochter um. Doch die Kleine war nicht zu sehen. »Clara, wo versteckst du dich schon wieder?«

Sie erhielt keine Antwort und ging in Richtung des Vergissmeinnichts, wo sie ihre Tochter zuletzt gesehen hatte. Aber auch hier war Clara nicht, und vor Emilies suchendem Blick erstreckte sich plötzlich nur eine Wiese, reines Grün, nicht eine blühende Blume war mehr zu sehen. Voller Angst zog Emilie ihre Hand zur Kehle, die sich wie zugeschnürt anfühlte. Stolpernd rannte sie vorwärts, auf den Horizont zu, und stieß atemlos hervor: »Clara! Bitte, das ist kein Spiel.«

Weiterhin blieb ihre Tochter mucksmäuschenstill, nur Emilies keuchender Atem war zu hören. Die Wiese schien kein Ende zu finden. Emilie blieb stehen und rang nach Luft, um erneut nach ihrem Kind zu rufen: »Clara! Bitte, komm her.«

Es kam ihr vor, als hätte sie aus dem rechten Augenwinkel eine Bewegung gesehen. Rasch drehte sie sich dorthin, aber es war nur eine einzelne Sonnenblume, die sich im Wind wiegte. Wo eben noch das Lachen ihrer Tochter die Luft erfüllt hatte, herrschte nun gespenstische Stille. Von blinder Panik getrieben, stürzte Emilie vorwärts, rannte und rannte, in der Hoffnung, Clara am Ende der Wiese zu finden. Sie wollte nach ihrer Tochter rufen, doch ihre Stimme versagte. Ihr blieb nur eins: laufen, immer weiterlaufen, bis sie Clara fand. Doch dann verloren ihre Beine die Kraft, sie taumelte, stolperte, fiel auf die Knie, rappelte sich auf, stolperte weiter, bis sie schließlich zu Boden ging. Ihre Hände krallten sich in die warme Erde, während Tränen über ihr Gesicht strömten. »Clara«, flüsterte sie, »Clara.«

Mit einem lauten Schrei schreckte Emilie hoch, ihr Herz raste, und ihr Atem ging stoßweise. Schweißperlen bedeckten ihre

Stirn, und sie starrte ins Dunkel, während sie verzweifelt versuchte, sich zu orientieren. Es war nur ein Traum, dachte sie und atmete erleichtert auf, bis die tragische Wahrheit sie einholte.

Sie würde nie wieder mit Clara auf einer Blumenwiese spazieren gehen.

Langsam schälten sich die Konturen des Zimmers aus dem Dunkel. Alles hier erinnerte sie an Clara. Emilie rang nach Luft, denn es war, als kämen Wände und Decke näher, um sie zu erdrücken. Emilie strampelte sich frei, erhob sich und öffnete das Fenster. Gierig sog sie die frische Nachtluft ein und lauschte in die Stille.

Langsam beruhigte sich ihr Herz, doch ein Gedanke blieb und wollte nicht verschwinden: Sie musste hier weg, sie musste dieses Haus voller Traurigkeit verlassen, sie musste ein neues Leben für sich finden. Vielleicht half es ihr, wenn sie wirklich ans andere Ende der Welt reiste. Vielleicht war es an der Zeit, das Unbekannte zu erkunden, um ihre Wunden zu heilen.

Kapitel 1

Bremen, September 1889

»Nun beeil dich doch!« Ungeduldig wandte Louise sich zu dem Dienstmädchen um, das ihr Skizzenbuch und die Zeichenstifte trug. Wenn Else sich nicht sputete, würde das Bremer Wetter wechseln und ihr Plan, die Schönheit der Herbstblüten aufs Papier zu bannen, ins Wasser fallen, genauer gesagt, in den Bremer Regen. Über ihnen zogen schwerfällig Wolken auf, grau und drohend, als wollten sie sich zu einer Verschwörung gegen Louises Vorhaben zusammenschließen. Ihr Blick, mit dem sie den Himmel betrachtete, war scharf und taxierend, so als könnte sie allein durch Willenskraft den drohenden Regen aufhalten. An den schmiedeeisernen Straßenlampen erspähte Louise feine Wassertropfen, Vorboten des Niederschlags, der das Kopfsteinpflaster in glatte Rutschbahnen verwandeln würde.

Noch nicht, sandte Louise ein Stoßgebet zum Himmel. Bitte lass mir noch etwas Zeit. Vor ihrem inneren Auge sah sie das Farbenmeer aus unterschiedlichen Herbsttönen, das im Bürgerpark darauf wartete, von ihr gezeichnet zu werden. Sie wünschte sich nichts mehr, als die Schönheit der Herbstastern und Wasserhortensien mit dem Zeichenstift einzufangen. In einem Anflug von Sorge verengte sie die grünen Augen bei dem Gedanken, dass ihr die kostbare Möglichkeit entgleiten könnte, bevor der Himmel seine Schleusen öffnete und den Bürgerpark in ein verwischtes Aquarell aus Tropfen und verlaufenden Konturen verwandelte.

In dem Moment frischte der Wind auf, pfiff durch die Straßen Bremens, zerrte an Louises eleganter Frisur, die in mühevoller Arbeit geflochten und gesteckt worden war, und ließ die seidenen Bänder ihres Huts flattern wie Fähnchen. Louise spürte die wechselhafte Laune des Wetters auf ihrer Haut, ein prickelndes Gefühl der Eile, das durch ihre Adern pulsierte und sich in ihren Fingerspitzen sammelte, bereit, sich in künstlerischen Linien auf dem Skizzenpapier zu finden.

Dankbar beobachtete sie, wie der Wind die Wolken vor sich hertrieb wie ein Hütehund die Schafe und ihr damit Zeit verschaffte, kostbare Zeit zum Zeichnen.

»Nun komm schon, Else«, drängte sie noch einmal, eine Mischung aus Flehen und Befehl in ihrer Stimme, »wir dürfen keine Zeit verlieren.«

»Ik bün gliek dar«, erwiderte das Dienstmädchen, kaum hörbar über dem Geräusch der pferdegezogenen Straßenbahn, die in der Bremer Innenstadt die Schienen entlangglitt. Mit trippelnden Schritten hastete sie auf Louise zu, ihr schlichtes Baumwollkleid verblasste neben dem leisen Flüstern des Satins und der Seide von Louises Garderobe.

Louise trat ungeduldig mit dem Fuß auf. Mit dem Blick einer Künstlerin musterte sie das Dienstmädchen. Obwohl Else sechzehn und somit neun Jahre jünger als Louise war, wirkte sie älter. In den Zügen des Dienstmädchens zeichneten sich deutlich die Spuren eines Lebens voller Arbeit ab: Unter Elses hellblauen Augen hatten sich dunkle Schatten eingegraben,

Zeugnis ermüdender Morgenstunden und später Abende. Die Haut ihres schmalen Gesichts war fahl, und ihre Hände trugen die Geschichte harter Arbeit in den Rissen der Fingerknöchel.

Sofort überfiel Louise das schlechte Gewissen, weil sie das arme Dienstmädchen herumscheuchte wie die Köchin Grete die Hühner. Elses Leben war gewiss anstrengender als ihres, stets musste sie eilen und gehorchen. Doch auch Louise war gefangen in gesellschaftlichen Konventionen und Erwartungen. Sie hatte es sich nicht ausgesucht, begleitet in den Park zu gehen. Wie gerne wäre sie allein geblieben, ihre eigenen Wege gehend, ohne den stummen Schatten des Dienstmädchens. Doch die Regeln der guten Gesellschaft erlaubten es nicht, dass eine Dame von Louises Stand ohne angemessene Begleitung durch die Straßen der Stadt und den Bürgerpark spazierte. Nicht auszudenken, was für einen Skandal das hervorrufen würde.

Ein plötzlicher Windstoß ließ die Blütenblätter eines Rosenstrauchs zu Boden rieseln, und Louise hielt inne, um ihren atemberaubenden Duft einzuatmen. Die süße Schwere hüllte sie ein, erweckte vergessene Erinnerungen an glückliche Zeiten ihrer Kindheit in England, an die Rosenbüsche, die ihre Mutter so geliebt hatte. In diesem Moment fühlte sie sich so einsam wie die letzten Blätter in den Bäumen.

Vielleicht sollte ich versuchen, gegen die Konventionen zu verstoßen, so wie meine Mutter, dachte sie und erschrak gleich darauf über diesen rebellischen Gedanken. Sie wusste nur zu gut, dass sie ihren Verwandten dankbar sein musste, bei ihnen leben zu können, und dass sie es nicht riskieren durfte, den Zorn von Onkel und Tante auf sich zu ziehen.

Die unerbittliche Erwartung ihrer Verwandten, dass Louise den guten Ruf der Gildemeesters wahrte und ihre Rolle einer Bremer Bürgerstochter einnahm, lastete bleischwer auf ihren

Schultern und erinnerte sie daran, dass ihr Platz in dieser Welt bereits bestimmt war. Bevor Louise in düsteren Gedanken versinken konnte, kam das Dienstmädchen herbeigeeilt.

Louise streckte Else die Hand entgegen: »Gib mir das Skizzenbuch.«

»Dat geiht doch nich.« Else schüttelte so heftig den Kopf, dass sie beinahe die Malutensilien fallen ließ. Ihr Dialekt war stark und bodenständig, eine Melodie, die so untrennbar mit der Hansestadt verwoben war wie das Wasser der Weser. »Wat schall de Lüüd denken?«

Ja, dachte Louise, aber sprach es nicht aus, das ist das Dilemma der Hanseaten. Alle fragen sich nur, was die anderen von ihnen halten, anstatt etwas Vernünftiges zu tun. Ungeduldig fuhr sie sich mit der Hand durch die dunkelbraunen Haare.

»Dann komm mir halt nach.« Mit großen Schritten, gerade noch schicklich für eine Frau, marschierte sie in Richtung des Bürgerparks. »Du findest mich bei den Herbstastern.«

Als Louise endlich den Bürgerpark, ihren friedvollen Ort der Ruhe und Natur, erreicht hatte, ließ sie sich auf einer hölzernen Bank nieder, direkt neben einem blühenden Asternfeld. Die Farbenpracht der Blüten in reinem Weiß, zartem Rosa, kräftigem Rot und leuchtendem Lila faszinierte sie jedes Mal aufs Neue, so wie die Blüte der Rhododendren im Frühling. Wie bei jedem Besuch hoffte sie, dass es ihr heute gelingen würde, die Schönheit der Blumen mit ihren Buntstiften einzufangen. Sie beugte sich vor, und ihre feingliedrige Hand streifte sanft über die Blüten, um eine auszuwählen, die sie zeichnen wollte.

Ihr Blick fiel auf eine Aster, deren Ränder sich bereits kräuselten, als hätte sie ihren Zenit überschritten und wäre in wenigen Tagen verblüht. Obwohl es ein Beet wunderschöner, perfekt geformter Blüten gab, zog diese Blume Louises Aufmerksamkeit auf sich. Diese Aster sprach ihr Herz an. Es kam ihr vor, als flüsterte die Blume von einer Schönheit, die vergänglich war. Ja, die Aster war eine Herausforderung, und es juckte Louise in den Fingern, sie zu porträtieren. Die Leidenschaft einer Künstlerin erwachte in ihr. Nach einem weiteren Blick nach oben, der den launischen Bremer Himmel prüfte, nickte sie zufrieden. Der Herbstwind hatte die Wolken vertrieben, und ein einzelner Sonnenstrahl wärmte Louises Gesicht.

Wo Else nur blieb? Als hätten ihre ungeduldigen Gedanken das Mädchen herbeigerufen, kam es den Parkweg entlang, langsam, als trüge es eine schwere Last und nicht nur den Skizzenblock und die Stifte.

»Gib schon her.« Louise konnte es kaum erwarten, mit ihrer Zeichnung zu beginnen, und nahm Else die Malutensilien aus der Hand. »Setz dich auf die Bank und ruh dich aus.«

Das Dienstmädchen nickte und ließ sich mit einem Seufzer schwer auf die Bank fallen, als hätte es bereits einen langen Arbeitstag hinter sich. Louises Blick verweilte besorgt auf den blassen Wangen des Mädchens, doch ihr Künstlerherz wurde sogleich wieder von der Schönheit der Astern gefangen genommen. Inzwischen war es der Sonne gelungen, die letzten grauen Wolken zu vertreiben, und sie tauchte den Bürgerpark in ein warmes, sanftes Licht. Vögel zwitscherten in den Ästen der hohen Bäume, und ein Hauch von frisch gemähtem Gras lag in der Luft. Fast hätte man meinen können, es wäre Frühling und nicht Herbst.

Mit sanftem Druck führte Louise den Bleistift über das geschöpfte Papier ihres Skizzenbuchs, und ihre Hand glitt über die leere Seite, als würde sie den Rhythmus der Natur selbst nachzeichnen. Ab und zu hielt sie inne, um die Blüte zu betrachten. Ihr Blick war gefesselt von der zarten Komplexität, jeden Schatten und jedes Licht auf den Blütenblättern versuchte sie, in ihrem Bild einzufangen. Jeder Strich war eine sorgsame Abwägung, jede Linie ein vorsichtiges Ertasten der Grenzen zwischen der echten und der auf dem Papier wiedergegebenen Welt.

Louise versank tief in ihrem künstlerischen Schaffen. Ihr Versuch, die vergängliche Anmut einzufangen, erforderte höchste Konzentration. Die Welt um sie herum verschwand, während die Zeichnung unter ihren Fingerspitzen aufblühte, von dem lebhaften Gezwitscher der Amseln begleitet, die keck zwischen den Bürgerpark-Besuchern hüpften. Doch ein plötzliches Gefühl der Irritation unterbrach den kreativen Fluss. Louise fühlte sich beobachtet, ihre Hand zögerte, ihr Bleistift verhielt in einer feinen Linie, und sie hob den Blick.

Nur wenige Schritte entfernt stand eine ihr unbekannte Frau, wohl ein paar Jahre älter als Louise, mit dunklen Haaren und dunklen Augen. Ihre Erscheinung war bescheiden, das Kleid zwar abgetragen, jedoch peinlich sauber. Warum nur starrte diese Fremde sie dermaßen unverhohlen an? Louise senkte den Kopf und wandte sich wieder ihrer Arbeit zu. Als wäre dies ein Zeichen gewesen, kam die Frau näher, so nahe, dass Louise sie riechen konnte. Sie roch nach Erde, Leim und nach etwas, das Louise nicht benennen konnte. Die Nähe der Unbekannten war aufdringlich, beinahe erdrückend, ihr Atem fast spürbar, was Louise äußerst unangenehm war.

Sie wandte sich der Frau zu: »Was wünschen Sie?«

»Sie sind begabt«, konstatierte die Fremde und verengte die Augen, während sie auf das Bild blickte. Dann trat sie einen weiteren Schritt heran, eine dreiste Annäherung, bei der sich ihre Ellenbogen berührten. Louise wäre am liebsten zur Seite getreten, doch sie widerstand dem Impuls. Ihre gesellschaftliche Stellung verlieh ihr das Selbstvertrauen, dem ungebetenen Eindringling keinen weiteren Raum zu geben. Stattdessen hielt sie stand, die Augen fest auf die Fremde gerichtet, erwartungsvoll und doch beherrscht – eine stumme Aufforderung an die Frau, sich zurückzuziehen.

Die Unbekannte jedoch ließ sich von Louises zornigen Blicken nicht stören, sondern sagte: »Es ist Ihnen erstaunlich gut gelungen, die Essenz der Blüte einzufangen.« Sie nickte bestätigend. »Allerdings haben Sie hier bei dem Blütenkorb einen Fehler gemacht. Er besteht aus einer Vielzahl langer Strahlen, den Zungenblüten. Sehen Sie hier.« Sie deutete mit einem langen schlanken Finger erst auf das Skizzenblatt, dann auf die Asternblüte vor ihnen. Ihre Stimme klang gelassen und selbstbewusst, als verfügte sie über tiefes Fachwissen.

»Das reicht!« Louise schlug das Skizzenbuch zu, als könne das Geräusch die Unverschämtheit der Fremden dämpfen. »Was maßen Sie sich an? Wer sind Sie überhaupt?«, platzte sie heraus.

Die Frau ließ sich von Louises Unmut nicht irritieren, sondern antwortete ungerührt: »Emilie Nebelthau, Naturforscherin.« Die Worte kamen gelassen, der Blick, mit dem sie Louise musterte, war durchdringend, einer, der die Natur und deren Geheimnisse zu lesen vermochte. »Und Sie? Sind Sie Pflanzenmalerin? Für wen arbeiten Sie?«

Diese Fragen überraschten Louise, die sich fühlte, als würde ihr Gegenüber sie einer Prüfung unterziehen. War diese Begegnung ein Zeichen des Schicksals?

»Ich, eine Pflanzenmalerin?« Sie konnte es nicht fassen, dass jemand mehr in ihren Bildern sah. »Nein, ich ... Zeichnen ist mein Steckenpferd. Ich übe mich nur darin.«

»Stellen Sie Ihr Licht nicht unter den Scheffel.« Emilie Nebelthau streckte bittend ihre Hand aus, und nach kurzem Zögern legte Louise das Skizzenbuch hinein. Die Naturforscherin wendete Seite um Seite mit einer beinahe zärtlichen Bewegung, als würde jeder Strich, jeder Abdruck des Stifts eine Geschichte erzählen. Sie verharrte hier und da, nickte wohlwollend oder schüttelte den Kopf, als würde sie einen Dialog mit den stillen Abbildungen der Pflanzen führen. Zu ihrer Überraschung hielt Louise die Luft an, gespannt auf das Urteil der seltsamen Fremden.

Mit einem respektvollen »Danke« gab Emilie das Skizzenbuch zurück. »Sie sind wirklich begabt. Wissen Sie, jemanden wie Sie könnten wir gut gebrauchen.«

»Wir?« Louises Blick schweifte umher, suchte nach Begleitern, doch sie entdeckte niemanden.

»Mein Mann und ich«, sagte Emilie Nebelthau, und ein dunkler Schatten zog über ihr Gesicht. »Wir erstellen Herbarien und Wissensblätter, die die gepressten Pflanzen begleiten. Ich zeichne auch, aber nicht halb so gut wie Sie.«

Louise fühlte Stolz in sich aufsteigen. Wie konnte das sein? Da kam eine dahergelaufene Fremde, lobte ihre Zeichnungen, und sie sog diese Worte auf wie ein Schwamm das Wasser. Louise musste sich eingestehen, dass Emilies Worte sie berührten. Von Freunden und Verwandten hatte sie meist nur ein unverbindliches »hübsch« oder »reizend« erhalten, wenn sie ihre Blumenbilder gezeigt hatte. Die Naturforscherin hatte sie nicht nur gelobt, sondern auch mit einem geschulten Auge kritisiert; sie erkannte in Louises Skizzen mehr als nur gefällige Bilder, nämlich das Potenzial akkurater Darstellung.

»Was macht eine Naturforscherin?«, fragte sie nun neugierig. »Leben Sie ebenfalls in Bremen?«

»Ich bin nur auf der Durchreise.« Emilie Nebelthau lächelte und wirkte sofort deutlich jünger. »Gemeinsam mit Culpeper und Jeanne Baret bin ich auf dem Weg in die Niederlande.«

»Culpeper und Jeanne Baret?« Die Namen kamen Louise vage bekannt vor, aber sie wusste nicht, woher. »Sind das Ihre Kollegen?«

Zu ihrer Überraschung lachte Frau Nebelthau. »Culpeper ist mein Hund. Mein Mann hat ihn nach dem englischen Apotheker, Arzt und Astrologen benannt. Culpeper hat *Complete Herbal* geschrieben, einen Klassiker der Pflanzenkunde.«

»Aha.« Louise ärgerte sich, dass sie so etwas nicht wusste. Aber Mädchen lernten in der Schule nur das Nötigste, man legte im Unterricht mehr Wert auf Handarbeiten, Malen und Tanz. »Und Jeanne Baret?«

»Das ist meine Katze.« Das Lächeln wurde intensiver. »Ich habe sie zu Ehren der ersten Frau benannt, die die Welt umsegelte, um Pflanzen zu sammeln.«

»Eine Frau bereiste die ganze Welt?«

»Sie musste sich als Mann verkleiden.« Emilie Nebelthau nickte. »Heute sind wir moderner. Ich kann als Frau allein in die Niederlande reisen.«

»Was tun Sie dort?« Hinter sich hörte Louise das Dienstmädchen ein Schnauben ausstoßen. »Warum reisen Sie nach Holland?«

»Jetzt ist die beste Zeit, um Seetang zu sammeln. Das tun Naturforscher, zum Beispiel.«

Louise blinzelte verwundert, als könnte sie durch das Schließen und erneute Öffnen der Augen die Ungläubigkeit vertreiben, die diese befremdliche Erklärung hervorgerufen hatte. Wer war schon darauf erpicht, Seetang zu sammeln? Und warum reiste man dafür in die Niederlande? Es gab sicher an der deutschen Küste mehr als genug davon. Warum sollte man so einen weiten Weg auf sich nehmen? Und es musste ein weiter Weg sein, denn Frau Nebelthau sprach einen seltsamen Dialekt. Sächsisch, meinte Louise zu erkennen, denn ihr Onkel hatte ab und zu Kaufleute aus Dresden zu Gast, die sich ähnlich anhörten. Hinter deren Rücken mokierte sich der Onkel immer über diese Sprechweise.

»Seetang?«, wiederholte Louise, ihre Stimme getränkt von Skepsis. »Was machen Sie damit?«

»Ja, Seetang«, antwortete Emilie lebhaft, »ich sammele ihn, presse ihn, klebe ihn auf Blätter und erstelle daraus Herbarien.«

»Und dann?« Gegen ihren Willen war Louise fasziniert. Es gab eine Welt, von der sie noch nie gehört hatte. Und im Bürgerpark war sie ihr unerwartet begegnet.

»Ich versuche, die Pflanze möglichst genau zu beschreiben.« Man hörte Emilie die Liebe zu ihrem Handwerk an. »Wie sie aussieht, wenn sie wächst, ihre Samen, welche Farbe sie hat. Man muss sehr genau sein, denn getrocknete Pflanzen verlieren mit der Zeit die Farbe. Wie sie gerochen hat, wie sie sich anfühlt – die Beschreibung all dessen macht ein gutes Herbarium aus.«

»Das klingt ...« Louise suchte nach Worten, die der Tiefe dieses Handwerks gerecht werden konnten, »nach viel Aufwand.«

Der Gedanke, dass jemand Herbarien fertigte – stumme Chroniken des Wachsens und Vergehens – in einer Zeit, die von Dampfmaschine und Telegrafen beherrscht wurde, war gleichzeitig verwirrend und wunderbar.

»Wer kauft Ihre Herbarien?« Louises Blick glitt unauffällig über Emilie Nebelthaus Kleidung, die von harter Arbeit, nicht von müßigem Vergnügen sprach. Nichts an der Frau ließ vermuten, dass ihr die Kunst der Botanik bloß ein Zeitvertreib war. Auch ihre Hände verrieten eine Person, die gewohnt war, sich ihren Lebensunterhalt zu erarbeiten. Andererseits konnte Louise sich kaum vorstellen, wer gutes Geld für gepresste Pflanzen zahlen würde. Denn das konnte doch jeder selbst herstellen. Alles, was man benötigte, war eine Botanisiertrommel, eine Presse und Papier.

»Wir verkaufen an Studenten oder an Sammler. Hier in Bremen und auch in Hamburg gibt es einige reiche Herren, die unsere Dienste in Anspruch nehmen.« Brüsk wandte Emilie Nebelthau sich ab. »Auf Wiedersehen. Ich habe mich schon viel zu lange aufgehalten.«

Ohne Louise die Gelegenheit zu einer Antwort zu lassen, stiefelte sie davon, blieb dann jedoch abrupt stehen und kehrte zu Louise zurück. Ihre abgetragenen Stiefel knarzten auf dem Kiesweg.

»Hören Sie nicht auf zu zeichnen. Sie haben Talent. Würdigen Sie es.« Die Worte trafen Louise wie ein unerwarteter Sommerregen, erfrischend und belebend.

»Danke«, flüsterte sie, aber Emilie hob nur abwehrend die Hand, bevor sie sich umdrehte und davoneilte, ihre Silhouette verschwimmend zu einer fernen Erinnerung.

Louise stand wie angewurzelt, ihr Blick folgte der entschwindenden Frau. Fragen wirbelten durch ihren Kopf – reiste die Forscherin wirklich mit Hund und Katze? Und wo hatte sie ihre tierischen Reisegefährten verborgen? Wäre jemand wirklich bereit, sie für ihre Zeichnungen zu bezahlen? Gab es für sie einen anderen Lebensweg als den einer Ehefrau?

»Dat weer jo en afsünnerliche Fru«, riss Else sie aus ihren Gedanken. Das Dienstmädchen war leise herangetreten und deutete zum Himmel. »Wi schulln na Huus gahn. Dat treckt sik to.«

Louise blickte sorgenvoll nach oben. Über dem Bürgerpark sammelten sich dichte graue Wolken, formten eine fast durchgängige Decke am Himmel und verdrängten das Tageslicht. Die Luft war merklich abgekühlt, und aus der Ferne war ein leises Grollen zu hören. In Louises Innern regte sich ein Gefühl der Unruhe; sie spürte, dass ein Gewitter nahte, und es war nur eine Frage der Zeit, bis die ersten Regentropfen fallen würden.

»Emilie Nebelthau ist nicht seltsam, sie ist eine ganz besondere Frau«, flüsterte sie nachdenklich. Warum nur weilten ihre besten Freundinnen ausgerechnet jetzt nicht in Bremen? Louise konnte es nicht erwarten, Leontine und Henriette von dieser außergewöhnlichen Begegnung zu erzählen.

Kapitel 2

Bereits zwei Wochen waren seit ihrer Begegnung mit Emilie Nebelthau vergangen, aber Louise hatte jeden Tag darüber nachgedacht und erinnerte sich an jedes Wort, das sie miteinander gewechselt hatten. Heute endlich konnte sie den beiden Menschen, die ihr am meisten bedeuteten, davon erzählen. Vor Aufregung hielt es sie nicht mehr im Bett. Ihr Herz pochte vor Erwartung, ihre Finger kribbelten, als sie die weiße Leinendecke beiseitewarf und sich erhob. Die Morgensonne fiel durch einen Spalt der bronzefarbenen Samtportieren und malte Lichtmuster auf das dunkle Parkett. Der bunte Teppich wärmte Louises Füße, als sie zum Fenster ging und mit einer fließenden Bewegung die schweren Vorhänge zur Seite zog.

Für einen Moment hielt sie inne – so spektakulär war der Blick auf den herbstlichen Garten, der in den Nebelschleiern des Morgens aussah wie eine verwunschene Märchenwelt. Louises Atem ließ die Scheiben beschlagen, als die Kälte des Morgens draußen auf die behagliche Wärme ihres Zimmers traf, die der blaue Kohleofen verbreitete.

Nur noch wenige Stunden und ich sehe Leontine und Henriette endlich wieder, dachte sie und begab sich in das kleine Badezimmer, das zu ihrem Zimmer gehörte, um sich der Morgentoilette zu widmen.

...

Begleitet von Else, dem schweigsamen Dienstmädchen, machte Louise sich auf den Weg zum Teekränzchen, das ihre Freundin Leontine ins Leben gerufen hatte. Obwohl sie sich danach sehnte, ihre Freundinnen wiederzusehen, passte Louise ihren Schritt an den des Dienstmädchens an. Es war eine Frage der Schicklichkeit, die sie daran hinderte, die kurze Strecke von der herrschaftlichen Villa am Contrescarpe hinüber zu den Feldhusens allein zu meistern. Immer war eine Begleitung erforderlich, eine Garantie für Anstand und Tugend in einer Welt, die die Selbstständigkeit einer Frau argwöhnisch beäugte. Wie ein unsichtbares Korsett umschlang die Etikette sie fest und unerbittlich. Manchmal fragte sich Louise, wie es wohl wäre, ein Mann zu sein. Ihr Cousin Johann musste sich gewiss nie Gedanken machen, ob er ein Dienstmädchen von der Arbeit abhielt, wenn er seine Freunde besuchen wollte. Wie gern würde sie die unsichtbaren Fesseln abstreifen und dorthin gehen, wo ihre Seele sie hinzog, ohne das stete Flüstern von Konvention und Pflicht.

Genug davon. Sie freute sich darauf, Henriette und Leontine zu sehen und mit ihnen gemeinsam den Nachmittag zu verbringen. Die drei Frauen verband eine tiefe Freundschaft, die in ihrer Schulzeit im Institut von Emilie Bendel ihren Anfang genommen hatte. In der Schillerstraße 24 waren sie, jede von ihnen auf ihre eigene Art, Außenseiterinnen gewesen und froh darüber, die anderen zu finden.

Henriette war die Tochter eines Professors, der in wissenschaftlichen Kreisen glänzte, dem es allerdings an Reichtum mangelte. Ihr scharfer Verstand, gepaart mit einer offen geäußerten Meinung, hatte Henriette an den Rand jener Kreise geführt, in denen der schöne Schein wichtiger war als Tiefgang.

Leontine hingegen war die Erbin eines immensen Vermögens, dessen Umfang selbst das von Louises Familie in den Schatten stellte. Doch Leontines Reichtum half nicht, ihre Schüchternheit zu überwinden oder eine Schutzmauer um ihr sanftes, träumerisches Herz zu bauen. Louise erschien ihre Freundin wie aus einem Gemälde von Rubens, ihr Herz voller Romantik, ihre Gestalt prächtig; ein deutlicher Kontrast zum schlanken Ideal der Zeitgenossinnen.

Bald nachdem Louise in das Institut Bendel eingetreten war, hatte sie sich mit Henriette und Leontine angefreundet. Die Gemeinheiten, die von Louises Cousine Sophie ausgingen, hatten die Bande zwischen den Freundinnen noch enger geknüpft. Sophie, deren spitze Zunge gerne an den verborgensten Verletzlichkeiten kratzte, hatte Louise unfreiwillig geholfen, Menschen zu finden, auf die sie bauen konnte.

Beim Gedanken an Sophie stieß Louise einen Seufzer aus. Kaum vernehmbar, aber das aufmerksame Dienstmädchen hatte es dennoch gehört und blickte sie fragend an.

»Es ist nichts«, sagte Louise und ging weiter, die Gedanken um Sophie kreisend. Ihre Cousine schwebte durch ihr Leben wie eine Ballerina, die graziös über die Bretter des gesellschaftlichen Parketts tänzelte. Ihre Finger bewegten sich mit solcher Anmut, dass jede Handarbeit ein Kunstwerk schien. Auf den ersten Blick war Sophie die Verkörperung einer perfekten Bremer höheren Tochter.

Doch unter ihrer samtenen Oberfläche war etwas Dunkleres, eine raffinierte Grausamkeit, die sich hinter dem Vorhang aus Freundlichkeit und Schönheit verbarg. Sophies Lächeln, so hell und gewinnend es erschien, verzog sich zu einer spöttischen Grimasse, sobald sie jemanden fand, den sie als schwächer erachtete. Sie war die Meisterin des subtilen Spotts, verwob ihre Sticheleien so geschickt in Konversationen, dass Louise, Henriette und auch Leontine nie den Mut aufbrachten, gegen sie aufzubegehren.

Stattdessen fanden die anderen drei in stillem Widerstand zueinander – »Die drei Musketiere«, wie die belesene Henriette sie einmal liebevoll und mit ironischem Unterton getauft hatte, im Gedenken an die tapferen Helden Dumas', die für Recht und Gerechtigkeit ihre Schwerter gekreuzt hatten.

Acht Jahre waren seit dem Ende ihrer Schulzeit verstrichen, die Zeit und das Leben hatten ihre Wege in unterschiedliche Richtungen gelenkt, doch die Bande, die sie einst geknüpft hatten, waren nur stärker geworden. Henriette, deren Geist so unabhängig wie ihr Herz war, hatte schon mit vierzehn Jahren erklärt, niemals heiraten zu wollen. Sie wollte ihre Freiheit behalten und sich keinem Mann unterordnen. Selbst wenn sie dafür als Gouvernante oder Lehrerin arbeiten musste. Leontine hingegen, mit ihrer romantischen Seele und ihrem Herz voll naiver Träume, konnte sich nichts Schöneres vorstellen als die Ehe. Und inmitten dieser Gegensätze stand Louise wie eine Brücke zwischen den Welten ihrer Freundinnen. Von der Gesellschaft war ihr der Pfad der Heirat vorgezeichnet, um den Reichtum ihrer Familie zu mehren. Aber bis dahin wünschte sie sich, noch etwas zu erleben. Sie beneidete die Männer, die hinaus in die Welt zogen, in Länder mit wohlklingenden, Abenteuer verheißenden Namen wie Australien, Guatemala oder Togoland. Die jungen Bremer ließen sich von der Sehnsucht nach Übersee leiten, um dort ihren Mut zu beweisen und Geschäfte zu betreiben. Sie erschlossen sich neue Welten und erweiterten die Grenzen des Familienimperiums, mehrten Reichtum und Macht.

Währenddessen blieben die Frauen zurück, ihre Aufgabe war das Warten: Warten auf Neuigkeiten, auf Briefe, auf die Rückkehr der Männer und schließlich das unvermeidliche Warten auf die Ehe – den nächsten Tanzschritt in der Choreografie ihres vorausgeplanten Daseins.

Als sie die prachtvolle Villa der Feldhusens in der Rembertistraße erreicht hatten, drehte Louise sich zu dem Dienstmädchen um. »Danke, Else, du kannst nach Hause gehen. Nachher wird mich jemand von der Familie nach Hause begleiten.«

Einen Moment sah das Dienstmädchen aus, als wollte es widersprechen, dann nickte es nur und wandte sich um. Louise betätigte die Klingel und wartete, dass ihr jemand öffnete.

»Guten Tag, Fräulein Gildemeester.« Der Hausdiener, elegant und distinguiert, winkte ein Dienstmädchen herbei, das Louise zu ihrer Freundin führen sollte. »Das gnädige Fräulein erwartet Sie bereits.«

Louise bedankte sich mit einem Nicken und folgte dem Dienstmädchen, dessen Schritte auf dem dicken Teppich nur ein leises Geräusch verursachten. Es geleitete Louise in den Salon, der den Wohlstand der Familie widerspiegelte. Im Kamin knisterte ein Feuer, das wohlige Wärme ausstrahlte.

Das graue Licht des Tages fiel durch die hohen Fenster, deren Seiten von schweren Samtvorhängen eingerahmt waren, und spielte auf den gemusterten Wandtapeten, wobei es funkelnde Akzente auf die Goldfäden der feinen Stoffe warf. Leontine in ihrem prachtvollen blassblauen Kleid erschien in dem Salon wie eine Porzellanfigur, die perfekt zu den kunstvoll arrangierten Blumenbuketts und den goldenen Bilderrahmen passte.

»Louise, wie schön, dass wir uns endlich wiedersehen.«
Leontine erhob sich, um Louise in ihre Arme zu schließen. Ihre
großen himmelblauen Augen glänzten vor Freude. »Wie geht
es dir?«

Bevor Louise antworten konnte, öffnete sich die Tür erneut,
und Henriette trat ein. Trotz ihrer schmalen Gestalt schaffte sie
es, die Aufmerksamkeit sofort auf sich zu ziehen. Die klaren
Züge ihres Gesichts, die von leuchtenden entschlossenen Augen gekrönt wurden, und das dunkle, zu einem schlichten Knoten gebundene Haar ließen sie zugleich unauffällig und bedeutsam erscheinen. Henriettes Kleidung spiegelte ihre Überzeugungen wider: praktisch, mit klaren Linien, ganz ohne den
Zierrat oder die verschnörkelten Moden der Saison.

»Ich habe euch vermisst.« Wenn Henriette lächelte, wirkte
sie jünger. »Ich kann es gar nicht erwarten zu hören, wie es
euch ergangen ist.«

»Setzt euch.« Nachdem Leontine die Freundin zur Begrüßung umarmt hatte, deutete sie auf die Sesselgruppe. Davor
stand ein Tischchen, beladen mit süßen Leckereien und Sand-
wiches. »Ich lasse uns Tee kommen.«

Sie klingelte nach dem Dienstmädchen, das sofort erschien
und ihnen Tee einschenkte. Der vertraute Duft des Earl Grey
ließ Louise einen Moment die Augen schließen, um zur Ruhe
zu kommen. Doch ihr Erlebnis war zu wichtig, als dass es warten konnte. Kaum hatte sie Platz genommen, die elegante Dra-
pierung ihres Rockes gerichtet und das Strickzeug aus ihrer sei-
denbestickten Tasche genommen, platzte Louise heraus: »Ich
habe im Bürgerpark eine Naturforscherin getroffen.«

Henriettes Augen blitzten interessiert auf. »Eine Naturforscherin? Was macht sie?« Ihre Freundin wünschte sich nichts
mehr als ein selbstbestimmtes Leben und war daher immer auf

der Suche nach Pfaden, die aus dem engen Garten weiblicher Erwartungen herausführten.

»Sie sammelt Pflanzen und Seetang und erstellt Herbarien, die sie verkauft. Gemeinsam mit ihrem Mann.«

»Wie wundervoll.« Leontines Augen, blau wie der Ozean und voll unendlicher Träume, schienen in ihre Zukunft zu schauen. Sie lächelte. »Das muss eine glückliche Ehe sein.«

»Emilie Nebelthau, so heißt sie«, entgegnete Louise, »reiste allein. So glücklich scheint sie mit ihrem Ehemann nicht zu sein.«

Wie gern hätte sie die andere Frau nach ihrem Leben ausgefragt, aber die hatte sie einfach stehen lassen, und Louises Fragen blieben unbeantwortet.

»Wie mutig.« Henriette ließ den Strumpf sinken, an dem sie strickte, und lehnte sich vor. »Frauen können sehr wohl sehr gut allein leben. Erst kürzlich hat Mathilde Lammers darüber geschrieben.«

Natürlich musste Henriette sofort darauf zu sprechen kommen. Schließlich war es ihr Lieblingsthema, das sie mit missionarischem Eifer predigte. Und Mathilde Lammers, Vorsteherin des Lehrerinnen-Seminars und Schriftstellerin, war Henriettes Heldin, denn sie sprach sich für allein wirtschaftende Frauen aus. In ihren Schriften forderte sie immer wieder, dass Frauen etwas schaffen sollten, der Welt dienen und eine Arbeit finden sollten, die mehr als Zeitvertreib wäre. Für Louise klang das alles unerfreulich und bierernst.

Leontine setzte ein nachdenkliches Gesicht auf. Sie seufzte leise, ihre Hand wanderte zu den kleinen Kuchen auf der silbernen Etagere. »Warum sollte man sich wünschen, alleine zu leben?« Die Sehnsucht nach Liebe war ihr Leitstern, dem sie auch bei der Auswahl ihrer Bücher stets folgte. »In jeder Geschichte, die ich lese, geht es darum, den Richtigen zu finden.«

»Darum nennt man sie ja auch Märchen«, erwiderte Henriette, aber begleitete ihre Worte mit einem Lächeln. Das Thema war ihnen so vertraut wie die Melodie eines lieb gewonnenen Lieds. »Aber erzähl, Louise, wie kam es dazu, dass du diese Naturforscherin kennengelernt hast?«

Dankbarkeit durchflutete Louise, als sie auf Henriettes Frage antwortete. Ihre Freundin besaß die seltene Gabe, einem das Gefühl zu geben, dass die eigenen Worte wichtig waren – nicht so wie Louises Verwandte.

»Sie hat mich angesprochen, weil sie meine Skizze einer Asternblüte mochte.«

»Ich habe dir immer gesagt, du zeichnest sehr schön.« Leontine lächelte und nahm sich ein weiteres Petit Four. »Ich habe das Bild, das du mir geschenkt hast, an die Wand meines Zimmers gehängt.«

Henriette ergänzte: »Du könntest bestimmt Malerin werden. Immer mehr Frauen versuchen, sich dadurch ihr Leben zu sichern.« Sie seufzte. »Ich wünschte, ich hätte einen Funken Talent.«

Bevor Louise etwas erwidern konnte, sprang Leontine auf und klatschte in die Hände.

»Ihr geht doch auch zum Herbstball ins Hillmann's?« Leontines Gedanken verblieben nie lange bei einem Thema. Es sei denn, sie sprachen über Heiratskandidaten und Bälle. »Ich habe gehört, Alexander Osterloh ist aus Übersee zurückgekehrt und wird den Ball besuchen.«

»Er und hundert andere.« Henriette winkte voller Resignation ab. »Mein Vater wünscht sich bestimmt, dass ich mich dort präsentiere, aber ich kann mir kein neues Kleid leisten.«

Doch Leontine blieb unerschütterlich. »Ich kann dir eines von meinen geben«, sagte sie. »Du musst es nur enger machen, und dann steht es dir bestimmt viel besser als mir.«

Henriette zögerte. Leontines großzügiges Angebot war ihr sichtlich unangenehm, so wie der offensichtlich fehlende Reichtum ihrer Familie. Ihr Blick suchte Louises. »Ich weiß nicht. Wirst du gehen?«

»Mein Vater hat mir aus London geschrieben«, antwortete Louise. »Er wünscht sich, dass ich mir auf dem Ball endlich einen Mann suche.«

»London, die Stadt muss wunderbar sein.« Henriette seufzte. »Wie gern würde ich dorthin reisen.«

»Wird dein Vater dich nach London holen?«, fragte Leontine, arglos und unschuldig in der Annahme, alle Väter würden ihre Töchter ebenso verwöhnen, wie ihr eigener es tat. »Dort ist die Auswahl an passenden Herren sicher größer.«

Louise umklammerte den Schal, den sie strickte, damit ihr nicht die Tränen kamen. »Nein«, kam es fast flüsternd über ihre Lippen, »mein Vater wünscht, dass ich in Bremen bleibe und hier einen Gemahl finde.«

Dass er sie niemals gefragt hatte, was sie sich wünschte, konnte sie nicht einmal ihren besten Freundinnen erzählen. Es schmerzte zu sehr. Trotzdem würde sie eine gute Tochter sein, sich seinem Willen beugen und auf dem Ball nach einem Ehemann Ausschau halten.

Kapitel 3

»Louise! Wo bleibst du denn?« Sophie, gekleidet in ein elegantes rosafarbenes Kleid, stürmte, ohne anzuklopfen, in Louises Zimmer. Ihre Statur war zierlich, und in nahezu jeder ihrer Bewegungen lag ein Hauch von Grazie, um den Louise sie beneidete. Um ihre wohlgeformten Gesichtszüge ringelten sich honiggoldene Locken, aufgesteckt, um den schlanken Hals zu betonen. »In einer halben Stunde wollen wir zum Ball aufbrechen, und du bist noch nicht einmal angekleidet. Genau wie ich es befürchtet habe.«

»Ist es bereits so spät?« Mit einem Seufzer klappte Louise ihr Buch zu. Obwohl sie *Die Frau mit den Karfunkelsteinen* bereits fünfmal gelesen hatte, war sie jedes Mal aufs Neue von den Abenteuern der Heldin fasziniert, die Eugenie Marlitt so lebensecht beschrieb. Ach, wie sie sich danach sehnte, in die Fußstapfen der Romanheldin Margarete zu treten – die Welt zu bereisen, fernab dieses hanseatischen Lebens voller Konventionen! Warum konnte Louise nicht so ein Abenteuer erleben wie Margarete, die ihren Onkel auf archäologischen Expeditionen begleitete? Warum nur lehnte ihr Vater es so vehement ab, sie auf seine Reisen nach London oder Übersee mitzunehmen?

»Trödele nicht weiter.« Sophie stampfte mit dem Fuß auf und verzog das Gesicht. »Ich hole Else, damit sie dir hilft.«

»Danke.« Louise konnte einen weiteren Seufzer nur knapp unterdrücken. Für sie waren die Ballgesellschaften eine künstliche Welt, geprägt von glänzenden Oberflächen und versteckten Intrigen. Sie sehnte sich nach der Stille ihres Lesesessels, wünschte sich, in der Welt ihrer Romane zu verschwinden. Viel lieber würde sie mit Margarete und deren Onkel die Welt bereisen, als auf diesen Ball zu gehen. Sophie würde im Schein des Ballsaals erstrahlen, während Louise und ihre Freundinnen am Rande stünden. In der Nähe der Mütter und Tanten, die mit Adleraugen und leisem Flüstern das Geschehen beobachteten, darauf bedacht, ihre Schützlinge in den engen Bahnen der Etikette zu lenken. Buchstäblich führten sie Buch über jeden Tanzschritt, jedes Lächeln und jeden Augenaufschlag, stets bereit, Tratsch und Klatsch über mögliche Verlobungen zu verbreiten.

»Hast du zumindest dein Kleid bereits herausgesucht?«, fragte Sophie und wandte sich noch einmal um. Ihre Augen, grau wie ein Novembertag, verengten sich. Als Louise den Kopf schüttelte, stieß Sophie laut den Atem aus. »Louise, wie kannst du nur so ... so du sein?«

Bevor Louise antworten konnte, humpelte ihre Cousine aus dem Raum. Sophies einziger Makel waren ihre ungewöhnlich großen und breiten Füße, die sie in enge Schuhe quetschte, um den Anschein von Anmut zu wahren. Louise konnte nicht umhin, ihre Cousine für den Schmerz zu bewundern, den sie auf sich nahm, um schön zu sein. Beim Tanzen würde sie Höllenqualen erleiden. Aber waren sie wirklich so verschieden, oder waren sie beide in einer Welt gefangen, in der Schmerz und Zwang dazugehörten?

Aber jetzt war nicht die Zeit, sich mit dieser Frage zu beschäftigen. Wenn sie ihre Familie nicht verärgern wollte,

35

musste Louise sich für den bevorstehenden Anlass zurechtmachen. Sie öffnete die Tür des großen Schranks aus Walnussholz und ließ ihren Blick über ihre Kleider wandern. So viele gab es zur Auswahl, aber keines gefiel ihr auf Anhieb. Bevor sie eine Entscheidung treffen konnte, klopfte es an der Tür.

»Herein.« Louise drehte sich um und sah, wie Else ihren Kopf zur Tür hineinsteckte. Das Dienstmädchen trat näher und spähte ebenfalls in den gut gefüllten Schrank.

»Welch Kleed soll dat hüüt wesen, gnädiges Fräulein?« Else strich mit ihren Fingern über die Reihe fein säuberlich drapierter Stoffwunder und zog ein hellblaues Kleid heraus, zart wie der Frühlingshimmel über der Weser. »Dit hier würd jo Ogen wunnerbor wiesen.«

»Ja, es schmeichelt meinen Augen, nur ist es allseits bekannt seit dem Sommerball im Hillmann's.« Louise trat unschlüssig von einem Fuß auf den anderen. Ein neues Kleid hing verborgen in den Tiefen ihres Schrankes, der Bremer Gesellschaft noch unbekannt – seine Farbe ein Zwilling von Sophies Kleid, allerdings ein anderer Schnitt. Konnte Louise es wagen, dieselbe Farbe wie ihre Cousine zu tragen?

Aber warum nicht? Ein Teufelchen ritt sie, Sophie zu ärgern und mit einem ähnlichen Kleid in einen Wettbewerb mit ihr zu treten. Das sanfte Rosa, das Sophie so gut stand, würde sicher auch Louise kleiden und der sanften Blässe ihres englischen Teints, ein Erbe ihrer Mutter Cicely, schmeicheln.

»Das rosafarbene soll es sein.« Louise schlüpfte aus ihrem Tageskleid und in ihr Korsett. Das Dienstmädchen zog die Schnüre zusammen, so fest, dass Louise der Atem stockte.

»Schall ik ehr fester sneden?« Else musterte Louise und neigte den Kopf.

»Lass es mich ansehen.« Louise trat vor den hohen Spiegel

und betrachtete sich. Ein weiteres Zugeständnis hätte ihre Figur zwar in jene geschwungene Linie verwandelt, die auf jedem Ball präsentiert wurde, aber sie spürte bereits jetzt die Enge der Stäbe um ihre Rippen.

»Ich weiß nicht«, wisperte sie und ließ die Luft aus ihren Lungen strömen, als wolle sie die Unsicherheit mit ihr vertreiben. »Nein, lass es so. Heute nehme ich mir die Freiheit – zu tanzen, zu schmecken, zu atmen.«

Für einen Herzschlag lang schien Else etwas sagen zu wollen, aber sie verweilte im Schweigen und half Louise, in die Unterröcke und das rosa Kleid zu schlüpfen. Der Farbton verlieh ihren mahagonibraunen Haaren einen goldenen Schimmer und ließ ihren Teint leuchten wie eine englische Rose.

Vorsichtig setzte sie sich an den Frisiertisch und drängte Else: »Wir müssen uns sputen. Schnell, steck mir die Haare auf.« Im Spiegel beobachtete Louise, wie das Dienstmädchen ihr mit geschickten Bewegungen eine elegante Frisur zauberte. Nachdem Else ihr Werk beendet hatte, erhob Louise sich, um einen Blick in den großen Spiegel zu werfen. Ja, die Farbe stand ihr wirklich ausgezeichnet. Wie bedauerlich, dass ihr Vater sie nicht begleitete. Heute könnte er wirklich stolz auf seine Tochter sein, dachte sie und drehte den Kopf nach links und nach rechts, um Elses Kunstwerk zu bewundern.

Um die Treppe hinabzusteigen, musste Louise ihren Rocksaum etwas anheben. Die hölzernen Stufen knarrten unter ihren Schuhen. Unten erwarteten ihre Verwandten sie bereits. Louise lächelte und hielt sich am geschwungenen Geländer fest.

»Gerade noch rechtzeitig, Kind.« Onkel Georg, eine Säule der hanseatischen Respektabilität, stützte sich mit einer Hand nachlässig, doch würdevoll ebenfalls auf das Geländer, während sein Sohn Johann Christoph ungeduldig auf den Fußspitzen wippte. Während das gute Leben ihrem Onkel zu einem Wohlstandsbauch verholfen hatte, war Johann Christoph schlank und hatte die langen eleganten Hände eines Künstlers. Seine braunen Haare, etwas länger als üblich, rahmten ein offenes, einladendes Gesicht. In seinen warmen braunen Augen spiegelte sich eine Welt voller Träume und Musik, die er hinter der Fassade eines angehenden Kaufmanns verbergen musste.

Sophie warf Louise einen Blick zu, der schärfer war als das geschliffene Kristall der Weingläser auf den Festtafeln. Ihre Augen verengten sich zu schmalen Schlitzen, doch jede Regung des Zorns wusste sie geschickt hinter der Maske höflicher Gleichgültigkeit zu verstecken. Nicht eine Silbe des Missfallens entwich ihren Lippen – ihr Vater, der stets auf familiäre Harmonie bedacht war, stand zu nah. Nur eine Person fehlte, aber Louise hatte es nicht anders erwartet.

»Tante Caroline begleitet uns nicht?«, erkundigte sie sich dennoch, nachdem sie die Stufe des letzten Treppenabsatzes hinter sich gelassen hatte und den marmornen Fußboden der Eingangshalle betrat. Ihre Tante litt seit Jahren unter Kopfschmerzen und Schwächeanfällen. Sie lebte abgeschieden in ihrem Schlafzimmer, die Vorhänge meist zugezogen, um das Licht auszusperren. Nur sehr selten ließ sich Caroline zu den Mahlzeiten der Familie sehen, noch seltener nahm sie an Bällen und Empfängen teil. Obwohl Louise niemals gewagt hätte, ihre Vermutungen auszusprechen, hegte sie heimlich Argwohn, dass Tante Caroline ihre Schwächezustände als Ausflucht nutzte, eine stille Rebellion gegen die ihr auferlegten gesellschaftlichen Zwänge.

Etwas, das Louise auch gerne getan hätte, aber sie war nur zu Gast in der Familie. Eine Verwandte, von ihrem Vater vor fünfzehn Jahren hier in Bremen abgegeben wie ein unerwünschtes Paket. Kurz nach dem Tod ihrer Mutter hatten ihr Vater und sie London verlassen, um nach Bremen zu reisen. Louise hatte bleiben und sich an das Leben in der Hansestadt anpassen müssen, während ihr Vater sich auf Weltreise begab und nur alle Jubeljahre nach Bremen kam.

Die Familie Gildemeester hatte Louise mit einer Mischung aus Pflichtbewusstsein und oberflächlicher Freundlichkeit aufgenommen, wie es sich unter Verwandten gehörte. Doch unweigerlich fühlte sich Louise oft wie eine Kostgängerin, eine geduldete Verpflichtung am Rande des Familientischs. Das war ein Ansporn für sie, über eine Heirat nachzudenken. Wenn sie endlich einen Ehemann gefunden hatte, konnte sie die prachtvolle Villa verlassen, in der sie lebte, die ihr jedoch nie ein Zuhause geworden war.

»Es ist überraschend«, sagte Johann Christoph plötzlich, »wie unterschiedlich dieselbe Farbe an euch beiden aussieht.«

Während Sophie scharf die Luft einsog, lächelte Louise ihren Cousin an. Er war ihr der Liebste in der Familie, ein Träumer so wie sie. Mit Louise teilte der Achtzehnjährige die Liebe zur Malerei. Allerdings bedeutete ihm die Musik noch mehr, vor allem das Klavierspiel. Seine Virtuosität stellte Louise und Sophie in den Schatten, obwohl beide seit vielen Jahren ebenfalls Klavierunterricht erhielten.

Trotz seiner Künstlerseele war sich Johann Christoph des unausweichlichen Schicksals bewusst, das vor ihm lag: Er würde eines Tages den Handel von seinem Vater übernehmen und Kaufmann werden. Seine Musikalität würde er als Steckenpferd pflegen, mehr nicht. Auch Männer konnten ihren Weg nicht völlig selbst bestimmen, dachte Louise und fühlte eine stumme Verbundenheit mit ihrem Cousin.

»Lasst uns aufbrechen!«, erhob sich Sophies Stimme. »Wenn wir uns nicht beeilen, müssen wir uns ewig mit Begrüßungen aufhalten.« Sie rauschte mit hocherhobenem Kopf und zornigem Gesicht an Louise vorbei. Nun bereute Louise bereits, das rosafarbene Kleid gewählt zu haben. Sie fürchtete, dass Sophie ihr diesen Fauxpas auf dem Ball mit Zins und Zinseszins zurückzahlen würde.

Kapitel 4

Obwohl sie sich sagte, es wäre nur einer von vielen Bällen, die sie in ihrem Leben besuchen würde, klopfte Louises Herz voller Aufregung, als der Kutscher die Tür öffnete, damit ihre Familie und sie aussteigen konnten. Der schwere Stoff ihres Kleides drohte in der Tür hängen zu bleiben, und nur dank Johann Christophs beherztem Eingreifen wurde ein Sturz verhindert. Sie sah ihn dankbar an, und er lächelte und reichte ihr galant den Arm, um sie in das prachtvolle Hotel zu führen, in dem der Ball stattfand.

»Du brauchst dich nicht zu sorgen«, flüsterte ihr Cousin ihr zu. »Ich bin sicher, deine Tanzkarte füllt sich schnell.«

»Ich hoffe nur, es werden sich die Richtigen finden.« Louise schmunzelte. »Gute Tänzer, nicht wie beim letzten Ball, als mir Nikolaus Vietor die Zehen malträtierte.«

Mit der Leichtigkeit, die nur ein langjähriger Vertrauter leisten konnte, entgegnete Johann Christoph: »Dann werde ich dich retten. Vor mir sind deine Zehen sicher.« Seine Worte begleitete er mit einer kleinen Verbeugung, einer Geste, die lässig und voller Charme war. Johann Christoph war ein wunderbarer Tänzer, und Louise freute sich auf einen Walzer mit ihm.

Hinter Sophie und Onkel Georg betrat sie das Hotel. Ihr Blick glitt über die prächtige Eingangshalle – Marmorsäulen, geschickt platzierte Palmen, die der Szenerie eine exotische Note gaben, und edle Teppiche, die jeden Schritt weich abfederten. Erste Klänge eines Walzers waren zu hören, als sich die Tür zum Ballsaal öffnete. Einen Moment schloss Louise die Augen, geblendet vom Licht der Kristalllüster. Der herrliche Saal war gesäumt von stilvollen Stuckverzierungen und mit einem duftenden Blütenmeer geschmückt. Sophie hatte recht gehabt, sie zur Eile zu treiben, denn die ersten Paare bewegten sich bereits im Takt der Musik.

Das Rascheln der Kleider, aus edelsten Stoffen gefertigt, erfüllte die Luft mit einer Erwartung, die fast greifbar war. Die Männer, in Gehrock oder Frack gekleidet, strahlten eine stoische Eleganz aus; ihre Jacken waren an der schmalsten Stelle ihres Leibes geschlossen und fächerten dann nach außen auf. Die Westen, überwiegend in gediegenen Grautönen, nur selten in mutigen Farben, lagen glatt über gestärkten weißen Hemden, und schwarze Fliegen oder Krawatten betonten den festlichen Charakter des Anlasses.

Die Kleider der Damen jedoch waren wie lebendige Kunstwerke, ein Kaleidoskop der Farben und Formen, von tiefem Rubinrot bis zu zartem Himmelblau, zusammengehalten durch feine Spitzeneinsätze und verziert mit Perlenstickereien und funkelnden Kristallen, die geschickt in die Designs eingeflochten waren. Die Kleider fielen in weiten Bahnen, hoch aufgerafft an der Taille und dann fließend zu Boden, umspielt von Rüschen und Faltenwürfen, während Korsetts die Silhouetten betonten. Juwelen, Broschen und Haarnadeln glitzerten im Licht der Leuchter.

Ein feines Aroma von Orangenblüten und Rosenwasser lag in der Luft, gemischt mit dem herben Duft des Tabaks und der Kerzen, die in Kristallleuchtern flackerten und Glanzpunkte warfen. Das leise Rascheln von Seide, das Fächerspiel der Damen und der zuvorkommende, aber bestimmte Ton der Herren vermengten sich zu einer Hintergrundmelodie, über welche das Quartett seine Lieder spannte.

Nachdem sie ihre Tanzkarte erhalten hatte, blickte Louise sich suchend um, bis sie Henriette und Leontine entdeckte, die am Rand standen und ebenfalls suchend die Köpfe drehten. Leontine winkte ihr, und Louise erklärte ihrem Onkel: »Dort warten meine Freundinnen. Ich werde sie begrüßen.«

Er nickte. »Vergiss nicht, warum du hier bist«, mahnte er leise. »Verschwende deine Zeit nicht mit den jungen Damen.«

»Das kann ich gar nicht vergessen.« Louise lächelte, obwohl seine Worte schmerzten. Hinter ihnen verbarg sich die Aufforderung, dass sie endlich einen Mann finden und aus der Villa ihrer Verwandten ausziehen sollte. Die Alternative wäre ein Leben als alte Jungfer, geduldet und von den Launen der Familie abhängig, so wie es Tante Malvina führte, die wie jeden Herbst zur Kur in Bad Kissingen weilte.

Während Louise durch den Ballsaal schritt, begrüßte sie Bekannte, lächelte jungen Männern zu und trug erste Namen auf ihre Tanzkarte ein. Jede ihrer Bewegungen wurde beobachtet, von den Müttern und Tanten in edlen Kleidern und glitzernden Juwelen, die wie Wächter am Rande standen, alles sahen und über jeden tuschelten. Louise wusste gut: Nur ein zu langes Gespräch, nur ein einziger flüchtiger Moment zu viel mit einem der jungen Bremer Herren, und die Matronen dichteten ihr eine Verlobung an.

Endlich hatte sie ihre Freundinnen erreicht.

»Schön siehst du aus.« Leontine lächelte und fächerte sich Luft zu. »Ist das Kleid aus Paris?«

»Mein Vater hat es mir aus London senden lassen«, entgegnete Louise. »Dein Kleid ist ebenfalls sehr schön. Und deins auch, Henriette.«

Leontines Kleid war ein Traum in Hellblau, das leicht ins Violett spielte und ihre Augen betonte. Die silbernen Stickereien am Dekolleté glänzten und zogen Blicke auf sich. Nicht weniger entzückend war Henriettes Kleid in einem sanften Pastellgelb, das ihrem Teint schmeichelte und einen wundervollen Kontrast zu ihren dunklen Haaren bot. Feine Rüschen umspielten den Ausschnitt und verliehen der klaren Linie des Stoffs Lebendigkeit. Louise erinnerte sich daran, das Kleid an Leontine bereits gesehen zu haben, aber an Henriette wirkte es vollkommen anders.

»Die Farbe steht dir.« Henriette nickte bekräftigend. Dann stutzte sie plötzlich. »Wer ist das?«

Neugierig wandte Louise sich um, so wie nahezu alle jungen Damen um sie herum. Denn der Mann, der den Ballsaal betrat, war überaus stattlich. Hochgewachsen, mit blonden Haaren und tiefblauen Augen und einer kräftigen Bräune, die er sich gewiss nicht in Bremen zugelegt hatte. Sein Blick streifte über die Anwesenden, als suchte er jemanden. Er kam Louise bekannt vor, aber sie kam nicht drauf, woher sie ihn kannte.

»Das ist Alexander Ostherloh.« Leontine stieß einen kleinen Seufzer aus. »Die fünf Jahre in Übersee haben ihm gutgetan. Er sieht viel besser aus als sein Bruder, nicht wahr?«

»Ja«, stimmte Louise ihrer Freundin zu, denn Christian Ostherloh, der hinter seinem älteren Bruder hereintrat, war ein ganz anderer Typ: hochgewachsen und schlaksig, seine dunkelbraunen Haare in ungezwungener Manier nach hinten gestrichen, als wäre er gerade mit der Hand hindurchgefahren. Es hieß, dass er als Journalist arbeitete, was seinen Vater immens verärgerte. Als hätten ihre Gedanken ihn herbeigerufen, betrat Jost Ostherloh nun den Ballsaal und blickte sich ebenfalls suchend um. Louise schauderte, als der Blick aus Josts graublauen Augen sie traf. Der Kaufmann war ihr unheimlich. Bei ihren Begegnungen auf dem Bremer Parkett hatte sie stets etwas Düsteres in ihm gespürt und versucht, ihn zu meiden. Selbst ihr Onkel, der Geschäftssinn schätzte, empfand Ostherloh als zu risikofreudig und forsch.

Doch diese Gedanken verflogen, als Alexander mit großen Schritten auf Louise und ihre Freundinnen zukam. Leontine bekam vor Aufregung einen Schluckauf, als er sie begrüßte.

»Darf ich um einen Tanz bitten?« Alexander verbeugte sich vor Louise, sein Lächeln voller Versprechen. Erst als Leontine ihr einen Ellenbogenstoß versetzte, fand Louise zu sich und überreichte Alexander ihre Tanzkarte. Bei der Berührung ihrer Finger begann ihr Herz, schneller zu schlagen.

Nachdem er sich eingetragen hatte, verbeugte er sich erneut. »Ich kann es kaum erwarten.«

Louise lächelte nur, denn sie brachte noch immer kein Wort hervor. Selbstverständlich trug er sich auch auf den Tanzkarten ihrer Freundinnen ein, aber Louise war die erste Dame, die er aufgefordert hatte. Sie bedauerte, dass sie die ersten Tänze bereits vergeben hatte. Auch sie konnte es kaum erwarten, den veränderten Alexander Ostherloh kennenzulernen. Nachdem er sich fürs Erste verabschiedet hatte, sahen die Freundinnen ihm nach.

»Wie zielstrebig er auf dich zugekommen ist, Louise.« Leontine seufzte. »Alexander sieht aus wie ein Märchenprinz.«

»Er ist erwachsen geworden, mehr nicht.« Henriette schüttelte den Kopf und verdrehte die Augen. »Märchenprinzen gibt es nicht.«

Bevor Leontine antworten konnte, wurden die drei zum Tanz aufgefordert.

Louise ließ das geschliffene Geplauder ihres Tänzers an sich vorbeirauschen, während ihre Augen Alexander suchten. Schließlich erspähte sie ihn, im Gespräch mit Onkel Georg und Sophie. Während Louise mit dem schmucken, aber langweiligen Offizier über das Parkett glitt, blickte sie immer wieder zu Sophie und Alexander hinüber. Inzwischen hatte Alexander ihre Cousine zum Tanz aufgefordert, was Louise in ungekannte Eifersucht versetzte.

Als der Offizier sie in eine Drehung führte, bemerkte Louise aus dem Augenwinkel, dass Alexander und Sophie sich offenbar glänzend unterhielten und sich gemeinsam mit müheloser Leichtigkeit bewegten. Sie stolperte und führte den nächsten Tanzschritt mechanisch aus, ohne auf ihren Partner zu achten. Sie setzte ihren Fuß mit Kraft auf den des Offiziers, und ihm entfuhr ein Schmerzenslaut. Ein peinlicher Moment, der die Aufmerksamkeit der Tänzer um sie herum auf sich zog.

»Oh, Entschuldigung«, stammelte Louise. »Es tut mir leid. Wie konnte das nur geschehen?«

»Nicht so schlimm«, versicherte der Offizier. »Ein Soldat der kaiserlichen Armee kennt keinen Schmerz.«

»Danke«, hauchte sie und widmete ihm nun ihre ungeteilte Aufmerksamkeit.

Noch vier Tänze mit belanglosem Geplauder musste Louise überstehen, bis Alexander sie endlich aufforderte. Zu Louises Freude war es ein Walzer, ihr Lieblingstanz. Während die Musik in ihren Ohren klang, spürte sie seine Hand warm auf ihrem Rücken. Sosehr sie sich auch bemühte, ihr wollte kein Gesprächsthema einfallen. Also glitten sie schweigend über das Tanzparkett, in perfekter Harmonie. Ein nervöses Kribbeln durchströmte ihren Körper, während der Takt der Musik sie umfing.

»Wie schön du heute Abend aussiehst, liebe Louise«, durchbrach Alexander schließlich das Schweigen. »Erinnerst du dich überhaupt noch an mich?«

»Selbstverständlich«, antwortete sie und rang nach Worten. »Wie hat es dir in Übersee gefallen? Wo warst du überall?«

Selbst in ihren Ohren klangen die Fragen aufgesetzt und langweilig. Was hatte Alexander nur an sich, das es ihr unmöglich machte, das übliche Geplauder zu führen? Warum sprach sie nicht über ihre gemeinsame Vergangenheit oder über den Ball?

»Ich möchte dir alles erzählen, aber hier ist weder die Zeit noch der Ort.« Sein Lächeln war vielversprechend, und ihr Herz pochte schneller. »Es ist eine wahre Freude, mit dir zu tanzen.«

»Danke«, erwiderte sie. »Die Freude ist ganz meinerseits. Der Walzer ist mir der liebste von allen Tänzen.«

»Dann sollten wir ihn genießen.« Alexander zog sie enger an sich, und gemeinsam wiegten sie sich im Takt der Musik. Doch wie jeder Tanz hatte auch dieser ein Ende – viel zu schnell verstummte die Musik, und ein kurzer Moment des Schweigens verging, bevor sich Louise und Alexander voneinander lösten. Ihr nächster Tänzer, ihr Cousin Johann Christoph, kam bereits auf sie zu. Da beugte sich Alexander vor und flüsterte ihr ins Ohr: »Ich muss dich wiedersehen, Louise. Bitte nenn mir eine Zeit und einen Ort, wo wir ungestört sein können.«

Kapitel 5

Dunkelheit umgab Emilie, als sie die Augen aufschlug. Ihr Körper fühlte sich schwer und schwach an, jeden Atemzug nahm sie mit Anstrengung. Was war geschehen? Was war das für ein Ort? Panik kroch in ihr hoch, ein dumpfes Dröhnen in ihrem Schädel pulsierte im Takt ihres Herzschlags. Nur mit Mühe setzte sie sich auf und zog die Hände vor ihr Gesicht, als könnte sie den Schmerz auslöschen. Ihre Zunge fühlte sich pelzig an, und sie verspürte einen furchtbaren Durst.

Nachdem ihre Augen sich an das Halbdunkel gewöhnt hatten, sah sie sich um. Ihr Bett stand in einem großen Raum mit weiteren Betten, in denen Menschen schliefen. Der Geruch nach Karbol und Blut und Krankheit drang scharf in ihre Nase. Sie versuchte zu schlucken und schloss die Augen, um dem Kopfschmerz zu entgehen. Vorsichtig ließ sie sich wieder auf das Kissen herabsinken, das einen schwachen Duft von Wäschestärke verströmte.

»Ah, Sie sind wach. Das ist gut. Wie geht es Ihnen?«, erklang eine sanfte Stimme. »Können Sie mich verstehen?«

Emilie öffnete die Augen erneut und sah eine junge Frau mit blonden Haaren und blauen Augen, die sich über sie beugte. Das dunkle Kleid und die Haube wiesen sie als Krankenschwester aus. Das Deutsch der Frau hatte einen leichten

Akzent, der die Ränder ihrer Sprache weich malte und Emilie bekannt vorkam. Langsam kehrte die Erinnerung zurück. Sie war in den Niederlanden. Aber warum lag sie im Krankenhaus?

»Durst«, flüsterte sie mit erstickter Stimme. »Ich habe schrecklichen Durst.«

»Bitte, hier.« Die Frau reichte ihr einen Becher, den Emilie gierig ergriff. Kühl floss das Wasser durch ihre Kehle, und sie genoss jeden Schluck.

Jeanne Baret und Culpeper – wo mochten sie sein? Die Sorge um die beiden ließ ihren Puls schneller schlagen. Und ihre Herbarien – kostbare Arbeit, in die sie so viel Zeit und Mühe investiert hatte, was war aus ihnen geworden?

All diese Fragen drehten sich in ihrem Kopf, und am liebsten hätte sie die Augen geschlossen, um in einen gnädigen Schlaf zu fallen. Stattdessen richtete Emilie sich erneut auf und blinzelte im matten Morgenlicht, das nun durch das hohe Fenster hereinfiel.

Die Krankenschwester legte eine kühle Hand auf ihre Schulter, eine Geste, die zugleich Halt und Trost bot. Emilie spürte die wohlmeinende Berührung, ließ sich widerstrebend zurück in die Kissen sinken und zwang sich, für einen Moment nicht an all die Sorgen zu denken. Dann räusperte sie sich, um ihre Stimme wiederzufinden. »Was ist geschehen? Warum bin ich hier?«

»Sie haben eine schlimme Pneumonie überwunden. Spaziergänger haben Sie bewusstlos am Strand gefunden und sofort hierhergebracht.« Die hellen Augen der Krankenschwester blickten sie ernst an. »Sie haben großes Glück gehabt. In ein paar Stunden wäre das Wasser zurückgekehrt. Wenn die Flut Sie erreicht hätte ...«

Die Frau brauchte ihren Satz nicht zu beenden, denn sie

beide wussten, was dann geschehen wäre. Emilie rang nach Luft, fassungslos darüber, wie knapp sie dem Tod entronnen war. Nachdem sie den Schrecken überwunden hatte, wisperte sie: »Ich hatte einen Hund und eine Katze und einen Handwagen voller Pflanzen und Seetang.«

Ihre Gedanken kreisten immer wieder um ihre wertvollen Exponate. Die Vorstellung, dass all ihre harte Arbeit, all ihre Hoffnungen im Sand verloren gegangen sein könnten, ließ eine Welle des Entsetzens in ihr ansteigen. Albert und sie benötigten das Geld, ihre Tochter ... Emilie konnte den Gedanken nicht zu Ende bringen. Ein erschrockener Laut entwich ihrer Kehle, ein Klang voller Angst und Besorgnis, während sie sich vorstellte, was der Verlust für ihre Familie bedeuten würde.

Obwohl ihr Kopf immer noch schmerzte, setzte Emilie sich auf und schwang die Beine aus dem Bett. Als ihre Füße den Boden berührten, knickten jedoch die Knie unter ihr weg. Sie war schwach wie ein neugeborenes Kätzchen. Zum Glück stand die Krankenschwester bereit und griff nach ihr.

Vorsichtig half sie Emilie zurück auf das Bett und sagte: »Sie sind zu schwach zum Aufstehen. Noch brauchen Sie Zeit zur Erholung. Kann ich etwas für Sie tun?«

»Papier und einen Stift. Ich muss meiner Familie einen Brief schreiben. Bitte, können Sie mir helfen?«

»Ich bringe Ihnen Schreibzeug und eine kräftigende Suppe«, war die Antwort, durchzogen von Wärme, die Emilie Hoffnung gab. Ein ermutigendes Lächeln umspielte die Lippen der Krankenschwester, die dann mit großen Schritten davoneilte, um Emilies Bitte zu erfüllen. Emilies Blick folgte ihr, bis sie außer Sichtweite war.

Wieder allein, sah sie sich um. Um sie herum erwachten Patienten, und weitere Schwestern eilten herbei. Emilie war zu besorgt, um den Menschen um sie herum ihre Aufmerksamkeit zu widmen. Nachdenklich schloss sie die Augen, auf der Suche nach der verlorenen Zeit. Wie viele Stunden oder Tage mochten ihr geraubt worden sein seit jenem Augenblick am Strand? Ihr Gedankenspiel reichte von blasser Sorge bis hin zu stechender Panik, während sie auf die Rückkehr der Krankenschwester wartete.

Langsam entstanden Bilder vor ihrem inneren Auge. Bilder des letzten Tages, an den sie sich erinnerte. Sie war am Strand entlanggegangen, fast roch sie wieder die salzige See. Der Sand knirschte unter ihren Schuhen, als sie Culpeper und den Handwagen vorsichtig über den weichen Untergrund lenkte. Nachdem sie am Meer angekommen war, ließ sie Culpeper frei, damit er – wie Jeanne – am Strand spielen konnte. Ein Lächeln glitt über Emilies Gesicht, als sie die Katze vor sich sah, wie sie ihre Pfoten schüttelte, nachdem das Meer sie überrascht hatte.

Langsam schreitend, den Blick zu Boden geheftet, suchte sie nach Seetang. Das sanfte Rauschen der Wellen begleitete sie, als sie sich nach einem Stück Tang bückte. Nur langsam kam sie voran, denn immer wieder musste sie anhalten, geschüttelt von einem heftigen Husten, der sie schon mehrere Tage begleitete.

Sie erinnerte sich daran, wie sie gelacht hatte, als Jeanne einer Möwe hinterhergejagt war. Der Vogel hatte die Katze geneckt, war immer wieder vor ihr auf den Strand geflogen, um dann mit schnellen Flügelschlägen zu entkommen, sobald Jeanne sich näherte. Schließlich erinnerte sie sich an nichts mehr. Plötzlich hatte eine tiefe Dunkelheit sie umfangen.

Wie hatte sie nicht bemerken können, wie krank sie gewesen war? Die Antwort lag so klar vor ihr wie der Weg zurück zu ihrer Familie: Es war ihr unerschütterlicher Antrieb gewesen, Exponate zu sammeln und sich dann so bald wie möglich auf die Rückreise zu begeben. Zurück zu Clara, ihrem kleinen Stern, den sie nur ungern allein bei Albert gelassen hatte.

»Was ist mit Ihnen?« Die Krankenschwester war zurückgekehrt und stellte einen Teller mit dampfender Suppe auf den kleinen Tisch neben Emilies Bett. »Sie sehen so düster aus.«

Einen Moment war Emilie versucht, der freundlichen Frau alles zu erzählen, von Albert und all dem Ärger, den er verursacht hatte, aber sie schämte sich dafür, diesen Mann geheiratet zu haben, der ihr früher so klug erschienen war und sich als Nichtsnutz entpuppt hatte. Doch sie würde bei ihm bleiben, um ihrer Tochter willen.

»Haben Sie Schreibzeug für mich?« Emilie sah die Krankenschwester bittend an.

»Das bringe ich Ihnen sofort. Aber erst müssen Sie sich stärken.«

»Meine Tochter wartet gewiss auf eine Nachricht von mir.« Emilies Augen füllten sich mit Tränen. »Clara ist fünf. Ich vermisse sie sehr.«

»Warum haben Sie das Kind nicht mitgenommen? Ist es bei Verwandten untergebracht?« Die Schwester sah sie mitfühlend an.

»Clara ist bei meinem Mann geblieben. Er konnte nicht reisen. Er war krank.« Zorn überkam Emilie. Warum log sie für Albert? Ihr Mann hatte nicht reisen wollen. Sie war sicher, dass er seine Schwäche nur als Vorwand genutzt hatte. Ihr Zorn wuchs. Es wäre seine Aufgabe gewesen, die Reise zu unternehmen, den Tang zu sammeln und zu pressen. Sie hätte zu Hause bleiben sollen bei ihrem Kind. Bei ihrer Tochter, die Emilie aus vollem Herzen liebte, während Albert enttäuscht war, weil Clara kein Junge war.

»Essen Sie«, sagte die Krankenschwester freundlich. »Mit etwas warmer Suppe im Bauch wirkt alles nicht mehr so düster.« Sie stand auf. »Ich hole Ihnen etwas zu schreiben.«

»Danke.« Vorsichtig führte Emilie den Löffel zum Mund. Die Hühnersuppe schmeckte besser als alles, was sie je in ihrem Leben gegessen hatte. Wie lange würde sie wohl im Krankenhaus bleiben müssen? Wie lange lag sie schon hier? Das musste sie die Krankenschwester unbedingt fragen, sobald sie zurückgekehrt war.

Kapitel 6

»Vielen, vielen Dank.« Emilie drückte die Hände der Krankenschwester, die ihr in den vergangenen Tagen eine Freundin geworden war. »Ihrer guten Pflege verdanke ich es, so schnell nach Hause zurückkehren zu können.«

»Ja, aber achten Sie dennoch auf sich.« Grietje musterte Emilie von oben bis unten, als ob sie mit ihren Augen Emilies Stärke abwägen könnte. »Sie sollten sich nicht übernehmen.«

»Das wird mir kaum möglich sein.« Emilie hob ihre Arme und betrachtete ihre mageren Handgelenke. Die Krankheit hatte an ihr gezehrt, und sie geriet schnell außer Atem. »Keine Sorge. Meine Tiere und ich werden langsam gehen.«

Beim Gedanken an Culpeper und Jeanne Baret durchströmte sie erneut Dankbarkeit und ein Glücksgefühl, dass der Pförtner des Krankenhauses sich Hund und Katze angenommen und beide sehr gut gepflegt hatte. Während Emilie nur noch aus Haut und Knochen bestand, sahen sowohl Culpeper als auch Jeanne Baret aus, als hätten sie bereits Winterspeck angesetzt.

»Senden Sie mir eine Postkarte, wenn Sie Stendal erreicht haben?« Die Krankenschwester lächelte ihr zu. »Ich sammele Ansichtskarten.«

»Versprochen. Das ist das Mindeste, was ich tun kann. Ich

kann meinen Dank nur wiederholen.« Erneut drückte Emilie die Hände ihrer Freundin. Sie hatte Grietje eines der Herbarien geschenkt, da die Krankenschwester sich sehr für Pflanzen interessierte. Vor allem für die mit Heilkräften.

»Sollte Ihr Weg Sie je wieder nach Groningen führen, Sie sind hier stets willkommen.« Die Krankenschwester lächelte. »Für einen Besuch, nicht unbedingt für einen Aufenthalt. Und nun gehen Sie. Abschiede fallen mir schwer.«

»Mir auch.« Emilie seufzte, wandte sich um und marschierte aus dem Krankenhaus, so schnell es ihrem erschöpften Körper möglich war. Ab und zu verabschiedete sie sich mit einem Kopfnicken von Patienten, die sie kennengelernt hatte, aber ihr Herz war bereits auf dem Weg nach Hause.

Vor der Tür wartete der Pförtner mit Culpeper, der bereits vor den Handwagen geschnallt war, und Jeanne Baret, die sich zu einem Schläfchen darauf eingerollt hatte. Emilies Herz war froh, dass sie in schweren Stunden so wunderbare Menschen getroffen hatte, die ihr und ihren Tieren helfend zur Seite gestanden hatten.

»Auch Ihnen vielen Dank.« Emilie, die Menschen ungern etwas schuldig blieb, hatte dem Pförtner etwas Geld geben oder ein Herbarium schenken wollen, aber er hatte beides abgelehnt mit den Worten: »Das war selbstverständlich. Und die Tiere haben mir meine einsamen Abende verschönert.«

Nun beugte sich der Mann über den Handwagen, um die Katze ein letztes Mal zu streicheln. Kam es Emilie nur so vor oder glänzten seine Augen ein wenig? Als seine Hand ihr Fell berührte, öffnete Jeanne Baret ein Auge, schnurrte und schlief dann wieder ein.

»Katzen. Sie sind sehr eigensinnig«, kommentierte der

Pförtner mit einem Lächeln und ging vor Culpeper in die Knie. »Du warst mir ein guter Freund, mein Lieber.«

Er streckte die Hand aus, in die Culpeper seine Pfote legte. Ein Kunststück, das der Pförtner wohl mit dem Hund eingeübt hatte, denn Emilie kannte es noch nicht. Nachdem er die Pfote geschüttelt hatte, erhob der Mann sich und sagte mit einem Seufzen: »Ich werde die beiden vermissen und mir wohl selbst einen Hund zulegen. Und eine Katze.«

»Machen Sie das«, erwiderte Emilie lächelnd und in der Hoffnung, der Wunsch des Pförtners möge in Erfüllung gehen. »Tiere sind wunderbare Begleiter. Wir müssen uns nun auf den Weg machen.«

Sie reichte ihm zum Abschied die Hand. Mit einem letzten dankbaren Blick verließ sie den Hof des Krankenhauses, die Umrisse des Gebäudes verschwammen bereits hinter ihr. Das ratternde Geräusch der Wagenräder auf dem Kopfsteinpflaster begleitete den Anfang ihrer Reise, und mit jedem Schritt wurde das ersehnte Zuhause greifbarer, während die Sonne den neuen Morgen begrüßte. Emilie schöpfte Hoffnung, dass alles gut werden würde. Sie hatte etwas Geld eingenommen, für Herbarien, die sie in Bremen und Hamburg verkauft hatte; sie war wieder gesund und mit ihren treuen Weggefährten vereint. Im Kopf rechnete sie die Tage durch, die Culpeper, Jeanne Baret und sie für die Reise benötigen würden.

Selbst wenn Emilie stramm marschierte, würde sie Stendal erst in drei Wochen erreichen, eine Zeit, die ihr unendlich erschien. Doch bereits nach wenigen Schritten keuchte sie auf, ihre Brust wog wie mit Blei beschwert, und sie zitterte vor Schwäche. Sie hielt an und grübelte. Wenn sie sich überanstrengte, würde die Reise nur länger dauern, sagte sie sich, aber die Sorge um ihre Liebsten trieb sie voran. Mit gesenktem

Kopf stapfte sie weiter, wischte sich mit dem Handrücken den Schweiß von der Stirn und rang nach Luft.

Immer wieder fragte sie sich, warum Albert sich nicht gemeldet hatte. Auf den verzweifelten Brief, den sie ihm am ersten Tag ihrer Genesung geschickt hatte, hatte sie keinerlei Nachricht bekommen. Jeden Tag hatte sie Grietje nach einem Lebenszeichen gefragt, nur um ein Kopfschütteln als Antwort zu erhalten.

Auch der zweite, der dritte und der vierte Brief waren ohne Lebenszeichen ihres Ehemanns geblieben. Jede Nacht hatten Emilie Albträume geplagt und ihr Furchtbares vorgegaukelt, was ihrer Familie während ihrer Abwesenheit geschehen war. Jeden Morgen war sie schweißgebadet erwacht und hatte nach Stendal aufbrechen wollen, aber Grietje hatte sie aufgehalten: »Wenn Sie jetzt gehen, kommen Sie nicht weit. Sie müssen die Krankheit erst überwunden haben.«

Emilie hatte das eingesehen, aber die Ungewissheit hatte an ihr gezerrt und sie ihre Gesundheit vergessen lassen. Sobald der Arzt sie für genesen erklärt hatte, kannte Emilie kein Halten mehr. Vielleicht war sie doch zu früh aufgebrochen, dachte sie und verhielt den Schritt. Die Krankenschwester hatte sie davor gewarnt, sich zu überschätzen, aber Emilie war es gewöhnt, an ihre Grenzen zu gehen und sich zu verausgaben.

»Steh, Culpeper«, befahl sie dem Hund, der sofort gehorchte. Emilie atmete tief ein und aus, spürte, wie die Luft in ihre Lungen strömte. In ihrem Kopf drehten sich die Gedanken unermüdlich wie ein Mühlrad.

Gewiss gibt es einfache Erklärungen, warum sie keine Antwort aus Stendal erhalten hatte, redete sie sich ein. Der Brief konnte verloren gegangen sein. Oder – simpler noch – Albert hatte nicht gewusst, was er ihr sagen sollte, und daher geschwiegen. Konnte das wirklich sein? Selbst Albert, dieser Mann von so wenigen Worten, Eigenbrötler, der er war – musste er sich nicht um sie sorgen? Und wenn nicht um mich, dachte sie voller Bitterkeit, dann doch um seine geliebten Exponate.

Kaum war ihr dieser Gedanke durch den Kopf gegangen, ergriff sie eine neue Sorge. Hoffentlich hatte Albert sich gut um die kleine Clara gekümmert. Sobald er sich mit seinen Herbarien befasste, versank Emilies Ehemann in seiner Arbeit. Oft genug hatte Emilie erlebt, dass sie nach Hause gekommen war und Clara vor Hunger geweint hatte, weil der Vater sie über seiner Arbeit vergessen hatte.

Vor ihrem inneren Auge zeichneten sich Schreckensbilder ab. Clara, die vor Hunger verging, während Albert mit feinen Linien Pflanzenbeschreibungen zu Papier brachte. Albert, der ihr letztes Geld in die Wirtschaft trug, anstatt der Kleinen ein Paar Schuhe zu kaufen. Das Bild der weinenden Clara war so stark, dass Emilie sich aufraffte und weiterstapfte, sosehr ihre Muskeln auch schmerzten, sosehr ihr Atem auch pfiff. Für ihre Tochter nahm sie all das und noch mehr in Kauf.

Hätte sie nur diese vermaledeite Reise nicht angetreten! Aber es hatte sein müssen, denn die kleine Familie brauchte das Geld, das die Herbarien einbrachten. Seitdem Albert trank und sich mit seinen Auftraggebern aus nichtigsten Gründen überwarf, musste Emilie für die Familie sorgen. Sie kannte es ja nicht anders, auch ihre Mutter hatte sich nach dem viel zu frühen Tod des Vaters krumm gearbeitet, damit ihre Kinder es einmal besser hätten als sie. Dora war nicht angetan gewesen, als Emilie Albert heiraten wollte.

»Naturforscher – was soll das sein?«, hatte ihre Mutter gesagt. »Davon kann er keine Familie ernähren, oder?«

Aber Emilie, geblendet von Alberts Wissen und seinem beeindruckenden Wortschatz, hatte sich nicht beirren lassen. Ihn oder keinen, hatte sie der Mutter gesagt, und Dora hatte schließlich nachgegeben.

Fast könnte Emilie froh darüber sein, dass ihre Mutter nicht mehr erleben musste, wie Albert sich verändert hatte. Kurz nach der Geburt von Clara war Dora gestorben, und Emilie vermisste sie immer noch. Nun gab es niemanden in ihrem Leben, mit dem sie ihre Sorgen teilen konnte. Niemanden, dem sie erzählen konnte, wie bitter Albert war, weil seine Auftraggeber Emilies Arbeiten mehr schätzten als seine. Immer wieder hatte ihr Mann ihr vorgeworfen, dass sie ihm alles verdankte und ohne ihn noch immer eine dumme Bäuerin wäre.

Sollte sie ihm ein teures Telegramm mit der Bitte um Antwort senden? Nein, das würde Albert nur für eine unnötige Ausgabe halten und sie dafür bestrafen. Und gewiss würde er nicht antworten, sondern erst recht schweigen, weil sie Geld verschwendet hatte. Also blieb ihr nur eines: weitergehen, Schritt um Schritt, auch wenn die Lunge pfiff und die Beine schmerzten.

»Ich kann nicht mehr.« Emilie blieb stehen und rang nach Luft. Vor sich, nicht weit entfernt, sah sie das Glitzern eines Flusses. Ein idealer Ort für eine kurze Rast. Sie nahm alle Kraft zusammen und stolperte den Hang hinab. Als sie am Ufer angekommen war, ließ sie sich in das weiche Gras fallen, der frische Geruch von Feuchtigkeit und Erde erfüllte die Luft. Völlig außer Atem gönnte sie sich ein paar Minuten Pause, bevor sie den Hund abschirrte. Jeanne Baret war bereits am Wasser und trank, bevor sie im Gras verschwand, um sich ihr Mittagessen zu jagen.

Culpeper, treu und geduldig neben Emilie, ließ seine Zunge durch das fließende Wasser gleiten, seine Schnauze tauchte tief in den Fluss. Nachdem der Hund getrunken hatte, sah er Emilie auffordernd an.

»Jaja, ich weiß, was du willst. Aber von mir bekommst du nicht so viel wie beim Pförtner.« Emilie holte eine Stulle aus dem Rucksack, die sie mit dem Hund teilte. Während sie mit kleinen Bissen aß, um ihre Kräfte zu schonen, sann sie über den Weg nach, der noch vor ihr lag. Das Plätschern des Wassers, das leise Rauschen des Windes durch das Grün um sie herum – die Welt schien innezuhalten für diesen flüchtigen Moment der Erholung. Emilie ging zum Ufer, beugte sich über den Fluss und benetzte ihr müdes Gesicht. Sie schöpfte Wasser in ihre Tasse und spülte damit den letzten Rest des Brots herunter, bevor sie sich ihre weiteren Schritte überlegte.

Sosehr sie es sich auch wünschte, Emilie musste sich eingestehen, dass sie zu erschöpft war für einen dreiwöchigen Fußmarsch. Also blieben ihr nur zwei Möglichkeiten: langsamer gehen, ein Gedanke, bei dem ihr das Herz schwer wurde, oder aber sich eine andere Art der Fortbewegung suchen. Nachdem sie hin und her überlegt hatte, traf sie einen Entschluss. Die Reise zu verlängern, kam nicht infrage, zu schwer wog die Ungewissheit. Sollte Albert doch schimpfen, weil Emilie den Zug nahm. Sie musste so schnell wie möglich nach Hause und sich mit eigenen Augen davon überzeugen, dass es Clara gut ging.

»Wo mag nur der nächste Bahnhof sein?« fragte sie, und ihre Stimme ließ Culpeper aufhorchen. »Such weiter. Es ist nichts.«

Ob ihr Geld für eine Fahrkarte nach Stendal reichen würde? Emilie suchte nach ihrem Portemonnaie und zählte die wenigen Münzen, die sie während ihrer Reise eingenommen hatte.

Hoffentlich war es genug. Während sie das Portemonnaie wieder zuknöpfte, glitt ihr Blick über ihre zwei Begleiter. Culpeper, der die Nase im Gras vergraben hatte und mit seinen Pfoten den Boden aufwühlte, und Jeanne Baret, die eine Feldmaus im Maul trug, sichtlich stolz auf ihren Jagderfolg.

»Hoffentlich finden wir Schaffner mit Herz, die erlauben, dass ihr beide mit mir reist«, murmelte Emilie.

Sie musste einfach auf ihr Schicksal vertrauen, dass es ihr weiterhin freundliche Menschen sandte, so wie Grietje und den Pförtner. Vielleicht war das der Ausgleich für das Unglück, das sie in den letzten Jahren durchgestanden hatte.

Kurz schloss Emilie die Augen, ließ sich zurücksinken und kämpfte gegen die Versuchung, hier im weichen Gras liegen zu bleiben und einzuschlafen. Jede Minute, die sie rastete, war eine, die sie von ihrer Tochter entfernt hielt. Mit einem Seufzer setzte sie sich auf, entschlossen, schnellstmöglich nach Stendal zu gelangen.

»Culpeper, komm«, befahl sie dem Hund, der sofort gehorchte und sich vor den Handwagen stellte. Mit geübten Bewegungen schirrte Emilie ihn an und sah sich dann suchend nach Jeanne um. Die Katze war verschwunden, nicht mal ein Rascheln im hohen Gras zeigte an, wo sie jagte.

»Jeanne Baret!«, rief Emilie. »Komm her! Du willst doch nicht allein in Holland bleiben.«

Kapitel 7

Nur noch eine Stunde, und sie würden endlich den Bahnhof in Stendal erreichen. Emilies Körper vibrierte im monotonen Rhythmus des Zugs. Seit Stunden wurde sie auf der Holzbank durchgerüttelt und geschaukelt. Die Geräusche der Zugfahrt waren allgegenwärtig: das gleichmäßige Tuckern der Lokomotive, das Zischen der Dampfventile, die gedämpften Stimmen der Mitreisenden. Immer wieder hatte Emilie die Augen geschlossen, aber war zu aufgeregt, um zu schlafen. Ihre Handflächen waren feucht, und ihr Herz schlug schneller in einer Mischung aus Freude und Sorge. Mit jedem Kilometer, den der Zug zurücklegte, wuchs ihre Sehnsucht nach Clara, die sie bald endlich wieder in die Arme schließen konnte.

Um sich abzulenken, sah sie aus dem Fenster und beobachtete, wie die Landschaft an ihr vorbeizog: grüne Wiesen, Felder und ab und zu ein kleines Dorf. Als die Bahn einen schrillen Pfiff ausstieß, hoben die Kühe, die gemächlich auf ihrer Weide grasten, erschrocken die Köpfe und galoppierten davon, nur weg von dem seltsamen Geräusch. Der Anblick war so niedlich, dass Emilie lächeln musste.

Der Dampf aus dem Schornstein stieg in Wirbeln empor und trieb an den Fenstern vorbei wie Wolken vor dem hellblauen Oktoberhimmel.

Culpeper, ihr treuer Begleiter, spürte wohl Emilies Unruhe und legte ihr seinen Kopf auf den Oberschenkel; seine dunklen Augen blickten zu ihr auf. Sie strich über das raue Fell seines Kopfes und flüsterte: »Danke, du Guter, ohne dich hätte ich das alles nicht durchstehen können.«

Wieder einmal dachte sie, was für eine weise Entscheidung es gewesen war, sich den Hund anzuschaffen, obwohl Albert nicht zugestimmt hatte. Es war eines der wenigen Male gewesen, dass Emilie sich gegen ihren Ehemann durchgesetzt hatte. Schließlich war sie diejenige, die die beschwerlichen Wege mit dem Handkarren auf sich nehmen musste. Ohne den Hund, der brav den Wagen zog, über Kopfsteinpflaster, Schotter und Sand, wären ihr viele Forschungsexkursionen nicht möglich gewesen.

»Da ist eine Katze!«, rief der ältere Herr ihr gegenüber und deutete auf Emilies Reisetasche, aus der ein grau gestreiftes Köpfchen neugierig herauslugte. »Hat die sich etwa eingeschlichen?«

»Nein, nein«, beruhigte Emilie ihn und die anderen Reisenden, die auf sie aufmerksam geworden waren. »Das ist Jeanne Baret. Jeanne«, korrigierte sie sich, um nicht zu hochtrabend zu wirken. »Ich habe ihr das Leben gerettet, als sie ein winziges Kätzchen war – und das dankt sie mir mit Treue.«

Dankbar über die Ablenkung, wanderten ihre Gedanken zurück zu dem Tag vor drei Jahren, als sie auf dem Heimweg drei Rabauken aus der Dorfschule entdeckt hatte. Die Jungen standen um etwas herum, johlten und kicherten. Ihr Lachen klang so bösartig, dass Emilie sofort misstrauisch wurde und stehen blieb. Obwohl sie erschöpft von ihrem Tagwerk war und es sich nicht mit den Dörflern verscherzen wollte, zögerte Emilie nicht einen Augenblick, sondern ging furchtlos auf sie zu.

»Wie könnt ihr nur?«, schrie sie die Burschen an, die ertappt zusammenzuckten. Irgendwie war es den Jungen gelungen, zwei fette Ratten zu fangen, die sie mit einem winzigen Kätzchen in einen Eimer gesteckt hatten. Das Kätzchen fauchte und verteidigte sich tapfer, aber blutete bereits an vielen Stellen. Gegen die Übermacht der Ratten würde es nicht lange bestehen können.

In ihrer Erinnerung sah Emilie es noch einmal vor sich, wie sie den Eimer ergriffen und umgestoßen hatte. Die Ratten waren sofort davongerannt, und Emilie nahm das kleine, heftig zitternde Bündel vorsichtig in ihre Arme. Sie spürte das feuchte Blut, das Schlagen des kleinen Herzens und wusste, sie würde das Kätzchen niemals aufgeben. Zu ihrer Überraschung hatte Albert nicht widersprochen, und Clara liebte Jeanne genauso wie Emilie.

Als die Reisenden um Emilie herum unruhig wurden, kehrte sie aus ihren Gedanken zurück in die Gegenwart. Die Menschen standen auf und suchten nach ihrem Gepäck, sammelten ihre Jacken und Hüte und schienen es nicht erwarten zu können, ihr Ziel zu erreichen. Emilie lehnte sich erschöpft gegen die Rückbank, erleichtert, die Reise endlich beenden zu können. Die Zugfahrt war die richtige Entscheidung gewesen, trotzdem war sie müde von den Stunden, die sie auf den Schienen verbracht hatte. Nun musste sie nur noch von Stendal aus zu ihrem Heim laufen, zwei weitere Stunden, bis sie endlich ihre Tochter wiedersehen würde. Erneut stieg die Aufregung in ihr auf, und ihre Finger zitterten, als sie ihren Mantel überzog, die Tasche nahm und aufstand. Culpeper drückte sich an ihr Bein, als wollte er sie beruhigen.

Mit einem Ruck kam der Zug zum Stillstand, das laute Zischen der Dampflokomotive und das Quietschen der Bremsen hallten durch die Luft, während die Reisenden aus den Abteilen strömten. Emilie schloss sich ihnen an, die Reisekleidung klebte an ihrem Körper, und sie war froh über den kühlen Wind, der über ihre Haut strich. Draußen roch es nach Kohle und Dampf, der aus der Lokomotive strömte.

Gemeinsam mit Culpeper marschierte Emilie zum Gepäckwagen, um ihren Handwagen abzuholen. Sie drängten sich durch die Menge, Menschen, die es eilig hatten, den Bahnhof zu verlassen. Begrüßungsrufe erklangen und auch Flüche, wenn jemand nicht schnell genug aus dem Weg ging.

Endlich hatte Emilie den Handwagen erhalten und prüfte sofort, ob die Herbarien und der gepresste Seetang schadlos geblieben waren, bevor sie den Bahnhof verließ. Vor der Tür angekommen, drehte sie sich noch einmal um, betrachtete das imposante Gebäude aus rotem Backstein mit den hohen Türmen und spitzen Dächern, das majestätisch über den Gleisen aufragte. Die Architektur war geprägt von kunstvollen Verzierungen und filigranen Verstrebungen an den Fenstern. Die Sonne schien durch die Fenster, was Emilie als gutes Omen deutete. Mit leichterem Herzen machte sie sich auf den Weg nach Jarchau. Obwohl ihre Muskeln zitterten und ihre Lunge pfiff, schritt sie stetig voran, getrieben von nur einem Gedanken: Clara!

...

Inzwischen war die Dämmerung aufgezogen und tauchte die Welt in ein mildes Licht. Es war nicht mehr weit nach Hause, aber Emilie musste rasten, denn ihr Körper verlangte nach einer Pause. Jeder Schritt war eine Qual, schwer hob sie den Fuß vom Boden, um ihn wieder aufzusetzen. Der Weg nach Jarchau schien unendlich, und selbst Culpeper, der immer fröhlich war, ließ die Ohren hängen und hechelte, während er unermüdlich den Handwagen zog. Der Sand der Straße knirschte unter den Rädern des schwer beladenen Handwagens. Einzig die Katze sprang um sie herum, jagte nach herbstlich bunten Blättern und verschwand immer wieder im hohen Gras der Straßengräben, um zu jagen.

»Auf, Culpeper, gleich haben wir es geschafft«, sprach Emilie dem Hund und sich selbst Mut zu. Sie holte noch einmal tief Luft, rückte den Rucksack auf ihrem Rücken zurecht und stapfte weiter, mit kleinen Schritten der Heimat entgegen.

Die letzten Meter die staubige Straße hinauf rannte sie schließlich, getrieben von Erwartung und Angst, was sie wohl im Haus vorfinden würde. Ganz allein stand das Häuschen am Rand des Dorfes, durch Birken und Hecken abgetrennt. Klein war es, gerade groß genug für ihre Familie, mit rotem Backstein, an dem das Alter gefressen hatte. Wie oft hatte Emilie ihren Mann gebeten, die Fassade ausbessern zu lassen, aber Albert war das Geld dafür zu schade.

Als sie durch die Pforte auf den Gartenweg trat, kamen ihr die Tränen. Warum hatte Albert, der sich Naturforscher nannte und ein Pflanzenfreund sein sollte, ihren wunderschönen Garten so verkommen lassen? Quecke und Vogelmiere hatten die Beete überwuchert, in denen Emilie Kartoffeln, Möhren und Zwiebeln angepflanzt hatte. Die Astern waren kaum zu sehen, verdeckt von Ackerschachtelhalm und Brennnesseln. Es juckte Emilie in den Fingern, das Unkraut herauszureißen, aber das hatte Zeit. Während ihre Stiefel auf dem Kies des Gehwegs knirschten, fragte sie sich, warum Clara ihr nicht entgegenlief. Ihre Tochter saß so gern am Fenster und spähte hinaus. Sicher wäre sie ihrer Mutter entgegengeeilt, wenn sie Emilie gesehen hätte. Ob Albert das Kind schon ins Bett gesteckt hatte, damit er seine Ruhe hatte?

Als sie die Haustür erreicht hatte, hielt Emilie inne. Etwas stimmte hier ganz und gar nicht. Eine drückende Stille lastete auf dem Haus. Emilie wagte es kaum, die Tür aufzustoßen aus Sorge vor dem, was sie erwartete.

Nachdem sie in die Küche getreten war, sog sie scharf die Luft ein. Hier sah es ähnlich verwahrlost aus wie draußen im Garten. Leere Flaschen billigen Schnapses standen auf dem Tisch oder lagen auf dem Boden, Geschirr stapelte sich im Spülstein, es roch nach vergammelten Essensresten. Staub lag auf dem Regal, dem Tisch und selbst auf den Fliesen am Boden. Wie hatte Albert sich nur so gehen lassen können? Wie konnte er es wagen, ihr Kind in diesem Dreck großzuziehen? Nicht auszudenken, welche Krankheiten sich ihre Kleine hier zuziehen konnte.

»Clara!«, rief sie. »Albert!«

Keine Antwort. Mit klopfendem Herzen ging Emilie weiter in das Haus hinein, betrat den kleinen Flur, der sich hinter der Küche erstreckte. Der Boden, mit unebenen Dielen bedeckt, knarrte vertraut unter ihren Füßen. Sonst war kein Lebenszeichen zu hören. Emilie griff sich mit der Hand an die Kehle, Panik drohte sie zu überwältigen.

»Clara!«, wollte sie rufen, aber brachte nur ein ersticktes Flüstern zustande. Ihre Hand verharrte über der Klinke des Zimmers, in dem ihre Tochter schlief, denn Emilie fürchtete das, was sie dort vorfinden würde. In ihrem Kopf kreisten die Gedanken und malten grausige Bilder, bis sie es nicht mehr aushielt und die Tür aufstieß.

Die Luft blieb ihr weg, und sie taumelte. Anstatt Claras Bettchen stand hier ein schwerer Holztisch, übersät mit Büchern, aus denen gepresste Pflanzen ragten, Blättern für ein Herbarium und weiterer Flaschen billigen Fusels. Nichts deutete darauf hin, dass hier ein fünfjähriges Mädchen lebte. Emilie drehte sich um und rannte aus dem Zimmer, sie spürte Brechreiz in sich aufsteigen. Voller Hast riss sie die Tür zum zweiten Raum auf, dem Arbeitszimmer ihres Mannes, getrieben von der Hoffnung, dass Albert ihre Abwesenheit genutzt hatte, um Clara in dieses Zimmer zu schieben, damit er einen zweiten Raum für seine Arbeit hatte.

Doch nein, auch hier war von ihrer Tochter keine Spur. Stattdessen herrschte das gleiche Durcheinander wie in dem anderen Zimmer: gesammelte Pflanzen, Pflanzen in der Presse, auf Blätter geklebte Pflanzen sowie Flaschen und ein paar Teller mit Essensresten.

»Clara?«, flüsterte sie, doch ihre Stimme hatte keine Kraft und klang wie ein erschrockener Seufzer. Die Hoffnung, dass ihre Tochter und ihr Mann vielleicht nur zu einem Spaziergang aufgebrochen waren, flackerte in ihr auf und wollte sich gegen das beklemmende Gewicht der Stille behaupten.

»Albert?«, rief sie ein zweites Mal, doch sie erhielt wieder keine Antwort bis auf das Knacken der alten Holzdielen. Emilie griff sich ans Herz, in der sicheren Gewissheit, dass sich während ihrer Abwesenheit etwas Furchtbares ereignet hatte.

Zitternd verließ sie den Raum, tastete mit den Händen an den gekalkten Wänden entlang, um sich abzustützen. Nun blieb nur noch ein Zimmer – ihr Schlafzimmer. Obwohl die Ungewissheit an ihr nagte, wagte Emilie es nicht, die paar Schritte dorthin zu gehen. Sie starrte nur die Tür an, die Hände vor dem Mund, um einen Schrei zu unterdrücken.

Plötzlich ging die Tür auf, und Albert erschien; die roten

Haare zerzaust, rieb er sich die Augen, als wäre er gerade erst erwacht. Als er sie erblickte, verharrte er ebenso reglos wie sie.

»Emilie?« Er starrte sie an, als wäre sie ein Geist. »Warum kommst du jetzt erst?«

»Hast du meinen Brief nicht erhalten?« Emilies Tonfall war eine Mischung aus Erwartung und Vorwurf.

»Doch, schon, aber ... ich fand keine Zeit, ihn zu lesen.« Ihr Ehemann senkte den Blick, seine Wangen liefen rot an. »Ich hatte so viel zu tun, weil du nicht da warst.«

Wie konnte er es wagen, ihr die Schuld zu geben? Seinetwegen war sie in die Niederlande gereist, seinetwegen hatte sie die Lungenentzündung so lange nicht auskuriert, seinetwegen hatte ihre Reise viel länger gedauert als geplant. Aber das war nebensächlich, es zählte nur eins.

»Wo ist Clara?« Emilie erhob die Stimme. »Clara, ich bin zurück!«

»Du kannst schreien, soviel du willst.« Albert kratzte sich am Kopf. »Das Kind ist nicht mehr da.«

Kapitel 8

Emilie hörte Albert in seinem Arbeitszimmer rumoren, ein deutliches Signal, dass er ihre Anwesenheit erwartete, aber sie blieb im Bett liegen. In ihren Armen hielt sie Claras Lumpenpuppe umklammert, so fest, als könnte sie ihre Tochter zurück ins Leben rufen. Die Puppe, die Emilie in liebevoller Handarbeit genäht hatte, war das Einzige, was ihr von ihrer Tochter geblieben war.

»Das Kind war von schwacher Konstitution, das weißt du selbst«, hatte Albert gemurmelt, als Emilie von ihm wissen wollte, was geschehen war. »Immer hat es gekränkelt, und das Wetter ...«

Wie hatte er nur so kühl über ihr einziges Kind reden können? Seine unbeteiligten Worte hatten sie so geschmerzt, dass sie sich zurückgezogen, jedes Gespräch verweigert hatte. Sie war so erschüttert, dass sie ihn nicht einmal gefragt hatte, wo Clara begraben lag. Denn was bedeutete das schon? Emilie brauchte keinen Stein oder einen Flecken Erde, um sich an ihre geliebte Tochter zu erinnern.

Seitdem ihr Ehemann die furchtbare Nachricht überbracht hatte, hatte Emilie jeglichen Lebensmut verloren. Wenn Albert brüllte, blieb sie stoisch. Wenn er sie anflehte, schaute sie durch ihn hindurch, als wäre er Luft. Selbst als er die Hand gegen sie erhob, wehrte sie sich nicht. Sie fühlte sich wie in einer Glocke der Trauer gefangen, die nichts durchdringen konnte: weder Alberts Zorn noch sein Betteln.

Emilie aß kaum, trank nur wenig Wasser, und selbst dem treuen Culpeper und der verspielten Jeanne Baret gelang es nicht, ihre Stimmung aufzuheitern. Sie schloss sich in dem Zimmer ein, in dem einst Clara geschlafen hatte, und verließ es nur, um den Hund zu füttern und sich selbst eine karge Mahlzeit zuzubereiten.

Jede Nacht, die sie durchwachte, jede Minute der scheinbar endlosen Tage erinnerte sie an den furchtbaren Verlust. Was hätte sie nicht gegeben, um noch einmal das seidenzarte Haar ihrer Tochter zu fühlen und von ihren kleinen Armen umfangen zu werden?

Nachdem er wieder einmal getrunken hatte, donnerte Albert mit seinen Fäusten gegen die Tür und verlangte, dass sie öffnete.

»Du bist mein Weib. Steh auf und putz das Haus! Koch mir etwas und kümmere dich um alles!«, brüllte er, aber Emilie weigerte sich, ihn auch nur einer Antwort zu würdigen. Sie war so müde, dass es ihr nicht einmal gelang, ihn zu hassen. Stattdessen empfand sie ihn nur als Ärgernis, als Störung ihrer Trauer.

So auch heute. Mit einem Knall fiel ein Buch zu Boden, gefolgt von einer Flasche, die zerbarst. Emilie hörte Albert durch sein Arbeitszimmer stapfen wie einen Elefanten. Er murmelte vor sich hin, die Worte waren durch die Mauern zwischen ihnen nicht zu verstehen. Schlafen konnte sie nun nicht länger, dafür war ihr Ehemann einfach zu laut.

Also setzte sie sich auf, wiegte die Puppe in ihren Armen und ließ ihren Blick durch den Raum wandern. So konnte es nicht bleiben. Selbst in ihrer tiefen Traurigkeit machte es sie zusätzlich unzufrieden, dass die Herbarien nicht fertiggestellt waren. Emilie seufzte und legte die Puppe sanft zurück auf die Kissen, die ihr als Bett dienten. Vielleicht täte es ihr gut, hier aufzuräumen und die gepressten Pflanzen zu einem Herbarium zusammenzufügen. Alles war besser als das Gedankenkarussell, in dem sie sich die Schuld daran gab, was mit Clara geschehen war. Wäre sie nur nicht in die Niederlande gereist! Hätte sie ihre Tochter nur mit auf die lange Reise genommen!

Zu bequem war Emilie gewesen, hatte gefürchtet, dass ein quengelndes Kind sie aufhalten würde, dass die Reise viel länger dauern würde, dass ihre Auftraggeber sie nicht ernst nehmen würden. Ihnen gegenüber hatte sie als Naturforscherin auftreten wollen, nicht als Mutter. Claras Tod war die Strafe für dieses Denken, für ihren Eigennutz.

Kaum hatte sie diesen Gedanken beendet, begann sie zu weinen. Emilie ließ das Papier mit dem gepressten Farn auf den Tisch sinken und verkroch sich erneut unter den Decken, die Lumpenpuppe vor der Brust. Noch immer rumorte Albert in seinem Arbeitszimmer, stampfte lautstark in die Küche und warf dann die Haustür ins Schloss.

Schließlich wischte Emilie sich die Tränen ab und stand auf. Sie lauschte, ob ihr Ehemann seinen Weggang nur vorgetäuscht hatte, aber das Haus blieb still. Also schloss sie die Kammertür auf, schlüpfte hinaus und eilte in die Küche, um sich schnell einen Frühstücksbrei zu kochen. Die Flamme des Herdes war erloschen, alle Schüsseln immer noch verdreckt. Albert war anscheinend nicht auf die Idee gekommen, für Ordnung zu sorgen und den Abwasch zu machen. Obwohl ihr Ehemann Emilies Trauer deutlich sehen musste, lag es ihm fern, etwas für sie zu tun. War es ihre Schuld, weil sie zu duldsam gewesen war? Hätte sie aufbegehren sollen gegen seine Trinkerei, seine Streitsucht, seine Kälte gegenüber Clara?

Ihr Blick wanderte von den schmutzigen Schüsseln über die Flaschen hin zu den ungeputzten Fenstern. Warum war ihr vorher nie aufgefallen, wie ungerecht die Aufgaben in ihrer Ehe verteilt waren? Albert erstellte die Herbarien und las seine Bücher, Emilie putzte, kochte, erstellte ebenfalls Herbarien, verhandelte mit den Auftraggebern und kümmerte sich um ihre Tochter. Trotz der Belastung hatte Emilie in ihrem Leben ein stilles Glück gefunden – durch ihre Anerkennung als Naturforscherin und durch ihre Mutterschaft.

Bei diesem Gedanken kamen ihr erneut die Tränen. Emilie ließ sich auf einen Stuhl fallen und schlug die Hände vors Gesicht. Wie sollte sie weiterleben ohne Clara? Wollte sie ihr Leben an der Seite dieses groben Klotzes verbringen, der für die tote Tochter keine Träne übrig hatte? Warum hatte sie nicht bemerkt, was es mit Albert Nebelthau auf sich hatte, als sie ihn kennengelernt hatte?

Wie naiv sie gewesen war. Sie hatte sich von seinen großen Worten, seinem Wissen und seinen noch größeren Plänen blenden lassen. Die Welt hatte er ihr versprochen, ihr geschworen, sie zu unterrichten und ihr all das Wissen zu schenken, das er im Studium erworben hatte. In Emilies Ohren hatte das wundervoll geklungen – wie die Erfüllung all ihrer Träume. Sie war eine gute Schülerin gewesen, hatte das Lernen geliebt, aber als Tochter eines Kleinbauern und vor allem als Frau blieb ihr die Universität verschlossen. Wissen konnte sie nur auf einem Weg erlangen – über ihren Ehemann. Ja, das musste sie zugeben, es hatte auch gute Zeiten in ihrer Ehe gegeben. Zu Beginn, als Albert der Lehrer gewesen war und sie die eifrige Schülerin, da waren sie beide glücklich gewesen. Doch dann hatte die

Schülerin ihren Meister überflügelt, hatte eigene Forschungen angestellt und sich einen Namen erarbeitet.

Naiv, wie sie gewesen war, hatte sie angenommen, Albert würde stolz auf sie sein und sich mit ihr freuen. Stattdessen war er böse geworden, trank immer mehr und hatte damit ihre Auftraggeber verärgert. Emilie hatte sich keinen Rat gewusst und alles hingenommen. Als sie schwanger wurde, hatte sie gehofft, dass ein Kind den Riss zwischen ihnen kitten könnte, doch Albert war enttäuscht. Einen Sohn hatte er gewollt, einen Erben, was sollte er mit einer Tochter, hatte er Emilie gefragt. Das Kind würde Emilie nur von der Arbeit abhalten und wäre zu nichts nutze.

Hätte sie ihn damals verlassen sollen? Doch wohin hätte sie gehen sollen? Wovon hätten Clara und sie leben sollen? Die gelehrten Herren, die Herbarien suchten, würden sie gewiss nicht von einer alleinstehenden oder geschiedenen Frau kaufen, ganz gleich, wie gut ihr Ruf als Naturforscherin war. Also war Emilie geblieben, still und verschüchtert, und hatte sich nach Kräften bemüht, ihre kleine Familie zusammenzuhalten. Doch wofür? Clara war tot, Albert grimmig und eigenbrötlerisch, Emilies Leben ohne Sinn und Ziel.

Mit einem Seufzer erhob sie sich. Mühsam, mit schweren Schritten, als wäre sie eine Greisin, begann sie, die Küche in Ordnung zu bringen; die Töpfe, die Schüsseln, die Teller, ein Ritual der Normalität, das den Schmerz betäuben sollte. Sie erhitzte Wasser auf dem Herd, um das verdreckte Geschirr einzuweichen. Dann schlurfte sie weiter, sammelte Flaschen auf, Zeitungen, alte Post. Auf einmal stutzte Emilie – unter all dem Dreck lag ein ungeöffneter Briefumschlag. War es ihr Schreiben aus Groningen?, fragte sie sich, doch es war eine andere Schrift.

Zu ihrer Verwunderung war der Brief an sie adressiert. Prüfend musterte Emilie den Umschlag, suchte nach einem Hinweis, was er wohl enthalten mochte. Doch sie entdeckte nur Ringe, die Tassen darauf hinterlassen hatten. Das Schreiben musste schon länger hier liegen, ungelesen und unbeantwortet. Warum hatte Albert ihr den Brief nicht gegeben? Zum ersten Mal, seitdem sie von Claras Tod erfahren hatte, weckte etwas ihr Interesse und zog sie aus der Lethargie. Hastig riss sie den Umschlag auf und zerrte den Brief heraus. Ihr Blick flog über die Zeilen, von Neugier getrieben. Mit jedem Wort, das sie las, wuchs ihr Unglauben. Wie konnte Albert ihr so etwas Bedeutsames nur verheimlichen?

Auf Unglauben folgte Zorn, scharf und kalt, der ihr mit bitterer Klarheit die Wahrheit vor Augen führte. Ihr Mann war ein Schwächling, der es nicht ertrug, dass Emilie als Naturforscherin gefragt war. Gewiss hatte sie es nur seiner Trinkerei zu verdanken, dass er diesen Brief nicht vernichtet hatte, so wie die anderen, die es gegeben haben musste.

Emilie ließ das Blatt sinken und ballte in ohnmächtigem Zorn die Hand zur Faust. Zum ersten Mal in ihrem Leben wünschte sie sich, etwas zu zerstören, ihrer Wut mit einem Akt der Gewalt ihren Lauf zu lassen. Stattdessen hob sie erneut den Brief vor die Augen, um ihn langsam, Wort für Wort, noch einmal zu lesen.

Hochverehrte Frau Nebelthau,

voller Hochachtung möchte ich mich erneut in Ihr Gedächtnis rufen und hoffe auf eine Antwort Ihrerseits.

Es würde mich freuen, wenn Sie Ihre Kenntnisse und Fähigkeiten in die geplante Expedition in die unerforschten Weiten Australiens einbrächten. Sicher muss ich einem Na-

turforscher von Ihrem Format nicht erläutern, welch immense Bedeutung dieses Vorhaben hat. Die Forschungsreise wird das Wissen über den Kontinent am anderen Ende der Welt erweitern. Mehr noch, ich plane, ein Museum zu errichten, in dem ich die in Australien gewonnenen Exponate ausstellen werde.

Die Expedition steht unter der kundigen Leitung von Professor Gottlieb Nolthenius und seinem Assistenten Felix Smitt. Beide sind gewiss zu einer Zusammenarbeit mit einer Frau von Ihrem Ruf bereit.

Die Herren werden im Herbst des nächsten Jahres von Bremerhaven aus aufbrechen. Mein Wunsch ist es, das Jahr der Vorbereitung möglichst gewinnbringend zu nutzen, und da kommen Ihre botanischen Kenntnisse ins Spiel, verehrte Frau Nebelthau. Unser Unternehmen würde durch Ihre geschätzte Mitwirkung an Vollkommenheit gewinnen, da bin ich mir sicher.

Sollten Sie darüber hinaus willens sein, die Expedition zu begleiten, übernehme ich selbstverständlich alle Kosten und stelle Ihnen ein angemessenes Salär in Aussicht.

Bitte gewähren Sie mir die Gunst einer Antwort innert vier Wochen.

Mit vorzüglicher Hochachtung und in freudiger Erwartung Ihrer geschätzten Zeilen zeichne ich

Ergebenst
Jost Ostherloh
Am Dobben 91
Bremen

Ostherloh – der Name sagte ihr etwas. Der Bremer Edmund Hackfeld, der Emilie während ihres Aufenthalts in der Hansestadt zwei Herbarien abgekauft hatte, hatte von dem reichen Kaufmann erzählt, der ein Museum bauen wollte, um seinen Namen unsterblich werden zu lassen.

»Unsterblichkeit erlangt man durch seine Taten, nicht durch ein Museum«, hatte Hackfeld in bremischer Manier das Vorhaben Ostherlohs abgetan.

Emilie hatte überlegt, ob sie den Kaufmann aufsuchen sollte, um ihm ihre Exponate anzubieten, aber sie hatte diese bereits Hamburger Kunden versprochen und war daher weitergereist, ohne Ostherloh kennenzulernen.

Neugier und auch leise Freude verdrängten Unglauben und Zorn. Ein Jahr Vorbereitung einer gigantischen Expedition – das klang für Emilie wie ein Traum, der Wirklichkeit wurde. Noch mehr jedoch zog sie Ostherlohs Angebot an, die Reise zu begleiten. In Australien könnte sie alles hinter sich lassen: ihren Ehemann und ihre Trauer um Clara. Emilie könnte sich in Arbeit vergraben, bis sie alles vergaß, was ihr das Herz schwer machte.

Jedoch gab es noch eines zu klären. Sie setzte sich auf den Stuhl, ließ den Abwasch ungespült und wartete, gelassen und mit der Gewissheit, die richtige Entscheidung getroffen zu haben.

Allzu lange musste sie nicht ausharren, dann kehrte ihr Ehemann nach Hause zurück, sein schwerer Schritt war deutlich zu vernehmen, als er sich der Haustür näherte.

Emilie sprang auf, denn sie wollte ihm Auge in Auge gegenüberstehen, wenn sie ihn mit seinen Taten konfrontierte.

»Albert.« Mit dem Brief in der Hand stürmte sie auf ihn zu, sobald er seinen Fuß ins Haus gesetzt hatte. »Albert, wie viele Briefe aus Bremen sind für mich gekommen?«

Sie erschrak selbst über das schneidende Eis ihrer Stimme,

doch ihr Gemahl zuckte nicht einmal. Er starrte an ihr vorbei, seine Augen glasig, als hätte er bereits am frühen Morgen dem Schnaps zugesprochen.

»Albert!« Emilies Tonfall wurde schärfer, sie sprach mit einer Dringlichkeit, die sich nicht länger beiseiteschieben ließ. »Ich habe dir eine Frage gestellt.«

Nun sah er sie an, ein kurzes Flackern in seinen Augen – vielleicht Überraschung, vielleicht Irritation. Doch sofort legte sich wieder ein Ausdruck von Gleichgültigkeit über seine Miene.

»Du warst nicht da«, war seine trockene, knappe Erwiderung, begleitet von einem Schulterzucken, das so viel und doch so wenig verriet. »Was scheren mich deine Briefe?«

Der winzige Rest Hoffnung, den Emilie gehegt hatte, dass es ihnen möglich wäre, ihr gemeinsames Leben und ihre gemeinsame Arbeit wieder aufzunehmen, verwehte wie Asche im Wind. Niemals würde Albert ihr Wohl über seines stellen, niemals würde er so um Clara trauern wie sie, und niemals würde er eine Expedition begleiten, die Emilies Kenntnisse wünschte.

Nun blieb ihr nur, ihm ihre Entscheidung mitzuteilen. Es war eine Entscheidung, getroffen im Moment des Unglaubens und des Zorns, allerdings geboren aus Jahren der Traurigkeit und Verzweiflung, der Lieblosigkeit seinerseits und Hingabe ihrerseits. Sie nahm ihren Mut zusammen, sah ihm fest in die Augen und sagte: »Ich werde das Angebot annehmen und nach Bremen gehen.«

Er stutzte und warf den Kopf zurück wie ein scheuendes Pferd.

»Das wagst du nicht!« Sein Aufschrei war eine Mischung aus Empörung und Zweifel.

»Womit willst du mir drohen?« Ihre Stimme war ruhig,

doch ihre Hände ballten sich zu Fäusten, bereit, sich ihm entgegenzustellen und zu kämpfen. »Das Liebste, was ich je besaß, wurde mir entrissen. Mir macht nichts mehr Angst.«

»Und wenn Clara noch bei uns wäre?«, fragte er seltsam lauernd. »Würdest du dann bei mir bleiben? Würden wir wieder eine Familie sein?«

Was war das nur für eine Frage? Selbst er musste doch erkennen, dass alles anders wäre, sollte ihre Tochter noch leben. Doch halt, Emilies Gedanken überschlugen sich. Selbst wenn Clara noch lebte, wäre es für Emilie an der Zeit, sich der Wahrheit zu stellen und ihr Leben zu ändern.

Sie musste nicht weiter überlegen. »Ich würde meine Tochter mit mir nehmen und gehen.« Der Gedanke an Clara trieb ihr die Tränen in die Augen und die Trauer ins Herz, aber sie hielt sich aufrecht. »Zu viel hast du mir zugemutet. Dein Trinken, dein ständiger Streit mit unseren Auftraggebern, dein Neid auf meinen Erfolg.«

»Was maßt du dir an?« Albert erhob seine Stimme. »Du bist mein Weib und hast zu gehorchen. In guten und in schlechten Tagen. Ich werde dich niemals gehen lassen.«

Kapitel 9

Über Nacht war der Winter in Bremen eingezogen und überzog Straßen, Gärten und Seen mit seinem eisigen Atem. Louise stand am Fenster ihres kleinen Zimmers und blickte hinaus in den Wintermorgen. Über der Stadt hing ein grauer Schleier, als hielte der Himmel selbst den Atem an. Das feine Prasseln von Schneeregen auf dem Dach der prachtvollen Villa klang wie eine Melodie der Verheißung in Louises Ohren. Ihre Finger zeichneten Muster auf dem beschlagenen Glas, während sie suchend die Augen verengte. Alexander, immer wieder Alexander, beherrschte ihre Gedanken.

Ein Seufzer glitt über ihre Lippen, als sie ihre Handfläche an das kühle Glas legte. Durch die Äste der mächtigen Linden vor dem Haus beobachtete sie, wie Bremen sich in ein winterliches Kleid hüllte. Dienstmädchen eilten auf der Straße vor der Villa vorbei. Die Körbe schwer von Einkäufen, versuchten einige, sich vor dem Schneeregen zu schützen, indem sie ihre Mäntel über die Köpfe hoben. Andere zogen die Köpfe zwischen die Schultern und verlängerten ihre Schritte.

So viele Menschen waren trotz des schlechten Wetters unterwegs, nur der eine, den Louise sich herbeiwünschte, war nicht zu sehen. Ein einsamer Sonnenstrahl durchstieß die schweren Wolken und verlieh den vereisten Zweigen, Straßen und Grünflächen ein Glitzern, als ob man Diamanten über sie gestreut hätte. Erneut seufzte Louise, ihr Blick suchte einen Boten, der ihr die ersehnte Nachricht brachte. Die Nachricht, auf die Louise seit drei Wochen vergeblich wartete. Drei unendlich lange Wochen waren seit dem Ball vergangen, in denen Louise darauf hoffte, dass Alexander sein Versprechen einlöste und ihr Ort und Zeit für ein heimliches Treffen nannte.

Jeden Tag seit dem Ball war sie aufgesprungen und voller Hoffnung zur Treppe gelaufen, sobald sie das Klingeln der Türglocke hörte. Jedes Mal hatte ihr Herz einen Sprung getan, weil sie hoffte, dass nun endlich, endlich ein Brief von Alexander eintraf. Jedes Mal war sie enttäuscht worden. Alexander war weder zu Besuch gekommen noch hatte er ihr eine Nachricht gesandt.

Inzwischen fragte sie sich, ob der Tanz und seine geflüsterten Worte nur ein Traum gewesen waren. Fieberhaft überlegte sie, wie sie ein zufälliges Treffen herbeiführen könnte, aber leider waren ihre Möglichkeiten begrenzt. Nun, da sie zum ersten Mal in ihrem Leben einem Mann begegnen wollte, wurde ihr deutlich, wie nahezu unmöglich das war. Voller Verzweiflung hatte sie schon überlegt, ob sie ihn nicht einfach im Kontor seines Vaters aufsuchen sollte. Dort würde sie ihn gewiss antreffen. Aber was sollte sie dann sagen? Es wäre kein Treffen im Geheimen, sondern in aller Öffentlichkeit, und – schlimmer noch – es wäre eine gesellschaftliche Unmöglichkeit. Ein Besuch dort wäre ein Skandal; Getuschel und Gerüchte würden über sie und ihre Familie hereinbrechen und ihren guten Namen in den Schmutz zerren. Ganz Bremen würde davon erfahren, und Louises Ruf würde nachhaltig Schaden erleiden.

Also hatte sie diese Idee verworfen, so verführerisch sie auch schien, und weitere Pläne geschmiedet, was sich als überaus herausfordernd erwies. Leider hatten Alexander und Christian Ostherloh keine Schwester, die Louise hätte besuchen können. Einen großen Ball, auf dem sie sich wiedersehen würden, gäbe es frühestens zur Weihnachtszeit – und das Warten darauf erschien ihr wie eine Ewigkeit.

Nervös schritt sie in ihrem Zimmer auf und ab, überlegte weiter hin und her. Doch offenbar war es ihr Schicksal als Frau, ihre Zeit mit Warten zu verbringen und zu hoffen, dass Alexander ihr endlich das versprochene Treffen in Aussicht stellte. Sie trat erneut ans Fenster, um hinauszuspähen, als könnte ihr Wünschen und Hoffen Alexander zu ihr bringen.

So ging es nicht weiter! Louise brauchte Verbündete, jemanden, der ihr in ihrer Not beistand, sie anhörte und gemeinsam mit ihr einen Plan entwickelte, wie Louise zu ihrem Glück gelangte. Ein Lächeln glitt über ihr Gesicht, als sie an den einzigen Menschen dachte, der sie gewiss verstehen würde.

Kurz entschlossen wandte Louise sich um und eilte aus ihrem Zimmer, die Treppe hinunter in den Salon. Vor dessen Tür blieb sie einen Moment stehen, um sich zu beruhigen. Sie wollte auf keinen Fall, dass ihre Tante Verdacht schöpfte. Also atmete sie tief ein und aus, strich mit den Händen über den kühlen Stoff ihres Kleids, überprüfte ihre Frisur und öffnete die Tür zu dem wunderschönen Raum. Hohe Decken schmückten sich mit edlen Stuckornamenten, während schwere Portieren aus goldbesticktem Samt zarte Gardinen umrahmten, die das Tageslicht sanft filterten. Der Parkettboden knarrte unter Louises Schritten.

Wie jedes Mal, wenn sie das Zimmer betrat, fiel ihr Blick auf das gewaltige Bild mit schwerem Goldrahmen, vor dessen Düsternis sogar die rote Tapete verblasste. Es zeigte eine biblische Szene mit viel Blut und halb nackten Frauen. Louise konnte beim besten Willen nicht verstehen, warum man sich so etwas in den Salon hängte. Selbst dem zarten silbergrauen Sofa mit goldenen Beinen gelang es nicht, den Blick des Besuchers zu fangen. Zu mächtig war das Gemälde.

Das behagliche Knistern des Kaminfeuers konnte Louise nicht beruhigen, als ihre Tante den Kopf hob und sie mit kühlem Blick aus grauen Augen musterte. Wie sie es erwartet hatte, saß Tante Malvina in ihrem Ohrensessel und bestickte eine Decke. Louise glaubte nicht, ihre Tante jemals untätig gesehen zu haben, als müsste Malvina der Welt ihren Wert beweisen, war sie doch unverheiratet geblieben. Das Äußere ihrer Tante war ein Spiegelbild der Disziplin, die sie von sich selbst und anderen forderte. Die Haare straff zurückgezogen, in einem strengen Knoten gebändigt, die Mundwinkel stets unzufrieden nach unten hängend und das Kinn leicht erhoben, als wollte sie jeden Ungehorsam mit bloßem Blick ersticken. Die hohen Wangenknochen und die fein geformte Nase ließen erahnen, dass Malvina in ihrer Jugend eine schöne Frau gewesen war.

»Louise. Setz dich doch.« Malvina wies auf einen Sessel. »Oder möchtest du dir erst eine Handarbeit holen?«

Fast wäre Louise ein Laut des Unmuts entglitten, weil ihre Tante stets versuchte, sie zu maßregeln. Malvina sah sich als Wächterin des Anstands und der familiären Reputation und hatte Sophie und Louise oft genug mit Handarbeiten und Etiketteregeln getriezt. Selbst die Geschenke ihrer Tante dienten stets dazu, die Mädchen zu erziehen. Voller Grausen erinnerte sich Louise an *Backfischchens Leiden und Freuden* von Clementine Helm, das Malvina ihr geschenkt hatte.

»Danke, Tante«, entgegnete Louise und blieb stehen. »Ich wollte das schöne Wetter nutzen, um Leontine zu besuchen. Erlaubst du, dass Else mich zu Feldhusens begleitet?«

Malvina, deren scharfen Augen nichts entging, musterte Louise, als ahnte sie von deren Hintergedanken.

»Es ist noch nicht einmal Mittag«, sagte ihre Tante schließlich. »Du weißt doch, die frühen Tagesstunden gehören bei Besuchen ausschließlich den Herren und ihren Geschäften.«

Wie hatte Louise das vergessen können, zitierte ihre Tante doch bei jeder Gelegenheit aus *Der gute Ton in allen Lebenslagen* von Franz Ebhardt. Louise hatte dessen Ratschläge hassen gelernt.

»Wie recht du hast«, erwiderte Louise nach kurzem Nachdenken, »doch ich fürchte, heute Nachmittag wird es wieder schneien.«

Hoffentlich bemerkte Malvina nicht, wie dünn diese Ausrede war, denn schon jetzt fiel leichter Schneeregen.

Mit einem Nicken gewährte die Tante endlich ihre Zustimmung. »Gut, lass Else dich begleiten, aber sei umsichtig, mein Kind. Ich erwarte, dass du den Anstand wahrst und dir jederzeit bewusst bist, eine Gildemeester zu sein.«

»Gewiss werde ich das, liebe Tante.« Louise neigte den Kopf und eilte aus dem Raum, so schnell, wie es die Schicklichkeit eben noch zuließ. In ihrem Innern sang sie vor Glück, nach außen zeigte sie das Bild einer wohlerzogenen höheren Tochter.

· · ·

Louise zog den Kragen ihres Mantels enger um den Hals und fröstelte in der kühlen Luft. Die alten Gebäude der Hansestadt ragten majestätisch in den Himmel, während die Straßen von Kutschen und Fußgängern belebt waren. Auf einmal erklang das Glockenspiel der nahen Domkirche St. Petri und füllte die Straßen mit einer mystischen Atmosphäre. Die Sonne brach durch die Wolken und tauchte die Häuser in goldenes Licht, was Louise verzauberte.

»Danke, dass du mich begleitest«, flüsterte sie, und ein Lächeln umspielte ihre Lippen, während sie sich beim Gehen bei Leontine unterhakte. Sie lehnte ihren Kopf dankbar an die Schulter der Freundin und spürte die wohlige Wärme, die von Leontines dichtem Pelzmantel ausging.

»Nein, ich bin dir dankbar, dass du mich von meinem Klavierunterricht erlöst hast.« Leontine kräuselte ihre Stupsnase. »Mein Klavierlehrer und ich wissen, wie unbegabt ich bin. Aber mein Vater will einfach nicht nachgeben.«

»Wie schade, dass Henriette uns nicht begleiten kann.« Noch wagte Louise es nicht, das anzusprechen, was ihr auf der Seele brannte. »Das Seminar scheint ihre ganze Zeit zu fordern.«

Ihre Freundin hatte sich nun endgültig dafür entschieden, das Lehrerinnen-Seminar zu besuchen, um ihr Leben dem Unterrichten zu widmen. Louise empfand einen tiefen Respekt vor dem mutigen Entschluss Henriettes, doch gleichzeitig bedauerte sie ihn. Sie konnte sich nicht vorstellen, dass Henriette als Lehrerin glücklich wurde. Keine der Lehrerinnen, an die Louise sich von der Bendel-Schule erinnerte, hatte unbeschwert und fröhlich gewirkt. Nein, die Frauen waren Louise erschöpft und überarbeitet erschienen, mit verblassendem Lächeln und müden Augen.

»Schlimmer noch.« Leontine schüttelte den Kopf, sichtlich erschüttert über Henriettes Leben. »Sie engagiert sich in einem ›Verein zur Erweiterung des weiblichen Arbeitsgebietes‹. Was das wohl wieder soll?«

Sosehr es Louise auch überraschte, dass Leontine davon wusste und sie nicht, Henriettes neuer Spleen musste warten.

Zu sehr brannte der Wunsch, ihre Freundin ins Vertrauen zu ziehen.

»Kann ich dir ein Geheimnis anvertrauen?«, sprudelten die Worte aus Louise heraus. Sie war so in Aufruhr, dass sie fürchtete zu platzen, wenn sie nicht darüber sprach.

Abrupt blieb Leontine stehen und wandte sich ihr zu. Auf ihrem runden Gesicht breitete sich ein Ausdruck der Sorge aus. »Sicher, aber, Louise, sag, was ist geschehen?«

Louises Blick suchte den von Leontine, als sie ihre Bitte um Verschwiegenheit äußerte. »Erst musst du mir versprechen, das Geheimnis mit niemandem zu teilen. Nicht einmal mit Henriette.«

»Das schwöre ich dir.« In Leontines Stimme lag ein tiefer Ernst. »Aber nun spann mich nicht länger auf die Folter.«

»Ich habe mein Herz verloren.« Louise spürte, wie Tränen in ihre Augen traten. »Auf dem Ball, an Alexander Ostherloh.«

»Das habe ich sofort gespürt.« Leontine, Romantikerin aus tiefster Seele, legte eine Hand an ihr Herz. »Als ich euch beide tanzen sah. Es war, als hätte der Saal stillgestanden nur für euch. Wann habt ihr euch gesehen?«

»Seitdem nicht mehr.« Louise seufzte schwer. »Er hat mich auf dem Ball um ein heimliches Stelldichein gebeten, aber seitdem schweigt er.«

»Uns muss etwas einfallen, wie du ihm begegnen kannst.« Leontine verstand sofort, worum es ging, und in ihren Augen blitzte ein Funke einer Idee auf. »Ich könnte meinen Vater bitten, ein kleines Essen bei uns zu arrangieren.«

»Das würdest du für mich tun?« Freude durchfuhr Louises Körper und ließ sie einen Moment lang die bittere Kälte vergessen. »Ich vergehe fast vor Sehnsucht.«

»Ich glaube an die Liebe, die alle Hindernisse überwindet.«

Leontine legte ihre Hand an den Hals, eine Geste inniger Gefühle. »Denk nur an die Liebesgeschichte meiner Eltern.«

Louise nickte, denn diese Familiengeschichte gab Leontine immer wieder zum Besten, wohl hoffend, ihr würde es einmal ähnlich ergehen. Leontines Vater Alfons hatte deren Großeltern besucht, um sie um die Hand der ältesten Tochter Cornelie zu bitten. Als er die Villa betrat, sah er ein junges Mädchen, das neugierig zwischen dem Treppengeländer hindurchspähte. Als sie ihn entdeckte, stob sie davon, aber nicht, ohne ihm vorher zuzulächeln.

»Wer war das?«, fragte Alfons den Diener, der ihm Hut und Mantel abnahm. »Diese zauberhafte Fee dort oben an der Treppe.«

»Das ist das junge Fräulein Emma Pauli«, erwiderte der Diener, »die geht noch zur Schule.«

Alfons nickte und änderte seine Pläne. Als ihn die Paulis empfingen, verbeugte er sich, lächelte und sagte: »Ich möchte Sie um die Hand Ihrer Tochter Emma bitten.«

»Sie meinen Cornelie«, entgegnete Leontines Großvater konsterniert.

»Nein, Emma.«

»Aber die Kleine geht noch zur Schule.«

»Ich kann warten«, erwiderte Alfons. »Wenn sie mich denn auch will.«

Leontines Augen glänzten jedes Mal, wenn sie diese Mär zum Besten gab. Nur ein Mal hatte sie bisher von den Schattenseiten dieser großen Liebesgeschichte erzählt. Den Streit zwischen den Familien, weil Alfons sich der geplanten Verbindung mit Cornelie widersetzte, den Zorn zwischen den Schwestern, die die Geschichte nie überwanden, die auflodernden Emotionen bis hin zu Selbstmorddrohungen.

Doch Alfons – und mit ihm auch Emma – blieb standhaft. Nach einer Wartezeit von zwei Jahren durften die beiden heiraten und blieben glücklich, wenn man Leontine Glauben schenken konnte.

»Ach, ein Essen wäre wieder so offiziell, und wir könnten kein persönliches Wort wechseln, weil alle uns beobachten«, kam Louise ein Gedanke, der ihr Glück sofort dämpfte. »Ich brauche etwas weniger ... Konventionelles.«

»Wenn das Wetter sich hält«, überlegte Leontine laut, »wird Alexander gewiss Schlittschuh laufen gehen. So wie wir alle.«

Diese Idee war Louise auch bereits in den Sinn gekommen, aber sie wollte ihr Glück nicht in die launischen Hände des wechselhaften Bremer Wetters legen.

»Aber ich weiß doch nicht, wann er aufs Eis gehen wird«, wandte sie ein. »Und ich weiß nicht, wo er laufen wird.«

Da nahm Leontine Louises Hände in ihre und drückte sie ganz fest. »Wenn es euer Schicksal bestimmt, werdet ihr euch auf dem See im Bürgerpark treffen. Da bin ich mir sicher.« Sie zwinkerte Louise zu. »Außerdem sagt mein Vater, es wird abkühlen.«

Kapitel 10

Vier Tage später, vier Tage, die Louise unendlich lang vorgekommen waren, war es endlich so weit. Der Winter war in Bremen geblieben, hatte Frost und Schnee mit sich gebracht, und die Eisdecke hatte eine Dicke erreicht, die das Schlittschuhlaufen erlaubte. Schon früh am Morgen hatte Louise eine Gruppe von Jungen gesehen, die Schlittschuhe über den Schultern trugen und sich auf den Weg zu einem der vielen Teiche und Seen Bremens machten.

Immer wieder musste sie an Leontines Worte denken, dass sie Alexander wiedersehen würde, wenn es das Schicksal so wollte. Trotzdem hätte Louise dem Schicksal gern einen kleinen Schubs gegeben und hatte überlegt, Alexander eine Nachricht zu senden. Aber die Sorge, dass jemand Falsches – schlimmstenfalls sein neugieriger Bruder Christian – den Brief in die Hände bekäme, hatte sie davon abgehalten.

Wieder einmal war ihr nur das Warten geblieben, erst auf den Schnee und den Frost, nun auf den Nachmittag. Jeder Blick auf die Uhr ließ sie schier verzweifeln, denn deren Zeiger schienen stillzustehen. Louise versuchte zu lesen, aber ihr Blick glitt über die Buchseite, ohne dass sie ein Wort wahrnahm. In ihrer Verzweiflung griff sie sogar zu der ungeliebten Handarbeit, aber ließ nur Maschen des Strumpfs fallen und gab daher auch diese Ablenkung auf.

Irgendwann schlug endlich die große Standuhr unüberhörbar drei Schläge, und Louise sprang auf. Nichts konnte sie mehr davon abhalten, sich in Begleitung von Else zu Leontine aufzumachen, um dann gemeinsam mit ihren Freundinnen zum Hollersee im Bürgerpark zu gehen. Das war der See, den Menschen aus Louises Kreisen am liebsten besuchten. Daher hoffte sie inständig, dort auch Alexander zu begegnen.

Ihre Freundinnen erwarteten sie bereits vor der Villa der Feldhusens und traten von einem Fuß auf den anderen, wohl, um sich zu wärmen. Atemwölkchen, silbrig glitzernd in der Luft, waren ein Beweis der schneidenden Kälte, die Bremen in ihrem Griff hielt.

»Da bist du ja endlich.« Leontine hakte sich bei Louise unter, ihr Pelzmantel strich über Louises Hals. »Fast wären Henriette und ich beim Warten erfroren.«

Ihre Wangen waren gerötet, ihre Augen glitzerten, ob es an der Kälte lag oder an der Aufregung, die auch sie verspürte, konnte Louise nicht sagen.

»So lange haben wir noch nicht vor der Tür gestanden«, wandte Henriette mit einem Lächeln ein. Da sie nur einen dünnen Wollmantel trug, hätte sie eher Anlass zur Beschwerde als Leontine, aber so ein Mensch war Henriette nicht.

»Dann lasst uns aufbrechen.« Louise nahm Else ihre Schlittschuhe ab und sagte: »Danke, für den Heimweg brauche ich dich nicht.«

Das Mädchen nickte und verließ Louise. Henriette hakte sich an Leontines linkem Arm unter und begann in einer für sie untypischen Aufgeregtheit, von ihren Tagen im Lehrerinnen-Seminar zu berichten.

Die kalte Winterluft biss in Louises Wangen, doch sie spürte es kaum, denn ihre Gedanken waren nur mit der Frage beschäftigt, ob das Schicksal es gut mit ihr meinen würde. Mit jedem beherzten Schritt, den die drei Freundinnen auf den glitzernden Schneepfad setzten, stieg die Vorfreude in Louises Brust. Ihr Herz klopfte so laut, dass sie fürchtete, es würde sie verraten, doch Leontine wusste ja Bescheid, und Henriette war so sehr in ihrer eigenen Welt versunken, dass sie nicht bemerkte, wie es um Louise stand. Nach einigem Überlegen hatte Louise entschieden, Henriette nichts von ihrer Liebe zu erzählen, fürchtete sie doch, dass die kluge Freundin ihr Fragen stellen könnte, auf die Louise keine Antwort wüsste.

»Du kannst dir nicht vorstellen, Louise, welche Fortschritte Frauen machen«, erklärte Henriette mit einem Funkeln in den Augen, das selbst die Eiskristalle übertraf, die sich in den Spitzen ihrer Haare gebildet hatten. »Es ist, als ob eine neue Welt im Entstehen begriffen ist, und wir – wir spielen eine Rolle in diesem Wandel!«

»Was meinst du?«, bemühte sich Louise, sich auf ihre Freundin zu konzentrieren und ihre Gedanken von Alexander wegzuzerren, was ihr unendlich schwerfiel. »Von was für einer neuen Welt sprichst du?«

Frauen durften immer schon Lehrerinnen werden, warum also schwärmte Henriette auf einmal, als hätte sie etwas Unglaubliches entdeckt?

»Frauen leisten Unfassbares.« Henriette wirkte so erregt, dass Louise ihre Freundin kaum wiedererkannte. »Franziska Tiburtius, Henriette Hirschfeld-Tiburtius und Emilie Lehmus haben in Berlin bewiesen, dass Frauen als Medizinerinnen erfolgreich sind.«

»Aber studieren mussten sie in Zürich, nicht wahr?« Auch

wenn Tante Malvina das sicher nicht guthieß, las Louise heimlich die *Weser-Zeitung* und wusste daher mehr von der Welt, als ihre Familie ahnte. »Universitäten sind Frauen immer noch verschlossen.«

»Es ist nur eine Frage der Zeit, bis Frauen auch in Deutschland studieren dürfen.« Henriettes Wangen leuchteten vor Kälte und Begeisterung. »Ich will zu den Ersten gehören.«

»Willst du denn wirklich niemals heiraten?«, mischte sich Leontine ein und schüttelte fassungslos den Kopf. »Willst du als alte Jungfer enden? Ohne Familie?«

»Oh, Leontine.« Henriette stieß einen kleinen Seufzer aus. »Man kann auch anders leben als unsere Mütter und Großmütter.«

Kaum hatte sie ausgesprochen, schob sie ein »Oh, entschuldige« nach, denn Leontine stolperte und erblasste. Tränen sammelten sich in ihren blauen Augen. In ihrer Begeisterung für das Frauenstudium hatte Henriette vergessen, wie empfindlich Leontine reagierte, wenn man von Müttern sprach, da ihre vor zwei Jahren verstorben war. Leontine vermisste sie noch immer, so wie auch Louise ihre Mutter vermisste. Allerdings lag der Tod von Cicely bereits so lange zurück, dass sie Louise manchmal mehr wie eine Romanfigur als wie eine Erinnerung vorkam. Bevor sie etwas sagen konnte, um Henriette zur Seite zu springen und Leontine zu beruhigen, erklang hinter ihnen eine dunkle Männerstimme. Louise erkannte sie sofort: Es war Christian Ostherloh, leider ohne seinen Bruder.

»Ich sehe, wir sind nicht die Einzigen, die sich aufs Eis wagen wollen«, sagte Christian. Auch ihn hatte Louise seit dem Ball nicht mehr gesehen, ihn allerdings auch nicht vermisst. Er war in Begleitung eines zweiten Mannes, der ihr vage bekannt vorkam. Neben dem schlaksigen Christian wirkte der

Unbekannte noch stämmiger, als er ohnehin war. Seine dunkelblonden Haare wichen an den Schläfen zurück und formten Geheimratsecken. Unter buschigen Brauen lagen braune Augen, die von ungewöhnlich langen Wimpern beschirmt wurden und Wärme ausstrahlten. Louise kramte in ihrem Gedächtnis, und schließlich fiel ihr ein, wer Christian begleitete: Cornelius Burchardt, Dr. Cornelius Burchardt, um genau zu sein.

Wie hatte sie ihn nicht erkennen können, war er doch seit Wochen Gesprächsstoff der guten Gesellschaft. Burchardt hatte in München Medizin studiert und war erst vor Kurzem nach Bremen zurückgekehrt. Man mokierte sich über ihn, denn er verbrachte seine Zeit damit, armen Menschen zu helfen. Nun war nichts dagegen einzuwenden, dass man als Teil der feinen Gesellschaft etwas für die Armenfürsorge tat. Als Bremer Bürger hielt man es jedoch in der Regel so, dass man Geld spendete, um Bedürftigen zu helfen, aber sich aus ihrem Leben ansonsten heraushielt. Man musste sich nicht mit ihnen umgeben, um ihnen zu helfen.

Louise hatte das faszinierend gefunden und konnte nicht anders, als dem Mediziner Bewunderung dafür entgegenzubringen, weil er sich nicht den Konventionen beugte. Daher freute sie sich, den Arzt zu treffen, aber sie erhielt keine Gelegenheit, ein Wort mit Burchardt zu wechseln, denn Christian trat vor ihn.

»Dürfen wir die Damen begleiten?« Er blickte Louise fragend an. Ihr fiel nichts ein, mit dem sie ein Nein hätte erklären können. Daher nickte sie nur lächelnd, sprechen musste sie nicht mit ihm. In ihrem Kopf kreiste nur ein Gedanke: Er ist der falsche Ostherloh.

Zum Glück sprang Leontine ein, hakte sich bei Christian

unter und plapperte freundlich drauflos: »Ist es nicht der perfekte Tag, seine Eislaufkünste zu erproben?«

»Wir haben lange genug auf den Winter warten müssen«, antwortete Ostherloh, aber verhielt seinen Schritt, wohl in der Hoffnung, dass Louise sich ebenfalls bei ihm unterhakte. Da konnte er lange warten. Sie blieb stehen, um ihrerseits auf Henriette und Cornelius Burchardt zu warten, die bereits in ein vertraulich wirkendes Gespräch vertieft schienen.

Zu Louises Überraschung liefen Henriettes Wangen rot an, als Cornelius sie ansprach: »Habe ich Sie nicht letzte Woche beim Verein zur Erweiterung des weiblichen Arbeitsgebietes gesehen?«

»Sind Sie dort ebenfalls engagiert?«, stammelte Henriette, und Louise entschied, es wäre besser, den beiden etwas Zeit zu geben, sich über ihre Interessen zu unterhalten. Also ging sie zwischen den Paaren und nutzte die Zeit, die Gedanken und den Blick schweifen zu lassen. Noch immer hoffte sie, Alexander zu sehen.

Inzwischen waren ihre Freundinnen und sie Teil einer Menschenmenge geworden, die fröhlich plaudernd auf dem Weg zum Schlittschuhlaufen war. So viele Menschen, und der eine, den Louise vor allem zu sehen wünschte, war nicht dabei. Louises Stimmung wurde grau, so unpassend an diesem sonnigen Wintertag. Traurigkeit kam in ihr auf, dass Alexander ihr nicht einmal ein Briefchen hatte zukommen lassen.

Doch als sie am Hollersee ankamen, dessen gefrorene Pracht im Licht der Wintersonne funkelte, schob Louise den Ärger beiseite. Es gab mehr in der Welt als nur Alexander Ostherloh, sagte sie sich, ich werde diesen Tag mit Leontine und Henriette genießen.

Ihre Augen leuchteten voller Vorfreude, als sie den See

überblickte, der wie ein glitzerndes Juwel inmitten der winterlichen Landschaft lag. Das Eis erstreckte sich endlos vor ihr – ein silberner Spiegel, eingefasst von funkelndem Schnee und schlafenden Bäumen. Auf dem zugefrorenen Hollersee spiegelte sich die blasse Wintersonne und malte schimmernde Muster auf das glatte, eisige Tanzparkett, das unter den Kufen der Schlittschuhläufer leise knisterte. Wie zu erwarten war, tummelten sich bereits etliche Menschen auf der vereisten Fläche. Nun konnte Louise es auch kaum noch erwarten, auf Schlittschuhen über das Eis zu gleiten. Hoffentlich hatte sie die Kunst nicht verlernt.

»Es war mir ein Vergnügen«, hörte sie Cornelius Burchardt zu Henriette sagen, während Leontine Christian mit einem fröhlichen »Wir sehen uns auf dem Eis« verabschiedete.

Gemeinsam mit Leontine und Henriette setzte sich Louise auf einen Stein am Seeufer, um ihre Schlittschuhe zu schnüren. Feine stählerne Klingen, die sorgfältig unter die schmalen Sohlen ihrer Stiefel gebunden wurden, wobei sie ihre Lederhandschuhe anbehielten, um die eisige Kälte des Metalls zu meiden.

»Alles wird sich finden.« Leontine lächelte ihr ermutigend zu, worauf Henriette ihre Freundinnen fragend ansah.

»Lasst uns schnell aufs Eis gehen, bevor es zu voll wird«, lenkte Louise ab. Vorsichtig erhob sie sich, da die Kälte langsam durch Mantel und Kleid drang, und stakste die ersten Schritte auf dem Eis. Zu Beginn noch etwas wackelig, fand sie bald den Rhythmus und die nötige Balance. Ein Augenblick des reinen Glücks, in dem sie die Sehnsucht, die ihr Herz quälte, für einen kurzen, herrlichen Moment vergaß. Ab und zu knarrte das Eis, und Louise hielt Ausschau nach verdächtigen Sprüngen, doch dann schüttelte sie den Kopf über ihre Furcht. Würde das Eis nicht tragen, hätte sie der Verein der Schlittschuhläufer gewiss gewarnt.

Geschmeidig glitt sie weiter, suchte mit dem Blick nach Leontine und Henriette, die ebenfalls ihre Runden drehten. Die Frauen glitten mit anmutigen Bewegungen dahin, ihre Röcke wallten in leisen Wellen hinter ihnen her. Ihr Tanz auf dem Eis war ein Muster der Zurückhaltung und des Takts, so wie es die Konventionen verlangten, während die Männer ausgelassen an ihnen vorbeischossen, kühne Figuren malten und lauthals lachten, wenn einer von ihnen zu viel gewagt hatte und das Gleichgewicht verlor.

Vor Louise versuchte sich ein Mädchen an einer Pirouette, purzelte auf den Allerwertesten und fing bitterlich an zu weinen. Das war sicher eher der Scham über die Ungeschicklichkeit geschuldet als einem Schmerz, denn der schwere Rock und der dicke Wintermantel polsterten den Sturz gewiss ab. Trotzdem fuhr Louise zu der Kleinen, um sie zu trösten. Doch ein Mann war schneller – Christian Ostherloh. Er reichte dem Kind seine Hand und half ihm aufzustehen. Fast sofort kam die Gouvernante und überschüttete ihn mit Dank, während sie die Hand des Mädchens in ihre nahm und die Kleine vom Eis zog.

»Du bist ein echter Kavalier«, sagte Leontine, die ebenfalls auf das weinende Kind aufmerksam geworden war. Sie lächelte Christian so freundlich an, dass Louise fürchtete, ihre Freundin würde sich in den Journalisten verlieben. Als zweiter Sohn würde er nur eine Apanage erhalten, sicher nicht genug, um die verwöhnte Leontine glücklich zu machen.

Aber warum denn eigentlich nicht, dachte Louise dann. Leontine war die alleinige Erbin des Feldhusen-Vermögens und musste daher nicht reich heiraten. Ihre Freundin könnte es schlechter treffen als mit Christian Ostherloh.

»Oh«, sagte der in dem Augenblick. »Ich war nur etwas schneller als Louise, die sich ebenfalls als barmherzige Samariterin betätigen wollte.« Christian wandte sich ihr zu und streckte ihr eine Hand entgegen. »Zum Dank möchte ich eine Runde mit ihr drehen. Ich hoffe, du gibst mir keinen Korb.«

»Selbstverständlich nicht. Wie könnte ich einem Kavalier etwas abschlagen?«, ging sie auf seinen scherzhaften Ton ein. Zwar war er der falsche Ostherloh, aber sie war es leid, auf seinen Bruder zu warten, der Versprechungen machte, die er nicht einhielt.

Es fühlte sich ungewohnt an, mit einem Mann Hand in Hand über das Eis zu laufen. Doch Christian erwies sich als geschickter Schlittschuhläufer, und bald drehte sie sich unter seiner sicheren Führung.

»Das macht Spaß!«, rief sie und lachte. Christian lachte auch.

»Wollen wir einen Tanz wagen?«, fragte er. Louise nickte abwesend, denn aus dem Augenwinkel meinte sie plötzlich, jemanden gesehen zu haben.

»Vielleicht später«, antwortete sie und entriss ihm ihre Hand. Suchend drehte sie den Kopf, als Leontine mit elegantem Schwung vor ihr zum Stehen kam.

Sie sagte etwas, aber Louise vernahm kein Wort, denn endlich hatte sie den Menschen entdeckt, den sie gesucht hatte. Für einen Moment verblasste alles um sie herum; Freundinnen, Bekannte, selbst die Schwünge und Posen der Schlittschuhläufer waren ihr keinen Blick mehr wert. Es gab nur noch ihn, der am Rande des Hollersees stand und ihre Aufmerksamkeit auf sich zog wie ein Leuchtfeuer: Alexander.

In dem Augenblick hatte auch er sie erspäht – und kam mit großen, eleganten Schwüngen auf sie zu. Ihr Herz schlug schneller, und plötzlich wünschte sie sich, davonzugleiten und dieser Begegnung, die sie so sehr herbeigesehnt hatte, zu entkommen.

Kapitel 11

Die ersten Geräusche des Morgens durchbrachen die Stille des noch träumenden Hauses: das leise Tappen der Dienstmädchen, die treppauf und treppab liefen, klappernde Warenanlieferungen am Dienstboteneingang und das unvermeidliche Schlagen der großen Standuhr, die in der Eingangshalle wachte.

Louise erwachte, aber ließ die Augen noch geschlossen, versunken in der Erinnerung an den gestrigen Tag. Obwohl sie es sich so sehr gewünscht hatte, hatte sie es nicht gewagt, mit Alexander über das Eis zu tanzen. Stattdessen tauschten sie Belanglosigkeiten aus, stets in Hörweite seines Bruders und ihrer Freundinnen. Warum nur brachte Christian den Mut auf, einfach nach Louises Hand zu greifen und sie zu einem Lauf auf dem Eis zu entführen? Alexander hingegen hielt sich an die Regeln und behielt stets einen schicklichen Abstand zu ihr.

Am liebsten hätte sie geschrien vor Enttäuschung, aber ihre Erziehung war zu gut. Also lächelte sie und plauderte über den Winter und das nahende Weihnachtsfest, als gäbe es nichts Wichtigeres in ihrem Leben.

Dann endlich, als Louise die Hoffnung auf ein Zeichen aufgeben wollte, schlug Alexander einen Haken, kam neben ihr zum Stehen und flüsterte ihr ins Ohr: »Morgen Nachmittag werde ich deiner Familie meine Aufwartung machen. Wirst du da sein?«

»Das wirst du erst morgen erfahren«, antwortete Louise kokett und war selbst davon überrascht. Mehr sagen konnte sie nicht, weil sich bereits Christian näherte, der erneut nach ihrer Hand griff und sie in einen wilden Lauf zog.

Nachdem sie sich Christian entzogen hatte, war Alexander bereits verschwunden gewesen, und Louise war nur eines geblieben – morgen.

Gestern Nacht hatte sie lange wach gelegen, hatte sich die Szene immer wieder in Erinnerung gerufen und versucht, seine Worte zu interpretieren. Waren sie ein Scherz, ein Versprechen, eine Verheißung gar?

Kühl spürte sie die Morgenluft auf ihrer Haut, es war zu wenig Kohle im Ofen gewesen, um die Nacht bis zum Morgen zu wärmen. Das muss ich Else sagen, dachte sie, bevor Vorfreude sie erfüllte.

Heute. Heute würde sie Alexander wiedersehen und hoffentlich mehr Worte mit ihm wechseln können, Worte von Bedeutung, kein belangloses Geplauder. Wer hatte ihn wohl eingeladen? Kurz drängte diese Frage sich in ihre Gedanken, aber Louise schob sie als unbedeutend beiseite und stellte stattdessen eine andere: O nein, was sollte sie anziehen? Hastig sprang sie aus dem Bett und eilte zu ihrem Schrank, riss dessen Tür auf und spähte hinein.

»Zu oft getragen, zu sommerlich, zu langweilig, zu überbordend.« Mit den Händen schob sie ein Kleid nach dem anderen nach links, weil es ihr nicht gefiel. »Geschmacklos, zu dunkel, zu hell, zu steif.«

Sie zog die Unterlippe zwischen die Zähne und stieß einen lauten Seufzer aus. Schließlich wählte sie drei Kleider zur Ansicht aus: ein hellblaues, ein fliederfarbenes und ein weißes. Dann klingelte sie nach dem Dienstmädchen, damit es ihr bei der Auswahl und dem Ankleiden half.

· · ·

Noch so viele Stunden bis zur Teezeit! Wie sollte Louise es nur bis dahin aushalten? Zum Lesen war sie nicht konzentriert genug, und so entschied sie sich fürs Stricken, eine stupide Tätigkeit, bei der ihre Gedanken wanderten und sie sich auf Alexanders Besuch vorbereiten konnte. Masche für Masche kreisten ihre Gedanke um ihn.

Warum war er ihr früher nie aufgefallen? Sie musste sich schon anstrengen, um sich überhaupt an Alexander vor fünf Jahren zu erinnern. Sicher, ihre Wege hatten sich oft gekreuzt, auf Hochzeiten, auf Bällen, bei Theaterbesuchen, aber er hatte keine bleibende Spur hinterlassen. Um ehrlich zu sein, hatte sie ihn stets etwas brav und fade gefunden, anders als seinen Bruder, der aufrührerische Reden schwang und gern mit der Gesellschaft aneckte. Wie konnte sie sicher sein, dass ihr Herz sich nicht irrte und sich hinter der aufregenden Fassade des Alexander Ostherloh weiterhin der alte Langweiler verbarg?

Louise ließ eine Masche fallen und schleuderte den Strumpf in die Ecke. Wie konnte sie so etwas Gemeines nur denken? Doch die Stimme in ihrem Inneren wollte keine Ruhe geben, schließlich hatte sie kaum Worte mit Alexander gewechselt und vermochte nicht zu sagen, was er dachte und wofür er sich interessierte.

Da kam ihr eine gute Idee, die gleich zwei Zielen dienen würde: Zum einen könnte Louise herausfinden, ob Alexander und sie ähnliche Interessen oder Steckenpferde verbanden.

Zum anderen, und sie musste sich eingestehen, dass ihr das wichtiger erschien, könnte sie ihn beeindrucken. Ja, das klang famos. Louise wollte Alexander beweisen, dass Frauen nicht nur über Mode, Bälle und Sommerfrischen sprachen. Aber was wäre dafür geeignet? Mit einem Satz sprang sie auf und begann, mit dem Zeigefinger die Buchrücken im Regal entlangzufahren. Welches davon wäre für ihren Zweck geeignet? Mädchenromane wie *Backfischchens Leiden und Freuden* oder *Der Trotzkopf*, die Tante Malvina ihr geschenkt hatte, kamen niemals infrage. Selbst ihre geliebten Romane von Eugenie Marlitt empfand Louise nun als trivial, angefüllt mit unschuldigen Abenteuern und spielerischen Eskapaden, keinesfalls der Stoff, aus dem die Gespräche mit einem jungen, aufstrebenden Mann gesponnen werden sollten.

Ihre Finger verweilten auf den Rücken ernsthafterer Werke; waren es Goethes Zeilen, Hauffs *Lichtenstein* oder gar die Dramen eines Schiller, die ihrem Gespräch Tiefe verleihen könnten? Die Entscheidung würde klug und bedacht getroffen werden müssen, denn Louise erwartete mehr als einen bloßen Nachmittagshöflichkeitsbesuch – sie erhoffte sich einen wichtigen Schritt auf dem Weg zu einer Heirat mit Alexander.

Louise stampfte vor Ärger mit dem Fuß auf, als sie ihre Bücher durchging. Warum war es Frauen nicht erlaubt zu lesen, was ihnen gefiel? Tante Malvina achtete sorgfältig darauf, dass Louise nur Romane in die Hände bekam, die als passend für eine höhere Tochter galten. Wie sehr hatte Louise kämpfen müssen, um *Der Schimmelreiter* lesen zu dürfen. Es wäre äußerst unklug, über die Novelle zu sprechen und Malvina auf deren dramatischen Inhalt aufmerksam zu machen.

Zu Louises Glück las ihre Tante selbst nur ungern und verließ sich daher oft auf die Titel, um über das Schicksal eines Buches zu entscheiden. So hatte sie die *Dorf- und Schlossgeschichten* von Marie von Ebner-Eschenbach einfach durchgewunken, ohne zu ahnen, was für tragische Ereignisse sich darin verbargen. Die Tragik des armen, treuen Hundes *Krambambuli* hatte Louises Herz erschüttert, sie mit tiefen Gefühlen berührt, die ihr bis dahin fremd gewesen waren.

Nun, das wäre doch sicher ein Gesprächsthema. Außerdem konnte sie auf dem Weg herausfinden, ob Alexander ebenfalls tierlieb war. Voller Vorfreude nahm sie das Buch und ließ sich in ihren bequemen Sessel sinken, um in den Geschichten zu schmökern. Von draußen hörte sie das gedämpfte Geräusch von Hufschlägen auf dem Kopfsteinpflaster, das Pfeifen des Windes und ab und zu einen Glockenschlag. Doch bald versank Louise so sehr in dem Buch, dass alles andere um sie herum verschwand. Sie vertiefte sich in die geschriebene Welt, ließ sich trösten und vorbereiten auf die Wunder und Widrigkeiten, die Alexanders Besuch mit sich bringen würde.

Erneut gelang es der Autorin, Louise ganz für sich einzunehmen. Wenn ihr Maltalent nur halb so groß wäre wie das Schreibtalent der Marie von Ebner-Eschenbach, würde Louise es wagen, damit ihr berufliches Glück zu versuchen.

Nachdem die Standuhr vier geschlagen hatte, hielt es Louise nicht mehr in ihrem Zimmer. Wenn Alexander sein Versprechen wahr machte, würde er gewiss zum Tee kommen. Sie schaute noch einmal in den Spiegel, bedauerte es, nicht über Sophies wunderschöne blonde Haare zu verfügen, kniff sich in die Wangen, damit diese rosig schimmerten, und war bereit, Alexander erneut zu begegnen.

»Die Familie nimmt den Tee heute im Wintergarten ein«,

sagte ihr der Hausdiener. »Sie werden bereits erwartet, gnädiges Fräulein.«

War Alexander etwa bereits angekommen, und Louise hatte ihn verpasst? Nervös rieb sie ihre Hände an ihrem Kleid und folgte dem Diener zu dem wunderschönen Raum, der nur ausgewählten Gästen vorbehalten war. Ahnte Louises Familie, was sie für Alexander empfand, und empfing ihn daher in diesem besonderen Rahmen?

Der Wintergarten war erfüllt vom leisen Knistern des Kaminfeuers, das behagliche Wärme in den Raum brachte. Große Palmen in hohen Töpfen standen im Zimmer verteilt und verliehen ihm ein exotisches Flair. Sie warfen fedrige Schatten an die Wände und auch auf die Menschen, die hier Platz genommen hatten.

»Oh.« Überrascht schlug Louise die Hand vor den Mund, nachdem sie durch die Tür getreten war. Ihre Tante Caroline gab sich die Ehre und hielt auf dem bunt gemusterten Sofa Hof. Das Nachmittagslicht fiel durch die bleiverglasten Scheiben, brach sich in den farbigen Glasfacetten und hüllte die Gestalt ihrer Tante in ein sanftes Licht. In Carolines hochgesteckten blonden Haaren offenbarte das Licht erstes Grau, wie der zaghafte Beginn eines Wintertages. Ein müder Blick aus graublauen Augen, von dichten Wimpern umrahmt, traf Louise, die sofort die Hand vom Mund nahm.

»Liebe Tante, ich freue mich, dich zu sehen. Wie geht es dir?«

»Danke. Ich fühle mich besser.« Obwohl Carolines Stimme kaum mehr als ein Hauch war, zog sie die Aufmerksamkeit auf sich. »Nimm Platz. Ich hoffe, unser Gast wird pünktlich sein.«

Louise nickte und nahm auf dem Sessel neben Sophie Platz. Ihre Cousine bestickte ein Tuch mit einem Sinnspruch. Neugierig beugte Louise sich vor und las: »Zwei Lebensstützen brechen nie, Gebet und Arbeit heißen sie.«

Wie überaus typisch für Sophie, einen Spruch zu wählen, der ihr die Zuneigung von Malvina einbrachte. Louise verabscheute die meisten dieser Kalenderweisheiten.

»Hast du deine Handarbeit vergessen?« Natürlich musste Tante Malvina das fragen, hielt sie selbst doch einen begonnenen Schal in der Hand. Ihr Blick zeigte deutlich, was sie von jungen Damen hielt, die dem Müßiggang frönten. »Noch bleibt dir Zeit, sie zu holen.«

»Danke, Tante.« Louise bemühte sich um ein Lächeln, erhob sich und eilte hinaus. Hoffentlich blieb ihr wirklich genug Zeit. Nicht auszudenken, dass Alexander eintraf, während sie den dummen Strumpf suchte. Wie würde es aussehen, wenn sie in den Wintergarten hereinplatzte, Wolle und ein begonnenes Strickstück in der Hand. Die Vorstellung ließ sie ihre Schritte beschleunigen.

Eilig holte sie den Strumpf und lenkte ihre Schritte zurück zum Wintergarten, begleitet vom lauten Pochen ihres Herzens. Erst als sie sicher sein konnte, dass Alexander noch nicht angekommen war, beruhigte sie sich wieder. Mit einem Lächeln zu Malvina nahm Louise die Arbeit auf und versuchte, die verlorene Masche zu retten.

Keine von ihnen sprach ein Wort, nur das Klappern der Nadeln erklang in der Stille des Wintergartens. Louise war so sehr in ihre Handarbeit vertieft, dass sie das Klopfen an der Tür beinahe überhört hätte. Als Alexander den Wintergarten betrat, veränderte sich die Atmosphäre schlagartig zum Geschäftigen. Sophie setzte sich noch gerader hin und lächelte, Malvina ließ ihr Strickzeug sinken, und Caroline klingelte nach dem Personal, damit es den Tee brachte. Louises Blick suchte den von

Alexander, der ihn erwiderte, bevor er sich vor Caroline verbeugte und sich für die Einladung bedankte. Dann begrüßte er nacheinander Malvina, Sophie und Louise, bevor er – zu Louises Bedauern – auf dem Stuhl neben Sophie Platz nahm.

Nachdem die Diener den Tee und die Etagere mit Gebäck gebracht hatten, drehten sich die Gespräche um Neuigkeiten aus Bremen, den kalten Winter und das anstehende Weihnachtsfest. Nur Louise trug nichts zur Unterhaltung bei, sie spürte ein sehnsüchtiges Kribbeln in der Brust und wartete auf einen geeigneten Moment, um Alexander zu beeindrucken.

Als Sophie von einem Besuch in der Kunstausstellung erzählte, hielt Louise es nicht mehr aus und platzte heraus: »Hast du *Krambambuli* gelesen?«

Schweigen trat ein, und sie wünschte sich ein Mauseloch, um darin zu verschwinden. Endlich erlöste Alexander sie aus der Verlegenheit. »Zu meinem Bedauern muss ich verneinen, mir bleibt wenig Zeit für Romane.«

»Nun, Louise, du musst verstehen, dass Alexander ein viel beschäftigter Mann ist.« Sophie lächelte, aber Louise spürte ihre Worte wie Nadelstiche.

»Ja«, antwortete er. »Mein Vater spannt mich sehr ein. So verlangt er, dass ich morgen nach Hamburg reise, um ihn dort in Geschäften zu vertreten, wie auch schon in den vergangenen Wochen.«

Kam es Louise nur so vor, oder waren Alexanders Worte gezielt an sie gerichtet, damit sie erfuhr, warum er so lange geschwiegen hatte? Fieberhaft überlegte sie, was sie sagen konnte, um ihn zu beeindrucken.

»Ich weiß nur, dass du in Übersee warst«, stellte sie schließlich eine Frage, die ihn ins Reden bringen sollte, »was hast du dort erlebt?«

»Ach, das war alles geschäftlich«, antwortete Alexander ausweichend und trank einen Schluck Tee, als wollte er sich ihrer Frage entziehen. »Kaffeeplantagen in Guatemala und Costa Rica, Tabakpflanzungen in Brasilien.«

»Das klingt überaus faszinierend.« So schnell wollte Louise nicht aufgeben.

»Lass uns nicht über Geschäfte sprechen«, warf Caroline mit schwacher, aber dennoch durchsetzungsstarker Stimme ein. »Werden Sie Weihnachten zu Hause feiern oder in Hamburg, lieber Herr Ostherloh?«

Nun horchte Louise auf. Wann würde sie ihn wiedersehen können? Würde es wieder ein so gequältes, förmliches Treffen werden, in dem sie unter den Argusaugen ihrer Familie nur Nebensächlichkeiten von sich geben konnte, oder würde er etwas vorschlagen, damit sie einander wahrhaftig kennenlernen konnten?

Kapitel 12

Emilie stand reglos, Claras Lumpenpuppe in der Hand. Das matte Morgenlicht, gesiebt durch die zerschlissenen Vorhänge, tanzte in Staubwirbeln um sie und legte sich wie ein Schleier über ihre Habseligkeiten. Alles, was ihr gehörte, hatte sie bereits eingepackt. Nun blieb ihr eine letzte Entscheidung: Sollte sie Claras Spielzeug mitnehmen oder es in Stendal zurücklassen, zusammen mit ihrem alten Leben? Erinnerungen strömten auf sie ein, und trotzdem fühlte sie nur eine dumpfe Leere. Sie seufzte, legte die Lumpenpuppe aufs Fensterbrett und ging ein letztes Mal durch die Räume des Hauses, in dem sie gelebt hatte: Alberts Arbeitszimmer, das Schlafzimmer, die kleine Vorratskammer, die Küche.

Jede Dielenritze schien Geschichten der letzten Jahre zu flüstern, jedes Knarren des Fußbodens kam ihr bekannt vor, aber sie würde nichts davon vermissen. Als sie an Alberts Arbeitszimmer ankam, verhielt sie ihren Schritt. War es notwendig, noch einmal hineinzusehen? Wäre es nicht vernünftiger, so schnell wie möglich aufzubrechen, um möglichst viel Raum zwischen ihren Ehemann und sie zu bringen, bevor er ihre Flucht bemerkte?

Albert war am frühen Morgen aufgebrochen, um einen Kunden zu besuchen. Er hatte Emilies Entschluss, sich von ihm zu trennen, mit einem ungläubigen Schnauben abgetan, unfähig, die Entschlossenheit hinter ihrer ruhigen Fassade zu erkennen. Emilie hingegen hatte seinen Aufbruch als Chance betrachtet, als einen Wink des Schicksals, nicht länger zu zögern, sondern Jarchau zu verlassen.

Möglicherweise wäre es klüger, sofort aufzubrechen, aber sie hatte in diesem Haus drei Jahre gelebt, und es erschien ihr nur recht und billig, sich mit einem letzten Blick zu verabschieden. Sie öffnete die Tür und schaute in das Zimmer: Noch immer lagen dort Flaschen, gepresste Pflanzen und lose Blätter verstreut. Albert schien sich wohl darauf verlassen zu haben, dass Emilie seine Unordnung und seinen Dreck beseitigen würde. Da konnte er lange warten! Kurz war sie versucht, ihm einen Brief zu schreiben, ihm darzulegen, was sie zu ihrem Weggang bewog, aber schnell verwarf sie den Gedanken wieder. Ganz gleich, wie gut sie ihre Worte wählte, er würde sie nicht verstehen. Hatte er überhaupt je verstanden, was Emilie antrieb und was ihr wichtig war?

Wahrscheinlich nicht, aber – das musste sie sich eingestehen – sie hatte ihren Anteil daran. Zu Beginn ihrer Ehe hatte sie zu ihm, dem bedeutenden Naturforscher, aufgeschaut und alles getan, damit er sie lehrte. Falls sie es damals bereits als ungerecht empfunden hatte, dass sie neben dem Erstellen der Herbarien auch noch die volle Last der Hausarbeit übernehmen musste, so hatte sie es nie formuliert. Und nachdem Clara zur Welt gekommen war, hatte sich Emilies Welt geändert: Nicht mehr Albert war die Sonne, um die Emilie sich drehte, sondern Clara.

Wahrscheinlich hatte das ihrem Ehemann nicht gefallen, war er es doch gewohnt, dass Emilie ihm stets zur Verfügung stand und alle seine Wünsche erfüllte. Wäre er ein besserer Vater gewesen, hätte sie ihm den ersehnten Sohn geschenkt? Ach, das waren müßige Gedanken, es war nun einmal, wie es war.

Mit ruhigem Schritt ging sie weiter in die Vorratskammer, sie nahm nur einen halben Laib Brot und etwas Käse als Proviant für sich mit, die Würste und das eingelegte Gemüse ließ sie Albert. Für einen flüchtigen Augenblick fragte sie sich, wie er wohl ohne sie zurechtkäme. Aber er hatte auch vor ihrer Ehe überlebt und die Zeit überstanden, als Emilie in den Niederlanden gegen die Lungenentzündung gekämpft hatte. Wäre sie nur hier gewesen ...

Genug davon! Sie hatte diese Gedanken wieder und wieder in ihrem Kopf gewälzt und sich damit gemartert, obwohl sie wusste, wie sinnlos diese Selbstkasteiung war. Niemals wieder würde ihr Leben so werden wie vorher. Vielleicht war es wirklich am besten, wenn sie nicht nur nach Bremen ginge, sondern die Reise nach Australien begleitete. Nur in ihrer Arbeit würde es ihr gelingen, die Trauer zu bewältigen.

Emilie biss sich auf die Innenseite der Wange, um sich durch den körperlichen Schmerz von dem Leid in ihrem Herzen abzulenken. Sie stieß den Atem lautstark aus und sammelte alle Kraft, die in ihr verblieben war. Mit nun sicheren Schritten ging sie in die Küche. Einst das warme Herzstück des Hauses, in dem das prasselnde Herdfeuer und das Klirren von Töpfen und Pfannen das gemeinsame Familienleben bestimmten, war sie nun kalt und verlassen, so wie Emilies Leben.

Angelangt bei der Haustür, blieb sie stehen und wandte sich um für einen letzten Blick. Noch immer ließ die Vergangenheit sie nicht los, und sie stellte sich die Frage: War das ihr Zuhause? War ihr das erbärmliche Haus, das Albert, ohne sie zu fragen, gekauft hatte, je ein Heim gewesen?

Ja, erkannte sie, zu Anfang ihrer Ehe waren Albert und sie

glücklich gewesen, er als Lehrer, sie als Schülerin, und ein weiteres Ja für die Zeit, die sie mit Clara hier verbracht hatte. Bei der Erinnerung an ihre geliebte Tochter spürte Emilie Tränen aufsteigen. Sie sah Claras dunkle Haare vor sich, ihre braunen Augen, hörte ihr perlendes Lachen und spürte die unbändige Fröhlichkeit ihrer Tochter, die sich über jede Blüte und jeden Schmetterling gefreut hatte.

Trotz der Traurigkeit verspürte sie einen Hauch von Glück, denn diese schönen Erinnerungen würde ihr niemand nehmen können. Ja, sie hatte ihre Tochter verloren, aber die Zeit mit Clara würde Emilie immer in ihrem Herzen behalten, wäre es in Stendal, Bremen oder am anderen Ende der Welt.

Mit dieser Gewissheit atmete sie aus, ließ den Schlüssel auf dem grob gezimmerten Tisch zurück, schloss die Haustür hinter sich und trat hinaus in den kühlen, feuchten Morgen. Der Himmel über ihr war voller grauer Wolken, und die Luft roch nach Schnee. Möglicherweise wäre es klüger gewesen, bis zum Frühling mit ihrer Reise zu warten, aber Emilie hätte es nicht länger ertragen, mit Albert in diesem verkommenen Haus zu leben, das ohne Clara so leer und trist wirkte.

Vor ihr erstreckte sich die Landstraße, aufgeweicht durch den Schneeregen der vergangenen Tage. Es würde nicht leicht werden, den Handwagen durch den Matsch zu schieben, aber Emilie war die körperliche Anstrengung gewohnt, und außerdem hatte sie ein Ziel, das sie antrieb. Bremen und eine große Expedition. Das sagte sie sich immer wieder, auch wenn eine Stimme in ihrem Inneren fragte: Was wirst du tun, wenn du nicht gut genug für die Expedition bist? Was, wenn dieses neue Leben dich genauso abweist, wie dein altes es getan hat?

Wie schon in den Tagen zuvor schob sie diese Gedanken beiseite und konzentrierte sich auf die Abreise. Culpeper erwartete sie bereits, schwanzwedelnd, als ahnte der treue Hund, dass für sie ein neues Leben begann. Jeanne Baret war nicht zu sehen, aber Emilie vertraute darauf, dass die Katze käme, wenn sie nach ihr rief. Erst einmal jedoch spannte sie Culpeper vor den kleinen Handwagen, spürte die raue Textur des Holzes, das kühle Metall und das glatte, warme Leder, während der Hund geduldig wartete, bis er angeschirrt war. Emilie streichelte ihn, glücklich, sich nicht allein auf die Reise begeben zu müssen.

»Warte«, befahl sie und verstaute die Tasche mit ihrer Kleidung auf dem Handwagen. Dann legte sie vorsichtig die fünf Herbarien, die sie in den vergangenen Tagen erstellt hatte, dazu und schützte sie mit einem einfachen grauen Tuch, das sie wie einen Mantel darüberspannte. Denn weder Sonne noch Regen sollten die kostbaren Stücke gefährden, hing doch Emilies Zukunft von ihnen ab.

Als Letztes überprüfte sie noch einmal, dass Brot und Käse, die sie als Proviant eingepackt hatte, gut verstaut waren, ebenso wie Blechnäpfe für Hund und Katze und eine Emailletasse für sich, damit sie Wasser aus den Flüssen schöpfen konnte.

»Auf geht's! Du bist ein braver Hund.« Sie kraulte Culpeper den Kopf, spürte das raue Fell beruhigend an ihren Fingern und rief nach Jeanne Baret. Zu Emilies Freude kam die Katze sofort angesprungen und hüpfte auf den Wagen, um sich dort für ein Schläfchen niederzulassen. Ein Lächeln glitt über Emilies Gesicht. Manchmal wünschte sie, sie könnte mit der Katze tauschen und einfach für den Moment leben; keine Erinnerungen an die Vergangenheit, keine Sorgen über die Zukunft.

Emilie dagegen kämpfte mit den widersprüchlichen Gefühlen, die sie mit dem Aufbruch nach Bremen verband. Sie sehnte sich nach der Veränderung, dem Aufbruch, nach einem Neuanfang fernab der Schatten des Verlustes, die ihr altes Leben trübten. Gleichzeitig nagte der Zweifel an ihren Entschlüssen, eine leise Stimme, die beharrlich fragte, ob sie stark genug sein würde, die Stürme der bevorstehenden Tage zu durchstehen.

Sie hatte Jost Ostherloh einen Brief geschrieben und ihre Ankunft in Bremen angekündigt, auf eine Antwort seinerseits konnte und wollte sie nicht warten. Auch wenn es sie ängstigte, ihre Zukunft einzig und allein in die Hand eines fremden Mannes zu legen, der ein Museum errichten wollte und reich genug war, eine Expedition nach Australien ein Jahr lang vorzubereiten, ihr blieb keine andere Wahl.

»Wir schaffen das«, redete sie Culpeper gut zu und gab den Befehl zum Aufbruch. Der Wind biss ihr eiskalt in die Wangen, ihre Stiefel bohrten sich in den Matsch. Der brave Hund zog an, und die Wagenräder rollten langsam und schwer durch den Matsch. Bald würden sie gepflasterte Straßen erreichen, was ihnen das Vorankommen erleichtern würde.

Zehn Tage hatte Emilie für die Reise von Jarchau nach Bremen geplant. Das war großzügig gerechnet, denn Culpeper und der Handwagen bremsten sie aus. Außerdem hatte sie zwei kurze Aufenthalte bei Kunden eingeplant, denen sie ihre Herbarien verkaufen wollte. Es waren Auftraggeber, die sie über Jahre hinweg mit sorgfältig zusammengestellten Sammlungen beliefert hatte. Das bot nicht nur Gelegenheit zu Pausen während der Reise, sondern sollte Emilie mit einem Grundstock an finanzieller Unabhängigkeit versorgen. Jede präparierte Pflanze, jedes sorgsam gepresste Blatt verkörperte Emilies Fertigkeit und Leidenschaft, und sie hoffte, dass der Verkauf ihr genug einbringen würde, um die erste Zeit in Bremen überbrücken zu können.

Denn von einem Lohn für die Arbeit hatte Herr Ostherloh

nichts geschrieben. Er würde die Expedition bezahlen, und Emilie hoffte, dass er auch einen Lohn für sie eingeplant hatte, aber sicher war sie nicht. Daher wollte sie vorsorgen und genug Mittel besitzen, um sich die erste Zeit in der Stadt auf eigene Faust durchschlagen zu können. Sollte der Kaufmann sich weigern, Emilie ohne ihren Gemahl als Unterstützung für seine Expedition einzustellen, musste sie sich etwas anderes einfallen lassen. Doch erst einmal setzte sie ihre Hoffnung auf den unbekannten Bremer, den sie als Gönner zu gewinnen hoffte.

Trotzdem hatte sie die Herbarien erstellt, denn eines hatte Emilie aus ihrer Ehe gelernt – sie wollte sich niemals wieder von einem Mann abhängig machen, egal, ob Ehemann oder Auftraggeber. Hätte sie nur auf ihr Herz gehört und Clara mit auf die Reise in die Niederlande genommen, hätte sie Albert nur früher verlassen ...

»Hätte, hätte, hätte ... ich muss aufhören, mir das immer wieder vorzubeten«, sagte sie laut, was Culpeper dazu bewegte anzuhalten. »Es tut mir leid, mein Guter. Ich rede nur mit mir selbst, weil ich sonst niemanden habe. Geh weiter.«

Sofort zog er an, und sie marschierte neben ihm her. Mit jedem Schritt, den sie zwischen sich und das alte Zuhause brachte, verspürte sie ein Gefühl von Freiheit und Entschlossenheit. Was immer sie in Bremen erwarten mochte, sie würde sich ihm stellen und sich nicht unterkriegen lassen. Noch immer klangen ihr Alberts Worte im Ohr, die er ihr entgegengeschleudert hatte, nachdem sie ihm den Brief gezeigt hatte.

»Du wirst es dir anders überlegen«, hatte er gesagt. »Wage es nicht zu gehen, denn glaub ja nicht, dass ich dich wieder zurücknehme, wenn du gescheitert bist.«

Kapitel 13

Fünfzehn Tage nach ihrem Aufbruch erreichte Emilie endlich Bremen, begleitet von Schneeflocken, die leise und stetig vom Himmel fielen. Das Wetter und eine Verletzung des Hundes hatten ihre Reise verzögert. Trotz der Kälte waren viele Menschen auf den Straßen unterwegs: Junge Dienstmädchen trugen Einkäufe in Körben, wichtig aussehende Diener überbrachten Botschaften, Gruppen von jungen Frauen und Männern mit Schlittschuhen über den Schultern waren auf dem Weg zu zugefrorenen Seen. Dazwischen lenkten Kutscher ihre Pferde mit sicherer Hand durch das Gewimmel, Fuhrwerke rappelten über das Kopfsteinpflaster. Eine Horde von Jungen rannte an Emilie vorbei und rief ihr etwas zu, das sie nicht verstand. Sprach man in Bremen denn kein Deutsch?

Das hektische Treiben erschien Emilie wie eine andere Welt im Vergleich zur Ruhe der Landstraßen, die sie gewohnt war. Der Lärm der Stadt dröhnte in ihren Ohren, eine Kakophonie unterschiedlicher Geräusche, die sie beinahe überwältigte. Langsam zog sie den Handwagen weiter, und Culpeper schritt neben dem Wagen her, während Jeanne anmutig darin saß, aber neugierig den Kopf drehte, um die Umgebung zu erkunden. Emilie blieb einen Moment lang stehen, während sie den Blick über das geschäftige Treiben der Großstadt schweifen ließ. Die Größe und Lebendigkeit Bremens überwältigten sie. Ihr Herz schlug schneller, der Handwagen fühlte sich plötzlich viel schwerer an. Was würde sie erwarten? War es die richtige Entscheidung gewesen, oder kam sie vom Regen in die Traufe? Mit einem Seufzer blieb sie stehen, um sich zu sammeln und ihre nächsten Schritte zu überlegen.

»Auf, Culpeper, etwas Besseres als den Tod findest du überall«, sagte sie aufmunternd zu dem Hund. Wie oft hatte Emilie das Märchen der Bremer Stadtmusikanten Clara vorgelesen, die jedes Mal wieder voller Spannung die Unterlippe zwischen die Zähne gezogen hatte, obwohl sie das Ende der Geschichte kannte. »Clara soll stolz auf mich sein. Ich werde mich nicht unterkriegen lassen.«

In der Erinnerung an ihre Tochter und die Mär der Bremer Stadtmusikanten fand Emilie eine Quelle der Inspiration und Hoffnung. Wenn Esel, Hund, Katze und Hahn in dieser Stadt ihren Platz finden konnten, dann bestimmt auch sie. Das Schicksal hatte sie hierhergeführt, und vielleicht würde Bremen ihr genau das bieten, wonach sie suchte.

Nachdem sie tief ein- und ausgeatmet hatte, setzte sie ihren Weg fort, mitgerissen vom Strom der Menschen, die alle ein Ziel zu haben schienen, während Emilie sich erst einmal treiben ließ. In der Luft mischte sich der Geruch von Holz- und Kohlefeuern mit dem von Pferdeäpfeln. Plötzlich erklang ein Gebimmel hinter ihr, eine von Pferden gezogene Bahn schoss an ihnen vorbei und erschreckte Emilie, die den Handwagen losließ und zur Seite sprang. Culpeper, der seine Ohren gespitzt hatte, knurrte leise, ein tiefes Grummeln aus dem Rachen, das Misstrauen und Unbehagen gegenüber der Umgebung verriet. Jeanne, normalerweise ein Bild der Gelassenheit, hatte ihren Rücken zu einem Buckel gewölbt, das Fell wie einen

Schutzschild aufgestellt, und fauchte. Waren sie drei wirklich mutig genug, sich dieser großen Stadt zu stellen?

Doch Emilie wusste, dass es kein Zurück gab. Sie hatte eine Entscheidung getroffen, und nun musste sie die Konsequenzen tragen. Als Erstes galt es, eine Unterkunft zu finden, um sich von den Strapazen der Reise zu erholen. Dann erst konnte sie sich der Suche nach Herrn Ostherloh widmen. Die unendlichen Straßen und Gassen der Stadt erstreckten sich vor ihr, und Emilie fühlte sich verloren in dieser fremden, pulsierenden Welt.

Am klügsten erschien es ihr, zum Bahnhof zu gehen. Dort kamen die meisten Reisenden an, und daher gab es gewiss Hotels oder Herbergen in der Nähe. Ihr Herz wurde schwer. Wie teuer würde eine Unterkunft wohl sein? Ihre Lage sah alles andere als rosig aus, denn der Verkauf der Herbarien hatte ihr weniger eingebracht als erhofft. Die Kunden hatten zäh verhandelt, als wüssten sie, wie nötig Emilie das Geld brauchte. Aber ein paar Tage Kost und Logis sollte sie für sich und ihre Vierbeiner davon bezahlen können.

»Auf zum Bahnhof«, sprach sie sich Mut zu und schritt zielstrebig voran. Ihr Blick wanderte dabei über die Menschen um sie herum. Ihr kamen die Bremer und vor allem die Bremerinnen viel eleganter und wohlhabender vor als die Einwohner Stendals. Die Kleider der Frauen, die ihr entgegeneilten, begleitet von Dienstmädchen, waren überaus prachtvoll. Die Parfüms der Damen, die sie umwehten wie Mäntel, rochen opulent und nach Blumen mitten im Winter. Die Pferde vor den Kutschen und Bahnen sahen gepflegt aus, mit glänzendem Fell und wachen Augen. Emilie spürte den Wohlstand und die Eleganz, die diese Stadt ausstrahlte. Die Hektik und Geschäftigkeit um sie herum wirkten beängstigend, aber auch faszinierend, während sie sich vorsichtig ihren Weg durch die Menge bahnte, Culpeper an ihrer Seite, der sich eng an ihren Oberschenkel presste, verängstigt von der Stadt.

Sicherheitshalber warf Emilie einen Blick auf Jeanne. Nicht auszudenken, wenn die Katze sich ausgerechnet jetzt dazu entschließen würde, auf Wanderschaft zu gehen. Sie würden einander wohl nicht wiederfinden, sollten sich ihre Wege in Bremen trennen. Aber die Katze hatte sich unter dem grauen Tuch verkrochen, von Bremen endlich genauso erschrocken wie der Hund – und auch Emilie.

Noch bevor sie den Bahnhof erreichte, erspähte Emilie ein Hotel, dessen steinerne Fassade prachtvoll und elegant war, wahrscheinlich zu prachtvoll für sie. »Hillmann's Hôtel« hieß es, ein gewaltiger Bau, der sicher jedem Menschen Bewunderung abverlangte. Auch wenn es viel zu teuer für Emilies bescheidene Mittel wirkte, konnte sie ebenso gut hier mit ihrer Suche beginnen.

»Wartet auf mich!«, befahl sie Culpeper und Jeanne, bevor sie die schwere Tür des Hotels öffnete und eine Welt aus Marmor, Gold und dunklem Holz betrat. Die Eingangshalle des Hotels war so wunderschön, dass es ihr den Atem verschlug. So stellte sie sich einen Palast vor. Das gedämpfte Licht, das von glitzernden Kronleuchtern fiel, die wie gefrorene Kristalltropfen von der Decke hingen, tanzte auf den polierten Marmorböden und den goldenen Verzierungen der Wände. Gewaltige Palmen in hohen Töpfen standen in der Halle verteilt und vermittelten den Eindruck einer Wildnis inmitten der Stadt. Hinter einem halbhohen Tresen aus dunklem Holz stand ein junger Mann in einem eleganten Anzug, der ihr aufmerksam entgegensah.

Sofort war Emilie versucht, sich umzudrehen und davonzulaufen, denn niemals würde sie sich hier ein Zimmer leisten können. Doch die winzige Hoffnung, dass man ihr hier den Weg zu einer günstigeren Herberge weisen konnte, ließ sie langsam und unbeirrbar weitergehen. Der flauschige Teppich, der auf dem Marmorboden lag, war unter ihren Füßen eine wohltuende Abwechslung zu den harten Straßen und der rauen Natur, die sie bisher erlebt hatte.

»Sie wünschen?«, fragte der junge Mann. »Sind Sie Gast in unserem Haus?«

»Nein, nein.« Emilie stotterte und fühlte sich klein unter seinem Blick, der sie von oben bis unten musterte. Ihre Kleidung war abgetragen, fast schon schäbig, der Rocksaum schlammbespritzt – nein, sie gehörte nicht hierher. Sicher würde der Mann sie hinauswerfen. »Ich suche eine Herberge.« Ihre Stimme klang verlegen in dem prächtigen Ambiente. Sie überlegte erneut, die Flucht anzutreten, bevor die Situation für sie noch peinlicher werden konnte. Als wäre es nicht bereits schlimm genug, betrat in diesem Moment ein elegant gekleidetes Paar die Hotelhalle, nickte dem Portier zu und bedachte auch Emilie mit einem knappen Gruß.

»Falls Sie länger in Bremen bleiben wollen, empfehle ich Ihnen die Neustadt, das ist nicht weit von hier«, sagte der junge Mann zu Emilies Überraschung freundlich. »Dort gibt es viele Familien, die Räume an Schlafgänger vermieten.«

»Schlafgänger?«

»Menschen, mit denen man die Wohnung teilt und manchmal auch das Essen.«

Emilie atmete erleichtert aus. Dies war nicht die Ablehnung, die sie befürchtet hatte. Eine Welle der Dankbarkeit durchströmte sie. »Danke«, brachte sie schließlich hervor. »Wo finde ich die Neustadt?«

»Kommen Sie, ich weise Ihnen den Weg.«

Mit einem warmen Lächeln begleitete er Emilie aus dem Hotel hinaus vor die Tür. Als er Hund und Katze entdeckte, wurde sein Lächeln noch breiter, und erst jetzt bemerkte Emilie, wie jung er war. Liebevoll strich er Culpeper und Jeanne über die Köpfe, erklärte Emilie den Weg und wünschte ihr Glück für die weitere Suche.

»Danke.« Emilie fühlte sich nun nicht mehr so allein in dieser fremden Stadt und war hoffnungsvoll, dass die Neustadt sie willkommen heißen und ihr ein gemütliches Zuhause bieten würde.

Sie folgte den Anweisungen des jungen Mannes und bemerkte bald, wie sich das Stadtbild veränderte. Je mehr sich Emilie der Neustadt näherte, desto kleiner wurden die Häuser, schrumpften zu bescheidenen Hütten, und die Fassaden zeugten von karger Einfachheit, nahezu ärmlich sah alles aus. Die Häuser duckten sich nah aneinander, als suchten sie Schutz vor der Brise, die von der Weser her wehte. Der Geruch von frisch gefangenem Fisch, kombiniert mit dem Rauch aus den Schornsteinen, lag schwer in der Luft. Möwen kreischten lautstark und kreisten hoffnungsvoll über dem nahen Markt, auf der Straße spielten Kinder, die Kleidung feucht vom Schnee.

Sollte sie wirklich ihre Zeit in Bremen hier verbringen? Als ob sie in Jarchau besser gelebt hätten. Das Häuschen, das Albert und sie bewohnt hatten, war auch nicht größer gewesen als die Häuser hier. Allerdings hatte es allein gestanden, was Emilie ein Gefühl von Freiheit und Weite vermittelt hatte. Sie war ein Mensch der Natur, der Wälder. Von den vielen Häusern und Menschen, Fuhrwerken und Bahnen, die Bremen prägten, fühlte sie sich eingeengt.

Es ist nur für eine begrenzte Zeit, redete sie sich zu, nur

ein vorübergehender Aufenthalt, ein kurzes Kapitel in der Geschichte ihres Lebens. Sie würde eine Bleibe finden, Kontakt zu Jost Ostherloh aufnehmen und ihren geplanten wissenschaftlichen Bestrebungen nachgehen. In Gedanken malte sie sich bereits ihr zukünftiges Arbeitszimmer aus, ein Refugium, das auf stille Gärten blickte, wo sie die Geräusche und Gerüche der Stadt vergessen konnte. Ein Zimmer für sich allein, in dem sie sich ihren Studien und der Erstellung von Herbarien widmen konnte. Diese Vorstellung ließ sie aufatmen und machte ihr Mut.

Weiter und weiter führte sie ihr Weg, auf der Suche nach einem Schild, das auf eine Herberge oder ein Hotel hinwies. Aber es gab nur Häuser und Menschen auf den schmalen Gassen, die Emilie und ihren Handwagen misstrauisch musterten. Emilie fühlte sich erneut verloren. Woher sollte sie erfahren, welche Familien Schlafgänger aufnahmen? Wo sollte sie mit ihrer Suche beginnen, wie könnte sie erfahren, unter welchem Dach eine fremde Seele wie sie Unterschlupf fände? Es war, als müsse sie im Geflecht der Gassen eine verborgene Botschaft entziffern, die den Weg zu ihrem Ziel offenbarte. Bevor sie selbst den Mut fand, eine der Frauen anzuhalten, die an ihr vorbeihasteten, baute sich eine vor ihr auf, ein weinendes Kind hing an ihrem Rockzipfel. Sie war wohl vierzig Jahre alt, mit harten Gesichtszügen, die von einem Leben voller Arbeit und vieler Kinder erzählte. Später würde Emilie herausfinden, dass Lucie siebzehn Töchter und Söhne hatte, die sie ohne Ehemann großzog, und im ganzen Viertel dafür bekannt war. Mehr noch, die Frau, die sie auf der Straße ansprach, war in ganz Bremen stadtbekannt.

Ihr Körper war schwer, voller Muskeln und Rundungen, der Blick aus blauen Augen klar und forschend. Über einem schlichten Kleid trug sie eine Schürze, die wohl einmal weiß gewesen war, aber nun beigebraun wirkte. Etwas an ihr flößte Emilie Respekt ein, und sie nickte zum Gruß.

»Söökst du en Slaapplatz, mien Deern?«, fragte sie und sprach dann weiter: »En smucken Hund hest du.«

»Wie bitte? Entschuldigung.« Erst verstand Emilie kein Wort, dann erkannte sie, dass die Frau Plattdeutsch sprach, anders als das Platt in Stendal, aber doch ähnlich genug, dass Emilie sich würde verständigen können.

»Jaja«, sagte sie dann voller Freude. »Ich suche eine günstige Herberge.«

»Wullt du Slaapgänger wesen oder Aftermieter?«

»Wie bitte?« Nun fragte sich Emilie endgültig, in was für einer Welt sie hier gelandet war.

»Wullt du en Kamer oder en Bedd?«

»Ein Zimmer, bitte. Vermieten Sie welche?«

»Ik nich, aber Hedwig, mien Nachbar. Kumm mit.« Die Frau bedeutete Emilie, ihr zu folgen, und herrschte dann das Kind an. »Un du büst endlich still.«

»Danke.« Emilie folgte der Frau, von der ein leichter Geruch nach Fisch ausging. Erst da bemerkte Emilie das Paket aus Zeitungspapier, das ihre Retterin in der Hand hielt und in das wohl ein Fisch eingewickelt war. »Ich heiße Emilie Nebelthau und komme aus Jarchau. Das ist bei Stendal, das ist bei Magdeburg.«

Abrupt stoppte sie ihren Redefluss, ein deutliches Zeichen, wie nervös sie war. Hoffentlich hielt die freundliche Fremde Emilie nicht für verrückt. Und hoffentlich war sie auch wirklich freundlich und versuchte nicht, Emilie in einen Hinterhalt zu locken, um ihr das bisschen Barschaft, das sie besaß, zu stehlen.

»Ik bün Lucie, Lucie Hildebrandt.« Sie grinste, blieb stehen und wedelte mit dem Zeitungspapierpäckchen. Der Fischgeruch intensivierte sich, und Emilie sah einen Fischschwanz aufblitzten. »Aver in ganz Bremen kennt man mi as Fisch-Lucie.«

»Danke, vielen Dank«, antwortete Emilie und war versucht, ebenfalls Plattdeutsch zu sprechen. Aber seit ihrer Heirat hatte sie sich bemüht, bestes Hochdeutsch zu reden, mit ein wenig sächsisch-anhaltinischer Dialektfärbung, zugegeben, aber dennoch Hochdeutsch, weil Albert das vornehmer fand.

Kurz wallte Trotz in Emilie auf, dass sie eigentlich genau aus diesem Grund ins Platt zurückfallen sollte, aber dann dachte sie an Jost Ostherloh und die anderen Expeditionsteilnehmer. Der Professor und sein Assistent würden sie gewiss nicht ernst nehmen, sollte sie die Sprache der einfachen Leute sprechen.

Auf einmal blieb ihre Begleitung stehen, so abrupt, dass das Kind ihren Rock losließ und auf den Hosenboden plumpste, woraufhin es erneut zu schreien begann. Lucie ließ sich davon nicht stören, sondern deutete nach vorn.

»Nu eenfach ut. Dat Huus rechts.« Fisch-Lucie nahm das immer noch schreiende Kind auf den Arm und nickte Emilie zu. »Grööt de Hedwig vun mi. Ik mutt de Fisch noch aflevern.«

Sie ließ Emilie keine Gelegenheit zu einer Antwort, sondern bog mit flotten Schritten in die Gasse rechts von ihnen ab. Hoffentlich würde Emilie die hilfreiche Bremerin wiedersehen, um sich angemessen bei ihr zu bedanken.

»Komm, Culpeper, gleich haben wir es geschafft.« Sie tätschelte den Hund und zog den Wagen an. Jeanne sprang herunter und verschwand in einer Nebenstraße, als wüsste die Katze, dass ihre Reise hier erst einmal beendet war.

Bald hatte sie das Fachwerkhaus erreicht, es war winzig,

zwei Stock hoch, sehr schmal, und wirkte, als lehnte es sich müde gegen das ebenso winzige Nachbarhaus. Emilie fiel es schwer, sich vorzustellen, dass hier jemand eine Herberge unterhielt. Sie atmete tief ein und klopfte den Staub von ihrer abgenutzten Reisekleidung.

Die Tür ging auf, und eine Frau trat heraus, wohl in Emilies Alter, aber Armut und schwere Arbeit hatten sich tief in ihr Gesicht eingegraben. Ihr dunkelbraunes Haar war von grauen Strähnen durchzogen und zu einem unordentlichen Knoten auf ihrem Kopf gebunden. Ein schlichtes Kleid umhüllte ihren mageren Körper, die Schultern waren gebeugt.

»Guten Tag, ich suche Hedwig ...« In dem Moment erkannte Emilie, dass Fisch-Lucie ihr nicht einmal den Familiennamen der Vermieterin genannt hatte. »Fisch-Lucie schickt mich. Ich suche ein Zimmer.«

»Dor büst du hier richtig. Ik bün Hedwig.« Auch die Stimme klang müde. »Schall de Hund ok hier wahnen?«

»Wenn es möglich ist.« Die Vorstellung, Culpeper abgeben zu müssen, versetzte Emilie in Schrecken. »Er ist ein guter Hund.«

Wie zur Bestätigung setzte Culpeper sich auf seine Hinterpfoten, legte den Kopf schief und schaute Hedwig treuherzig an. Ein Lächeln erhellte ihr Gesicht, und sie öffnete die Tür.

»Kaam denn mal mit. Ik wies di de Kamer.«

»Danke.« Emilie sah den Hund an. »Bleib, Culpeper, warte.«

Als sie den Namen aussprach, sah Hedwig sie kritisch an. Ich muss etwas Besseres finden, sonst falle ich hier viel zu sehr auf, überlegte Emilie.

Als gut erzogener Hund legte Culpeper sich hin, aber sein Blick folgte ihr, als sie in das kleine dunkle Häuschen trat.

Vom engen Flur aus war Hedwig in einen kleinen Raum getreten, der mit einem einfachen Bett, einer Kommode und einem Stuhl ausgestattet war. Emilie duckte sich, weil die Decke ihr so niedrig vorkam. Durch ein kleines Fenster fiel nur wenig Licht.

»De Kinner un ik wahnt in de Kamer op de recht Sied.«

»Könnte ich ein Regal und einen Tisch bekommen?«, fragte Emilie, nachdem sie den Raum in Augenschein genommen hatte. »Ich kann mir aber auch beides kaufen.«

Dann erst fiel ihr auf, was Hedwig gesagt hatte.

»Wie viele Kinder haben Sie?« Ein schlechtes Gewissen überkam Emilie. »Ich will den Kleinen nicht ihr Zimmer nehmen.«

»Wi mööt vermeden. Mien Mann is doot.« Ihr Tonfall gab Emilie das Gefühl, besser nicht weiter zu fragen.

»Was soll das Zimmer kosten?«

Hedwig nannte einen Preis, der unter Emilies Vorstellungen lag, und sie stimmte sofort zu.

»Willkamen in Bremen.« Hedwig hielt ihr die Hand entgegen, und Emilie schlug ein.

»Auf eine gute Nachbarschaft.« Emilie lächelte, denn sie hatte das Gefühl, dass sie an diesem Ort ein Zuhause finden könnte, auch wenn es nicht das komfortabelste war.

Kapitel 14

Als Emilie auf die Straße trat, um den Handwagen auszuladen und Culpeper ins Haus zu holen, lief Jeanne auf sie zu und strich ihr um die Beine.

»Wie hast du mich nur gefunden?« Emilie beugte sich vor, um die Katze zu kraulen. »Hoffen wir, dass Hedwig nichts gegen eine Katze im Haus hat.«

»Warte und pass auf«, sagte Emilie zu Culpeper, bevor sie als Erstes das letzte Herbarium und ein Kleiderbündel in das winzige Haus brachte. Sie hatte das schönste ausgewählt, als Geschenk für Jost Ostherloh, und wollte es daher in Sicherheit bringen.

Hedwig hatte ihr angeboten, den Handwagen hinterm Haus abzustellen. Dafür würde sie das Gefährt durch den Flur schieben müssen und konnte nur hoffen, dass es durchpasste.

In ihrem Zimmer angekommen, entdeckte sie, dass Hedwig ihr eine Waschschüssel und einen Krug mit Wasser auf die Kommode gestellt hatte. Eine Petroleumlampe stand neben dem Bett, Kohlen in einem Eimer neben dem Ofen.

Endlich hatte Emilie alles abgeladen und erst einmal auf das Bett in der kleinen Kammer gelegt, die sie nun ihr Zuhause nannte. Sie holte den Hund hinein, der sich brav auf den Boden legte und abwartete. Als sie den Handwagen durch den Flur schob, öffnete sich die Tür zum Zimmer auf der rechten Seite, und ein Mädchen, wohl zehn Jahre alt, steckte den Kopf heraus. Sein struppiges braunes Haar war zu einem unordentlichen Zopf geflochten, der ihr über die Schulter fiel. Das Kind schaute Emilie aus großen tiefbraunen Augen an. Als es lächelte, entblößte es eine Zahnlücke.

»Mien Moder seggt, du schasst vunavend to 'n Eten kamen.«

»Ich soll zum Essen kommen?«, fragte Emilie, denn sie hatte die Kleine kaum verstanden.

Das Mädchen nickte.

»Danke. Sag deiner Mutter, ich freue mich über die Einladung«, antwortete Emilie, aber sie hatte die Tür bereits geschlossen und ließ Emilie mit der Frage zurück, was sie als Gastgeschenk überreichen sollte.

In dem Moment öffnete sich die Tür erneut, und das Mädchen spähte wieder hinaus. »Mien Moder seggt, du bruukst nix mitzubringen.«

»Danke«, antwortete Emilie nur, weil sie erwartete, dass die Kleine sofort wieder verschwinden würde, doch das Mädchen musterte sie neugierig. »Mien Moder seggt, du kummst vun wiet weg?«

»Ja, ich bin zwei Wochen zu Fuß gegangen, um nach Bremen zu kommen.«

»Mit 'nem Hund un rünner Katt?«

»Ja, willst du sie sehen?« Als das Mädchen begeistert nickte, fühlte Emilie den inzwischen vertrauten Schmerz. Die Kleine erinnerte sie an Clara, wie wohl jedes Mädchen sie an ihre Tochter erinnern würde. »Warte, ich hole Culpeper.«

Ein Nicken reichte dem Mädchen als Antwort. Als Emilie die Tür öffnete und nach ihrem Hund rief, wagte die Kleine sich aus dem Zimmer. Sie hielt Culpeper die Hand entgegen, und ein breites Lächeln, das ihre Zahnlücke offenbarte, erhellte ihr Gesicht.

»Kind, kaam rin, du musst mi helpen«, erklang Hedwigs Stimme aus dem Zimmer, und sofort schlüpfte das Mädchen wieder hinein.

»Ich weiß nicht einmal, wie du heißt«, sagte Emilie, aber es war zu spät. Nun, den Namen der Kleinen würde sie bestimmt heute Abend erfahren. »Nun komm, Culpeper, du wirst sie bestimmt noch häufiger sehen.«

Emilie goss etwas Wasser für den Hund und die Katze in deren Blechnäpfe und packte ihr Bündel aus. Kaum hatte sie begonnen, ihre Habseligkeiten in der Kommode zu verstauen, klopfte es an der Tür zu ihrer Kammer.

»Herein.« Sie lächelte, denn sie erwartete Hedwigs Tochter, die Emilie einen weiteren Auftrag ihrer Mutter ausrichten sollte. Doch es war Fisch-Lucie, die sie breit anlächelte.

»Hier, to 'n Intoog.« Lucie hielt kurz inne und wiederholte: »Hier, to dein Einzug. Den Fisch hab ich Hedwig geven.«

»Danke.« Emilie nahm das Paket, eingeschlagen in Zeitungspapier, entgegen, das sehr intensiv roch. »Komm doch rein.«

»Für din Hund und Katze.« Lucie bemühte sich hörbar, Hochdeutsch zu sprechen, und Emilie wollte nicht arrogant erscheinen, indem sie ihr anbot, ruhig weiter Platt zu reden.

Culpeper und Jeanne waren näher gekommen, der Hund saß brav vor Emilie und sah sie aus seinen braunen Augen bittend an, während die Katze ihr um die Beine strich. Also öffnete Emilie das Zeitungspapier und entdeckte Fischköpfe und Fischinnereien. Während sich ihr von dem Gestank der Magen umdrehte, begann Jeanne, an ihrem Rock hochzuklettern, und keckerte dabei, als hätte sie seit Tagen nichts zu fressen bekommen.

»Kssch, lass das.« Sanft pflückte sie die Katze mit einer Hand ab und setzte sie auf den Boden. Bevor Jeanne erneut auf ihren Rock losgehen konnte, legte Emilie das Zeitungspapier ebenfalls auf den Boden und verteilte den Fisch gleichmäßig darauf. Hund und Katze ließen es sich schmecken, während Emilie sich Wasser aus dem Krug über ihre Hände goss.

»Was hett di hierher verschlagen?«, fragte Lucie, die auf dem Stuhl Platz genommen hatte und lächelnd zusah, wie Jeanne dem armen Culpeper einen Fischkopf unter der Nase wegstahl. »Hest du keen Familie?«

»Meine Tochter ist gestorben, und ich habe meinen Mann verlassen«, antwortete Emilie zu ihrer Überraschung, denn sie gehörte normalerweise nicht zu den Menschen, die ihr Herz auf der Zunge trugen.

»En Kind to verlieren ...« Lucie sah Emilie voller Mitgefühl an.

»Clara war mein Leben.« Emilie setzte sich auf das Bett und kämpfte gegen die aufsteigenden Tränen. Es tat so gut, sich einer mitfühlenden Seele anzuvertrauen. »Ohne sie war meine Ehe sinnlos.«

Sie schaute verlegen auf ihre Fingernägel, viel zu lang waren sie, mit Spuren der langen Reise darunter.

»En Kerl kann dat nich verstahn.« Lucie schüttelte den Kopf, stand auf und tätschelte Emilie mitfühlend die Schulter.

Emilie kam nicht dazu zu antworten, weil ein etwa vierjähriger, sehr schmutziger Junge in ihr Zimmer stürmte und rief: »Moder, kaam. Se plätten sik wedder.«

»De Kinder schlagen sich wie die Kesselflicker.« Lucie seufzte, hob entschuldigend die Hände und folgte dem Jungen.

Emilie konnte die beiden auf dem Flur reden hören, bis ihre Stimmen verklangen, als die Haustür sich schloss. Wenn sie es richtig verstanden hatte, gab es eine gewaltige Prügelei unter Lucies Kindern. Wie viele hatte ihre neue Freundin wohl?

Um sich abzulenken, nahm Emilie ein Buch aus ihrem Bündel, in dem sie las, bis die Wintersonne unterging. Jeanne war durch das Fenster hinausgesprungen, während Culpeper auf dem Boden lag und schnarchte. Auch Emilie legte sich auf das Bett und schloss für einen Moment die Augen.

Sie musste wohl eingeschlafen sein, denn als jemand an ihre Tür klopfte und rief: »Eten is fardig!«, erwachte sie mit einem Ruck und musste überlegen, wo sie war. Inzwischen war es nahezu dunkel, und Emilie tastete nach Streichhölzern, um die Petroleumlampe anzuzünden.

»Ich komme«, rief sie, goss Wasser in den Krug und schöpfte es mit den Händen, um ihr Gesicht zu waschen. Culpeper grummelte und zuckte im Schlaf mit den Beinen, aber wachte erst auf, als sie ihn an der Schulter berührte. Da Hedwigs Tochter sich so über den Hund gefreut hatte, erschien es Emilie als gute Idee, ihn zum Abendessen mitzunehmen.

»Danke für die Einladung«, sagte Emilie, als sie in das Zimmer trat. Überrascht blieb sie stehen. Als Hedwig gesagt hatte, dass ihre Kinder und sie in einem Raum lebten, hatte sie nicht übertrieben. In der Mitte stand ein Tisch, der für fünf Menschen gedeckt war. An den Wänden lehnten Strohmatratzen, die wohl nachts auf den Boden gelegt wurden. Ein Vorhang teilte die Küche vom Zimmer ab. Der Geruch von kochendem Fisch und frisch gebackenem Brot durchzog den Raum.

»Sett di daal. Dat sünd Antonie, Ida und Paul.« Hedwig deutete auf die Kinder, Antonie kannte Emilie bereits. Sie begrüßte das Mädchen und den Jungen, die brav neben dem Tisch standen und auf den Boden sahen. Nur Antonie blinzelte, als ihr Blick auf Culpeper fiel.

»Kann ich helfen?« Emilie sah Hedwig fragend an.

»Nee, du büst uns Gast.« Hedwig deutete auf einen Stuhl. »Sett di nu endlich hen. Kinner, ihr dürft mit 'n Hund spelen.«

Das ließen sie sich nicht zweimal sagen. Sofort eilten die Kinder zu Culpeper und versuchten, seine Aufmerksamkeit zu gewinnen. Zum Glück war der Hund durch Clara Kinder gewöhnt und ließ die streichelnden Hände freundlich über sich ergehen.

»Genug! Wascht euch de Hände.« Sofort gehorchten die drei, wuschen sich und setzten sich brav an den Tisch.

Hedwig trug eine schwere Schüssel auf den Tisch, aus der Dampf und der Duft nach Fisch und Zwiebeln aufstieg. Emilie lief das Wasser im Mund zusammen, und auch Culpeper winselte leise.

»Ich bring den Hund besser weg. Entschuldige.« Emilie sprang auf und führte den widerstrebenden Culpeper in ihr Zimmer. Dort legte er sich hin, nicht ohne ihr einen traurigen Blick zuzuwerfen.

Als sie zu Hedwig zurückkehrte, hatte diese bereits Brot aufgeschnitten und forderte Emilie auf, sich zu bedienen. Das tat sie und verspeiste das einfache, aber köstliche Gericht mit gutem Appetit.

Nach dem Essen schüttete Hedwig Kohlen auf den Ofen und breitete die Matratzen für die Kinder aus. Obwohl die drei eben noch so neugierig gewesen waren, fielen ihnen sofort die Augen zu.

Emilie half Hedwig beim Abwasch, und dann setzten sich die Frauen an den Tisch, um sich leise zu unterhalten.

»Wat maakst du in Bremen?«, flüsterte Hedwig. »Wat hett di hierherführt?«

»Ich bin Naturforscherin«, antwortete Emilie ebenso leise. »Ich sammele Pflanzen und katalogisiere sie.«

Da Hedwig sie fragend anschaute, führte sie aus: »Die Natur ist vielfältig und birgt viele Geheimnisse. Meine Aufgabe ist es, sie zu ordnen und aufzuschreiben.«

»Davon kannst du leven?« Auf Hedwigs Gesicht war ihre Skepsis deutlich zu lesen.

»Mehr schlecht als recht«, gestand Emilie, »aber hier in Bremen habe ich einen Förderer gefunden, für den ich arbeiten will. Vielleicht kennst du ihn. Jost Ostherloh.«

Hedwigs Gesichtszüge verhärteten sich, ihre Augen funkelten. »He hett mien Willi op dat Gewissen!«

Emilies Herz setzte einen Schlag aus. »Was meinst du damit, Hedwig? Was ist geschehen?«

Hedwig atmete tief ein und aus, bevor sie mit zitternder Stimme antwortete: »Mien Mann Willi weer Heizer auf en vun Ostherloh sien Schiffen. He is gesprungen.«

Emilie war erschüttert von den Worten ihrer Wirtin. Das Bild von Hedwigs Mann, wie er über die Reling kletterte, um sich ins Meer zu stürzen, brannte sich schmerzhaft in ihre Vorstellungskraft. »Das tut mir leid.«

Auf ihrer Reise hatte Emilie von den schlimmen Arbeitsbedingungen der Heizer gehört. Schwere körperliche Arbeit war es, die Männer mussten schnell sein, litten unter Hitze und Feuchtigkeit und oft auch unter Anfeindungen der anderen Matrosen. Selbstmorde waren erschreckend häufig auf den Schiffen. Bisher hatte Emilie nicht darüber nachgedacht, dass Ostherloh Schiffseigner war.

Hedwig schlug wütend mit der Faust auf den Tisch. »Mien

Willi konnte dat eenfach nich mehr ertragen. He hat schlimm gelitten, das war zu viel för em.«

Emilie fehlten die Worte. Zuerst fragte sie sich, ob Hedwig Sozialistin war und Emilie ins Visier der Behörden geriete, weil sie bei ihr wohnte. Dann durchzog ein Gefühl der Schuld ihre Gedanken, als sie an die Möglichkeiten dachte, die Jost Osterloh ihr bot. Eine Reise nach Australien, der Bau eines Museums – all dies schien so verlockend und aufregend. Doch jetzt, da sie mit den Konsequenzen und den Schicksalen derer, die auf der dunklen Seite dieses Handels gelitten hatten, konfrontiert wurde, war Emilie zutiefst erschüttert.

Bisher hatte sie der Frage, woher der Kaufmann so viel Geld hatte, eine Australienreise zu finanzieren und ein Museum zu bauen, keinen Gedanken gewidmet. Wollte sie wirklich für jemanden arbeiten, der Menschen in den Tod trieb?

»Das tut mir leid«, brachte Emilie schließlich heraus. »Ich wusste nicht, was Osterloh für ein Mensch ist.«

»De anderen sünd ok nich viel besser ...« Hedwig seufzte. »Wi all tun, wat wi müssen, um to überleben.«

In dem Moment regte sich Ida und schrie auf, wohl in einem Albtraum gefangen.

»Kümmere dich um die Kinder.« Emilie legte ihre Hand auf die von Hedwig und drückte sie sanft. »Danke für alles. Ich gehe schlafen.«

Es fühlte sich an wie eine Flucht, aber sie brauchte Zeit, um über das nachzudenken, was sie erfahren hatte. Wie sollte sie Jost Osterloh begegnen, nun, da sie wusste, welchen Preis andere Menschen für die Expedition und das Museum zahlten?

Kapitel 15

Ein sanftes Klopfen weckte Louise aus ihren Träumen. Schlaftrunken setzte sie sich auf, reckte sich und sah, wie das graue Morgenlicht des Wintertages durch die Gardinen und Vorhänge sickerte. Nachdem sie ausgiebig gegähnt hatte, rief sie: »Komm rein«, und fragte sich, warum das Dienstmädchen sie so früh am Morgen störte.

»Ein Brief, gnädiges Fräulein.« Else überreichte ihr das Schreiben. Bevor Louise einen Blick darauf werfen konnte, pochte ihr Herz schneller, und schlagartig war sie wach. Es gab nur einen Menschen, der ihr einen Brief schreiben würde – konnte es wirklich sein?

»Danke. Bitte bring mir einen Tee.« Louise wünschte sich nichts mehr, als dass das Dienstmädchen endlich ging, damit sie das Schreiben lesen konnte.

»Sehr wohl, gnädiges Fräulein.« Else blieb weiterhin vor Louises Bett stehen. »Möchten Sie auch etwas essen?«

»Ich frühstücke unten. Geh.«

Louise drehte den Brief zwischen den Fingern, immer wieder las sie ihre Adresse, geschrieben in einer starken, männlichen Handschrift. Natürlich trug der Brief keinen Absender, denn man konnte gewiss sein, dass die Dienstboten darüber tratschen würden.

Nachdem Else endlich die Tür hinter sich geschlossen hatte, hielt Louise es nicht mehr aus und riss den Umschlag auf. Obwohl vier Wochen seit dem Ball vergangen waren, hatte sie Alexander bisher nur dreimal gesehen, jedes Mal bei gesellschaftlichen Anlässen, die ihnen nur gestohlene gemeinsame Minuten ließen, immer in Angst, ertappt zu werden. Nur ihre Briefe, kurze Nachrichten, heimlich von Dienstboten überbracht, blieben ihnen, um sich zu erklären. Und selbst dabei mussten sie vorsichtig sein, sich in Andeutungen ergehen, aus Sorge, andere Augen könnten die Briefe lesen. Aber so kurz die Schreiben auch waren, sie versicherten Louise, dass Alexander ihre Gefühle teilte.

Ein Blatt Papier fiel aus dem Umschlag – bildete sie es sich ein, oder roch es nach Alexanders herbem Parfüm? Voller Vorfreude schloss sie einen Moment die Augen, atmete tief ein und ließ ihren Blick dann über die enttäuschend knappen Zeilen gleiten. Ein wenig liebevoller hätte sein Briefchen ausfallen können, doch dann beruhigte sie sich damit, dass er klug genug war, so allgemein zu formulieren, sollte der Brief einer falschen Person in die Hände fallen.

Bitte triff mich heute Nachmittag, 15 Uhr, an der Steinhäuser-Vase in den Wallanlagen!
  A.

So wenige Worte, und dennoch lösten sie einen Wirbelwind an Emotionen in Louises Herzen aus. Glück und Angst kämpften um die Vorherrschaft in ihrem Herzen. Die Vorstellung, Alexander endlich zu sehen, erfüllte sie mit freudiger Erwartung, aber gleichzeitig schnürte die Furcht vor den Konsequenzen einer heimlichen Verabredung ihr die Kehle zu.

Es war ein skandalöser Gedanke, sich mit einem Mann allein zu treffen, erst recht in der strengen Gesellschaft Bremens. Falls jemand sie entdecken würde, würde Louise als leichtfertig abgestempelt werden, und der Ruf ihrer Familie wäre ruiniert. Wieder starrte sie auf den Brief und überlegte. Die Gefahr, ertappt zu werden, war groß, denn so weit waren die Wallanlagen nicht von der Villa der Gildemeesters entfernt, was wiederum auch für den Treffpunkt sprach. Wie jedoch sollte es ihr gelingen, sich allein aus dem Haus zu schleichen?

Ihr musste etwas einfallen, schnell. Als sie die Kirchturmglocken hörte, erhob sie sich und küsste den Brief, bevor sie ihn in ihrem Schmuckkästchen verbarg.

Beim Frühstück ließ sie das Geplauder ihrer Cousine und ihrer Tante Malvina an sich vorbeifließen, während sie einen Plan nach dem anderen schmiedete und wieder verwarf. Nur einer Sache war sie sich sicher – sie würde alles wagen, um Alexander zu sehen. Auch wenn sie sich fragte, warum ihr Galan nicht anders handelte, ihre Liebe nicht endlich offiziell machte und bei ihren Verwandten vorstellig wurde in dem Willen, um Louises Hand zu bitten. Bisher hatte sie sich damit beruhigt, dass Alexander gewiss abwarten wollte, bis ihr Vater wieder in Bremen weilte, um ihm diese immens bedeutsame Frage zu stellen.

Doch eine Stimme in ihrem Inneren sagte ihr: »Er muss wissen, in was für eine Gefahr er dich bringt.« Sosehr sie sich bemühte, Louise konnte diese Stimme nicht zum Schweigen bringen. Ihr war nur zu deutlich bewusst, dass es für Alexander keine Konsequenzen hätte, sollte man sie gemeinsam sehen. Für Louise hingegen wäre damit die Chance auf eine gute Heirat verloren, es sei denn, Alexander würde sie dann ehelichen.

Zurück in ihrem Zimmer, schrieb sie ihre Ideen auf, wie sie

sich aus dem Haus schleichen könnte. Alles scheiterte daran, dass es Dienstboten gab, die sie sehen und gewiss Tante Malvina Bescheid geben würden. Sie musste klug sein, klug wie eine der Heldinnen, über die Eugenie Marlitt schrieb. Als sie das dachte, glitt ein Lächeln über Louises Gesicht, denn ihr war eine Idee gekommen. Leontine würde ihr gewiss zur Seite stehen. Vergnügt klatschte sie in die Hände.

Selbst der Blick aus dem Fenster trübte ihre Laune nicht. Die Schneeflocken, die heute Morgen noch durch die frostige Luft gewirbelt waren, hatten sich in einen grauen Nieselregen verwandelt, der leise an die Fensterscheiben prasselte. Selbst die Verwandlung des zauberhaften Winterwunderlands in ein Gemälde aus tristen Grautönen konnte ihre Stimmung nicht trüben. Ihr Alexander wollte sie treffen, heimlich wie in einem Roman. Leontine würde das gewiss verstehen. Daher entschloss sie sich, ihre Freundin als Vorwand zu nutzen.

Nun blieb ihr nur noch eines: warten – und hoffen, dass das launische Bremer Wetter sich in den nächsten Stunden verbesserte, denn ihre Tante würde ihr niemals abnehmen, dass Louise in Regen oder Nebel Leontine besuchen würde.

Endlich schlug die Standuhr zweimal, und Louise sprang auf. Hoffentlich gelang es ihr, von Tante Malvina die Erlaubnis zu bekommen. Ich darf mir meine Aufregung nicht anmerken lassen, dachte sie, als sie den Salon betrat. Selbstverständlich war ihre Tante dort mit Handarbeiten beschäftigt, eine stetige Mahnung für Louise, deren Strumpf noch immer nicht fertiggestellt war.

»Da das Wetter aufgeklart hat, möchte ich Leontine besuchen«, sagte sie. »Wir wollen gemeinsam an unseren Weihnachtsgeschenken arbeiten.«

Dieser Ausrede konnte Malvina doch gewiss nichts entgegenhalten, oder? Geschenke, die in warmer Herzensarbeit selbst gefertigt wurden, waren der Stolz jeder Familie und wurden oft von einer Generation an die nächste weitergereicht.

»Mein Kind, die Luft ist kühl, und Nebel zieht auf«, erwiderte Malvina. »Willst du nicht lieber hier an deinen Präsenten arbeiten?«

Da sie einen Einwand erwartet hatte, war Louise vorbereitet.

»Ich werde mir einen warmen Mantel anziehen«, erwiderte sie lächelnd. »Leontine hat versprochen, mir eine neue Häkeltechnik zu zeigen.«

Ein wenig riskant war diese Ausrede schon, sollte ihre Tante später danach fragen. Louise musste auf ihr Glück vertrauen.

»Also gut.« Malvina stand auf, um nach dem Dienstmädchen zu klingeln.

»Das ist nicht nötig, liebe Tante«, versuchte Louise es, »es sind ja nur wenige Schritte.«

»Wir sind die Familie Gildemeester«, herrschte Malvina sie an. »Du wirst nicht unbegleitet gehen.«

»Selbstverständlich.« Louise senkte den Kopf wie ein braves Mädchen, aber innerlich triumphierte sie. Der erste Schritt war geschafft, nun musste sie nur noch klug handeln, um den Weg bis zum Ende zu gehen.

Angetan mit einem dicken Wollmantel spürte sie die Kälte des Wintertages kaum. Mit großen Schritten eilte Louise die Straße entlang, ab und zu wehte der Wind Schneehauben von den Bäumen und ihr ins Gesicht, das durch einen selbst gestrickten Schal halb bedeckt war. Minna, das Dienstmädchen, ging neben ihr, den Kopf zwischen die Schultern gezogen und den Blick gesenkt, um dem eisigen Wind möglichst wenig Angriffsfläche zu bieten.

Tante Malvina hatte recht gehabt, von der Weser her zog ein leichter Nebel auf, der die Konturen der Bäume, der Wohnhäuser, von Menschen und Kutschen auf der Straße verschwimmen ließ. Selbst das Geräusch ihrer Schritte auf dem Pflaster klang gedämpft. Es erschien Louise, als hätte sich das wechselhafte Bremer Wetter auf ihre Seite geschlagen. Kaum jemand würde das Haus im Nebel verlassen, und selbst wenn, wären Alexander und sie nur als Schemen erkennbar. Ihr Herz jubelte, als sie an ihn dachte. Endlich, endlich würde sie ihm ihre Gefühle gestehen können und erfahren, wie er zu ihr stand.

Nachdem sie am Tor von Feldhusens Villa angekommen waren, befahl Louise dem Dienstmädchen: »Du kannst jetzt nach Hause zurückkehren.«

»Es tut mir leid.« Minnas Flüstern war so leise, dass Louise die Worte kaum verstand. »Aber die gnädige Frau hat verlangt, dass ich bleibe, bis Sie sicher im Haus sind.«

Ahnte Malvina etwa von Louises heimlichen Plänen? Louise war hin- und hergerissen. Sicher würde Minna nachgeben, sollte Louise darauf beharren, aber sie brachte es nicht übers Herz, dem Dienstmädchen so etwas anzutun. Also gingen sie gemeinsam den Weg bis zur Eingangstür, wo Louise klingelte und wartete, bis ihr geöffnet wurde.

»Erwartet Fräulein Leontine Sie?« Der Hausdiener, gekleidet in einen dunklen Anzug, hob eine Augenbraue. Leontine machte sich immer darüber lustig, dass er der Vornehmste in der Familie wäre. Der Zweifel in seiner Stimme war kaum verhüllte Neugier.

»Nein, aber Sie wird mich gewiss empfangen.« Louise lächelte. Dann wandte sie sich dem Mädchen zu. »Minna, nun kannst du gehen. Leontine wird mich später geleiten.«

Mit einem letzten unschlüssigen Blick nickte Minna stumm

und trat zurück in den Nebel. Louise selbst ging über die Schwelle von Feldhusens Villa, hinein in eine Welt, in der das Licht auf poliertem Mahagoni glänzte und schwere Samtvorhänge die Welt aussperrten.

»Danke, den Mantel behalte ich an«, sagte sie zu dem Diener, der sie erwartungsvoll ansah. »Melden Sie mich bei Fräulein Leontine an.«

Er nickte, aber seine Haltung drückte Widerwillen dagegen aus, eine junge Dame in einem tropfenden Wintermantel in der Eingangshalle warten zu lassen.

Kurze Zeit später erklang das Trippeln hoher Absätze, und Leontine stürmte die Treppe herunter, ihr rundes Gesicht eine einzige Frage.

»Louise, was für eine schöne Überraschung.« Mit einem Blick auf den Diener, der vorgab, nicht zu lauschen, sagte sie dann: »Folge mir in die Bibliothek.«

Louise ging ihr hinterher und hoffte, dass genug Zeit bliebe, Leontine alles zu erklären, denn sie wollte keinesfalls verspätet bei Alexander erscheinen. Obwohl die Zeit drängte, konnte Louise nicht umhin, die Bibliothek der Feldhusens zu bewundern.

Die Wände waren verkleidet mit dunklem Mahagoni, das im sanften Licht der Kristalllüster schimmerte und die unermessliche Anzahl von kostbaren Büchern in Ledereinbänden umrahmte. Das gedämpfte Licht, das durch die schweren Vorhänge fiel, tauchte die Bibliothek in eine geheimnisvolle Stimmung, während das sanfte Knistern des Feuers im Kamin die einzige Geräuschkulisse bildete. Der schwere Geruch von Papier und Leder erfüllte die Luft, aber den Büchern fehlte das Leben. Aus eigener Erfahrung wusste Louise, dass nur wenige je gelesen worden waren. Die meisten von ihnen hatte Leontines Vater angesammelt, als Dekoration und Beweis seines guten Geschmacks.

»Leontine, du musst mir beistehen«, flüsterte Louise eindringlich. »Wenn jemand dich fragt, habe ich den Nachmittag bei dir verbracht.«

»Was hast du vor?«

»Das kann ich dir jetzt nicht erklären. Die Zeit drängt.« Louise zog aufgeregt die Unterlippe zwischen die Zähne. Sollte ihre Freundin ihr die Unterstützung verweigern, wäre ihr Vorhaben zum Scheitern verurteilt. Das durfte nicht sein. »Es geht um Alexander. Bitte hilf mir.«

»Was soll ich tun?«

»Geh mit mir spazieren.« Louise holte tief Luft. »Ich werde dich dann verlassen, aber nur kurz, eine Viertelstunde vielleicht.«

Würde Leontine dieses Risiko eingehen? War ihr Plan Louise eben noch durchdacht und durchführbar erschienen, so bemerkte sie nun, welcher Gefahr sie Leontine aussetzte. Auch der gute Ruf ihrer Freundin würde leiden, sollte jemand sie allein auf der Straße entdecken und es in der Stadt herumtratschen.

»Selbstverständlich.« Leontine streckte ihre Hände aus und nahm Louises in ihre. »Ich würde alles tun, damit du deine große Liebe findest.«

»Ich danke dir.« Louise wischte die Träne ab, die ihr die Wange herablief. »Ich bin auch immer für dich da, falls ich dir je helfen kann.«

Nachdem Leontine ihren Pelz angezogen hatte, eilten sie gemeinsam in Richtung Wallanlagen. Der Nebel hatte sich gehalten und verlieh den schneebedeckten Bäumen ein verwunschenes Aussehen.

»Ich warte hier auf dich.« Leontine drückte Louise an sich und versteckte sich dann in einem Hauseingang.

»Ich beeile mich.« Louise schürzte den Rock und lief die letzten Meter. Sie konnte das Rauschen des Stadtgrabens hören, als würde er sie in eine andere Welt locken.

Die monumentale Steinhäuser-Vase tauchte vor Louise auf, ein Symbol der romantischen Vergangenheit Bremens, auch wenn das Kunstwerk selbst erst ein paar Jahrzehnte alt war. Es war eine Prunkvase aus Marmor, die auf einem Sandsteinsockel stand. Das Relief zeigte den Klosterochsenzug, einen mehr als zweihundertfünfzig Jahre alten Bremer Brauch: Jedes Jahr zum Freimarkt wurden zwei Ochsen durch die ganze Stadt geführt und dann zugunsten eines Armen- oder Waisenhauses verlost. Warum nur ging ihr das ausgerechnet jetzt durch den Kopf?

Wahrscheinlich, um die Nervosität zu bekämpfen, die sie befallen hatte. Wo blieb Alexander nur? Es war drei Uhr, wie sie dem Stundenschlag von St. Petri entnehmen konnte, der durch den Nebel hallte.

Louise verharrte einen Augenblick und lauschte auf den Klang ihres eigenen Herzschlags. Mit gemischten Gefühlen aus Mut und Unsicherheit setzte sie ihren Weg fort, den Blick fest auf die Vase gerichtet.

Als sie dort ankam, trat Alexander hinter dem Marmorsockel hervor. Sein Lächeln ließ ihr Herz schneller schlagen, und sie spürte seine Wärme, als er sie in die Arme schloss. In diesem Moment wusste Louise, dass sie bereit war, mit ihm alles zu wagen, denn die Liebe, die sie verband, war stärker als alle Konventionen ihrer Zeit.

Doch dann schob er sie von sich, sein Blick verdüsterte sich, und sie fröstelte, unsicher, was die Veränderung ausgelöst hatte.

»Louise.« Alexander stand vor ihr, die Schultern gerundet, die Arme hingen herab, als drückte ihn ein schweres Schicksal zu Boden. »Es tut mir leid.«

»Alexander«, flüsterte sie, »diese Heimlichkeiten zerren an mir. Bitte sag mir, was du empfindest.«

Er stieß einen schweren Seufzer aus. »Louise«, erwiderte er ernst, griff nach ihrer Hand und fand Halt in ihrer warmen Berührung, »es gibt keine Stunde, die vergeht, in der ich nicht an dich denke, an uns, an eine gemeinsame Zukunft, aber ...«

»Ja?« Was verbarg er vor ihr? Was mochte so schlimm sein, dass er sie nur heimlich sehen wollte?

»Oh, Louise, du ahnst nicht, unter was für Zwängen ich stehe.« Ein Schatten legte sich über sein attraktives Gesicht, und sie wünschte, sie könnte ihm die Last nehmen. »Ich wünschte, ich wäre wieder in Übersee. Dort war das Leben einfacher.«

»Ich würde dich dorthin begleiten«, wisperte sie, erschrocken über ihre Tollkühnheit. Sie warf sich in seine Arme, obwohl es schicklicher gewesen wäre, Abstand zu halten. »Ach, Alexander.«

»Das dürfen wir nicht tun!« Sanft schob er sie von sich. »Oh, meine Louise. Ich wünschte mir so sehr ... Aber wir dürfen das nicht. Lass mich erklären, was ...«

Erwartungsvoll sah sie ihn an, doch auf einmal erklangen Schritte. Alexander zuckte zusammen und spähte angestrengt in den Nebel. Da entdeckte auch Louise eine Gestalt, die sich ihnen langsam näherte, kaum auszumachen im Grau. »Louise, du musst gehen. Denk an deinen Ruf. Bitte, egal, was du hören wirst, zweifele nicht an meiner Liebe zu dir.«

Ihre Reputation war das Letzte, das sie in diesem Moment im Sinn hatte, doch sie musste sich eingestehen, dass er recht hatte. Sollten sie beide in dieser verfänglichen Situation ertappt werden, würde selbst eine übereilte Heirat ihre Ehre nicht retten. Mit von Schwermut getränktem Herzen wirbelte Louise herum und sputete sich, den Schatten der Bedrohung hinter sich zu lassen und eine sichere Zuflucht bei Leontine zu finden, damit ihre Scharade nicht aufgedeckt wurde. Ihre Gedanken drehten sich um Alexander und dessen widersprüchliches Handeln. Sie konnte die Wärme seiner Umarmung noch auf ihrer Haut spüren, aber was hatte er mit den Zwängen gemeint und dem Wunsch, wieder nach Übersee zu reisen? Und warum sollte sie an seiner Liebe zweifeln?

Vielleicht würde sie Alexander Ostherloh nie verstehen.

Kapitel 16

Louise saß in ihrem Zimmer, den vermaledeiten Strumpf in den Händen, und versuchte, sich auf die Maschen zu konzentrieren, aber ihre Gedanken kreisten. Immer wieder wanderte ihr Blick zum Fenster. Draußen fiel der Schnee sanft vom Himmel und bedeckte das Fensterbrett mit einer weißen Haube. Alles sah friedlich aus, aber Louises Herz war in Aufruhr.

Nach dem abrupten Ende ihres heimlichen Treffens hatte Alexander erneut kein Lebenszeichen mehr von sich gegeben, und Louise fragte sich, ob alles nur ein Traum gewesen war.

Glücklicherweise rückte Weihnachten näher, und die Vorbereitungen für das große Fest beschäftigten sie und lenkten sie hin und wieder von der Frage ab, was Alexander für ein Spiel mit ihr trieb. Seine Umarmung und seine Traurigkeit, als er von Zwängen sprach, hatten sich ehrlich angefühlt, aber warum suchte er nicht erneut nach einer Gelegenheit für ein weiteres Treffen?

Genug von ihm! Louise zählte die Maschen und lenkte ihre Gedanken auf die überraschende Neuigkeit, die sie gestern erreicht hatte. Ein Lächeln breitete sich auf ihrem Gesicht aus, denn übermorgen würde endlich ihr Vater nach Bremen kommen. Er hatte angekündigt, dass er Weihnachten dieses Jahr mit der Familie verbringen wollte. Sie konnte es kaum erwarten, ihn wiederzusehen; viel zu lange war es her, dass er die Familie und sie besucht hatte.

Mehr noch, sie konnte den Gedanken einfach nicht abschütteln, dass der Besuch ihres Vaters Alexander die Gelegenheit gäbe, um Louises Hand zu bitten. Was denkst du dir nur, schalt sie sich, ihr habt nur wenige Worte miteinander gewechselt, warum sollte er dich heiraten wollen?

In Augenblicken wie diesen, voller Hoffnung und Zweifel, wünschte Louise sich ihre Mutter an ihrer Seite. Selbst Tante Caroline, in ihrer Krankheit versunken, stand Sophie zur Seite und beriet sie bei Heiratsfragen. Jedenfalls nahm Louise das an, sie sprach so gut wie nie mit ihrer Cousine über deren Mutter oder etwaige Heiratspläne. Nur eines war gewiss: Sophie brauchte sich keine Sorgen um ihre Zukunft zu machen. Sie war nicht nur eine Schönheit, sondern auch ausgestattet mit einer überaus großzügigen Mitgift – eine der besten Partien Bremens. Erstaunlich, dachte Louise, dass ihre Cousine noch nicht den Bund der Ehe eingegangen war.

So ungern sie es sich eingestand, war Louise dennoch erleichtert darüber, dass Sophie ebenfalls noch unverheiratet war. Das würde die Enttäuschung ihres Vaters, dass sie keinen Verlobten vorzuweisen hatte, etwas mildern. Jedenfalls hoffte Louise das, denn sosehr sie sich auch danach sehnte, ihren Vater wiederzusehen, so sehr fürchtete sie die Begegnung auch.

Die Erinnerung an ihr letztes Zusammentreffen, das immerhin schon zwei Jahre her war, lag klar vor ihr, als wäre es gestern gewesen. Seine Kälte und Ablehnung hatten sie verletzt, und der Schmerz darüber saß noch immer tief.

Sie hatte ihn am Tag vor seiner Abreise in seinem Arbeitszimmer aufgesucht. Bereits vor der Tür hatte sie den lautstark ausgetragenen Streit zwischen ihrem Vater und ihrem Onkel gehört. Georg warf Carl vor, dass er nur seinen Neigungen folgte und den Pflichten gegenüber der Familie nicht nachkam.

»Verflucht, Carl!«, brüllte ihr Onkel, so laut und harsch, wie Louise ihn noch nie gehört hatte. »Wenn du ständig nach Übersee reist, dann nimm endlich das verdammte Konsulat an. Das wird unsere Reputation stärken.«

»Als ob es dir um unseren Ruf ginge«, antwortete ihr Vater, ebenso zornig. »Du willst nur Geld und noch mehr Geld.«

»Geld, von dem auch du gut lebst!« Nach diesen Worten öffnete Georg die Tür und stürmte an Louise vorbei auf den Flur.

Kurz überlegte sie, ob es wirklich der geeignete Moment wäre, um ihre Bitte vorzubringen, aber allzu viel Zeit blieb ihr nicht mehr.

»Was willst du noch?« Ihr Vater, der am Fenster stand und hinausblickte, wandte sich um, und als er sie sah, wich seine wütende Miene einem Lächeln, das allerdings seine Augen nicht erreichte. »Louise, mein Kind, was führt dich zu mir?«

»Vater, ich ...« Sie kämpfte mit sich, suchte nach Worten, mit denen sie ihn überzeugen konnte. Wie sehr wünschte sie sich, ihre Gefühle und Bedürfnisse auszusprechen, aber so etwas tat man in ihren Kreisen nicht. Mit nervösen Fingern nestelte sie an ihrer Kette, ein Geschenk ihrer Mutter, das sie für diesen Anlass ausgesucht hatte.

»Ja?« Er setzte sich an den Schreibtisch und schob den edlen Füllfederhalter zur Seite. Dann sah er sie aufmerksam an. »Ich habe nicht viel Zeit. Meine Abreise nach London muss vorbereitet werden.«

»Vater, bitte ... Ich kann nicht länger in Bremen bleiben«, platzte sie heraus. »Bitte nimm mich mit nach London. Ich bin hier nicht glücklich.«

»Das Glück liegt in der Erfüllung unserer Pflichten, darin

finden wir Sinn und Zufriedenheit.« Ihr Vater wandte den Blick ab und durchblätterte die Dokumente, die vor ihm auf dem Tisch lagen. »Dazu habe ich dich erzogen. Du wirst hierbleiben und das tun, was ich von dir erwarte.«

Seine Stimme hatte so kalt geklungen, dass es sie fröstelte. Alles in ihr hatte danach geschrien, zu betteln und zu flehen, aber stattdessen hatte sie nur gesagt: »Selbstverständlich, Vater«, und war gegangen.

Ob die vergangenen Jahre ihn milder gestimmt hatten? Mit einem Seufzer wandte Louise sich wieder ihrem Strumpf zu, der einfach nicht fertig werden wollte, und setzte ihre Hoffnungen auf die Zukunft, auf eine Welt jenseits von Bremen, vielleicht sogar gemeinsam mit ihrem Vater.

· · ·

Zwei Tage später trug die Morgendämmerung eine Palette aus blassen Winterfarben, als das Licht durch die sorgsam geputzten Fenster von Louises Zimmer fiel. Sie verbrachte den Tag in gespannter Erwartung, lauschte den Geräuschen des Hauses, dem Knarren der Balken und der Parkettböden. Auch die Dienstboten waren in heller Aufregung, eilten von einem Zimmer ins andere, um sich den Weihnachtsvorbereitungen zu widmen und gleichzeitig alles für den Besucher bereit zu machen.

Else kam Louise entgegen, das frisch polierte Silberbesteck in den Händen, um es wieder in der Anrichte zu verstauen. Als sie Louise sah, knickste sie kurz zum Gruß, aber eilte dann weiter. Aus der Küche wehte ein verführerischer Duft von Keksen, als Minna herauskam, um Tante Caroline ihr Mittagessen aufs Zimmer zu bringen. Louise ließ sich von der Nervosität anstecken und verschwand schnell wieder in ihrem Zimmer, um dort abzuwarten, dass ihr Vater endlich eintraf.

Bei jedem Klingeln sprang sie auf, lief zu ihrer Zimmertür und lauschte. Doch es war nur Besuch für Sophie, jemand für Onkel Georg und schließlich das Teekränzchen von Tante Malvina. Enttäuscht stieß Louise einen Seufzer aus und ließ sich aufs Bett fallen. Sie betrachtete den hellblauen Betthimmel und fragte sich, ob ihr Vater es sich anders überlegt hatte. Aber dann hätte er die Familie doch gewiss informiert, nicht wahr?

Die Zeit tröpfelte dahin. Louise versuchte, sich mit Büchern und Handarbeit abzulenken, aber nichts wollte ihr gelingen. Immer wieder ging sie zum Fenster und schaute in den grauen Bremer Himmel. Die Wolken hingen tief, es würde bestimmt bald wieder schneien. Ob das ihren Vater aufgehalten hatte?

Als am späten Nachmittag das vertraute Klingeln der Haustür ertönte, sprang Louise aufgeregt von ihrem Stuhl auf und eilte zur Treppe. Mit klopfendem Herzen blieb sie am Treppenabsatz stehen und wartete. Sie beugte sich über das kühle Mahagonigeländer, ihr Finger fuhr dabei unwillkürlich über die kunstvollen Schnitzereien, während sie die breite Treppe hinabspähte. Vorfreude auf das Wiedersehen mischte sich mit der bangen Frage: Würde ihr Vater dieses Mal zugewandter sein?

Als der Hausdiener sagte: »Willkommen zurück, Herr Gildemeester. Es war eine lange Zeit«, biss Louise sich auf das Innere der Wange, um ihre aufsteigenden Gefühle zu zügeln, wie es sich für eine Bremer Bürgerstochter gehörte. Sie verspürte den Wunsch, die Treppe hinunterzustürmen und sich in die Arme ihres Vaters zu werfen. Doch die Erinnerung an die vergangenen Enttäuschungen und die Konventionen hielten sie zurück. Nichts wäre schlimmer, als wenn ihr Vater ihre Umarmung nicht erwiderte. Er hätte sie gewiss nur erstaunt angesehen und freundlich, aber bestimmt von sich geschoben, was ihre Einsamkeit nur noch verstärkt hätte.

Das würde Louise nicht ertragen. Daher blieb sie oben an der Treppe stehen und wartete ab, bis der Hausdiener den Mantel ihres Vaters entgegengenommen hatte. Wenn ihr Vater nur einmal zu ihr hochblicken würde ... Aber er sah nur geradeaus und fragte mit erschöpfter Stimme: »Ist mein Bruder zu sprechen?«

Louise hörte seine Müdigkeit – die Belastung des langen Weges, die wie ein Schatten über ihm lag. Vielleicht würde sie sich gedulden müssen, bis sie mit ihm reden konnte. Noch einmal wollte sie es nicht riskieren, den falschen Moment zu erwischen, obwohl sie ihm ohnehin nicht sagen konnte, dass sie verliebt war und nicht wusste, ob der Mann sie auch liebte. Denn so etwas schickte sich nicht in der Familie Gildemeester.

»Der Senator kommt erst gegen sechs«, antwortete der Diener. »Er musste überraschend noch ins Kontor.«

»Das ist ja nicht mehr lange. Ich werde im Salon warten. Etwas zu essen und zu trinken wäre angenehm. Es war eine lange Reise. Kaffee statt Tee.«

Mit schleppenden Schritten ging ihr Vater in den Salon. Louise erschien es, als steckte dahinter mehr als die Ermüdung nach einer Reise – es war die Last der Verantwortung, des Handels und der Verpflichtungen. Dennoch schien ihr die Gelegenheit passend; Louises Hände zitterten vor Aufregung. Nun konnte sie ihn begrüßen, bevor die ganze Familie anwesend war und kein wirklich persönliches Wort mehr möglich wäre.

Sie wartete ab, bis ein Dienstmädchen ein Tablett mit Essen und Kaffee in den Salon gebracht hatte. Dann zählte sie bis hundert, um ihrem Vater etwas Zeit zur Erholung zu geben, bevor sie die Treppe heruntereilte.

Als sie den Salon betrat, sah Louise ihren Vater am Kamin sitzen, das Gesicht zum Feuer, den Rücken zur Tür. Das Holz knisterte und verbreitete eine angenehme Wärme, doch Louise spürte einen Schauder, als sie Mut schöpfte, seine Ruhe zu stören.

»Vater, wie schön, dass du wieder hier bist.« Ihre Stimme drohte zu brechen. Sie blieb an der Tür stehen, unfähig, einen weiteren Schritt in den Raum hinein zu tun. Ein Moment des Zögerns lag zwischen ihnen, eine unsichtbare Mauer aus Missverständnissen und Spannungen, die zwischen Vater und Tochter aufgebaut war. Er wandte sich um, ein Schatten des Barts am Kinn, dunkle Ringe unter seinen grauen Augen. Seit seinem letzten Besuch hatte sich mehr Grau in sein dunkelbraunes Haar geschlichen, seine Statur war noch immer schlank, aber seine Schultern hingen herab und ließen ihn kleiner wirken.

»Mein liebes Kind, komm näher.« Ihr Vater deutete auf den Sessel neben sich. »Möchtest du auch einen Kaffee?«

»Sehr gern«, erwiderte sie, froh darüber, dass er sie nicht wegschickte. Ihr Vater klingelte nach dem Dienstmädchen, damit es eine zweite Tasse für Louise brachte. Währenddessen hatte Louise die Distanz zwischen ihnen überwunden und sich auf den freien Sessel gesetzt. Aus dem Augenwinkel musterte sie ihren Vater: Sein Gesicht war gebräunt, wohl von den vielen Tagen auf See. Die Sonne hatte tiefe Falten um seine Augenwinkel und zwei scharfe Linien um seinen Mund gegraben, die ihn älter und düsterer wirken ließen.

Obwohl Louise ihm so viel sagen wollte, brachte sie kein Wort heraus. Ihm schien es ähnlich zu gehen, und so saßen sie schweigend nebeneinander, froh, als Else eintrat und die Stille aufbrach. Nachdem das Dienstmädchen den Kaffee eingegossen hatte, trank Louise einen Schluck des aromatischen Getränks und suchte nach einem unverfänglichen Gesprächsthema. Draußen dämmerte es bereits, und dichte Schneeflocken wirbelten durch die Luft.

»Willkommen zurück. Waren deine Reisen erfolgreich?« Ihre Worte klangen hohl und höflich, für ein Gespräch unter Fremden bestimmt und nicht für die Familie. Möglicherweise lag es an der Atmosphäre des Raums mit seinen schweren dunklen Portieren und den goldgerahmten Bildern der Vorfahren an der Wand, dass ihr nichts anderes einfallen wollte.

»Danke, mein Kind. Die Reisen waren anstrengend, aber produktiv«, erwiderte ihr Vater und zeigte dabei die Spur eines Lächelns, das seine Augen nicht erreichte. »Ich bin froh, Weihnachten mit der Familie verbringen zu können.«

Louise setzte die Tasse ab, ein leises Klirren in der Stille, die erneut zwischen ihnen entstand. Es war, als umgäbe ihren Vater und sie ein Korsett aus steifer Förmlichkeit.

Während sie ihren Blick auf ihren Vater gerichtet hielt, schweiften ihre Gedanken zurück zu ihrer Kindheit in London. Auch damals hatte es Regeln und Zwänge gegeben, aber auch ihre Mutter Cicely, deren unkonventionelle Art und Wärme ihr Zuhause zu einem besonderen Ort gemacht hatten. Der Vater ihrer Kindheit, an den sich Louise erinnerte, war fröhlicher gewesen, zugänglicher, nicht so ... hanseatisch wie jetzt. Zwischen ihnen breitete sich eine Kluft aus, die weiter schien als das Meer, das ihr Vater überquert hatte.

Kapitel 17

Vor drei Tagen hatte Emilie einen Brief an Jost Ostherloh gesandt und ihre Ankunft in Bremen bekannt gegeben. Seitdem wartete sie auf Antwort, unsicher, ob sie sich wünschen sollte, dass er sie zu sich bestellte oder ihren Besuch verweigerte. Seit Hedwig ihr vom Schicksal ihres Mannes erzählt hatte, wusste Emilie nicht mehr, was sie von Ostherlohs Angebot halten sollte.

»Nehm sien Geld un nutze es für dich«, hatte Hedwig gesagt, als Emilie sie darauf angesprochen hatte. »Du büst en guter Mensch, dat weiß ik.«

»Das hoffe ich«, hatte Emilie geantwortet, nicht davon überzeugt, dass Hedwig recht behalten würde. Da sie von ihrer Vermieterin nun jedoch Absolution erhalten hatte, drückte die Spannung des Wartens schwer auf Emilies Schultern und ließ ihr Herz ungeduldig pochen. Sollte sie einen weiteren Brief schreiben oder sich in Geduld üben? Weder ihre Bücher noch die Pflanzen, die sie presste, brachten ihr Ruhe. Immer wieder stand Emilie auf, um vor die Tür zu treten und nach einem Boten Ausschau zu halten.

Vergeblich.

Heute jedoch, als die Sonnenstrahlen durch die winterlichen Wolken brachen und das Licht sich über die Gassen der

Neustadt ergoss, spürte sie eine unerwartete Ruhe in sich einkehren. Nachdem sie mit Culpeper spazieren gegangen war, setzte sie sich auf eine grob gezimmerte Bank vor Hedwigs Haus, um die unvermutete Wärme zu genießen. Der Hund, aufmerksam wie immer, setzte sich neben sie, während die Katze seit zwei Tagen verschwunden war und nicht einmal zum Fressen nach Hause kam. Hoffentlich war Jeanne kein Leid geschehen.

Das plötzliche Auftauchen eines gut gekleideten Fremden, auffällig wie ein Pfau inmitten einer Schar grauer Tauben, lenkte sie von ihren Sorgen um die vagabundierende Katze ab. Emilie setzte sich aufrecht und beobachtete, wie der Mann zielsicher auf das Haus von Hedwig zukam. Aufregung ließ ihr Herz schneller pochen – war er der lang erwartete Bote? Culpeper gab ein lautes Knurren von sich, als der Fremde auf Emilie zutrat und sie von oben herab ansah. Er strahlte eine Arroganz aus, die sie unangenehm fand.

»Ich suche Frau Nebelthau«, herrschte der Fremde Emilie an, nachdem er sie begutachtet hatte. Er musterte sie, als wäre sie ein Insekt, seiner Aufmerksamkeit nicht würdig. »Sie ist Naturforscherin und soll hier wohnen.«

Für einen Moment spielte sie mit dem Gedanken, ihm eine Lektion zu erteilen und vorzugeben, sie wäre jemand anders. Doch die Angst davor, Jost Ostherloh zu verärgern, und die Tatsache, dass sie von diesem Mann abhängig war, brachten sie zur Vernunft. Also zwang sie sich, ruhig zu bleiben, und antwortete mit gelassener Stimme: »*Ich* bin Emilie Nebelthau.«

Sofort änderte sich seine Haltung, und er lächelte sie unterwürfig an. »Ich habe eine Nachricht für Sie. Von Herrn Ostherloh. Er hat mir aufgetragen, auf Ihre Antwort zu warten.«

Seine Stimme gab sich jetzt sanft, doch Emilie war nicht

geneigt, seine Wandlung zu vergessen oder ihm zu vergeben. Mit einem Nicken nahm sie den Brief entgegen und war bemüht, sich ihre Aufregung nicht anmerken zu lassen. Allerdings konnte sie der Gelegenheit zu einer kleinen Rache nicht widerstehen. Zwar kam sie sich kleinlich vor, aber die Hochnäsigkeit dieses Dieners war so unglaublich, dass sie einer Stutzung bedurfte. Daher zelebrierte sie das Öffnen des Briefs. Langsam, sehr langsam öffnete sie den Umschlag und ließ ihren Blick über die Worte wandern. Zweimal las sie die Nachricht, dreimal, bis sie endlich aufsah und zu dem wartenden Mann sagte: »Ja, ich bin einverstanden, ich werde Herrn Ostherloh heute Nachmittag aufsuchen.«

Ein kaum merkliches Nicken des Dieners, und schon wandte er sich ab, seine Eile ein Zeugnis der plötzlich empfundenen Dienstfertigkeit. Emilie sah ihm nach, schwankend zwischen der Vorfreude, ihren Mäzen endlich kennenzulernen, und dem Wissen, welchen Preis Ostherlohs Reichtum forderte.

Dann jedoch drängte sich ein anderer Gedanke in den Vordergrund. Heute Nachmittag schon, dachte Emilie, was soll ich nur anziehen? Üblicherweise legte sie keinen großen Wert auf schöne Kleidung, aber nun, da sie Ostherloh gegenübertreten sollte, musste sie etwas hermachen. Gestern hatte sie das Modehaus Ristedt aufgesucht und die prachtvollen Stoffe und eleganten Kleider bewundert, war jedoch schnell von den Preisen auf den bitteren Boden der Tatsachen zurückgezogen worden. Ihr Budget reichte nicht einmal, um sich dort einen Rock zu kaufen. Vielleicht wussten Hedwig oder Fisch-Lucie einen Rat.

Mit neuer Hoffnung im Herzen sprang sie auf, begleitet von Culpeper, der ihre Aufregung spürte und wild bellend um sie herumsprang.

»Ruhig, Culpeper.« Emilie führte den Hund in ihr Zimmer,

wo sie ihn einsperrte. Dann klopfte sie bei Hedwig, aber nur Ida war zu Hause.

»De Moder is in de Jute«, sagte das Mädchen. »Se kummt denn na Middag.«

Als Hedwig das erste Mal von der Jute gesprochen hatte, hatte Emilie sie nur verwirrt angesehen. Daraufhin wurde ihr erklärt, dass es sich hierbei um die Jutespinnerei und -weberei Bremen handelte. Ein Unternehmen, das vor zwei Jahren den Betrieb aufgenommen hatte und fast nur Frauen beschäftigte. Für wenig Geld und unter schlimmen Bedingungen: Hitze, Lärm und Feuchtigkeit bei langen Arbeitstagen.

»So lange kann ich nicht warten.« Emilie lächelte der Kleinen zu und eilte zu Fisch-Lucie. Hoffentlich war sie heute nicht auf dem Markt.

»Min Deern, was hast du es so eilig?« Lucie öffnete die Tür, hinter ihr zankten sich lautstark die Kinder. Zwölf von ihnen zählte Emilie und fragte sich, wo die anderen fünf wohl waren. »Gebt endlich Ruhe!«, brüllte Lucie, aber ohne Wirkung, die Kinder stritten weiter. Also schloss Lucie die Tür hinter sich und fragte Emilie: »Also, worüm büst du hier?«

»Ostherloh will mich heute Nachmittag sehen. Ich habe kein Kleid«, stieß Emilie hervor. »Kennst du einen günstigen Schneider?«

»Du hest Glück. Ik kann di helfen.« Lucie überlegte kurz und nannte Emilie dann die Adresse einer jungen Schneiderin, die hochwertige, aber erschwingliche Kleider anbot.

»Danke!« Emilie konnte ihr Glück kaum fassen. Die Kosten waren für einen Moment nebensächlich – sie musste einen guten Eindruck auf Jost Ostherloh machen. »Wenn ich einmal etwas für dich tun kann ...«

Sie wandte sich um, denn sie hatte keine Zeit zu verlieren.

Die eisige Winterluft durchdrang ihre Kleidung und zerrte an ihren Haaren, als sie mit schnellen Schritten die Gassen von Bremen entlangeilte. Eine innere Unruhe ließ Emilie weiterhasten; sie hatte nur eine Chance, um sich zu beweisen, und dieser Moment sollte unvergessen bleiben.

...

Der Winternachmittag brachte einen kurzen Schneeschauer mit sich, der sich auf die Straßen legte und alles in Matsch verwandelte. Mit jedem Schritt, den Emilie tat, spritzte Schmutz auf den Saum ihres kostbaren neuen Kleides. Sie hob ihn an, aber es war nichts zu retten. Sie würde ihrem Mäzen in einem schönen Kleid mit Dreckspritzern entgegentreten müssen. Was für ein Malheur!

Ihr Herz wurde schwer, denn ihr Weg führte sie in eine Gegend Bremens, die einem Gemälde entnommen schien. Hier reihte sich eine vornehme Villa an die andere, jede ein Zeichen von Wohlstand und Vornehmheit, umgeben von großen Gärten, damit man Abstand zu den Nachbarn hielt.

Selbst in ihrem neuen, teuren Kleid fühlt Emilie sich immer noch klein und nicht hierherpassend. Ein tiefes Gefühl der Unzulänglichkeit suchte sie heim, und ihr Mut sank. Möglicherweise hatte Albert recht gehabt mit seinen bitteren Worten, dass sie ohne ihn niemals erfolgreich sein würde. Nein! Sie würde es ihrem Mann beweisen.

Vielleicht würde sie Ostherlohs Angebot ablehnen, weil sie nun wusste, wie er zu dem Reichtum gekommen war, der sich in seiner Villa zeigte und nun zu einer Expedition und einem Museum führen sollte. Aber es würde ihre Entscheidung sein, und sie würde nicht schon vorher feige zurückschrecken. Mit gesenktem Kopf kämpfte sie gegen den eisigen Wind, der einzelne Schneeflocken mit sich trug.

Als sie an der Adresse angekommen war, hielt sie am Tor an, überwältigt vom majestätischen Ausmaß des Anwesens, welches sich vor ihr ausbreitete. Ihr Blick glitt über den Garten, der selbst im Winter gepflegt wirkte, den gepflasterten Weg, den Brunnen und das herrschaftliche Haus. Sie nahm all ihren Mut zusammen, reckte sich und schritt über den steinernen Weg zum Eingang.

Ihr zitterten die Knie, als sie die Stufen zur Haustür hinaufging, und ihr Finger verharrte vor der Klingel. Das war der letzte Moment, in dem sie noch umdrehen und ihrem Leben eine Wendung geben konnte. Doch dafür hatte sie Jarchau nicht verlassen.

Nachdem sie geklingelt hatte, wurde die Tür aufgerissen, als hätte jemand direkt dahinter auf sie gewartet. Es war nicht der Diener, der ihr die Nachricht überbracht hatte, sondern ein junges Mädchen, dessen Kleid eleganter aussah als das, das Emilie unter ihrem abgetragenen Wintermantel trug.

»Herr Ostherloh erwartet mich.« Ihre Stimme klang leise und nahezu tonlos. Sie räusperte sich. »Er hat nach mir geschickt.«

»Sehr wohl, gnädige Frau.« Das Dienstmädchen öffnete die Tür weiter, damit Emilie eintreten konnte. »Bitte warten Sie einen Moment. Ich melde Sie beim gnädigen Herrn an.«

Emilie nickte und blickte dem Mädchen nach, das flink die Treppe hinauflief, die von einem dunkelroten Samtteppich bedeckt war. Dann sah sie sich in der Eingangshalle um, tief beeindruckt von den grünen Stofftapeten, die einen reizvollen Kontrast zu den schweren Portieren aus bronzefarbenem Samt bildeten. Schwere Spitzengardinen dämpften das Licht, das durch die hohen Fenster fiel. Die Wände schmückten Landschaftsgemälde in goldenen Rahmen, auf dem Boden standen Palmen in Töpfen, die mit Stoff in der Farbe der Portieren umwickelt waren. Auf den Fensterbänken waren Vasen mit Makartsträußen aus Seidenblumen und Federn verteilt. Eine Frauenfigur auf einem marmornen Sockel mit goldfarbenem Inlay stand mitten in der großen Empfangshalle und zog Emilies Blick auf sich.

Doch sie fühlte sich unbehaglich in dieser luxuriösen Umgebung, sie konnte den Gedanken an die armen Seelen nicht verdrängen, die für Ostherlohs Wohlstand leiden mussten. Die Männer, die für wenig Geld ihre Gesundheit und ihr Leben auf den Schiffen riskierten, mit denen der Kaufmann seine Waren nach Bremen holte. War sie bereit, darüber hinwegzusehen, um an der Expedition teilzunehmen? Hedwig hatte ihr zugeredet, das Angebot anzunehmen und es zu ihrem zu machen. Aber würde Emilie wirklich vergessen können, wer mit seinem Leben dafür zahlte?

Wo blieb das Dienstmädchen nur? War es ein Machtspiel von Ostherloh, Emilie hier warten zu lassen?

Um sich abzulenken, ging sie zu der Marmorstatue, deren Schönheit und Anmut sie faszinierten. Zu ihrer Überraschung war die porträtierte Frau etwa in ihrem Alter, von außergewöhnlicher Schönheit mit hohen Wangenknochen, einer geraden Nase und vollen Lippen. Allerdings wirkte sie unglücklich und müde, was Emilie wunderte. Warum sollte jemand eine traurige Frau an so einer exponierten Stelle präsentieren? Welche Geschichte verbarg sich hinter dieser geheimnisvollen Figur? Hatte Ostherloh die Büste für einen geliebten Menschen erstellen lassen, oder hatte er sie erworben, weil sie ihm gefiel?

Sie betrachtete die Frau mit gemischten Gefühlen. Die Statue strahlte eine unnatürliche Eleganz aus, ihr Gesicht war kalt und ausdruckslos, als ob es alle Geheimnisse der Welt in sich barg. Ihre Augen schienen auf Emilie gerichtet zu sein, durchdringend und faszinierend zugleich.

Entschlossen schüttelte Emilie den Kopf, um die düsteren Gedanken zu vertreiben, die sich in ihr breitmachten, und wandte sich entschlossen ab. Doch der Blick der Statue schien ihr zu folgen, als sie weiter durch die prächtige Eingangshalle wanderte, auf der Suche nach Antworten in einer Welt voller Mysterien und Intrigen.

Sie war so tief in die Betrachtung eines Gemäldes versunken, dass sie zusammenzuckte, als hinter ihr eine Stimme erklang: »Der gnädige Herr erwartet Sie. Bitte folgen Sie mir.«

»Wissen Sie, wer das ist?«, fragte Emilie und deutete auf die marmorne Frau. »Sie wirkt so lebendig.«

»Bitte kommen Sie«, wiederholte das Mädchen mit drängender Stimme, ohne Emilies Frage zu beantworten.

Daher blieb Emilie nichts anderes übrig, als der jungen Frau die Treppe hinauf zu folgen. Die Fenster im Treppenhaus waren mit hellen Gardinen verhängt, die einen Blick in den Garten und auf die Villen auf der anderen Straßenseite gewährten. Aus dem Treppenhaus trat man in einen Flur, von dem mehrere Zimmer abgingen, deutlich durch die dunklen Eichentüren. Vor einer blieb das Dienstmädchen stehen und klopfte.

»Entrez«, kam die Antwort, ein Befehl, der keinen Widerspruch duldete. Auf Französisch, so wie es die vornehmen Bürger hielten. Das Dienstmädchen öffnete die Tür und trat dann zur Seite, um Emilie einzulassen. Obwohl sie neugierig auf den Kaufmann war, zog der imposante dunkelrote Bücherschrank, hinter dessen gläsernen Türen in Leder gebundene Werke verschlossen waren, ihren Blick auf sich. Nur zu gern wäre sie näher herangetreten, um herauszufinden, welche Bücher Ostherloh hier präsentierte, aber das wäre unhöflich gewesen. Daher suchte ihr Blick ihren Gastgeber. Jost Ostherloh saß hinter einem wuchtigen Schreibtisch aus dunklem Mahagoni, bedeckt mit Büchern und Briefmappen, sicher angetan, jeden Besucher zu beeindrucken. Ostherloh war jünger, als Emilie ihn sich vorgestellt hatte. Er saß sehr aufrecht und musterte sie aus kalten graublauen Augen, als wäre sie eine Ware, deren Wert er abschätzen wollte.

An der Wand hinter dem Schreibtisch hing eine Weltkarte in einem schlichten schwarzen Rahmen. Sofort suchte Emilie nach Australien, auch um dem Blick aus den kühlen Augen auszuweichen. Nachdem er sie eine Weile schweigend gemustert hatte, stand der Kaufmann auf und kam mit großen Schritten und ausgestreckter Hand auf sie zu.

»Frau Nebelthau, ich bin sehr erfreut, Sie endlich persönlich kennenzulernen. Ihr Ruf eilt Ihnen voraus. Möchten Sie eine Erfrischung?«

Die Begeisterung in seinen Worten, verbunden mit der freundlichen Geste, machte Emilie kurz sprachlos, überrumpelt von der unerwarteten Wärme seiner Begrüßung. Das passte weder zu dem kalten Blick, mit dem er sie bedacht hatte, noch zu Hedwigs Erzählung von den schlimmen Arbeitsbedingungen auf seinen Schiffen.

Als sie zustimmend nickte, wandte sich Ostherloh an das Dienstmädchen mit einer Bitte, die eher wie ein Befehl klang: »Tee und etwas Gebäck, bitte.«

Das Mädchen nickte und eilte aus dem Zimmer. Ostherloh deutete auf eine Sitzgruppe aus ledernen Sesseln, deren kastanienbraune Oberfläche das gedämpfte Licht reflektierte, und einem runden Tisch, bedeckt von einer roten Tischdecke. »Bitte nehmen Sie Platz, verehrte Frau Nebelthau.«

»Danke«, brachte Emilie endlich heraus. »Auch für Ihre Einladung, die Expedition vorzubereiten.«

Sie durchquerte den Raum und ließ sich in den Sessel sinken. Das Leder fühlte sich kühl unter ihrer Hand an, die Polsterung war weich. Da Ostherloh sich seinem Schreibtisch zugewandt hatte und in den Papieren blätterte, nutzte Emilie die Gelegenheit, sich das gesamte Zimmer anzuschauen, um sich ein Bild von ihrem Gastgeber zu machen.

Kapitel 18

Das Arbeitszimmer war in dunklen Farben gehalten, die Möbel waren schwer und kantig. Auf einem Vertiko in derselben tiefroten Farbe wie der Bücherschrank thronte das Modell eines majestätischen Segelschiffs. Die Wände schmückten Fotografien aus Übersee, auf einigen schien Ostherloh in jüngeren Jahren abgebildet zu sein. Alles sah so aus, wie man es bei einem erfolgreichen Kaufmann erwarten würde: erlesene Materialien, Zeichen von Wohlstand ohne Protzerei, Hinweise auf Erfolge. Gleichzeitig verriet es ihr kaum etwas über den Mann, dem dieser Raum gehörte.

Einzig das Sammelsurium an Nippes, das auf dem Kaminsims aus dunklem Marmor stand, wirkte lebendiger: Die Porzellanfigur eines lachenden dicken Chinesen stand neben zarten chinesischen Vasen, silbernen Kerzenleuchtern und seltsamen Püppchen in bunten Kleidern.

»Das sind Sorgenpüppchen aus Guatemala«, sagte Ostherloh, als hätte er ihre Gedanken gelesen. Er sah kurz von seinen Unterlagen auf, bevor er ein Papier unterschrieb. »Ich habe sie von meiner Zeit in Übersee behalten.«

Dann erhob er sich und kam langsam auf sie zu, wie ein Raubtier auf seine Beute. Emilie wich zurück, aber die schwere Lehne des Sessels bot ihr Einhalt. Zu ihrem Glück betrat in dem Moment das Dienstmädchen den Raum, ein Tablett mit Tee und Keksen in den Händen. Sie stellte alles vor Emilie auf den Tisch und goss ihr Tee ein.

»Danke.« Emilies Hände zitterten leicht, als sie nach der Tasse griff. »Sorgenpüppchen?«, versuchte sie, ein unverfängliches Thema anzuschneiden.

»Ein Aberglaube der Einwohner dort.« Ostherloh zuckte mit den Schultern und holte eine Zigarre aus einer Kiste. Langsam drehte er sie zwischen den Fingern. »Man erzählt ihnen abends seine Sorgen, legt die Püppchen nachts unter das Kopfkissen, und am Morgen sind die Sorgen kleiner oder verschwunden.«

»Was für eine hübsche Geschichte.« Emilie bemühte sich um ein Lächeln, aber es wollte ihr nicht recht gelingen. »Haben Sie es ausprobiert?«

»Ich glaube nicht an Märchen.« Seine Stimme klang hart und barsch, als hätte sie etwas Dummes gesagt. »Genug von alten Zeiten.«

Er zündete die Zigarre an und stieß einen Rauchring in die Luft, präzise und gekonnt. Emilie wartete schweigend ab, was ihr Mäzen sagen würde. Es kam ihr vor, als hätte sie ihn verärgert, aber sie war sich keiner Schuld bewusst. Um die Stille zu überbrücken, nahm sie sich einen Zimtstern und biss ein Stück ab. Er schmeckte wie Pappe, und sie spülte mit einem Schluck Tee nach. Als Ostherloh sich ihr zuwandte, hätte sie vor Schreck beinahe die Teetasse fallen lassen.

»Meine verehrte Frau Nebelthau.« Seine schlanken Finger trommelten auf das Leder des Sessels ein. »Es ist perfekt, dass Sie bereits jetzt in Bremen eingetroffen sind.«

»Ja?« Emilie konnte sich keinen Reim auf seine Worte machen. Bisher hatte sie eher den Eindruck gewonnen, ihm wäre ihre Anwesenheit ein Ärgernis. Daher wusste sie nicht, was sie von seiner plötzlichen Begeisterung halten sollte.

»Ich habe mir die Freiheit genommen, Sie für einen Vortrag in der wissenschaftlichen Gesellschaft anzumelden und danach ein kleines Abendessen mit Freunden und Interessierten zu veranstalten.«

»Wie bitte?« Sie konnte ihn nur fassungslos anstarren. Ihre Handflächen wurden feucht, in ihrem Magen ballte sich ein flaues Gefühl. Sie musste schlucken und zog erschrocken die Hand vor die Kehle. Wie hatte er das tun können, ohne sich mit ihr abzustimmen? Hielt er sie für seine Leibeigene, die er nach Willen und Belieben einsetzen konnte, ohne sie zu fragen? Die Vorstellung, vor einer Ansammlung von Wissenschaftlern zu sprechen und sich danach bei einem gesellschaftlichen Treffen zu präsentieren, bereitete ihr Unbehagen. Sie war es gewohnt, im Hintergrund zu agieren, ihre Arbeit im Stillen zu verrichten, während andere das Rampenlicht genossen. Sie war eine Forscherin, sie liebte es, sich mit ihren Pflanzen zu beschäftigen, Herbarien zu erstellen, in Bibliotheken nach Informationen zu suchen, aber Menschen ... Unter Menschen fühlte sie sich meist ungelenk und seltsam. Nur selten fand sie die Worte für das gesellschaftliche Geplauder, stattdessen sprach sie über Pflanzen, was bei den meisten ihrer Gesprächspartner zu einem leeren Blick führte, den sie kannte und fürchtete.

»Ich muss Sie in Bremen einführen, und Sie sollten Ihre Kollegen kennenlernen.« Ostherloh drückte die Zigarre in einem Aschenbecher aus, mit einer kräftigen, fast schon brutalen Bewegung. »Warum nicht zwei Fliegen mit einer Klappe schlagen?«

Sie schloss kurz die Augen und versuchte, ihre Gedanken zu ordnen und die Panik beiseitezuschieben, die sie ergriffen hatte. Öffentliche Auftritte hatte sie Albert überlassen, der ein geborener Redner war und das Rampenlicht suchte. Emilie hatte es vorgezogen, im Hintergrund zu bleiben und ihren stillen Beitrag für die Wissenschaft zu leisten.

»Es ist keine große Veranstaltung.« Ostherloh lächelte sie an. »Nur ein paar naturwissenschaftlich interessierte Freunde, alle sind begeistert von dem, was Sie und Ihr Ehemann geleistet haben. Apropos, wann folgt er Ihnen nach Bremen?«

Das war die Frage, die sie gefürchtet hatte. Immerhin lenkte sie Emilie von der Angst vor dem Vortrag ab. Fieberhaft überlegte sie, was sie sagen sollte. Wenn sie ehrlich antwortete, würde Ostherloh sie gewiss nicht auf die Expedition mitnehmen. Aber Lügen würde auch nicht helfen. Also atmete sie tief ein und antwortete dann: »Mein Ehemann und ich haben uns getrennt. Er geht seiner Wege und ich meiner.«

Angelegentlich blickte sie auf ihre Hände, die sie im Schoß verschränkt hatte, bemerkte die Rauheit ihrer Knöchel, das Zeichen harter Arbeit.

Ich werde etwas anderes finden, wenn er mich ablehnt. Ich komme zurecht.

Nachdem sie diese Gedanken gefasst hatte, fand sie den Mut, aufzusehen und den Kaufmann anzublicken. Ostherloh stutzte einen Moment, seine Stirn umwölkte sich, aber dann machte er eine wegwerfende Handbewegung. »Nun gut, das gibt Ihnen ja die völlige Freiheit, unsere Expedition vorzubereiten und möglicherweise sogar zu begleiten?«

»Wie bitte?«, fragte Emilie erneut, ihr Herz pochte schneller. Das wäre die Erfüllung all ihrer Träume, all ihrer Wünsche. Nein, es wäre viel mehr, denn niemals hätte sie gewagt, so einen gewaltigen Traum auch nur in Erwägung zu ziehen. Sie atmete tief aus. »Ich würde sehr gerne nach Australien reisen und dort Exponate sammeln und katalogisieren.«

»Wunderbar. Das ist mehr, als ich mir erhofft habe.« Der Kaufmann sprang auf und marschierte vor ihr auf und ab. Er war so voller Energie, dass er offenbar nicht still sitzen konnte. »Ich lasse meinen Sekretär einen Vertrag aufsetzen, damit alles seine Ordnung hat.«

Jetzt wäre der Moment, ihn nach ihrem Lohn zu fragen, aber Emilie wollte ihr Glück nicht überstrapazieren. Ostherloh sollte keinesfalls denken, dass sie sein Angebot nur aufgrund des Geldes annahm.

»Wann lerne ich die anderen Expeditionsteilnehmer kennen?« Emilie war neugierig auf die Menschen, mit denen sie so viel Zeit verbringen würde. Die meisten Naturforscher, die sie bisher kennengelernt hatte, waren Eigenbrötler wie sie, aber auskömmlich. Hoffentlich war das bei den Bremer Wissenschaftlern ebenso, denn sie würden beinahe ein Jahr der Vorbereitungszeit miteinander verbringen und sicher noch ein weiteres halbes Jahr in Australien.

In Australien! Im nächsten Jahr um diese Zeit wäre sie bereits am anderen Ende der Welt. Vor Glück hätte sie am liebsten gelacht, aber das erschien ihr nicht passend. Wenn ihr Ostherloh keinen Lohn zahlen wollte, nun, dann würde sich etwas anderes finden, mit dem sie ihren Lebensunterhalt sichern könnte.

»Das hat Zeit.« Ostherloh winkte ab. »Nolthenius und Smitt, den Professor und seinen Assistenten, werden Sie bei dem Vortrag kennenlernen. Das ist ein guter Einstieg für Sie, habe ich mir gedacht.«

»Nun«, antwortete Emilie und wollte sagen, dass es ihr lieber gewesen wäre, die beiden vorher zu treffen und ihnen nicht als Vortragende gegenüberzustehen, aber entschied, dass es dafür zu spät war. Daher fragte sie nur: »Wann ist der Vortrag geplant? Haben Sie schon ein Thema festgelegt?«

Wie selbstverständlich sie davon ausging, dass der Kaufmann alles festlegte und sie sich ihm zu fügen hatte. Für Australien, für die Gelegenheit, Pflanzen und Tiere zu entdecken, die kaum ein Deutscher zuvor gesehen hatte, nahm sie auch das in Kauf. Nichts von dem, was sie bisher getan hatte, konnte sich mit dem messen, was nun vor ihr lag – ein unerforschter Kontinent, der darauf wartete, durch ihre Hände und Augen, unter ihrer liebevollen und wissenschaftlichen Obhut enträtselt zu werden. Kurz blitzte der Gedanke an das tragische Schicksal von Hedwigs Mann auf, doch Emilie schob ihn weg. Australien, nur das zählte.

»Das Thema steht Ihnen frei.« Ostherloh blickte auf die große Standuhr. »Ich werde in meinem Kontor erwartet. Der Vortrag ist übermorgen um achtzehn Uhr, das Abendessen dann um neunzehn Uhr dreißig.«

Erneut war Emilie, als schnürte sich ihre Kehle zu.

Ostherloh stellte sich vor sie. »Stehen Sie auf.« Als sie ihn überrascht ansah, ergänzte er: »Bitte.«

Emilie unterdrückte den Impuls, ihn zu fragen, warum. So wie sie den Kaufmann einschätzte, hatte sie mit dem »Bitte« bereits einen Erfolg erzielt. Also folgte sie seinem Befehl und erhob sich.

»Drehen Sie sich einmal.« Er musterte Emilie aus zusammengekniffenen Augen, bevor er sagte: »Ich werde Ihnen ein paar Kleider zur Auswahl senden.«

Es fühlte sich an, als hätte er ihr einen Hieb versetzt. Sie hatte sich ein neues Kleid für ihn gekauft, und in seinen Augen war es offenbar so billig, dass er ihr neue schenken wollte.

»Das ist nicht nötig«, wehrte Emilie ab. Sollte nicht ihr Vortrag im Mittelpunkt der Aufmerksamkeit stehen und nicht ihre Kleidung? Sie kam sich vor wie ein Tanzäffchen, das bunt gekleidet auf Jahrmärkten zur Schau gestellt wurde. »Vielen Dank, aber ...«

»Sie sind Teil meiner Expedition. Sie halten den Vortrag in meinem Auftrag«, ging Ostherloh über ihren Einwand hinweg: »Da müssen Sie auch äußerlich etwas hermachen.«

Emilie ballte die Hände zu Fäusten, getrieben von dem Wunsch, sich zu wehren, ihm eine Grenze zu setzen, aber Australien war einfach zu wichtig. Was machte es schon, wenn sie ihrem Gönner seinen Willen ließ und sich neu einkleidete?

Als hätte er bereits entschieden, dass Emilie nachgeben würde, ging Ostherloh zur Tür und rief: »Frieda.«

Sofort eilte das Dienstmädchen herbei. Der Kaufmann deutete auf Emilie. »Begleite Frau Nebelthau zu einem Schneider, und bringe sie dann nach Hause.«

»Sehr wohl, gnädiger Herr.« Auf dem Gesicht der jungen Frau ließ sich nichts ablesen, weder Überraschung noch Widerspruch. Sie wirkte wie ein leeres Buch, das darauf wartete, beschrieben zu werden.

»Dann ist es abgemacht.« Er wandte sich Emilie zu. »Auf Wiedersehen. Es war mir ein Vergnügen.«

Kaum hatte er ausgesprochen, marschierte er aus dem Zimmer, jeder Zoll ein Mann, der es gewohnt war, seinen Willen durchzusetzen. Emilie kam nicht einmal dazu, ihm eine Antwort zu geben, und spürte eine Mischung aus Verwirrung und Dankbarkeit.

»Folgen Sie mir, gnädige Frau.« Frieda stand wartend im Türrahmen. Für einen Moment war etwas wie Neugier in ihrem Gesicht zu erkennen, aber dann fand sie wieder zu ihrer undurchdringlichen Miene zurück.

Emilie, deren Gedanken um Australien und den Vortrag kreisten, folgte dem Dienstmädchen in die Eingangshalle.

»Einen Moment, bitte. Ich bin gleich zurück«, sagte Frieda, nachdem sie Emilie in ihren Mantel geholfen hatte.

Während sie wartete, sah Emilie sich erneut um und betrachtete all die Zeichen von Reichtum, die hier präsentiert wurden. Sie konnte sich nicht vorstellen, wie es wohl sein musste, in so einem Haus aufgewachsen zu sein und sich niemals Sorgen um Geld machen zu müssen. All das tun zu können, was man sich wünschte.

Kurz darauf kehrte das Dienstmädchen zurück und trug jetzt einen Mantel aus wärmender dunkler Wolle, der sich eng um ihre schmale Gestalt schmiegte. Selbst im schwachen Licht des Winternachmittags konnte Emilie erkennen, aus was für einem guten Stoff der Mantel geschneidert war. Er war von deutlich besserer Qualität als Emilies abgetragenes Kleidungsstück. Falls Frieda das bemerkt hatte, ließ sie es sich nicht anmerken.

»Ich schlage vor, wir begeben uns zu *Röben*. Falls wir dort nicht fündig werden, suchen wir *Pauly & Pfeiffer* auf.« Fragend sah das Dienstmädchen sie an. »Sind Sie damit einverstanden?«

Emilie nickte, obwohl sie unschlüssig war. Einerseits freute sie sich darüber, feine Kleider zu erhalten, mit denen sie sich vor den Bremer Naturwissenschaftlern und Ostherlohs Freunden nicht schämen musste. Andererseits behagte ihr nicht, wie Ostherloh einfach Entscheidungen über ihren Kopf hinweg getroffen hatte. Aber er war ihr Mäzen. Da würde sie seine Marotten wohl hinnehmen müssen.

Kapitel 19

Louise betrachtete sich in dem hohen Spiegel, umrahmt von fein geschnitzten Mahagonileisten. Elegant drehte sie sich einmal um sich selbst und versuchte dabei, über ihre Schulter zu spähen, um ihre Rückenansicht bewundern zu können. Das neue Kleid, ein Geschenk ihres Vaters, eine exquisite maßgefertigte Robe aus London, war ein Meisterwerk der Schneiderkunst.

Die Stickereien waren fein und delikat, der Stoff zart und fließend. Das sanfte Gelb, ein Farbton zwischen reifen Weizenfeldern und Sonnenblumen, schmeichelte ihrem Teint, ließ ihre brünetten Haare, die Else zu einer eleganten Frisur hochgesteckt hatte, strahlen und ihre grünen Augen leuchten.

Wenn Alexander sie nur in diesem Kleid sehen könnte! Erneut drehte sie sich um sich selbst und bewunderte, wie fließend sich der Stoff bewegte. Nie zuvor hatte Louise so ein wunderschönes und elegantes Kleid besessen. Doch ein Wermutstropfen begleitete die Freude über das Geschenk. Die Erinnerung an den Moment der Geschenkübergabe brannte in ihrem Herzen. Ihr Vater hatte ihr das aufwendig verpackte Päckchen mit einer steifen, nahezu distanzierten Geste überreicht, als wäre sie eine Fremde, ein Handelspartner und nicht seine Tochter. Auch die Worte, die er dabei hervorbrachte, waren karg und eher geeignet, ein Geschäft abzuschließen, als einem lieben Menschen eine Freude zu machen.

Louise hatte sich in Geduld geübt und hoffte, dass er nur etwas Zeit benötigte, um ihr wieder nahe zu sein. Aber ihr Wunsch hatte sich bisher nicht erfüllt. Obwohl ihr Vater bereits vor drei Tagen angekommen war, hatte er noch kein persönliches Wort mit ihr gewechselt. Sie sah ihn nur zu den Mahlzeiten der Familie, ohne die Gelegenheit, mit ihm unter vier Augen zu reden.

Dabei gab es so vieles, was ihr auf der Seele brannte, so vieles, zu dem sie einen väterlichen Rat wünschte. Immer noch dachte Louise über die Begegnung mit der Naturforscherin nach, über deren Worte, die ihr einen kurzen Einblick in eine andere Lebenswelt gewährt hatten. Könnte es auch für Louise eine andere Zukunft als die einer Bremer Bürgersgattin geben? Sollte sie ihren Vater bitten, ihr eine Malschule zu bezahlen, damit sie aus ihrem Steckenpferd eine Profession machen könnte?

Bereits mehrfach hatte Louise diese Frage mit Henriette und Leontine diskutiert, ohne jedoch zu einer abschließenden Entscheidung zu kommen, denn ihre Freundinnen vertraten völlig gegensätzliche Überzeugungen. An manchen Tagen schlug sich Louise auf Henriettes Seite, die ihr zuredete: »Louise, deine Kunst hat so viel Kraft und Leidenschaft, du musst es einfach nur versuchen! Stell dir vor, eine eigene Werkstatt zu bekommen, an Ausstellungen teilzunehmen – deine Zukunft könnte so aufregend sein! Du würdest dein eigenes Geld verdienen und unabhängig sein von den Launen und Wünschen deiner Familie.«

Wenn Henriette so leidenschaftlich sprach, erschien Louise

nichts erstrebenswerter als ein Leben als Malerin, als Künstlerin, die ihren eigenen Weg ging.

Noch fehlte ihr der Mut, klangen ihr doch Leontines Bedenken im Ohr: »Aber ist das wirklich angemessen für dich? Die Malerei ist sicher ein schöner Zeitvertreib, doch als Profession wirst du dir damit nur Neid oder Spott einfangen.« Als sie allein miteinander waren, hatte Leontine ihr zugeflüstert: »Deine Liebe zu Alexander zeigt dir doch, wofür dein Herz schlägt. Für eine Frau ist es das Höchste, zu lieben, zu heiraten und Mutter zu werden.«

Auch hinsichtlich Alexanders vermochte Louise keine Entscheidung zu treffen. Sie wusste nicht, ob er in Bremen weilte, erneut nach Hamburg gereist war oder sogar wieder den Weg nach Übersee angetreten hatte. Manchmal wünschte sie sich, er wäre in Guatemala, Brasilien oder Mexiko, weit entfernt von Bremen und ihr, sodass ihr Herz jede Hoffnung aufgeben musste. Ihn an den Handel in Übersee zu verlieren, erschien ihr inzwischen erstrebenswerter als das verzweifelte Warten auf ein Zeichen, einen Brief, einen Besuch.

Ob sie ihren Vater auf Alexander ansprechen sollte? Würde er Rat wissen? Louise seufzte. Nein, das kam ihr äußerst unwahrscheinlich vor. Über die Liebe und deren Irrungen und Wirrungen sprach eine junge Frau mit ihrer Mutter oder einer anderen weiblichen Verwandten. Ein Vater sorgte dafür, dass die Geschäfte liefen, er entschied über die Heirat seiner Tochter, aber er war kein Ratgeber in Herzensdingen. Die Vorstellung, mit Tante Malvina über ihre unglückliche Liebe zu reden, brachte Louise zum Lächeln. Ob ihre Tante jemals in ihrem Leben geliebt hatte?

Von innerer Unruhe getrieben, ging sie ans Fenster, lehnte die Stirn an die winterkühle Scheibe und blickte in den Abendhimmel, der so dunkel wie ihre Gedanken war. Nur die schmalen Lichtkreise der Straßenlaternen schafften Inseln der Helligkeit. Eine Kutsche fuhr an der Villa vorbei, gezogen von einem eleganten schwarzen Pferd. Der Kutscher hatte den Mantelkragen hochgeschlagen, um dem Winterwind zu trotzen.

Wenn noch eine weitere Kutsche kommt, bitte ich Vater, mit Alexander zu reden, überlegte Louise und starrte ins Dunkel, als könnte sie eine Kutsche mit der Kraft ihrer Gedanken herbeirufen. Doch die Straße blieb einsam und leer.

Als die große Standuhr schlug, schreckte Louise zusammen. Sie zog den Vorhang vors Fenster, warf einen letzten Blick in den Spiegel, richtete ihre Frisur und machte sich auf den Weg ins Speisezimmer.

Die Familie saß bereits an dem halbrunden Tisch, der mit einer weißen Leinendecke und edlem Porzellan gedeckt war, und Louise huschte schnell an ihren Platz. Kerzen in ziselierten silbernen Leuchtern warfen ein warmes Licht auf die hellen Wände mit den goldfarbenen Verzierungen und ließen die wuchtigen Möbel aus dunklem Eichenholz weicher wirken. Auf der Kredenz standen weitere Teller und Gläser bereit.

Louise trank einen Schluck des leichten Weißweins und lauschte dem Gespräch, das ihr Vater und ihr Onkel miteinander führten. Johann Christoph widmete sich seinem Essen und schien mit den Gedanken weit fort zu sein, und Sophie musterte Louise neugierig, als wollte sie fragen, warum ihre Cousine zu spät gekommen war, aber sie schwieg.

Wie zu erwarten war, drehte sich die Unterhaltung um die bevorstehende Veranstaltung, die den hochtrabenden Namen »Nordwestdeutsche Gewerbe-, Industrie-, Handels-, Marine-, Hochseefischerei und Kunstausstellung« trug und der ganzen Welt zeigen sollte, was für eine bedeutende Stadt Bremen war.

Christoph Hellwig Papendieck, einer der wichtigsten Kaufleute der Hansestadt, hatte die Leitung der Vorbereitungen übernommen. Ende Mai sollte die Schau eröffnen, und selbst Louise war gespannt, ob es wirklich so ein großes Ereignis werden würde, wie es sich alle hier erhofften.

»Theodor Gruner hat mich gefragt, ob du nicht ins Komitee für die Nordwestdeutsche willst.« Onkel Georg legte das Besteck klappernd auf den Teller. »Ich befürworte das sehr. Hermann Melchers, Carl Merkel und auch Christoph Papendieck engagieren sich dort.«

»Das lohnt sich nicht.« Carl trank einen großen Schluck Wein, bevor er weitersprach. »Ich werde bald wieder aufbrechen und kann wenig dazu beitragen.«

»Du warst in Übersee. Das ist Expertise genug.« Obwohl Georgs Worte beiläufig klangen, vernahm Louise einen unwirschen Unterton. »Es ist nicht zu viel verlangt, dass du etwas für die Familie tust.«

Ihr Vater sah auf, Unwillen zeichnete sich deutlich auf seiner Miene ab. Bevor es zu einem Streit kommen konnte, fragte Louise schnell: »Warum ist es so wichtig, dass unsere Familie dort vertreten ist?«

Überrascht blickte Johann Christoph sie an, schließlich hatten sie bei Tisch schon häufig über die geplante Ausstellung gesprochen, die dem Deutschen Reich und der Welt die Bedeutung Bremens vor Augen führen sollte. Diesen hohen Anspruch zeigte sie bereits in ihrem überlangen Namen, den jedoch alle abkürzten und nur von der »Nordwestdeutschen« sprachen.

Hastig redete Louise daher weiter: »Selbstverständlich kenne ich die immense Bedeutung der Ausstellung, aber welche Aufgabe hat das Komitee?«

»Jemand muss diese gewaltige Aufgabe vorbereiten«, antwortete Onkel Georg gönnerhaft. »Wenn wir die Ausstellung nur den Wissenschaftlern überlassen, vergessen sie gewiss die Bedeutung des Bremer Handels.«

»Warum bist du dann nicht dabei?« Carls Blick war eine Aufforderung zum Streit. »Wenn es dir so wichtig ist, dann verbring du Zeit mit endlosen Debatten!«

»Ich leiste bereits meinen Beitrag und lasse Importgüter aus Übersee nach Bremen bringen, die dann in unserem Namen präsentiert werden.« Georg sah seinen Bruder herausfordernd an. »Das habe ich mit Schauinsland so besprochen.«

Louise war überrascht, dass ihr Onkel auf so gutem Fuß mit dem Direktor der städtischen Sammlungen für Naturgeschichte und Ethnographie stand, hatte sie doch bisher nie bemerkt, dass Georg sich für die Wissenschaft interessierte. Dann jedoch schalt sie sich im Kopf für ihre Naivität. Schauinsland war ein wichtiger Mann in Bremen, und selbstverständlich hatte ihr Onkel deshalb dessen Bekanntschaft gesucht.

»Wir sollten die Bedeutung der Ausstellung für unsere Familie nicht unterschätzen«, mischte sich Tante Malvina ein. »Ganz Bremen, ganz Deutschland wird sie anschauen.«

»Hoffentlich kommt der Kaiser«, sagte Georg. »Das wäre die höchste Form der Anerkennung.«

»Unser Kaiser wird kaum Zeit haben, muss er doch sicher Dutzende von Paraden abnehmen«, entgegnete Carl, was ihm einen scharfen Blick von Georg einbrachte.

Auch wenn Louise nicht viel von Politik wusste, so hatte sie dennoch verstanden, dass ihr Vater nicht allzu viel von dem jungen Kaiser hielt und sich wünschte, Friedrich III. wäre länger Kaiser geblieben. Im Dreikaiserjahr, 1888, hatten ihr Vater und ihr Bruder selbst bei Tisch viel über dieses Thema gesprochen. Nachdem Kaiser Wilhelm I. hochbetagt gestorben war, folgte ihm sein Sohn als Kaiser Friedrich III. Carl Gildemeester erwartete viel von ihm, war er doch mit der britischen Prinzessin Victoria verheiratet, was der in London lebende Carl zu schätzen wusste. Leontine schwärmte noch heute von der Liebesgeschichte der beiden.

Außerdem hielt Louises Vater Kaiser Friedrich III. für einen Liberalen, was immer das bedeuten mochte. Doch leider war der Kaiser bereits zur Thronbesteigung so krank, dass er nicht mehr fähig war zu reden. Nach neunundneunzig Tagen Regentschaft war er gestorben, was seinen Sohn zum Kaiser Wilhelm II. und das Jahr 1888 zum Dreikaiserjahr machte. Obwohl die Bremer sehr viel auf ihre Unabhängigkeit hielten, jubelten sie dem Kaiser zu wie alle anderen im Reich, das hatte Johann Christoph Louise einmal erklärt, als sie ihn danach gefragt hatte.

»Ist es wirklich wahr«, Sophie neigte fragend den Kopf, »dass es eine Straßenbahn ohne Pferde geben wird?«

»Neumodischer Unsinn!« Georg schlug mit der flachen Hand auf den Tisch. »Nicht auszudenken, was für Folgen so eine elektrische haben kann.«

»Der Fortschritt lässt sich nicht aufhalten.« Louises Vater schob den Teller zurück, obwohl er noch nicht aufgegessen hatte. Die Diskussion schien ihm den Appetit verschlagen zu haben. »Bremen will eine kleine Weltausstellung, da sollte es sich dem technischen Fortschritt nicht verweigern.«

Für einen Moment herrschte ein unangenehmes Schweigen, das Johann Christoph schließlich durchbrach.

»Ich habe in der Zeitung gelesen, dass die Ausstellung eine Fläche in der Größe des Pariser Marsfeldes einnehmen wird.«

Ihr Cousin nickte bestätigend. »Wie schade, dass wir die Weltausstellung in Paris nicht besuchen konnten.«

Dem konnte Louise nur zustimmen. Ihre Familie hatte geplant, im vergangenen Sommer nach Paris zu reisen und sich das Spektakel anzuschauen. Doch dann war Tante Caroline wieder einmal erkrankt, und sie hatten in Bremen bleiben müssen.

»Der Kunstverein will mehr als tausendfünfhundert Bilder zeigen«, trug Louise ihr Wissen bei. »Es heißt, einhundert der ausstellenden Künstler sind Frauen.«

Aus diesem Grund konnte sie es kaum erwarten, dass es Mai wurde und die Nordwestdeutsche ihre Tore öffnete. Sophie verdrehte gelangweilt die Augen. Zahlen und Fakten interessierten sie nicht; für ihre Cousine, da war sich Louise sicher, war die große Bremer Ausstellung nur ein weiterer Anlass, schöne Kleider spazieren zu führen und einen Bräutigam zu suchen.

»Morgen Abend besuche ich einen Vortrag der naturwissenschaftlichen Gesellschaft im Haus von Jost Ostherloh. Das wird dich gewiss freuen, Georg, mit deinem neu entdeckten Interesse an der Wissenschaft«, sagte Louises Vater und ließ sich Wein nachschenken. »Ostherloh lädt anschließend zu einem Diner. Wartet also mit dem Abendessen nicht auf mich.«

Ein Abendessen bei den Ostherlohs – das kam Louise vor wie ein Wunder. Sie musste ihren Vater davon überzeugen, dass sie ihn dorthin begleiten durfte. Fieberhaft überlegte sie, wie sie das anstellen konnte.

»Ein Vortrag? Wie überaus interessant«, platzte sie heraus, bevor Onkel Georg den Fehdehandschuh aufgreifen konnte. »Wer wird denn reden? Und über welches Thema?«

Um Alexander wiederzusehen, würde sich Louise jeden

noch so langweiligen Vortrag anhören. Allerdings musste sie klug vorgehen, damit ihr Vater nicht misstrauisch wurde. Er sah sie bereits überrascht an.

»Es wird dich nicht interessieren, liebes Kind. Es ist eine Naturforscherin, die über Seetang und Pflanzen und so etwas reden wird.« Er schenkte ihr ein Lächeln, das wohl gütig wirken sollte, doch seine Worte trafen Louise sehr. »Es werden gewiss keine weiteren Damen anwesend sein.«

»Ich interessiere mich sehr für Pflanzen«, entgegnete Louise, verärgert, dass er sie auf die gleiche Stufe mit Sophie stellte, die sich nur für Kleidung, Musik und Tanz begeisterte. »Ich würde dich sehr gerne begleiten, wenn das möglich ist.«

Erst nachdem sie ausgesprochen hatte, bemerkte sie, was ihr Vater gesagt hatte. Konnte es wahrhaftig sein? War die Rednerin etwa die Frau, die Louises Blumenporträts gelobt hatte? Wie war ihr Name noch gewesen? Nebelthau, fiel es ihr ein, Emilie Nebelthau. Noch ein Grund mehr, ihren Vater morgen zu begleiten.

Doch Carl schien nicht amüsiert über ihre Bitte zu sein. Er verengte die Augen. »Das kommt ungelegen«, erwiderte er kurz angebunden. »Ostherloh hat sicher schon alles geplant.«

»Du könntest ihm einen Boten schicken.« Louise war nicht bereit, so schnell aufzugeben. Alexander wiederzusehen und die Naturforscherin nach ihrem Leben fragen zu können, dafür nahm sie es auf sich, ihren Vater anzubetteln. »Bitte, Vater, ich wäre überaus erfreut, diese Gelegenheit zu haben. Du erinnerst dich gewiss, ich habe sehr viele Zeichnungen von Pflanzen erstellt.«

Sie hatte gehofft, dass Tante Caroline eine ihrer Zeichnungen im Speisezimmer aufhängen würde, aber stattdessen schmückten langweilige Stillleben in goldenen Rahmen die Wände.

Zu Louises Überraschung sprang ihr ihre Cousine zur Seite: »Louise zeichnet wirklich sehr gut. Der Vortrag wäre bestimmt etwas für sie. Außerdem ...« Sophie lächelte Louise süßlich an. Sie wusste nicht, was sie davon zu halten hatte. »Außerdem bin ich auch eingeladen.«

»Du?«, platzte Louise heraus – unvorsichtig, unüberlegt, aber vollkommen ehrlich – und bereute es sogleich. Das hatte Sophie sicher bezweckt, sie etwas sagen zu lassen, was sie vor der Familie blamierte. »Seit wann interessierst du dich für Naturwissenschaften?«

»Louise!« Tante Malvina schüttelte den Kopf. »Contenance, bitte.«

Sophie allerdings schien die Herausforderung annehmen zu wollen und öffnete den Mund. Doch bevor sie antworten konnte, sagte Louises Vater mit einem Seufzen. »Nun gut, dann ist es beschlossen. Ich werde Ostherloh bitten, dass du mich begleiten kannst.« Damit schien das Thema zur Genüge besprochen zu sein, denn er wandte sich seinem Bruder zu: »Wir müssen noch über Guatemala reden.«

Georg schüttelte den Kopf. »Du kennst die Regel«, mahnte er an. »Keine Geschäfte bei Tisch.«

»Das Komitee ist für dich nicht geschäftlich?« Carl lachte bitter und erhob sich. »Entschuldigt mich, ich habe noch einige Briefe zu schreiben.«

»Wir reden morgen früh über Guatemala«, sagte Georg. Er und Carl maßen sich mit ihren Blicken. Louise fragte sich, warum ihr nicht schon früher aufgefallen war, wie unterschiedlich die Brüder waren und wie wenig sie miteinander auskamen. Dann kehrten ihre Gedanken jedoch zum morgigen

Abend zurück. Sollte sie das gelbe Kleid anziehen oder lieber etwas Dunkleres? Schließlich war noch Winter, da trug man eigentlich gesetztere Farben.

Morgen gebe ich Alexander eine letzte Chance, schwor sie sich schließlich, entweder er erklärt sich mir, oder ich schlage ihn mir aus dem Kopf.

Kapitel 20

»Wat is denn los mit di, gnädiges Fräulein?« Else stöhnte, weil Louise nervös ihren Kopf hin- und herdrehte, sodass das Dienstmädchen immer wieder neu ansetzen musste, um Louises Haare hochzustecken. »Bidde bleiben Sie still sitzen, sonst piekse ik di noch.«

»Ja. Entschuldigung.« Louise holte tief Luft und verschränkte die Hände im Schoß, um sich zu beruhigen. Sie wollte für Alexander schön aussehen, aber gleichzeitig auch aufspringen, um endlich zu den Ostherlohs aufzubrechen. Stattdessen musste sie sich gedulden, während Else sie frisierte. Sie betrachtete ihr Spiegelbild: Nach langem Überlegen hatte sie sich für ein dunkelgrünes Kleid entschieden, das ihre Augen betonte. Passend dazu trug sie eine schmale Silberkette mit einem Smaragd, ein Geschenk ihrer Mutter, das Louise, so hoffte sie, Glück bringen würde.

»Gut. Das reicht, Else«, sagte Louise. Sie konnte und wollte nicht länger untätig vor dem Spiegel sitzen, sondern sprang auf und eilte die Treppe herunter in die Eingangshalle. Sophie und ihr Vater erwarteten sie, die Mäntel bereits angezogen. Auch Louise schlüpfte in ihren warmen Mantel, den ihr der Diener bereithielt. Gemeinsam verließen sie das Haus. Louise senkte den Kopf, um sich vor dem scharfen Wind zu schützen, der ihr ins Gesicht blies. Der Kutscher hielt ihnen die Tür auf, Louise raffte ihren schweren Rock zusammen und erklomm den Sitz. Sophie setzte sich mit der ihr eigenen Eleganz neben sie.

Louises Vater nahm ihnen gegenüber Platz. In seinem Blick meinte sie, Missbilligung zu lesen, weil sie sich etwas verspätet hatte. Schweigend legten sie den kurzen Weg bis zum Haus von Ostherloh zurück. Dort standen bereits einige Kutscher mit ihren Wagen, die bis zum Ende des Vortrags und der kleinen Feier ausharren mussten.

Nachdem sie ausgestiegen waren, erwartete sie ein Diener, der sie zur Tür geleitete. Ein weiterer Diener, angezogen in einer lächerlich anmutenden Livree, führte Louise und ihre Familie von dort durch die hohe Eingangshalle in einen kleinen Saal. Die opulente Stuckdecke des Salons reflektierte das flackernde Licht der zahlreichen Kristallkronleuchter und verlieh den taubenblauen Tapeten einen weichen Schimmer. Mitten im Raum war ein Podium aufgebaut, vor dem etwa zwanzig Stühle im Halbkreis angeordnet waren. An der Wand stand ein Tisch mit Erfrischungen, auf die Sophie zusteuerte. Louise hingegen wandte ihren Kopf von rechts nach links, auf der Suche nach Alexander oder der Rednerin. Zu ihrer Enttäuschung waren beide nicht zu entdecken.

»Contenance, Louise«, zischte ihr Vater ihr zu. »Benimm dich nicht wie ein nervöses Huhn.«

»Entschuldige, Vater.« Sie senkte den Kopf und folgte ihm, ganz die wohlerzogene Tochter, die er sich wünschte.

»Franz, wie geht es dir?«, begrüßte Carl den Vorsitzenden des Naturwissenschaftlichen Vereins zu Bremen, Franz Buchenau. »Ich hatte erwartet, dass du heute den Vortrag hältst.«

»Danke, aber ich bin so eingespannt mit dem Verein und meinem neuen Buch, dass mir dafür keine Zeit bleibt.« Obwohl

Buchenau lächelte, meinte Louise, Verärgerung aus seiner Miene zu lesen. Sicher gefiel es ihm nicht, in der zweiten Reihe zu stehen – und dann auch noch von einer Frau als Rednerin verdrängt zu werden. Bevor sie etwas sagen konnte, nickte ihr Vater Buchenau zum Abschied zu und ging weiter, um andere wichtige Bremer zu begrüßen. Sie folgte ihm wie ein braves Hündchen.

»Ah, dort ist Felix Smitt.« Louise trat neben ihren Vater und sah sich einem mittelgroßen Mann mit dunkelblonden Haaren, die ungekämmt wirkten, gegenüber. Unauffällig war das Wort, das ihr in den Kopf schoss, als sie ihm zunickte. »Felix, es ist lange her.«

Felix Smitt war der einzige Sohn eines guten Freundes von Louises Vater, und Carl hatte lange Zeit wohl gehofft, Louise würde ihn heiraten, aber weder Felix noch sie verband mehr als eine lose Bekanntschaft. Für Louises Geschmack war Felix zu brav, nahezu schüchtern, und ging vollkommen in seinen Forschungen auf. Nie war es ihr in den Sinn gekommen, dass er romantische Absichten hegen könnte.

»Herr Gildemeester, Lou ... Louise«, Felix' schmales Gesicht lief rot an. »Darf ich Ihnen Professor Nolthenius vorstellen, den Leiter unserer Australien-Expedition? Dort wollen wir Pflanzen und Tiere für das Museum von Herrn Ostherloh sammeln.«

»Sehr erfreut.« Erst als seine unangenehm knarzende Stimme erklang, bemerkte Louise den Mann neben Felix. Grau, dachte sie, alles an ihm war grau: die Haare, der Anzug, die eisigen Augen. Er war hager und hielt sich sehr gerade, die schmalen Lippen wie ein Strich zusammengepresst, schien es ihr, als blickte er auf alle anderen Menschen herab. Er musterte Louise unverhohlen, bevor er fragte: »Sind Sie ebenso gespannt auf den Vortrag wie ich?«

Sein Tonfall zeigte überdeutlich, wie wenig er von dem Vortrag erwartete, wohl, weil eine Frau reden würde. Daher beantwortete sie seine Frage mit einer Gegenfrage. »Kennen Sie die Dame, die uns heute beehren wird?«

»Ich kenne ihren Ehemann. Ein Amateur, der sich für einen Wissenschaftler hält.«

»Aber die Dame scheint unseren Gastgeber beeindruckt zu haben«, sagte Louises Vater gelassen.

Da er mit dem unangenehmen Menschen sprach, konnte Louise sich zurückziehen und sich weiterhin suchend umschauen, als Christian Ostherloh auf sie zukam, zwei Kelche mit Champagner in den Händen, und ihr eines davon überreichte.

»Louise, wie unerwartet, dich hier zu sehen«, begrüßte er sie. »Ich wusste nicht, dass du dich für Naturwissenschaften interessierst.«

»Das Gleiche wollte ich gerade zu dir sagen«, erwiderte sie seinen Gruß und lächelte maliziös. Irgendetwas hatte Christian an sich, das Louise reizte, ihm zu widersprechen.

Er bekam keine Gelegenheit zu einer Antwort, da sein Vater mit einem silbernen Messer an sein Champagnerglas klopfte und mit lauter Stimme sagte: »Sehr verehrte Damen und Herren, liebe Freunde, bitte begrüßen Sie unseren Gast, die anerkannte Naturforscherin Emilie Nebelthau.«

Mit großer Geste deutete er zur Tür, durch die eine kleine, bescheiden gekleidete Frau hereinkam, die Louise sofort erkannte. Wenn schon Alexander sie enttäuschte, so war es wenigstens erfreulich, tatsächlich die Naturforscherin wiederzusehen. Ob sich Emilie Nebelthau an Louise erinnern würde? Sie jedenfalls hatte die andere Frau nicht vergessen, nicht einmal zu der Zeit, als Alexander ihre Gedanken beherrscht hatte. Gespannt lehnte Louise sich vor, um den Worten der Forscherin zu lauschen.

Leider erwies sich Emilie nicht als begnadete Rednerin. Sie sprach sehr leise, monoton und ohne Emotionen. Es war, als ob Emilie ihre Leidenschaft und Begeisterung für die Natur in sich selbst einschloss und nicht nach außen tragen konnte. Hinzu kam ein sächsischer Dialekt, der ihrer Aussprache eine eigene Note gab. Außerdem blickte sie während ihres Vortrags nur auf das Manuskript, von dem sie leiernd ablas. Enttäuschung überkam Louise, da die Naturforscherin in ihrer Erinnerung mutiger und tatkräftiger gewirkt hatte.

Bald ließ Louise ihre Gedanken ebenso schweifen wie ihren Blick. Hinter ihr flüsterte Franz Buchenau, überaus hörbar, seinem Nachbarn Nolthenius zu: »Ich sage ja immer, Frauen sind nicht zur Forschung berufen.«

Da blickte Emilie kurz auf, verlor den Faden, und ihr Hals und ihre Wangen liefen rot an. Nach einigem Stottern fand sie die Stelle, an der sie abgebrochen hatte, und las weiter ab.

Als schließlich zurückhaltender Applaus ertönte, wandte Louise ihre Aufmerksamkeit wieder dem Podium zu. Die Naturforscherin sah nun endlich auf, und ihr Blick glitt über Louise, ohne ein Zeichen des Wiedererkennens zu zeigen.

»Danke für Ihren Vortrag.« Jost Ostherloh nickte Emilie zu, seine Miene allerdings wirkte eher zerknirscht als begeistert. »Da wir sicher alle hungrig sind, schlage ich vor, dass Sie Frau Nebelthau beim Essen Ihre Fragen stellen. Bitte folgen Sie den Dienstboten ins Speisezimmer.«

In dem eleganten Raum, der mit seinen hellen Tapeten mit goldenen Akzenten das Speisezimmer der Gildemeesters in den Schatten stellte, war eine festlich geschmückte Tafel aufgebaut. Der lange Esstisch war mit glänzendem Silberbesteck, funkelndem Kristall und zartem Porzellan gedeckt; Diener in Livree standen bereit, auf den Wink der Gäste tätig zu werden.

Louise betrat den Raum, ihr Blick wanderte nervös von Gesicht zu Gesicht, als die anderen Gäste nach und nach eintrudelten. Als Erstes erschien Christian, der mit einem charmanten Lächeln auf sie zukam und ihr seinen Arm bot, um sie zu Tisch zu führen. Mit einem Nicken nahm Louise an, nur um just in diesem Moment den Mann zu erspähen, den ihr Blick den ganzen Abend lang gesucht hatte: Alexander. Sein Vater ging mit großen Schritten auf ihn zu, die Augen voller Zorn verengt, zischte er seinem Sohn etwas zu. Louise verhielt ihren Schritt, um Alexander sprechen zu können, doch Christian zog sie sanft, aber bestimmt weiter. Was bildete er sich ein?

Doch Louise war zu wohlerzogen, als dass sie etwas gesagt hätte. Es würde sich später gewiss eine Gelegenheit ergeben, mit Alexander zu sprechen. Daher folgte sie Christian zum Tisch. Kaum hatte sie Platz genommen, sah sie sich suchend um. Louises Herz verkrampfte sich, als ihre Cousine sich neben Alexander niederließ und ihn sofort in ein Gespräch verwickelte. Die Art, wie Sophie den Kopf schief legte und lachte, weckte in Louise den Wunsch, laut aufzuschreien.

Kurz war sie versucht, diesem Impuls nachzugeben, doch genau in dem Moment sah ihr Vater sie an, als ahnte er ihre rebellischen Gedanken. Also lächelte sie und gab vor, eine angeregte Unterhaltung mit Christian zu führen. Glücklicherweise erwies es sich als ausreichend, ab und zu ein »Ja« oder ein »Wie überaus beeindruckend« fallen zu lassen, um ihren Tischherrn zufriedenzustellen, während sie seine endlosen Tiraden über die Schattenseiten des Bremer Reichtums über sich ergehen ließ. Wer hatte ihm nur eingeredet, das wäre ein passendes Tischgespräch? Heimlich suchte Louises Blick die Aufmerksamkeit von Alexander, versuchte, ihn mit der Kraft ihrer Gedanken dazu zu bringen, sie anzuschauen. Doch Sophie hatte ihn in Beschlag genommen, lachte glockenhell und berichtete sicher von ihren Erfolgen im Klavierunterricht.

»Hast du keinen Appetit?«, fragte Christian zu Louises Überraschung. Er deutete auf ihren Teller, auf dem sie das Fleisch mit der Gabel hin- und herschob. Alexander in vertrautem Gespräch mit Sophie zu sehen, fühlte sich an, als umfasste eine Faust ihren Magen.

»Eine Frau soll essen wie ein Spatz«, antwortete sie mit einem gequälten Lächeln, »weißt du das nicht?«

»Ich kenne Familien, die essen wie Spatzen, weil sie es müssen«, sagte er. »Weil es nicht genug für alle gibt.«

In diesem Augenblick berührte Sophie den Unterarm von Alexander und beugte sich noch weiter zu ihm herüber. Das war zu viel für Louise; mit ihr gingen die Pferde durch.

»Hältst du das wirklich für ein angemessenes Thema bei Tisch?«, zischte sie Christian an. »Ich bin mir sicher, von dem, was dein Abendanzug gekostet hat, könnte eine arme Familie Monate, möglicherweise sogar ein ganzes Jahr leben.«

Kaum hatte sie ausgesprochen, tat es ihr leid, denn er konnte ja nichts dafür, dass Sophie die Gelegenheit nutzte und das tat, was von den Gildemeester-Töchtern erwartet wurde: einen Mann finden.

»Damit magst du recht haben«, stieß Christian schließlich schmallippig hervor und wandte sich an seine Tischnachbarin auf der anderen Seite, ein deutlicher Affront für Louise. Aber es störte sie nicht. So konnte sie ungestört beobachten, ob ihr Alexander in der Lage war, Sophie zu widerstehen. Sie schnitt ihr Fleisch klein und lauschte auf die Gespräche, die um sie herum geführt wurden.

Louise ließ die Unterhaltung um sich herumplätschern, als wäre sie ein Felsen im Meer, den nichts aus der Ruhe bringen konnte. Immer wieder wanderte ihr Blick zu Alexander, doch der richtete seine Aufmerksamkeit vollkommen auf Sophie. Obwohl sie Süßigkeiten liebte, dachte Louise darüber nach, noch vor der Nachspeise Kopfschmerzen vorzutäuschen und den Kutscher zu bitten, sie nach Hause zu fahren.

Doch da spürte sie plötzlich Alexanders Blick, der den ihren suchte. Sie lächelte, sah dann weg und lauschte stattdessen dem Zwiegespräch zwischen der Naturforscherin und dem seltsamen Kauz Nolthenius, der rechts von ihr Platz genommen hatte. Links neben Emilie saß Felix Smitt, der ebenso unglücklich wirkte wie Louise.

»Mein Vater sagte mir, Sie wollen die Reise nach Australien wagen?«, fragte Christian auf einmal die Naturforscherin, die ihm gegenübersaß.

Überrascht sah sie ihn an und antwortete leise: »Ja, ich hoffe, dort unbekannte Pflanzen entdecken zu können.«

»Die Entdeckung sollten Sie uns Wissenschaftlern überlassen«, mischte sich Professor Nolthenius ein, seine Stimme triefte vor Verachtung. »Ihre Aufgabe wird es sein, die Exponate zu zeichnen und zu katalogisieren.«

Emilie Nebelthaus Wangen liefen rot an, und sie senkte den Blick.

»Unterschätzen Sie die Dame nicht ein wenig?«, entgegnete Louise mit einem Lächeln. »So wie ich Herrn Osterloh kenne, schickt er nur die Besten ihres Fachs auf seine Expedition.«

Nolthenius starrte sie an und verengte seine Augen, Emilie sah auf und nickte Louise dankend zu.

»Jost, wirst du mit nach Australien reisen?« Louises Vater klang herausfordernd. »Oder reizt dich dieses Abenteuer nicht?«

»O nein.« Ostherloh lachte. »Dafür bin ich zu alt. Ich würde Alexander senden, aber ihn brauche ich im Kontor.«

Aus dem Augenwinkel bemerkte Louise, wie Christian neben ihr die Hand zu einer Faust ballte, hatte sein Vater doch ihn nicht genannt.

»Mich brauchst du anscheinend nicht, Vater.« Christian schob die Kartoffeln beiseite und warf Messer und Gabel scheppernd auf den Teller, was ihm die Aufmerksamkeit aller am Tisch einbrachte. »Möglicherweise überrasche ich dich und breche im Herbst mit nach Australien auf.«

»Was willst du dort? Kängurus politisch agitieren?« Jost lachte, aber es klang unecht. »Nun, Louise, wann können wir deine Verlobung erwarten?«

Als Ostherloh sie ansprach, sah Louise Hilfe suchend zu Alexander, der jedoch Sophie seine volle Aufmerksamkeit schenkte.

»Jost, du weißt doch nur zu gut«, antwortete ihr Vater an Louises Stelle, »jung gefreit, früh gereut.«

Ostherloh lief dunkelrot an, aber erwiderte nichts, sondern sprach stattdessen mit seiner Tischnachbarin. Was hatte das alles nur zu bedeuten, fragte sich Louise. Gespräche zwischen Bremer Kaufleuten besaßen häufig einen doppelten Boden, und man musste rätseln, welche Untiefen sich hinter der freundlichen Oberfläche des Gesagten verbargen. Während sie noch überlegte, ob sie Emilie auf ihr Zusammentreffen ansprechen sollte, erhob sich ihr Vater.

»Danke, Jost, für die Einladung. Herzlichen Dank, verehrte Frau Nebelthau, für Ihren kenntnisreichen Vortrag.« Er verbeugte sich leicht in ihre Richtung. »Wir müssen leider aufbrechen. Louise, Sophie, kommt ihr?«

Da Alexander sie weiterhin mied, war es Louise nur recht, so überstürzt aufzubrechen. Sophie hingegen schien noch bleiben zu wollen, aber sie beugte sich dem Wunsch ihres Onkels.

Während der Fahrt zurück zur Villa herrschte unbehagliches Schweigen zwischen ihnen. Nachdem sie zu Hause angekommen waren, hielt ihr Vater Louise auf. »Einen Moment, bitte. Ich muss mit dir sprechen.«

»Ja?«

»Lass uns in die Bibliothek gehen.« Ihr Vater schritt voran, stellte sich vor eines der dunklen Regale voller Bücher und sah sie an. »Es fällt mir schwer, das zu sagen, Tochter.«

Louise keuchte erschrocken. War ihr Vater krank? Plante er, mit nach Australien zu reisen? Was mochte es sein, das ihn so aufregte?

»Ich habe gesehen, mit welchem Blick du Alexander Ostherloh betrachtest«, sagte er und fuhr sich mit der Hand durchs Haar. »Schlag ihn dir aus dem Kopf.«

»Warum?«, begehrte Louise auf. »Er ist aus guter Familie und ungebunden.«

Als ihr Vater seufzte und ihr in die Augen sah, wusste Louise, dass seine Worte ihre Welt für immer erschüttern würden. Am liebsten hätte sie ihn gebeten zu schweigen, aber da sagte er bereits: »Louise, Alexander und Sophie verloben sich nächste Woche und heiraten im Mai. Haben sie es dir noch nicht gesagt?«

Kapitel 21

Nach dem abrupten Aufbruch der Familie Gildemeester hoffte Emilie, dass die Veranstaltung bald zu Ende war, doch Jost Ostherloh wehrte ab, als sie sich erheben wollte.

»Sie sind unser Ehrengast, meine liebe Frau Nebelthau, leisten Sie uns bitte noch Gesellschaft.« Ostherloh winkte einen der Diener heran, die sich in ihren seltsamen Uniformen sichtbar unwohl fühlten, damit er Emilie ein Glas Champagner brachte. »Lassen Sie uns alle auf eine erfolgreiche Expedition anstoßen.«

Nur allzu gern hätte Emilie abgelehnt, da sie Alkohol verabscheute. Durch Albert hatte sie erleben müssen, wie das Trinken einen Menschen verändern konnte. Aber sie ahnte, dass Ostherloh es nicht erlauben würde. So kurz sie den Mann auch kannte, das hatte Emilie bereits gelernt: Man widersprach seinen Befehlen nicht, selbst wenn sie als Bitte verkleidet waren.

Ihre Hände zitterten leicht, als sie das schimmernde Glas ergriff, das vor ihr stand. Der Duft von gebratenem Fleisch und exotischen Gewürzen stieg ihr in die Nase, doch ihr Magen krampfte sich vor Angst zusammen. Dennoch sagte sie: »Danke«, und nippte an dem Getränk. Obwohl sie nur einen winzigen Schluck trank, war es, als stiege ihr der perlende Champagner sofort in den Kopf. Selbst in dem neuen, teuren

Kleid fühlte Emilie sich in der Abendgesellschaft fehl am Platz. Sie kam sich vor wie eine Hochstaplerin und fürchtete, dass jeden Moment jemand auf sie zeigen würde, um sie vor allen anderen Gästen zu demaskieren. Sie spürte die Blicke auf sich, konnte fast das Flüstern hinter vorgehaltener Hand hören.

Schlimm genug, dass Professor Nolthenius mehrfach versucht hatte, Emilie vor den anderen Gästen lächerlich zu machen. Glücklicherweise war die junge Frau ihr zur Seite gesprungen und hatte Nolthenius zum Schweigen gebracht. Sie hatte das Gefühl, dass ihr die Frau vage bekannt vorkam. War sie die Tochter eines Kunden, der ein Herbarium von ihr gekauft hatte? Nein, den Vater kannte Emilie nicht. Die Frage, woher sie die höhere Tochter kannte, nagte an ihr und ließ sich auch nicht durch den Champagner verdrängen.

»Sie ... Sie haben ja noch keinen Bissen angerührt«, sagte ihr Tischnachbar, der Assistent von Nolthenius, der bisher ebenso geschwiegen hatte wie sie. Möglicherweise lockerte auch bei ihm der Champagner die Anspannung. »Mögen Sie kein Wild?«

»Doch.« Emilie nickte und starrte dann auf ihren Teller. Ihre Hände zitterten, als sie das Messer ergriff und zaghaft in das Fleisch schnitt. Der erste Bissen blieb unberührt auf ihrer Gabel liegen, während ihre Gedanken zu dem Vortrag zurückkehrten. Sie hätte ihrem Impuls folgen und ablehnen sollen, aber sie hatte sich gegen Ostherloh nicht wehren können. So wie jetzt bei dem Champagner. Nervös trank sie einen weiteren Schluck und überlegte, was sie zu Smitt sagen konnte. So wenig sie sich auch mit den Gepflogenheiten der feinen Gesellschaft auskannte, eines wusste Emilie: Ein gepflegtes Gespräch mit dem Tischnachbarn wurde bei einem förmlichen Abendessen erwartet.

»Was ist für Sie der Anreiz, nach Australien zu reisen?«, fragte sie schließlich. »Interessieren Sie sich mehr für die Flora oder die Fauna?«

Bevor er antworten konnte, winkte Emilie einen Diener herbei und ließ sich Champagner nachfüllen. Hoffentlich half ihr das prickelnde Getränk dabei, ihre Schüchternheit zu überwinden und sich an dem unverbindlichen Geplauder zu beteiligen.

· · ·

Emilie erwachte von einem sanften, aber beharrlichen Klopfen an der Tür ihres Zimmers. Als sie sich aufsetzte, fühlte es sich an, als würde das Hämmern direkt in ihrem Kopf stattfinden. O nein, sie hatte gestern dem Champagner zu stark zugesprochen, um ihre Nervosität zu besiegen. Zum Glück hatte Ostherloh ihr einen Kutscher überlassen, der sie noch vor Mitternacht zurück in die Neustadt gefahren hatte.

Als sie an sich heruntersah, bemerkte sie, dass sie immer noch das zerknitterte elegante Kleid und einen Schuh trug. Wo der zweite wohl war? Nie wieder würde sie Alkohol trinken, schwor sie sich. Nur verschwommene, bruchstückhafte Erinnerungen tauchten im Nebel auf, der den gestrigen Abend einhüllte.

»Emilie! Bist du wach?«, erklang Hedwigs Stimme, und das Klopfen auf dem Holz wuchs sich zu einem Donnern aus, so laut, dass Emilie sich die Handflächen auf die Ohren presste.

»Komm herein, Hedwig«, brachte sie mit krächzender Stimme hervor, kaum hörbar, sodass sie sich räusperte und dann rief: »Hör auf zu klopfen und komm rein.«

»Wat is mit di passeert?« Die Vermieterin blieb im Türrahmen stehen und starrte Emilie an, die sich inzwischen aufgesetzt hatte. »Hest du etwa drunken?«

Nun roch Emilie es auch, eine Mischung aus kaltem Rauch, Schweiß und Alkohol, der in ihrer Kammer lagerte wie Nebel über Bremen.

»Oh, Hedwig!« Emilie kämpfte gegen die Tränen an. »Warum habe ich mich nur zu diesem Vortrag überreden lassen?«

Mit großen Schritten trat ihre Vermieterin ans Bett, setzte sich neben Emilie und legte den Arm um sie. Emilie schloss die Augen und legte ihren Kopf an Hedwigs Schulter.

»Vertell es mir.« Die Stimme ihrer Freundin klang beruhigend, und Emilie brachte es über sich, alles zu berichten. Von ihrem Vortrag, den sie aus Nervosität so schlecht vorgebracht hatte, über die bösartigen Gespräche bei Tisch bis zu ihrem verzweifelten Versuch, durch Champagner alles zu vergessen.

»Ich habe meinen guten Ruf verloren«, beendete Emilie schließlich unter Schluchzen ihre Geschichte. »Ostherloh wird mich niemals nach Australien reisen lassen.«

Sanft strich ihr Hedwig über den Rücken. »So schlimm schall dat nicht gewesen sein.«

»Oh doch.« Emilie setzte sich auf und strich über ihre Haare, die sich verfilzt und schmutzig anfühlten. »Ich habe mich nicht wie eine Wissenschaftlerin verhalten, sondern wie ... wie ...«

»Ein Minsch«, nannte Hedwig das Wort, das ihr nicht eingefallen war. » Hier is en Breef för dich.«

»Ist er von Ostherloh?« Emilie nahm das Schreiben in die Hand und fand nicht gleich den Mut, es zu öffnen.

»Warte nich to lang.« Hedwig stand auf. »Ik mutt Fröhstück maken un in de Jute.«

»Danke«, flüsterte Emilie, »ich danke dir.«

Hedwig nickte nur und schloss die Tür hinter sich. Emilie sah ihr nach, den verhängnisvollen Brief in den Händen. Schließlich holte sie tief Luft und öffnete den Umschlag.

Frau Nebelthau,
finden Sie sich heute Nachmittag um 3 Uhr im Haus der
Gesellschaft Museum am Domshof ein. Herr Ostherloh for-
dert, dass wir mit der Arbeit so schnell wie möglich beginnen.
Gottlieb Nolthenius

Eine seltsame Mischung aus Lachen und Schluchzen entkam Emilies Kehle. Anscheinend war sie trotz ihres Fauxpas nicht entlassen, sondern hatte weiterhin die Chance, an der Expedition teilzunehmen. Voller Dankbarkeit schwor sich Emilie, dass nie wieder etwas zwischen sie und Australien kommen dürfte. Weder durch Angst noch durch Schüchternheit würde sie sich von ihrem Ziel abbringen lassen.

Und erst recht nicht von dem arroganten Pinsel Nolthenius, der meinte, ihr Befehle erteilen zu können. Sie zerriss den Brief in winzige Fetzen, aber war sich bewusst, dass das nur eine leere Geste war. Selbstverständlich würde sie heute Nachmittag zum Domshof gehen und ihre Arbeit aufnehmen. Aber sie würde kämpfen und Nolthenius zeigen, dass er sie besser nicht unterschätzen sollte.

. . .

Nachdem sie sich gewaschen und umgekleidet hatte, suchte Emilie das zusammen, was sie in ihr Arbeitszimmer in der Gesellschaft Museum mitnehmen würde. Gestern hatte sie das erste Mal von diesem Verein erfahren, in dem nur Männer Mitglieder waren. Bei der Gründung stand die naturwissenschaftliche Ausrichtung im Fokus, doch inzwischen ähnelte die Gesellschaft einem britischen Herrenclub, wie ihr Felix Smitt erklärt hatte. Da Ostherloh ein Geldgeber der Gesellschaft war, hatte er in dem gewaltigen Gebäude am Domshof Räume für die Vorbereitung der Expedition angemietet.

Obwohl Emilies Kopf noch schmerzte und sie einen entsetzlichen Geschmack im Mund hatte, verspürte sie Stolz und Vorfreude. Sie, die Tochter einer armen Familie aus Insel, würde in der Gesellschaft Museum arbeiten. Sie, eine Frau, hätte einen Platz in diesem elitären Herrenklüngel. Was für ein Vorbild sie für ihre Tochter hätte sein können.

Doch die Freude verflog schnell, verdrängt von Sorge, ob sie vor Nolthenius und Smitt bestehen könnte. Trotz ihres unstillbaren Wunsches, Australien zu erforschen, fühlte sie sich weiterhin nicht würdig, einen Platz in der Expedition einzunehmen.

»Ich darf es mir nicht anmerken lassen.« Emilie schloss für einen Moment die Augen. »Niemand darf erfahren, wie klein ich mich in meinem Innern fühle.« Selbst das neue Tageskleid, bezahlt von Jost Ostherloh und unfassbar elegant, kam Emilie vor wie ein weiteres Puzzlestück in dieser Scharade. Sie verstand es einfach nicht, das Kleid mit so einer selbstverständlichen Eleganz zu tragen wie die junge Frau, die ihr gestern gegenübergesessen hatte.

»Genug davon! Ich bin eine anerkannte Forscherin und werde mich gegenüber Nolthenius behaupten.«

Immer wieder sagte sie sich im Kopf diese Worte, wie ein stilles Gebet, und trat schließlich vor die Tür. Obwohl es erst halb drei war, wirkte der Himmel düster. Graue Wolken hingen tief über der Stadt, erste Regentropfen malten das Pflaster dunkel. Emilie drehte sich um und holte den Regenschirm, eine der ersten und sicher sinnvollsten Investitionen, die sie in Bremen getätigt hatte.

Kaum hatte sie ihn aufgespannt, hörte es auf zu regnen. Emilie schüttelte den Kopf und klappte den Schirm wieder zusammen.

»Wat is mit dir, mien Deern?« Fisch-Lucie, drei ihrer vielen Kinder an der Hand, trat aus der Haustür, sandte einen Blick zum Himmel und seufzte. »Du siehst aus, als harrst du verdorven Fisch eten.«

»Ich muss mich meinen Kollegen stellen«, antwortete Emilie. Ob Lucie das verstehen würde? Die Bremerin wirkte, als machte nichts ihr Angst. »In der Gesellschaft Museum.«

»Und du maakst di Sorgen, weil ...?« Lucie schickte die Kinder mit einer Handbewegung weg. Sie stoben davon wie Hühner, denen man Korn hingeworfen hatte.

»Ach.« Emilie seufzte. »Ich treffe mich gleich mit den anderen Naturforschern, und der eine davon ist äußerst unangenehm. Ein arroganter Pinsel.«

»So sünd se, de hohen Herren.« Lucie zuckte mit den Schultern und brüllte dann den Kindern nach. »Nich so wiet. Kummt trügg.«

Dann sah sie Emilie auffordernd an, als wollte sie deren Geschichte hören.

»Professor Nolthenius, ich habe ihn gestern Abend kennengelernt«, begann Emilie, »er hat mich nach meinem Vortrag examiniert. Als wäre ich eine Schülerin, keine Forscherin wie er.«

»Wenn he di von oben herab behannelt, denn stell ihn di nackig auf en Velociped vor.« Ihr Lachen rollte wie Wellen gegen die Deiche, frech und ungestüm. »Da verliert jeder sien Schrecken.«

»Um Himmels willen!« Emilie schüttelte den Kopf. Wie kam man nur auf solche Ideen? Sie konnte sich vieles vorstellen, aber eines wollte sie bestimmt nicht sehen: Nolthenius nackt auf einem Velociped. O nein! Doch eins hatte Fisch-Lucie geschafft: Emilie dachte nur noch an dieses Bild und vergaß ihre Angst. Sie versuchte, es aus ihrem Kopf zu bekommen, aber es haftete nun hartnäckig wie der Teer an den Händen der Hafenarbeiter.

Zwei von Lucies Kindern suchten auf der Straße etwas, während das dritte weinend angelaufen kam.

»Wenn du nich gut wärst«, sagte Lucie und wischte dem weinenden Kind mit einem schmuddeligen Tuch durchs Gesicht, »denn hätten se di hier nich hergeholt, oder?«

»Danke.« Emilies Herz floss über vor Freude, so ein Glück in Bremen gehabt zu haben. Sie dankte dem Schicksal, dass es sie zu so guten Menschen geführt hatte. Auf den ersten Blick wirkte Fisch-Lucie grob und frech, aber unter der rauen Schale verbarg sich ein Herz aus Gold. »Danke. Wenn ich dir bei den Kindern helfen kann, sag Bescheid.«

»Bestimmt eenmal.« Lucie ging weiter, sammelte die Kinder ein und zog sie hinter sich her, wobei sie vernehmlich grummelte: »Nu los, wi müssen zum Markt.«

Emilie sah ihr nach und beneidete sie ein wenig, um ihre Zuversicht, um ihre Kinder und um die Gewissheit, am richtigen Platz zu sein. Diese Frau, die sich ohne Zweifel von keinem die Butter vom Brot nehmen ließ, strahlte eine unverkennbare Zufriedenheit aus, von der Emilie sich nur zu gern eine Scheibe abgeschnitten hätte. Sie wandte sich ab, den Blick nach vorne gerichtet, fest entschlossen, sich ihr eigenes Stück Brot –

hart verdient und schwer erkämpft – von niemandem streitig machen zu lassen. Vor allem nicht von diesem Nolthenius, auf einem Velociped oder nicht. Zu ihrer eigenen Überraschung brach sie in ein lautes Lachen aus und machte sich mit frischem Mut auf den Weg zum Domshof. Die frische Winterluft tat ihr gut und vertrieb den letzten Rest des Champagners.

Kapitel 22

Emilies Stiefel klapperten über den Fußweg der großen Weser-Brücke. Sie blieb einen Moment stehen, um in das Wasser zu schauen, das ruhig unter ihr dahinfloss. In einiger Entfernung waren das Hämmern der Bauarbeiter und das Surren der Kräne zu hören, die Sand aus dem Fluss hoben. Seit mehreren Jahren, das hatte Emilie von Hedwig erfahren, baute die Stadt Bremen an einer Weserkorrektion, um den Fluss auch für große Schiffe befahrbar zu machen. Warum Menschen nur immer meinten, die Natur bezwingen zu müssen, dachte Emilie und ging weiter.

Sollte Nolthenius es ruhig versuchen, sie heute wieder wie eine Klipp-Schülerin zu behandeln, dieses Mal würde Emilie sich zu wehren wissen. Während sie gegen den scharfen Winterwind ankämpfte, der aufgefrischt war, fragte sie sich, wie wohl ihr Arbeitszimmer aussehen würde und was ihre Aufgaben dort sein würden. Insgeheim hatte sie sich schon gefragt, warum man fast ein Jahr benötigte, um eine Reise nach Australien zu planen. Die eigentliche wissenschaftliche Forschungsarbeit geschähe schließlich vor Ort. Warum also brachen sie nicht so schnell wie möglich auf, um die Pflanzen und Tiere Australiens zu sammeln?

Nun, das würde sie hoffentlich gleich von Nolthenius erfahren. Nein, überlegte Emilie sich, derartige Fragen sollte sie dem Professor besser nicht stellen, sonst hielt er sie nur für eine unwissende Frau, die sich als Belastung für die Reise erweisen würde. Nach dem Desaster des gestrigen Abends würde Emilie alles unternehmen, um sich als ernst zu nehmende Forscherin zu beweisen. Sie presste die Lippen zusammen, reckte den Kopf hoch und bog in die Straße Am Dom ein, die an ihr Ziel führte.

Kurz blieb sie stehen, um die Bauarbeiten am Bremer Dom zu betrachten. Voller Ehrfurcht legte sie den Kopf in den Nacken, um den imposanten Turm von St. Petri sehen zu können, der majestätisch in den Himmel ragte. Die filigranen Steinmetzarbeiten, die kunstvoll gestalteten Fenster und die detailreichen Verzierungen, die jeden Zentimeter des Doms schmückten, waren beeindruckend. Die hellen Wände waren von Jahrhunderten des Bremer Wetters gezeichnet.

Vor zwei Jahren hatte die Bremer Bürgerschaft beschlossen, den Dom in seiner alten Pracht und Herrlichkeit wieder aufzubauen. Emilie wunderte sich selbst, wie viel sie schon über die Stadt, in der sie erst seit Kurzem weilte, erfahren hatte. Doch der Domumbau war für alle Bremer ein bedeutendes Thema, über das sie nicht genug reden konnten. Einhellig ging man davon aus, dass die Arbeiten erst im nächsten Jahrhundert abgeschlossen sein würden.

»Der Max Salzmann ist ein guter Mann«, hatte gestern Abend jemand gesagt. »Wir haben Glück, ihn als Dombaumeister zu haben.«

Emilie verengte die Augen, um zu beobachten, was die Arbeiter dort trieben. Es sah aus, als würden sie den Turm abbrechen und nicht aufbauen. Der Klang von Hämmern und Meißeln klang herüber. Ob er wohl ihre Arbeit in der Gesellschaft Museum begleiten würde?

Sie war voller Stolz, in einer derartig geschichtsträchtigen Umgebung arbeiten zu dürfen. Am besten, so überlegte sie sich, bliebe sie in ihrem Arbeitszimmer und hielte den Kontakt zu Nolthenius und seinem Assistenten so gering wie möglich. Smitt hatte zwar immerhin nicht versucht, sie vorzuführen, aber dennoch nur sehr einsilbig auf ihre Fragen geantwortet.

Mit frischem Mut ging sie weiter, betrat das große Gebäude und machte sich auf die Suche nach den Arbeitsräumen. Sie senkte den Kopf, denn sie hatte das Gefühl, jeder Entgegenkommende musterte sie voller Neugier und dachte nur eins: »Was will dieses Weibsbild hier?«

Endlich fand sie den Mut, einen der Herren zu fragen, wo sich das Büro des Professors befand. Freundlicher, als sie erwartet hatte, wies er ihr den Weg, und sie beeilte sich, dorthin zu gelangen.

Die Wände auf dem Gang waren geschmückt mit Bildnissen von Naturforschern, deren strenge Blicke Emilie zu durchdringen schienen. Sie spürte die leisen, aber harten Urteile, die von den Marmorbüsten und Porträtgemälden ausgestrahlt wurden. Ein staubiger Geruch von alten Büchern lag in der Luft und vermischte sich mit dem der Bienenwachspolitur der Holzvertäfelungen. Je näher sie dem Büro von Smitt und Nolthenius kam, desto lauter schien das Flüstern der Mauern zu werden, als fragten auch sie: »Was will dieses Weibsbild hier?«

Emilie spürte ein unangenehmes Kribbeln im Nacken, eine Mischung aus Scham und Trotz, während sie sich bemühte, sich kleiner zu machen, fast, als könnte sie dadurch den verurteilenden Blicken entgehen. Ihre Schultern rundeten sich, eine unsichtbare Last, die sich auf sie zu senken schien, doch ihr

Schritt blieb bestimmt, beinahe trotzig, während sie durch die Flure marschierte.

Endlich erreichte sie das Büro, aus dessen Innerem unverständliches Murmeln zu hören war. Sie klopfte an die Tür, trat ein und sah sich sofort Nolthenius gegenüber. Er thronte hinter seinem massiven, dunklen Schreibtisch, der mit Karten und Manuskripten übersät war. Hinter Nolthenius an der Wand hing eine riesige Weltkarte, auf der mit Tinte akkurat Schiffsrouten eingezeichnet waren, als wären es die Lebensadern der Welt. Emilie verspürte den Drang, näher zu treten, die Grenzen und Kontinente auszukundschaften, den Reiseweg nach Australien nachzuvollziehen, aber dann hätte sie an Nolthenius vorbeigehen müssen, der sie anstarrte.

»Da sind Sie ja endlich«, herrschte der Professor sie an, während eine Kirchenuhr exakt fünfzehn Schläge zählte, als wollte sie Nolthenius widersprechen.

»Sie haben mich für drei Uhr einbestellt«, entgegnete Emilie. Ärger kroch in ihr hoch, ein Feuer, das sich in ihrer Brust sammelte und gegen die kalten Mauern ihrer Kehle stieß. Der Zorn war nicht leicht zu bändigen, ein Zeichen ihres ununterbrochenen Kampfes, sich Gehör zu verschaffen in einer Welt, die nicht für ihre Stimme gemacht worden war. Bevor sie mehr sagen konnte, kam Smitt mit ausgestreckter Hand auf sie zu.

»Herz ... Herzlich willkommen, Fr ... Frau Neb ... Nebelthau.« Er lächelte sie an. Emilie war bei dem Essen gar nicht aufgefallen, dass er stotterte. Möglicherweise hatte er deshalb so wenig gesagt.

»Ich danke Ihnen«, erwiderte sie seinen freundlichen Gruß und wandte sich dann an den Professor, wobei ihr Lächeln verschwand. »Wo ist mein Arbeitsplatz?«

»Frau Nebelthau«, antwortete Nolthenius mit kalter

Stimme und verächtlichem Blick, »lassen Sie mich ohne falsche Höflichkeit zum Punkt kommen. Ich hätte Sie nicht auf diese Reise mitgenommen. Sie verdanken Ihre Teilnahme einzig dem Drängen von Ostherloh.«

Obwohl seine Worte sie im Innersten trafen, blieb Emilie nach außen gelassen, ihr Blick war fest und wich seinem nicht aus.

»Herr Professor«, entgegnete Emilie gelassen, »meine Teilnahme verdanke ich einzig und allein meiner Arbeit. Herr Ostherloh hat mich ausgewählt, weil ich unter den Naturforschern einen ausnehmend guten Ruf genieße.«

Kampfbereit streckte sie ihr Kinn vor. Sie war sich sicher, wenn sie sich jetzt nicht wehrte, würde Nolthenius nichts unversucht lassen, sie aus der Expedition zu drängen.

»Wie ich bereits gestern Abend sagte«, Nolthenius schlug mit der flachen Hand auf das Buch, das vor ihm auf dem Schreibtisch lag, »die Botanik ist eine ernste Wissenschaft. Nichts für Amateure und gewiss nichts für ... Frauen.«

Wie hatte Ostherloh nur einen derart arroganten und borniertten Pinsel zum Leiter der Expedition bestellen können? Hilfe suchend sah Emilie Felix Smitt an, aber dann beschloss sie, dies war ein Kampf, den sie alleine führen musste.

»Ich versichere Ihnen, Herr Professor, mein Interesse an der Botanik ist weder flüchtig noch unbegründet.« Als sie bemerkte, dass eine Ader an seiner Stirn pulsierte, sprach Emilie gelassen weiter. »Mein Wissen mag autodidaktisch erworben worden sein, aber es ist allgemein anerkannt.«

Für einen Moment sah es aus, als hätte sie die Schlacht gewonnen, denn Nolthenius senkte den Blick und blätterte in einem Dokument, als suchte er verzweifelt nach Argumenten.

Dann sah er auf, ein hämisches Lächeln auf dem schmalen Gesicht.

»Es mag sein, dass Sie in Deutschland eine gute Naturforscherin sind.« Er legte die Fingerspitzen aneinander und fixierte Emilie. »Aber können Sie sicher sein, dass Ihre Leidenschaft für die rauen Bedingungen Australiens ausreicht? Werden Sie durchhalten unter der sengenden Sonne und gegenüber den unzähligen Gefahren?«

Ich habe mir eine Lungenentzündung geholt und meine Tochter verloren und alles für die Wissenschaft, wollte Emilie ihm entgegenschleudern, aber sie hielt sich zurück. Niemals würde sie dem Professor gegenüber Clara erwähnen, das schwor sie sich. Stattdessen suchte sie nach einer Antwort, die er nicht gegen sie verwenden konnte.

»Selbst wenn die Bedingungen noch so herausfordernd sind, werde ich mich ihnen stellen und meinen Wert für die Expedition beweisen.« Um deutlich zu machen, dass die Diskussion für sie beendet war, legte sie demonstrativ ihre Bücher auf Nolthenius' Schreibtisch und wiederholte: »Wo befindet sich mein Arbeitsplatz?«

Ihr Angriff überraschte ihn, und er starrte sie an. Emilie lächelte, als wäre ihr nicht bewusst, was für eine Frechheit sie sich eben geleistet hatte.

»Es gibt hier keinen Arbeitsplatz für Sie«, brachte Nolthenius schließlich hervor. Sein Ton war unverhohlen gereizt, und seine Augen verengten sich zu tückischen Schlitzen. Er starrte sie an, als könnte er sie kraft seines Willens verschwinden lassen. »Ich habe Sie herkommen lassen, um Ihnen Ihre Aufgaben aufzutragen.«

Kein Arbeitszimmer? Sollte Emilie ihre Herbarien etwa in dem winzigen Raum erstellen, in dem sie wohnte? Überrascht und entsetzt schwieg sie einen Moment, atmete kurz ein und spürte, wie ihre Handflächen feucht wurden. Die Stille spannte sich wie eine Unheil verkündende Wolke zwischen ihnen, während sie nach einer passenden Antwort suchte. Wenn sie den Professor anflehte, hätte er gewonnen. Aber besaß sie etwas, mit dem sie ihn zwingen konnte, ihr einen Platz zu geben?

»Das wird Herrn Ostherloh gewiss nicht gefallen«, brachte sie schließlich hervor. Ihr war unwohl bei dem Gedanken, sich hinter ihrem Förderer zu verstecken, doch in der Schlacht mit Nolthenius standen ihr nur wenige Waffen zur Verfügung. »Er hat mir zugesichert, dass ich mich an Sie wenden solle, um einen Arbeitsraum zu bekommen.«

Kaum hatte sie ausgesprochen, verfinsterte sich sein Gesicht – es wirkte, als ob jedes Wort, das sie sagte, eine weitere Schicht von Nolthenius' Geduld abschabte.

»Davon weiß ich nichts.« Der Professor machte eine abwehrende Geste mit der Hand, als ob er die Anwesenheit von Emilie beiseiteschieben könnte wie einen unerwünschten Gedanken. »Sie können gehen. Ich werde mich darum kümmern und schicke dann wieder nach Ihnen.«

Sollte sie den Streit weiterführen oder ihm das Gefühl geben, er habe gewonnen? Während Emilie noch unschlüssig überlegte, trat Felix Smitt neben sie und drückte ihr einen schweren Folianten in die Hand.

»Zur Vor ... Vorbereitung auf die Reise«, flüsterte er und lächelte sie erneut scheu an.

»Danke.« Sie erwiderte sein Lächeln, bevor sie mit scharfer Stimme zu Nolthenius sagte: »Lassen Sie mich nicht zu lange warten.«

· · ·

Am nächsten Tag, gegen Mittag, kündigte ein dezentes Klopfen an der Tür ihres Zimmers Besuch an. Emilie legte ihren zerfledderten Atlas der heimischen Flora beiseite, in dem sie immer blätterte, wenn sie ihre Gedanken beruhigen wollte. Sie öffnete, und zu ihrer Überraschung stand Felix Smitt davor. Sie hatte einen Boten von Nolthenius erwartet, nicht seinen Assistenten.

»Pro ... Professor Nolthenius schickt mich.« Jedes Wort presste Smitt heraus und bemühte sich hörbar, nicht ins Stottern zu verfallen. »Er hat einen Platz für Sie.«

»Danke.« Kurz war Emilie versucht, Nolthenius auf sie warten zu lassen, denn sie war schließlich kein Hündchen, das auf einen Befehl von ihm sofort springen musste. Doch sie war zu neugierig auf ihren Arbeitsraum. Das hatte sie sich immer gewünscht: ein Zimmer für sich allein, in dem sie ihrer Forschung nachgehen konnte.

»Komm, Culpeper«, sagte sie. Sofort sprang der Hund auf und tappte zu ihr.

Doch Smitt schüttelte den Kopf. »Bei uns sind Hunde nicht erlaubt.« Ein kleines Lächeln erhellte sein Gesicht und ließ ihn jünger wirken. »Der Professor fürchtet sie.«

»Also gut.« Emilie klopfte an der Tür von Hedwig und bat sie, auf den Hund aufzupassen. Die Vermieterin war krank und daher seit Tagen zu Hause und nicht in der Jute, um Geld zu verdienen.

»Das mache ich gerne.« Hedwig lächelte, aber brach dann in einen bellenden Husten aus, der ihren Körper schüttelte. In den letzten Tagen war sie noch blasser und schmaler geworden; der Husten klang von Tag zu Tag schlimmer. Emilie sah die Schatten unter den Augen ihrer Vermieterin und befürchtete, dass Hedwig kränker war, als sie sich eingestehen wollte.

Als Emilie das angesprochen hatte, hatte Hedwig abgewehrt: »Ich kann mir keinen Doktor leisten. Es wird schon nicht so schlimm sein.«

Emilie bemerkte, dass Hedwigs Augen fiebrig wirkten.

»Pass auf dich auf.« Sie drückte den Arm ihrer Freundin. »Wenn dir Culpeper zu viel wird, kann ich ihn woanders lassen.«

»Das geht schon.« Hedwig nickte. »Er ist ein guter Hund.«

»Danke.« Emilie nickte und folgte dann Felix Smitt durch das Netz der Bremer Straßen, vorbei an den schmucken Zunfthäusern, die stumm Zeugnis der hanseatischen Vergangenheit ablegten. Der Wind trug den Duft von frischem Brot, vermischt mit der Eiseskälte des nahen Flusses, und Emilie spürte in dieser Stunde nicht nur die Ankunft eines neuen Kapitels ihrer Lebensgeschichte, sondern auch die Sorge um eine Freundin, die im Kampf gegen ihre eigene Schwäche allein zu stehen schien. Ihre Schritte hallten auf dem Kopfsteinpflaster, als sie Smitt durch gewundene Gassen folgte. Die lebhaften Rufe der Marktschreier mischten sich mit dem Hufschlag vorbeieilender Pferdekutschen.

Emilies Gedanken kreisten um Hedwig, die gewiss Hilfe brauchte. Vielleicht wusste Smitt einen Rat. Sie überquerten den Marktplatz, wobei ihr Blick auf das prächtige Rathaus fiel, dessen Renaissance-Fassade im Licht der Mittagssonne zu glühen schien. Der Roland daneben, die Statue des Ritters, stand wachsam und unerschütterlich als Wahrzeichen bremischer Freiheiten – eine eiserne Verkörperung der städtischen Unabhängigkeit und Selbstbestimmung.

»Hedwig, die Frau, bei der ich wohne, ist krank«, sprach sie ihren Begleiter an.

»Das ist nicht zu übersehen«, flüsterte Smitt. Wenn er leise sprach, schien sein Stottern weniger stark.

»Ich wünschte, ich könnte ihr helfen.« Emilie seufzte. »Leider kenne ich mich besser mit den wissenschaftlichen Seiten von Pflanzen als mit deren Heilkräften aus.«

Smitt überlegte einen Moment. Er holte tief Luft, wohl um Energie für Worte zu finden. »Es gibt einen Arzt«, brachte er hervor, erneut jedes Wort akzentuierend. »Er kümmert sich um Menschen, die wenig Geld haben.«

Emilie schöpfte Hoffnung.

»Kennen Sie ihn persönlich? Können Sie ihn um Hilfe bitten?« Sie sah ihn hoffnungsvoll an.

Er nickte. »Ich ... Ich werde mich darum kümmern.«

»Ich danke Ihnen.«

Zur Antwort nickte er nur. Schweigend gingen sie weiter, da Emilie den Eindruck hatte, Smitt war erleichtert, wenn er nicht reden musste. Endlich hatten sie den Domshof erreicht. Schmidt führte sie zu Nolthenius und seinem Arbeitszimmer und klopfte an die Tür.

»Herein!«, erklang es barsch.

»Frau Nebelthau.« Nolthenius spuckte ihren Namen aus, geladen mit einer unterschwelligen Wut. Emilie war sich sicher, dass seine Bitterkeit mit Ostherloh zu tun hatte. Der Kaufmann hatte etwas an sich, das andere Menschen einschüchterte, und Nolthenius schien niemand zu sein, der sich gern etwas befehlen ließ.

»Professor.« Emilie nickte ihm zu und bedauerte, Culpeper nicht mitgenommen zu haben. Den Hund an ihrer Seite zu wissen, hätte ihr Stärke verliehen. »Sie wünschen, mich zu sehen.«

»Ich habe mit Ostherloh gesprochen.« Plötzlich zog ein kaltes Lächeln über Nolthenius' harte Züge – ein Lächeln, das nichts mit Humor oder Freundlichkeit zu tun hatte, sondern das Unheil ankündigte, das in seinen Worten lauerte. »Er ordnete an, Ihnen einen Arbeitstisch zur Verfügung zu stellen.«

»Wo ist er?« Emilies Blick schweifte durch den Raum – ein Mausoleum des Wissens. Schwere ledergebundene Bücher stapelten sich in den hohen Regalen. Auf dem Schreibtisch lagen Karten von längst erforschten oder noch unbekannten Teilen der Welt neben einem Sammelsurium aus Glasfläschchen, zerkratzten Lupen und weit gereisten Gesteinsproben, die in achtloser Ordnung verstreut lagen.

»Da hinten.« Nolthenius deutete in eine dunkle Ecke, wo sie die Schemen eines Möbelstücks ausmachen konnte. Das Licht, das durch die beiden Fenster hineinfiel, erreichte diesen Teil des Raumes nicht. Wie sollte sie im Dunkeln arbeiten, ohne Raum, um Pflanzen zu pressen und Herbarien zu erstellen?

Emilie schluckte, denn ihr war bewusst, wenn sie sich das jetzt gefallen ließe, würde ihre Reise ein Gräuel. Daher sagte sie mit lauter Stimme: »Ich brauche Licht, und ich brauche Platz für meine Herbarien.«

»Sie brauchen gar nichts«, schnauzte Nolthenius sie an. »Ohne Ostherloh würden Sie niemals auf die Expedition mitkommen. Und wenn Sie Licht brauchen, suchen Sie sich eine Petroleumlampe.« Er drehte sich auf dem Absatz um und ließ seine letzten Worte im Raum hängen wie einen unangenehmen Geruch. »Ich nehme jetzt mein Mittagsmahl ein.«

Er stürmte hinaus und ließ Emilie und Smitt allein. Sie wechselten einen Blick – es war ein stummer Austausch voller Verständnis über die Ungerechtigkeit des Moments.

»An dem Platz kann ich wirklich nicht arbeiten«, flüsterte sie. »Bitte, können Sie mir helfen?«

»Es tut mir leid.« Smitt zuckte mit den Schultern. »Nolthenius muss ... muss Ostherloh zu Willen sein, aber das hasst er.«

Emilie nickte und fühlte sich benommen. Würde sie stark genug sein, gegen diese Anfeindungen zu bestehen?

Kapitel 23

Die stickige Hitze, die sich in der überfüllten Kirche ausbreitete, raubte Louise schier den Atem, das Läuten der Glocken erschien ihr Unheil verkündend. Die dicken Steinmauern fingen die Wärme des Frühlingstages ein und senkten sie über die vielen Menschen, die sich hier versammelt hatten. Selbst Sophie, die immer perfekte Sophie, musste sich dem launischen Bremer Wetter beugen und würde gewiss in ihrem schweren Brautkleid mit der ausufernden Schleppe noch mehr leiden als Louise in ihrem sonnengelben Kleid.

Der Pastor stand auf der linken Seite im Kircheneingang, die Familie auf der rechten, alle hielten sie den Blick erwartungsvoll auf die Tür gerichtet. Ein blühender Rhododendronbusch war von Louises Platz aus zu sehen, seine Schönheit schien sie ebenso zu verhöhnen wie die wuchtigen Töne der Orgel, die aufbrandeten, den hohen Raum der Kirche durchdrangen und sich in Louises Ohren bohrten. Die jubelnden Klänge verhießen den Beginn der Trauungszeremonie. Neben Louise richtete sich Tante Malvina stolz auf, als wäre es ihre Tochter, die heute heiratete. Auch Onkel Georg und Tante Caroline trugen selbstzufriedene Mienen zur Schau, erfüllte Sophie doch endlich die Bestimmung einer Frau.

Einzig für Louise fühlte sich dieser Moment bitter und unerträglich an, und sie durfte es sich nicht einmal anmerken lassen. Sie erkannte das Stück sofort: Es war der *Kanon in D-Dur* von Johann Pachelbel, eine sehr traditionelle Wahl für den Einzug der Gäste in die Kirche. Ob Sophie die Musik ausgewählt hatte oder Alexander? Während Louise sich dies fragte, bohrte sie ihre Fingernägel in die Handflächen, um sich durch den körperlichen Schmerz von dem ihres Herzens abzulenken.

Als sie aufseufzte, warf ihr Vater ihr einen drohenden Blick zu, den sie mit einem Nicken erwiderte. Ja, sie wusste, wie sie sich zu verhalten hatte. Wie sehr hatte sie diesen Tag gefürchtet, wie viel hätte sie gegeben, um nicht hier sein zu müssen. Nachdem ihr Vater ihr offenbart hatte, dass Alexander und Sophie heiraten wollten, war Louise dem Beispiel ihrer Tante Caroline gefolgt und hatte sich in eine Krankheit geflüchtet. Eine Erkrankung, die aus ihrem Herzen kam und auf den Körper übergriff.

»Bleichsucht. Ungewöhnlich für eine Dame in Ihrem Alter«, konstatierte der Arzt und verschrieb ihr Ruhe, Eisenpräparate und frische Luft. »Verbunden mit einem nervösen Nervenleiden, wie es Frauen so oft heimsucht.«

Es sind nicht die Nerven, wollte Louise antworten, es ist ein gebrochenes Herz, aber das hätte der Doktor gewiss nicht verstanden und ihr nur ein weiteres Präparat und Spaziergänge verordnet.

Ihr Blick suchte das Glasmosaikfenster, das Jesus am Kreuz darstellte. Das Licht der Sonne fiel hindurch und ließ das Kunstwerk aufleuchten; die bunten Lichtstrahlen füllten den heiligen Raum und wanderten über die Kalksteinpfeiler, die die Decke schwerelos trugen. Doch Louise fand keine Erlösung in den Glaubenssymbolen, die Bitterkeit ihrer Enttäuschung lastete auf ihrer Seele.

Nach einem winzigen Moment des Schweigens wechselte die Orgel zum *Hochzeitsmarsch* von Felix Mendelssohn Bartholdy. Wie überaus typisch für Sophie, dieses Stück auszuwählen, war es doch erstmals zur Hochzeit von Prinz Friedrich von Preußen und seiner Braut Prinzessin Victoria von England und Irland als Hochzeitslied genutzt worden.

Neben Louise seufzte Tante Malvina vor Glück auf, als die Blumenkinder die Kirche betraten, zwei Mädchen in rosafarbenen Kleidern und ein Junge in einem dunklen Anzug. Louise senkte den Blick, aber sie würde der Zeremonie nicht entgehen können. Daher raffte sie ihren Mut zusammen und beobachtete, wie der Pastor Alexander und Sophie begrüßte und dann als Erster den Weg zum Altar entlangschritt. Die Blumenkinder folgten, ihre Gesichter gerötet, die Haare feucht vom Schweiß. Ernst verstreuten sie rosafarbene und weiße Rosenblätter aus kleinen Körben. Dann kam Sophie in ihrem eleganten weißen Kleid, einen gewaltigen Strauß weißer Rosen in der rechten Hand. Die Spitze ihres Schleiers schimmerte wie ein zarter Hauch von Schnee im Licht der Kirche. Ihren linken Arm hatte sie bei Alexander untergehakt. Der Bräutigam sah überaus elegant aus in seinem dunklen Anzug mit weißem Hemd und weißer Krawatte. Louise konnte den Blick nicht von ihm lösen, sosehr sie es auch wollte.

Schau mich an, bettelte sie stumm, aber Alexander blickte starr geradeaus, mit ernster Miene, dem Anlass angemessen.

Mit jedem Schritt, den Sophie und Alexander auf den Altar zugingen, fühlte Louise den Verrat stärker. Die Hände an ihre Seite gekrampft, versuchte sie, sich zusammenzureißen und die Contenance zu wahren, so wie ihr Vater es von ihr erwartete. Die warmen Tränen, die sich in ihren Augen sammelten, drohten sie zu überwältigen, doch sie kämpfte gegen sie an und hielt sich aufrecht. Mit geradem Rücken und undurchdringlicher Miene folgte sie dem Brautpaar und den Brauteltern zu den unbequemen Holzbänken der Kirche. Scheinbar gelassen nahm Louise ihren Platz ein, aber in ihrem Innern tobte sie.

Warum nur hatte sie ihrem Vater nachgegeben und nahm an der Trauung teil, obwohl sie wusste, dass jede Minute sie schmerzen würde, dass jedes Detail der Zeremonie ein weiterer Stich in ihr ohnehin blutendes Herz wäre? Carl Gildemeester hatte ihr keine Wahl gelassen. Während der Pastor salbungsvolle Worte von sich gab, wanderten Louises Gedanken zurück zu dem verhängnisvollen Tag, an dem ihr Vater ihr ein Ultimatum gestellt hatte.

Louise hatte auf dem Sofa in ihrem Zimmer gesessen und den grauen Himmel angestarrt, der genauso trüb und dunkel war wie ihre Stimmung. Neben ihr lag vergessen die Decke, die sie für Sophies Hochzeit besticken sollte – so wollte es Tante Malvina. Auf dem Tischchen vor ihr standen Tee und Gebäck, aber der Gedanke daran, etwas zu essen, drehte Louise den Magen um. Seitdem die Verlobung von Sophie und Alexander gefeiert worden war, war ihr endgültig der Appetit vergangen. Bis zu diesem Tag hatte sie gehofft, dass er sich besinnen würde, dass er stattdessen um ihre Hand bitten und die Verbindung zu Sophie lösen würde, doch das hatte sich als Traum erwiesen.

Neben die Trauer trat die Scham über ihre Naivität. Immer wieder fragte sich Louise, ob ihr ihre Fantasie einen Streich gespielt hatte, ob sie sich Alexanders Gefühle nur eingebildet hatte. Was hatte es schon gegeben außer einigen wenigen Begegnungen, bei denen sie mehr Blicke als Worte gewechselt hatten. Aber er hatte sie doch zu dem geheimen Stelldichein gebeten! Nur um sich dann mit ihrer Cousine zu verloben.

Heiß brannten die Tränen auf ihren Wangen. Als ein Klopfen an ihrer Zimmertür erklang, wischte sie die Tränen mit den Fingerspitzen ab, bevor sie »Herein« rief. Sicher war es Else, die den Tee abräumen wollte. Doch zu Louises Überraschung trat ihr Vater durch die Tür, sein Gesicht zeigte einen Ausdruck von Strenge.

»Mein Kind«, begann er mit kühler Stimme, »es wird Zeit, dass du deinen Platz in deiner Familie wieder einnimmst.«

»Vater, ich bin krank und müde, ich ...«

»Eine Gildemeester ergibt sich nicht der Schwäche!«, schnitt er ihr scharf das Wort ab. »Ich erwarte, dass du die Contenance wahrst, Louise. Ich habe deine Krankheit lange genug hingenommen.«

Warum darf Tante Caroline krank sein, aber ich nicht, fragte sich Louise, aber sie wagte es nicht, dem kalten Fremden, der ihr Vater war, diese Frage zu stellen.

»Darf ich heute noch in meinem Zimmer bleiben?«, bat sie stattdessen. »Ein weiterer Tag Erholung würde mir sicher guttun.«

»Also gut. Im Gegenzug erwarte ich, dass du auf der Hochzeit die Fassung wahren wirst und unserer Familie keine Schande machst.«

Nachdem er seinen Befehl ausgesprochen hatte, ließ er Louise zurück, die sich einsamer fühlte als je zuvor in ihrem Leben.

Aber sie hatte seinem Wunsch entsprochen, sich wieder in den Alltag der Familie eingefügt und war heute Morgen aufgestanden, um an der Trauung teilzunehmen, was sie bereits jetzt bereute. Die Hitze, die vielen Menschen, Sophie, so wunderschön in ihrem Brautkleid, und Alexander, der sie keines Blickes gewürdigt hatte.

Während der Pastor seine Predigt begann, wandte Louise,

die mit ihrer Familie in der vordersten Reihe Platz genommen hatte, sich um. Mehr als einhundert Menschen waren gekommen, um der Trauung beizuwohnen. Alle bedeutenden Bremer Familien waren der Einladung ihres Onkels gefolgt und litten nun in ihren eleganten Kleidern und Fräcken unter der Hitze.

Selbst die Blumen am Altar ließen bereits die Köpfe hängen, was Louise eine winzige Genugtuung vermittelte. Der Geruch der Rosen stieg ihr in die Nase, und sie musste ein Niesen unterdrücken. Wie alles an diesem Tag war der Blumenschmuck exquisit, teuer und überbordend – ein Beleg für die Bedeutung dieser Verbindung zweier alteingesessener Bremer Kaufmannsfamilien.

Der Pastor sprach die Aufforderung zum Gebet, und die Gemeinde erhob sich, um gemeinsam das Vaterunser zu sprechen. Es folgte ein Lied, und dann stellte der Geistliche Sophie und Alexander die unvermeidliche Frage, ob sie einander heiraten wollten. Beide antworteten mit »Ja, so wahr mir Gott helfe«.

Sosehr sie sich auch bemühte, Louise konnte ein kleines Aufschluchzen nicht unterdrücken, was ihr einen strafenden Blick ihres Vaters und ein beruhigendes Händetätscheln von Tante Malvina einbrachte. Auch Tante Caroline weinte ein wenig und trocknete sich die Augen mit einem eleganten Spitzentaschentuch.

Den Rest des Gottesdienstes stand Louise wie in einem Nebel durch. Wenn die Gemeinde sich erhob, um zu singen, stand auch sie auf. Wenn die Gemeinde sich setzte, ließ sich auch Louise wieder auf ihrem Platz nieder. Nachdem der Pastor die Abschlusssegnung gesprochen hatte, standen alle Kirchgänger auf und folgten ihm und dem Brautpaar hinaus.

Immer noch wie in einem düsteren Traum gefangen, begleitete sie ihren Vater zur Kutsche, stieg ein und schloss die

Augen. Schweigend fuhren sie die Straße entlang, nur das Schnauben der Kutschpferde und das Klackern der Räder auf dem Pflaster waren zu hören. Der Weg bis zur Gildemeesterschen Villa kam Louise unendlich lang vor, und gleichzeitig fürchtete sie sich davor, dass die Kutsche anhielt und sie ihrer Cousine gratulieren musste.

»Wir sind da. Ich erwarte, dass du dich angemessen verhältst.« Mehr sagte ihr Vater nicht, sondern war ihr nur behilflich, elegant aus der Kutsche auszusteigen.

Onkel Georg hatte es sich nicht nehmen lassen, die Hochzeitsfeier in der Villa auszurichten. Tagelang hatten die Dienstboten den prunkvollen Saal herausgeputzt, das gute Porzellan und das Kristall aus den Schränken geholt, das Silber geputzt und Leinenservietten zu Kunstwerken gefaltet. Zur Begrüßung wurde Champagner gereicht, und die Gäste flanierten an dem glücklichen Paar und den nicht minder glücklichen Tante Caroline, Onkel Georg und Jost Ostherloh vorbei.

Selbst in ihrer Trauer wunderte sich Louise, was für einen großen Abstand ihr Onkel und ihre Tante von Ostherloh hielten. Doch dann stand sie vor Sophie und Alexander, und alles andere war bedeutungslos.

»Ich wünsche euch alles Gute«, brachte sie hervor und starrte an den beiden vorbei.

»Danke, meine Liebe.« Sophie beugte sich vor, um Louise zu umarmen. »Ich hoffe, du findest auch bald dein Glück.«

Louise blieb stocksteif in der Umarmung und fühlte sich, als hätte Sophie sie geohrfeigt. Glücklicherweise drängelte schon der nächste Gast, um seine guten Wünsche zu überbringen. Louise taumelte davon und drohte zu fallen. Eine Hand griff nach ihrem Ellenbogen und stützte sie. Sie zuckte zusammen und sah auf, um ihrem Retter zu danken. Es war Alexanders Bruder, der sie prüfend musterte.

»Louise, darf ich dich in den Saal begleiten?« Das Mitgefühl in seiner Stimme war für Louise schlimmer als die Kälte ihres Vaters, doch sie nickte nur und hakte sich bei ihm ein.

An der Seite von Christian Ostherloh betrat sie den Ballsaal im ersten Stock. Durch die Verspiegelung einer Wand wirkte der ohnehin großzügige Raum noch gewaltiger. Stuckornamente verzierten die hohe Decke, die Wände und die Säulen. Fresken des bekannten Bremer Malers Arthur Fitger verdeutlichten, dass Onkel Georg an nichts gespart hatte, um diesen Saal opulent auszustatten.

»Oh, wir sind Tischnachbarn.« Christian führte sie zu ihrem Platz, den eine Tischkarte schmückte. Er zog den Stuhl heran und wartete, bis sie sich gesetzt hatte. Dann winkte er einen Diener herbei und reichte Louise ein Glas Champagner.

»Nein, danke«, lehnte sie ab. »Mir ist nicht wohl.«

»Du solltest es trinken.« Er schloss ihre Finger um die Sektflöte. »Es wird dir helfen, das Festmahl zu überstehen.«

Stumm nickte sie zum Dank und trank einen großen Schluck. Nur unter Aufbietung ihrer hanseatischen Erziehung und mit Unterstützung von Christian, der sich als überraschend freundlich erwies, gelang es Louise, ein wenig zu essen und die ausufernden Lobreden auf Sophie und Alexander zu ertragen. Nach dem Dessert begann das Orchester zu spielen, und die Gäste erhoben sich, um dem Eröffnungstanz des Brautpaars die Ehre zu erweisen.

Louise kämpfte gegen die Bitterkeit, als Alexander und Sophie in glückseliger Eintracht die Tanzfläche betraten. Ihre eigene Sehnsucht schien sich in jedem Tanzschritt widerzuspiegeln, und sie fragte sich, ob Alexander nur mit ihr gespielt

hatte. Nachdem der Tanz beendet war, klatschten die Gäste, be-
vor sie selbst die Tanzfläche betraten, um sich im Takt eines
Walzers zu wiegen. Die fröhliche Stimmung umgab sie wie ein
Korsett, unerträglich eng und einschnürend. Louise hatte das
Gefühl, keine Luft mehr zu bekommen, schob sich durch die
Menge und flüchtete aus dem Ballsaal.

Sie hob den Rock ihres Kleides, um schneller laufen zu können. Nur weg von Alexander und Sophie und all den glücklichen Menschen. Wie von selbst führte ihr Weg sie in den Garten, ihren wunderschönen Rückzugsort. Doch heute kam ihr
das fröhliche Gezwitscher der Vögel vor wie Hohngelächter, der
Duft der üppigen Rosen weckte Übelkeit. Sie suchte Zuflucht
auf einer Bank unter einem blühenden Magnolienbaum, dessen schattige Blätter Schutz spendeten. Nachdem sie sich nie-
dergelassen hatte, hämmerte ihr Herz noch immer wild in ihrer Brust. Louise zog die Hände vor ihr Gesicht und ließ den
Tränen freien Lauf. Sie weinte so sehr, dass sie Schluckauf bekam.

Endlich beruhigte sie sich, wischte die Tränen ab und
lehnte sich an die Bank, spürte deren Holz in ihrem Rücken.
Sie schloss die Augen und lauschte den Vögeln. Als sie leise
Schritte auf dem Kiesweg hörte, öffnete sie die Augen. Schlagartig richtete sie sich auf.

»Louise, ich hatte gehofft, dich zu finden.«

Sie brauchte nur einen Moment, um die Überraschung zu
überwinden. Wie konnte er es wagen?

»Heute ist der Tag deiner Hochzeit. Du solltest bei deiner
Braut sein.«

»Bitte hör mir nur einen Augenblick zu.«

»Jetzt ist weder die Zeit noch der Ort für Erklärungen.«

»Bitte.« Er sah sie so flehend an, dass sie nickte. »Es war

nicht meine Entscheidung, Sophie zu heiraten. Es war der Wunsch meines Vaters.«

»Du hast dich ihm nicht widersetzt.« Louise ballte die Hände zu Fäusten und bohrte ihre Fingernägel in die Handfläche.

»Du verstehst es nicht«, flüsterte er und beugte sich zu ihr herab, als wollte er sie küssen.

Das war zu viel. Louise erhob sich, ihre Hände zitterten, aber sie bewahrte Haltung.

»Du hast deine Wahl getroffen«, entgegnete sie mit fester Stimme. »Ich wünsche dir und Sophie alles Gute.«

Sie ging zurück in den Ballsaal, ohne sich nach ihm umzusehen.

Kapitel 24

Eine Woche war seit der Hochzeit vergangen, eine Woche, in der Louise sich am liebsten in ihrem Zimmer eingeschlossen und in ihre Kissen geweint hätte, denn eine wohlerzogene junge Dame zeigte ihre Gefühle nicht nach außen. Als wäre es nicht bereits schlimm genug, dass Alexander ihre Cousine geheiratet hatte, lebten die beiden auch noch im Haus der Familie Gildemeester, bis sie in wenigen Monaten nach Übersee aufbrechen wollten.

Für Louise bedeutete das, jeden Morgen in Sorge zu sein, Alexander beim Frühstück zu treffen. Schlimmstenfalls allein, bestenfalls allein. Wenn es nach ihr gegangen wäre, hätte sie einfach nicht gefrühstückt. Aber das hätte nur das Misstrauen ihres Vaters auf den Plan gerufen, Sophie zu einem spöttischen Lächeln veranlasst und Louise eine Gardinenpredigt von Tante Malvina eingebracht, über das, was eine junge Dame tat und was nicht. Und das Frühstück ausfallen zu lassen, das gehörte sich keinesfalls.

Also schleppte sich Louise jeden Morgen in den Frühstücksraum hinab, seufzte erleichtert, wenn Alexander nicht da war, und hielt ihren Blick auf den Teller gesenkt, sollte er anwesend sein. Glücklicherweise waren sie bisher nie allein gewesen. Ihr Vater, Sophie, Tante Malvina oder Onkel Georg – irgendjemand hatte in den vergangenen Tagen immer zur gleichen Zeit wie Alexander und Louise gefrühstückt.

Daher traf es sie heute Morgen unvermutet, dass Alexander allein im Frühstückszimmer saß. Einen Moment überlegte sie, die Tür wieder zu schließen und in ihr Zimmer zurückzueilen. Aber damit würde sie die Konfrontation nur aufschieben, nicht auf Dauer vermeiden. Also trat sie ein und nickte ihm zu, während sie versuchte, ihre Aufgewühltheit hinter einer Maske der Gleichgültigkeit zu verbergen.

Sie ließ sich auf dem Stuhl nieder, der am weitesten von ihm entfernt war, und wartete, bis das Dienstmädchen kam, um ihr Tee einzuschenken. Im Haus der Familie Gildemeester, die viele Geschäfte mit England machte, gab es traditionell Tee zum Frühstück. Sie hob die Tasse, wobei ihre Finger leicht zitterten, und atmete das feine Aroma des Assamtees ein.

Der Duft frisch gebratener Eier durchzog den Raum und ließ ihr normalerweise das Wasser im Mund zusammenlaufen. Heute jedoch war es, als zöge sich ein Knoten in ihrem Magen mit jedem Moment straffer, der sie Alexanders stummer Gegenwart aussetzte. Aber sie musste etwas essen, und vor allem musste sie sich beschäftigen, um nicht Alexander anzustarren, der auf seinen Teller sah und sich zu konzentrieren schien. Das fein gearbeitete Silberbesteck lag schwer und kalt in ihren Händen. Louise musste sich zwingen, eine Scheibe Brot mit Butter zu bestreichen und in feine Stücke zu zerteilen. Ein Schweigen breitete sich aus, dichter als der Teppich aus persischem Webmuster unter ihren Füßen.

Das Dienstmädchen zog sich zurück und ließ sie beide allein. Louises Gedanken kreisten, und sie suchte nach einem unverfänglichen Thema, bevor ihre Gefühle sich Worte verschafften.

»Die Reisevorbereitungen schreiten voran?« Alles in ihr rebellierte gegen diese Frage, den unbeteiligten Plausch zwischen Fremden, doch sie musste die Stille bekämpfen. »Ich kann mir vorstellen, dass Sophie es kaum erwarten kann, in Übersee ihr eigenes Heim zu beziehen und dort Hausherrin zu spielen.«

Nun blickte Alexander auf, einen gequälten Ausdruck auf dem markanten Gesicht. »Louise«, begann er, »es tut mir so unendlich leid. Ich ...«

»Bitte schweig!« Sie hob die Hand, um ihn zu bremsen. »Du hast deine Entscheidung getroffen, und wir alle werden damit leben.«

»Ach, Louise«, begann er erneut, ein Flackern von unausgesprochenem Geheimnis in seinen Augen, »wenn du nur wüsstest.«

»Ich habe gehört, die Vorbereitungen für die Eröffnung der Nordwestdeutschen sind in vollem Gange«, sagte sie, anstatt auf seine Worte einzugehen, und ließ sich nicht anmerken, wie sehr sie sich danach sehnte, mehr dieser Art von ihm zu hören. Alexander war mit ihrer Cousine verheiratet. Damit war er gänzlich aus ihrer Reichweite. Jedenfalls sagte Louises Verstand ihr das immer wieder, während ihr Herz etwas anderes wollte.

Bevor ihr ein Fehler unterlaufen konnte, bevor ihr Herz siegte, öffnete sich die Tür zum Frühstückszimmer, und Carl trat ein. Sein Blick glitt von Louise zu Alexander und wieder zurück, als ob er die unterschwellige Spannung im Raum bemerkte.

Ein leichtes Klirren erklang, als ihr Vater eine Tasse auf den Tisch stellte und sich ihr gegenübersetzte. Seine Augen musterten sie, und Louise meinte, eine Warnung in ihnen zu lesen.

»Es verspricht ein wunderschöner Tag zu werden, nicht wahr?«, begann Carl, während er sich genüsslich seinen Kaffee einschenkte. Obwohl er in London lebte, konnte er sich nicht mit Tee anfreunden. »Wie wäre es mit einem Ausritt, Tochter? Sophie wird dich gewiss gern begleiten.«

Obwohl seine Worte sie schmerzten, antwortete Louise höflich: »Ja, es ist ein zauberhafter Morgen. Die Natur scheint es zu wünschen, uns unsere Sorgen vergessen zu lassen.«

»Von der Natur können wir lernen, dass das Leben weitergeht, egal, welche Hindernisse uns begegnen.« Carl sprach in freundlichem Ton, aber es brauchte nicht viel, um seine Warnung zu erkennen.

»Entschuldigt mich! Ich muss ins Kontor.« Alexander sprang auf. Messer und Gabel klapperten auf dem edlen Porzellan. Er rannte hinaus, als ob Höllenhunde hinter ihm her wären. Nachdem er weg war, atmete Louise freier. Wie konnte es sein, dass die Sehnsucht einen gleichzeitig in den Himmel hob und in die Hölle stürzte?

»Louise, ich werde bald nach London zurückkehren.« Ihr Vater bestrich ein Brötchen mit Butter und Quittengelee. »Vorher würde ich gern noch mit dir über deine Zukunft sprechen.«

»Ja, Vater.« Nun war ihr der Appetit endgültig vergangen. »Entschuldige mich, ich habe gleich Malstunden.«

· · ·

Nach der Malstunde lenkte Louise ihre Schritte zum Arbeitszimmer ihres Vaters. Während sie in der Kontemplation eines Stilllebens versunken war, hatte sie einen Entschluss gefasst. Ihre Vernarrtheit in Alexander musste enden – aber das würde ihr nicht gelingen, solange sie dem Ehemann ihrer Cousine so nah war.

Alexander. Immer wieder Alexander. Louises Gedanken kreisten nur um ihn, um die Frage, ob sie ihn beim Frühstück sehen würde, ob er ihr möglicherweise ein heimliches Zeichen geben würde. Inzwischen hatte sie den Eindruck gewonnen, dass er ihre Nähe suchte, dass er bewusst wartete, bis sie zum Frühstück erschien, und immer wieder versuchte, ihr etwas zu gestehen. Aber jedes Mal wehrte sie ab, denn er hatte Sophie geheiratet und damit seine Entscheidung getroffen. Warum nur kämpfte ihr Herz nicht dagegen an, sondern sog jedes Wort von Alexander auf, als wäre sie eine trockene Wüstenlandschaft und seine Worte der Leben spendende Regen?

Sie musste heraus aus diesem Leben – und da gab es nur eine Möglichkeit. Nervös zog sie die zur Faust geballte Hand zum Mund, als sie vor der schweren Eichentür des Arbeitszimmers stand. Rosen in einer Vase verbreiteten einen betörenden Duft, während sanfte Klänge einer Klaviersonate leise aus den Tiefen des Hauses klangen. Die Könnerschaft, mit der das komplizierte Stück gespielt wurde, ließ Louise vermuten, dass es Johann Christoph war, der seiner Leidenschaft nachging.

Louise klopfte, wartete auf »Entrez« und betrat das Refugium ihres Vaters, wobei sie sich daran erinnerte, wie beeindruckend sie den dunklen Raum voller Bücher und Reiseandenken als Kind gefunden hatte. Auch heute noch liebte sie den Geruch nach Papier, Leder und Pfeifentabak, den sie mit dem Zimmer verband. Wie erwartet saß ihr Vater hinter dem Schreibtisch aus dunklem Mahagoni und widmete sich einigen Dokumenten.

Eine Südseemuschel von der Größe eines Kürbisses lag auf dem Boden neben dem Schreibtisch. Louise hatte sich immer gewundert, wie ihr Vater die zerbrechliche Schönheit nach Bremen transportiert hatte, aber sie hatte ihn nie danach gefragt.

»Vater, entschuldige, dass ich dich störe«, sagte sie leise, »aber du wolltest mit mir über meine Zukunft reden. Jetzt erscheint mir eine gute Gelegenheit.«

Die Äste des Baumes vor dem Fenster kratzten leicht an den Scheiben, als begehrten sie Einlass. Ihr Vater sah sie an und legte den goldenen Füllfederhalter zur Seite. »Nun gut. Nimm Platz.« Er deutete auf den mit rotem Samt bezogenen Stuhl ihm gegenüber. »Hast du einen geeigneten Heiratskandidaten gefunden?«

Louise setzte sich, sehr aufrecht, die Hände nervös ineinander verschlungen. Sie räusperte sich und sagte mit klarer Stimme: »Ich möchte mit dir nach London reisen.«

Die Sekunden dehnten sich zu einer Ewigkeit, in der das Zögern ihres Vaters Louise auf die Enttäuschung vorbereitete, die sie erwartete. Trotzdem wollte sie die Hoffnung nicht aufgeben. Sie löste die Hände voneinander und ballte sie zu Fäusten, bereit, für ihren Wunsch zu kämpfen. Falls ihr Vater ihre Geste bemerkte, ließ er es sich nicht anmerken, sondern schwieg noch einen Moment.

»Ich habe dir bereits erklärt, dass ich dich nicht mitnehmen kann. London ist für mich nur ein Zwischenhalt auf dem Weg nach Übersee.« Sein Tonfall machte deutlich, dass die Diskussion für ihn damit abgeschlossen war. Wie zur Bestätigung senkte er seinen Blick wieder auf die Dokumente vor sich.

Üblicherweise hätte Louise nun nachgegeben, aber nicht jetzt, nicht mit Alexander und Sophie unter einem Dach mit ihr.

»Ich habe doch gewiss Verwandte in London, die ich besuchen kann, oder Freunde«, nannte sie ihr Trumpf-Argument.

Als ihr Vater nicht einmal hochsah, holte sie tief Luft, bevor sie herausplatzte: »Ich halte es hier einfach nicht mehr aus.«

»Louise! Contenance!« Ihr Vater schüttelte den Kopf, doch Louise hatte genug von Contenance und gutem Benehmen und allem, was man von ihr als Bremer Bürgerstochter verlangte. Wohin hatte es sie gebracht, dass sie brav alle Regeln befolgt hatte? Sie war unglücklich und musste mit dem Mann unter einem Dach leben, den sie liebte und der stattdessen ihre Cousine geheiratet hatte.

»Warum willst du mich nicht mit nach London nehmen?«, fragte sie erneut, und aufsteigende Tränen drohten ihre Stimme zu ersticken. »Möglicherweise finde ich in London einen Mann zum Heiraten, hier in Bremen scheint mich keiner haben zu wollen.«

Ihr Vater hob den Kopf wie ein scheuendes Pferd, sichtlich erschüttert über ihren Gefühlsausbruch. Es war ihm unbehaglich, so mit den Emotionen seiner Tochter konfrontiert zu werden.

»So habe ich dich nicht erzogen«, antwortete er schließlich.

»Du hast mich überhaupt nicht erzogen!«, erwiderte sie und ergab sich dem Zorn, der seit Langem in ihr brodelte. Zum ersten Mal sprach sie aus, was ihr schon lange auf der Seele brannte. »Du warst nie für mich da. Nach Mutters Tod hast du mich hier abgegeben und bist verschwunden.«

»Louise, was fällt dir ein? Wie redest du mit mir?« Auf Carls Gesicht zeichneten sich Bestürzung und Unmut ab, die tiefen Falten um seine Mundwinkel wirkten düster vor Zorn. Louises endlich offen ausgesprochener Unmut baute eine unsichtbare Wand zwischen ihnen auf, Wort für Wort, Vorwurf für Vorwurf.

»Ich bin kein kleines Kind mehr!«, protestierte sie, und ihre Worte trugen eine Schärfe, die sie selbst überraschte. Eine

Geste des Trotzes drängte sich auf, und sie spürte den impulsiven Wunsch, mit dem Fuß aufzustampfen. Doch sie wusste, dass sie mit dieser melodramatischen Geste ihrem Anliegen nur schaden würde.

»Dann benimm dich nicht wie eins.« Ihr Vater erhob sich halb aus dem Stuhl und seufzte. »Ich werde dich nicht mitnehmen, aber ich kann dir helfen, einen Ehemann zu finden. Wenn es das ist, was du willst.«

Ich will einen Vater, der mich liebt, dachte Louise, und ich will den Mann, von dem ich dachte, dass er mich liebt, aber bekommen werde ich wohl beides nicht. Doch ihr Kampfgeist war so schnell erloschen, wie er aufgeflammt war, und sie behielt diese rebellischen Gedanken für sich.

»Wenn du es hier überhaupt nicht mehr erträgst«, aus Tonfall und Miene ihres Vaters wurde deutlich, was für ein immenses Zugeständnis diese Worte waren, »können wir dich für ein Jahr in ein Pensionat schicken.«

»Ein Pensionat?« Da wäre sie mit ihren fünfundzwanzig Jahren die Älteste, und alle würden wissen, dass etwas mit ihr nicht stimmte. »Danke, ich verzichte. Du erlaubst, dass ich mich zurückziehe?«

»Selbstverständlich.« Er wirkte so erleichtert, dass Louise sich fragte, ob sie je einen Verbündeten in ihrer Familie finden würde. Jemanden, der zu ihr hielt und ihr half, sich den Untiefen des Lebens zu stellen. Und doch, unter all der Angst und Ungewissheit spürte sie die schwache Glut eines rebellischen Geistes in sich, der ihr sagte, dass sie, unabhängig von ihrem Vater, einen Weg finden musste, sich selbst von der Qual dieser unglücklichen Liebe zu erlösen. Louise stand an der Schwelle, bereit, das Korsett der Erwartungen zu sprengen und den Sprung in eine unbekannte Zukunft zu wagen.

Derart ermutigt wollte sie in ihr Zimmer zurückkehren, nur um sofort mit der Realität konfrontiert zu werden. Als sie hinaustrat, prallte sie beinahe mit Sophie zusammen. Ihre Cousine stand auf dem Flur und zog ihre Reithandschuhe an. Als Louise abrupt vor ihr anhielt, sah Sophie auf. Ihr Lächeln war durchzogen von einer Selbstgefälligkeit, die Louise nur zu gut kannte. Erschrocken fragte sie sich, ob ihre Cousine wohl von ihrer Liebe zu Alexander wusste. Als Sophie sie weiter ansah, begann sie, sich zu sorgen.

»Möchtest du mit mir ausreiten?«, fragte Sophie, und Louises Herz klopfte wieder ruhiger. »Ich kann warten, während du dich umkleidest.«

»Nein, danke«, antwortete sie. »Ich habe bereits etwas vor.«

Sophie schien Zweifel zu haben, die sich in einem einzigen Wort entluden: »So?«

In Louises Kopf überschlugen sich die Gedanken, und sie platzte mit dem ersten heraus, der ihr einfiel. »Ich werde die Naturforscherin besuchen und ihr anbieten, sie zu unterstützen.«

Kaum hatte sie die Worte ausgesprochen, war es, als hätten sie einen möglichen Ausweg zum Leben erweckt. Sophies Miene wechselte von überheblicher Sicherheit zu aufrichtiger Überraschung. »Was hast du vor?«

»Ich werde ihr eine Auswahl meiner Zeichnungen präsentieren.« Louise lächelte.

»Ich wünsche dir viel Glück.« Sophie neigte ihren Kopf.

»Ich wünsche dir einen schönen Ausritt«, gab Louise zurück.

Während sie ihrer Cousine nachsah, so überaus elegant in ihrem dunklen Reitkleid, verfestigte sich der Gedanke, der eben noch eine Ausrede gewesen war, zu einem Plan. Emilie Nebelthau hatte ihr bei der Begegnung im Bürgerpark gesagt, dass sie Talent besäße, und dass sie jemanden wie sie brauchen könnte. Wenn ihr Vater Louises Begleitung ablehnte, dann böte sich nun vielleicht eine Möglichkeit, gemeinsam mit Emilie Nebelthau auf eine große Expedition zu gehen.

Je mehr sie darüber nachdachte, desto mehr gefiel ihr diese Idee. Sie sah sich als Naturforscherin, die wagemutig ans andere Ende der Welt reiste und in den unerforschten Weiten Australiens unglaubliche Entdeckungen machte. Zurückgekehrt nach Bremen, würden ihre Schriften von Wissenschaftlern und Laien gleichermaßen bewundert, ihre Vorträge ein Anlass für inspirierte Gespräche unter den Bremern werden. Und Alexander – ja, Alexander würde zweifellos seinen Blick nicht von ihr wenden können und es unendlich bereuen, dass er Sophie und nicht sie gewählt hatte.

Getragen von dieser frisch entfachten Zuversicht eilte Louise in ihr Zimmer, wählte ein Tageskleid in einem fröhlichen Grün aus und rief ein Dienstmädchen, damit es ihr beim Umkleiden half.

»Else, ich brauche dich heute Vormittag als Begleitung. Wir besuchen ...« Oh, wo würde sie Emilie Nebelthau wohl finden? Nach kurzem Überlegen fiel es ihr ein. Jost Ostherloh. Er war der Mäzen der Reise. Er musste es wissen. »Else, wir besuchen erst die Ostherlohs und sehen dann weiter.«

Kapitel 25

Emilies Finger strichen vorsichtig über die delikaten grünen Adern des Farnblattes, dessen zarte Ränder sich wie Spitzenborten gegen das raue Papier pressten. Unter dem schwachen Licht der flackernden Petroleumlampe, die nur einen spärlichen Schein auf ihre Arbeit warf, verengte sie die Augen auf der Suche nach Schwachstellen oder Fehlern. Farne waren immer schwierig zu behandeln. Ihre zierlichen gefiederten Blätter mussten vor dem Pressen exakt ausgerichtet werden, damit sie nicht umknickten oder gar abbrachen.

Sosehr Emilie sich auch anstrengte, es fiel ihr schwer, die Details auszumachen. Also nahm sie das Blatt vorsichtig zwischen die Fingerspitzen – so vorsichtig, als hielte sie eine Seifenblase – und schritt behutsam zum Fenster, wo der Himmel sich wie ein endloses Meer aus Blei über Bremen wölbte. Durch die Wolken fiel nur wenig Licht, aber es war besser als an ihrem dunklen Ende des Raumes und offenbarte den Erfolg ihrer Bemühungen. Die Pressung war ihr gelungen: Jeder Farnwedel, jedes feingliedrige Blättchen lag perfekt, ein stilles Abbild der Natur.

Erleichtert stieß Emilie die Luft aus. In dem Moment platzte jemand durch die Tür, und ein Strudel aus frischer Luft wirbelte durch den Raum, trug mit sich den Geruch von nassem

Pflaster und Frühling und drohte Emilie das kostbare Blatt aus den Händen zu reißen. Doch gewappnet mit der Erfahrung aus Jahren des vorsichtigen Handwerks und der liebevollen Aufmerksamkeit konnte sie es festhalten, ohne es zu zerstören.

»Passen Sie doch auf!«, rief sie dennoch erschrocken. »Sie hätten fast das Exponat vernichtet.«

Der Eindringling – die junge Frau, die Emilie flüchtig von der gesellschaftlichen Zusammenkunft im Hause Ostherloh in Erinnerung hatte – hob in einer entschuldigenden Geste die Hände. »Verzeihung, das war nicht meine Absicht«, hauchte sie, und ihre Stimme klang wie die eines Kindes, das aus Versehen ein geliebtes Spielzeug zerbrochen hatte. »Kann ich Ihnen helfen?«

»Machen Sie weniger Wind, das reicht mir«, murrte Emilie und fragte sich, was die Bremerin hier wohl wollte. »Der Professor ist beim Essen. Das kann dauern.«

»Ich wollte nicht zu ihm, sondern zu Ihnen«, antwortete die Frau. »Erinnern Sie sich noch? Wir sind uns im Bürgerpark begegnet, Sie waren auf dem Weg in die Niederlande. Ich habe eine Herbstaster gezeichnet, und Sie haben mein Bild gelobt.«

Ein Funken der Erinnerung flackerte in Emilie auf, doch der Gedanke an die Niederlande schmerzte, denn er trug die Erinnerung an Claras Verlust mit sich.

»Kann sein.« Emilie wandte sich um und ging zu ihrem Arbeitstisch. Vorsichtig breitete sie den gepressten Farn dort aus und legt ein zweites Blatt darüber, um das Exponat zu schützen. Nachdem sie ihre Arbeit gesichert hatte, wandte sie sich zu der Bremerin um: »Ja, ich erinnere mich. Was wollen Sie?«

»Ich habe noch mehr Zeichnungen angefertigt, die ich Ihnen vorstellen möchte.« Nun erst bemerkte Emilie die Zeichenmappe, die ihre Besucherin bei sich trug.

Im Dämmerlicht des Arbeitsraumes sah Emilie die junge Bremerin, die mit ungezügelter Hoffnung in den Augen vor ihr stand, ungläubig an. Meinte die verwöhnte Bremer Bürgerstochter wirklich, Emilie hätte Zeit, sich mit deren Steckenpferd zu beschäftigen? Sie war mit ihrem Herbarium, das Ostherloh beauftragt hatte, in Verzug, weil das Licht so schlecht war und Nolthenius ständig etwas von ihr forderte, was eher Aufgabe einer Büromamsell als einer Naturforscherin war.

»Jetzt ist es gerade schlecht«, wehrte Emilie ab. »Wir sind vertieft in die Vorbereitungen für die große Expedition nach Australien.«

»Das habe ich nicht bedacht«, antwortete die Besucherin, deren Schultern sich senkten, als wollte die Schwere des Raumes sie erdrücken. Ein Schatten der Enttäuschung legte sich über ihr Gesicht, so tief, dass Emilie einen Stich spürte – ein unfehlbares Zeichen des sich regenden schlechten Gewissens. »Ich hatte gehofft ...«

Sie beendete ihren Satz nicht, sondern ließ die Worte in der Luft hängen, wie die unausgesprochenen Versprechungen eines Traums.

»Nun zeigen Sie schon her«, entgegnete Emilie und streckte ihre Hand aus, überzeugt von der unverhohlenen Sehnsucht, die aus der jungen Frau sprach. Als sie die Zeichnungsmappe ergriff, stellte sich ihre Gesprächspartnerin vor: »Danke! Ich bin übrigens Louise, Louise Gildemeester.« Ein Lächeln, warm wie der erste Sonnenstrahl nach einem regnerischen Morgen, durchbrach das Grün ihrer Augen.

Bewaffnet mit dem kritischen Blick der Naturforscherin blätterte Emilie vorsichtig durch Louises Sammlung. Mit jedem umgeschlagenen Blatt wuchs ihre Anerkennung, denn sie entdeckte in den Zeichnungen mehr als die bloße Nachahmung von Pflanzen. Der Bremerin war es gelungen, die Essenz jeder Pflanze, deren Schönheit und Individualität einzufangen und mit dem Zeichenstift festzuhalten. Da war eine Kraft im Detail, eine Zartheit in den Linien, und Emilie musste in einem Moment der Bewunderung zugeben: Louise Gildemeester besaß nicht nur ein gutes Auge, sondern auch die seltene Gabe, das Wesen der Natur mit Stift und Papier festzuhalten.

Nur das zarte Geräusch, mit dem Emilie Blatt um Blatt umblätterte, war in der beinahe andächtigen Stille des Arbeitsraumes zu hören. Es kam Emilie vor, als hielte Fräulein Gildemeester vor Spannung den Atem an. Kaum merklich hoben sich Emilies Mundwinkel zu einem leisen, verhaltenen Lächeln. Schließlich sah sie auf, traf Louises erwartungsvollen Blick und nickte ihr bestätigend zu.

»Fräulein Gildemeester«, begann sie und suchte nach angemessenen Worten, »ich muss zugeben, Ihre Zeichnungen sind weit besser, als ich erwartet hatte. Ihre Arbeit verdient Anerkennung und ist gewiss mehr als nur eine Liebhaberei.«

Ein Lächeln erblühte auf Louises Gesicht, und sie stammelte: »Danke, ich ... ich danke Ihnen. Ihr Lob bedeutet mir alles.«

Da kam Emilie eine Idee, die ihr helfen könnte, den Rückstand aufzuholen und ihren Wert für die geplante Expedition zu beweisen.

»Haben Sie schon einmal Farne gezeichnet?«, fragte sie und wagte kaum zu hoffen. Ein Lächeln trat auf ihre Lippen, als sie hinzufügte: »Ich habe gerade einen Farn gepresst und könnte eine begleitende Zeichnung dazu brauchen, und ich bin deutlich unbegabter als Sie.«

»Sehr gerne.« Vor Begeisterung klatschte Fräulein Gildemeester in die Hände – ein Klang voller Freude und Lebenslust, der widerhallte in den Ecken des Raumes und gegen die Skepsis der alten Wände. »Wann soll ich anfangen?«

»Hier fängt niemand an, den nicht *ich* eingestellt habe«, erklang Nolthenius' heisere Stimme. Emilie erschrak, hatte sie doch nicht bemerkt, dass der Professor eingetreten war. Wie lange hatte er sie wohl belauscht? »Was wollen Sie hier? Wer sind Sie überhaupt?«

Emilie ballte in ohnmächtigem Trotz die Hände zu Fäusten, während Louise das Kinn hochreckte, jeder Zoll ihrer Haltung der einer hanseatischen Tochter aus guter Familie, die sich eines solchen Angriffs mit Höflichkeit zu wehren wusste.

»Louise Gildemeester«, stellte sie sich vor, und ihr Blick duellierte sich mit dem des Professors. »Wir kennen einander von dem Abendessen bei den Ostherlohs.«

Nolthenius taxierte sie mit einem Kalkül aus Kosten und Nutzen, suchte ihr einen Wert in der Welt zuzuweisen, die er zu kontrollieren glaubte. Aber er antwortete nicht.

»Außerdem arbeite ich unentgeltlich«, ergänzte Fräulein Gildemeester. »Mein Angebot richtet sich an Frau Nebelthau, die ich als Naturforscherin schätze.«

»Es ist mir gleich, ob Sie Geld verlangen oder nicht«, entgegnete der Professor, und seine Worte trieften vor Boshaftigkeit. »Das sind meine Räume, und ich bestimme, wer sich hier aufhält und wer nicht.«

Während Nolthenius seinen Richterspruch fällte, kämpfte Emilie darum, ihre gelassene Fassade zu bewahren. Ihre Stimme war leise, aber fest, als sie für Louise Partei ergriff: »Wir könnten jemanden wie Fräulein Gildemeester sehr gut gebrauchen. Wir haben mehr als genug zu tun.«

Der kleingeistige Mann tat alles, um ihr das Leben und die Arbeit schwer zu machen. Wie sollten sie jemals die Herausforderungen eines unbarmherzigen Kontinents wie Australien gemeinsam durchstehen, wenn sie nicht mal innerhalb der vier Wände ihres Arbeitsraumes zusammenhalten konnten?

Nolthenius stolzierte zu seinem monumentalen Schreibtisch aus dunkler Eiche, der ihm als Festung diente. Er ließ sich in seinen Stuhl nieder und widmete sich einem Buch, eine Geste, die vermitteln sollte, dass für ihn das Gespräch beendet war.

»Wenn Sie Ihre Arbeit nicht schaffen, müssen Sie das mit Herrn Ostherloh besprechen«, schnarrte er. »Ich möchte Sie bitten, den Raum zu verlassen, Fräulein Gildemeester. Suchen Sie sich eine andere Liebhaberei.«

Emilie beobachtete, wie Louise Gildemeester die Hände zu Fäusten ballte, aber nichts sagte. Sie legte der jungen Frau eine Hand auf den Arm. »Bitte, ich werde mit Herrn Ostherloh sprechen, und gemeinsam finden wir eine Lösung.«

»Na, das möchte ich sehen!« Nolthenius warf Emilie einen bösen Blick zu. War es wirklich klug von ihr, ein weiteres Schlachtfeld zu eröffnen, auf dem sie sich mit dem Professor maß?

»Ich kann den Farn mit nach Hause nehmen und dort zeichnen«, schlug Louise unvermittelt vor, »dann müssen Sie keinen Arbeitsplatz für mich suchen.«

Ihre Stimme war ein zartes Pflänzchen, das sich mutig durch die festgetretene Erde des Zwistes bohrte. Emilie, die entscheiden musste zwischen der dringenden Notwendigkeit der Hilfe und dem unwilligen Zaudern, ihr kostbares Exponat fremden Händen anzuvertrauen, nickte zögerlich. »Danke, und sehr gerne. Ich trage Ihnen den Farn nach Hause und werde dann mit Herrn Ostherloh sprechen.«

»Das ist nicht nötig.« Fräulein Gildemeester lächelte. »Mein Dienstmädchen kann ihn tragen.«

Mein Dienstmädchen. Die Worte hallten in Emilies Kopf wider und zogen sie aus ihren Träumen gemeinsamer Interessen. Wie hatte sie sich nur so irren können? Hatte sie wirklich gemeint, sie und die junge Bremerin hätten etwas gemeinsam? Emilie, deren Leben geprägt war von harter Arbeit, von Lernen und vom Kampf um finanzielle Mittel, und Fräulein Gildemeester mit einem Leben, das durchzogen war mit dem Luxus und der Sorglosigkeit der besten Bremer Gesellschaft. Der jungen Frau stand ein Dienstmädchen zur Verfügung, um ihre Lasten zu tragen und damit sie keinen Weg unbegleitet tat. Für jemanden wie Louise Gildemeester war die Pflanzenwelt eine Liebhaberei, ein Steckenpferd, mit dem sie die Leere ihres Daseins bis zur Heirat füllte, während die Naturforschung für Emilie ihr ganzes Leben war, dem sie alles unterworfen, dem sie alles geopfert hatte.

Konnte sie diesem verwöhnten Persönchen ihren kostbaren Farn anvertrauen? Aber was wäre die Alternative? Emilie müsste selbst eine Zeichnung anfertigen, was sie viel Zeit kosten würde, mit einem wenig zufriedenstellenden Ergebnis.

»Ich danke Ihnen.« Emilie überreichte Louise das Herbariumsblatt, das sie in ein Buch gelegt hatte, um es zu schützen. »Was meinen Sie, wie schnell können Sie ihn abbilden?«

»Ich werde mich sofort nach meiner Heimkehr daransetzen. Drei Tage, vielleicht auch weniger.« Hoffentlich hielt die Begeisterung der jungen Frau lange genug an, die komplizierte Textur des Farns in all seinen Feinheiten abzubilden. »Darf ich Sie dann hier wieder aufsuchen?«

»Selbstverständlich.« Emilie nickte zum Abschied. »Bitte nehmen Sie sich Zeit.«

»Das werde ich. Auf Wiedersehen.« Die junge Bürgerstochter lächelte Emilie zu, während sie Nolthenius keines Blickes mehr würdigte. Sie trat vor die Tür, wo ein junges, müde aussehendes Dienstmädchen auf sie wartete und das Buch entgegennahm.

Nachdem Louise Gildemeester gegangen war, wandte sich Emilie Nolthenius zu: »Ich werde mit Herrn Ostherloh sprechen, über Fräulein Gildemeester, aber auch über diesen schlechten Arbeitsplatz, den Sie mir zugeteilt haben.«

»Viel Erfolg.« Der Tonfall von Nolthenius war trocken, begleitet von einem gemeinen Grinsen. Er starrte sie an, mit einer Intensität, die Emilie unweigerlich eine Gänsehaut über den Rücken jagte. Mit vor Zorn bebenden Fingern schlüpfte Emilie in ihren abgetragenen Mantel. Ohne ein Abschiedswort verließ sie Nolthenius und eilte hinaus.

Als sie vor die Tür trat, traf sie ein unerwartet kalter Windstoß, begleitet von Nieselregen. Emilie zog den Mantel enger um sich, spürte den zerschlissenen Stoff unter ihren verkrampften Fingern. Wie sehr sie es hasste, sich mit Nolthenius um jede Kleinigkeit streiten zu müssen. Inzwischen stand ihr Felix Smitt des Öfteren zur Seite, was er mit höhnischen Nachahmungen seines Stotterns durch den Professor bezahlen musste. Warum konnte Felix nicht der Leiter der Expedition sein? Mit ihm wäre es leicht, all die Vorbereitungen zu treffen und sich eine gemeinsame Reise ans andere Ende der Welt vorzustellen.

Möglicherweise konnte sie Ostherloh bitten, Nolthenius zu degradieren und Smitt seine Position zu übergeben, überlegte Emilie, während sie sich geschwind durch das Gewirr der Bremer Gassen bewegte. Inzwischen kannte sie sich in der Hansestadt fast genauso gut aus wie in Stendal, jedenfalls kannte sie die Wege zu den Stationen, die ihr Leben bestimmten: ihr Zimmer in der Neustadt, ihr Arbeitsplatz am Domshof, das Haus ihres Mäzens am Dobben und den Bürgerpark, ihren Rückzugsort.

Der Regen machte das Pflaster unter ihren Füßen rutschig, sie musste aufpassen, nicht die Balance zu verlieren, und verlangsamte ihren Schritt. Je näher sie ihrem Ziel kam, desto größer wurden ihre Zweifel. War es wirklich eine gute Idee, den Kaufmann mit ihrem Zwist zu behelligen? Konnte sie überhaupt damit rechnen, ihren Mäzen zu Hause anzutreffen? Was, wenn ihre Worte auf taube Ohren stießen oder gar als Unverschämtheit gedeutet würden? Heikler noch – was, wenn Ostherloh sich auf die Seite von Nolthenius stellte und Emilie auslachte?

All diese Gedanken und noch viele mehr drehten sich in ihrem Kopf wie ein Karussell auf einer Kirmes. Sie atmete tief ein und aus. Vor ihrem inneren Auge sah sie das glückliche Gesicht Louise Gildemeesters vor sich, die es nicht fassen konnte, dass jemand ihren Bildern so viel Bedeutung zumaß. Ich bin es ihr schuldig, dachte Emilie, ihr und mir. Wenn wir Frauen uns alles von einem Kerl wie Nolthenius gefallen lassen, werden wir nie mehr erreichen, als Männer wie er uns zugestehen. Das musste Fisch-Lucie sein, die aus ihr sprach, denn früher hatte Emilie nie solch rebellische Gedanken gehegt. Früher, als sie noch gedacht hatte, Albert sei das Maß aller Dinge und einer der klügsten Menschen der Welt. Kurz verweilte sie bei der Erinnerung an Clara, dann schritt sie mit neu gewonnenem Mut den Steinweg entlang auf die Ostherlohsche Villa zu.

Kapitel 26

Als sie vor der mit kunstvollen Schnitzarbeiten verzierten Haustür angekommen war, trug ihr ein Windstoß das Lachen spielender Kinder zu. Es kam Emilie vor wie ein Gruß von Clara, der ihr Mut zusprechen sollte.

Ein Diener öffnete die Tür und begrüßte sie mit einem höflichen Lächeln. »Frau Nebelthau, wie überaus passend. Der gnädige Herr hat bereits überlegt, nach Ihnen zu schicken. Bitte treten Sie ein.«

»Danke.« Sie sah ihn an. »Warum wünscht Herr Ostherloh mich zu sehen?«

»Er hat wichtige Gäste, denen er seine naturwissenschaftliche Sammlung zeigt. Bitte folgen Sie mir.«

Wichtige Gäste – da hatte Emilie wohl einen falschen Zeitpunkt für ihre Beschwerde über Nolthenius gewählt. Andererseits hatte der Kaufmann nach ihr schicken lassen wollen. Sie musste ihre Chance nutzen, ihn und seine Gäste zu beeindrucken, damit Ostherloh sich auf ihre Seite stellte. Auch wenn ihr der Tanz auf dem gesellschaftlichen Hochseil nicht behagte, war sie bereit, es zu wagen.

Als Erstes fiel ihr Blick auf die Frauenskulptur, deren Marmor im sanften Licht der Nachmittagssonne mit einem goldenen Schimmer leuchtete. Noch immer hatte sie das Geheimnis dieser Dame nicht gelüftet, weil sie es nicht wagte, Ostherloh danach zu fragen.

Sie folgte dem Diener eine Treppe, die mit dunkelblauem Samt bezogen war, hinauf zu einer schweren Tür, sorgsam auf Hochglanz poliert, in deren Holz sich das Tageslicht fing. Als der Diener die Tür öffnete, betrat Emilie ein Zimmer, das sie in Ehrfurcht erstarren ließ. Was für ein wunderbarer Raum! Sie kannte naturwissenschaftliche Museen, die weniger und vor allem weniger ausgefallene Exponate aufzuweisen hatten. Ihr Mund öffnete sich halb, ihre Worte gefangen in einem Moment der Bewunderung.

Ihr Blick glitt von Wunder zu Wunder: von der Schmetterlingssammlung, deren feinste Flügelzeichnungen hinter Glas konserviert waren, ihre Farben schillernd wie Juwelen der Natur; Herbarien, in denen kunstvoll gepresste Pflanzen jede Seite zu einem lebendigen Gemälde machten, und ledergebundene Folianten, deren Rücken mit Golddruck verziert waren. Jedes dieser Objekte erzählte Geschichten von fernen Ländern und mutigen Forschungsreisenden. In jedem Winkel, auf jedem Regalbrett und in jeder Ecke dieses Zimmers zeigte sich die Seele eines leidenschaftlichen Sammlers.

Emilie fühlte sich, als hätte man ihr den Schlüssel zu einer verzauberten Bibliothek gereicht, die die Träume jeden Wissenschaftlers oder Entdeckers beflügelte. Es musste ein Traum sein, hier zu leben und zu arbeiten. Warum durften Nolthenius, Felix und sie nicht in dieser anregenden Umgebung die Australienexpedition vorbereiten?

»Meine liebe Frau Nebelthau.« Jost Ostherloh kam auf sie zu, und erst, als er sie ansprach, bemerkte Emilie die drei Menschen, die sich zwischen den prächtigen Ausstellungsstücken bewegten. Der Mäzen lächelte breit; seine Geste so einladend, als wolle er sie mit in seine Wunderwelt nehmen. »Wie überraschend und wunderbar, dass Sie hier sind. Ich möchte Ihnen zwei gute Freunde vorstellen. Das sind Susanna von Engelbrechten und Lüder Achellis. Sie interessieren sich für meine Expeditionen und das kleine Museum, das ich plane.«

Nachdem Emilie die beiden begrüßt hatte, deren Kleidung und Haltung verrieten, dass sie zum Bremer Bürgertum gehörten, wandte die Frau sich an Emilie.

»Sie wagen also die Reise nach Australien, hat Jost uns berichtet.« Die Feder auf dem Hut der Dame wippte, als Susanna von Engelbrechten sich zu Emilie beugte. »Wie werden Sie die Pflanzenproben sammeln und konservieren?«

»Mit größter Sorgfalt und Umsicht«, antwortete Emilie nach kurzem Überlegen. Sie konnte sich nicht vorstellen, dass die Dame an den Detailschritten der Erstellung eines Herbariums interessiert war. »Jede Pflanze erzählt eine eigene Geschichte, und es ist mein Anliegen, diese Geschichten zu bewahren.«

Der Herr mit eindrucksvollem Schnäuzer, dessen Uhrkette im Licht funkelte, wiegte den Kopf anerkennend. »Faszinierend! Und welchen Nutzen sehen Sie in diesen Exponaten aus der Ferne? Warum sollen wir sie uns in Bremen anschauen?«

»Das hast du mich schon ein Dutzend Mal gefragt«, sagte Ostherloh mit einem Lächeln der Kameraderie. »Vielleicht können Sie ihm eine zufriedenstellende Antwort geben, meine liebe Frau Nebelthau.«

Emilie konnte nicht exakt sagen, warum es sie störte, wenn ihr Mäzen sie »meine liebe Frau Nebelthau« nannte, aber es fiel ihr jedes Mal unangenehm auf. Trotzdem behielt sie ihr Lächeln bei und suchte nach einer Antwort für den vornehmen Gast des Kaufmanns.

»Jede Entdeckung trägt bei zum großen Puzzlespiel, das das Wissen unserer Welt darstellt«, entgegnete sie leidenschaftlich. »Die Wissenschaft gewinnt durch jede Expedition. Ein Museum bringt die Wunder der Welt hierher, damit auch Menschen, die niemals eine so weite Reise unternehmen können, Flora und Fauna vom anderen Ende der Welt sehen können.«

»Vergessen Sie nicht, dass unser guter Jost sich damit unsterblich machen wird.« Die Dame tätschelte Ostherlohs Arm, eine Geste, die Emilie sehr vertraulich fand. »Wir müssen unsere Plauderei irgendwann einmal fortsetzen, doch nun müssen Lüder und ich Sie leider verlassen.«

»Ich begleite meine Freunde hinaus.« Ostherloh nickte ihr zu. »Nutzen Sie die Gelegenheit, sich umzusehen, und lassen Sie mich dann Ihre Meinung zu meiner bescheidenen Sammlung wissen.«

Das ließ sich Emilie nicht zweimal sagen. Sie schlenderte von Ausstellungsstück zu Ausstellungsstück und bewunderte die Präzision, mit der die Schmetterlinge und Käfer präpariert und beschriftet worden waren. So wie sie Ostherloh einschätzte, brachte er gewiss nicht die Geduld auf, derartige feine Arbeiten zu verrichten. Der Kaufmann war ein Tatmensch, immer auf dem Sprung, immer aktiv. So jemand erstellte niemals eigenhändig eine solche Sammlung, die von Kennerschaft und auch Liebe zu den Exponaten sprach. Ostherloh war jemand, der sein Geld nutzte, um sich eine fertige Sammlung zu kaufen, mit der er seine reichen Freunde beeindrucken konnte.

Emilie blieb vor einem Glasgefäß stehen, das eine Schlange in einer Konservierungsflüssigkeit enthielt. Die Farbe der Schuppen war verblasst, der Blick leer. Eine Illustration, die neben dem Glas angebracht war, zeigte, was für eine Farbenpracht das lebendige Tier aufzuweisen hatte. Wenig davon war nach der Präparation noch zu sehen, dachte Emilie und spürte Bedauern darüber, dass das Tier sein Leben hatte lassen müssen.

Noch weniger gefielen ihr die ausgestopften Tiere: Ein Marder, eine Wildkatze, ein Frischling und ein Fuchs standen mit funkelnden Glasaugen auf einem Regalbrett. An der Wand darüber hingen ausgestopfte Vögel: Spechte, Nachtigallen, ein Auerhahn, Fasane und Rebhühner, leblose Abbilder ihrer einstigen Schönheit.

»Gefallen Ihnen meine Lieblinge?«, unterbrach Ostherlohs Stimme ihre Betrachtung. »Wenn Sie erfolgreich sind, werden dort Kängurus, Koalas und Schnabeltiere stehen.«

Das hatte Emilie bisher nicht bedacht. Ihr wissenschaftliches Interesse galt der Flora und den Fossilien, die Kenntnis der Fauna überließ sie anderen. Nun erst wurde ihr deutlich, dass ihr Mäzen erwartete, dass die Expedition Tiere jagte, sie ausstopfte und in Holzkisten über das Meer nach Bremen sandte. Das war eine Aufgabe, die sie nur allzu gern Nolthenius überließ.

»Ich bin sehr beeindruckt«, beantwortete sie endlich Ostherlohs Frage. »Wie lange haben Sie gebraucht, all diese Ausstellungsstücke zusammenzutragen?«

»Das erzähle ich Ihnen gern«, antwortete Ostherloh. Sein Lächeln hatte etwas Bedrohliches. »Aber nicht hier. Ich habe immer den Eindruck, die Glasaugen schauen mich anklagend an.«

Da er lachte, lächelte Emilie ebenfalls, allerdings unsicher, ob seine Worte ein Scherz gewesen waren oder ob er sie ernst meinte.

»Bleiben Sie noch für einen Tee«, sagte Ostherloh und

führte sie am Ellenbogen aus dem Raum, »und erzählen Sie mir, warum Sie hergekommen sind.«

Er führte Emilie durch einen schmalen Flur, ausgelegt mit kostbaren Teppichen und gesäumt von Landschaftsbildern und Historiengemälden in goldenen Rahmen, bis sie einen kleineren Salon erreichten. Das Zimmer war, wie alles in diesem Haus, elegant ausgestattet und voller Pracht, jedes Möbelstück und jedes Dekorelement ein Zeugnis für Ostherlohs exquisiten Geschmack und Reichtum. Samtvorhänge in sattem Goldbraun rahmten die hohen Fenster ein.

In der Mitte des Zimmers, auf einem Beistelltisch aus Mahagoniholz, prangte ein Makartstrauß. Emilie betrachtete ihn genauer, abgestoßen von der seltsamen Zusammenstellung: Echte Pflanzen waren bizarr verwoben mit künstlichen Blüten und gezierten Federn. Eine Modeerscheinung, die sie nicht ganz zu fassen vermochte. Warum man die schlichte Schönheit der Flora mit der Täuschung des Künstlichen verschmelzen wollte, entzog sich ihrem Verständnis.

Die einzigen Sitzgelegenheiten waren zwei Sofas, bezogen mit dunkelrotem Samt. Ostherloh deutete auffordernd auf das linke, und Emilie nahm Platz, während er stehen blieb, sodass sie zu ihm aufschauen musste.

»Was kann ich für Sie tun, meine liebe Frau Nebelthau?«

Sein Schatten fiel lang über den Boden, als sie mit einem Seufzen sagte: »Professor Nolthenius versucht alles, um mich in meiner Arbeit zu behindern.«

»Hat er Ihnen keinen Arbeitsplatz gegeben?« Noch immer sah Ostherloh auf sie herab. Emilie bewegte unbehaglich die Schultern.

»Doch, aber einen schlechten.« Sie wollte nicht jammernd klingen, aber sie konnte es sich auch nicht leisten, auf Ostherlohs Unterstützung zu verzichten. »Heute war Fräulein Gilde-meester da und hat ihre Hilfe angeboten, und er hat sie einfach weggeschickt.«

»Das werde ich selbstverständlich klären.« Ostherloh trat hinter das Sofa und legte seine Hände schwer auf ihre Schul-tern. Sie wollte sich ihm entziehen, aber wagte es nicht. »Aber im Gegenzug müssen Sie auch etwas für mich tun.«

Sein Ton ließ keinen Zweifel zu; es war ein Geschäft, das er abschließen wollte. Im ersten Moment meinte Emilie, ihn missverstanden zu haben, doch dann wanderten seine Hände tiefer und umschlossen ihre Brüste. Heiser flüsterte er ihr ins Ohr, sein Atem strich über ihren Hals: »Sind Sie bereit, den Preis zu zahlen? Für meine Unterstützung gegen Nolthenius und für Ihre Überfahrt nach Australien?«

Niemals, wollte Emilie schreien und sich wehren, aber sie war wie erstarrt. Sie fühlte sich, als würde ihre Seele aus ihrem Körper entrücken und über ihr schweben, als würde sie neben sich stehen und zusehen, wie Ostherloh sich neben sie setzte und den Stoff ihres Kleides hob.

Ihr Mund öffnete sich, um einen Schrei zu formen, doch ihr Atem stockte, und ihre Lippen blieben stumm, unfähig, ihre Ablehnung auszusprechen. Stattdessen schmeckte sie Blut, denn sie hatte sich auf das Innere ihrer Wange gebissen in dem verzweifelten Bemühen, die Tränen zurückzuhalten.

Sie zitterte, hilflos und panisch, wünschte sich nichts mehr, als Ostherloh von sich zu stoßen und aus diesem Salon zu flie-hen.

Nein!, wollte sie ihm Einhalt gebieten, aber ihr fehlten der Mut und die Kraft, und sie unternahm ... nichts. Stattdessen duldete sie alles, was er tat, so wie sie es bei ihrem Ehemann getan hatte.

Kapitel 27

Während Else schweigend hinter ihr ging, das Buch mit dem kostbaren Farnblatt in ihren Händen, tanzten Louises Gedanken vor Freude. Emilie Nebelthau, die bekannte Naturforscherin, hatte ihre Bilder für gut befunden. Mehr noch, sie hatte ihr einen ersten Auftrag erteilt. Obwohl Louise Farne für eher langweilig hielt, würde sie alles geben, um ein Kunstwerk zu erstellen, das Emilie überzeugen würde. Vielleicht, so überlegte sie, wäre es klug, nicht nur die gepresste Pflanze zu zeichnen, sondern darüber hinaus Detailskizzen lebender Farne zu zeigen.

»Else«, wandte sie sich zu dem Dienstmädchen um. »Wenn du mich nach Hause begleitet hast, gehst du in den Stadtwald und holst mir einen Armvoll Farne.«

»Gnädiges Fräulein, hen un trügg bruuk ik dar twee Stünnen.« Else schob die Unterlippe schmollend vor. Ihr schien der Gedanke, zwei Stunden nach Farnen zu suchen, nicht zu gefallen. » Dat schall den ännern Dienstboten nich passen.«

»Sag ihnen, es ist mein Auftrag.« Louise beschleunigte ihre Schritte, juckte es sie doch in den Fingern, endlich mit dem Bild zu beginnen. Sollte die Zeichnung der Naturforscherin gefallen, dann ... ja, dann könnte Louise über ein anderes Leben nachdenken. Eines, in dem sie sich nicht nach einem Mann verzehrte, den sie nie für sich gewinnen würde. Eines, in dem sie ihren Vater nicht anbetteln musste, nur um von ihm enttäuscht zu werden. Eines, in dem es nicht nur darum ging, wie hübsch man aussah und wie elegant man parlierte, sondern in dem ihr Talent gewürdigt wurde.

Allerdings setzte dieses neue Leben etwas Wichtiges voraus. Hoffentlich würde es Emilie Nebelthau gelingen, Jost Ostherloh zu überzeugen. Immer wieder ging dieser Gedanke Louise durch den Kopf. Es hatte so gutgetan, als die Naturforscherin ihre Zeichnungen gelobt hatte. Auf einmal erstreckte sich vor Louise eine Zukunft, in der sie mehr war als nur die ungeliebte Tochter eines wohlhabenden Kaufmanns, die lediglich darauf wartete, dass man sie ehelichte. Eine Zukunft, die voller Abenteuer und Reisen war. Sie konnte sich selbst als Vorbild für junge Frauen sehen, inspirierende Vorträge halten und möglicherweise sogar ihre eigene Malschule eröffnen, spezialisiert auf die Kunst des Pflanzenzeichnens.

Getrieben von diesen Träumen eilte sie die marmornen Stufen hinauf zum herrschaftlichen Anwesen. Als der Diener das massive Eingangstor öffnete, betrat sie die prächtige Eingangshalle, die sie mit großen Schritten durcheilte, um in ihr Zimmer zu gelangen. Dort warteten Zeichenpapier und Stifte auf sie.

»Gib mir das Buch.« Sie streckte ihre Hand aus, ungeduldig wartend, dass Else ihr endlich den Band übergab. »Und nun geh und hole mir Farne, die du mir dann nach oben bringst.«

»Jawohl, gnädiges Fräulein.« Louise meinte, einen Hauch von Trotz im Tonfall des Dienstmädchens zu hören, aber Else wandte sich trotzdem um und verließ das Haus, um Louises Wunsch nachzukommen.

Vorsichtig, als wäre das Buch aus feinstem Porzellan und könnte bei der kleinsten Erschütterung zerbrechen, hielt Louise es vor sich, als sie die Treppe hinaufeilte. Ein Hauch von Sandelholz und Zitrus lag in der Luft, was sie kurz innehalten ließ. Sie schnupperte und schloss die Augen, denn dieses Rasierwasser hätte sie unter Tausenden erkannt. Aber sie musste sich geirrt haben.

Wann würde es aufhören, dass sie immer an ihn dachte und gleichzeitig hoffte, ihn zu sehen und ihn vergessen zu können? Sie atmete mit einem Seufzer aus, öffnete die Augen und betrat den Flur, von dem ihr Zimmer abging.

Als jemand aus dem Schatten einer großen Palme, die hier zur Zierde stand, hervortrat, entfuhr ihr ein Schrei. Schwer und laut schlug das Buch auf dem Parkettboden auf, nur wenig gedämpft durch den dünnen Perserteppich.

»Entschuldige, ich wollte dich nicht erschrecken.« Alexander bückte sich, hob das Buch auf und reichte es ihr. »Tagebuch einer Landreise in Australien«, las er den Titel vor. »Willst du ans andere Ende der Welt vor mir flüchten?«

Obwohl sein Tonfall scherzend war, meinte Louise, in seinen Augen Sorge darüber zu erkennen, dass sie ihn verlassen wollte.

»Danke.« Sie nahm ihm das Buch ab, ohne zu prüfen, ob dem Farn etwas geschehen war. Denn nur ein Gedanke bewegte sie: die Flucht vor Alexander und mehr noch vor ihren Gefühlen für ihn, die immer noch viel zu stark waren.

»Louise, bitte, lass uns miteinander reden.« Alexander streckte die Hände nach ihr aus. »Ich halte es nicht mehr aus.«

»Wir haben nichts zu besprechen«, entgegnete sie, aber blieb dennoch stehen, gefangen vom Flehen in seiner Stimme. »Du bist mit meiner Cousine verheiratet.«

»Gib mir die Gelegenheit, es zu erklären.« Sein Blick hielt sie gefangen. »Bitte.«

»Da gibt es nichts zu erklären«, erwiderte sie und meinte es auch so, doch ihr Herz verlangte danach, ihm eine Chance zu geben. »Wenn du reden willst, auf keinen Fall hier. Nicht im Haus meiner Familie.«

»Dann triff mich morgen auf der Nordwestdeutschen. Geh mit deinen Freundinnen dorthin. Bitte.« Er stieß einen Seufzer aus. »Louise, bitte, ich ertrage es nicht, wenn du so kalt zu mir bist.«

Sie verspürte Genugtuung, dass er genauso litt wie sie. Für einen Moment war sie versucht, ihn weiterleiden zu lassen, doch so ein Mensch war sie nicht. Daher sagte sie: »Nicht morgen, übermorgen. Ich werde Leontine oder Henriette bitten, mich dorthin zu begleiten.«

In ihrem Innern hörte sie wieder die kleine Stimme, die fragte, ob Alexander nicht wissen müsste, was es für eine Frau bedeutete, einen Mann allein zu treffen. Ihr Ruf wäre für immer zerstört, sollte jemand sie sehen. Nun, da er verheiratet war, gäbe es nichts mehr, um den Schaden zu beheben.

»Also übermorgen. Bis dahin werde ich dir aus dem Weg gehen, sosehr es mich auch schmerzt.« Alexander trat näher, nahm ihr das Buch aus der Hand und warf es auf den Boden, bevor er ihre Hände ergriff und sie mit leidenschaftlichen Küssen bedeckte. Als Louise ihm ihre Hände entzog, zerrte er sie in seine Arme und presste seine Lippen auf ihre. Sein Kuss war leidenschaftlich und rau, als drohte er zu ertrinken, und als wäre sie sein rettender Anker. Anfangs hielt Louise sich noch aufrecht, und ihre Lippen blieben fest verschlossen, doch dann gab sie seinem Verlangen nach. In diesem innigen Moment spürte sie die Berührung seiner Lippen bis in ihre Zehenspitzen, und es war schöner, als sie es sich je hätte vorstellen können.

»Alexander, nein, das dürfen wir nicht.« Mit Bedauern löste sie sich aus seiner Umarmung. Sosehr sie den Kuss genossen hatte, zu stark waren ihre Erziehung und die damit verbundene Angst. Unvorstellbar, wenn jemand von der Familie oder ein Dienstbote Alexander und sie in dieser verfänglichen Situation ertappen würde.

»Louise«, flüsterte er, seine Stimme ein süßes, dunkles Karamell der Verlockung, das nach mehr schmeckte.

»Nein, Alexander, bitte geh.« Ihre Knie waren weich, und sie musste sich an der Wand abstützen, um nicht umzufallen. »Denk an unseren Ruf.«

Mit einem Seufzer trat er zurück, seinen Blick voller Sehnsucht auf sie geheftet, seine Lippen voller Leidenschaft.

»Bitte, Louise, versprich mir, dass du mich übermorgen siehst.« Er trat wieder einen Schritt auf sie zu, aber sie hob die Hand, um ihn abzuwehren.

»Ja, ich gelobe es, aber nun geh.« Ihre Stimme war nur ein Flüstern, das die Dringlichkeit ihrer Bitte unterstreichen sollte, doch ihre Augen blieben auf ihn gerichtet, in einem letzten Blick voller unausgesprochener Versprechungen. Als er sich seufzend entfernte, als würde er einen Teil seiner Seele zurücklassen, sah sie ihm nach, wie er die Treppe heruntereilte, und betete, dass niemand sie gesehen hatte.

Ein Hauch seines Dufts schwebte noch in der Luft, als Louise sich bückte, um das Buch aufzuheben. Wie hatte sie nur zulassen können, dass er es einfach so zu Boden warf? Mit zitternden Fingern durchblätterte sie die Seiten, suchte das Papier mit dem Farn. Nicht auszudenken, wenn dieser Ausbruch der Leidenschaft ihre Zukunft zerstörte, bevor sie begonnen hatte. Wie durch ein Wunder war der Farn jedoch unbeschädigt geblieben, was Louise als Zeichen sah, sich ihrer Aufgabe zu widmen und alle Gedanken an Alexander zur Seite zu schieben.

Doch wie sollte ihr das gelingen, brannten ihre Lippen doch noch von seinem Kuss? Wenn sie jemand ertappt hätte! Louise begann zu zittern, ihren Fingern drohte das Tagebuch zu entgleiten. Nein! Frau Nebelthau hat sich für mich eingesetzt, ich darf sie nicht enttäuschen, dachte Louise. Sie umklammerte das Buch, als könnte es ihr die Stärke geben, Alexander aus ihrem Leben zu streichen.

Mit kleinen Schritten, langsam und vorsichtig, als wäre sie um Jahrzehnte gealtert, schlurfte sie zu ihrem Zimmer, öffnete die Tür und legte das Buch auf dem kleinen runden Tisch ab, bevor sie zum Sekretär ging, auf dem ihr Zeichenpapier und ihre Stifte lagen. Noch immer bebten ihre Finger, als sie nach den Malutensilien griff. So würde ihr niemals ein Bild gelingen, das Frau Nebelthau überzeugte.

Louise holte tief Luft, um sich endlich auf das zu konzentrieren, was ihr eine Perspektive geben konnte: die Zeichnung. Vorsichtig schlug sie den Skizzenblock auf und suchte einen Bleistift, nicht zu hart, nicht zu weich, mit dem sie die fein ziselierten Blätter des Farns zeichnen konnte.

Noch vorsichtiger entnahm sie das Blatt mit dem gepressten Farn und legte es auf den Tisch, als wäre es aus Glas. Minutenlang betrachtete sie die Pflanze, wobei sie in dem einfachen Farn eine Schönheit erkannte, die sie nie vermutet hätte. Ob Frau Nebelthau etwas Ähnliches fühlte, wenn sie Pflanzen presste und beschriftete?

Nachdem Louise den Farn ausgiebig studiert hatte, nahm sie den Bleistift in die Finger, setzte die Spitze auf das raue Papier und skizzierte die feinfiedrigen Blätter. Immer wieder hielt sie inne, um sich zu vergewissern, dass sie die Details der Pflanze richtig eingefangen hatte.

Nach und nach entstand unter ihrer kundigen Hand ein Abbild des Farns. Wie im Rausch zeichnete Louise, beugte sich tief über das Papier und tauchte ein in die Schönheit der Natur, die sich in diesem einzelnen Farn manifestierte.

Doch nachdem sie eine erste Skizze erstellt hatte, gingen ihre Gedanken wieder auf Wanderung. »Es hätte nie geschehen dürfen«, flüsterte sie, während sie einen Bleistiftstrich setzte, »und doch ... Wie kann etwas, das sich so wunderschön anfühlt, falsch sein? Konzentriere dich auf das Blatt, Louise, denk nicht an ihn«, befahl sie sich. Die Komplexität des Farnblattes forderte ihre ganze Aufmerksamkeit. Sie zeichnete jede Rippe, jeden kleinen Abschnitt der filigranen Struktur, die als gepresste Pflanze vor ihr lag.

Doch sosehr sie sich auch bemühte, immer wieder schob sich Alexander in ihre Gedanken. Ihre Gefühle wechselten von Glück über den unerwarteten Kuss über Trauer, weil ihre Liebe nie Erfüllung finden könnte, bis zu Bitterkeit. Warum hatte Alexander ihr aufgelauert? Er hatte Sophie geheiratet und damit Louise und sich jeden Weg zu einem gemeinsamen Leben versperrt. Erwartete er etwa von ihr, dass sie seine Mätresse würde, dass sie ihren guten Ruf und jede Aussicht auf eine passende Heirat aufs Spiel setzte, während er beides bekäme: Sophie und ihre Mitgift und Louise und ihre Liebe?

In ihrem Zorn hätte sie beinahe einen dicken Strich dort gezogen, wo nur eine feine Linie vonnöten war. Louise hielt inne und legte das Zeichenpapier zur Seite. Mit klopfendem Herzen stand sie auf, schritt zur Tür und war versucht, sie zu öffnen, um Alexander aufzusuchen. Sie wollte zu ihm gehen, um ihm ein für alle Mal zu sagen, dass ... Ja, was wollte sie ihm denn sagen? Dass er sie sich aus dem Kopf schlagen sollte, da es ihr einfach nicht gelang, ihn zu vergessen? Oder dass er zu ihr stehen sollte, sich von Sophie trennen und Louise heiraten sollte, anstatt ihr heimlich aufzulauern?

Ein bitteres Lachen stieg in ihr auf. Vor wenigen Jahren noch hatte sie von einer verbotenen Liebe geträumt, so wie sie in den Romanen, die Dienstmädchen lasen, vorkamen. Von einer Liebe, die alle Hindernisse überwindet oder in der einer der Liebenden einen tragischen Tod starb. Romantisch hatte Louise das gefunden und mit einem Seufzen gedacht, dass sie einfach nicht der Typ Frau war, dem so etwas Dramatisches widerfuhr.

Jetzt musste sie erkennen, wie schmerzhaft und bitter sich eine verbotene Liebe anfühlte, und dass ihr etwas Anstößiges anhaftete aufgrund der Heimlichkeit, zu der sie gezwungen waren. Nein, sie würde Alexander nicht im Geheimen treffen, so wie sie es ihm versprochen hatte. Sie würde sich diese Liebe aus dem Herzen reißen, um ihre Kraft auf etwas Besseres zu wenden, auf ein Leben als Pflanzenmalerin. Aber er hatte ein Recht darauf, dass sie ihm ihre Entscheidung erklärte, oder nicht?

Louise kehrte zum Tisch zurück, um die angefangene Zeichnung zu beenden. Die letzten Details des Farns entstanden. Sie lehnte sich zurück, betrachtete das vollendete Werk und war stolz. Auf dem festen cremefarbenen Künstlerpapier hob sich eine feine Linienführung ab, die mit akkurater Hingabe das Farnblatt in seiner ganzen Komplexität präsentierte. Jede Fieder zeigte eine sanft gewellte Kante, so lebensecht, dass man fast meinte, über das Blatt streichen zu können.

Hier und da hatte sie Schatten eingearbeitet, mit vorsichtigen und bedachten Schraffuren, die die Räumlichkeit eines echten Farnblattes nachzeichneten. Diese Schatten verliehen dem Farn eine Tiefe, die hoffentlich auch Frau Nebelthau gefallen würde. Louise war so in die Betrachtung ihres Werks versunken, dass sie zusammenschreckte, als es klopfte.

»Alexander«, dachte ihr verräterisches Herz, und erwartungsvoll wandte sie sich der Tür zu.

Doch es war Else, die sich mit einem Arm voller Farnblätter in kräftigem Grün ins Zimmer schob, ihr Gesicht verborgen hinter den fedrigen Pflanzen.

»Is dat noog för di, gnädiges Fräulein?«, fragte Else mit einem frechen Unterton. »Wo schall ik dat Grünzeug henleggen?«

Suchend blickte Louise sich im Zimmer um, bevor sie eine schnelle Entscheidung traf.

»Hier, leg sie auf den Sessel.« Eilig räumte sie das Kissen weg, damit genug Platz für die Pflanzen bliebe.

»Bruuk man noch wat?« Das Dienstmädchen ordnete die Farne, damit ja keiner auf den Boden fiel.

»Danke, Else. Das ist alles.«

Nachdem das Dienstmädchen gegangen war, zog Louise ein Farnblatt aus dem Haufen, das sie neben den gepressten Farn legte, um beide zu vergleichen. Der Herbariumspflanze fehlte die leuchtende Lebendigkeit des frischen Grüns. Wenn Louise Frau Nebelthau wirklich beeindrucken wollte, sollte sie sich an einem Aquarell eines Farns versuchen, was weitaus schwieriger sein würde als eine Bleistiftzeichnung.

Damit könnte Louise die Stunden füllen, die vor ihr lagen, bis sie Alexander traf, um ihre Liebelei zu beenden, noch bevor sie wirklich begonnen hatte.

Die Zeit bis übermorgen erschien ihr unendlich lang. Doch bis dahin hatte sie noch einige Vorbereitungen zu treffen. Sie musste Leontine oder Henriette bitten, ihr als Alibi zu dienen. Wohl eher Leontine, denn Henriette war zu ehrlich, um bei so einer Täuschung mitzuwirken. Ganz zu schweigen davon, dass ihre Freundin kaum noch Zeit für sie hatte. Neben dem Lehrerinnenseminar engagierte sich Henriette in irgendwelchen obskuren Vereinen. Manchmal kam es Louise vor, als versuchte ihre Freundin durch ein Übermaß an Aktivitäten, eine Lücke in ihrem Leben zu füllen. Gewiss wäre Henriette glücklicher, wenn sie heiratete und Mutter wäre. Ob ihre Freundin wohl die Liebe kannte?, fragte sich Louise, ob sie von der alles verzehrenden Kraft dieses Gefühls wusste?

Kapitel 28

Warum war sie nicht standhaft geblieben, fragte sich Louise, als sie gemeinsam mit Henriette und Leontine die Nordwestdeutsche Gewerbe-, Industrie-, Handels-, Marine-, Hochseefischerei und Kunstausstellung durch den Eingang betrat, der eine Nachbildung des alten Ostertors darstellen sollte. Gestern noch hatte sie sich geschworen, Alexander nicht wiederzusehen, und hatte sich eingestanden, dass ihr Wunsch, ihm alles zu erklären, nur ein Vorwand war, um Zeit mit ihm verbringen zu können.

Trotz dieses Schwurs hatte sie ihre Freundinnen zu einem Besuch der Ausstellung überredet und sich selbst eingeredet, dass das noch lange nicht bedeutete, Alexander zu sehen. Heute verstand sie, wie sehr sie sich danach sehnte, erneut von ihm geküsst zu werden. Sie mussten eben vorsichtig sein, um nicht ertappt zu werden.

»Ich habe in der Zeitung gelesen, wie beeindruckend die Mittelhalle sein soll«, hauchte Leontine und staunte mit großen Augen. »Wie schön, dass wir gemeinsam hier sind.«

Die Freundinnen blieben vor dem Springbrunnen stehen, dessen leises Plätschern sie zu begrüßen schien. In der Mitte des Brunnens stand Atlas, der die Weltkugel trug. Das Kunstwerk hatte der berühmte Bremer Bildhauer Diedrich Samuel Kropp erstellt. Louise bewunderte den starken Ausdruck der Figur, während Leontine darauf hinwies, dass die roten Linien auf der Weltkugel Bremens bedeutendste Schifffahrtslinien zeigten.

»Das habe ich im Katalog gelesen.« Leontine klatschte vor Begeisterung in die Hände. »Kommt, ich will mir unbedingt die Inder, Japaner und Burmesen anschauen.«

Schon strebte sie in Richtung der Handelshalle, als Henriettes Stimme sie aufhielt.

»Ich mag mir nicht ansehen, wie Menschen ausgestellt werden«, sagte sie sanft, aber bestimmt. »Mich interessieren Edisons neuer Phonograph und Anschütz' elektrischer Schnellseher.«

Leontine verdrehte die Augen, während Louise abgelenkt war, weil ihr Blick Alexander suchte.

»Was ist mit dir?«, fragte Henriette. »Warum siehst du dich ständig um? Bist du verabredet?«

»Nein, nein«, wehrte Louise ab. »Ich bin nur überaus fasziniert von dem, was uns hier geboten wird.«

Nun hatte sie die Gelegenheit, sich von ihren Freundinnen zu trennen. Auch wenn es nicht gern gesehen wurde, dass eine höhere Tochter allein war, so tolerierte die feine Gesellschaft das bei offiziellen Anlässen wie der Ausstellung.

»Wenn ich euch begleite«, schlug sie daher vor, »folgt ihr mir dann in die Kunstausstellung?«

Da weder Leontine noch Henriette sich für Malerei und Skulpturen begeistern konnten, hoffte Louise, dass die Freundinnen eigene Wege gehen wollten, denn das erhöhte ihre Chance auf ein Treffen mit Alexander. Er hatte sie nur gebeten, auf die Nordwestdeutsche zu kommen, ohne Zeit oder Ort zu spezifizieren. Erst jetzt, als sie die Menschenmenge sah, die sich auf dem riesigen Ausstellungsgelände drängte, fragte sich Louise, wie sie einander überhaupt finden sollten.

Nun, vielleicht war das Schicksal. Sollte sie Alexander sehen, würde sie mit ihm sprechen und ihn möglicherweise sogar küssen; sollten sie einander nicht finden, würde Louise dies als ein Zeichen begreifen, sich ihre Liebe zu ihm endgültig aus dem Herzen zu reißen. Als hätte es nicht bereits hinreichend Signale gegeben – spätestens die Heirat mit Sophie hätte ihr Anlass genug sein sollen.

»Louise?« Leontine berührte sanft ihren Arm. »Wo bist du mit deinen Gedanken? Ich habe dich schon zweimal gefragt, ob wir uns trennen wollen.«

»Entschuldige.« Louise versuchte, sich zusammenzureißen. »Seid ihr nicht überwältigt von all dem hier?«

Mit einer ausladenden Handbewegung umschloss sie die Farne, Palmen und weiteren Gewächse, die in der Halle verteilt standen. Noch beeindruckender fand sie allerdings die Bilder fremdartiger Landschaften an den Wänden: Das dort musste wohl Afrika sein, mit Palmen und Lehmhütten, das Gemälde daneben zeigte den hohen Norden voller Eis, so lebensecht, dass Louise fröstelte.

»Also, schauen wir uns jede für sich die Ausstellung an, oder gehen wir gemeinsam?«, fragte Henriette. »Dann müssen wir uns einigen, was wir uns zuerst ansehen wollen.«

»Auf gar keinen Fall begleite ich Louise in die Kunstausstellung.« Vehement schüttelte Leontine den Kopf. »Sie wird sich jedes, wirklich jedes Bild stundenlang anschauen, und ich werde mich zu Tode langweilen.«

»Du übertreibst«, erwiderte Louise mit einem Lächeln. »Es sind eintausendfünfhundert Ausstellungsstücke, da kann selbst ich nicht Stunden mit jedem verbringen.«

»Hast du das gehört?«, wandte sich Leontine in gespieltem Schrecken an Henriette. »Eintausendfünfhundert Gemälde. Wir werden Louise niemals aus dieser Halle herausbekommen.«

»Die Ausstellung zeigt auch Skulpturen, nicht nur Bilder«, korrigierte Henriette. »Allerdings teile ich deine Befürchtungen, dass Louise dort den ganzen Tag verbringen wird. Lasst uns unserer Wege gehen, und wir treffen uns nachmittags zum Tee.«

»Das machen wir.« Louise konnte es kaum erwarten, in die Kunstausstellung aufzubrechen. Obwohl sie gespannt darauf war, welche Exponate die Jury ausgewählt hatte, war sie nur halbherzig dabei. Immer wieder suchte sie in der Menschenmenge nach einem hochgewachsenen Mann mit blonden Haaren. Es gab sehr viele davon, nur war leider keiner von ihnen Alexander.

Es soll nicht sein. Ich muss mir ein eigenes Leben aufbauen, dachte sie und betrat den Kunstpavillon. Zu ihrer Überraschung waren hier viele Besucher, was sicher auch daran lag, dass die Kunstausstellung auf dem Weg zum Hauptausstellungsgebäude und in der Nähe eines Restaurants lag. Louise ließ sich mit der Menge treiben und versuchte, sich einen ersten Eindruck von der Ausstellung zu verschaffen. Landschaftsbilder dominierten eindeutig, etliche von ihnen Veduten, also wirklichkeitsgetreue Abbildungen. Louise meinte, Italien zu erkennen und Frankreich. Auch wenn sie die Kunstfertigkeit der Gemälde bewunderte, war sie ein wenig enttäuscht. Sie hatte auf modernere Bilder gehofft, auf Impressionisten oder Stücke der Künstlerkolonie in Worpswede, die auf heftige Kritik in Bremen gestoßen waren. Stattdessen hatte sich die Jury für gefällige Kunst entschieden. Louise blieb vor einem Genrebild mit dem Titel »Bei der Großmutter« stehen. Wollte das Bremer Publikum wirklich nur derartige gefühlsbetonte und idyllische Bilder aus dem bürgerlichen Leben sehen? Fand sich in der ganzen Stadt niemand außer ihr, der etwas Herausfordernderes mochte? Sie seufzte und wandte sich ab.

Vielleicht war die Gartenbauausstellung interessanter für sie. Sie hoffte auf Pflanzenzeichnungen, die Vorbild für sie sein konnten. Ob Frau Nebelthau sich ebenfalls für die Nordwestdeutsche interessierte?, kam Louise nun in den Sinn. Bereits gestern hatte sie der Naturforscherin ihre Skizzen des Farns durch Else bringen lassen, aber bisher keine Nachricht von ihr erhalten. Ob die Zeichnungen nicht gut genug gewesen waren? Als jemand ihre Hand berührte, schreckte sie aus ihren Überlegungen auf.

»Louise.« Alexanders Lächeln ließ ihr Herz schneller schlagen. »Ich hatte gehofft, dich hier zu finden.«

Wie konnte es sein, dass er sie inmitten der vielen Menschen ausgemacht hatte? War es die Liebe, die ihn zu ihr geführt hatte? Louise nahm die vielen Besucher um sich herum nicht mehr wahr. Sie stand wie ein Fels in der Brandung, ließ die Menschenmengen an sich vorbeifließen, während ihr Blick tief in dem von Alexander versank. Nun zählte nichts anderes mehr als sie beide. Weder die Ausstellung noch ihre Freundinnen.

»Komm.« Er nahm ihre Hand und zog sie gegen den Strom der Besucher hinaus aus der Kunstausstellung. »Lass uns einen Ort finden, an dem wir sprechen können.«

Willenlos folgte sie ihm. Wohin wollte er sie wohl führen? Auf dem Ausstellungsgelände gab es gewiss keinen Platz, an dem sie ungestört sein konnten. Es wäre schon pures Glück, wenn sie nicht von einem Bekannten gesehen werden würden.

Es kam Louise vor, als hätte ganz Bremen den heutigen Tag ausgewählt, um die Nordwestdeutsche zu besuchen. Ihr Weg führte sie an der Post vorbei, zu der auch ein Telegraf gehörte, an einer Dampf-Kaffee-Brennerei und mehreren Verkaufshallen. Inzwischen hatte Alexander ihre Hand wieder freigegeben, wohl, weil auch er fürchtete, jemandem aus ihrem großen Bekanntenkreis zu begegnen.

Als sie den Hollersee erreichten, blieb Alexander stehen. Er plante doch nicht etwa, ein Ruderboot zu mieten? Louise sog erschrocken die Luft ein. Noch exponierter könnten sie sich nicht zeigen. Oder war genau das sein Plan? Wollte Alexander hier und heute der ganzen Welt kundtun, was er für Louise empfand?

Doch er griff wieder nach ihrer Hand und zog sie zur Seite, in den Schatten eines Baumes. Dann ließ er sie los und trat einen Schritt von ihr zurück. Für einen Beobachter mussten sie aussehen wie Bekannte, die sich auf der Ausstellung getroffen hatten und nun freundlich miteinander plauderten. Louises Herz wurde schwer, weil Alexander sich offenbar doch nicht zu ihr bekennen wollte. Also sagte sie barsch: »Du wolltest mich sehen. Hier bin ich. Sprich und beeile dich. Ich riskiere meinen guten Ruf.«

»Als wüsste ich das nicht.« Er begleitete seine Worte mit einem Blick voller Traurigkeit. »Louise, du bedeutest mir so viel. Ich ... Ich ...«

»Du hast meine Cousine geheiratet.« Sosehr Louise sich auch wünschte, stark zu bleiben, sie konnte diesen Schmerz nicht vergessen und wusste nicht zu sagen, ob sie Alexander verzeihen könnte. »Es war deine Entscheidung. Warum also wolltest du mich sehen?«

Sie konnte nur hoffen, dass er nicht fragte, warum sie gekommen war, denn sie wusste es selbst nicht. Ja, sein Anblick brachte ihr Herz dazu, schneller zu schlagen, aber gleichzeitig erinnerte er sie auch immer wieder an die tiefe Verwundung, die sie erlitten hatte. Warum nur fand sie nicht die Kraft, ihn für immer aus ihrem Herzen zu reißen?

»Ich verstehe deinen Zorn«, sagte er und wich ihrem Blick aus. »Das habe ich verdient und noch viel mehr. Glaub mir, ich wünschte, ich wäre ein besserer Mann.«

»Warum hast du Sophie geheiratet?«

»Als hätte ich mitreden dürfen.« Seine Miene verdüsterte sich. »Es war ein Geschäft, das mein Vater und dein Onkel miteinander abgeschlossen haben.«

»Du hättest dich weigern können.« Louise trug ihr Herz auf der Zunge. Zu lange hatte sie diese Gedanken nur in ihrem Kopf hin und her bewegt, ohne Antworten zu finden. »Wir leben doch nicht im Mittelalter, sondern in modernen Zeiten.«

»Du kennst meinen Vater nicht.« Alexander sah sie an, sein Tonfall hoffnungslos. »Ich habe versucht, mit ihm zu reden, aber er ... er hat mir keine Wahl gelassen.«

»Lass uns ein Stück gehen.« Es kam Louise vor, als ob ihr Gespräch zu viel Aufmerksamkeit auf sich zog. »Alexander, ich will nicht lügen, ich habe starke Gefühle für dich, aber ...«

Sie wandte sich ab und ging ziellos davon, halb hoffend, er folgte ihr, halb hoffend, er würde stehen bleiben und sie freigeben.

»Es war ein Fehler.« Alexander war ihr nachgeeilt. »Ich hatte gehofft, ich könnte Sophie lieben und dich vergessen. Aber es gelingt mir nicht.«

Er liebt sie nicht, triumphierte Louises Herz, Sophie hat einen Ehemann, dem sie nichts bedeutet. Aber was änderte das schon? Alexander war mit ihrer Cousine verheiratet, und gemeinsam würden sie Bremen bald verlassen, um in Übersee ihre Rolle als Ehepaar zu spielen. Louise sah es förmlich vor sich, wie Sophie auf Bällen in Guatemala glänzen würde, wie sie eine wundervolle Gastgeberin für die Deutschen in Übersee wäre. Irgendwann würde Alexander bemerken, wie perfekt Sophie war, und sich in sie verlieben.

»Was erwartest du von mir, Alexander?« Sie blieb stehen und wandte sich ihm zu. »Möchtest du mein Mitgefühl? Ich bin eine Frau, ich habe keine Wahl. Du hattest sie.«

Sie war selbst erschrocken über den Zorn, der aus ihren Worten sprach. Aber sie war nicht länger bereit, ihre Verletzungen zu verstecken. Zu ihrer Überraschung nickte er nur und griff dann nach ihren Händen.

»Du hast jedes Recht, mir Vorwürfe zu machen.« Er lächelte, aber es war ein so trauriges Lächeln, dass es ihr das Herz brach. »Ich wünschte, ich wäre ein besserer Mann und würde es schaffen, dich zu vergessen.«

Seine Worte waren so ehrlich, der Schmerz in seinen Augen so tief, dass Louise nicht anders konnte. Sie drückte seine Hände, bevor sie sagte: »Ich kann dich auch nicht aus meinem Kopf oder meinem Herzen streichen.«

Auch wenn es allen Konventionen widersprach, auch wenn ihre Familie sie dafür hassen würde, Louise erkannte in diesem Moment, dass sie alles für ihre Liebe geben würde, denn auch er liebte sie.

Kapitel 29

»Geiht di dat goot?« Ein lautes Klopfen erklang an Emilies Tür, begleitet von eindringlichen Worten. »Ik gah nich weg, ehr dat du nich wat seggt hest.«

Emilie schreckte hoch, ihr Kopf schmerzte ebenso wie ihr Körper. Ein seltsamer Geruch lag im Zimmer, erst im nächsten Moment erkannte Emilie, dass er von ihr ausging. Nachdem sie aus dem Haus Ostherlohs geflohen war, hatte sie sich die Kleider vom Leib gerissen und sich mit kaltem Wasser abgeschrubbt und abgeschrubbt, bis ihre Haut rot geworden war und schmerzte. Dann hatte sie ihr altes Kleid angezogen und sich aufs Bett gelegt, wo sie immer noch lag.

»Emilie?« Drängend klang Hedwigs Stimme, als ahnte sie, was Emilie geschehen war.

»Ich bin nur müde«, entgegnete Emilie leise und schloss die Augen. Vor zwei Tagen hatte Jost Ostherloh sie ... Sie konnte nicht einmal vor sich selbst zugeben, was der Kaufmann ihr angetan hatte. Seitdem lag sie im Bett und starrte die Decke an. Weder Culpeper noch Jeanne gelang es, sie aus ihrer Lethargie zu holen. Gegessen hatte Emilie nichts, nur etwas getrunken, und selbst das hätte sie am liebsten sofort wieder ausgespuckt.

»Ich bin nur müde«, hauchte Emilie noch einmal, ihre

Stimme schwach, als läge sie mit einer schweren Krankheit danieder. »Bitte, ich brauche nur noch ein paar Tage Ruhe.«

Warum konnte Hedwig sie nicht zufrieden lassen? Emilie ließ sich auf die Kissen zurücksinken und lag mit geschlossenen Augen auf dem Bett, Tränen der Scham liefen ihr heiß die Wangen hinab. Sosehr sie Hedwig auch schätzte, sie fühlte sich nicht in der Lage, mit ihr oder jemand anderem zu sprechen. Nur ein Wunsch beherrschte ihre Gedanken: vergessen, was geschehen war. Doch je mehr sie es versuchte, desto stärker kehrte die Erinnerung zurück: Ostherlohs Atem auf ihrer Haut, seine Finger, ihre Machtlosigkeit, sein Eindringen in ihren Körper ...

Emilie sprang auf, ihr Magen rebellierte, und sie erbrach sich in die Waschschüssel. Die Galle hinterließ einen bitteren Geschmack in ihrem Mund, den Emilie mit Wasser auszuspülen versuchte. Aber nichts half. Mühsam einen Fuß vor den anderen setzend, taumelte sie zurück zum Bett. Culpeper saß davor und sah sie fragend an. Obwohl sie dem armen Hund gegenüber ein schlechtes Gewissen hatte, fühlte Emilie sich zu erschöpft, ihn zu streicheln. Sie vergrub ihren Kopf in den Kissen und betete, dass ihre Vermieterin es gut sein lassen würde.

»Emilie, ik komm nu rin.« Hedwig schien nicht nachgeben zu wollen. »Ik kann hören, wo schlecht di dat geiht.«

Ihre Stimme klang dünn, und ihre Worte wurden immer wieder vom Husten unterbrochen, sodass Emilie ein schlechtes Gewissen hatte, sie vor der Tür stehen zu lassen. Mühsam richtete sie sich auf. »Ja, tritt ein.«

Sofort ging die Tür auf, und ihre Vermieterin steckte den Kopf hindurch. Hedwig war noch blasser, noch ausgezehrter, als raubte der Husten ihr die Substanz. Obwohl sie genug eigene Nöte plagten, warf ihre Vermieterin Emilie einen sorgenvollen Blick zu.

»Wat is di passeert?« Hedwig musterte sie, als könnte sie so erfahren, was Emilie ihr verschweigen wollte. »Du kannst mi alles vertellen. Dat weißt du, oder?«

Emilie nickte, obwohl es eine Lüge war. Ganz sicher konnte sie ihrer Vermieterin nicht berichten, was Ostherloh ihr angetan hatte. Denn Hedwig hatte sie vor dem Kaufmann gewarnt, aber Emilie hatte sich für klüger gehalten. Der Traum einer Australienexpedition hatte Emilie alle Bedenken in den Wind schlagen lassen – und sie hatte einen hohen Preis dafür gezahlt. Scham überkam sie, und sie spürte die heißen Tränen erneut aufsteigen.

»Dein Husten klingt schlimmer. Warst du endlich beim Arzt?«, fragte Emilie in dem verzweifelten Versuch, das Thema zu wechseln. Selbst mit so einem freundlichen Menschen wie Hedwig konnte sie nicht über den Schrecken reden. »Du hörst dich schlechter an als noch vor ein paar Tagen.«

»De Dokter kommt to mi. Dank dien Freund«, sagte Hedwig, ein schwaches Lächeln auf ihren schmalen Lippen. »För morgen hett he sien Besuch angekündigt.«

Welcher Freund, wollte Emilie fragen, doch dann fiel ihr ein, dass Hedwig wohl Felix Smitt meinte. Er hatte sein Versprechen gehalten, einen Doktor zu finden. Warum nur hatte er Emilie nicht vor Ostherloh beschützt? Aber konnte sie ihm wirklich einen Vorwurf machen? Es war ihre Entscheidung gewesen, den Kaufmann aufzusuchen. Wegen Louise Gildemeester. Trug also die Kaufmannstochter die Schuld an Emilies Unglück? Oder Nolthenius, der Emilie schikaniert und sie so in die Höhle des Löwen getrieben hatte?

»Es ist gut, dass du einen Arzt siehst«, sagte Emilie, die

Augenlider schwer wie Blei. Erneut schloss sie die Augen; sie fühlte sich ermattet und schwach.

»Schall de Dokter denn gleich nach di kieken?« Hedwig setzte sich auf das Bett und legte Emilie eine kühle Hand auf die Stirn. »Fieber hest du woll nich, aber de Dokter schadet nich.«

Bloß das nicht. Bei der Vorstellung, dass ein Mann sie berührte, stieg erneut Galle aus Emilies Magen auf, die sie mit Macht herunterwürgte.

»Um Himmels willen!« Emilie riss panisch die Augen auf. »Mir geht es gut, ich bin nur erschöpft. Noch ein, zwei Tage Ruhe, und ich bin wieder die Alte.«

Das Brechen ihrer Stimme sprach für das Gegenteil.

Hedwig musterte sie schweigend, bis Emilie den Blick abwendete, hinaus zum Fenster, wo der strahlend blaue Himmel und die Sonne ihren Schmerz zu verhöhnen schienen. Wie konnte es so ein schöner Sommertag sein, nachdem ihr Leben in tausend Stücke zerbrochen war?

»Emilie, ik kenn Erschöpfung, dat kannst du mi glauben, un ik kann doch besinnen, dat dat bi di was anderes is.« Hedwig schwieg, als könnte sie dadurch eine Erklärung hervorlocken, aber Emilie blieb stumm. Schließlich seufzte Hedwig. »Denn iss zumindest wat. Lucie hett uns en Fisch gebracht, ik heff en Supp gekocht.«

»Ich habe keinen Hunger«, murmelte Emilie, ihre Worte flach und leer wie Steine, die man über das ruhige Wasser eines Teiches hüpfen ließ.

»Ik bring di Supp un Broot.« Hedwig erhob sich, ihr Kleid raschelte leise. Mit ruhiger Stimme sagte sie: »Emilie, wat ok passeert is, du hest en Traum. Wullt du den würklich aufgeben?«

Ihre Worte trafen Emilie mitten ins Herz. Ihr Traum hatte dazu geführt, dass sie Ostherloh nachgegeben hatte. War die Expedition das wirklich wert? Was war das für ein Traum, der einen so hohen Preis erforderte? Ihr Kopf schmerzte, ihre Gedanken drehten sich, und plötzlich knurrte ihr Magen.

»Also gut, ich werde etwas essen. Danke dir.«

»Du musst ok mit 'n Hund rausgehen.« Hedwig deutete auf Culpeper, der auf dem Boden vor dem Bett lag und Emilie unverwandt anstarrte, als könnte er sie so dazu bringen, sich zu erheben. »Glaub mi, de Herr leggt uns nie mehr op, as wi verkraften köönt.«

Das hatte auch Emilies Mutter immer gesagt: »Gott mutet uns nie mehr zu, als wir tragen können.«

»Da bin ich mir nicht mehr so sicher«, antwortete Emilie, während sie dachte: Das habe ich auch geglaubt, aber jetzt bin ich an den Grenzen des Erträglichen angelangt. »Es gibt Dinge, die zerbrechen einen.«

Hedwig, die auf dem Weg zur Tür war, blieb unvermittelt stehen. »Ostherloh hat dar wat angetan, nich wohr?« Hass loderte in ihrem Blick auf. »Wat he ok getan hat, kämpf gegen em an.«

»Ich kann nicht«, flüsterte Emilie, jedes Wort ein Zeichen ihrer Ohnmacht, jedes Wort wie ein Stich. »Er ist ein mächtiger Mann, ich nur eine arme Frau.«

»Ik bün gleich wedder da.« Hedwig stürmte aus dem Raum, als wollte sie geradewegs zu Ostherloh eilen und ihn zur Rede stellen.

Emilie streckte die Hand aus dem Bett und strich Culpeper über das Fell. Dann schloss sie die Augen und wünschte, sie könnte die Zeit zurückdrehen zu dem Tag, an dem Albert sie in die Niederlande geschickt hatte. Wenn sie nicht gegangen wäre, dann lebte Clara heute noch, dann wäre sie nie nach Bremen gereist und müsste sich nicht so entsetzlich schämen.

Sosehr sie sich bemühte, immer wieder sah sie das Bild vor sich, als sie von Ostherloh in ihr Zimmer zurückgekehrt war. Ihr Körper hatte geschmerzt, doch schlimmer war die Pein ihrer Seele. Der Raum, der ihr ein Zuhause gewesen war, erschien ihr auf einmal bedrohlich und erdrückend. Den Hund, der sich freundlich an sie drücken wollte, schob sie energisch beiseite. Erst nachdem sie sich der Kleider, von Ostherloh bezahlt, entledigt und sich abgeschrubbt hatte, konnte sie wieder Atem holen. Sie ließ den Hund raus, zog sich in eine Ecke ihres Zimmers zurück und konnte die Tränen nicht mehr zurückhalten. Langsam sackte sie an der stützenden Wand herab und umklammerte ihre Knie, während ein Strom von verzweifeltem Weinen ihren Körper schüttelte. Danach hatte sie nur noch die Kraft aufgebracht, Culpeper wieder hereinzuholen, bevor sie sich ins Bett gelegt hatte in der Hoffnung, im Schlaf alles vergessen zu können

Bevor Emilie tiefer in den Strudel düsterer Gedanken und bitterer Erinnerungen versinken konnte, erklangen kräftige Schritte. Emilie hielt die Augen geschlossen, sie benötigte noch einen Moment, bis sie Kraft genug hatte, etwas zu essen.

»Vertell mi, was geschehen ist«, erklang eine tiefe Stimme. Jemand beugte sich zu ihr und rüttelte an Emilies Schulter. Sie öffnete die Augen und sah sich Fisch-Lucie gegenüber. »Hedwig seggt, du willst nich mehr. Das kann nich wesen. Das is nich deine Art, sich in sien Schicksal zu ergeven.«

»Ich bin es leid zu kämpfen«, sprach Emilie das aus, was ihr auf der Seele brannte. »Erst gegen Albert, jetzt gegen Nolthenius und ... Ostherloh. Sie gewinnen immer, und ich bin so müde.«

»Wer hett di gebrochen?«, fragte Fisch-Lucie überraschend sanft.

»Ostherloh. Wer sonst?« Hedwigs Stimme klang hart. »Aber nu lass sie erst mal wat essen.«

Ihre Vermieterin trug eine Schale in den Händen, aus der ein starker Geruch nach Fisch und Zwiebeln aufstieg. Emilies Magen knurrte erneut, aber gleichzeitig verspürte sie wieder Brechreiz. Sobald Ostherlohs Name fiel, verging ihr der Appetit.

»Ich … ich kann nicht.« Sie wandte sich ab, aber Lucie packte sie an der Schulter, nahm Hedwig die Schale ab und drückte sie Emilie in die Hände.

»Du isst nu wat. Du lässt den goden Fisch nich verkommen.« Diesem Befehlston wagte Emilie nicht zu widersprechen und führte den Löffel zum Mund. Nachdem sie den ersten Schluck der heißen Suppe gekostet hatte, verlangte ihr Körper nach mehr, und gierig schlang sie die Brühe in sich hinein.

»Ik hol di noch wat. Un Broot.« Hedwig verschwand in ihrer Kammer.

»Dien Blick habe ik schon oft bi Frauen gesehen.« Lucie sah sie gleichzeitig forschend und voller Mitgefühl an. »Du musst mir nichts verklaren.«

»Danke«, antwortete Emilie und meinte das aus vollem Herzen. Sie würde es noch nicht über sich bringen, jemand anderem zu gestehen, was Ostherloh ihr angetan hatte.

»Hier, bitte.« Hedwig reichte ihr Brot und Suppe. »Ik muss wieder zu de Kinner.«

»Ich danke dir.« Emilie bemühte sich um ein Lächeln, aber ihre Mundwinkel weigerten sich, sich nach oben zu bewegen.

»Ik bleib bi ehr.« Lucie setzte sich auf den Stuhl und sah Emilie beim Essen zu. Nachdem sie die wärmende Suppe verspeist hatte, fühlte Emilie sich ein wenig besser.

»Ich werde Bremen wohl verlassen müssen«, begann sie, ihre Gedanken in Worte zu fassen. »Für Ostherloh kann ich nicht mehr arbeiten.«

Lucie musterte sie einige Zeit, bevor sie seufzte. »Ach, Emilie, as ik di kennenlernte, hattest du einen Traum, der alles för di war.«

»Nichts ist den Preis wert, den ich zahlen musste.«

»Du bist nich die eerste und du wirst nich die letzte Frau sein«, Lucie rieb sich mit der Hand über die Stirn, »die Schreckliches erdulden musste. Was du nu tun wirst, bestimmt, wer du büst.«

Zorn brandete in Emilie auf. Was maßte Lucie sich an? Wie konnte sie Emilies Schicksal so abtun, als wäre es etwas, mit dem Frauen eben leben mussten?

»Du hast leicht reden!«, spuckte sie Lucie entgegen. »Was weißt du von meinem Leben?«

Zu ihrer Überraschung blickte Lucie sie nur gelassen an, bevor sie mit ruhiger Stimme sagte: »Was weißt du von mi und den Kämpfen, de ik durchstehen musste? Von den Schmerzen, Kinner zu gebären und se sterben to sehen, bevor sie das erste Jahr erreichen?«

Nun war es an Emilie, stumm zu bleiben und den Kopf zu senken. Stille beherrschte den kleinen Raum, die plötzlich durch das Tappen leiser Pfoten durchbrochen wurde. Jeanne war nach Hause zurückgekehrt, als hätte sie gespürt, dass Emilie sie brauchte. Mit einem Satz sprang die Katze neben sie und kuschelte sich auf ihrem Schoß ein. Emilie strich über das Fell, das sich weich und warm anfühlte.

»Entschuldige«, durchbrach sie schließlich die Stille. »Ich war zornig und ungerecht, aber es galt nicht dir.«

»Mien Schultern sind stark. Ik kann dat tragen.« Lucie lächelte. »Ik würde es bedauern, wenn du nich weiterkämpfst. Nur wenige Menschen haben en so großen Traum as du. Un noch weniger haben de Chance, en to leben.«

»Es ist, als hätte ich mich verirrt, Lucie. In einem Wald, in dem jeder Baum dem anderen gleicht.« Emilies Finger strichen über Jeannes Rücken, suchten Halt in deren sanftem Schnurren.

»Selbst in dat dichtste Woold erreichst du irgendwann eine Lichtung.« Lucie zuckte mit den Schultern, bevor sie breit grinste. »Dat mutt ik en Naturforscher nich verklaren, oder?«

Emilie konnte nicht anders, als das Lächeln zu erwidern. Dann jedoch gestand sie: »Ich habe Angst, so unendliche Angst.«

Nicht nur vor Ostherloh, sondern auch vor Nolthenius – und selbst bei Felix Smitt fühlte sie sich nicht mehr sicher, so freundlich er auch war. Seit Ostherlohs Übergriff fürchtete sie sich vor jedem Mann. Wie sollte ein verängstigtes Mäuschen wie sie so eine gewaltige Reise wagen? Eine Reise, allein mit Männern. Emilie griff sich an die Kehle, weil sie keine Luft mehr bekam.

»Gib di Zeit, den Mut zu finden.« Lucie tätschelte ihr den Arm. »Du bist klug, nutz das, um gegen dien Angst zu siegen. Und nun schlaf di ut.«

»Danke«, flüsterte Emilie, ein viel zu kleines Wort für das Gefühl, das sie Lucie und auch Hedwig gegenüber hegte.

Kapitel 30

Als sie am nächsten Morgen erwachte, spürte Emilie Hunger und einen winzigen Schimmer der Hoffnung. Sie öffnete die Augen, und ein Lächeln glitt über ihr Gesicht, als sie ihre Tiere sah: Culpeper lag zu ihren Füßen, während Jeanne sich an Emilies Seite lang ausgestreckt hatte. Sollte ich wirklich auf die Expedition gehen, was wird dann aus den beiden?, fragte sie sich. Aber das war eine Frage für einen anderen Tag, deren Antwort sie finden würde, wenn es so weit war.

Um auf die Expedition zu gehen, musste sie den Mut finden, sich Nolthenius zu stellen. Doch nicht heute, heute würde der Arzt Hedwig aufsuchen, und Emilie wollte ihrer Freundin zur Seite stehen, anstatt sich mit dem Professor zu streiten. Sie seufzte, denn sie wusste nur zu gut, dass sie Ausreden vor sich herschob. Sie wünschte sich nichts mehr als diese Expedition, aber der Preis dafür erschien ihr unwahrscheinlich hoch. Bei dem Gedanken, mit Nolthenius und Smitt allein in einem Raum zu sein, brach ihr der Schweiß aus, ihre Finger zitterten, und sie fürchtete, keine Luft mehr zu bekommen. Sie brauchte noch Zeit, um das Leid zu überwinden, das ihr angetan worden war.

Aber diese Zeit hatte sie nicht. Die Expedition wartet nicht auf mich, dachte Emilie und war kurz davor aufzugeben. Dann hörte sie wieder Lucies mahnende Worte. Würde Aufgeben nicht bedeuten, ihre geliebte Arbeit den gierigen Händen solcher Männer wie Ostherloh und Nolthenius zu überlassen? Männern, für die Naturforschung nur ein Mittel war, Ruhm zu erwerben. Emilie wollte sich gar nicht ausmalen, wie Nolthenius in Australien wüten würde, wenn ihm niemand Einhalt gebot.

Völlig überraschend kam ihr ein rettender Gedanke: Louise Gildemeester. Die Bürgerstochter war voller Interesse, sich mit Pflanzen zu beschäftigen. Ihretwegen war Emilie zu Ostherloh gegangen, ihr Opfer durfte nicht umsonst gewesen sein. Eine zweite Frau wäre wie ein Schutzwall zwischen Emilie und jedem Mann. Aber auf der Reise? Da wäre sie allein und schutzlos. Bei dem Gedanken setzte das Zittern wieder ein, aber Emilie zwang sich zur Ruhe.

Für die Reise würde sie eine Lösung finden, wenn es an der Zeit war. Jeder Tag hat seine eigene Plag, hatte ihre Mutter immer gesagt, einen Weg geht man Schritt für Schritt. Den Worten wohnte eine tröstende Ruhe inne, eine Erinnerung an einfachere Tage.

Trotzdem flatterte Emilies Herz noch, aber ihre Idee verlieh ihr den Mut zu handeln. Sie setzte sich an den kleinen wackligen Tisch, der ihr als Schreibtisch diente, und entwarf einen Brief an Louise Gildemeester. Mit wenigen Worten bat sie die Bürgerstochter, morgen mit ihr in die Arbeitsräume zu gehen. Gemeinsam. Emilie würde sich dem Schrecken nicht alleine stellen müssen.

War der Brief zu kurz oder zu unfreundlich? Emilie las das Schreiben noch dreimal, bis sie entschied, es gut sein zu lassen.

Dann stand sie auf, adressierte einen Umschlag und ging zu Lucie. Ihre Freundin drückte den Brief einem ihrer vielen

Kinder in die Hand, das aufgeregt auf und ab sprang und bereit war, sofort durch die Gassen zu laufen, um das Schreiben an den Empfänger zu übergeben.

»Wehe, wenn du dat nich rechtzeitig bi de Gildemeesters abgibst. Dann treck ik di de Büx stram.« Mit diesen Worten schickte Lucie ihren Sohn los. Der Junge nickte und rannte, als würde sie mit dem Besen hinter ihm herjagen. Emilie beobachtete, wie die winzige Gestalt immer kleiner wurde und schließlich im dichten Abenddunst verschwand.

»Ich wüsste nicht, was ich ohne dich täte, Lucie.« Die Worte kamen langsam und zittrig, als müsste Emilie jede Silbe aus einem tiefen Brunnen heraufziehen.

»Dat weer doch nix«, entgegnete Lucie mit dem ihr eigenen rauen Unterton, der sich durch keine Höflichkeiten mildern ließ. Ihre Stimme war kräftig und unsentimental, wie das Schlagen der Wellen gegen die steinernen Docks, unerbittlich und zuverlässig. »Wir sünd di zu Dank verpflichtet. Wegen des Arztes. Kiek, da kommt er.«

Emilie wandte sich um und erbleichte. Zwei Männer näherten sich, einer breitschultrig und bedrohlich, der andere schmaler und doch nicht weniger einschüchternd. Magensäure stieg in ihr auf, die sie sauer schmeckte und mit Macht zurückdrängte. Unwillkürlich wich Emilie zurück, verbarg sich instinktiv halb hinter Fisch-Lucie, die eine Mauer gegen die Bedrohung darstellte. Lucie, die diesen Schutz bot wie eine Naturgewalt, warf Emilie einen Blick zu; darin lagen Verwunderung und Wachsamkeit.

»Emilie?«, fragte ihre Freundin und verengte die Augen zu schmalen Schlitzen. »Wat is los mit di?«

»Der eine ist Jost Ostherlohs Sohn«, stieß Emilie hervor. »Ich habe ihn einmal getroffen. Den anderen kenne ich nicht.«

»Christian Ostherloh?« Fisch-Lucie neigte leicht den Kopf, als spürte sie dem Namen nach.

»Du kennst ihn?« Einen Augenblick lang fürchtete Emilie, ihre Verbündete an die Ostherlohs zu verlieren.

»He schreibt för die *Bremer Bürger-Zeitung*, he is ein Sozialdemokrat.« Lucie kicherte. Eine spitzbübische Freude sprach aus ihren Worten. »Dat ärgert sien Alten gewaltig.«

Nun erinnerte sich Emilie wieder, dass Ostherloh und sein Sohn bei dem Abendessen aneinandergeraten waren. Ihr Peiniger war alles andere als erfreut über die Worte seines Sohnes gewesen. Vielleicht, so überlegte Emilie, bot sich hier die Gelegenheit, einen weiteren Verbündeten in ihrem Kampf gegen den Kaufmann zu gewinnen. Vielleicht konnte sie den schwelenden Konflikt zwischen Vater und Sohn zu ihrem Vorteil nutzen und Christian Ostherloh dazu bringen, ihr beizustehen. Nie wieder allein mit dem alten Ostherloh, dieser Gedanke ließ sie nicht los.

»Frau Nebelthau, wie schön, Sie wiederzusehen.« Emilie zuckte beim Klang seiner dunklen Stimme zusammen, denn sie ähnelte einfach zu sehr der seines Vaters. Christian Ostherlohs aufmerksamem Blick entging ihr Schrecken nicht, und er sah sie überrascht an. Mit aller Kraft, die ihr zur Verfügung stand, raffte Emilie sich auf und antwortete: »Ich freue mich auch. Wie geht es Ihnen?«

»Gut, danke. Das ist mein Freund Cornelius Burchardt«, stellte Christian den zweiten Mann vor. »Er ist Arzt und möchte sich die Kranken hier in der Siedlung ansehen.«

Emilie musterte den Arzt, der etwa im gleichen Alter wie Christian war. Wo Christian jedoch schlaksig und jungenhaft wirkte, war Cornelius Burchardt ein Mann von stämmiger Statur. Seine dunkelblonden Haare wichen an den Schläfen zurück und formten Geheimratsecken. Unter buschigen Brauen saßen tief liegende braune Augen, die von ungewöhnlich langen Wimpern beschirmt wurden und Sanftheit ausstrahlten. Sein Anzug war von guter Qualität, aber abgetragen. Überhaupt, so dachte Emilie, machte er den Eindruck, als wiese er seinem Äußeren keine große Bedeutung zu. Da es ihr ähnlich ging, empfand sie eine spontane, sie selbst überraschende Sympathie für den Arzt.

»Dat is gut, dat du da bist«, sagte Fisch-Lucie geradeheraus und ohne Umschweife. »Hier leben etliche, de Help brauchen. Aber eins segg ik gleich: Kaum einer hett Geld. Wi werden uns bemühen, di to bezahlen.«

»Das ist nicht nötig.« Burchardt hatte eine tiefe, angenehme Stimme. Als er lächelte, wirkten seine Züge weicher und attraktiver. »Ich nehme kein Geld von armen Menschen. Ich habe ein kleines Erbe erhalten und behandele außerdem Kaufleute, die mehr als genug Geld besitzen.«

Für einen Moment herrschte Schweigen, in dem nur das Knirschen der Kutschen auf dem Kopfsteinpflaster und gedämpftes Stimmengewirr aus einer Seitengasse zu hören waren. Lucie ballte die Hände zu Fäusten und stemmte sie in die Hüften. »Wi nehmt keen Almosen, wi brauchen keen Almosen.« Ihre Stimme klang erbost.

»Es sind keine Almosen.« Burchardt nickte ihr zu, ein Zeichen des Respekts für die Frau, die so klare Worte sprach. »Betrachten wir es als ausgleichende Gerechtigkeit. Sie arbeiten hart für die Reichen Bremens, und ich zahle Ihnen etwas zurück.«

Lucie überlegte einen Moment, dann neigte sie den Kopf. »Wenn dat so is, kann ik dat annehmen.«

»Wo fangen wir an?« Burchardt sah Lucie an. »Wer hat Hilfe am nötigsten?«

»Hedwig«, mischte sich Emilie ein. Sie achtete sorgfältig darauf, außer Reichweite der Männer zu bleiben, aber es war ihre Verantwortung, dass es ihrer Vermieterin besser ging. »Sie hustet schlimm und wird von Tag zu Tag schwächer.«

»Das klingt nicht gut. Zeigen Sie mir den Weg.« Burchardt, der zu spüren schien, wie Emilie zumute war, ließ ihr den Vortritt, und sie eilte in ihr Haus.

»Wie lange hustet sie schon?«, fragte er leise.

»Zwei Wochen bestimmt«, antwortete Emilie nach kurzem Überlegen. »Der Husten wird immer stärker, aber sie gönnt sich keine Pause, geht jeden Tag in die Jute. Ihr Mann ist tot.«

»In einer reichen Stadt wie Bremen gibt es zu viele solcher Schicksale.« Eine Falte bildete sich zwischen Burchardts Augenbrauen. »Die milden Gaben der Reichen sind nur ein Tropfen auf den heißen Stein.«

»Hedwig, der Doktor ist da«, rief Emilie, aber es war Ida, die ihr entgegenkam, das schmale Gesichtchen grau vor Sorgen. »Mien Moder geiht dat nich goot.«

»Das ist Dr. Burchardt, er wird ihr helfen«, antwortete Emilie und schickte ein stilles Gebet zum Himmel, dass es für Hedwig nicht bereits zu spät war.

. . .

In dieser Nacht schlief Emilie besser, beruhigt dadurch, dass Cornelius Burchardt Hedwig hatte helfen können. »Am besten wäre Ruhe, aber die Medizin wird auch helfen«, hatte der Arzt gesagt. Emilie und Lucie hatten ihn und Christian Ostherloh bei weiteren Krankenbesuchen begleitet und waren beide sehr beeindruckt vom Können und der Freundlichkeit des Arztes.

Obwohl der Gedanke an Jost Ostherloh Emilie immer noch die Luft abschnürte, hatte sie gestern erleben können, dass es auch Männer gab, die ihr Wissen und ihr Geld einsetzten, um anderen zu helfen. Nur fürchtete Emilie, dass Männer wie Ostherloh in der Überzahl waren, diejenigen, die sich rücksichtslos nahmen, was sie wollten. Deren Macht konnte Emilie nur ihre Klugheit entgegensetzen und musste hoffen, dass es ausreichte.

Sie stand auf, ließ Culpeper hinaus und zog sich dann an, um Louise Gildemeester aufzusuchen. Die Kleider, die Ostherloh ihr geschickt hatte, hatte sie zu einem Bündel geschnürt und Lucie gegeben.

»Verschenke sie an jemanden, der sie braucht.« Lieber würde sie die Kleider tragen, die sie aus Jarchau mitgebracht hatte, bis diese in Lumpen zerfielen, als etwas zu besitzen, was ihr Ostherloh geschenkt hatte. Bei dem Gedanken, dass er ihr die Kleidung bereits mit dem Hintergedanken gegeben hatte, sie dafür zahlen zu lassen, wurde ihr erneut übel. Doch sie kämpfte dagegen an und machte sich auf den Weg zur Villa der Gildemeesters.

Die prachtvollen Lindenbäume standen in voller Blüte, Vögel zwitscherten in ihren Ästen, und auch die Menschen, die auf den Straßen Bremens unterwegs waren, wirkten zufriedener an diesem wunderschönen Sommermorgen. Emilie blickte zwei Dienstmädchen nach, die Körbe voller Gemüse trugen und fröhlich miteinander schwatzten, und beneidete sie um ihr geordnetes, friedliches Leben.

Als sie die Villa erreicht hatte, spürte sie Schweiß ihren Nacken herunterrinnen. Lag es am Sonnenschein oder an der Nervosität? Emilie wusste es nicht zu sagen. Mit zitternden Fingern betätigte sie die bronzene Klingel, deren sonorer Ton im Inneren des Hauses widerhallte.

Die Tür schwang auf, und vor ihr stand ein Dienstmädchen, das Emilie von Kopf bis Fuß musterte.

»Sie wünschen?«, fragte das Mädchen, allerdings in einem Tonfall, der eher unfreundlich als höflich war.

»Ich bin Emilie Nebelthau, ich möchte Fräulein Gildemeester sprechen«, antwortete Emilie, bemüht, ihre Stimme fest und selbstsicher klingen zu lassen.

Anscheinend war ihr das nicht gelungen, denn das Dienstmädchen runzelte die Stirn.

»Bruuk den Deenstbaadingang üm de Eck.« Die junge Frau blickte von oben auf Emilie herab. »Hier kaamt bloot ehrenwerte Gäst in dat Huus.«

Emilies Wangen glühten vor Verlegenheit. »Ich will nichts verkaufen, ich bin eine Freundin von Fräulein ...«

Ehe sie ihren Satz beenden konnte, hatte das Dienstmädchen die Tür bereits mit einem dumpfen Schlag vor ihr geschlossen. Die Zurückweisung schmeckte bitter, aber Emilie hatte ein Ziel, und dafür nahm sie es auch auf sich, den Dienstboteneingang zu nutzen. Sie konnte nur hoffen, dass sie dort nicht ebenfalls abgewiesen würde.

Kapitel 31

Seit dem Aufstehen hatte Louise Pläne geschmiedet und wieder verworfen, wie es ihr gelingen könnte, der Aufsicht ihrer Familie zu entkommen, um sich erneut mit Alexander zu treffen. Auf Leontine und Henriette wollte sie nicht mehr setzen, sie wollte ihre Freundinnen nicht noch mehr kompromittieren.

Aber allzu viele andere Möglichkeiten blieben ihr nicht. Sogar zur Malschule begleitete sie ein Dienstmädchen, als wäre Louise nicht in der Lage, selbst ihren Weg in Bremen zu finden.

Ein Ausritt wäre eine Möglichkeit, sich mit Alexander zu treffen. Allerdings würden sie sich dann in der Öffentlichkeit befinden und müssten wieder überaus vorsichtig sein. Wieso war es Louise vorher nie aufgefallen, wie eingeschränkt ihr Leben war? Warum war es Frauen nicht gestattet, sich frei zu bewegen? Alles nur wegen des guten Rufs und der Sorge, was die Leute denken würden. Es war nicht zum Aushalten.

Sie sprang auf und marschierte in ihrem Zimmer hin und her. Nun, da ihr bewusst geworden war, wie unfrei sie lebte, kam ihr der schöne Raum plötzlich wie ein Gefängnis vor und nicht wie ein Zuhause. Vielleicht sollte sie einfach alles riskieren und sich über die Konventionen hinwegsetzen. Was könnte schlimmstenfalls geschehen, wenn sie sich aus dem Haus schlich, um sich mit Alexander zu treffen? Tante Malvina würde ihr eine Gardinenpredigt halten, wie so oft. Mit Schaudern erinnerte Louise sich an die ständigen Ermahnungen, die sie sich als junges Mädchen hatte anhören müssen.

»Geh ordentlich und tritt zuerst mit der Fußspitze auf, nicht mit dem Absatz. Der Bär ist ein Sohlengänger, nicht das Mädchen.« Nicht einmal bei so etwas Menschlichem wie dem Gehen hatte Louise es ihrer Tante recht machen können, während Sophie selbstverständlich alle Feinheiten der Etikette beherrschte.

Was würde ihr Vater denken, sollte Louise es wagen und gegen die Regeln verstoßen? Wird er es denn überhaupt bemerken, dachte sie voll Bitterkeit. Möglicherweise wäre das für ihn endlich der Anlass, sie mit nach London zu nehmen, in die gewaltige Großstadt, heraus aus dem kleinen Bremen, wo jeder jeden kannte und sie ständig unter Beobachtung stand.

Onkel Georg und Tante Caroline wären gewiss enttäuscht und würden sie für undankbar halten, eine unangenehme Vorstellung, aber von geringerer Bedeutung für Louise. Trotzdem fühlte sie sich nicht bereit. Sosehr sie es sich auch wünschen mochte, sie war keine Rebellin und nicht besonders mutig. Selbst für Alexander würde sie es nicht wagen, die Verachtung der Bremer Gesellschaft auf sich zu ziehen.

Sie seufzte, als sie an diesem Punkt angelangt war. Wie sie es auch drehte und wendete, sie brauchte ein Alibi.

Immerhin hatte Frau Nebelthau ihr geschrieben und sie gebeten, mit ihr zum Domshof zu kommen. Die gezeichneten Farne hatten ihr offenbar gefallen, auch wenn sie unerwähnt blieben.

In dem Moment klopfte es an der Tür, und Else schaute herein.

»Gnädiges Fro, dar is en Bettlerin, de seggt, se kennt di.«

Das Dienstmädchen verzog das Gesicht, als hätte es etwas Fauliges gerochen. »Se hett eerst vörn klingelt, aver ik heff ehr to'n Deenstbaadingang schikt. Dor wartet se nu.«

»Wie bitte?« Louise war perplex. Eine Bettlerin, was hatte das zu bedeuten? »Hat sie gesagt, woher sie mich kennt?«

»Nee.« Nun sah Else etwas betreten aus, hatte sie doch eine wichtige Regel nicht beherzigt: die Herrschaften nur dann anzusprechen, wenn es wichtig war, und alle Informationen zu kennen. Dann jedoch hellte sich ihr Gesicht auf. »Se heißt Nebelthau, hett se seggt.«

»Emilie Nebelthau?« Louise zog die Hand vor den Mund, weil sie so laut geworden war. Es kam ihr vor, als hätten ihre Gedanken die andere Frau herbeigerufen. »Führ sie sofort in den kleinen Salon und bring Tee und Gebäck. Ich komme gleich nach.«

Wenn das kein Wink des Schicksals war! Hier bot sich die Möglichkeit, den strengen Augen ihrer Familie zu entkommen und ein heimliches Stelldichein mit Alexander zu arrangieren. Ohne lange zu überlegen, setzte Louise sich an ihren Sekretär und kritzelte ein paar Worte aufs Papier.

Alexander, triff mich heute Nachmittag bei Hillmann's.
Ich werde dort in Begleitung sein, aber wir werden Zeit für
uns finden.
   Louise

Sie suchte einen Umschlag, schrieb seinen Namen darauf und klingelte nach einem Dienstboten. Es war Minna, die kurz darauf bei ihr im Zimmer stand.

»Sie wünschen, gnädiges Fräulein?«

»Der Brief ist für Herrn Ostherloh. Es ist wichtig.« Louise

hoffte, dass Minna ihr die Aufregung nicht anmerkte, aber das Dienstmädchen nickte nur, nahm das Schreiben und ging. Nun musste Louise es nur noch schaffen, dass sie Frau Nebelthau begleitete, um dann gemeinsam mit der Naturforscherin das Café im Hillmann's aufzusuchen. Ihr würde gewiss etwas einfallen, da vertraute sie fest auf ihre Kreativität.

Da sie ihren Gast nicht warten lassen wollte, eilte sie zur Tür und von dort in den Salon. Frau Nebelthau, gekleidet in ein abgetragenes dunkles Kleid, stand dort etwas verloren und betrachtete das riesige Gemälde, das sich von der rot gemusterten Tapete abhob und das Louise so verabscheute. Es zeigte ein halb nacktes Christenmädchen, das die Römer den Löwen zum Fraß vorgeworfen hatten.

»Liebe Frau Nebelthau«, sagte sie, nachdem sie eingetreten war. »Bitte entschuldigen Sie das Dienstmädchen. Ich werde es angemessen bestrafen.«

»Nein, nein.« Die Naturforscherin schüttelte heftig den Kopf. »Das Mädchen hat ja recht, ich bin nicht angemessen gekleidet für das hier.«

Ihre Armbewegung umfasste das Gemälde, die Palme auf einem Marmorsockel, den zierlichen Tisch und das filigrane Sofa in silbernem Stoff mit goldfarbenen Füßen und zwei passenden Sesseln. Was konnte Louise darauf schon antworten?

»Nehmen Sie bitte Platz.« Sie deutete auf einen der Sessel. »Darf ich Ihnen einen Tee anbieten?«

»Danke, sehr gern.« Frau Nebelthau ließ sich nieder, aber blieb auf der äußersten Kante des Sessels sitzen, als fürchtete sie, ihn mit ihrem ärmlichen Kleid zu beschmutzen. Louise goss Tee in die hauchdünne Porzellantasse und überreichte sie ihrem Gast.

»Danke.« Die Naturforscherin stellte die Tasse vor sich auf

den Tisch, ohne einen Schluck zu trinken. Dann legte sie ihre Hände in den Schoß und senkte den Blick.

»Welchem Anlass verdanke ich die Ehre Ihres Besuchs?« Obwohl Louise sich vorgenommen hatte, nicht danach zu fragen, konnte sie einfach nicht an sich halten. »Haben Ihnen die Bilder des Farns gefallen? Ich habe Else frische Pflanzen aus dem Stadtwald holen lassen.«

Da Frau Nebelthau sie verwundert ansah, biss Louise sich auf die Unterlippe, um sich selbst zum Schweigen zu bringen. Allerdings sagte die Naturforscherin kein Wort, sodass sich eine Stille ausbreitete, in der Louise sich unwohl fühlte. Daher forderte sie ihren Gast auf: »Nehmen Sie sich etwas Gebäck.«

Im gleichen Moment sagte Frau Nebelthau: »Es tut mir leid. Ich war krank und habe daher Ihre Bilder nicht erhalten.« Ein leises Lächeln glitt über ihr Gesicht. »Allerdings bin ich sehr gespannt, die Zeichnungen zu sehen.«

»Danke.« Louise erwiderte das Lächeln. »Was kann ich für Sie tun?«

»Ich habe mit Ostherloh gesprochen«, sagte Frau Nebelthau, und Louise wunderte sich, warum der Ton der Frau so harsch und flach klang. Was für eine Geschichte mochte sich dahinter verbergen? Ein Blick in das verhärmte Gesicht der Naturforscherin zeigte Louise, dass es besser wäre, nicht nachzufragen. Frau Nebelthaus Blick wirkte seltsam leer, ihre Hände hatte sie ineinander verschränkt, als wollte sie sich schützen.

»Ist er damit einverstanden, dass ich Sie unterstütze?«, platzte Louise heraus. Sofort wirbelten durch ihren Kopf die wunderbaren Möglichkeiten, die sich daraus für Alexander und sie ergeben könnten. Die Zusammenarbeit mit der Naturforscherin würde sie der Aufmerksamkeit ihrer Familie entziehen. »Wann beginnen wir?«

Anstatt ihr eine Antwort auf diese einfache Frage zu geben, begann Frau Nebelthau, mit dem linken Zeigefinger an der zarten Nagelhaut des rechten Daumens zu kratzen, was Louises Aufmerksamkeit auf ihre Hände zog. Die Haut des Daumens zeigte deutliche Rissspuren und begann zu bluten. Als wäre es ihr peinlich, legte Frau Nebelthau die linke Hand darüber.

Ein Schatten glitt über ihr Gesicht. »Ich muss Ihnen eines sagen. Ostherloh ist nicht bereit, Ihnen Lohn zu zahlen.« Die Naturforscherin massierte die Nasenwurzel mit zwei Fingern, als müsse sie sich sammeln, bevor sie fortfuhr. »Er zahlt mir deutlich weniger als den Männern, aber für Sie hat er kein Geld übrig, sagt er.«

Ihr Ton war nun nicht mehr nur harsch, sondern bitter wie die Tinte auf dem Papier vor ihr. Jedes Mal, wenn sie den Namen des Kaufmanns nannte, verzog sich ihr Gesicht, als hätte sie in eine Zitrone gebissen. Das wunderte Louise, hatte sie doch auf dem Fest den Eindruck gehabt, dass Ostherloh und die Naturforscherin einander schätzten.

»Ich benötige keinen Lohn.« Louise zuckte mit den Schultern. Sicher, es wäre schön gewesen, eigenes Geld zu verdienen, nicht mehr abhängig zu sein von ihrem Vater, aber sie hatte das nicht erwartet. Zeichnen und Malen galt in ihren Kreisen als Liebhaberei, als Beschäftigung für eine Frau, die auf die Ehe wartete, nicht als ernst zu nehmende Profession. »Für meinen Unterhalt ist gesorgt. Mir ist es wichtiger, etwas zu tun, was Bedeutung hat.«

Nachdem Louise ausgesprochen hatte, erwachten die Augen der Naturforscherin zu neuem Leben. »Das kann ich Ihnen versprechen. Unsere Arbeit ist von hoher Wichtigkeit.« Dann holte sie tief Luft und sah Louise auffordernd an. »Lassen Sie uns nicht noch mehr Zeit verlieren. Gehen wir gemeinsam zum Domshof und besprechen vor Ort, was zu tun ist.«

Innerlich triumphierte Louise über das Angebot, aber nach außen blieb sie gelassen. Sie wollte Frau Nebelthau nicht zeigen, wie wichtig diese Aufgabe für sie war und wie sehr sie sich wünschte, die Naturforscherin zu begleiten. Außerdem wartete sie auf eine Antwort von Alexander und wollte noch nicht aufbrechen. Doch wie konnte sie das ihrem Gast begreiflich machen?

»Ich muss erst mit meiner Familie sprechen«, wandte Louise ein. »Gehen Sie doch vor, und ich folge Ihnen.«

»Nein, nein, ich warte gern auf Sie.« Es kam Louise vor, als hörte sie Panik im Tonfall der Naturforscherin, was sie sich nicht erklären konnte. »Bitte, fragen Sie Ihre Familie um Erlaubnis.«

»Nehmen Sie sich noch einen Tee und etwas Gebäck.« Louise ließ sich ihre Verwunderung nicht anmerken. »Ich bin gleich zurück.«

Nach kurzem Überlegen beschloss sie, Tante Malvina ihre Pläne mitzuteilen. Tante Caroline lag erneut krank danieder, und Onkel Georg interessierte sich nicht für Louises Leben. Die Vormittage verbrachte ihre Verwandte meist in ihrem Zimmer, beschäftigt mit Korrespondenz oder Handarbeiten. Louise klopfte an, wartete auf die Aufforderung einzutreten, zog an dem schweren, mit Schnitzereien verzierten Türgriff und trat in das überladen eingerichtete Zimmer. Die dunklen Samtportieren und riesigen Tüllgardinen ließen den Raum selbst an diesem schönen Sommertag im Halbdunkel liegen. Auf dem zierlichen Sofa, auf dem ihre Tante aufrecht saß, war eine Unmenge von Kissen verteilt. Den dichten Teppich schmückten Vorleger, die das Geräusch von Louises Schritten dämpften.

Auf der Kommode standen zierliche Porzellanpüppchen neben silbernen Kerzenleuchtern. An den Wänden hingen kleine Landschaftsgemälde, für Louises Geschmack zu gefällig und langweilig.

Wie zu erwarten, bestickte Malvina ein Leinentuch mit einem Sinnspruch. Louise konnte sich nicht erinnern, die Hände ihrer Tante je ohne Handarbeit und untätig gesehen zu haben.

»Was möchtest du, Louise?« Malvina verharrte für einen Moment über der Stickerei, dann senkte sie den Blick und zog den Faden in präzisen Stichen durch das Gewebe. Im Raum lag ein Hauch von Lavendel, der aus dem geöffneten Stickkästchen kam, das neben ihr auf einem kleinen Tischchen stand. »Willst du wieder eine deiner Freundinnen besuchen? Solltest du nicht besser an deiner Aussteuer arbeiten?«

Beinahe hätte Louise patzig erwidert, dass es für sie keinen Grund gab, Tücher oder Kissen zu besticken, denn es war kein Ehemann in Aussicht. Gerade noch rechtzeitig konnte sie sich zügeln, um es sich mit Malvina nicht zu verderben.

»Nein, ich habe eine Einladung bekommen, die Australienexpedition von Jost Osterloh zu unterstützen.« Bewusst nannte sie den Namen des bekannten Kaufmanns, denn der würde ihre Tante gewiss milde stimmen. »Daher bitte ich dich um Erlaubnis, mit Frau Nebelthau zum Domshof gehen zu dürfen.«

»Du? Welchen Beitrag solltest du denn für eine Expedition leisten können?« Nun legte Malvina ihr Stickzeug zur Seite, um Louise durchdringend anzusehen. »Du wirst dem guten Namen unserer Familie keine Schande machen, oder?«

Obwohl diese Worte sie verärgerten, ließ Louise sich das nicht anmerken, sondern legte sich ihre Antwort zurecht. Ihr Blick wanderte zum Kaminsims, auf dem nur eine Porzellanfigur einer Schäferin stand, was Louise zum ersten Mal auffiel. Was diese Figur wohl für ihre Tante bedeutete, fragte sie sich, denn sonst hatte Malvina jede Fläche mit Figuren und Blumen und Souvenirs zugestellt.

»Nun, Kind, sprich, was hast du vor.«

»Ich soll Pflanzen zeichnen, für Frau Nebelthau.«

»Frau Nebelthau? Muss ich die Dame kennen?«

»Die Forscherin, zu deren Vortrag Vater mich mitgenommen hat.« Louise dehnte die Wahrheit ein wenig. »Vater ist sehr angetan von ihr und würde mir sicher erlauben, ihr zu helfen.«

»Wirst du etwa Geld dafür nehmen?«

»Selbstverständlich nicht.« Nun war Louise froh, dass Jost Ostherloh so ein Geizhals war. »Wie kannst du so etwas nur annehmen?«

»Nun gut.« Tante Malvina nahm das Leinentuch wieder zur Hand und strich es glatt. »Dann geh. Ein Dienstmädchen soll dich begleiten.«

»Das ist nicht nötig. Frau Nebelthau ist im Salon und wartet auf mich.«

»Aber sorge dafür, dass jemand dich nach Hause bringt.«

»Selbstverständlich.«

Ein schweres Seufzen entfloh Malvina, und sie senkte den Kopf, als würde die Last der Familientradition schwer auf ihren schmalen Schultern liegen.

»Dann geh, aber sprich alsbald mit deinem Vater, ich will die Verantwortung dafür nicht allein tragen.«

»Selbstverständlich, liebe Tante.« Louise sah nach unten, um ihr Triumphieren zu verbergen. Wenn Malvina geahnt hätte, was sie wirklich an diesem Nachmittag plante, hätte sie Louise sicher in ihr Zimmer gesperrt und den Schlüssel weggeworfen.

Kapitel 32

So schnell es die Schicklichkeit zuließ, lief Louise, den Rock ihres langen Kleides mit den Händen raffend, zurück in den kleinen Salon. Vor Aufregung klopfte ihr Herz schneller, und sie fürchtete, dass Frau Nebelthau ihr das ansehen würde. Doch die Naturforscherin blickte ihr nur entgegen, immer noch auf der Kante des Sessels sitzend, die ganze Haltung angespannt. Louise nickte ihr zu und sammelte mit fliegenden Fingern Zeichenstifte und Papier zusammen, die sie in einer Tasche verstaute.

»Kommen Sie! Schnell!« Louise forderte die Frau mit dringlichem Tonfall und einer Handbewegung zum Aufstehen auf, denn sie wollte das Haus der Gildemeesters verlassen, bevor ihre Tante es sich anders überlegen konnte. »Beeilen Sie sich!«

Obwohl Emilie Nebelthau erstaunt wirkte, erhob sie sich auf Louises Drängen sofort. »Selbstverständlich.«

Ihr Kleid raschelte, als sie Louise mit hastigen Schritten die Treppe hinab nacheilte. Im Flur erwartete das Dienstmädchen sie bereits mit einem abgetragenen Mantel in den Händen. Else überreichte das Kleidungsstück der Naturforscherin, nicht ohne Emilie Nebelthau herablassend zu mustern. Diese Impertinenz brachte Louise dazu, in scharfem Ton zu sagen: »Else, reich mir meinen Mantel.«

»Sofort, gnädiges Fräulein.« Das Dienstmädchen knickste, und seine Wangen röteten sich. Else half Louise in den leichten Sommermantel, der sicherlich zehnmal teurer gewesen war als das abgetragene Kleidungsstück der Naturforscherin. Allerdings war das keinesfalls ein Grund, Frau Nebelthau so schlecht zu behandeln. Was war es nur, dass Dienstboten stärker auf arme Menschen herabsahen als Louise und ihre Familie?

Die Naturforscherin schien es nicht bemerkt zu haben, oder es war ihr gleichgültig, abwartend stand sie im Flur, in ihrer Ärmlichkeit auffallend wie ein Rabe unter Pfauen. Nie zuvor hatte Louise registriert, wie protzig die Eingangshalle mit ihrem dunklen Parkett, den Palmen, Teppichen und goldgerahmten Gemälden wirkte. Fast hätte sie sich dafür entschuldigt, doch ihr wollten keine Worte einfallen, die nicht herablassend oder unglaubwürdig klangen.

Daher schwieg sie, knöpfte den Mantel zu und trat gemeinsam mit der Naturforscherin vor die Tür. Heute meinte es das Bremer Wetter gut mit ihnen. Der Himmel erstrahlte in seltenem Hellblau, nur einzelne weiße Wölkchen zogen darüber hinweg und versprachen einen wunderschönen Sommertag. Warm schmiegte sich die Morgenluft an sie, ein leichter Wind spielte in ihrem Haar und strich über ihre Wangen. Das Klappern der Pferdehufe und das Rattern von Kutschenrädern durchbrachen die Stille des Morgens. Eines der seltenen Automobile zog vorbei und erschreckte ein Kutschpferd, das zur Seite sprang und mit den Augen rollte. Dienstmädchen eilten, Körbe über den Unterarmen hängend, an ihnen vorbei, ebenso wie elegant gekleidete Herren, die wohl auf dem Weg in ihre Kontore waren. Drei Damen flanierten an ihnen entlang, in ein Gespräch vertieft. Es kam Louise vor, als verliehe der Sommer allen Schritten mehr Schwung und allen Gesichtern ein freundliches Leuchten.

In der Luft mischte sich der Duft der blühenden Linden mit dem scharfen Aroma von Pferdeäpfeln, die auf der Straße lagen. Die Gassen Bremens waren enge Wege aus Kopfsteinpflaster und Geschichte, die sich zwischen den Backstein- und Fachwerkfassaden der hanseatischen Bürgerschaft schlängelten. Einen Moment überlegte Louise, sich vom Kutscher fahren zu lassen, doch sie wollte den Weg nutzen, um mit Emilie Nebelthau zu sprechen. Sie musste es geschickt anstellen, damit die andere Frau nicht bemerkte, welchen Plan Louise verfolgte. Aus dem Augenwinkel beobachtete sie die Naturforscherin. Sie ging mit schleppenden Schritten und hängendem Kopf, als müsste sie sich zu jedem Schritt zwingen und wäre auf dem Weg zu etwas Unerfreulichem, nicht zu der Arbeit, die sie doch liebte.

»Ich hoffe sehr, dass Ihnen die Farnbilder gefallen werden«, begann Louise daher ein unverfängliches Gespräch. »Danke, dass Sie sich bei Herrn Ostherloh für mich eingesetzt haben.«

Zu ihrer Überraschung zuckte Frau Nebelthau zusammen, als hätte Louise etwas Bösartiges gesagt, und stolperte. Hätte Louise nicht gedankenschnell nach ihrem Arm gegriffen, wäre sie gewiss aufs Pflaster gefallen.

»Danke«, flüsterte die Naturforscherin, so leise, dass Louise sie kaum verstehen konnte. Was hatte sie nur, fragte sich Louise. Was war geschehen, dass die selbstbewusste Frau, die sie im Bürgerpark getroffen hatte, zu einem ängstlichen Mäuschen hatte werden lassen? Sollte Louise Frau Nebelthau danach fragen?, kam ihr in den Sinn, doch sie war zu sehr mit ihren eigenen Plänen und Gedanken beschäftigt.

»Die Zeichnungen werden gewiss gut sein.« Emilie Nebelthaus Stimme klang immer noch zaghaft, aber immerhin sprach sie mehr als nur ein Wort. »Sie besitzen das notwendige Talent. Eine Gabe, um die ich Sie beneide.«

»Danke.« Louise freute sich über das wohl ehrlich gemeinte Kompliment. »Es war nicht leicht, den Farn zu zeichnen. Auf den ersten Blick wirkt er schlicht, beinahe langweilig, aber wenn man ihn länger betrachtet, zeigt er eine verborgene Tiefe.«

»Sie sagen es. Farne werden oft unterschätzt.« Nun, da sie über Pflanzen sprechen konnte, klang Frau Nebelthau beinahe wieder wie ihr altes Selbst. »Dabei gehören sie zu denen, die man mit besonderer Vorsicht behandeln muss, wenn man sie presst. Nur ein einziges abgeknicktes Fiederblatt kann die Arbeit ruinieren.«

Da sie nicht mehr weit von ihrem Ziel entfernt waren, musste Louise geschwind das Thema wechseln, sonst würde die Naturforscherin ihr noch alle Details der Farnpressung erklären. Nicht, dass Louise sich nicht dafür interessierte, aber im Moment drängten sie andere Fragen.

»Ich werde Ihnen helfen, so gut ich kann«, fädelte Louise nun ihren Plan ein. »Allerdings werde ich Zeit für mich brauchen. Zeit, in der ich in den Bürgerpark gehe, um Pflanzen in ihrer Umgebung zu betrachten.«

Kaum hatte sie ausgesprochen, erklang das Schlagen der Turmuhr, und die Kirchenglocken läuteten, überraschend an so einem schlichten Morgen. Was wohl der Anlass dafür war? Louise war einen Moment abgelenkt und fuhr zusammen, als Emilie Nebelthau plötzlich stehen blieb und sie anstarrte. Auch Louise verhielt ihren Schritt und wandte sich ihrer Begleiterin zu.

Die Naturforscherin stand wie erstarrt, mit vor Entsetzen

geweiteten Augen. »Sie wollen mich allein lassen?« In ihrer Stimme lag mehr als nur ein Hauch von Panik. »Allein mit Nolthenius und Smitt?«

Mit vielem hatte Louise gerechnet, mit Worten, die sie daran erinnerten, dass eine Dame niemals allein in den Park ginge, oder mit Fragen, warum sie sich die Pflanzen unbedingt allein ansehen musste, aber nicht mit der schieren Angst, die aus Frau Nebelthaus Haltung und Tonfall sprach. Einer Furcht, die Louise sich nicht erklären konnte.

»Aber Sie waren doch bisher auch allein mit den Herren?« Louise verstand nicht, was die andere Frau bewegte. »Smitt kenne ich ein wenig. Er ist ein guter Mann, etwas schüchtern, aber hilfsbereit. Und mit so einem Lackaffen wie Nolthenius sollten Sie fertigwerden.«

Warum zögerte Emilie Nebelthau auf einmal, sich diesen Herausforderungen zu stellen? Hatte sie Sorge um ihren guten Ruf, weil sie ohne Begleitung mit Männern zusammenarbeitete? Nein, den Eindruck hatte sie Louise nicht vermittelt. Ganz zu schweigen davon, dass die Naturforscherin allein, nur begleitet von einer Katze und einem Hund, in die Niederlande gereist war.

Auch die Sorge, den Forschern nicht gewachsen zu sein, konnte es nicht sein. Louise erinnerte sich klar an den Abend, an dem Emilie Nebelthau sich gegen Nolthenius zur Wehr gesetzt hatte, an dem sie den arroganten Pinsel mit wenigen wohlgesetzten Worten an seinen Platz verwiesen hatte.

»Jaja, da haben Sie wohl recht.« Mit einem tiefen Seufzer nahm Emilie Nebelthau den Weg wieder auf. Es kam Louise vor, als spräche sie mehr zu sich selbst als zu ihr. »Ich werde es schon durchstehen.«

Doch als sie nur noch wenige Schritte von ihrem Ziel entfernt waren, zögerte Emilie Nebelthau. Louise blieb ebenfalls stehen und sah ihre Begleiterin fragend an.

»Geht es Ihnen nicht gut?« Sie musterte die Naturforscherin aus verengten Augen. »Kann ich etwas für Sie tun?«

»Nein, nein. Ich brauche nur eine Minute.« Die Worte kamen stoßweise, Blässe hatte sich wie ein dünner Schleier über Emilie Nebelthaus Gesicht gelegt. Schweißperlen standen auf ihrer Stirn, und sie bebte am ganzen Körper. War sie etwa erkrankt?

Louise trat unwillkürlich einen Schritt zurück, gefangen zwischen dem Instinkt, sich vor einer möglichen Infektion zu schützen, und dem Wunsch, der anderen Frau zu helfen.

»Soll ich Sie nach Hause begleiten?«, bot sie an.

»Nein. Gemeinsam schaffen wir das. Nach Australien zu reisen, ist mein Traum.« Emilie Nebelthaus Stimme brach fast, als sie die Worte formulierte. »Ich ... Ich bin nur erschöpft.«

Es erschien Louise, als ob Emilie sich Mut zusprach. Nebeneinander betraten sie den Arbeitsraum. Smitt stand über ein Herbariumsblatt gebeugt und studierte es. Als er Louise und ihre Begleiterin sah, erhellte ein Lächeln sein Gesicht, und er nickte ihnen zu. Louise erwiderte sein Lächeln, denn sie kannten einander, so wie Bremer aus gutem Haus sich kannten – von Bällen und Feiern, ab und zu auch gepflegten Abendessen im kleinen Kreis. Felix war immer schon schüchtern gewesen und bei gesellschaftlichen Zusammenkünften eher im Hintergrund geblieben.

Nolthenius, der nun von seiner Arbeit aufblickte, erstarrte, als er sie sah. Falten bildeten sich auf seiner Stirn, und er donnerte los, im barschen Tonfall eines Mannes, der es gewohnt war, Befehle zu erteilen: »Wo waren Sie, Frau Nebelthau? Wir haben eine Expedition vorzubereiten, und Sie erscheinen ohne Entschuldigung ein paar Tage nicht.«

Emilie Nebelthau begann erneut zu zittern, die Farbe wich aus ihrem Gesicht, ihre Stimme war nur ein Flüstern, als sie auf Nolthenius' Vorwürfe antwortete. »Es tut mir leid.« Sie wirkte wie ein kleines Mädchen vor einer bösen Schulmeisterin, die es tadelte. »Ich war krank. Doktor Burchardt hat mich behandelt.«

»Sie sind hoffentlich nicht ansteckend?«

»Nein, nein«, beeilte sich die Naturforscherin zu sagen. »Es war nur eine kleine Schwäche.«

Der Professor musterte sie, als könnte er die letzten Zeichen ihrer Krankheit entdecken, bevor er auf ihren Arbeitsplatz in der Ecke deutete, wo kaum ein Streifen des durch die hohen Fenster fallenden Tageslichts hingelangen konnte. »Dann gehen Sie an Ihre Arbeit. Es ist mehr als genug zu tun.«

Seine Geste war brüsk, als wäre sie nur eine Dienstbotin, der er Befehle erteilen konnte, nicht eine geschätzte Forscherin, eine Kollegin, die einen wichtigen Beitrag zu der Expedition leistete. Louise bemerkte das und überlegte, etwas zu sagen. Doch da wandte er sich bereits an sie.

»Herr Ostherloh hat mich angewiesen, Sie als Unterstützung einzusetzen, Fräulein Gildemeester.« Obwohl sein Tonfall immer noch barsch war, wirkte er Louise gegenüber deutlich serviler, als wüsste er, dass man gegenüber der Tochter einer einflussreichen Bremer Familie eine gewisse Höflichkeit bewahren musste. »Soll ich Ihnen zeigen, was wir alles unternehmen, um die Reise vorzubereiten?«

Er stand auf, kam näher und musterte sie von oben bis unten. Sein Blick ließ sie sich unbehaglich fühlen, fast verletzlich, doch sie hielt standhaft den Kopf erhoben, als sie erwiderte:

»Danke für das Angebot, aber ich bin hier, um Frau Nebelthau zu unterstützen.«

Sie folgte der Naturforscherin in die dunkle Ecke und überlegte, wo sie sich hinsetzen und ihre Malutensilien ablegen konnte. Selbst wenn Louise nicht das Vorhaben hätte, sich mit Alexander zu treffen, hier hätte sie niemals arbeiten können. Eine Künstlerin benötigte Licht und Luft, um den Bildern Leben einzuhauchen.

»Frau Nebelthau, das ... das hat ein Bote gebracht.« Felix Smitt überreichte ihr ein Päckchen, das Louise sofort wiedererkannte. Es waren ihre Zeichnungen. Nervös trommelten ihre Finger auf dem Holztisch, als die Naturforscherin das Päckchen öffnete und die Bilder herausnahm.

Emilie Nebelthau verengte die Augen, schüttelte den Kopf und trat dann aus der Ecke heraus ins Licht. Aufmerksam betrachtete sie jede Zeichnung und nickte schließlich.

»Sehr schön. Obwohl Sie keine Wissenschaftlerin sind, haben Sie das Wesen des Farns perfekt aufs Papier gebannt.« Ein flüchtiges Lächeln huschte über ihr Gesicht. »Kommen Sie, ich zeige Ihnen, was ich noch brauche.«

»Danke. Ich freue mich, dass Ihnen die Bilder gefallen.« Louise war wirklich glücklich über das Lob, aber ihre Gedanken schweiften ab. Hoffentlich hatte Alexander ihre Nachricht erhalten und war bereit, sich mit ihr im Hillmann's zu treffen. Nun musste sie nur noch überlegen, wie sie es schaffen konnte, Emilie Nebelthau dorthin zu dirigieren.

Kapitel 33

Im fahlen Schein der Lampen, die ihren Arbeitsraum in ein flackerndes Meer aus Schatten und Halbschatten tauchte, suchte Emilie nach der gewohnten Zuflucht in ihrer geliebten Arbeit. Doch sosehr sie sich auch bemühte, ihr gelang es nicht, dem Gefühl der Unruhe zu entkommen, das sie beharrlich umklammerte. Stets schrak sie zusammen, sobald Nolthenius oder Smitt sich bewegten. Immer wieder meinte sie, Ostherlohs Atem auf ihrer Haut zu spüren, unsichtbar und doch erdrückend.

Ich muss mich zusammenreißen, dachte sie. In ihr tobte ein Kampf zwischen Angst und Zorn, getrieben vom unbändigen Willen, nach Australien zu reisen. Ich bin nicht so weit gekommen, um alles aufzugeben. Ostherloh darf nicht gewinnen. Obwohl ihre Hände zitterten, als sie eine Liste der Pflanzen erstellte, die sie aus Australien nach Bremen mitbringen wollte, wiederholte sie wieder und wieder im Geist: Ich bin stärker als er und das, was er mir angetan hat.

Als Felix Smitt auf Louise Gildemeester zutrat, sah Emilie von dem Papier auf, das sie Seite um Seite in ihrer ordentlichen Schrift füllte. Erstaunt beobachtete sie, wie zugewandt der schüchterne Mann gegenüber der Kaufmannstochter war. Während sie vorgab, sich weiter in ihre Listen zu vertiefen, spitzte

Emilie die Ohren, um das Gespräch zwischen den beiden zu belauschen. Es erschien ihr, als verwandelte Smitt sich vor ihren Augen in einen anderen, mutigeren und eleganteren Mann, all das durch den Zauber der Kaufmannstochter. Felix stolperte kaum noch über Worte und gestikulierte mit einer Leichtigkeit, die Emilie ihm niemals zugetraut hätte. Sein Gesicht wirkte lebhaft, als sei ein Fenster aufgestoßen worden, durch das nun der Sommerwind wehte und neue Möglichkeiten mit sich brachte.

Obwohl die beiden nur über gemeinsame Bekannte plauderten, wirkten sie so vertraut, dass Emilie einen Stich der Eifersucht verspürte. Neid nicht nur auf die Leichtigkeit, mit der sie miteinander sprachen, sondern auf alles, für das dieses Gespräch stand. Zum ersten Mal erlebte Emilie deutlich, dass Louise und Smitt aus den gleichen Verhältnissen kamen, Familien mit Geld und Geschmack, Privilegien und guter Erziehung, während sie sich aus bitterer Armut hochgearbeitet hatte und wohl nie in der Lage wäre, ein Kleid so elegant zu tragen wie eine Louise Gildemeester.

Dafür allerdings würde Fräulein Gildemeester niemals so viel von Botanik verstehen wie Emilie. Jeder Mensch hat seinen Platz in der Welt, hatte ihre Mutter immer gesagt, wenn Emilie sich beklagt hatte, dass sie in der Schule hinten sitzen musste, obwohl sie klüger war als die Kinder wohlhabender Familien, die die vorderen Plätze innehatten. Emilies Platz war der einer Naturforscherin, den hatte sie sich hart erkämpft und würde ihn sich nicht nehmen lassen – auch nicht von einem Jost Ostherloh. Mit neu gewonnenem Mut konzentrierte sie sich auf ihre Pflanzenliste.

Proteaceae, schrieb sie als Überschrift, um darunter einzelne Gewächse wie *Banksien*, *Grevilleen* und *Telopeen* aufzuzählen. *Eukalypten*, lautete die nächste Überschrift, Familie der *Myr-*

taceae. Auf diese Gewächse war sie besonders gespannt, hatten die ersten Entdecker sie doch »Drachenbäume« genannt.

Haemodoraceae benannte sie eine weitere Pflanzengruppe, die sie entdecken und nach Bremen bringen wollte. Bisher hatte sie nur Zeichnungen der Känguru-Blumen oder Känguru-Pfoten, einer Untergattung der *Haemodoraceae*, gesehen und konnte es kaum erwarten, eine lebende Pflanze in ihren Händen zu halten.

Emilie war so versunken in ihre Arbeit, dass sie überrascht aufsah, als Louise Gildemeester sie ansprach: »Was halten Sie davon, wenn wir unser Mittagessen in einem Café einnehmen?« Die Bürgerstochter lächelte Emilie an. »Meinen Sie nicht auch, wir haben uns etwas Gutes verdient?«

»In einem Café?« Vor ihrem geistigen Auge konnte Emilie es bereits vor sich sehen: eines der eleganten Cafés in Bremen, an denen sie bisher nur vorbeigegangen war, den Duft von Kaffee, Zimt und Schokolade geschnuppert hatte, aber es nie gewagt hatte, eines davon zu betreten. Allein, ohne Begleitung, hätte sie gewiss mehr Aufmerksamkeit auf sich gezogen, als ihr lieb gewesen wäre.

Aber nun, geschützt durch Fräulein Gildemeester, könnte sie es wagen. Ein Lächeln glitt über Emilies Gesicht, das selbst dann nicht verschwand, als aus der Ecke, in der Nolthenius saß, ein empörtes Schnauben erklang, das an ein Pferd erinnerte. Die Meinung des Professors war ihr gleichgültig, er und sie würden nie Freunde werden. Sollte er doch versuchen, ihr weiterhin Steine in den Weg zu legen. Das würde sie auch überstehen, denn nun war sie nicht mehr allein. Mit Fräulein Gildemeester stand ihr jemand zur Seite, den Nolthenius nicht so einfach wegschieben konnte wie Emilie, die arme Bittstellerin.

»Soll ich Sie be … begleiten?«, bot Felix Smitt an, was Emilie nicht behagte. Aber sie antwortete nicht, war die Frage doch an Louise gerichtet.

»Danke, aber Frau Nebelthau und ich haben so viel zu besprechen.« Überraschend schnell kam die Antwort. Emilie freute sich, dass Fräulein Gildemeester mit ihr allein Zeit verbringen wollte. Konnten sie einander Freundinnen werden, überlegte sie, so wie Hedwig und Fisch-Lucie? Es erleichterte Emilie, Frauen in ihrem Leben zu wissen, die sie unterstützten und mit denen sie ein Café besuchen konnte. Aus vollem Herzen wollte sie mit Ja antworten, doch dann fiel es ihr siedend heiß ein. Sie schüttelte den Kopf.

»Es tut mir leid, aber ich habe kein Geld für ein Café«, wisperte Emilie und schämte sich entsetzlich für ihre Armut.

»Das macht nichts«, erwiderte Louise. »Ich wollte Sie ohnehin einladen, als Dank dafür, dass ich bei der Expedition helfen darf.«

Erneut erklang Schnauben aus Nolthenius' Ecke, woraufhin sich beide Frauen ansahen und lächelten. Zu Emilies Überraschung hakte sich Louise bei ihr unter, und gemeinsam verließen sie den Raum. Ihre Schritte waren ein Gleichklang, eine Melodie, die durch die Flure hallte und neue Chancen ankündigte.

Vor dem Café im Hillmann's Hôtel angekommen, blieb Emilie stehen. Hier hatte sie an ihrem ersten Tag in Bremen nach dem Weg gefragt. Sie sah an sich herab. Mit ihrem schlichten dunklen Kleid würde sie unter den Gästen gewiss auffallen. Sie musste sich nur umsehen, was für Menschen das Hotel betraten oder verließen: Es waren Herren in eleganten Anzügen aus teuer aussehendem Stoff, mit weißen Hemden mit hohen Krägen. Die Damen waren bunter gekleidet, mit bodenlangen Röcken, die Kleider oft reich verziert mit Spitzen, Bändern oder Stickereien. Trotz des sommerlichen Wetters trugen sie Handschuhe und Hüte mit Federn oder Blumen. Selbst Louise Gildemeester wirkte bescheiden gekleidet, verglichen mit den Gästen des Cafés im Hillmann's Hôtel.

Als spürte ihre Begleiterin Emilies Unsicherheit, legte sie ihr eine Hand auf den Arm. »Kommen Sie, es wird Ihnen gefallen.«

Emilie konnte nur stumm nicken und folgte ihr in das Hotel, durch den eleganten Eingangsbereich, die breite Treppe hoch ins Café. Kristallleuchter fingen das Licht ein, das durch die hohen Fenster fiel. Schwere Samtvorhänge harmonierten farblich mit den eleganten Stofftapeten. An den Wänden hingen Gemälde in goldenen Rahmen, dezent und edel. In dem Raum waren mehrere runde Tische aus Mahagoni verteilt, an denen bereits etliche Menschen saßen, die bei einer Tasse Kaffee oder Tee miteinander plauderten oder Zeitung lasen.

Immer noch eingeschüchtert, folgte Emilie Louise Gildemeester zu einem Tisch, prominent in der Mitte des Raumes. Ihr wäre es lieber gewesen, sie hätten einen der etwas versteckt gelegenen Ecktische genommen, wo sie die Aufmerksamkeit nicht so stark auf sich gezogen hätten.

»Möchten Sie Kaffee oder Tee?«, fragte Louise, als wäre sie eine Bedienung, die für Emilies Wohl zu sorgen hatte.

»Kaffee, bitte«, brachte Emilie nur mühsam hervor. Es kam ihr vor, als würden alle anderen Gäste sie anstarren, geschickt verborgen hinter ihrer Zeitung oder ihrem Gespräch, aber dennoch spürte sie die musternden Blicke, begleitet von der stummen Frage: »Wer ist das, und was sucht jemand wie sie hier?«

»Lassen Sie sich nicht einschüchtern.« Louise nickte der Bedienung zu. »Genießen Sie den Kaffee und das Gebäck.«

Da Emilie weiterhin schwieg, bestellte ihre Begleitung für sie beide Kaffee, Heißwecken und Wickelkuchen, was Emilie nichts sagte, aber sie war froh, keine Entscheidung treffen zu müssen.

Auf Speisen und Getränke wartend, sah Louise Gildemeester ständig zur Tür, während Emilie aus dem Fenster schaute, hinaus auf die belebte Straße, wo Pferdekutschen vorbeifuhren und Menschen ihren Geschäften nachgingen.

»Bitte sehr.« Die Bedienung stellte zwei Tassen, aus denen der bittere Geruch frisch gerösteten Kaffees stieg, sowie zwei Teller, beladen mit Rosinenbrötchen und Mohnkuchen, vor sie hin.

»Danke«, flüsterte Emilie, während Louise nur nickte. Emilie beobachtete, wie ihre Begleiterin Sahne in ihren Kaffee goss, um es ihr anschließend nachzutun. Der erste Schluck Kaffee brannte auf ihrer Zunge, aber gleichzeitig fühlte er sich belebend an.

Wenn sie nun einmal hier war, konnte sie auch versuchen, das Beste aus der Situation zu machen. Also stach sie mit der silbernen Kuchengabel in den Mohnkuchen und schob sich ein kleines Stück in den Mund. Genießerisch schloss sie die Augen. Noch nie in ihrem Leben hatte Emilie etwas so Köstliches gegessen.

»Was hat Sie zur Botanik gebracht?«, fragte Louise, die nur in ihrem Kuchen herumstocherte, ohne etwas davon zu essen.

»Meine Mutter kannte sich mit Heilpflanzen aus und hat mir vieles gezeigt.« Emilie dachte voller Wehmut an die vielen Stunden, die sie gemeinsam mit Dora im Wald und auf Wiesen verbracht hatte, um Kräuter zu sammeln. »Aber erst durch meinen Ehemann habe ich die wissenschaftliche Seite der Pflanzenkunde kennengelernt.«

»Ihr Ehemann«, begann Louise und zögerte dann, als fürchtete sie, an einer Wunde zu kratzen, »ist er verstorben?«

»Ich habe ihn verlassen«, sagte Emilie. »Er stand meinen Träumen ablehnend gegenüber.«

»Mein Vater versteht auch nicht, was mich bewegt und was ich mir wünsche.« Louise trank einen Schluck Kaffee, bevor sie weitersprach. »Er sieht in mir nur eine gute Partie, die es geschickt zu verheiraten gilt.«

Das überraschte Emilie, war sie doch davon ausgegangen, dass ihr Reichtum der jungen Frau die Welt öffnete und dass sie sich jeden Traum erfüllen konnte.

»Was ist Ihr Wunsch?«, fragte sie daher. »Wollen Sie denn nicht heiraten?«

Einen Moment lang verfinsterte sich das Gesicht ihres Gegenübers, dann lächelte Louise wieder.

»Ich würde Malerei studieren wollen.« Ihre Augen leuchteten. »Nach Frankreich reisen, um dort von den Besten zu lernen.«

»Warum tun Sie es nicht?«

»Entweder ist mein Mut zu klein oder meine Träume sind zu groß.« Louise seufzte. »Ich bewundere Sie für die Kraft, die Sie aufbringen.«

»Ich habe mich oft mutlos gefühlt, aber trotzdem weitergekämpft.« Emilie senkte den Blick, denn Ostherloh hatte ihr den Kampfgeist genommen. »Wenn ich meinen Traum verliere, was bleibt mir dann?«

Da legte Louise ihre Hand auf die von Emilie und nickte ihr zu. Emilie spürte eine wortlose Verbindung zu ihr und erkannte, dass ungeachtet von Reichtum oder Armut ihre Wünsche von denselben Wurzeln genährt wurden – von der Sehnsucht nach Unabhängigkeit und der Verwirklichung ihrer

Träume, in einer Welt, die verbot oder vergaß, dass Frauen eigene hatten.

»Ich wünschte, ich wäre so erfolgreich wie Sie.« Louise Gildemeester seufzte auf. »Niemand außer Ihnen schätzt meine Bilder.«

»Ich werde auf der Nordwestdeutschen einen Vortrag über Farne halten«, sagte Emilie, um ihr Hoffnung zu geben. »Dort kann ich Ihre Bilder zeigen.«

»Das wäre wundervoll«, entgegnete Louise. »Wir können uns gegenseitig unterstützen.«

»Das wäre wunderbar.« Sollte sie ihrer neuen Freundin anvertrauen, was ihr geschehen war?, überlegte Emilie, als Louise plötzlich verstummte, ihr Satz in der Luft hängend wie ein Blatt im Wind. Sie drehte den Kopf leicht zur Seite, ihr Gesicht von einem Sonnenstrahl erleuchtet, der durch die kunstvoll verzierten Fenster des Cafés schimmerte. Das Klappern des Porzellans und die murmelnden Gespräche der anderen Gäste traten in den Hintergrund, als auch Emilie sich umwandte, um die Quelle von Louises unerwartetem Interesse zu ergründen.

Durch die Tür des Cafés trat ein gut aussehender blonder Mann herein und steuerte zielsicher auf ihren Tisch zu. Er kam Emilie vage bekannt vor. Während sie noch überlegte, wer er sein könnte, stand er bereits neben ihnen. Innerlich schreckte sie zusammen, sah er doch aus wie eine jüngere Version von Jost Ostherloh. Äußerlich hielt sie sich kerzengerade, aber wagte es nicht einmal, die Kaffeetasse zum Mund zu führen.

»Louise«, sagte Ostherlohs Sohn mit warmer Stimme. »Was für eine angenehme Überraschung, dich hier zu sehen. Frau Nebelthau, ich habe Ihren Vortrag sehr genossen.«

»Sehr erfreut, Sie wiederzusehen.« Er verbeugte sich und

nahm ihre Hand, um ihr einen Handkuss zu geben. Emilie zuckte zurück und entzog ihm ihre Finger, was ihr erstaunte Blicke einbrachte.

»Louise ist ganz begeistert von der Chance, die Sie ihr geben«, sagte Ostherlohs Sohn. Mit der Nonchalance eines Mannes, der es gewohnt war, dass die Welt sich nach seinen Wünschen richtete, ließ er sich auf einem Stuhl nieder, ungebeten und von Emilie ungewollt. Mit einer eleganten Geste hob er die Hand, um dem Kellner ein Zeichen zu geben. Sein Blick glitt über die Karte, er bestellte einen Tee und ein Schokoladen-Eclair.

Emilie fühlte sich bedrängt von seiner Gegenwart. Er wirkte auf sie, als wäre er genau wie sein Vater: reich, selbstsicher, und er nahm sich, was er wollte, ohne zu fragen. Sie sprang so hastig auf, dass das Besteck auf ihrem Teller klapperte.

»Ich muss zurück zur Arbeit. Auf Wiedersehen.« Ohne ein weiteres Wort drehte sie sich um. Ihr Herz raste, und ihre Füße trommelten, als sie aus dem Café flüchtete. Mit jedem Schritt auf dem Pflaster von Bremen spürte sie die Enttäuschung bitterer. Wie hatte sie auch nur glauben können, eine Bürgerstochter wie Louise Gildemeester sähe in ihr mehr als nur ein Alibi für eine heimliche Liebelei? Hatte sie wirklich gedacht, sie hätten Freundinnen werden können?

Bebend vor Zorn über Louise Gildemeesters Verrat eilte Emilie zurück zu ihrem Arbeitsraum. Nolthenius und Smitt sahen sie erstaunt an, als sie zur Tür hereinstürmte.

»Mir geht es immer noch nicht gut«, presste sie heraus, der Ton in ihrer Stimme hart und gleichzeitig brüchig. »Ich nehme mir Arbeit mit nach Hause und komme wieder, wenn ich gesundet bin.«

»Wo ist Fräulein Gildemeester?«, fragte Smitt sanft, aber trotzdem traf seine Frage sie wie ein Hieb.

»Im Café Hillmann's«, antwortete Emilie barsch. Sie raffte ein paar Sachen zusammen und rannte hinaus, bevor einer der Männer sie aufhalten konnte. Die Tür fiel hinter ihr mit einem dumpfen Laut zu, es klang in ihren Ohren wie ein endgültiger Abschied. Statt der Verbündeten, die sie sich erhofft hatte, hatte sie eine Verräterin in ihren Arbeitsraum geholt, die sie im Stich gelassen hatte.

Kapitel 34

Die Sonne tauchte das bescheidene Zimmer, in dem Emilie lebte, in warmes goldenes Licht, aber selbst das vermochte ihre traurige Stimmung nicht zu heben. Der schmale Holztisch in der Mitte des Raumes war bedeckt mit Büchern über exotische Pflanzen und Tiere, die Emilie als Vorbereitung für die Australienexpedition gelesen hatte. Für die Reise, die sie nun nicht mehr unternehmen würde, weil ihr der Mut fehlte. Sie brach in Tränen aus, ihre Schultern bebten vor Verzweiflung.

»Emilie?« Hedwigs Stimme erklang vor der Tür. »Dörff ik reinkommen?«

Vor lauter Schluchzen brachte Emilie kaum ein Wort heraus. Endlich gelang ihr ein kaum hörbares »Ja«, gut genug wohl für Hedwig, denn die Tür öffnete sich, und ihre Vermieterin kam herein, gefolgt von Lucie, was Emilie durch einen Tränenschleier wahrnahm.

»Wat is mit di los?« Lucie setzte sich neben sie auf das schmale Bett, der unvermeidliche Geruch von Fisch begleitete sie. »Hat Ostherloh ...?«

Bevor Emilie antworten konnte, setzte sich Hedwig auf die andere Seite und griff nach ihrer Hand. Warm, fast zu warm fühlte Hedwig sich an, als ob sie immer noch unter Fieber litt.

»Nein, nicht er«, brachte Emilie endlich hervor, ein Schluckauf plagte sie, hervorgerufen von ihrem Weinen.

»Wat is passeert?« Sanft strichen Hedwigs Finger über Emilies Handrücken. »Kann wi di helpen?«

Beide Frauen sahen Emilie geduldig an, während sie immer noch um Fassung rang. Was war nur mit ihr geschehen? Früher hatte sie die härtesten Schicksalsschläge ertragen, ohne Tränen, ohne Klagen, hatte Alberts Trunksucht und ihre Armut überstanden ohne Jammern. Doch seit Claras Tod fühlte sie sich dünnhäutiger, weicher, ohne Halt und allein. Und seitdem Ostherloh ihr seinen Willen aufgezwungen hatte, schien ihr Kampfgeist verloren. Emilie schluchzte erneut auf.

»Ich ... Ich schaffe es nicht.« Tränen liefen ihr über das Gesicht, als sie Hedwig und Lucie gestand, versagt zu haben. »Ich kann nicht mit Nolthenius und Smitt in einem Raum sein, ohne dass es mir die Luft abschnürt. Ich muss zu meinem Mann zurückgehen, auch wenn ich das überhaupt nicht will.«

Das raue Holz des Bettrahmens drückte sich hart in Emilies Hände, als sie sich daran festklammerte, als könnte er ihr Halt geben. Erschöpft vom Weinen ließ sie ihren Kopf gegen Hedwigs Schulter sinken und schloss die Augen. Nichts wünschte sie sich mehr, als die Zeit zurückzudrehen zu dem verhängnisvollen Tag mit Jost Ostherloh.

»Vertell keen Blödsinn!«, herrschte Lucie sie an, ihre Stimme rau von den Markttagen, an denen sie mit der Kraft ihrer Worte das alltägliche Überleben sicherte. »Es gibt nicht nur een Weg für eine Frau, sich in dat Leven to behaupten.«

Emilie hob den Kopf, erschüttert über die Härte, mit der ihre Freundin sie ansprach. Hilfe suchend sah sie zu Hedwig, deren Wangen seit dem Besuch von Dr. Burchardt langsam wieder Farbe gewannen. Ihre Freundin lächelte, als sie sagte:

»Keine von uns segelt op einfachen Wassern, Emilie. Aver wi finden unseren Kurs – und du findest ok dien, sobald du wieder Mut gefasst hest.«

»Aber was soll ich denn machen?« Emilie schniefte leise. »Ich bin Naturforscherin und kann sonst nichts.«

Lucie verdrehte die Augen. »Du büst een der klügsten Frauen, die ik kenne.« Ihre Freundin klopfte Emilie auf die Schulter. »Außer wenn du so en Tüdelkraam vertellst as nu.«

Ein kleines Lächeln brach sich durch Emilies Tränenschleier Bahn. Sie war ihrer Freundin dankbar, dass diese so offene Worte fand. Hedwigs sanfte Freundlichkeit und Lucies resolute Fürsorge waren wie der rettende Anker im stürmischen Meer ihrer Verzweiflung.

»Du kannst as Schoolmeestersche arbeiden«, sagte Hedwig. Ein Husten schüttelte sie, und mit heiserer Stimme sprach sie weiter: »Un wenn gar nichts anners geiht, bringen wi di in de Jute unter.«

Konnte das eine Zukunft für sie sein?, fragte sich Emilie. In der Karderei oder der Spinnerei arbeiten, die Jute lockern, strecken und zu Faserbändern spinnen – und das von sechs Uhr morgens bis sechs Uhr abends. Dem ohrenbetäubenden Lärm von sechshundert Webstühlen ausgesetzt, im Sommer unter der Hitze in der Fabrikhalle leidend, im Winter frierend, so wie Hedwig es berichtet hatte. Wenn ihre Freundin das ertragen konnte, dann sollte Emilie sich nicht zu fein dafür sein.

»Danke«, antwortete Emilie unter Tränen, aber langsam schöpfte sie Hoffnung. Ihre Freundinnen hatten recht. Es gab nicht nur einen Pfad für sie, so wie sie es früher gedacht hatte. Stattdessen breiteten sich vor ihr viele Wege aus, gleich den vielen Gassen, die durch Bremen führten. Nicht alle Möglichkeiten mussten ihr gefallen oder sie so glücklich machen wie ihre

Forschung, aber sie würden ihr genug Geld bringen, damit sie überleben und möglicherweise sogar weiterforschen konnte.

Dann läge ihre Zukunft eben nicht mehr an Deck eines Schiffes, das Kurs auf die exotischen Küsten Australiens nahm, sondern an den belebten Ufern der Weser, in einer Stadt, die ihr eine Heimat werden könnte. Ihr Herz fühlte sich leichter an, nachdem sie diese Entscheidung getroffen hatte. Sie war nicht länger einsam, abhängig von einem reichen Gönner, der meinte, nicht nur ihr Wissen, sondern auch ihren Körper gekauft zu haben. In ihrem Leben gab es nun Menschen, auf die sie sich verlassen konnte, und sie könnte einen wirklichen Neuanfang schaffen. Sie würde weiterkämpfen müssen, ja, das war ihr bewusst, aber sie hatte ihr ganzes Leben lang gekämpft. Unbewusst ballte sie ihre Hände zu Fäusten, bereit, sich allem zu stellen, was das Schicksal für sie vorgesehen hatte.

Sie sprang auf, umarmte ihre Freundinnen und sagte: »Ich danke euch. Komm, Culpeper, wir gehen zum Markt. Heute lade ich euch und eure Familien zum Essen ein.«

· · ·

Am nächsten Morgen öffnete Emilie das Fenster ihres bescheidenen Zimmers und ließ die frische Bremer Morgenluft hinein. Die frühe Sonne streichelte ihr Gesicht wie ein Versprechen, dass ihr Leben weitergehen würde, und zwar besser als zuvor. Emilie fühlte sich so zuversichtlich, dass sie am liebsten mit den Vögeln um die Wette gezwitschert hätte. Gestern Abend hatte sie gemeinsam mit den Freundinnen in Fisch-Lucies Wohnung gekocht, mit den vielen Kindern gespielt und oft und laut gelacht. Fast kam es ihr vor, als wäre Ostherlohs Übergriff nur ein düsterer Traum gewesen und als hätte es den Verrat durch Louise Gildemeester nie gegeben.

Culpeper schaut erwartungsvoll zu ihr auf, er spürte ihre geänderte Stimmung. »Gleich, mein Guter.« Sie tätschelte den Hund, und ihr Blick suchte nach Jeanne, aber die Katze ging ihrer eigenen Wege.

Während Emilie sich mit kaltem Wasser wusch, klopfte Hedwig an ihre Tür. »Felix Smitt is hier un will mit di snacken.«

Die wenigen Worte genügten, um Emilies fröhliche Stimmung zu zerstören wie ein Sturm ein blühendes Feld. Alles Dunkle, das sie vergessen geglaubt hatte, schien nach ihr zu greifen und sie in die Verzweiflung zu ziehen. Smitt bedeutete Nolthenius, bedeutete Ostherloh, bedeutete Ohnmacht und Hilflosigkeit. Ihre Finger zitterten, ebenso ihre Stimme, als Emilie das Erste aussprach, das ihr in den Sinn kam. »Bitte, schick ihn weg und sag ihm, ich bin noch krank.«

Durch die Tür hörte sie undeutlich, wie Hedwig und Smitt miteinander redeten. Sosehr Emilie sich bemühte, sie konnte die Worte nicht verstehen. Also legte sie sich aufs Bett, schloss die Augen und drehte sich zur Seite. Da öffnete sich die Tür, und Schritte kamen näher, ein sanftes Rascheln in der Stille des Zimmers. Emilie hielt die Augen weiter geschlossen und wandte ihrer Freundin den Rücken zu.

»Ik weiß, dat is schwer, aver du bist stärker, as du denkst.« Sanft berührte Hedwig Emilies Schulter. »Nich all Mann is so as Ostherloh. Denk an Doktor Burchardt.«

Da drehte Emilie sich zu ihr und öffnete die Augen. »Er ist die Ausnahme.« Sie presste die Lippen zusammen. »Und er hat keine Macht. Die nehmen sich Männer wie Ostherloh und sein Sohn.«

Nur zu gut erinnerte sie sich an die Selbstverständlichkeit, mit der der junge Mann sich im Café zu Louise Gildemeester und ihr an den Tisch gesetzt hatte. Ja, Männern wie den Ostherlohs gehörte die Welt. Männer wie Cornelius Burchardt oder Felix Smitt standen wie einzelne Leuchttürme in der dunklen Brandung.

»In Smitt kannst du en Verbündeten finnen«, sagte Hedwig nun in eindringlichem Ton. »Emilie, ik weer glücklich, wenn du in Bremen bliffst. Aver glücklicher weer ik, wenn du dien Droom folgst.«

»Ich bin nicht stark genug«, antwortete Emilie, setzte sich aber auf. In ihrem Herzen tobte ein Kampf, sie fühlte sich hin- und hergerissen zwischen dem Wunsch, nie wieder mit einem Mann allein in einem Raum sein zu müssen, und ihrer Liebe zur Forschung. »Der Gedanke, mit Nolthenius allein zu sein, raubt mir den Atem.«

»Wenn du wullt, kann ik di begleiten«, schlug Hedwig vor. Ihre Worte, das selbstlose Versprechen, erschienen Emilie wie ein rettendes Seil in der Flut ihrer Zweifel. Das gab den Ausschlag. Wenn ihre kranke Freundin bereit war, alles für sie aufs Spiel zu setzen, dann konnte Emilie auch Mut fassen und sich ihren Ängsten stellen.

»Danke dir, ich werde es allein versuchen.« Ihre Finger umschlangen Hedwigs Hand, ein Zeichen ihrer Verbundenheit und Stärke. »Bitte sag Smitt, ich bin gleich so weit.«

Nachdem ihre Freundin gegangen war, kleidete Emilie sich an und trat vor die Tür, der treue Culpeper an ihrer Seite.

»G ... Geht es Ihnen besser?« Felix Smitt hielt den Kopf leicht schief und musterte sie aufmerksam. Seine Stimme war sanft und leise. Emilie wollte ihm vertrauen, wollte glauben, dass es gute Männer gab. Aber sie hatte auch von Ostherloh gedacht, er wäre ein ehrenwerter Mann.

»Danke. Ich fühle mich besser. Warum sind Sie hier?«, fragte sie, ihre Stimme gefasst, aber innerlich zitternd. Culpeper, der ihre Angst spürte, drückte sich beruhigend gegen ihr Bein. Emilie senkte ihre Hand in das dichte Fell und fand Stärke im Schutz ihres Hundes.

»Ich möchte Sie warnen.« Eindringlich sah er sie an, Aufrichtigkeit und Sorge in seinem Blick. »Nolthenius schmiedet einen Plan gegen Sie.«

Emilies Herz raste, und sie rang nach Luft. Doch dann verdrängte Zorn ihre Angst. »Was hat er vor?«

Smitt sah sie an, öffnete den Mund, aber die Worte wollten sich nicht lösen. Nachdem er den Mund mehrfach auf- und zugeklappt hatte, gelang es ihm endlich, einen Satz herauszustoßen. »Er w ... w ... will zu Ostherloh gehen und da ... darauf drängen, Sie nicht mit auf die Reise zu nehmen.« Er schluckte, als müsste er jeden Buchstaben einzeln erkämpfen. Smitt rang weiter mit den Worten, aber stieß sie schließlich hervor. »Weil Sie ni ... nicht mehr arbeiten.«

Emilie holte tief Luft. Das hatte sie befürchtet. Der Professor wollte seine Chance nutzen, und sie konnte ihm das nicht verdenken. Nolthenius hatte sie von Anfang an nicht als Teil der Expedition haben wollen, und sie hatte ihm nun einen Vorwand geliefert, sie loszuwerden. Obwohl die Angst ihr immer noch die Kehle zuschnürte, ballte Emilie die Hände zu Fäusten, bereit, sich dem Konflikt zu stellen.

Hedwig, die dem Gespräch schweigend zugehört hatte, nickte ihr ermutigend zu. »Geh, ich kümmere mich um den Hund.«

Da wandte sich Emilie an Smitt: »Also gut, lassen Sie uns aufbrechen.«

Ihre Stimme war wieder ihre eigene, stark und kräftig – der

Kampf um die Expedition war noch lange nicht verloren. Mit festen Schritten ging sie an Felix Smitt vorbei, bereit, Nolthenius und notfalls auch Ostherloh die Stirn zu bieten.

Kapitel 35

Louise setzte einen letzten Strich und vollendete die Zeichnung einer Rosenblüte, mit der sie den gesamten Vormittag verbracht hatte. Sosehr sie es sich wünschte, in der Kunst zu versinken und alles um sich herum zu vergessen, es wollte ihr nicht gelingen. Zu viele Gedanken drängten sich ihr auf, ließen sie nicht zur Ruhe kommen und hatten dazu geführt, dass das Bild misslungen war, wie sie missmutig feststellte. Zwar hatte sie die Rose technisch gelungen porträtiert, aber ihr fehlte das Leben, das Herz. Louise legte Skizzenblock und Zeichenstifte zur Seite, stand auf und ging ans Fenster. Vor ihrem Blick erstreckte sich der blühende Garten unter einem wunderbar blauen Himmel, ein perfekter Sommertag, aber ihr Herz blieb schwer.

Viel zu kurz war das heimliche Treffen mit Alexander gewesen. Nachdem Emilie Nebelthau sie so abrupt verlassen hatte, war auch er bald gegangen, um sie nicht zu kompromittieren, wie er sagte. Als würde es sie nicht in Verlegenheit bringen, dass sie vom Café allein nach Hause gehen musste. Obwohl ein Teil ihres Herzens sich immer noch nach Alexander verzehrte, erkannte sie inzwischen seine Schwächen und fragte sich, ob er jemals seine Versprechungen wahr machen würde.

Aber ihre wachsende Skepsis gegenüber Alexander war

nicht das einzige Thema, das ihr auf der Seele brannte. Schlimmer noch erschien Louise ihre Lüge gegenüber Frau Nebelthau. Sie musste die Naturforscherin unbedingt aufsuchen, um sich ihr zu erklären und sich bei ihr zu entschuldigen. Es war eine äußerst unangenehme Situation gewesen, als die Naturforscherin erkannt hatte, dass sie nur als Tarnung für das Treffen von Louise und Alexander gedient hatte. Frau Nebelthau war voller Zorn aufgesprungen, und Louise hatte einen Moment überlegt, ihr nachzulaufen und sich sofort zu entschuldigen, aber dann hatte Alexander seine Hand auf ihre gelegt, und sie hatte alles andere vergessen. Wenn auch nur für einen Augenblick, dann hatte die Angst vor dem Entdecktwerden wieder eingesetzt, denn schließlich waren sie in dem Café in der Öffentlichkeit, umgeben von Menschen ihrer Gesellschaft.

Seitdem waren ein paar Tage vergangen, und immer wieder hatte Louise Anlauf genommen, Frau Nebelthau in ihrem Arbeitsraum aufzusuchen, um mit ihr zu reden. Bisher hatte sie ihr Vorhaben nicht in die Tat umgesetzt. Zu stark war das schlechte Gewissen, zu anklagend der Blick gewesen, den Emilie Nebelthau ihr zugeworfen hatte. Hatte die andere Frau wirklich gemeint, sie wären Freundinnen? Sie kannten einander doch kaum. Obwohl das die Wahrheit war, musste Louise zugeben, dass sie sich falsch verhalten hatte. Sie seufzte, denn sie ertrug es nicht, wenn andere Menschen sie nicht mochten. Wie sehr hatte ihr Leben sich doch verändert. Hatte sie noch vor Monaten geklagt, wie langweilig ihre Zukunft aussah, so war nun alles anders – und nicht unbedingt besser.

Freundinnen, dieses Wort hallte in Louises Gedanken nach wie die Glocken der Liebfrauenkirche, die mit ihrem feierlichen Läuten zum Kirchgang riefen. Auch Henriette und Leontine hatte sie in letzter Zeit vernachlässigt, alles wegen ihrer Liebe zu einem Mann, den sie nun nicht mehr in dem rosaroten Licht sah wie noch vor wenigen Wochen. Henriette engagierte sich übermäßig für den alkoholfreien Getränkekiosk auf der Nordwestdeutschen und hatte kaum Zeit für Louise. Außerdem, das musste Louise sich eingestehen, fürchtete sie, dass Henriette niemals mit Louises Entscheidungen einverstanden wäre und nicht davor zurückscheuen würde, dies mit klaren Worten deutlich zu machen.

Was mit Leontine war, das wusste Louise nicht. Ihre Freundin hatte sich von einem Tag auf den anderen zurückgezogen, und Louise hatte sie zweimal bei Besuchen nicht angetroffen. Einen dritten Versuch hatte sie bisher nicht unternommen, zu sehr versunken in ihrer eigenen Geschichte. Getrieben von innerer Unruhe nahm sie sich ein Schultertuch, um in den Garten zu gehen. Obwohl die Sonne hoch am Zenit stand, schauderte sie, als sie vor die Haustür trat. Ein kühler Wind war aufgekommen, der den Rosen ihre Blüten entriss und sie über den gepflegten Rasen verteilte wie rote Farbsprengsel. Wie war wohl der wissenschaftliche Name der wunderschönen Blumen?

Als sie anhielt, um eine Blüte zu sich heranzuziehen, um deren wundervollen Duft einzuatmen, verstand sie, wie traurig sie darüber war, es sich mit Frau Nebelthau verdorben zu haben. Was hätte sie alles von der Naturforscherin lernen können! Diese einzigartige Chance hatte sie aufgegeben – für Alexander, der sie immer nur vertröstete. Wie gern würde sie mit ihm reden, endlich Klarheit darüber erhalten, ob es für sie eine gemeinsame Zukunft geben könnte. Doch Alexander war wieder einmal verreist, er war nach Hamburg gefahren, um dort Angelegenheiten seines Vaters zu regeln. Üblicherweise interessierte sich Louise nicht für Geschäftliches, aber es wunderte sie schon, wie oft er unterwegs war. Louise knetete ihre Unterlippe zwischen den Zähnen, während sie grübelte.

Es war an der Zeit, die Fehler, die sie begangen hatte, wiedergutzumachen. Bei Henriette und Leontine konnte sie auf ihre gemeinsame Vergangenheit zählen und darauf hoffen, dass ihre Freundinnen ihr vergeben würden, wenn Louise sie darum bat. Mit Frau Nebelthau lag die Sache leider anders. Die Naturforscherin kannte Louise erst seit Kurzem und hatte eine Seite von ihr kennengelernt, für die Louise sich schämte. Es bedurfte einer größeren Geste ihrerseits als Entschuldigung. Sie beugte sich hinab, um eine aufblühende Rose zu pflücken, die ihr so schön erschien, dass Louise sie einfach zeichnen musste. Nachdem sie die Blüte abgeknickt und sie von allen Seiten betrachtet hatte, kam ihr die rettende Idee.

Sie würde Zeichnungen anfertigen, einzigartige, beeindruckende Kunstwerke, deren feine Linien und Farben Frau Nebelthaus Welt der Pflanzen bereichern sollten. Wenn sie sich recht erinnerte, plante die Naturforscherin einen Vortrag über Farne – oder waren es Rosen oder Rhododendren? – für die Nordwestdeutsche Ausstellung. Diese Pflanzen in ihrer Schönheit zu verewigen, würde den Vortrag unterstützen und dazu beitragen, das gerissene Band zwischen ihnen neu zu knüpfen. Nun musste sie nur erfahren, worüber die Naturforscherin sprechen sollte.

Louise eilte zurück ins Haus und klingelte nach dem Dienstmädchen. Kurze Zeit später kam Else in ihr Zimmer. »Se wüllen, gnädiges Fräulein?«

»Begleite mich zu Frau Nebelthau.« Louise schöpfte frischen Mut, begeistert von ihrem Plan. »Wir brechen sofort auf.«

»Aver de Herrschoppen warten op di to 'n Middagessen.«

Erschütterung sprach aus Elses Tonfall. »Wi köönt danach gehn.«

»Nein!« Louise schüttelte den Kopf, denn sie wollte keinesfalls noch länger warten. »Es muss gleich sein.«

Else sah aus, als wollte sie etwas erwidern, aber als gut geschultes Dienstmädchen nickte sie nur.

»Sag meiner Tante bitte, dass ich nicht am Essen teilnehmen werde.« Louise sammelte ihre Zeichenutensilien zusammen und betrachtete das Bild der Rose mit der Frage, ob es gut genug für Frau Nebelthau wäre. Ja, sie würde es sicherheitshalber mitnehmen, als ein Beispiel ihrer Kunstfertigkeit. War das überhaupt noch nötig? Schließlich kannte die Naturforscherin Louises Bilder der Farne und hatte sie gelobt. Das mochte sein, aber Louise musste als Bittstellerin auftreten, und da sollte sie alles nutzen, was ihr helfen konnte.

»Ehr Tante is nich froh, schall ik di seggen.« Else stand überraschend im Zimmer.

»Nun gut, das werde ich wohl aushalten.« Louise winkte dem Mädchen, ihr zu folgen, und gemeinsam verließen sie das Haus.

Plötzlich blieb Else stehen, den Mund geöffnet, die Augen aufgerissen.

»Was ist denn?« Louise hielt ebenfalls an, verärgert über die Störung.

»En echt Indianer«, stammelte das Dienstmädchen, hob die Hand und deutete nach vorn. Louise folgte mit den Augen ihrem Finger, und wahrhaftig – aus der Tür eines Wirtshauses stolperten drei Männer, zwei von ihnen gekleidet wie Cowboys, der dritte in einer Lederhose mit bunten Fransen, angetan mit einem etwas zerzaust aussehenden Federschmuck.

»Die sind von *Buffalo Bills Wild West Company*«, sagte

Louise. Seit Wochen berichtete die Zeitung davon, dass die Völkerschau in Bremen ihr Gastspiel gab. Zweihundert Menschen, Indianer, Cowboys, Scharfschützen, Kunstreiter, und einhundertfünfundsiebzig Tiere, Mustangs, Maulesel, Büffel und Ponys, waren an der Schleifmühle zu bestaunen. Nur zu gern hätte Louise sie sich angesehen, aber ihr Onkel hielt nichts von derartigen Vergnügungen. Die Wildwestshow war Louise ebenso verboten wie der Freimarkt. »Das schickt sich nicht für eine Gildemeester«, hatten Onkel Georg und Tante Malvina in trauter Einigkeit betont.

»Nun, komm endlich«, herrschte sie Else an, die immer noch starrte und staunte. Auf dem Weg formulierte Louise unterschiedliche Versionen ihrer Entschuldigung im Kopf, suchte nach derjenigen, die am glaubhaftesten war, ohne Alexander und sie zu verraten. Alles klang falsch und unrecht. Vielleicht sollte sie es mit der Wahrheit versuchen, auch wenn es ihr schwerfallen würde, ihre verbotene Liebe zuzugeben. Sie war so sehr in ihren Überlegungen versunken, dass sie zusammenschreckte, als jemand sich ihr in den Weg stellte.

»Entschuldige, ich wollte dich nicht erschrecken.« Christians sonst so jungenhaft-fröhliche Miene wirkte ernst, fast sorgenvoll. »Gut, dass wir uns begegnen. Ich muss mit dir sprechen.«

Er senkte die Stimme und bedeutete ihr mit einem Winken, dass sie näher zu ihm treten sollte, außer Hörweite ihres Dienstmädchens. Nun war Louises Neugier geweckt, mehr noch, sie fürchtete sich. Es musste etwas Bedeutsames sein, wenn er sich so geheimnisvoll gab.

»Christian, was ist los? Du siehst beunruhigt aus«, erwiderte sie flüsternd. »Du machst mir Angst.«

»Man spricht in Bremen über dich, Louise«, antwortete er ebenso leise. »Es gibt Gerüchte über dich und ...«

Er beendete den Satz nicht, sondern sah an ihr vorbei, als wäre es ihm peinlich fortzufahren.

Louise erstarrte und spürte, wie ihr Herz schneller schlug. »Gerüchte? Über mich? Nun sag schon.«

Christian atmete tief durch und sah ihr direkt in die Augen. »Man hat dich und meinen Bruder gesehen. Es heißt, ihr wärt euch unangemessen nah gewesen. Im Café vom Hillmann's.«

Erschrocken zog Louise die Hand zum Mund. Sie hatte gewusst, dass sie sich mit Alexander auf ein gefährliches Spiel einließ, doch sie hatte nicht erwartet, so schnell entdeckt zu werden. Else, Misstrauen und Neugier im Blick, wollte näher treten, doch Louise bedeutete ihr mit einer Handbewegung, an ihrem Platz zu bleiben. Dann wandte sie ihre Aufmerksamkeit erneut Christian zu.

»Wer behauptet das?«, fragte sie, obwohl das unwichtig war, aber sie musste etwas sagen, um ihn nicht zu misstrauisch werden zu lassen.

»Du weißt doch selbst, wie das ist«, antwortete er. »Niemand kann sagen, wer damit begonnen hat, aber wenn so eine Geschichte erst einmal in der Welt ist ...«

Er musste nicht zu Ende sprechen, kannte sie die Gefahr von Gerüchten doch nur zu gut. Selbst wenn sie sich als reine Unwahrheit herausstellten, schadeten sie dem guten Ruf und oft auch der gesellschaftlichen Stellung eines Menschen – vor allem einer Frau – erheblich.

Louise spürte, wie ihr Mund trocken wurde und die Angst sie zu überwältigen drohte. Sie biss sich auf das Innere ihrer Wange, um sich durch den Schmerz von der Panik abzulenken und möglichst mehr von Alexanders Bruder zu erfahren.

»Es liegt keine Wahrheit hinter diesen Gerüchten«, brachte sie schließlich hervor, stolz darauf, wie sicher ihre Stimme klang. »Dein Bruder ist mit meiner Cousine verheiratet und Teil meiner Familie, mehr nicht.«

»Trotzdem ist es besser, vorsichtig zu sein, Louise«, entgegnete Christian besorgt. »Du weißt so gut wie ich, die Bremer Gesellschaft ist gnadenlos und verurteilt schnell. Deinen guten Ruf, deine Zukunft – du könntest alles verlieren.«

Louise fühlte die unerbittliche Wahrheit in seinen Worten. In ihrer Brust baute sich ein Druck auf, der ihr den Atem raubte. Es erschien ihr, als würde das Straßenpflaster sich drehen, und sie fürchtete, in Ohnmacht zu fallen. Sie bohrte sich die Fingernägel in die Hand, und der Schmerz war stark genug, den Moment der Schwäche zu überwinden.

»Warum sprichst du nicht mit deinem Bruder?«, fragte sie schließlich. »Ihn geht das Ganze doch mindestens genauso an wie mich.«

Aus dem Augenwinkel bemerkte sie, wie Else von einem Fuß auf den anderen trippelte, als würde sie sich langweilen. Ärger schoss in Louise hoch. Was erdreistete sich das Dienstmädchen! Bei Tante Malvina oder Sophie würde Else das sicher nicht wagen. Sie wollte schon aufbrausen und das Mädchen zur Ordnung rufen, als sie erkannte, dass es nur der Zorn auf sich selbst, auf ihre Dummheit, sich mit Alexander ertappen zu lassen, war, der sie bewegte. Daher schwieg sie und wartete auf Christians Antwort.

»Alexander und ich stehen nicht auf gutem Fuß miteinander«, gestand er. »Auf mich würde er nie hören. Auf dich hoffentlich schon.«

»Danke für deine Sorge, Christian«, flüsterte Louise schließlich, »ich werde mit Alexander reden.«

Als er sie aufmerksam musterte, erkannte sie ihren Fehler. Sie hätte eine klügere Antwort geben müssen, sie hätte sagen sollen, dass sie sich mit ihrer Familie über die Gerüchte, die in Bremen kreisten, beraten müsste. Indem sie nur Alexander benannt hatte, hatte sie den Verdacht bestätigt.

»Tu das. Aber sei wachsam. Wenn ein Gerücht erst einmal die Runde macht, werden viele Augen auf dir ruhen, um herauszufinden, ob es nicht ein Körnchen Wahrheit enthält.«

»Danke. Ich werde das bedenken.« Louise nickte ihm zu, nach außen hin gelassen, während in ihrem Innern ein Aufruhr tobte, wie sie ihn noch nie erlebt hatte. Sie rief das Dienstmädchen zu sich. »Else, wir kehren nach Hause zurück.«

Sosehr sie es auch bedauerte, ihr Besuch bei Emilie Nebelthau musste warten. Erst einmal musste sie mit Alexander reden, um Schaden von ihrem Ruf und dem ihrer Familie abzuwenden.

Kapitel 36

Alexander, wir müssen sprechen. Sofort.
Schreib mir, wo und wann.
  Louise

Mehr hatte Louise nicht zu schreiben gewagt und Minna den
Brief übergeben, sobald sie erfahren hatte, dass Alexander wieder in der Villa weilte. Heute hatte sie ihn beim Frühstück gesehen, allerdings in Gesellschaft von Tante Malvina und Louises
Vater. Doch es war Alexander gelungen, ihr einen vielfach ge-
falteten Brief in die Hand zu drücken.

Louise, triff mich heute Nachmittag, um drei, an unserem
Platz.
  Alexander

Louise schaute auf die große Standuhr. Noch musste sie fünf
Stunden warten, bis sie endlich mit ihm reden, ihre Befürchtungen mit ihm teilen und hoffentlich in seinen Armen Trost
finden konnte. Louise nahm den Brief und zerriss ihn in winzige Fetzen, die sie in den Kamin warf. Dort mochten sie liegen,
bis es kalt genug wäre, ein Feuer zu entzünden.

Obwohl Louise sich über die Gerüchte sorgte, mischte sich

ein Funke von Ärger in ihre Gedanken. Wieso ging Alexander davon aus, dass es ihr schon gelingen würde, sich aus dem Haus zu schleichen? Warum verschwendete er nicht einen Gedanken daran, wie er ihr das Leben erleichtern könnte?

Nun gut, ihr würde schon etwas einfallen. Auch wenn sie ein schlechtes Gewissen bekam, weil sie Frau Nebelthau schon wieder als Alibi nutzen wollte, erschien ihr ein vorgeschobenes Treffen mit ihr als der leichteste Weg, aus der Gildemeester-schen Villa zu entkommen. Heute würde sie ihren Vater um Erlaubnis bitten, um Tante Malvina nicht misstrauisch zu machen.

»Louise?« Er sah sie fragend an, als sie sein Bureau betrat. »Was kann ich für dich tun?«

Obwohl sein Ton freundlich war, sagten seine Miene und die angespannte Haltung, als wie störend er ihren überraschenden Besuch empfand. Wie hatte sich ihre Mutter, an die Louise sich als fröhliche, mutige Frau mit starkem Willen erinnerte, in einen so kühlen Hanseaten verlieben können? Hatten ihre Eltern sich überhaupt geliebt, oder war ihre Ehe das Ergebnis geschäftlicher Verbindungen? Erschreckend, wie wenig sie von ihnen wusste.

»Nun, mein Kind, was wünschst du?« Nun klang sein Tonfall schon deutlich harscher. Mit der linken Hand deutete er auf die vielen Dokumente, die sich auf seinem Schreibtisch stapelten. »Du siehst, es wartet viel Arbeit auf mich.«

»Entschuldige, Vater«, riss sie sich aus ihren Gedanken und konzentrierte sich auf ihren Plan. »Erlaubst du, dass ich Frau Nebelthau, die Naturforscherin, aufsuche? Sie hat mich gebeten ...«

»Ich weiß«, unterbrach er sie. »Malvina hat mir bereits davon erzählt.«

»Selbstverständlich«, erwiderte Louise und fragte sich, warum sie sich das nicht vorher gedacht hatte. »Erlaubst du es mir?«

»Warum beschäftigst du dich nicht mit weiblicheren Dingen?« Er seufzte. »Verbessere dein Klavierspiel oder arbeite an deiner Aussteuer.«

»Inzwischen habe ich so viel Aussteuer, dass ich damit die Weser austrocknen könnte«, entfuhr ihr, bevor sie es verhindern konnte. »Entschuldige. Für Frau Nebelthau zu arbeiten, lenkt mich ab.«

Hoffentlich verstand ihr Vater die Anspielung auf Alexander und den möglichen Skandal und gab ihr seinen Segen. Seine Augen verengten sich, sodass sie fürchtete, zu weit gegangen zu sein, doch dann nickte er.

»Danke, Vater.« Louise floh geradezu aus dem Raum. Warum schmerzte es sie immer noch, wie wenig sie ihrem Vater bedeutete?

Als die Standuhr halb drei anzeigte, klingelte Louise nach dem Dienstmädchen. Es war Else, die in ihr Zimmer trat. Louise überlegte kurz, bevor sie sagte: »Schick mir Minna.«

»Sehr wohl, gnädiges Fräulein.« Else verschwand, um kurze Zeit später durch Minna ersetzt zu werden.

»Minna, wir gehen zum Domshof.«

»Sehr wohl, gnädiges Fräulein.« Während Louise bei Else immer einen rebellischen Unterton wahrzunehmen meinte, war Minna stets eilfertig und höflich.

Als sie vor die Haustür traten, entdeckte Louise eine graue Wolkenwand am Himmel. Drohte es zu regnen, oder war es nur ein üblicher Bremer Sommertag? Sollte sie umdrehen und sich einen Schirm holen oder es riskieren, nass zu werden? Unschlüssig blieb sie stehen, bis Minna fragte: »Gnädiges Fräulein, fehlt etwas?«

»Nein, nein, lass uns gehen.«

Louise sandte ein Stoßgebet zum Himmel, dass ihr niemand begegnete, den sie kannte und mit dem sie sich aufhalten würde. Das Glück war ihr hold, sie erreichten das Haus der Gesellschaft Museum ohne Störung. Am Ziel angekommen, befahl Louise dem Dienstmädchen: »Du kannst zurück nach Hause gehen. Frau Nebelthau wird mich später dorthin begleiten.«

»Sehr wohl, gnädiges Fräulein.« Ohne Diskussion oder Widerworte wandte Minna sich um und ging zurück. Louise wartete, bis das Dienstmädchen hinter einer Ecke verschwand, bevor sie umdrehte und in Richtung der Steinhäuser-Vase eilte. In ihrem Kopf und Herzen herrschte großes Durcheinander. Sie sehnte sich danach, Alexander zu sehen, aber gleichzeitig fürchtete sie neugierige Blicke und Tratsch. Außerdem hatte die Bitterkeit an Kraft gewonnen. Bitterkeit über seine Versprechungen, die er immer noch nicht in die Tat umgesetzt hatte. Bitterkeit auch darüber, dass sie deutlich schlimmere Konsequenzen zu fürchten hatte als er, sollten sie entdeckt werden.

Doch als sie ihn an der Vase stehen sah, vergaß sie Bitterkeit und Furcht, ihr Herz gehörte ihm, und sie warf sich ihm in die Arme, ohne auch nur einen Blick über die Schulter zu werfen, ob jemand, den sie kannte, sie beobachten würde.

»Oh, Alexander«, sagte sie schließlich und löste sich aus seinen Armen. Sie wollte nichts mehr als ihn weiterküssen und alles andere vergessen, aber sie mussten über das sprechen, was sie erfahren hatte. »Dein Bruder hat mich gewarnt, man würde in Bremen über uns tratschen.«

»Ach«, antwortete er mit einer wegwerfenden Geste, »Christian denkt, er hört das Gras wachsen.«

»Wir sollten dennoch vorsichtig sein.« Louise konnte nicht glauben, wie leichtfertig er ihren Einwand überging. »Denk nur an den Skandal, der über uns hereinbrechen könnte.«

»Ich denke nur an dich.« Alexander ergriff ihre Hände und bedeckte sie mit Küssen. »Louise, ich verzehre mich nach dir.«

Ihr Herz schlug schneller, und sie schluckte nervös. Ihre Sehnsüchte drohten ihre Vernunft zu überwältigen. Der Wunsch, diesem Sog zu erliegen, war beinahe zu stark, um zu widerstehen. Doch Louise hatte immer noch Christians Mahnung im Kopf.

»Sei bitte vorsichtig.« Louise entzog ihm ihre Hände und blickte sich suchend um. Niemand schien Alexander und sie zu beobachten, aber dennoch mussten sie wachsam bleiben. Gleichzeitig gestand Louise sich ein, dass sie den Kitzel der Gefahr genoss, denn er brachte Würze in ihre heimliche Liebe zu Alexander.

»Niemand wird uns hier vermuten.« Alexander ergriff erneut ihre Hände und küsste ihre Fingerspitzen. »Ich habe unseren Treffpunkt bewusst ausgewählt. Denn ich möchte dir meine Liebe beweisen.«

Die Verheißung in seinen Worten war wie ein schwerer Wein, den sie nur zu gern trinken wollte.

»Dann bitte Sophie um die Scheidung und heirate mich.« Louise sah ihn an, Furcht in ihrem Herzen über die Antwort, die er wohl geben würde. »Mehr Beweis brauche ich nicht.«

»Für dich werde ich das tun. Ich werde mich von meiner Frau trennen.« Alexander blickte sie an, seine schönen blauen Augen voller Sehnsucht. »Aber lass uns nicht von ihr reden, lass uns die wenige Zeit, die wir haben, genießen.«

Sein Blick wurde intensiver. Langsam beugte er sich vor, um ihr ins Ohr zu flüstern: »Ich ... Louise, komm mit mir in ein Hotel. Da haben wir Zeit für uns.«

In seinen Worten, seinem Tonfall lag eine süße Versuchung, der sie nachgeben wollte, vor der sie aber gleichzeitig zurückschreckte. Sosehr sie sich wünschte, mit ihm allein zu sein, Küsse mit ihm zu tauschen, so wenig konnte er es ernst meinen, sie in eine dermaßen kompromittierende Situation zu bringen.

»Alexander!« Die Vorstellung, dass er von ihr forderte, einen solchen Schritt zu wagen – die Gesellschaft, die Konventionen, ihre ganze Welt aufs Spiel zu setzen –, hinterließ einen bitteren Nachgeschmack von Furcht und Verzweiflung. »Wie kannst du so etwas von mir verlangen?«

Er musste doch wissen, was das für sie bedeuten würde. Ihr Ruf, sollte das je herauskommen, wäre nie mehr zu retten. Sie würde aus der Gesellschaft verstoßen werden, für immer. Und dennoch, sie konnte sich der Anziehungskraft seines Vorschlags nicht entziehen. Wenn sie sich ihm hingäbe, wenn sie ihm ihre Unschuld schenkte, würde er spüren, wie tief ihre Liebe für ihn war. Dann, ja dann müsste er Sophie verlassen, um ein neues Leben mit Louise zu beginnen – ein Leben, in dem ihre Liebe sich nicht mehr verstecken müsste.

Mit jedem Schlag flüsterte ihr Herz ihr zu, dass die Liebe alles überwinden könne, sogar den gefährlichen Abgrund gesellschaftlicher Konventionen, der sie beide trennte.

»Louise?« Anspannung lag in Alexanders Augen, als er ihren Namen aussprach, seine Stimme, gewöhnlich fest und bestimmt, zitterte leicht. »Ich will dich nicht bedrängen, aber ...«
Die Worte hingen zwischen ihnen wie Morgentau in einem

kunstvoll gewobenen Spinnennetz, funkelnd und voller Bedeutung.

»Gib mir einen Augenblick Bedenkzeit.« Sie holte tief Luft, während ihre Gedanken sich überstürzten. Sie sehnte seine Küsse und Berührungen herbei, aber war sie wirklich bereit, den Schritt zu gehen? Das wenige, was sie über die Liebe zwischen Mann und Frau wusste, verdankte sie ihren Romanen, die jedoch sehr vage blieben. Hieß es nicht, dass die körperliche Liebe der Preis war, den eine Frau für die Ehe zu zahlen hatte? Das machte ihr Angst. Als Alexander jedoch ihren Hals küsste und sein Atem sanft über ihre Haut strich, konnte Louise nur eins denken: Das muss ein süßer Preis sein, den ich gern zahle.

»Ja«, flüsterte sie. »Ja, ich komme mit dir.«

Louise war bereit, sich ihm ganz hinzugeben – nicht blind, sondern mit einem Herzen, das bereit war, für die Liebe alles aufs Spiel zu setzen.

»Dann komm.«

Ihre Hände zitterten. Als Alexander zielstrebig auf ein kleines Haus zuging, war sie versucht, trotz ihrer starken Gefühle für ihn die Flucht zu ergreifen. Es war ein winziges Hotel, nicht zu vergleichen mit dem eleganten Hillmann's, in dem die feine Gesellschaft Bremens ihre Sommerbälle feierte. Louise verspürte einen Stich der Enttäuschung. Sie hatte sich den Ort romantischer vorgestellt, hätte sich gewünscht, die erste Erfahrung der Liebe in einem Bett aus Seide und Luxus zu erleben, nicht in einer schlichten Herberge.

O nein, wie naiv ich bin, dachte sie dann. Selbstverständlich musste Alexander so einen Ort wählen, im Hillmann's wäre die Gefahr viel zu groß, jemanden zu treffen, der sie beide kannte. Aber während ihr Verstand diese Wahl akzeptierte, ließ sich ihr Herz von einem feinen, beinahe unhörbaren Flüstern beirren.

War da nicht eine Routine in der Art, wie Alexander den Ort ausgewählt hatte? Das Hotel schien ihm weder fremd noch aufregend; es barg kein Zeichen jenes zögerlichen Entdeckens, das sie von einer ersten geheimen Liebe erwartet hätte.

Unruhe überkam sie, ein Wispern der Zweifel: War sie wirklich die Erste, die Alexander an diesen Ort führte, oder gab es andere vor ihr? Das ist nur meine Furcht vor dem, was mich erwartet, versuchte sie, sich zu beruhigen. Ich liebe ihn von ganzem Herzen, ich will alles für ihn tun, und ich will es ihm zeigen.

Trotzdem sog sie scharf die Luft ein, als Alexander die Tür aufstieß und mit großen Schritten auf den Portier zuging. Louise verharrte einen Schritt hinter ihm, hielt inne, um von der Türschwelle aus das schummrige Licht des Foyers zu betrachten, die Zeichen von Alter und häufigem Gebrauch zu lesen. Erschüttert wandte sie sich ab, wobei sie ihr Gesicht mit der Hand bedeckte. Sie wollte nicht, dass der Portier sie erkennen konnte. Warum nur fühlte es sich so schäbig an, mit dem Mann, den sie liebte, zusammen zu sein?

Das Licht des Eingangsbereiches warf tanzende Schatten, zeichnete Bilder von anderen Paaren, die vor ihnen hier gestanden hatten, getrieben von denselben Sehnsüchten und Leidenschaften. Während Alexander flüsternd mit dem Portier verhandelte, drängte Louise eine Frage: War die wahre Liebe – jene bedingungslose Hingabe, die sie bereit war zu geben – wirklich an einem Ort wie diesem zu finden, oder unterlag sie romantischen Fantasien?

Kapitel 37

Als Emilie sich zum Domshof aufmachte, hörte sie ein unglaubliches Spektakel. Es klang beinahe, als würde jemand ein Gewehr abfeuern. Um sie herum rannten Menschen zur Straße, wo der Knall herzukommen schien. Obwohl sie es eilig hatte, übermannte die Neugier auch Emilie, und sie ließ sich mit der Menge treiben. Als sie die Straße erreichte, blieb sie stehen und staunte, gemeinsam mit den Bremern.

»Kommt und schaut!«, erklang eine laute Stimme mit deutlichem Akzent. »*Buffalo Bills Wild West Company* präsentiert das Grenzleben des Westens.«

Der Ausrufer, ein Mann, nur wenig älter als sie, ritt auf einem gewaltigen Schimmel, er trug seltsame Kleidung, die so gar nicht nach Bremen passen wollte. Ihm folgte ein von Pferden gezogener Wagen, auf dem weitere, ungewöhnlich gekleidete Männer herumhampelten. Einer von ihnen trug eine Waffe, mit der er ab und zu einen Schuss abgab.

»Was sind das für Leute?«, fragte Emilie den Herrn neben sich, der begeistert in die Hände klatschte.

»Das ist ein Teil der Truppe von Oberst W. F. Cody.« Der Mann sah sie verwundert an. »Haben Sie denn das *Wild West Journal* nicht gesehen, das den *Bremer Nachrichten* beiliegt?«

»Nein«, musste Emilie zugeben, da sie die Zeitung nicht las. »Danke.«

Sie warf den lauten Schaustellern einen letzten Blick zu, bevor sie sich wieder auf den Weg zur Arbeit machte. Für Vergnügungen dieser Art besaß sie weder Zeit noch Geld. Beim besten Willen konnte sie sich nicht vorstellen, dass die Bremer Bürger sich so etwas anschauen wollten.

Die Septembersonnenstrahlen, die durch die hohen Sprossenfenster des Studierzimmers fielen, erreichten Emilies Arbeitsplatz nicht. Obwohl es erst früher Nachmittag war, musste sie im Schein einer Petroleumlampe arbeiten. Leises Knistern und Rascheln begleiteten jede ihrer Bewegungen, als sie die Papiere sortierte und die Herbarien mit gepressten Farnen vorsichtig in Reih und Glied aufstellte. Der Geruch alten Papiers vermengte sich mit dem getrockneter Tinte und gepresster Rosenblüten. Es war ein Duft, der Emilie sonst immer beruhigte und den sie liebte, doch heute vermochte er ihre innere Unruhe nicht zu besänftigen.

Irgendetwas stimmte hier nicht, dachte Emilie, während sie die Papiere und Exponate sortierte. Bereits gestern hatte sie den Eindruck gehabt, als hätte jemand ihre Unterlagen durchstöbert und sie durcheinandergebracht. Aber sie fand nicht den Mut, Nolthenius oder Smitt danach zu fragen. Denn sie fürchtete, sie hätte es sich nur eingebildet aus Aufregung, weil der große Vortrag näher rückte. Übermorgen schon sollte sie auf der Nordwestdeutschen im Kreis anerkannter Naturforscher über Farne reden. Nichts, was wirklich kompliziert für Emilie war, denn mit Pflanzen im Allgemeinen und Farnen im Besonderen kannte sie sich aus.

Es war eher das Publikum, das ihr Sorge bereitete. Bisher

hatten Emilies Zuhörer vorwiegend aus interessierten Laien bestanden, die mehr Geld als Wissen besaßen und ihre Herbarien kauften, um ihre ebenfalls reichen Freunde damit zu beeindrucken. Nun würde sie das erste Mal vor Gleichgesinnten reden, vor anerkannten Fachleuten.

Ich bin eine erfahrene Naturforscherin, sprach sie sich zum wiederholten Mal Trost zu, aber trotzdem blieb die Furcht zu versagen. Hass auf Ostherloh und Nolthenius stieg in ihr auf, auf die Männer, die ihr den Mut genommen hatten, den sie einst besessen hatte.

Auch Nolthenius wollte einen Vortrag auf dem Jahrestreffen halten, um sein Wissen zu präsentieren. Als sie ihn unlängst nach dem Gegenstand seiner Rede befragt hatte, hatte er sich bedeckt gehalten und nur gebrummt: »Ich will ja nicht, dass Sie mir Ideen stehlen.« Welch eine Anmaßung, hatte sie nur gedacht und nicht weiter darauf reagiert. Warum nur ging ihr der Sinnspruch ihrer Mutter nicht aus dem Kopf: »Nur was ich selber denk und tu, trau ich jedem anderen zu.«

Genug davon. Sie musste sich auf sich selbst und ihre eigene Arbeit konzentrieren, musste das Beste geben, was sie leisten konnte. Mit ruhiger Entschlossenheit rückte Emilie ihre Papiere zurecht und las die Worte, die sie geschrieben hatte.

»*Pteridophyta* in Deutschland. *Pteridomanie* oder Farnfieber – wir alle erinnern uns an die Zeit, als Menschen aller Schichten sich für diese schlichte Pflanze begeisterten«, murmelte sie leise, ihre Stimme vom Rascheln des Papiers untermalt. Bevor sie fortfahren konnte, musste sie tief durchatmen, denn schon wieder fühlte sie sich, als drückte ihr jemand die Kehle zu. Ihr Herz raste, und ihre Hand suchte nach dem Tisch, um sich dort abzustützen. In den vergangenen Tagen war diese Angst immer seltener geworden, aber sie war noch längst nicht verschwunden. Emilies Finger zitterten so sehr, dass sie das Papier ablegen musste. In ihrem Kopf jagten sich Bilder: sie allein in einem Saal mit Naturforschern, die sie betrachteten wie ein Insekt, mit einer Nadel auf Papier geheftet. Nolthenius, der sie auslachte und alle anderen dazu aufforderte, in seinen Hohn einzufallen.

Ihr wurde schwarz vor Augen, sie drohte zu Boden zu fallen, aber fand die Kraft zu widerstehen. Schweißperlen traten ihr auf die Stirn und rannen ihren Nacken hinab. So würde sie vor den Herren Naturforschern nicht bestehen. Was hatte Lucie ihr geraten? Sich die Männer nackt auf einem Velociped vorzustellen. So elend sie sich auch fühlte, der Gedanke an ihre Freundinnen gab ihr Kraft, und das Bild zauberte ein Lächeln auf ihr Gesicht.

Langsam beruhigten sich Herz und Atem, und sie konnte sich wieder den Worten widmen. Nachdem sie sich gefangen hatte, ging Emilie ein weiteres Mal ihren Vortrag durch. Ja, er war gut: informativ, ohne die Zuhörer zu überfrachten; unterhaltsam, ohne die Wissenschaft aus den Augen zu lassen. Hiermit könnte sie auch vor Fachleuten reüssieren. Langsam kam sie innerlich zur Ruhe. Sie lächelte zu Felix Smitt hinüber. Dank ihm und seiner beständigen Freundlichkeit hatte sie wieder etwas Vertrauen zu den Menschen gefasst. In der Not hatte er sich als guter, stiller Freund erwiesen, der sie vor Nolthenius beschützte, ihr heimlich half und immer für sie da war, wenn sie Unterstützung benötigte.

So hätte sie sich Albert gewünscht, einen Begleiter und Förderer, aber ihr Ehemann hatte nur an sich und sein eigenes Vorankommen gedacht. Trotz aller Unbill schmerzte der Gedanke an ihn, denn jede Erinnerung an Albert brachte auch die an Clara mit sich. Sie vermisste ihre Tochter noch immer jeden Tag und hätte alles gegeben, um Clara wiederzuhaben.

Bevor sie in ihrer Traurigkeit versinken konnte, öffnete sich die schwere Holztür, und jemand stürmte in den Raum. So voller Leben und Energie, dass Emilie und Felix Smitt stutzten und verwirrt aufsahen. Emilies Blick verdüsterte sich, als sie den unerwarteten Gast erkannte: Es war Louise Gildemeester. Was wollte das vornehme Fräulein hier? Sollte Emilie ihr wieder als Vorwand dienen, sich mit ihrem Geliebten zu treffen?

»Frau Nebelthau.« Louise, ihre Stimme überraschend zart und zittrig, trat an Emilies Tisch. »Es tut mir unendlich leid, was im Café passiert ist.« Die junge Frau stand vor Emilie, in einem eleganten Kleid und einem gewiss teuren Mantel, und wirkte dennoch wie ein Häufchen Elend. »Verzeihen Sie mir. Ich habe einen furchtbaren Fehler begangen.«

»Schon gut. Bitte lassen Sie mich zu meiner Arbeit zurückkehren.« Emilie wehrte ab. »Ich verzeihe Ihnen.«

Das war eine Lüge, denn der Verrat der Bremerin hatte Emilie tief getroffen. In ihren verletzlichsten Stunden hatte sie der Kaufmannstochter vertrauen wollen, nur um erkennen zu müssen, dass diese sie nur benutzt hatte. Glaubte Fräulein Gildemeester wirklich, dass Emilie ihr so schnell vergeben konnte?

Die Hartnäckigkeit jedoch, mit der Louise um Verzeihung bat, war die eines Hundewelpen, der einen Trick gelernt hatte, den er unbedingt vorführen wollte. »Nein, nein, geben Sie mir eine Chance. Ich habe mir etwas überlegt, wie ich meinen Fauxpas wiedergutmachen kann.«

»Lassen Sie es gut sein. Ich habe diesen Vorfall bereits hinter mir gelassen«, log Emilie erneut, die nicht zugeben wollte, wie verletzt sie gewesen war. »Bitte, gehen Sie jetzt. Ich habe noch viel zu tun.«

Das junge Fräulein ignorierte die Abweisung und sprach einfach weiter: »Sie werden über Farne reden, auf der Nordwestdeutschen, nicht wahr?«

Nun sah Emilie auf, verwundert, dass Louise das Gespräch aus dem Café behalten hatte, mehr noch, dass sie sich an dieses Detail erinnerte. Nach den letzten Erfahrungen hätte sie der jungen Frau nicht zugetraut, ein Interesse an Emilies Fachgebiet zu zeigen.

»Ja, daran arbeite ich. Warum?«

»Ich habe ein paar weitere Zeichnungen erstellt, die Sie begleitend für Ihren Vortrag nutzen können.« In Fräulein Gildemeesters Tonfall lag ein Flehen, der Wunsch nach Wiedergutmachung.

»Das ist nicht nötig. Ich habe bereits genügend Material.« So einfach ließ Emilie sich nicht kaufen. Gleichzeitig war sie neugierig, was für Zeichnungen Louise Gildemeester erstellt hatte.

»Darf ich sie Ihnen zeigen, bitte?«

Emilie zögerte einen Moment, hin- und hergerissen zwischen Neugier und dem Wunsch, die andere Frau so sehr zu verletzen, wie sie es mit ihr getan hatte. Schließlich überwand sie den Groll und streckte ihre Hände aus. »Nun geben Sie schon her.«

»Danke.« Fräulein Gildemeester legte ihre mit Leder bezogene Zeichenmappe auf den Tisch und fächerte einen Stapel Blätter auf. Emilie hatte allenfalls mit zwei oder drei Bildern gerechnet, doch es mussten mehr als zwanzig Blätter sein, die nun auf ihrem Schreibtisch ausgebreitet lagen. »Ich habe nicht nur ganze Pflanzen gezeichnet, sondern unterschiedlichste Details skizziert. Ich dachte, das könnte von Nutzen sein.«

»Da haben Sie recht.« Emilie beugte sich vor, um die Zeichnungen zu betrachten. Sie hatte die ersten Skizzen des Farns, die Fräulein Gildemeester erstellt hatte, bereits gelungen gefunden, aber diese Bilder zeigten einen immensen Entwicklungssprung. Die Zeichnungen, die sie hervorhob, waren von einer Exzellenz, welche das Herz jeder Naturforscherin höherschlagen lassen würde.

Die filigranen Farnblätter entfalteten sich auf dem Papier, so als würden sie gleichsam atmen und sich dem Licht entgegenstrecken. Die feinen Linien der Blattfiederungen waren so akkurat dargestellt, dass man meinte, die samtigen Sporen auf der Unterseite ertasten zu können. Besonders beeindruckend waren die Darstellungen der Sporangien, jener winzigen Behälter, die die Sporen trugen, bis sie sie nach der Reifung freisetzten.

Emilie winkte ihren Kollegen heran, um mit ihm die Faszination zu teilen, die diese Bilder ausübten. Neugierig näherte sich Felix und beugte sich neben Emilie über den Tisch. Für einen Augenblick wollte sie vor seiner Nähe flüchten, aber er hatte ihr bewiesen, dass sie ihn nicht fürchten musste. »Schauen Sie nur, Herr Smitt!«

»Louise, die Bilder sind wunderschön.« Er lächelte die Bremerin an. »Sie sollten in einer Kunsthalle hängen. Sehr beeindruckend.«

Er stotterte kaum noch, sondern zeigte nur ein leichtes Stolpern, eine leichte Unsicherheit am Wortanfang – wie das vorsichtige Öffnen einer Tür, die lange verschlossen gewesen war.

Louise lächelte ihm dankbar zu, während Emilie in scherzhaftem Ton sagte: »Schönheit ist nicht alles, lieber Herr Smitt.

Als Naturforscher sollten wir auf die Detailtreue und Lebensnähe von botanischen Zeichnungen achten.«

Beinahe erschrocken sah er sie an. »Sie ... Sie haben natürlich recht.«

»Bitte, mein lieber Freund, ich wollte Sie nur aufziehen.« Emilie legte ihm die Hand auf den Unterarm und war selbst überrascht darüber. »Es gibt nichts Wundervolleres als Schönheit, die mit Präzision einhergeht. Fräulein Gildemeester, ich bin erneut sehr beeindruckt davon, wie perfekt Sie die Details eingefangen haben.«

»Tatsächlich?« Die junge Frau strahlte vor Glück. »Bitte, bitte nennen Sie mich Louise.«

»Sehr gern, Louise. Dann nennen Sie mich bitte Emilie.« Inzwischen kribbelte Vorfreude in Emilie. Diese Bilder würden ihren Vortrag komplettieren und zu etwas Besonderem machen. »Lassen Sie uns gemeinsam die Zeichnungen durchgehen, und ich werde Ihnen zeigen, was wir noch verfeinern könnten.«

»Ich werde mich anstrengen, alles umzusetzen.« Louises Stimme war fest und voller Entschlossenheit. Gemeinsam nahmen sie jedes Blatt in die Hand, und Emilie wies die Künstlerin auf Verbesserungsmöglichkeiten hin. Dabei beherrschte sie ein Gedanke: Hoffentlich gelang es Louise, die Zeichnungen rechtzeitig zum Vortrag zu verändern.

Kapitel 38

Die Vortragshalle der Nordwestdeutschen Ausstellung war erfüllt vom Murmeln der Naturwissenschaftler und Ärzte, die einander kannten und sich freundlich begrüßten. Immer mehr Menschen, immer mehr Männer, fanden sich hier ein, redeten kurz miteinander, bevor sie sich einen Platz suchten. Ihre Stimmen hallten von den hohen Decken wider und dröhnten Emilie in den Ohren. Sie spürte Kopfschmerzen aufsteigen, hervorgerufen vom Geräuschpegel und dem Geruch von Politur und Reinigungsmitteln.

Gemeinsam mit Louise war sie als eine der Ersten eingetroffen, um sich einen guten Platz suchen zu können, was für Emilie bedeutete: ein Stuhl weit vorne und am Rand, um im Notfall flüchten zu können. Nun saß sie hier, spürte die harte Holzfläche, die an ihre Beine drückte, und drehte sich um, blickte erst über die rechte, dann über die linke Schulter. Louise und sie blieben die einzigen Frauen in einem Raum, der von den Aromen von Tabak und altem Leder beherrscht wurde. Lucie und Hedwig hatten angeboten, sie zu begleiten, aber Emilie hatte ihren Freundinnen angesehen, wie unwohl sie sich bei dem Gedanken fühlten, an einer wissenschaftlichen Tagung teilzunehmen.

Auch wenn Emilie immer noch enttäuscht darüber war, wie

Louise sie hintergangen hatte, war sie bereit zu vergeben, als Dank dafür, dass die Bremerin sie hierher begleitete. Aufregung und Magensäure stiegen in Emilie auf. Je näher ihr Vortrag rückte, desto mehr wünschte sie sich, sie hätte dieses Wagnis nicht auf sich genommen. Obwohl sie darauf geachtet hatte, für Louise und sich Plätze am Rand zu suchen, war die Gegenwart all dieser Männer beinahe zu viel für sie.

Immer wieder zogen die beiden Frauen die Blicke der Naturforscher auf sich – manche voller Neugier und Wohlwollen; andere hingegen irritiert und zornig. Gewiss wusste jeder der Herren, dass eine der Frauen heute einen Vortrag halten würde.

»Emilie, wi glauben op di«, hatten Lucie und Hedwig ihr voller Stolz mit auf den Weg gegeben. »Du hest selbst uns überzeugt, dat Farne spannend Levenwesen sünd.«

»Dabei kann ik nix mit Planten anfangen«, hatte Lucie noch augenzwinkernd hinzugefügt. »Wenn du mi begeisterst, wirst du de Fachleute jedenfalls mitrieten ...«

»Wenn ihr meint, dann muss ich es wohl wagen«, hatte Emilie erwidert und sich geschworen, ihre Freundinnen nicht zu enttäuschen.

Nun allerdings musste sie erkennen, wie schwierig es werden würde, ihren Eid den Freundinnen gegenüber zu erfüllen. Noch einmal blickte Emilie sich um. Zwei, drei Männer hatten ihr zur Begrüßung zugenickt. Es waren Kunden von Albert und ihr gewesen, und sie konnte nur hoffen, dass Albert sie nicht gegen Emilie aufgehetzt hatte.

Die Zeit schien langsamer zu vergehen, die Zeiger der großen Wanduhr stillzustehen. Endlich trat August Wilhelm von Hofmann, der Vorsitzende der Gesellschaft Deutscher Naturforscher und Ärzte, ans Podium.

»Liebe Naturforscher, als Erstes begrüßen wir unseren hochgeschätzten Kollegen Oskar Nolthenius, der uns mit einem Vortrag über die faszinierende Welt der *Pteridophyta* in Deutschland begeistern wird.«

Überrascht und erschrocken horchte Emilie auf. Konnte das wirklich wahr sein? Würden sie beide über dasselbe Fachgebiet sprechen? Warum nur hatte Nolthenius sich geweigert, mit ihr zu reden? Wie unangenehm es wäre, wenn sie beide das Gleiche berichteten. Und für Emilie wäre es peinlicher als für den Professor, da sie als Zweite sprechen würde. Mit gespreizten Schritten ging Nolthenius in seinem dunklen Gehrock, der ihn seriös und bedeutsam aussehen ließ, ans Podium. Emilie blickte an sich herunter, an dem dunklen Kleid, das ihr auf einmal zu schlicht für diesen Anlass erschien.

»*Pteridomanie* oder Farnfieber – wir alle erinnern uns an die Zeit, als Menschen aller Schichten sich für diese schlichte Pflanze begeisterten«, begann Nolthenius seinen Vortrag. Emilie stockte der Atem. Sie konnte es nicht fassen, als sie die Worte hörte, Worte, die *sie* für diesen Vortrag geschrieben hatte. Das würde selbst Nolthenius nicht wagen, oder?

»Emilie, was ist mit dir?«, flüsterte Louise an ihrer Seite. »Du siehst aus, als würdest du jeden Moment in Ohnmacht fallen. Möchtest du an die frische Luft?«

»Nein, ich muss mir das anhören.« Emilies Hoffnungen und Träume fielen zusammen wie ein Kartenhaus. Ihr war übel, und sie bemühte sich, flach zu atmen, um nicht noch mehr aufzufallen, als sie es ohnehin aufgrund ihres Geschlechts tat.

Sie musste sich nur umsehen, um gewiss zu sein, dass niemand hier ihr glauben würde, sollte sie behaupten, dass der Vortrag von ihr war und Nolthenius ihn gestohlen hatte. Die

Herren Naturforscher würden ihre Anschuldigungen als schalen Scherz abtun. Und doch musste es genauso gewesen sein. Sie hatte sich nicht getäuscht, als sie vermutet hatte, dass jemand ihre Unterlagen durchsucht hatte. Aber niemals hätte sie damit gerechnet, dass der Professor zu solch unehrenhaften Mitteln greifen würde. Sie sah auf die Papiere in ihren Händen. Papiere, die die gleichen Worte enthielten, wie sie Nolthenius mit klangvoller und siegesgewisser Stimme von sich gab.

Emilies Gedanken rasten. Was blieb ihr an Möglichkeiten? Wie konnte sie ihre Reputation verteidigen oder gar retten? Sie konnte nicht denselben Vortrag halten, den Nolthenius gerade zum Besten gab.

Das Einzige, was sie noch besaß, was er nicht gestohlen hatte, waren Louises Zeichnungen und Emilies Herbariumsblätter. Ich habe das Spiel verloren. Ich bin einfach zu dumm, um den Intrigen der Männer etwas entgegenzusetzen, grübelte sie und fühlte sich den Tränen nahe. Aber sie biss die Zähne zusammen und widerstand. Auf gar keinen Fall würde sie Schwäche zeigen, nicht vor all diesen Männern und nicht vor Nolthenius, der so dreist ihr Wissen und Können geraubt hatte.

Nachdem Nolthenius endlich seinen Vortrag beendet hatte und unter tosendem Beifall zu seinem Stuhl zurückkehrte, als wäre er selbst der Herrscher über die Natur, dankte ihm der Vorsitzende der Gesellschaft: »Ein großer Dank an unseren werten Kollegen Oskar Nolthenius, der uns die interessante Welt der Farne nahegebracht hat.« Dann sprach er weiter, nannte die anstehenden Vorträge und Verhandlungen und verschaffte Emilie so ein wenig Zeit. »Als Nächstes hören wir *Die pelagische Thierwelt in grösseren Meerestiefen* von unserem geschätzten Kollegen Carl Chun.«

Während er sprach, war es, als ob der Saal schrumpfte

und die Wände sich langsam um sie zusammenzogen. Emilie drohte schwarz vor Augen zu werden, denn sie war als nächste Rednerin nach Herrn Chun gesetzt.

»Was ist mit dir?«, wisperte Louise erneut in einem sorgenvollen Tonfall. »Du bist seit Nolthenius' Vortrag ganz blass.«

»Er hat meinen Vortrag gehalten«, flüsterte Emilie zurück, was ihr trotz der geringen Lautstärke einen missbilligenden Blick des Herrn vor ihr einbrachte.

Louise sog scharf die Luft ein. »Was willst du nun tun?«

»Ich werde nach vorne gehen und alles aufdecken«, erwiderte Emilie standhaft, auch wenn ihr Herz raste und ihre Hände zitterten wie Espenlaub.

»Tu das nicht.« Louise drückte ihre Hand. »Sie werden dich vernichten, wenn du Schwäche zeigst. Rede über etwas anderes. Du weißt so viel.«

»Meinst du?«, fragte Emilie unsicher, was zu einem erneuten Zischen seitens der Herren führte. Sie dachte nach, dachte an all die Arbeit, die sie umsonst investiert hatte, all die Zeit und das Wissen, damit Nolthenius sich damit brüsten konnte.

Und trotzdem, Louise hatte recht, es gab noch etwas, über das Emilie einen Vortrag halten konnte, auch wenn es für die Zuhörer überraschend wäre.

Sie holte tief Luft, lauschte mit halbem Ohr dem Redner, der über Meerestiere sprach, und lächelte ihn entschuldigend an, weil sie eben noch mit Louise geredet hatte. Als er geendet hatte, wartete sie mit bangem Herzen, bis der Applaus für ihn verklungen war.

»Nachdem wir eine wundervolle Einsicht in die geheimnisvolle Welt der Meerestiefen erhalten haben, begrüßen wir eine seltene Ausnahme in unserem illustren Kreis«, sagte der

Vorsitzende, »eine Dame. Herzlich willkommen, hochverehrte Emilie Nebelthau.«

Emilie erhob sich, unsicher und doch voller Entschlossenheit, ihre Schritte gemessen, behutsam – fast, als würde sie nicht zu dem Podium gehen, sondern zum Galgen. Der kurze Weg kam Emilie unendlich lang vor, und sie fürchtete zu stolpern. Doch irgendwie gelang es ihr, die Strecke zurückzulegen. Als sie ihren Platz hinter dem Rednerpult eingenommen hatte, wanderte ihr Blick über die erwartungsvollen Gesichter, die ihr teilweise skeptisch, teilweise fasziniert entgegenblickten. Sie holte tief Luft und wartete, bis August Wilhelm von Hofmann ihren Vortrag ankündigte.

»Oh, wie ich sehe, werden Sie, ähnlich wie unser geschätzter Kollege Professor Nolthenius, über *Pteridophyta* reden. Ich übergebe Ihnen nun das Wort und freue mich auf Ihren Beitrag.«

»Danke«, brachte Emilie mühsam hervor, ihre Stimme von der Anspannung der letzten Minuten belegt, und räusperte sich, versuchte, den Knoten zu lösen. Jemand reichte ihr ein Glas Wasser, das sie dankbar lächelnd annahm. Sie trank einen Schluck, schloss kurz die Augen und begann dann erneut: »Herzlichen Dank für die Gelegenheit, heute die Ergebnisse meiner Forschungen vorstellen zu dürfen. Ja, auch ich werde über Farne sprechen, aber nicht über die wissenschaftliche Seite, wie mein Vorredner es getan hat, sondern darüber, wie überaus kompliziert es ist, Farne in ihrer Vergänglichkeit und Schönheit für die Ewigkeit einzufangen. Und über die Bedeutung, die Herbarien für unsere Forschung haben.«

Ihr Blick fiel auf Nolthenius, der die Lippen zusammenpresste, als müsste er etwas zurückhalten. Sie sah ihn triumphierend an und wandte sich dann Louise zu, die lächelte. »Zur

Illustration habe ich Ihnen nicht nur von mir präparierte Herbariumsblätter mitgebracht, sondern ergänzend wunderschöne Zeichnungen, die das ehrenwerte Fräulein Gildemeester, eine Tochter Bremens, angefertigt hat. Einige von Ihnen werden die Künstlerin gewiss kennen.«

Sie deutete auf ihre Begleiterin und lenkte die Aufmerksamkeit des Auditoriums auf Louise. Diese erhob sich von ihrem Platz, ihre Wangen leicht gerötet von der plötzlichen Aufmerksamkeit. Sie nickte dem Publikum dankbar zu, während ein wohlwollender Applaus erklang.

»Wie wir alle wissen«, fuhr Emilie fort – immer kräftiger klang ihre Stimme, immer sicherer fühlte sie sich in ihrem Vortrag –, »verlieren Pflanzen sehr viel von dem, was sie ausmacht, wenn man sie presst. Daher ist es unsere Aufgabe, so viele Informationen wie möglich vorab zu sammeln, niederzuschreiben und sie in allen denkbaren Kategorien abzulegen.«

In der kurzen Stille, die auf ihre Worte folgte, konnte man das leise Knistern von Stoff hören, als die Herren sich vorbeugten, um ihr zu lauschen. Die Aufmerksamkeit nutzte Emilie, um das Publikum auf eine Reise in die Welt der Sinne mitzunehmen.

»Wir bemühen uns zu beschreiben, wie eine Pflanze riecht, wie sie sich anfühlt, wie sie möglicherweise sogar schmeckt.« Ein Schmunzeln umspielte ihre Lippen. »Etwas, das ich allerdings bei Farnen nicht empfehlen kann.«

Zu ihrer Überraschung und Freude lachten die Herren über ihren Scherz. Erleichtert führte sie ihre Gedanken weiter aus, ohne Manuskript, ohne Halteseil, nur mit ihrer Erfahrung, ihrem Wissen und ihrer Liebe zur Forschung.

»Wie sieht eine Pflanze in ihrer Jugend aus, wie im prallen Leben und wie, wenn sie stirbt?«, sprach sie weiter. »All diese

Fragen sollten wir beantworten, wenn wir ein Herbarium erstellen, damit die Menschen, die nach uns kommen, sich ein lebendiges Bild von dieser Pflanze machen können.«

Sie griff nach dem Papierstapel neben sich und hob die ersten Zeichnungen hoch. »Detailgetreue Bilder wie die von Fräulein Gildemeester verdeutlichen, wie schön die Pflanzenwelt ist. Ich werde die Zeichnungen nun herumgeben und bitte Sie«, sagte sie mit einem milden Lächeln, »sie so vorsichtig zu behandeln, wie sie es verdienen.«

Ein Herr in der ersten Reihe erhob sich, um die Papiere entgegenzunehmen. Emilie wartete ab, bis die Bilder ihre Wanderung durch die Hände der Naturforscher begannen. Die erwartungsvolle Stille gab ihr den Mut weiterzusprechen. »Unsere Aufgabe bei der Herbariumserstellung ist es«, fuhr sie in sicherem Ton fort, »dafür zu sorgen, so viel wie möglich von dieser Schönheit zu erhalten.«

Sie hielt einen Moment inne, bevor sie zum Höhepunkt ihres Vortrags kam.

»Ich betrachte uns«, erklärte sie leise und doch kraftvoll, »nicht nur als Naturforscher, sondern auch als Künstler.«

Ein weiteres Rascheln ging durch die Reihen, als die Herren sich weiter nach vorne beugten, um kein Wort ihres Vortrags zu verpassen. Laut scharrten Stuhlbeine auf dem Parkett, als Nolthenius unruhig hin- und herrutschte.

»Jeder von Ihnen«, führte Emilie unbeirrt aus, »hat gewiss schon einmal einen Fehlversuch bei der Pressung erlebt. Ein Blatt, das brach oder sich einrollte.«

Sie ließ die Worte wirken, verließ sich darauf, dass jeder im Raum das Bild einer missglückten Kreation vor sich sah. »Es gibt so viele Fehler, die einem unterlaufen können: große, die besonders schmerzlich sind, Flüchtigkeitsfehler, die uns ein Lächeln kosten, winzige, die sich erst im fertigen Blatt offenbaren. Dann erweist es sich«, senkte sie ihre Stimme noch weiter ab, um sich die Aufmerksamkeit zu sichern, »dass die Arbeit umsonst war.«

Eine leise Unruhe bewegte das Publikum, denn gewiss hatte jeder von ihnen schon einmal so eine Enttäuschung erlebt. Doch dann hob Emilie ihren Blick und ließ ihre Stimme wieder kräftiger erklingen.

»Und doch kennen wir das älteste erhaltene Herbarium von Michele Merini.« Sie benetzte ihre trockenen Lippen mit der Zunge, ließ den Blick über das Publikum schweifen. Ihr kam es vor, als wären die Herren ihr nun wohlgesinnter. »Dass es aus dem 16. Jahrhundert stammt, muss ich Ihnen gewiss nicht erzählen, aber ich möchte es dennoch erwähnen. Stellen Sie sich vor, dass Menschen in zweihundert Jahren Ihre Herbarien so voller Staunen betrachten werden.«

Als sie nun aufsah, nickten ihr einige der Anwesenden zu, nur Nolthenius saß mit versteinerter Miene da und starrte sie an. Hatte er erwartet, dass sie ihn des Plagiats bezichtigte? Dabei hätte Emilie nur verlieren können. Eine Frau, eine Amateurin, die einen anerkannten Wissenschaftler des geistigen Diebstahls beschuldigte – selbst gutwillige Naturforscher würden nur mit dem Kopf schütteln.

»Um das verhindern zu können«, fuhr sie fort, »möchte ich Ihnen nun eine Methode vorstellen, mit der ich viele Erfolge erzielt habe.«

Mit sicherer Stimme beschrieb sie das Verfahren, das sie in den letzten Jahren verfeinert hatte. Schließlich atmete sie noch einmal tief ein und aus und sagte: »Wenn Sie es interessiert, kann ich Ihnen gern die Rezeptur meines Klebers zur Verfügung stellen. Im Unterschied zu Fischleim bindet der auf

Pflanzenbasis schonender und erlaubt ein feineres Präparieren.«

Als sie aufschaute, blickte sie in interessierte Gesichter. Es war ihr gelungen, die Herren mit ihrem Vortrag und ihrer Leidenschaft zu fesseln. Am liebsten hätte Emilie Nolthenius die Zunge herausgestreckt, um wie ein kleines Kind ihren Triumph zu zeigen. Stattdessen begnügte sie sich damit, in seine Richtung zu blicken und zu lächeln, bevor sie sich für die Aufmerksamkeit bedankte.

Kapitel 39

Ein überraschender Sonnenstrahl strich durch das Zimmer und weckte Louise. Die Luft um sie herum war noch kühl und roch leicht nach Lavendel aus dem kleinen Beutel, der zwischen den Betttüchern lag, um sie vor Motten zu schützen. Langsam öffnete Louise die Augen, als die Wärme der Sonne ihre Haut kitzelte, und lächelte, denn in der Nacht hatte sie von dem gestrigen Erfolg geträumt.

Voller Stolz dachte sie an ihre eigene, wenngleich bescheidene Rolle in Emilies glänzendem Vortrag. Sicher, sie hatte mit ihren Zeichnungen nur einen kleinen Anteil daran gehabt, aber trotzdem fühlte es sich so an, als wäre Emilies Triumph auch ihrer.

Mit einem glücklichen Seufzer ließ sie ihre Gedanken zurückgleiten zu dem Applaus, den Emilie – und auch Louise – erhalten hatten. Der hörbare Beweis, dass es mehr im Leben für Frauen gab, als nur darauf zu warten, geheiratet zu werden. So viel mehr, denn gestern hatte Emilie ihr angeboten, sie auf die Expedition nach Australien zu begleiten. Für einen flüchtigen, berauschenden Augenblick hatte diese Einladung in Louise Fantasien von Abenteuern und Wundern geweckt, war ihr wie die Erfüllung all ihrer Träume erschienen. Allerdings der

Träume des Mädchens Louise, nicht die der Frau. Die Frau Louise hegte nur noch einen Wunsch: mit Alexander zu leben.

Sie setzte sich auf und lehnte sich mit dem Rücken an das Kissen, als ihre Stimmung ins Düstere wechselte bei dem Gedanken an den Mann, den sie liebte. Seitdem sie aus dem Hotel gelaufen war, ohne mit ihm aufs Zimmer zu gehen, hatte er sie ignoriert. Kein Brief, kein heimliches Treffen, kein Zeichen, dass er sein Versprechen einlösen wollte, mit Sophie zu reden, um einen friedlichen Weg zu finden, die Scheidung einzureichen.

Vielleicht schreckte Alexander zurück, denn eine Scheidung würde für einen unglaublichen Skandal sorgen. Louise konnte es fast hören, das Geraune und Getuschel, das wie ein eisiger Nordwind durch die prächtigen Säle und die fein getäfelten Salons Bremens fegen würde. Die hanseatischen Bremer schätzten es nicht, wenn einer von ihnen vom Weg abwich. Mit Schrecken erinnerte Louise sich daran, wie sehr ihr Onkel und ihr Vater über Konsul Lüders gespottet hatten, dessen Sohn seine Gemälde in einer renommierten Galerie ausgestellt hatte. Der alte Lüders war drei Tage lang nicht zur Börse gegangen aus Scham und Sorge, wie seine Bekannten auf so einen Fauxpas reagieren würden. Es hieß, er hatte gefürchtet, dass seine Freunde ihn deshalb nicht mehr grüßten oder – schlimmer noch – ihm in stillem Mitgefühl die Hand drückten. Wie würden die Bremer wohl reden, sollte eine höhere Tochter sich als Ehebrecherin erweisen?

Der bittere Geschmack von Angst legte sich auf ihre Zunge, während sie sich die Blicke vorstellte, die sie im Vorübergehen treffen würden, das Tuscheln hinter Fächern, das hämische Gelächter bei den Kaffeekränzchen. Würde sie das ertragen können? War Alexander es wert, für immer aus der Gesellschaft verstoßen zu werden?

Gefangen in diesen Fragen zog Louise die zur Faust geballte Hand zum Mund und biss sich auf den Fingerknöchel, als könnte der körperliche Schmerz den des Herzens mildern.

Möglicherweise wäre es klüger gewesen, ihm ins Hotel zu folgen, um Alexander ihrer Liebe zu versichern. Denn mehr konnte eine Frau nicht schenken als ihre Unschuld. Doch wie viel wären seine Liebesschwüre wert, sollte sie ihm alles gegeben haben? Und wieder musste sie sich in Geduld üben und auf eine Antwort warten, denn erneut war er nach Hamburg gereist, um Vorbereitungen für die Überfahrt nach Guatemala zu treffen.

Genug davon. Louise wollte sich den sonnigen Tag nicht verderben lassen und nicht weiter auf Alexander und Zeichen seiner Liebe zu ihr hoffen. Wenn ihr der gestrige Tag eines gezeigt hatte, dann dies: Ihre Bilder waren gut genug, um Naturforscher zu überzeugen; für Louise konnte es ein Leben neben Alexander geben.

Das schöne Wetter sollte sie nutzen, um den heutigen Tag mit Emilie zu verbringen. Oder sie würde in den Bürgerpark gehen, auf der Suche nach herbstlichen Pflanzen und Blüten, die sie zeichnen konnte. Auf jeden Fall würde es ein guter Tag werden, das spürte sie. Mit frischem Mut schwang sie ihre Beine aus dem Bett. Der warme Teppich schmiegte sich an ihre kalten Füße. Louise ging zum Schrank, um ein Kleid auszuwählen, das zu ihrer heutigen Stimmung passte. Ihre Finger strichen über die edlen Stoffe: Samt, Seide, Leinen, Musselin, Baumwolle und Batist, die so viele Erinnerungen bargen, an sommerliche Gartenfeste, an herbstliche Bälle, an heimliche

Begegnungen und wundervolle Nachmittage mit ihren Freundinnen.

Schließlich entschied sich Louise für ein Kleid aus Musselin, dessen Farbe das warme Kastanienbraun des Herbstes hatte. Sie zog an der bronzefarbenen Kordel, mit der sie das Dienstmädchen rufen konnte, und wartete darauf, dass Else oder Minna mit einem Tablett mit der morgendlichen Tasse Tee erschien – eine kleine Zeremonie, die Louise einen Moment der Ruhe bescherte, bevor sie der Familie begegnete.

»Guten Morgen, gnädiges Fräulein.« Minna begrüßte sie mit einem Lächeln. »Haben Sie gut geschlafen?«

»Danke.« Louise nahm die Tasse entgegen und trank einen Schluck. »Ich werde heute das kastanienbraune Kleid tragen.«

»Sehr wohl, gnädiges Fräulein.« Während Minna ihr die Kleidung und das Korsett zurechtlegte, wusch Louise sich. Nachdem Minna ihr beim Anlegen des Korsetts und dem Überstreifen des Kleides geholfen und ihre Frisur gerichtet hatte, begab sich Louise zum Frühstück.

Jeden Morgen fürchtete sie sich davor, ihrer Cousine entgegenzutreten, aus Angst, dass Sophie von Alexanders und Louises Liebe wusste. Doch nicht zum Frühstück zu erscheinen, kam nicht infrage. Louise hätte sich gegenüber ihrem Vater oder Tante Malvina dafür rechtfertigen müssen – und diesem Konflikt wollte sie aus dem Weg gehen.

Nachdem sie tief Luft geholt hatte, öffnete Louise die Tür zum Frühstückszimmer. Sie durfte sich ihr schlechtes Gewissen Sophie gegenüber nicht anmerken lassen. Der Geruch nach frisch gebrühtem Kaffee und gebratenen Eiern drehte ihr den Magen um.

Doch sie hatte sich umsonst gesorgt, denn nur ihr Vater und ihr Onkel saßen an dem großen Tisch, gut gefüllte Teller vor sich. Sophie nahm wohl wieder einmal das Vorrecht der verheirateten Frau in Anspruch, im Bett frühstücken zu dürfen. Noch ein Brauch, den sich die Familie Gildemeester aus England abgeschaut und übernommen hatte.

»Guten Morgen«, begrüßte Louise ihre Familie. Vater und Onkel, die sich in einem lebhaften Gespräch befunden hatten, verstummten plötzlich und sahen sie an. Während sie sich niederließ, schien Louises Herz einen Schlag auszusetzen, als sie sich fragte, was das wohl zu bedeuten hatte. Nur eine Antwort kam ihr in den Sinn und ließ ihr den Atem stocken. Sollte Christian mit seinen Befürchtungen recht behalten und jemand hatte Alexander und sie gesehen?

Die Spannung schien mit bloßen Händen greifbar, als Louise sich ein frisch gebackenes Brötchen nahm, obwohl sie keinen Hunger verspürte. Aber sie musste sich beschäftigen, solange ihre Gedanken kreisten und sie sich die Vorwürfe ausmalte, die sie seitens ihrer Verwandten zu erwarten hatte.

»Guten Morgen, mein liebes Kind«, durchbrach der dunkle Bariton ihres Vaters endlich das Schweigen. Er nickte ihr zu. Etwas in seinem Blick irritierte sie, aber sie konnte es nicht in Worte fassen. »Mein Bruder hat mir eben die frohe Kunde mitgeteilt, dass er bald Großvater wird.«

Obwohl sie die Worte verstanden hatte, benötigte Louise ein paar Sekunden, bis sie die Tragweite dieser Neuigkeit begriff. Dann jedoch trafen sie sie mit der Wucht eines Nordseesturms, der gegen die schützenden Deiche raste. Sophie bekam ein Kind, Alexander und Sophie bekamen ein Kind.

Ihre Eingeweide zogen sich zusammen, sie fühlte sich, als schnürte ihr jemand die Kehle zu. Wie das zerbrechliche Porzellan vor ihr auf dem Tisch schien ihre Welt zu zerfallen, jedes Bruchstück eine Lüge, die Alexander ihr erzählt hatte, jedes geheime Treffen, an dem sie ihm ihre Liebe gestanden hatte, jede Nacht, die sie mit Träumen von ihm vergeudet hatte. Ein Schwindelgefühl überkam sie, und ihr drohte schwarz vor Augen zu werden. Für einen Moment schien die Welt stillzustehen. Nur ihre Erziehung und Disziplin hielten sie aufrecht und brachten sie dazu, mit rauer Stimme zu sagen: »Herzlichen Glückwunsch, Onkel. Das ist eine große Überraschung.«

»Danke.« Aus Onkel Georgs Stimme klang so viel Stolz, als würde er Vater und nicht Großvater. »Hoffentlich wird es ein Junge.«

Erneut kämpfte Louise gegen Wogen der Übelkeit an und winkte das Dienstmädchen zu sich, damit es ihr Tee eingoss.

»Möchten Sie Rührei, gnädiges Fräulein?«, fragte das Mädchen, aber Louise schüttelte nur den Kopf. Bei dem Gedanken an Essen wurde ihr übel.

»Nur Tee für mich.« Wie eine Verdurstende griff sie nach dem Getränk und führte die Tasse mit zitternden Händen zum Mund. Tief atmete sie den Duft des Tees ein und spürte die Wärme des Porzellans an ihren eiskalten Händen, während sie versuchte, ihre zerbrochene Welt wieder zusammenzusetzen. Vorsichtig trank sie einen Schluck, immer noch bemüht, ihren inneren Aufruhr nicht nach außen zu zeigen. Der Tee schmeckte nach Asche, aber sie schluckte ihn herunter. Nur nicht die Aufmerksamkeit ihres Vaters oder ihres Onkels auf sich ziehen!

Louise setzte die Tasse ab, wobei ihr Zittern dazu führte, dass sie mit einem leisen Klirren auf der Untertasse landete. Sofort schoss ihr Vater ihr einen strafenden Blick zu, als fürchtete er, dass sie die Contenance verlieren würde. Sie starrte enttäuscht und zornig zurück, bis er wegsah. Einen Moment lang war sie versucht, die Grenzen der Schicklichkeit zu überschreiten und hier und jetzt ihre Gefühle laut auszusprechen, mehr noch, sie herauszuschreien, bevor sie an ihnen erstickte.

Aber sie wagte es nicht. Stattdessen sah sie auf ihren Teller, als könnte das Brötchen ihr eine Hilfe sein. Als ihr Vater sich erneut seinem Bruder zuwandte und ihr Gespräch auf entfernte Bekannte in London überging, konnte Louise sich endlich auf ihr schmerzendes Herz konzentrieren. Es fühlte sich an, als presste es jemand in einer riesigen Faust zusammen.

Alexander hatte ihr versprochen, sich von Sophie scheiden zu lassen. Wie hatte sie nur so naiv sein können, ihm zu glauben? Er hatte gesagt, dass er Sophie nicht liebte, aber anscheinend waren seine Gefühle stark genug, dass er Vater werden konnte. Bei dem Gedanken ballte sie ihre Hände zu Fäusten, Zorn verdrängte das Erschrecken über die Neuigkeit. Wie sehr wünschte sie sich, ihn zu sehen, ihm ins Gesicht zu sagen, was sie von ihm hielt. Gleichzeitig wollte sie ihn nie wieder treffen.

Ihre Gedanken schweiften ab, und mit halbem Ohr hörte sie ihren Vater über London sprechen. Jetzt muss Vater es einsehen! Ich kann nicht länger in Bremen leben, kann nicht länger in diesem Haus verweilen, unter einem Dach mit Alexander.

»Ich muss ins Kontor.« Onkel Georg stand auf. »Wir sehen uns nachher, Carl?«

Ihr Vater nickte und wartete ab, bis Georg die Tür hinter sich geschlossen hatte, bevor er sich Louise zuwandte. Mit einer Geste schickte er Else hinaus.

»Tochter, ich weiß nicht, was zwischen dir und Alexander war.« Seine Stimme klang beherrscht und kühl. »Ich will es auch nicht wissen. Aber nun wird er Vater.«

»Das musst du mir nicht noch mal sagen«, entgegnete sie,

unbeherrscht und bereit zu kämpfen. »Wirst du mich nun endlich mit nach London nehmen?«

»Du wirst in Bremen bleiben. Alexander und Sophie reisen bald ab.«

»Wenn das dein Wunsch ist, Vater.« Louise stand abrupt auf, ihr Stuhl rutschte über das Parkett. Ohne ein weiteres Wort floh sie aus dem Frühstückszimmer, ihre Schritte trommelten im Rhythmus ihres Herzschlags.

In ihrem Zimmer angekommen, warf sich Louise aufs Bett und vergrub ihr Gesicht in den Kissen, während heiße Tränen ihre Wangen herunterliefen. Selbst in diesem Moment tiefster Dunkelheit und Traurigkeit konnte sie nicht aus ihrer Haut. Mahnend meinte sie, Tante Malvinas Stimme zu hören: »Ein gut erzogenes Mädchen zeigt seine Gefühle nicht.«

Kapitel 40

Im flackernden Licht der Petroleumlampe beugte Emilie sich über das Farnblatt, das sie im Herbarium anlegte. Ihre Finger drückten sachte die fiedrige Oberfläche auf das Papier, direkt neben eine Zeichnung, die Louise Gildemeester angefertigt hatte. Was die junge Frau wohl machte? Emilie bedauerte, dass die Bremerin nach dem Vortrag erneut sang- und klanglos aus ihrem Leben verschwunden war. Es war ihr vorgekommen, als verbände sie beide das gemeinsame Interesse an Pflanzen, seitdem sie vor drei Tagen auf der Versammlung auf der Nordwestdeutschen gewesen waren.

Aber das denke wohl nur ich mir, gestand sich Emilie ein. Bis darauf, dass wir beide Frauen sind, verbindet uns so gut wie nichts. Einer Kaufmannstochter wie ihr steht die Welt offen, während ich um alles kämpfen muss. Auch wenn sie enttäuscht war, dass sie Louise nicht so wichtig zu sein schien oder sie sie für einen Mann beiseitegeschoben hatte, blieb Emilie ihr dankbar. Ohne die Bremerin hätte sie es nicht geschafft, an der Versammlung der Gesellschaft Deutscher Naturforscher und Ärzte teilzunehmen und mit ihrer Rede zu reüssieren.

Nach dem Vortrag hatte sie eine kurze Nachricht von Jost Ostherloh erhalten und mit zitternden Händen den Brief geöffnet, weil sie fürchtete, der Mäzen würde sie wieder zu sich zitieren, und sie müsste sich ihm und ihren Ängsten stellen. Doch der Kaufmann hatte ihr nur zu ihrem Erfolg gratuliert und sie aufgefordert, ihr Wissen und ihre Fertigkeiten in die Expedition einzubringen. Nur noch wenig Zeit blieb ihr, bis die Australienreise begann. Immer wieder bewegte Emilie die Frage, ob sie daran teilnehmen wollte, in ihrem Herzen, ohne zu einer Entscheidung gekommen zu sein. Es gab Momente, in denen ihr Herz vor Angst raste, wenn sie sich vorstellte, allein mit Nolthenius und Felix im australischen Busch zu sein. Aber es gab auch Augenblicke, in denen sie der Faszination der Flora und Fauna am anderen Ende der Welt erlag und alles riskieren würde, um sie zu erforschen. Nach und nach schöpfte sie Mut und fühlte sich wie eine Schildkröte, die vorsichtig den Kopf aus ihrem Panzer streckte, um sich auf die Suche nach neuen Abenteuern zu begeben.

Felix, der ihr ein Vertrauter geworden war, unterstützte sie nach Kräften. Nolthenius hingegen behandelte sie immer noch wie ein besseres Dienstmädchen. Der Professor musste es nicht aussprechen, denn es stand ihm auf der Stirn geschrieben: Er wollte Emilie auf keinen Fall bei der Expedition dabeihaben, was sie reizte, gerade deswegen die Reise anzutreten.

Von Nolthenius' Abneigung ließ Emilie sich nicht beirren, sondern leistete gute Arbeit in der Vorbereitung des großen Abenteuers. Mit feinen Strichen zeichnete sie Reiserouten, die den besten Ertrag versprachen, auf Karten nach. Sie erstellte Listen der Pflanzen, die sie zu finden hofften, half bei der Auswahl des Papiers für Herbarien und der Pressen sowie der Suche nach den besten Möglichkeiten, die Exponate für die langwierige Reise zurück nach Bremen sicher zu verstauen. Manchmal dünkte ihr das Vorhaben wie ein Wunder: eine Reise einmal um den Globus, um Flora und Fauna zu suchen, zu sammeln, zu präparieren, um sie dann erneut um die Welt zu senden, damit sie in Bremen im Museum des Jost Ostherloh ausgestellt werden konnten.

Dank ihrer Freundinnen Hedwig und Lucie konnte Emilie sich ganz auf die Arbeit konzentrieren. Die beiden sorgten nicht nur für Culpeper und Jeanne, sondern auch dafür, dass Emilie jeden Abend, wenn sie müde nach Hause kam, eine warme Mahlzeit erwartete. Meist ein Fischeintopf, oft mit frisch gebackenem Brot, das Emilie überaus mundete. Innerlich dankte sie dem Schicksal, das ihr die beiden Bremerinnen über den Weg geführt hatte. Ohne Hedwig und Lucie wäre Emilie verloren und unglücklich, wahrscheinlich sogar zu Albert zurückgekehrt, weil sie keinen anderen Ausweg gewusst hätte.

»Eine Nachricht für Frau Nebelthau«, sagte eine Stimme, und sie zuckte zusammen, ihre Hand mitten im Schwung, der die Linien der Expedition skizzieren sollte. Ein junger Bote stand vor ihrem Schreibtisch, sein Haar vom Wind zerzaust, die Wangen gerötet, als ob er gerannt war. »Herr Ostherloh hat mir befohlen, ich soll auf Ihre Antwort warten.«

Das Papier knisterte unter ihren Fingern. Noch bevor sie den Umschlag geöffnet hatte, spürte sie eine Mischung aus Unruhe und Neugier. Ihr Herz schlug bis zum Hals, als sie ihren Namen auf dem schweren cremefarbenen Papier las, geschwungene, kraftvolle Buchstaben.

»Ostherloh?« Der Brief entglitt Emilies zitternden Fingern und segelte zu Boden wie ein fallendes Blatt im Herbst. Nun war es so weit: Nun würde sie entscheiden müssen, wie ihre Zukunft aussah. Würde sie dem Kaufmann erneut zu Willen sein oder sich gegen ihn verwehren? Sie holte tief Luft und bückte sich, um das Schreiben aufzuheben. Erst beim dritten Versuch gelang es ihr, den Umschlag zu öffnen. Sie faltete das Papier auf, und ihr Blick flog über die eiligen, energischen Worte Jost Ostherlohs.

Kommen Sie sofort. Ich habe wichtige Neuigkeiten, die kei-
nen Aufschub dulden.
Jost Ostherloh

Warum sollte der Bote auf eine Antwort warten, wenn Ostherloh ihr befahl, ihn sofort aufzusuchen? Emilie holte tief Luft. Sie sah den jungen Mann an und brachte mit schwacher Stimme hervor: »Sagen Sie Ostherloh, ich werde in einer Stunde bei ihm sein.«

»Sehr wohl.« Er nickte und wandte sich um. In dem Augenblick, als die Tür hinter ihm leise ins Schloss fiel, verließen Emilie die Kräfte. Ihr knickten die Beine weg, und sie sank auf den Stuhl neben dem Arbeitstisch. Der aufkeimenden Panik nachgebend, verbarg sie ihr Gesicht in den Händen, ihr Atem ging schwer, ihr Herz raste.

»Was ist mit Ihnen?« Felix Smitt hatte bemerkt, wie es um sie stand, und war zu ihr geeilt. In seiner Stimme klang Sorge mit, ein warmer Ton, der sie tröstete. »Möchten Sie etwas trinken? Kann ich Ihnen helfen?«

»Bitte.« Emilies Stimme war kaum mehr als ein Flüstern. »Wasser wäre gut.«

Felix nickte verständnisvoll und eilte davon, um ihre Bitte zu erfüllen. In der Zwischenzeit ließ sich Nolthenius' Stimme vernehmen, der sich ungebeten einmischte: »Frauen sind einfach nicht geeignet, eine Expedition zu begleiten. Ständig sind sie erschöpft oder fallen in Ohnmacht.«

Die Ungerechtigkeit seiner Worte traf Emilie wie ein Peitschenhieb. Ärger brodelte in ihr hoch und gab ihr die Kraft, die sie brauchte, ihre Angst zu überwinden.

»Ich kann mich nicht daran erinnern, bisher auch nur einmal in Ohnmacht gefallen zu sein«, entgegnete sie scharf.

Bevor Nolthenius antworten konnte, kehrte Felix Smitt mit einem Glas Wasser zurück.

»Danke.« Emilie nickte ihm zu, trank einen Schluck und erhob sich. »Ich muss jetzt zu Ostherloh. Ich werde heute nicht mehr zurückkehren.«

»Soll ich Sie begleiten?«, bot Felix besorgt an.

»Danke, das wäre wunderbar.«

»Als gäbe es nicht genug zu tun«, brummelte der Professor, aber sein Protest wirkte halbherzig, als wagte er es nicht, sich seinem Assistenten entgegenzustellen.

Gemeinsam mit Felix machte sie sich auf den Weg, vorbei an Marktständen, von denen der Geruch rohen Fischs und reifer Äpfel herüberwehte, getragen von einem Menschenmeer aus Bauern, Dienstmädchen und Kindern. Das Rumpeln der Karrenräder auf dem Kopfsteinpflaster und das laute Feilschen erinnerten Emilie an ihre Kindheit, wenn ihre Mutter gemeinsam mit ihr auf dem Markt in Stendal Kräuter und Tees verkauft hatte.

»Lassen Sie sich weder von Ostherloh noch vom Professor einreden, Sie wären nicht gut genug.« Inzwischen stotterte Felix kaum noch, wenn sie allein miteinander sprachen. Doch sobald Nolthenius anwesend war, stolperte er über jedes Wort. »Ich wusste nicht, dass er Ihren Vortrag gestohlen hat. Ich war genauso erschüttert wie Sie, als er zu reden anfing.«

»Das glaube ich Ihnen.« Emilie seufzte. »Ich konnte es kaum fassen, dass er zu solchen Mitteln greift.«

»Aber Sie konnten die Naturforscher trotzdem überzeugen.« In Felix' Ton mischte sich Bewunderung. »Ich habe nur Gutes gehört.«

»Auch weil man mit zweierlei Maß misst.« Ihr Schritt stockte, als die Bitterkeit sie überwältigte. »Es heißt immer, ein überraschend guter Vortrag für eine Frau. Ich will nicht als Frau gesehen werden, sondern als Naturforscher.«

»Wir können nichts dafür, wie andere uns sehen«, flüsterte er.

Spielte er auf seinen Sprachfehler an, oder gab es etwas, was sie nicht wusste? Abwartend blieb sie stehen und sah ihn fragend an.

»Meine Familie sieht in meiner Forschung nur eine vorübergehende Laune.« Auch er blieb stehen. »Sie erwarten, dass ich Kaufmann werde, eine wohlhabende Partie heirate und einen Erben zeuge.«

»Aber Ihr Name gilt etwas in der Welt der Botanik«, sprach Emilie ihm Mut zu. »Wenn Sie aus Australien zurückgekehrt sind, stehen Ihnen Universitäten und Museen offen.«

»Für meine Familie hat das keinen Wert.« Er zwang sich zu einem Lächeln. »Für sie zählt nur, was Geld einbringt.«

»Wichtig ist, dass Sie Ihren Wert kennen«, entgegnete sie, Worte, wie Lucie sie schon einmal zu ihr gesagt hatte. »Und ich schätze Sie sehr.«

»Danke.« Die Wärme und Freundschaft, die zwischen ihnen wuchs, waren fast greifbar, und Felix schien noch etwas auf dem Herzen zu haben, doch dann sagte er nur: »Wir sollten weitergehen. Sie wollen gewiss nicht zu spät kommen.«

Sie nickte nur zur Antwort und sputete sich. Als sie im Contrescarpe angekommen waren, ergriff sie Felix' Hand. »Danke, von hier an muss ich meinen Weg allein gehen.«

»Soll ich warten?«

»Nein, danke, gehen Sie. Der Professor hat ohnehin schon Schaum vor dem Mund gehabt, dass seine beiden Dienstboten es wagen, ihn allein zu lassen.«

»Emilie.« Felix drückte ihre Hand. »Ich bin immer für Sie da, wenn Sie Hilfe benötigen. Zögern Sie nicht, mich zu bitten.«

»Das werde ich.« Sie blickte ihm nach, bis er verschwunden war. Erst dann ließ sie es zu, dass ihre Sorgen wieder an die Oberfläche traten.

Selbst wenn es mich meinen Traum kosten wird, ich werde Ostherloh nicht noch einmal zu Willen sein, schwor sie sich und nahm die Treppenstufen mit fester Entschlossenheit. Mit jedem entschiedenen Schritt, den sie die Treppe emporstieg, wuchs in ihr die feste Überzeugung: Was immer in der Villa auf sie wartete, sie würde dem Schicksal mit Würde begegnen.

Nachdem das Dienstmädchen sie eingelassen hatte, stand sie etwas verloren in der Eingangshalle. Ein Mosaik aus gedämpftem Licht fiel durch die Vorhänge und hüllte sie ein. Als das Knarren einer Tür die Stille durchbrach, schrak sie zusammen.

»Frau Nebelthau, wie schön, Sie zu sehen.« Christian Ostherloh trat aus der halb geöffneten Salontür. Ein Lächeln lag auf seinen Lippen. »Mir war es, als hätte ich Ihre Stimme erkannt.«

»Herr Ostherloh.« Emilie bemühte sich um ein Lächeln, aber es gelang ihr nur eine Grimasse. »Ich hoffe, es geht Ihnen gut?«

»Mein Vater hat nach Ihnen geschickt?« Er blickte ihr ins Gesicht und flüsterte: »Machen Sie sich keine Sorgen. Ich bin in der Nähe.«

Wusste Christian, was sein Vater ihr angetan hatte? War sie nicht die Erste, die unter dem reichen Kaufmann leiden musste? Sie wagte es nicht, ihm diese Fragen zu stellen, zu sehr schämte sie sich.

»Ich danke Ihnen.« Emilie seufzte erleichtert. »Ich habe einen Artikel von Ihnen gelesen, in der *Bremer Bürger-Zeitung*. Er hat mir sehr gut gefallen.«

Christians Miene verfinsterte sich, die Sorgenfalten auf seiner Stirn vertieften sich. »Ihnen schon, aber den Kaisertreuen nicht. Obwohl hier in Bremen mehr Pressefreiheit herrscht als im Rest des Reiches, muss ich mir Sorgen machen.«

»Das tut mir leid. Kann ich Ihnen helfen?«, fragte Emilie, doch bevor er antworten konnte, kehrte das Dienstmädchen zurück und führte sie in Ostherlohs Arbeitszimmer.

Als die Tür des Arbeitszimmers aufschwang und sie den hochgewachsenen Kaufmann mit den markanten Gesichtszügen sah, verlor Emilie den Mut. Sosehr sie sich auch eingeredet hatte, sie würde gegen ihn bestehen können, so sehr musste sie erkennen, wie sehr sie sich vor ihm fürchtete. Das Dienstmädchen schloss die Tür und sperrte Emilie mit ihm ein. Panisch griff sie sich an die Kehle. Als er näher trat, wich sie automatisch zurück, bis sie die Tür in ihrem Rücken spürte. Nun konnte sie ihn nur noch aus weit aufgerissenen Augen anstarren und rang nach Luft.

Ostherloh schien ihren inneren Aufruhr entweder nicht wahrzunehmen, oder – noch zermürbender – es spielte schlichtweg keine Rolle für ihn. »Hier, das kam mit der Post«, bemerkte er beiläufig und reichte ihr einen Brief.

Emilie nahm das Papier entgegen, wobei sie sich alle Mühe gab, seine Finger nicht zu berühren. Vor lauter Aufregung verschwammen die Worte vor ihren Augen, und sie konnte nichts erkennen. Mit bebender Hand ließ sie den Brief sinken.

»Ihr Gemahl hat mir geschrieben.« Ostherlohs Stimme

klang zornig, als er Emilie den Brief aus der Hand riss. »Er untersagt es, dass ich Sie auf die Expedition nach Australien sende.«

»Wie bitte?« Emilie musste sich verhört haben. An Albert hatte sie kaum noch gedacht, er war ein Schatten ihrer Vergangenheit. Wie kam er dazu, sich an Ostherloh zu wenden und sich in ihr Leben einzumischen?

Kapitel 41

»Geht es Ihnen besser, gnädiges Fräulein?« Minna brachte einen Tee und zog die Vorhänge vom Fenster zurück, was Louise
einen Blick in den Bremer Himmel gewährte. Schieferfarbene
Wolken ballten sich dort, grau und düster wie ihre Stimmung.
Das matte Morgenlicht, das durch die filigranen Vorhänge
drang, malte zarte Muster auf den parkettierten Boden. Louise
lag unter der schweren Bettdecke, die sich wie ein erdrückender
Schleier um sie schlang. Die Kissen unter ihrem Kopf waren
noch feucht von ihren Tränen, und der Geruch von zerknülltem
Papier und unverarbeitetem Schmerz hing in der Luft wie die
faden Überreste eines Traums, aus dem sie nicht erwachen
wollte.

»Ich werde heute noch im Bett bleiben.« Louise musste die
Schwäche in ihrer Stimme nicht vortäuschen, sie fühlte sich
müde und erschöpft. Seitdem sie von Sophies Schwangerschaft
erfahren hatte, lag sie danieder und mied die gemeinsamen Fa-
milienmahlzeiten.

»Soll ich Ihnen ein Frühstück bringen?« Minna goss den
Tee in eine Tasse, die sie Louise reichte.

»Ich bin nicht hungrig.« Louise trank einen Schluck. »Lass
mich allein.«

Nachdem das Dienstmädchen die Tür hinter sich geschlossen hatte, begann Louises Magen zu knurren. Aber der Gedanke, etwas zu essen, verursachte ihr Übelkeit. Drei Tage waren vergangen, seitdem sie die ungeheuerliche Neuigkeit erfahren hatte, drei Tage, in denen sie sich nur eines wünschte: aus diesem Albtraum zu erwachen. Doch leider war es kein Traum, sondern die bittere Wirklichkeit.

Alexander wurde Vater, und Louise war auf charmante Worte hereingefallen, hinter denen sich nichts als heiße Luft verbarg. Heute sollte er aus Hamburg zurückkehren, und sie schwankte zwischen dem Wunsch, ihm ins Gesicht zu sagen, was sie von ihm hielt, und dem Impuls, vor ihm davonzulaufen.

Als erneut ein Klopfen ertönte, rief sie: »Ich will immer noch kein Frühstück.« Ihre Stimme klang schroff und abweisend, als wollte sie eine unsichtbare Barriere zwischen sich und der Welt da draußen errichten.

»Ich wollte dir auch keines bringen«, erklang die Stimme ihres Cousins, der vorsichtig eintrat. »Ich wollte nur wissen, wie es dir geht.«

Louise wandte ihren Kopf und zuckte mit den Schultern. »Ich habe mir wohl den Magen verdorben. Danke, dass du fragst.«

»Bitte erzähl mir keine Lügen«, erwiderte Johann Christoph besorgt, als er sie prüfend musterte. »Ich habe Augen im Kopf. Und im Unterschied zum Rest der Familie ziehe ich es nicht vor, den Mantel des Schweigens über alles zu hüllen.«

Louise sah ihn an, studierte die aufmerksamen Züge seines Gesichts und fühlte sich wie entblößt, als er ihr Geheimnis andeutete. Ein Schauer überlief sie, und ihre Stimme wurde leise, fast zerbrechlich. »Es tut mir leid.« Sie meinte es ehrlich, denn ihr Cousin war ihr zu nahe, als dass sie ihn täuschen wollte. »Du hast recht. Ich bin unglücklich.«

Die alte Vertrautheit aus Kindertagen leuchtete wieder zaghaft zwischen ihnen auf. »Ist er es wirklich wert?«, fragte Johann Christoph, wobei ein Schatten des Grübelns sein Gesicht verdunkelte.

»Das dachte ich, aber inzwischen bin ich mir nicht mehr sicher.« Auf ihrer Zunge lag der bittere Geschmack der Enttäuschung, und schmerzhafte Erinnerungen erfüllten sie.

Johann Christoph, der sich auf die Kante ihres Bettes gesetzt hatte, beugte sich zu ihr und lächelte warm. »Du hast Besseres verdient, Cousinchen.« Er zwinkerte ihr zu. »Und nun steh auf und beginne wieder zu leben.«

Seine Worte schwebten in der Luft, ein sanfter Anstoß, der sie aufrüttelte. Sie atmete tief ein, um sich ihrer selbst und ihrer Entscheidungen bewusst zu werden. Johann Christoph hatte recht, der Tag lag vor ihr, all seine Möglichkeiten wie ein blühender Garten, und sie wollte ihn erkunden.

»Das werde ich.« Sie lächelte zögerlich, ihr Mut wieder neu erwacht.

Nachdem er ihr Zimmer verlassen hatte, stand sie auf und ging zum Fenster. Dort starrte sie in den düsteren Himmel, die Stirn gegen die kühle Scheibe gepresst, und sah hinaus, hoffte auf eine Idee, um ihr Leben in eine andere, eine bessere Richtung zu lenken. Sie wünschte sich, mit irgendeinem der Menschen zu tauschen, die unten auf der Straße liefen, gegen den Wind ankämpfend, der die ersten Herbstblätter über das Pflaster wehte.

Sie klingelte nach dem Dienstmädchen, um ein Frühstück und dann eine Begleitung für den wichtigsten Weg, den sie je zu unternehmen gedacht hatte, zu wünschen. Kurz darauf erschien Else: »Se wünst, gnädiges Fräulein?«

»Sag der Köchin, ich brauche ein Frühstück.« Louises

Stimme klang kraftvoll, sie reckte sich. »Dann hilfst du mir beim Ankleiden und begleitest mich zum Domshof.«

»Sehr wohl, gnädiges Fräulein.« Das Mädchen knickste. »Ik geev Bescheed in de Küche.«

Kurze Zeit später kehrte Else zurück, ein Tablett mit frisch gebackenem Brot, Butter, Honig und Käse in den Händen. Louise nickte ihr dankbar zu und aß mit gutem Appetit, während das Dienstmädchen ihr die Kleider bereitlegte und ein Bad einließ.

Nachdem sie angekleidet war, eilte Louise die breite mahagonigetäfelte Treppe herunter. Ihr Herz klopfte voller Vorfreude, während sie in der Eingangshalle wartete, bis Else endlich kam. Sie ließ sich in den Mantel helfen und ging, so schnell es eben noch schicklich war, in Richtung der Gesellschaft Museum. Erneut waren ihre Schritte zu eilig für das Dienstmädchen.

»Else, wo bleibst du denn?« Warum nur hatte sie das Dienstmädchen gewählt, das am langsamsten war, fragte Louise sich. Mit einem ungeduldigen Seufzer blieb sie stehen, bis Else sie erreicht hatte.

Am Ziel angekommen, wandte sie sich ihrer Begleitung zu. »Warte hier auf mich.«

Louise wollte in Ruhe mit Emilie sprechen und brauchte kein neugieriges Dienstmädchen, das jedes aufgeschnappte Wort mit Sicherheit im Gildemeesterschen Haus weitertratschen würde.

Else nickte und sah sich um, wohl suchend nach einer Sitzgelegenheit. Louise wartete nicht weiter, sondern marschierte zu Emilie Nebelthaus Arbeitsraum. Als sie die Hand auf die Türklinke legte, kribbelte ihr Körper vor Spannung. Endlich hatte sie den Mut gefunden, ihr Leben selbst in die Hand zu nehmen. Wie sie es erwartet hatte, beugte sich die Naturforscherin gerade über eine Weltkarte und zeichnete mit einem Stift eine Route ein. Felix stand an einem Tisch und verpackte etwas. Als er Louise sah, lächelte er. Glücklicherweise war der unangenehme Nolthenius nicht anwesend.

»Guten Tag, ich hoffe, ich störe nicht«, sagte Louise, lächelte und erwartete ein Lächeln als Antwort. Doch Emilie, umgeben von Papier und Pflanzen, hob nur kurz den Blick. »Fräulein Gildemeester, guten Tag.«

In ihrem Tonfall lag die Kühle eines Herbstmorgens, nicht die Wärme, die ihre letzte Begegnung begleitet hatte.

»Waren wir nicht per Du?« Louise trat neugierig näher, um zu sehen, woran die andere Frau arbeitete. Noch hoffte sie, die Verstimmung zwischen ihnen schnell klären zu können.

»Da wir uns so lange nicht mehr gesehen haben, erscheint mir das Sie passender«, antwortete Emilie Nebelthau.

Louise zog die Unterlippe zwischen die Zähne und fragte sich, womit sie die Naturforscherin dermaßen verärgert hatte. Sicher, sie war in den letzten Tagen sehr beschäftigt gewesen und hatte keine Zeit gefunden, Emilie Nebelthau aufzusuchen, aber das konnte sie doch nicht erwartet haben, oder? Kurz überlegte Louise, ihr Anliegen heute nicht vorzutragen, sondern es zu vertagen, aber nein, sie musste ihr Schicksal selbst gestalten – und Emilie Nebelthau war der Schlüssel zur Freiheit.

»Ich würde gerne kurz mit Ihnen reden«, platzte sie heraus. »Ich habe mir etwas überlegt und benötige Ihre Einschätzung.«

Emilie Nebelthau hielt den Kopf weiter gesenkt, und ihre Schultern strahlten Abwehr aus. »So?«

»Bei Ihrem Vortrag waren meine Zeichnungen hilfreich, nicht wahr?« Louise musterte die Naturforscherin und wartete auf ein Zeichen der Begeisterung oder Freude oder überhaupt ein Zeichen, aber Emilie Nebelthau beugte sich weiter über den Holztisch. »Überlegen Sie nur, was für einen Eindruck Zeichnungen der australischen Fauna hinterlassen würden.«

Nun merkte Emilie auf, schwieg aber weiterhin. Vielleicht musste Louise deutlicher werden. »Ich möchte Ihr Angebot annehmen und würde Sie gern mit auf die Expedition begleiten. Dann müssten Sie nicht allein mit den Herren reisen und sich nicht mit den Zeichnungen plagen, sondern könnten sich ganz auf Ihre Forschungen konzentrieren. Die Reise kann ich auch allein bezahlen, wenn es noch eine Passage gibt.«

Oje, kam ihr da in den Sinn. Was sollte sie nur tun, sollte das Schiff ausgebucht sein? Wie hieß es überhaupt? Wann sollte die Reise beginnen? So viele Fragen, auf die sie noch keine Antwort wusste. Aber das würde sich finden. Wichtig war erst einmal, Emilie von Louises Wert für die Reise zu überzeugen.

»Bitte«, sagte sie mit einem Flehen in der Stimme, »geben Sie mir die Chance, und ich werde alles so tun, wie Sie es mir sagen.«

Nun endlich sah Emilie auf. »Mit Ihrem Angebot sind Sie ein bisschen spät dran«, sagte sie mit rauer Stimme. »Ich werde die Reise nicht unternehmen.«

Louise blieb vor Staunen der Mund offen stehen. Sie musste sich verhört haben. »Wie? Warum? Was hat das zu bedeuten?«

»Mein Ehemann lässt es nicht zu. Er verbietet mir die Reise.«

»Das darf nicht wahr sein. Er kann nicht über Sie verfügen wie über Vieh.«

Kaum hatte sie ausgesprochen, traf sie die Erkenntnis wie eine kalte Welle: Genau so war es. Soweit sie wusste, hatte der

Ehemann das Recht, über das Leben seiner Ehefrau zu entscheiden. »Leben Sie nicht von ihrem Gatten getrennt?«

»Ich habe ihn verlassen, aber ich bin nicht geschieden.«

Das durfte nicht sein. Louise konnte es nicht glauben. Endlich hatte sie einen Entschluss gefasst, und dann warf das Schicksal ihr diesen Knüppel zwischen die Beine. Sie musste eine Lösung finden, sich etwas überlegen, um ihren Entschluss in die Tat umzusetzen.

»Ich ... Ich werde mit dem Anwalt meiner Familie reden. Möglicherweise kennt er einen Weg für uns«, stieß sie hervor, ihre Stimme zitternd, aber trotzdem klammerte sie sich an dem winzigen Hoffnungsschimmer fest.

»Für uns?« Emilie stieß ein kurzes, abfälliges Schnauben aus, in das sie all ihre Enttäuschung und Bitterkeit legte. »Es gibt kein Uns. Sie werden immer einen Weg finden, das zu bekommen, was Sie wollen. Ich hatte nichts anderes als diese Reise.«

Diesen Vorwurf empfand Louise als so ungerecht, dass ihr die Tränen kamen. Bevor sie etwas sagen konnte, kam Felix Smitt und berührte sie sanft am Arm. »Geben Sie Emilie etwas Zeit, wir werden eine Lösung finden.«

Den Heimweg ging Louise wie in einer Trance. Alles ist verloren, ging ihr durch den Kopf. Emilie hasst mich, und selbst, wenn sie mir verzeiht, werden wir nicht gemeinsam nach Australien reisen. Die schwere Eichentür des Herrenhauses fiel hinter ihr ins Schloss und vermittelte ihr das Gefühl, eingesperrt zu werden. Sie schlich die Treppe zu ihrem Zimmer hinauf und wünschte sich nur, sich ins Bett zu legen und zu weinen. Da sah sie jemanden vor der Tür ihres Zimmers und blieb abrupt stehen.

»Alexander!« Erschrocken zog Louise die Hand zum Mund. »Geh, bevor jemand dich sieht und du mich kompromittierst.«

Er sah sie nur an, sein Blick war flehend, und dann streckte er die Hand nach ihr aus. »Louise«, begann er, seine Stimme bebend, »bitte, hör mir zu.«

Sie warf einen Blick über die Schulter, in Sorge, dass ein Dienstmädchen oder, schlimmer noch, Tante Malvina käme und sie in trauter Zweisamkeit ertappte. Sollte sie ihn in ihr Zimmer bitten, um dieser Gefahr zu entgehen? Nein, keinesfalls, das wäre ihr gesellschaftlicher Todesstoß, wenn jemand sie erwischte. Am klügsten erschien es ihr, ihn reden zu lassen und dann so schnell wie möglich in die Sicherheit ihres Raumes zu fliehen. Mit einer Geste, halb aus erschöpfter Resignation, halb aus einem unerklärten Rest Hoffnung geboren, nickte sie.

»Lass uns in die Bibliothek gehen.« Der Ort wäre weniger verfänglich als ihr Zimmer. Außerdem war er immer ihre Zuflucht gewesen, und sie erhoffte sich von den Büchern Beistand in diesem schwierigen Gespräch. Schweigend gingen sie hintereinander die Treppe hinunter. Louise zuckte bei jedem Geräusch zusammen, aber sie gelangten ungesehen dorthin.

Louise nahm in einem Sessel am Kamin Platz, während Alexander vor ihr stehen blieb. Die Stille der Bibliothek, der Geruch nach Papier und Leder, alles so vertraut und geliebt, wirkten auf einmal erdrückend auf Louise.

»Sprich endlich«, durchbrach sie das Schweigen. »Herzlichen Glückwunsch, du wirst Vater.«

Alexander blieb stehen, als hätte ihn eine Kugel getroffen, räusperte sich, seine Finger spielten nervös mit den Manschetten seines Hemdes. »Du weißt es bereits.« Seine Stimme war kaum zu hören, den Blick hielt er gesenkt. »Ja, Sophie ist schwanger, aber du bist meine Liebe, Louise. Ich werde alles tun, damit wir eine gemeinsame Zukunft haben können.«

Meinte er das wahrhaftig? Louise konnte es nicht glauben, dass er weiterhin an ihrer Liebe festhalten wollte, obwohl Sophies Schwangerschaft alles geändert hatte.

»Du wirst Vater«, flüsterte sie. Bedeutete ihm das denn überhaupt nichts?

»Louise, ich schwöre dir, ich wusste nichts von Sophies Zustand. Unsere Begegnungen ... Sie gehörten der Vergangenheit an. Es war, bevor ich erkannte, wie viel du mir bedeutest.«

Bevor sie Worte finden konnte, sprach er bereits weiter, eilend, die Sätze purzelten übereinander, als könnten sie es nicht erwarten, seinem Mund zu entkommen.

»Mein Fehler ist unverzeihlich, und doch bitte ich dich um dein Vertrauen. Ich kann dir nur mein Wort geben, dass mein Herz dir gehört, vollends und aufrichtig.«

Zweifel erwachte in Louise, verwirrt von seiner aufrichtigen Reue. Ihr Herz befand sich im Zwiespalt zwischen der Sehnsucht, seine Worte zu glauben, und dem Schmerz, der so tief saß. Zugleich hütete sie sich, dem Impuls, ihm zu verzeihen, allzu rasch nachzugeben. Zu oft hatte Alexander ihr versprochen, sich von Sophie zu trennen, ohne seinen Worten je Taten folgen zu lassen.

»Vielleicht ...«, ihre Stimme stockte, als auch sie um Worte rang, » ... vielleicht kann die Zeit heilen, was nun in Scherben liegt. Doch das wird nicht heute geschehen, Alexander. Nicht heute.«

»Ich kann warten.« Alexander rückte näher, und seine Hand zitterte, als er nach der ihren griff. Seine Finger schlossen sich sanft um Louises. »Bitte versprich mir, dass du mir eine Chance einräumst.«

»Gib mir Zeit!« Sie sprang auf und rannte aus der Bibliothek, nur weg von ihm und ihren gemischten Gefühlen.

Kapitel 42

Nachdem Louise sie verlassen hatte, war auch Emilie aufgebrochen, um in ihr bescheidenes Zimmer zurückzukehren. Es erschien ihr sinnlos und schmerzte, eine Reise zu planen, an der sie nicht teilnehmen würde. Sollte Nolthenius doch Listen schreiben und Routen festlegen, schließlich würden Felix und er das Abenteuer erleben, während Emilie allein in Bremen zurückbleiben würde. Zurückgehalten von einem Ehemann, der ihr schon lange nichts mehr bedeutete, den sie fast vergessen hatte, nur damit er sich nun so in ihre Erinnerung zurückrief.

Während sie durch die inzwischen vertrauten Gassen Bremens ging, grübelte sie darüber nach, was Albert wohl mit seinem Schreiben bezweckte. Erwartete er etwa, dass sie mit fliegenden Fahnen zu ihm zurückging, dass sie ihr Leben hier in Bremen aufgab, um in Jarchau an seiner Seite die kleine Ehefrau zu spielen, und zu verleugnen, dass sie der bessere Forscher war?

»Wieder mit Albert leben?«, flüsterte sie und wich zwei Dienstmädchen aus, die so in ihren Klatsch vertieft waren, dass sie Emilie nicht einmal bemerkten. »Nein, das würde bedeuten, mich selbst aufzugeben.«

Herbarien für ihn erstellen, seine Launen ertragen, dabei immer wissend, was sie leisten könnte, hielte er sie nicht zurück. Nein, lieber wollte sie in Bremen verhungern, als Brosamen von Alberts Tisch in Jarchau zu essen.

Ganz gleich, was er sich noch einfallen ließe, um ihr das Leben schwer zu machen, sie würde niemals vor ihm zu Kreuze kriechen. Die ängstliche junge Frau, die ihn, den großen Naturforscher, bewunderte und sich all seinen Launen fügte, gab es nicht mehr. Sie war an dem Tag gestorben, als Emilie von Claras Tod erfahren hatte.

Als sie in der Neustadt ankam und die Tür zu ihrem Haus öffnete, trat Hedwig aus ihrer Wohnung. Überraschung zeichnete sich auf ihrem Gesicht ab.

»Geiht di dat nich goot?« Ihre Freundin musterte Emilie. »Ik koch was för de Kinner, bevör ik wieder in de Jute geh. Wullt du mit uns essen?«

»Danke, sehr gern.« Emilie fühlte Wärme in ihrem Herzen, so einen guten Menschen zu kennen. »Mir geht es gut. Ich sehe nur keinen Sinn darin, an einem Traum festzuhalten, der mir verwehrt ist.«

Hedwig legte ihr die Hand auf den Unterarm. »Komm, help mi beim Kartoffelschälen un vertell mi alles.«

Während Emilie Kartoffeln schälte und Möhren putzte, aufmerksam beobachtet von Culpeper, sprach sie ihre Zweifel offen aus. »Warum soll ich einen eitlen Laffen wie Nolthenius weiter unterstützen und für einen Machtmenschen wie Ostherloh arbeiten, wenn ich doch nicht nach Australien reisen kann?«, fragte sie abschließend.

»Un wenn du di scheiden lettst?« Hedwig briet Zwiebeln an, deren scharfer Geruch den Raum durchdrang und Emilie Tränen in die Augen trieb. »Dann kann Albert di nix mehr verbieten.«

»So schnell geht das nicht.« Emilie hatte Erkundigungen

eingezogen, aber erfahren müssen, dass eine Scheidung ein langwieriges und kompliziertes Verfahren war und einen Schuldigen oder eine Krankheit als Grund verlangte. »Ich hätte das Verfahren einleiten müssen, sofort, nachdem ich ihn verlassen habe.«

»Wat passeert is, is passeert.« Hedwig warf die fein gewürfelten Möhren und Kartoffeln zu den Zwiebeln und löschte alles mit Brühe ab. »Et wird di nich trösten, aver wer weiß, wofür dat goot is.«

»Ja, vielleicht geht das Schiff unter«, versuchte Emilie es mit Galgenhumor, »und Albert erweist sich als mein Lebensretter.«

»Ik hab nich dacht, dat du so fix aufgibst.« Hedwig rührte den Eintopf um. »Rufst du de Kinner, bitte?«

Nach dem Essen kehrte Emilie in ihr Zimmer zurück, ließ Culpeper hinaus auf die Straße und rief nach Jeanne, aber die Katze blieb verschwunden. Emilie legte sich auf ihr schmales Bett und starrte vor sich hin. Müdigkeit legte sich wie eine Decke auf sie, und sie schloss die Augen, obwohl es noch mitten am Tag war.

Emilie erwachte, als Culpeper an der Tür kratzte, erhob sich und ließ den Hund herein. Irgendwo in der Ferne bellte ein anderer Hund, und die vertrauten Geräusche des abendlichen Lebens in Bremen drangen dumpf durch das geschlossene Fenster. Sie atmete tief ein, doch die Luft des Zimmers erschien ihr stickig. Also öffnete sie das Fenster und ließ die kühle Abendluft herein. Die Geräusche von den Straßen waren jetzt deutlicher zu hören, ein Summen des Alltags, als wäre nichts geschehen, während ihr Leben in Scherben lag.

Schwer ließ sie sich auf das Bett sinken, verbarg das Gesicht in den Händen und fragte sich, wohin ihr Weg sie führen würde.

Als es laut an der Tür pochte, schrak sie auf. War Hedwig schon wieder von der Arbeit zurück? Doch es war Lucie, die auf Emilies »Herein« durch die Tür trat.

»Hedwig schickt mi.« Lucie grinste breit. »Se is zu nett, üm dien Kopp zurechtzurücken. So wat mutt ik machen.«

»Wie bitte?« Emilie verengte die Augen. »Was meinst du?«

»Hedwig sagt, du willst aufgeben.«

»Ich will nicht«, unterbrach Emilie sie rüde. »Ich habe keine andere Möglichkeit. Albert hat das Recht auf seiner Seite.«

Ihre Stimme brach, und Tränen traten ihr in die Augen. Wie konnte Lucie es wagen, ihr zu unterstellen, sie *wollte* aufgeben?

»Hest du wirklich gekämpft?« Obwohl Lucies Stimme rau war wie das Meer, klangen ihre Worte warm. »Hat de Brief di nich in dat Bockshorn gejagt?«

»Was kann ich denn tun?«, begehrte Emilie auf. »Albert ist dem Papier nach mein Ehemann und kann mir die Reise untersagen.«

»Emilie.« Lucie setzte sich neben sie und legte ihre Hand auf Emilies. »Du hest so veel durchgestanden. Forder vun Ostherloh, dir to ünnerstütten.«

»Er hat die Macht und das Geld, das mir fehlt«, überlegte Emilie laut. Wie hatte ihr das nur entgehen können? Alberts Brief hatte sie so erschüttert, dass sie keinen Ausweg mehr gesehen hatte. »Du hast recht, Lucie, ich muss es versuchen.«

»Na also.« Lucie drückte ihr noch einmal die Hand. »Ik mutt to de Kinner, de ganz buten Rand un Band sind.«

»Danke.« Emilie begleitete ihre Freundin zur Tür. »Wenn du Hilfe brauchst, zögere nicht, mich zu fragen.«

»Das tue ich.« Lucie lächelte zum Abschied.

Nachdem ihre Freundin gegangen war, machte Emilie sich ein Brot, fütterte den Hund und legte sich wieder aufs Bett, dieses Mal jedoch in nachdenklicher Stimmung. Könnte Ostherloh ihr helfen? Und falls ja, was würde er wohl von ihr als Preis fordern? Wäre sie bereit, diesen Preis zu zahlen? Ihre Gedanken schweiften ab, kehrten zurück zu der Frage, was sie antrieb.

»Warum bin ich Naturforscherin geworden?«, fragte sie sich leise, den Blick erneut zur kahlen Decke gerichtet.

Als er ihre Stimme hörte, setzte Culpeper sich auf und gab ein leises Bellen von sich.

»Leg dich ab, mein Guter. Ich denke nur laut.«

Die Erinnerung an ihr erstes Buch über Botanik, das Albert ihr geschenkt hatte, stieg in ihr auf. Ihre Faszination über die Zeichnungen, über die klare Struktur jener Welt, in der jedes Element seinen Platz hatte. Mit diesem Buch hatte ihre Liebe zur Forschung begonnen, die Liebe zur Natur hatte ihr die Mutter bereits in die Wiege gelegt.

Albert hatte sich immer einen Namen machen wollen, für Emilie war das nie von Bedeutung gewesen.

»Ruhm?«, flüsterte sie und schloss die Augen. »Er hat mich nie interessiert. Es ist die Sehnsucht, die Welt zu verstehen, die mich antreibt.«

Nun, da sie zu den Wurzeln zurückgekehrt war, fand sie die Stärke, einen Plan zu entwickeln, der es ihr ermöglichen könnte, die Expedition doch noch anzutreten. Mit einem Lächeln auf den Lippen sank sie in den Schlaf.

● ● ●

Am nächsten Morgen schrieb sie Ostherloh eine Nachricht, die sie einem von Lucies Söhnen übergab, bevor sie zu ihrer Arbeit ging. Gestern Nacht hatte Emilie beschlossen, weiterhin die Expedition vorzubereiten, ob sie nun mitreiste oder nicht. Für die Wissenschaft, für die Forschung wollte sie ihren Beitrag leisten, gleichgültig, ob ihr Name irgendwo genannt würde oder nicht. Sollten Männer wie Nolthenius, Ostherloh und auch Albert danach streben, dass sie der Nachwelt bekannt waren, für Emilie zählte die Forschung allein.

Die Frage allerdings, was Albert mit seinem Brief bezweckte, ließ Emilie nicht los. Immer wieder tauchte sie in ihren Gedanken auf: Warum hatte Albert ausgerechnet jetzt geschrieben? Ob ihr Ehemann auf Geld aus war? Das war das Einzige, was ihn interessierte: Geld. Nein, auch Ruhm bedeutete ihm ebenfalls viel. Gewiss konnte Albert es nicht ertragen, dass Ostherloh sie gefragt hatte, so eine wichtige Reise zu unternehmen – und nicht ihn, den großen Naturforscher.

Das musste es sein. Emilie, gefangen im Bann der jähen Erkenntnis, war für einen Moment unachtsam und ließ ein Glas fallen, das klirrend auf dem Boden zersprang.

»Was soll das?« Nolthenius schreckte hoch. Was immer er gerade getan hatte, sie schien ihn in seiner Konzentration beeinträchtigt zu haben. »Nehmen Sie Rücksicht, Sie dummes Frauenzimmer.«

»Es tut mir leid«, antwortete Emilie, die sich bückte, um die Scherben vorsichtig aufzusammeln, »ich ... ich war in Gedanken.«

»Gedanken? Paaah.« Er stieß sein charakteristisches Schnauben aus, das Emilie zu hassen gelernt hatte. »Wir wissen doch alle, es ist wissenschaftlich erwiesen, dass Frauen keine eigenen Gedanken haben, sondern nur nachplappern, was Männer vorgedacht haben.«

Wäre Alberts Schreiben nicht gewesen, hätte Emilie wahrscheinlich geschwiegen, doch nun platzte ihr der Kragen.

»Für Sie schien Nachplappern gut genug gewesen zu sein.« Schon lange hatte sie ihm das an den Kopf werfen wollen, aber war bisher zurückgeschreckt, um die Atmosphäre zwischen ihnen nicht noch mehr zu vergiften. »*Ich* habe es nicht nötig, mich mit fremden Federn zu schmücken.«

Nolthenius starrte sie an. »Was maßen Sie sich an?«, erwiderte er schließlich mit sich überschlagender Stimme. »Was wollen Sie damit andeuten?«

»Sie sind derjenige, der Arbeitsergebnisse von anderen stiehlt und als seine ausgibt«, entgegnete Emilie. Sie ballte die Hände zu Fäusten und verengte die Augen. Er würde sie nicht mehr einschüchtern, er nicht. »Auf der Nordwestdeutschen haben Sie meinen Vortrag als den Ihren präsentiert. Sie sollten sich schämen und bei mir entschuldigen.«

»Sie unverschämte Person.« Nolthenius schäumte und richtete sich drohend vor ihr auf. »Das habe ich gar nicht nötig. Falls ich Ergebnisse stehlen würde, dann gewiss die klügerer Menschen als die von Ihnen.«

Seine Dreistigkeit verschlug ihr die Stimme. Bevor sie auch nur eine Antwort denken konnte, erhielt sie Beistand von unerwarteter Seite. »Das stimmt nicht«, mischte sich Felix Smitt zu Emilies Erstaunen ein. »Ich habe den Vortrag gelesen. Es waren die Ideen von Frau Nebelthau, die Sie verwendet haben. Mehr noch, es waren ihre Worte.«

Emilie, überrascht und ergriffen, sah zu Felix hinüber, dessen Blick eine ungewohnte Standhaftigkeit ausstrahlte.

Nolthenius lief krebsrot an und brüllte: »Haben sich das Weibsbild und der Stotterer gegen mich verbündet? Das muss ich mir nicht bieten lassen!« Er stürmte an ihr vorbei. Es knallte, als er die Tür hinter sich zuwarf, dass sie in ihren Angeln erbebte und den Rückzug des Professors besiegelte.

Stille.

In dieser plötzlichen Leere sahen Emilie und Felix einander an und brachen gleichzeitig in Lachen aus. Zu albern war diese Szene gewesen, so eindeutig war Nolthenius' Schuld.

»Danke.« Emilie lächelte Felix an. »Vielen Dank, dass Sie mir zur Seite gesprungen sind.«

»Dan ... Danken Sie mir nicht«, entgegnete Smitt. Erneut stolperte er über die Worte, wahrscheinlich vor Aufregung. »Ich hä ... hätte schon längst etwas sagen sollen. Was Nolthenius mit Ihnen gemacht hat, war nicht richtig.«

»Ich bin eine Frau, ich muss damit leben, dass Männer ihren Willen durchsetzen.«

»Was meinen Sie?« Felix griff sanft nach ihrer Hand. »Emilie, wenn Sie einen Freund brauchen, ich stehe Ihnen zur Seite. Hat es etwas mit dem zu tun, was Sie Louise Gildemeester gestern sagten?«

»Ja.« Ihr Nicken war bereits ein Eingeständnis ihrer Ohnmacht. »Albert, mein ... mein Ehemann, verbietet mir die Reise.«

In wenigen Worten erzählte sie Felix, der aufmerksam den Kopf neigte, von Albert und seinem Brief an Ostherloh.

»Ostherloh meint, ich muss mich dem fügen, was mein Gemahl fordert. Ich wünschte, ich wäre ein Mann«, stieß Emilie verzweifelt hervor.

»Es ist nicht immer einfach, ein Mann zu sein.« Felix Smitt lächelte, aber sein Blick war traurig. Emilie erinnerte sich daran, was er ihr über seine Familie erzählt hatte, über deren Erwartungen an ihn, die er weder erfüllen konnte noch wollte. »Wenn ich helfen kann, stehe ich Ihnen zur Seite.«

»Ich fürchte, es braucht einen harten und skrupellosen Mann wie Ostherloh, um Albert in die Schranken zu weisen«, gestand Emilie. »Ich habe ihn um seine Hilfe gebeten.«

So schwer ihr das auch gefallen war.

Kapitel 43

Beim Abendessen sah sich Louise nur Tante Malvina und ihrem Vater gegenüber, Alexander und Onkel Georg waren zu einem Geschäftsessen eingeladen, Sophie und Johann Christoph ließen sich entschuldigen, und Caroline war erneut erkrankt. Keiner der drei Anwesenden schien an belanglosem Geplauder interessiert zu sein, was Louise nur recht war. Zu viele Fragen beherrschten ihre Gedanken, als dass sie über den bevorstehenden Freimarkt oder anstehende Hochzeiten reden wollte, Gesprächsthemen, wie sie bei Tisch üblich waren.

»Ihr entschuldigt mich?« Nach dem Essen erhob sie sich, um in die Einsamkeit ihres Zimmers zurückzukehren. »Ich habe noch Briefe zu schreiben.«

Kurz sah ihr Vater sie an, als wollte er fragen, wem sie sich mitzuteilen hatte, aber dann nickte er nur. »Gute Nacht, liebes Kind.«

»Das wünsche ich dir auch, lieber Vater. Und dir ebenso, liebe Tante.« Louise fühlte sich, als spielte sie in einem Theaterstück über eine reiche Familie, als wäre nichts hiervon real.

Sehr schmerzhaft und wirklich hingegen erinnerte sie sich an die herben Worte Emilie Nebelthaus, als sie über den Flur zur Treppe ging, begleitet von der wohlbekannten Geräuschkulisse, die aus dem Dienstbotenbereich hierherdrang. Über allem schwebte das präzise Ticken der großen Standuhr, die Louise als Kind bestaunt hatte. Inzwischen nahm sie das Familienerbstück nur noch dann wahr, wenn es die Stunden laut und durchdringend schlug. Der Flur roch nach frischem Bohnerwachs, vor drei Tagen war der Mann hier gewesen, der das Parkett pflegte. Die Dienstboten hatten die Teppiche eingerollt und beiseitegestellt, der Herr hatte sich Bürsten unter die Schuhe geschnallt und war wie ein Eiskunstläufer über das Holz geglitten, bis das Wachs verteilt war. Als Kind hatte Louise dieses Erlebnis geliebt, nun entlockte es ihr nicht mehr als ein müdes Lächeln.

In ihrem Zimmer ging sie voller Unrast hin und her, ihr Spiegelbild in dem hohen Spiegel mit dem Goldrahmen tat es ihr gleich. Sie musterte sich, versuchte, sich mit den Augen eines anderen Menschen zu sehen. Was gab es im Spiegel zu erblicken? Eine gut gekleidete Bürgerstochter, elegant frisiert, mit weichen Händen, einem vom Korsett eingepressten Körper und traurigen Augen. Nichts hinter dem hübschen Gesicht ließ vermuten, was für ein Abgrund sich hier verbarg. Eine Frau, die ihre Freundinnen verletzte, ihre Familie entehrte und ihrer Cousine den Mann rauben wollte.

Erschrocken über sich selbst wandte sie den Blick vom Spiegel ab und trat ans Fenster, um in den herbstlichen Garten zu sehen. Friedlich lag er da, in dunkler Stille, die nur gelegentlich von Streifen des Mondlichts durchbrochen wurde, das sich den Weg durch die kahlen Äste der alten Buchen im Garten bahnte.

»Nein, so will ich nicht sein. Henriette und Leontine haben eine bessere Freundin verdient, Emilie eine treuere Gefährtin und mein Vater eine hingebungsvollere Tochter«, flüsterte sie in die Stille der Nacht. »Von nun an werde ich mich aus Kräften bemühen, aus meinen Fehlern zu lernen.«

Und Alexander? Welche Rolle würde er in ihrem Leben noch spielen? Sie sah ihn vor sich, seine wunderschönen Augen, sein blondes Haar, sein Lächeln, das Hoffnung versprach. Doch dann erinnerte sie sich an die Tage und Stunden, die sie mit den Gedanken bei ihm verbracht hatte, an alle Versprechen, die er nie eingelöst hatte. Wie von selbst glitten ihre Gedanken zu ihrem letzten Gespräch, wenn man den kurzen Austausch von Worten denn überhaupt so nennen konnte. Er hatte sehr überzeugend geklungen in seiner Erklärung, warum er Vater wurde. Möglicherweise auch deshalb, weil sie ihm glauben wollte, dass Sophie ihm nichts mehr bedeutete. Doch je mehr sie darüber nachgrübelte, desto deutlicher wurde ihr eines bewusst: Alexander würde immer eine Ausrede finden, warum er seine Ehe aufrechterhielt.

In einem Winkel ihres Herzens, in dem die Sehnsüchte und die trügerischsten Hoffnungen miteinander tanzten, glaubte Louise ihm, dass er sie wahrhaftig liebte. Doch in der Stille ihres Zimmers, umgeben von den Schatten, die das Mondlicht an die Wände und auf die Möbel warf, musste sie sich eingestehen, dass er wahrscheinlich nie den Mut aufbringen würde, sich gegen die Konventionen oder den unerbittlichen Willen seines Vaters zu stellen. Alexander war nicht stark genug, eigene Entscheidungen zu treffen. Nicht so wie Christian, der es mit der Sozialdemokratie hielt und damit den Zorn seines Vaters auf sich gezogen hatte.

Und was sagte es über sie aus, dass sie immer noch am Glauben festhielt, Alexander würde sich scheiden lassen, um mit ihr zu leben? Wie viele Chancen wollte sie ihm noch geben? Sie seufzte und horchte in sich hinein, lauschte dem Echo ihres eigenen Schmerzes, geboren daraus, sich endgültig von der Vorstellung zu verabschieden, mit Alexander eine gemeinsame

Zukunft zu haben. Aber es schmerzte nicht so sehr wie noch vor einigen Wochen. Ihr Herz würde noch eine Weile leiden, aber dieses Mal würde Louise auf ihren Kopf hören. Bevor ihr verräterisches Herz ihr wieder einen Streich spielen konnte, würde sie Fakten schaffen. Sie würde tun, was schon längst hätte getan werden müssen: Alexander einen Abschiedsbrief schreiben.

Für sie war das mehr als nur ein Ende ihrer unglücklichen Liebe. Es wäre der Beginn eines neuen, eines eigenständigen Lebens. Wahrscheinlich würde ihr Weg sie nicht nach Australien führen, ebenso wenig würde ihr Vater sie mit nach London nehmen, aber Louise würde eine Möglichkeit finden, ein unabhängiges Leben zu führen. Vielleicht als Pflanzenmalerin, vielleicht als Lehrerin wie Henriette oder als Gouvernante. Kinder zu unterrichten, würde sie zwar nicht glücklich machen, aber es würde sie auch nicht so unglücklich machen wie das verzweifelte Warten auf einen Mann, der nicht zu ihr stand. Vielleicht hätte sie Alexander nicht aufgegeben, wäre es nur Sophie gewesen, die sie mit in den Abgrund zog. Aber nun ging es um die Zukunft eines unschuldigen Kindes. Louise seufzte, als sie sich an ihren Sekretär setzte, ein Erbstück aus Mahagoni, das mit zierlichen Intarsien kunstvoll verziert war. Seine Oberfläche schimmerte im sanften Licht einer Lampe, glatt fühlte sie sich unter ihren Fingern an, als sie darüberstrich. Sie genoss das Gefühl noch einen Moment, bevor sie in der Schublade nach Papier und Füllfederhalter suchte.

Schwer lag der Füller, ein *Waterman*, den ihr Vater ihr aus New York mitgebracht hatte, in ihrer Hand. Sie setzte die goldglänzende Spitze auf das Papier und begann, ihre Gedanken zu formulieren.

Alexander, schrieb sie und hielt inne. Warum war es nur so kompliziert, die passenden Worte zu finden? Mit einem Seufzer legte sie den Füller beiseite und rieb sich mit zwei Fingern die Nasenwurzel, als könnte sie dadurch die Kreativität fließen lassen. Sie wollte ihm so vieles sagen, wollte ihm ihre Gefühle erklären, ihre Hoffnungen, ihre Träume, ihre Enttäuschungen und Verluste, aber konnte sie diese zarten Gespinste in Worte fassen?

Wenn sie ihm gegenüberstünde, in seine Augen sähe, seine warme Hand in ihrer hielte, dann, da war sie sicher, würden die Worte fließen, von ihrem Herzen zu seinem. Doch in der Einsamkeit des Zimmers, nur begleitet von dem cremefarbenen Papier, rang sie um jedes Wort, prüfte es im Kopf, wog es und verwarf es als zu belanglos, zu kitschig, zu kalt, zu sehnsuchtsvoll.

»Nein!«, rief sie sich selbst zur Ordnung. »Ich werde mir keine Ausrede gönnen, den Brief nicht zu schreiben. Wenn es mir so schwerfällt, Worte zu wählen, dann muss ich mich eben auf wenige beschränken.«

Gesagt, getan. Entschlossen setzte sie die Feder erneut auf das Papier und schrieb eine kurze, beinahe geschäftsmäßig klingende Mitteilung, mit der sie endgültig eine Grenze zog, die ihren Weg von seinem trennen sollte:

Alexander,
es tut mir leid, aber ich habe keine Hoffnung mehr, dass wir
glücklich werden können. Ich wünsche dir und Sophie einen
guten Neuanfang und eurem Kind alles Glück der Welt.
In Liebe
Deine Louise

Die Tinte glänzte noch feucht, als sie die Worte las und ein zweites und ein drittes Mal prüfte. Sollte sie den Text ändern, ihn neu schreiben, Alexander mehr erklären, was sie fühlte, und ihre Entscheidung begründen? Nein, denn auch schönere Worte würden den Inhalt nicht ändern. Was immer auch zwischen ihnen gewesen war, es war ein für alle Mal vorbei.

Mit ruhiger Hand suchte sie einen Briefumschlag heraus, das Papier raschelte leise, als sie es hineinschob. Mit schwungvollen Buchstaben schrieb sie Alexanders Namen darauf und klingelte nach dem Dienstmädchen.

»Das Schreiben ist für Herrn Ostherloh, für den Mann meiner Cousine«, sagte Louise mit einer Stimme, die überraschend klar und fest klang. »Bitte gib ihn ihm persönlich.«

»Sehr wohl, gnädiges Fräulein.« Falls Else sich fragte, was es mit einem Brief zu dieser späten Stunde auf sich hatte, so ließ sie es sich nicht anmerken. »De gnädige Herr is noch buten Huus. Ik bring em den Breef denn later ...«

»Danke.« Kurz verspürte Louise den Impuls, Else das Schreiben aus der Hand zu nehmen, um sich die Möglichkeit zu lassen, doch noch eine Chance mit Alexander zu haben. Aber sie gab der Idee nicht nach, sondern wartete, bis sich die Tür hinter dem Dienstmädchen geschlossen hatte. Dann ließ sie sich auf das Bett sinken, ihr Herz trommelte in ihrer Brust, Tränen drängten in ihre Augen.

Einen Moment lang verharrte sie so, bevor sie sich langsam erhob und zu ihrem kleinen Bücherschrank ging. Ihre Finger glitten über die Rücken der gebundenen Romane, ihr Blick suchte eine Geschichte, die ihr Verständnis und Ablenkung versprach. Eugenie Marlitt würde ihr gewiss Trost spenden. Louise nahm *Die Frau mit den Karfunkelsteinen* und setzte sich auf das Sofa. Das Werk, oft gelesen, innig geliebt und sonst eine verlässliche Zuflucht vor der Welt, fühlte sich heute leer und unnahbar an. Ihr Blick tanzte über die Seite, vermochte die Bedeutung der Worte nicht zu fassen, sodass sie den Roman mit einem Laut der Enttäuschung zur Seite legte.

»Vielleicht ist es auch mein schlechtes Gewissen, das mich nicht zur Ruhe kommen lässt«, sprach sie mit sich selbst. »Noch liegen Aufgaben vor mir, die ich nicht länger aufschieben will.«

Sie stand auf, setzte sich erneut an den Sekretär und zog mehrere Bögen Papier heran.

Meine liebe Henriette,
schon so lange will ich Dir schreiben und sagen, wie sehr ich
bewundere, mit welchem Elan Du Deinen Weg gehst.

Ein Lächeln glitt über ihre Lippen, als sich unter der kratzenden Füllfeder nach und nach die Worte eines längst überfälligen Briefs formten. Auch wenn ihr die Finger schmerzen würden, heute wollte sie Leontine und Emilie ebenfalls schreiben – und es würden lange Briefe werden. Briefe mit Erklärungen und Entschuldigungen, auch wenn sie die Wahrheit über Alexander verschweigen musste.

Kapitel 44

Müde saß Emilie auf dem schmalen Bett und betrachtete ihre Hände, die sie im Schoß gefaltet hatte. Die Kraft, die sie ansonsten täglich zur Arbeit getragen hatte, wo sie sich mutig den harschen Worten Nolthenius' entgegenstellte, hatte sie verlassen.

»Warum soll ich weiterkämpfen?« Ihre Stimme, ein Flüstern, verlor sich in den vier Wänden ihres Zimmers, von dem grauen Licht des trüben Tages nur spärlich erhellt. Es hat keinen Sinn mehr, dachte sie erschöpft. Ostherloh hatte auf ihre Bitte um Hilfe nicht geantwortet, also hatte Alberts Brief weiterhin Bestand, und sie war gezwungen, in Bremen zu bleiben. Ihr Ehemann konnte unmöglich erwarten, dass sie zu ihm zurückkehrte, als wäre nichts geschehen, dass sie sich im häuslichen Unglück wieder fügte. Aber nein, ihm ging es nicht um Versöhnung, er wollte ihr nur das Leben schwer machen. Und wie sie sich schmerzlich eingestehen musste: Er hatte sein Ziel erreicht.

Als spürte sie Emilies Traurigkeit, sprang Jeanne zu ihr in den Schoß und schmiegte sich an sie. Culpeper, der vor dem Bett lag, erwachte und hob den Kopf.

»Schon gut, mein Lieber«, sagte Emilie ruhig, während sie der Katze über den Rücken strich und das warme Fell unter ihren Fingern spürte. »Es ist nur Jeanne, die uns mit ihrer Anwesenheit beehrt.«

Seitdem sie in Bremen angekommen waren, führte die Katze ihr eigenes Leben. Mehr als einmal hatte Emilie befürchtet, sie verloren zu haben, doch Jeanne kehrte immer wieder zurück. Heute brachte sie den Geruch feuchten Herbstlaubs mit von ihren Abenteuern.

Ein Gutes hat Alberts vermaledeiter Brief, überlegte Emilie, da ich nun nicht reisen werde, muss ich mich auch nicht fragen, was aus meinen Tieren wird. Bevor sie vollkommen der Trübsal anheimfallen konnte, erklang ein Klopfen an der Tür.

»Ja«, rief Emilie und erhob sich, was Jeanne gar nicht gefiel. Die Katze äußerte ihre Enttäuschung mit einem kurzen Maunzen, bevor sie zum Fenster hinaussprang.

»Ostherloh is hier. Jost Ostherloh.« Hedwig schaute herein. Die Augen ihrer Freundin blitzten vor Zorn, wusste sie doch nur zu gut, was der Kaufmann Emilie angetan hatte. »Schall ik em wegschicken?«

Emilie verharrte einen Moment. »Nein, ich ...« Sie zögerte, überlegte kurz. »Sag ihm, er soll draußen warten.«

Die Tür fiel ins Schloss, und Hedwigs Schritte hallten leise nach, während sie die Nachricht überbrachte. Emilie holte tief Luft und beugte sich zu dem Hund. »Komm, Culpeper.«

Als Emilie vor die Tür in den kühlen Bremer Vormittag trat, flüsterte Hedwig ihr hörbar zu: »Ik ward in de Nähe blieven.«

»Danke.« Mit einem Nicken und einem kleinen Lächeln würdigte Emilie das Angebot. Mit Culpeper und Hedwig an ihrer Seite brauchte sie Ostherloh nicht zu fürchten. Trotzdem konnte sie nicht verhindern, dass ihr ein kalter Schauder über ihren Rücken lief, als sie den Kaufmann sah. Hier, vor ihrem Haus, in dem sie sich vor ihm in Sicherheit gewiegt hatte. Langsam kam er auf sie zu, ein Hauch von Zigarrenrauch begleitete ihn. Sie benötigte all ihren Mut, um nicht zurückzuweichen. Ihre Finger suchten Culpepers Fell. Der Hund drückte sich an sie, und Hedwig ließ ein Husten vernehmen, ein Zeichen, dass sie im Hintergrund wartete.

»Sie wünschen?« Ihre Stimme klang kalt und zitterte kaum. Culpeper neben ihr stellte die Nackenhaare auf und stieß ein dunkles Grollen aus, eine Warnung, nicht näher zu treten. »Gut, Culpeper, sei brav«, versuchte Emilie, ihren Beschützer zu beruhigen.

»Ich bin nicht hier, um Ihnen Ihr Leben zu erschweren«, begann er, sein Blick schwer zu deuten.

Emilie sandte ihm einen fragenden Blick voller Misstrauen zu. »Wozu dann, Herr Ostherloh?«

»Sie können nach Australien reisen.« Die Worte des Kaufmanns kamen unverhofft, wie Lichtstrahlen, die durch dichtes Laub drangen.

»Wie bitte?« Emilie sah ihn zweifelnd an. »Was ist mit Albert?«

»Er wollte nur Geld.« Ostherloh stieß ein Schnauben aus, deutliches Zeichen seiner Verachtung für Emilies Ehemann. »Ich habe ihm zu verstehen gegeben, dass ich nicht zu erpressen bin.«

Auf seinem Gesicht zeichnete sich deutlicher Abscheu gegenüber Emilies Ehemann ab, der auf so etwas Profanes wie Erpressung zurückgriff, um an Geld zu kommen. Dass Ostherloh sich an Emilie vergriffen hatte, schien er bereits vergessen zu haben. Sie hingegen nicht. Sie starrte ihn an und sog tief die Luft ein – ein scharfer Atemzug, der Stärke vortäuschte, während in ihren Gedanken die Erinnerungen des Vorgefallenen nachhallten.

»Und das bedeutet?« Es kostete sie viel Kraft, Gelassenheit vorzutäuschen, während alles in ihr schrie, sich umzudrehen und vor ihm davonzulaufen. »Alberts Verbot gilt noch immer, nicht wahr?«

»Nein, er hat seine Einwilligung erteilt.« Ostherloh zögerte, schien seine Worte mit Bedacht zu wählen. »Daher biete ich Ihnen erneut an, an der Expedition teilzunehmen. Trotz Nolthenius', nun, nennen wir es: Vorbehalten, bin ich überzeugt, dass Sie bestehen werden.«

Erwartete er Dank?

»Was wollen Sie im Gegenzug?«, fragte sie, und ihr Herz raste, als wäre sie gerade die Weser entlanggelaufen. Erneut knurrte Culpeper, woraufhin Emilie ihm beruhigend über den Kopf strich.

»Nichts. Es ist ein Angebot ohne Hintergedanken.« Ostherloh stockte einen Moment, als wollte er noch etwas sagen, aber er sprach es nicht aus. Stattdessen sah er sie nur an.

Ein skeptisches Zucken umspielte Emilies Mundwinkel. »Ein Angebot ohne Gegenleistung, gerade von Ihnen? Das soll ich glauben?«

»Sie haben recht.« Sein Lächeln war kalt, in seinen Augen lag ein Funkeln, das Emilie nicht deuten konnte. »Bringen Sie mir alles, um mein Museum zu einem Erfolg zu machen.«

Gier, das Funkeln war die reine Gier gewesen. Ostherlohs Wunsch, sich mit Emilies Arbeit Unsterblichkeit zu verschaffen, war anscheinend so stark, dass er ihm alles unterordnete. Das verschaffte ihr einen Vorteil, den sie zu nutzen gedachte.

»Ich werde darüber nachdenken.« Emilie nickte ihm zu, bemüht, ihre Gefühle zu verbergen.

»Lassen Sie sich nicht zu lange Zeit. Wie Sie wissen, wird

das Schiff bald in See stechen.« Er nickte zum Abschied, wandte sich ab und ging mit großen Schritten davon.

Emilie sah ihm nach und lächelte, als die Sonne durch die Wolken brach, als hätte sie nur darauf gewartet, dass der Kaufmann endlich verschwand. Culpeper legte sich auf den Boden, sichtlich entspannt, nachdem der Kaufmann sie verlassen hatte. Als Hedwig neben Emilie trat, sah der Hund kurz auf, legte dann aber seinen Kopf wieder auf den Pfoten ab.

»Ik hass reiche Mannslüüd wie ihn«, zischte Hedwig. »De tun, as gehört se de Welt ...«

Die Bitterkeit in ihrer Stimme widersprach ihrem sonstigen fröhlichen und freundlichen Wesen. Emilie konnte es nur zu gut verstehen, fühlte ihre Freundin sich doch hilflos, hatte sie Ostherloh nicht einmal für den Selbstmord ihres Mannes belangen können. Die bremische Bürgerschaft hatte sich im März 1883 damit beschäftigt, dass sich so viel mehr Feuerleute auf bremischen Dampfschiffen das Leben nahmen als auf denen der Hamburger. Man schob es auf die harten Arbeitsbedingungen auf den Schnelldampfern und den rauen Umgangston der Seeleute untereinander. Den reichen Kaufleuten, die von all dem profitierten, hingegen gab man keine Schuld.

»Weil die Welt Ostherloh und seinen Konsorten gehört«, antwortete Emilie leise, fast nachdenklich und doch voller Resignation. Wie es wohl sein musste, zu denen zu gehören, die sich keine Sorgen um die Zukunft machen mussten, fragte sie sich. Trotzdem war Jost Ostherloh nicht zufrieden, sondern ihn schien ein unersättlicher Hunger zu plagen. Er wollte mehr, immer mehr, er gierte nach Ruhm und Ehre und danach, dass die Nachwelt sich an ihn erinnerte. Ostherloh finanzierte die Expedition nicht, um Wissen zu erwerben, sondern um ein Museum zu bauen, das seinen Namen trug. Ein Denkmal wollte er sich errichten.

»Wat wull he?«, fragte Hedwig. Sie war in der Nähe geblieben, um Emilie zu unterstützen, aber nicht nahe genug, um zu lauschen.

»Ich kann nun doch nach Australien reisen. Albert hat aufgegeben.«

»Dann solltest du es tun«, erklang Lucies raue Stimme. Sie war aus ihrem Haus gekommen und hatte sich zu ihnen gesellt, um die Herbstsonne zu genießen. »Wenige haben die Möglichkeit, ihren Traum zu leben.«

»Alberts Brief hat mir gezeigt, wie furchtbar es ist, von dem Wohlwollen eines Mannes abhängig zu sein«, entgegnete Emilie. »Ich will nicht einen Herrn gegen den anderen eintauschen.«

Schließlich hatte sie am eigenen Leib erdulden müssen, was ein Mann wie Ostherloh sich herausnahm, nur weil er meinte, sie wäre auf ihn angewiesen.

»He braucht dich so as du hüm.« Lucie legte ihr den Arm um die Taille, einen beschwörenden Tonfall in der Stimme. »Emilie, gib dien Traum nich op. Ostherloh gibt di dat Geld, aber dich kann er nich kaufen.«

»Du hest bewiest, dat du stärker büst«, sprang Hedwig Lucie bei. »Laat di nich von em unterkriegen as mien Willi.«

Wie immer, wenn sie den Namen ihres Mannes nannte, glänzten ihre Augen verdächtig. Emilie beugte sich vor, um ihre Freundin zu umarmen. Ja, sie sollte reisen – und wäre es nur, um diesen wunderbaren Frauen gerecht zu werden. Außerdem, das gestand sie sich nun ein, würde sie Felix vermissen, wenn er ohne sie ans andere Ende der Welt reiste. Doch dann kam Emilie ein Gedanke, der sie seit den ersten Expeditionsplanungen begleitete.

»Und meine Tiere? Was wird aus ihnen?«

»Dat is ganz einfach.« Lucie lachte leise auf. »De Hund bleibt bei mi un passt op mien Kinner op.«

Culpeper schien ihr Versprechen zu verstehen. Er hob den Kopf und sah Lucie aus dunkelbraunen Augen dankbar an. Emilie war erleichtert, ihn in guten Händen zu wissen. Doch was war mit Jeanne? Die Katze hatte eine Vorliebe für Unabhängigkeit und blieb nur Emilie treu.

»Danke«, antwortete Emilie. »Könntest du auch für Jeanne sorgen?«

»Das kann ich.« Lucie nickte bestätigend. »Aber warum nimmst du se nich mit?«

»Auf die Reise?« Der Gedanke erschien Emilie abwegig. Sicher, die Katze hatte sie nach Holland begleitet, aber eine wochenlange Schiffsreise, das konnte sie dem Tier nicht zumuten. Außerdem ... »Ich habe kein Geld, Jeannes Überfahrt zu bezahlen.«

Daraufhin brachen beide Frauen in schallendes Gelächter aus, was Emilie irritierte. Fragend sah sie ihre Freundinnen an.

»Vertrau mi, de Kapitän ward froh sien, een Katt an Bord to haben.« Hedwig zwinkerte ihr zu.

»So'n Kattentier kann als Schiffskatze dienen.« Lucie rieb ihre rauen Hände an der Schürze. »Die sind gut gegen Maus un Ratten an Bord und bringen Glück.«

Hoffnung keimte in Emilie auf, eine warme Welle, die die Kälte der Unsicherheit verdrängte.

Kapitel 45

Louise kuschelte sich in das Polster ihres Sessels, das sich samtig unter ihren Fingern anfühlte. Gelangweilt blätterte sie die Seiten des Romans *Nicht im Geleise* von Ida Boy-Ed um. Sosehr sie sich auch bemühte, die Geschichte vermochte sie nicht zu packen. Ihr Blick glitt über die gedruckten Zeilen – Worte, die sie im letzten Jahr voller Begeisterung verschlungen hatte, als die Geschichte als Fortsetzungsroman in *Die Gartenlaube* erschienen war.

Heute jedoch weilten ihre Gedanken bei Alexander, bei Leontine, bei Henriette und auch bei Emilie, sie wartete auf Antworten von ihnen und las nur, um sich abzulenken. Während der Ofen leise vor sich hin bollerte und seine Wärme sie sanft umfing, las sie die Seite erneut. Doch weiterhin fühlte sich jede Szene fade und vorhersehbar an. Die Figuren, vor allem die unkonventionelle Gerda, die Louise zuvor in ihr Herz geschlossen hatte, wirkten nun eindimensional, die Konflikte so gekünstelt, dass sie unwillkürlich seufzte, ein Ausdruck der Enttäuschung, als sie das Buch in ihrem Schoß zusammenklappte.

Sollte sie nach dem Dienstmädchen klingeln und fragen, ob Post für sie gekommen war? Nein, das wäre übertrieben, denn das Personal hätte ihr sicher ein Schreiben gebracht, wenn eines für sie angekommen wäre. Also blieb ihr nichts anderes übrig, als zu warten.

Louise rieb sich mit zwei Fingern die Stirn, bevor sie das Buch wieder aufschlug. Doch die Begegnung zwischen Georg von Haumond, Dr. Marbod Steinweber und Ludolf Ravenswann konnte sie einfach nicht fesseln. Zum fünften Mal las sie den Absatz, aber die Worte füllten sich einfach nicht mit Leben. Daher reagierte sie auch nicht ungehalten, als Else, ohne anzuklopfen, in ihr Schlafzimmer trat. Das Dienstmädchen, sonst stets bemüht, sich an die Etikette zu halten, tippelte aufgeregt von einem Fuß auf den anderen.

»Ehr Vadder un ehr Unkel wüllt di in de Bibliothek sehn«, stieß Else hervor, jedes Wort akzentuiert, als müsste sie die Dringlichkeit der Botschaft unterstreichen.

»Jetzt sofort?« Louise konnte sich nicht vorstellen, was die beiden gemeinsam von ihr wünschten. Nach kurzem Überlegen keimte Hoffnung in ihr auf: Vielleicht hatten sich die Pläne ihres Vaters geändert, vielleicht öffneten sich Türen, von denen sie angenommen hatte, dass sie fest verschlossen blieben. Hatte ihr Vater es sich anders überlegt und wollte sie nun doch mit nach London nehmen? Egal, wohin, jedenfalls etwas anderes als Bremen, das wäre jetzt genau das Richtige für sie.

Sie stand auf, die dicke Schicht aus Musselin und Spitze ihres Kleides raschelte, und eine widerspenstige Haarsträhne versuchte, aus ihrer kunstvollen Steckfrisur zu fliehen. Mit einer eiligen Handbewegung strich sie das Haar zurück und eilte neben Else den langen Flur entlang. Zur Bibliothek, warum musste es ausgerechnet die Bibliothek sein, der Raum, der ihr immer ein Rückzugsort gewesen war. Etwas an Elses Auftreten und deren Fahrigkeit ließen Louise vermuten, dass das Treffen mit Vater und Onkel kein gemütlicher Tee mit Plänen ei-

ner Londonreise werden würde. Sollten sie ... Konnten sie ...
Nein, versuchte sie sich zu beruhigen, niemand außer Leontine
wusste von ihrer Liebe zu Alexander.

»Bitte, gnädiges Fräulein.« Else öffnete ihr die Tür, und
Louise trat an dem Mädchen vorbei. Kaum hatte Louise den
Raum betreten, war es Gewissheit, dass es um mehr ging als
um die Frage, ob sie mit nach London reisen würde. Ihr Vater
und ihr Onkel standen wie zwei dunkle Säulen im Halbschatten, ihre Silhouetten düster und unheilvoll wie eine drohende
Gewitterfront. Ihre Mienen waren so finster, als wäre jemand
gestorben.

Draußen wehte der Wind durch die bunt gefärbten Blätter
der alten Eichen vor den Fenstern, und für einen flüchtigen
Moment wünschte sich Louise, sie wäre dort draußen, in der
Natur, in der Freiheit, anstatt hier, wo etwas Unerfreuliches auf
sie wartete. Aber dann verdrängte sie das Zögern. Sie mochte
vieles sein, aber eines war sie nicht: feige. Sie schluckte den
Kloß in ihrem Hals hinunter und ging auf ihre Verwandten zu.

»Vater, Onkel Georg, ihr wolltet mich sehen?«, fragte sie,
ihre Stimme ein brüchiges Flüstern gegen die drückende Stille.
Ein knisterndes Feuer tanzte im Kamin, warf ein trügerisch
einladendes Licht über die Lederbände und Globen. Es hätte
wohltuend sein sollen, doch die Hitze reichte nicht aus, um die
Kälte zu vertreiben, die ihr Vater und ihr Onkel ausstrahlten.
Louises Kehle war wie zugeschnürt, und sie befürchtete das
Schlimmste. Bevor sie mehr sagen konnte, kam ihr Vater auf
sie zu.

»Wie konntest du nur, Louise?« Er schüttelte den Kopf,
sichtlich erschüttert. Seine Stimme klang tonlos, als müsste er
seine Gefühle zügeln. »So habe ich dich nicht erzogen.«

Noch immer hoffte sie, es gäbe eine einfache Erklärung für

seine Enttäuschung. Vielleicht hatte Ostherloh sich beschwert, dass sie, ohne mit ihm gesprochen zu haben, für die Expedition tätig wurde. Doch ein Blick ins Gesicht ihres Vaters ließ diese Hoffnung vergehen wie Nebel in der Sonne.

»Vater, was meinst du?« Ihre Gedanken überschlugen sich. Wusste er von Alexander und ihr? Nein, versuchte sie sich zu beruhigen, wie sollte er das erfahren haben? Es musste etwas anderes sein. Wenn nicht Ostherloh sich beschwert hatte, dann hatte ihr Vater erfahren, dass sie mit Emilie nach Australien reisen wollte, überlegte sie.

»Man hat Alexander und dich gesehen. In einem Hotel!« Ihr Onkel sah sie an, als wäre sie Dreck. »Deine Cousine, meine Tochter, wie konntest du Sophie nur so etwas antun? Louise, ich bin unfassbar enttäuscht.«

Louise stand wie erstarrt. Sie wollte sich entschuldigen, wollte sich erklären, wollte um Vergebung bitten, aber sie brachte kein Wort hervor. Vor wenigen Tagen noch wäre sie erleichtert gewesen, dass das Versteckspiel endlich ein Ende hatte. Wenn Alexander und sie ertappt worden wären, hätten sie aller Welt erzählen können, dass sie einander liebten. Aber nun, da sie mit Alexander abgeschlossen hatte, war es nur eine Unannehmlichkeit, etwas, das sie vor der Familie schlecht dastehen ließ.

Am besten leugnete sie alles. Aber nein, so ein Mensch war sie nicht. Außerdem war sie gesehen worden, und ihre Familie schien dem Gerücht genügend Glauben zu schenken, um Louise damit zu konfrontieren. Sollte sie ihre heimlichen Treffen gestehen, um klarzustellen, dass sie nicht mit Alexander in das Hotelzimmer gegangen war? Doch allein die Vorstellung, diese Worte Vater und Onkel gegenüber auszusprechen, trieb ihr die Röte auf die Wangen.

Bevor sie Worte, Erklärungen und Entschuldigungen finden konnte, öffnete sich die Tür zur Bibliothek, und Alexander schlich herein, Kopf und Schultern gesenkt, ganz der bußfertige Sünder.

»Alexander«, flüsterte sie, bevor ihr Verstand sie davon abhalten konnte. Nachdem ihr sein Name entschlüpft war, blieb er stehen und zuckte zusammen. Er starrte sie an. Sie erwiderte seinen Blick und hoffte, er würde ihr zur Seite springen und alles erklären. Ohne nachzudenken, getrieben von der Sehnsucht ihres Herzens, trat sie einen Schritt auf ihn zu. Abwehrend hob er die Hand, was sie zutiefst verletzte.

»Schwiegersohn.« Onkel Georg musterte Alexander mit kaum weniger Verachtung als zuvor Louise. »Sophie und du, ihr werdet morgen abreisen. Erst einmal nach Hamburg, dann nach Übersee. Wir werden verlauten lassen, dass Sophies Gesundheit durch die Schwangerschaft angegriffen ist und ihr daher überstürzt abreisen musstet.«

Sophie, die Erwähnung des Namens war wie ein unausgesprochener Vorwurf – Alexanders Ehefrau, Louises Cousine. Es kam ihr vor, als hätten ihr Onkel und ihr Vater bereits alles geplant, und Alexander und Louise waren nur Nebenfiguren in dem Spiel, hin und her geschoben wie Bauern beim Schach.

»Selbstverständlich.« Alexander sah zu Boden, seine Stimme nur ein Flüstern. Louise konnte kaum glauben, wie feige er war.

»Ich gehe davon aus, dass diese peinliche Affäre nun für immer beendet ist?« Onkel Georgs Worte waren messerscharf.

Wieder folgte nur ein blasses »Selbstverständlich« von Alexander, kein Widerstand, keine Unterstützung für Louise. Sie zog die Hand an die Kehle, gefangen von dem Gefühl, keine Luft zu bekommen.

»Gut, dann verschwinde.« Onkel Georg stieß einen tiefen Seufzer aus. »Alles Weitere wirst du mit deiner Ehefrau klären, ohne den Ruf der Familie zu schädigen.«

Nachdem er genickt hatte, wandte Alexander sich um. Über die Schulter warf er Louise einen Blick zu, als wollte er sie um Entschuldigung bitten. Sie würdigte ihn keines Blickes, denn das hatte er nicht verdient.

Wie würde wohl ihre Strafe ausfallen? Ihre Hände zitterten, ihre Knie drohten unter ihr nachzugeben. Mit letzter Kraft schleppte sie sich zu einem Sessel, jeder Schritt war mühsam. Es war, als drückte die Last ihrer verratenen Träume sie nieder. Nachdem sie sich gesetzt hatte, hob sie den Kopf und sah ihren Vater und ihren Onkel mit klarem Blick an, bereit, sich ihrer Bestrafung zu stellen.

»Und nun zu dir.« Georg musterte sie, Abscheu zeichnete sich in seinen Zügen ab. »Du wirst ebenfalls tun, was dein Vater und ich beschlossen haben.«

»Ja«, antwortete sie demütig, um dann jedoch aufzubegehren. »Ich werde aber nicht als Sündenbock dienen, um den Schein zu wahren, während Alexander ungestraft davonkommt.«

Der Raum schien zu erbeben, das leise Ticken einer Uhr verstärkte die düstere Stille, die ihren Worten folgte.

Ihr Vater trat zwischen sie und ihren Onkel, Zorn stand in seinen Augen. »Louise, du verstehst nicht, welchen Schaden du angerichtet hast. Sophies Ehe muss bestehen bleiben, um den guten Namen der Familie zu schützen. Du solltest dich schämen!«

Seine Worte trafen Louise wie ein Schlag ins Gesicht. Ihre Kehle war wie zugeschnürt, während sie die bittere Wahrheit begriff. Alexander würde verheiratet bleiben, sein Leben würde weitergehen wie bisher, während sie die Konsequenzen tragen müsste. Tränen traten ihr in die Augen, ihre Finger fühlten sich taub an, als sie versuchte, ihre aufgewühlten Gefühle zu verstecken.

»Bitte«, verlegte sie sich aufs Flehen, ihre Stimme leise und gebrochen. »Ihr versteht nicht. Ich habe nichts anderes gewollt als Liebe und Glück. Alexander ... Er hat mich getäuscht.«

»Du hättest widerstehen müssen.« Ihr Onkel schaute sie an und schüttelte den Kopf, bevor er sich an ihren Vater wandte. »Carl, bitte erkläre *deiner* Tochter, was zu tun ist.«

Ihr Vater nickte nur, sein Blick so bedeutungsschwer, dass Louise die Hände zu Fäusten ballte und ihre Fingernägel in die Handfläche bohrte.

Onkel Georg wandte sich ab, um die Bibliothek zu verlassen. Er warf Louise einen letzten Blick zu und murmelte: »So jemandem habe ich ein Heim gegeben.«

Am liebsten hätte Louise erwidert, dass sie hier niemals zu Hause gewesen war. Dass dieses Haus mit seiner eleganten Fassade und den prachtvollen Zimmern für sie nur ein Ort gewesen war, der Wohlstand und Etikette verband, aber ihr nie das Gefühl eines warmen Heims geschenkt hatte. Doch sie schluckte die Worte herunter, es erschien ihr klüger, den Mund zu halten.

Nachdem Georg die Bibliothek verlassen hatte, nahm Louises Vater ihr gegenüber Platz. Er stützte die Ellenbogen auf die Knie und senkte den Kopf in die Hände. Minuten des Schweigens vergingen.

»Vater«, sagte sie schließlich, aber er hob die Hand, um ihre Worte aufzuhalten.

»Ich will keine Entschuldigung hören, Louise.« Er hob den Kopf, sein Blick war kalt, als wäre er ein Fremder. »Ich will auch keine Erklärungen oder Widerworte. Du wirst dir anhören, was dein Onkel und ich uns überlegt haben, und unserem Plan folgen.«

Kapitel 46

Emilie war die Einzige, die so früh am Morgen an ihrem Arbeitsplatz war, was ihr nur recht war, da sie sich ganz auf die letzten Vorbereitungen für die Abreise konzentrieren konnte. Da Nolthenius auf sich warten ließ, nutzte sie die Gelegenheit, an seinem Arbeitstisch im Licht der Morgensonne die Landkarte zu studieren, die sie wie ein Versprechen ferner Länder auf dem Tisch ausgebreitet hatte. Sie beugte sich vor, um die feinen Linien und kunstvoll geschwungenen Schriftzüge zu erkennen, Hinweise auf exotische Orte, die sie bald im Namen der Wissenschaft besuchen würde.

Als sie vor Monaten in Bremen angekommen war, war Emilie die Zeit bis zum Beginn der Expedition unendlich lang vorgekommen. Es hatte gewirkt, als würden die Tage sich dehnen wie Honig und nie zu einem Ende finden, als wäre die Abreise unerreichbar und verschwommen wie ein Traum im Morgennebel. Doch nun, da der Zeitpunkt der Abreise greifbar nahe war, schien sich alles zu überstürzen. Die verbleibende Zeit schmolz wie Schnee im Frühling, und es blieb immer noch so vieles zu tun. Listen mussten geprüft und abgehakt, Ausrüstung beschafft, Papiere unterzeichnet und Koffer gepackt werden. Zwischen all den Vorkehrungen und lästigen Pflichten flatterten Emilies Gedanken umher wie Blätter im Wind.

Hedwig und Lucie waren gute Freundinnen, aber sie konnten nicht nachvollziehen, was die Reise nach Australien für Emilie bedeutete. Es war nicht nur die Freiheit, Bremen verlassen zu können und ans andere Ende der Welt zu reisen, sondern es war die Gelegenheit, Wissen zu erwerben und Pflanzen und Tiere zu sehen, die nie zuvor ein anderer Mensch aus Deutschland gesehen hatte. In Emilies Kopf drehten sich Bilder von Eukalyptusbäumen, die in den Himmel aufragten und breite Schatten warfen, von Kängurus, die in der Dämmerung hüpften, und von Wellensittichen, die in farbenprächtigen Wolken über den weiten Himmel zogen. Alles unberührte Natur, die so lebendig in ihrer Vorstellung war, dass sie fast das Salz des Meeres auf ihren Lippen schmecken und die fremden Düfte des Buschlands erschnuppern konnte.

Durch ihre Reisen würden Felix und sie und selbst Nolthenius dazu beitragen, die Wunder der Welt zu den Menschen zu bringen, die nie das Privileg haben würden, die Segel zu setzen und den Ozean zu überqueren. Emilie konnte es kaum erwarten aufzubrechen.

Doch ihr blieben nur noch wenige Tage, und manches Mal fürchtete Emilie, sie würde es nicht schaffen. Ohne Felix Smitt, der ihr zur Seite stand und immer wieder sagte, dass alles gut würde, hätte sie vielleicht aufgegeben. Ein Lächeln glitt über ihr Gesicht, als sie an ihn dachte. Sie musste es sich eingestehen: Felix hatte sich in den vergangenen Tagen in ihr Herz geschlichen, mit seiner Freundlichkeit, seiner Hilfsbereitschaft und seinem Lächeln.

Anfangs war ihr Wunsch, an der Expedition teilzunehmen, ihrem unstillbaren Durst nach Wissen entsprungen, dem Bedürfnis, die Welt zu verstehen. Doch nun gesellte sich ein weiterer Grund hinzu: der Wunsch, gemeinsam mit Felix nach

Australien zu reisen, gemeinsam mit ihm die Wunder des Kontinents am anderen Ende der Welt zu entdecken.

Jedes Mal, wenn er den Raum betrat, mit seinen klaren, durchdringenden Augen und einem Lächeln, das mehr wusste, als es verriet, konnte sie nicht leugnen, dass ihr Herz schneller schlug. Sie wagte es nicht, ihm ihre Gefühle zu gestehen, denn Alberts Brief hatte ihr überdeutlich vor Augen geführt, dass sie noch gebunden war und nicht auf ein neues Glück hoffen durfte.

In dem Augenblick öffnete sich knarrend die schwere Holztür, was sie aus ihren Tagträumen riss. Sie drehte sich um, und da stand er, als hätten ihre Gedanken ihn hergerufen: Felix, mit einem Stapel See- und Landkarten unter dem Arm.

»Guten Morgen, Emilie«, begrüßte er sie, seine Stimme so sanft wie sein Lächeln. Inzwischen stotterte er nur noch, wenn Nolthenius in seiner Nähe war. »Ich dachte, wir könnten die Routen für unsere Expedition noch einmal gemeinsam durchgehen.«

»Das ist eine ausgezeichnete Idee, Felix.« Sie erwiderte sein Lächeln.

Er breitete die Karte vor ihr auf dem Tisch aus und nutzte vier Bücher, um die Ecken zu beschweren, damit sie sich nicht wieder aufrollte.

Während sie gemeinsam darüber gebeugt standen, berührten sich ihre Hände flüchtig. Emilies Haut kribbelte – wie bei dem ersten Kontakt mit einem unbekannten Blatt oder der rauen Schale einer tropischen Frucht.

»Hier wird das Schiff ankommen.« Felix deutete auf einen Punkt auf der Landkarte, der die Stadt Freemantle zeigte. »Emilie, kannst du es glauben? Bald werden wir uns in der faszinierenden Landschaft Australiens wiederfinden, um die Wunder der Natur zu entdecken. Ich kann es kaum erwarten.«

»Das geht mir genauso.« Emilie konnte es kaum fassen, dass ihr Traum nach all den Hindernissen nun doch Wahrheit werden würde. »Diese Expedition wird uns eine Fülle von botanischem Wissen bringen.«

Felix nickte nur und wirkte etwas abwesend, als er sich mit einer Lupe in der Hand tiefer über die Karte beugte.

»Sieh nur hier, Emilie, dieser Fluss verzweigt sich in einen bisher unerforschten Nebenarm«, erklärte Felix, während seine Finger der Route folgten. »Das könnte für deine botanischen Studien von außerordentlichem Wert sein.«

»Das ist mehr, als ich zu hoffen wagte.« Emilies Blick folgte der vorgezeichneten Linie. »Es ist die Erfüllung eines Traums, Felix, etwas zu entdecken, das noch nicht in Büchern steht.«

Er lächelte zurück und sah sie mit einem Blick an, der mehr zu sagen schien, als Worte es je könnten. Sie hatten viele Stunden so verbracht, in freundschaftlicher Gelehrsamkeit, doch es lag nun eine Vertrautheit zwischen ihnen, die tiefer ging als gemeinsame Interessen.

»Du bist merkwürdig ruhig heute, Emilie«, bemerkte Felix leise schmunzelnd.

»Ich bin in Gedanken bereits in Australien«, log sie, verwundert über sein feines Gespür für ihre Stimmungen. »Ich durchlebe im Kopf das Abenteuer, das uns bevorsteht.«

»Ein Abenteuer, das wir beide teilen werden«, sagte er, und in seiner Stimme schwang ein Versprechen mit, das über die Expedition hinausging. Bevor sie antworten konnte, knarrte die Tür erneut, und sie schreckten auseinander.

»Wieder einmal zusammen, wie ich sehe«, erklang die barsche Stimme von Professor Nolthenius, der wie eine dunkle Wolke auf sie zukam. »Was tun Sie an meinem Arbeitstisch?«

»Herr Professor«, entgegnete Emilie förmlich. »Wir bereiten uns auf die Expedition vor.«

Nolthenius' Augen verengten sich. »Vorbereitung ist das eine, Zeitverschwendung in vertraulichem Getuschel das andere.«

»Es ... Es dient dem Er ... Erfolg unserer Reise«, brachte Felix hervor.

»Da hege ich Zweifel, Smitt. Und ich warne dich, deine Sympathien könnten deine Urteilskraft trüben.« Nolthenius schnaubte und drehte sich um. »Ich treffe mich jetzt mit Ostherloh. Jemand muss unseren Financier bei Laune halten. Smitt, du begleitest mich.«

Felix nickte, zwinkerte Emilie zu und verließ gemeinsam mit dem Professor den Raum. Sie blieb zurück, innerlich triumphierend darüber, dass sie weiterhin den lichtdurchfluteten Arbeitsbereich des Professors nutzen konnte. Erneut vertiefte sie sich in die Arbeit, und erneut wurde sie gestört, als ein Klopfen an der Tür ertönte.

»Herein!«, rief sie, neugierig, wer sie wohl hier aufsuchte.

»Frau Nebelthau«, erklang Christian Ostherlohs Stimme. »Die *Weser-Zeitung* schickt mich. Ich soll über die anstehende Expedition berichten.«

Wie bei jeder Begegnung mit ihm erschrak sie über die Ähnlichkeit mit seinem Vater, jedenfalls, was das Äußere und die Stimme betraf, sein Tonfall und sein Lächeln jedoch waren das glatte Gegenteil des egozentrischen Kaufmanns.

»Herr Ostherloh, Sie sollten mit Nolthenius sprechen«, entgegnete sie lächelnd. »Der Professor ist derjenige, der den Ruhm ernten möchte. Felix und ich wollen nur reisen.«

»Sie sind zu bescheiden. Ich möchte lieber darüber schreiben, dass eine mutige Frau neue Horizonte erkunden will.« Christian zwinkerte ihr zu. »Vor allem, weil Sie sich mit Ihrer Katze auf die Reise ans andere Ende der Welt begeben wollen, wie man in Bremen spricht.«

Wer mochte ihm das verraten haben? Nur Hedwig und Lucie wussten von Jeannes Beteiligung an der Reise.

»Hedwig hat es Cornelius erzählt, und der hat es mir zugetragen«, sagte Christian, als hätte er ihre Gedanken gelesen. »Cornelius besucht sie immer noch, um sicherzustellen, dass sie sich nicht übernimmt und ihre Krankheit erneut ausbricht.«

Emilie zog die Hand vor den Mund, überrascht und erschrocken von seinen Worten.

»Steht es schlimm um Hedwig?«, flüsterte sie. »Ich ... Ich dachte, sie wäre geheilt.«

»Ich bin kein Arzt.« Er hob die Hände. »So, wie ich Cornelius verstanden habe, bräuchte sie Zeit und Ruhe und sollte weniger arbeiten.«

»Das wusste ich nicht.« Das schlechte Gewissen plagte sie, weil sie nur an ihre Sorgen und Nöte gedacht und Hedwig darüber vollkommen vergessen hatte. Wenn sie wirklich eine gute Freundin wäre, dachte Emilie, dann würde sie in Bremen bleiben und Hedwig helfen. »Was kann ich tun, um meine Freundin zu unterstützen?«

»Das müssen Sie Cornelius fragen.« Mitgefühl zeichnete sich auf seiner Miene ab. »Bitte erzählen Sie mir doch etwas über Ihre Reise.«

»Was wollen Sie hören?« Sie fühlte sich seiner Frage nicht gewachsen. Einen Vortrag vor Wissenschaftlern halten, das konnte Emilie, aber wie sollte sie den Wert der Australienexpedition Menschen erklären, die sich nicht für das Entdecken neuer Pflanzen begeistern konnten? »Was wollen Ihre Leser erfahren?«

»Sie wollen wissen, was die mutige Frau denkt, die sich einen Platz in der Expedition erarbeitet hat.« Christian holte ein Notizbuch aus seiner Tasche, schlug eine Seite auf und setzte die Spitze seines Bleistifts an. »Was hat Sie dazu bewogen, Ihr altes Leben aufzugeben, um so ein Wagnis einzugehen?«

Die Vorstellung, dass ihre Worte von Christian Ostherloh niedergeschrieben und dann in die Salons Bremens getragen werden würden, machte Emilie gleichzeitig stolz und verlegen. Sie stellte sich vor, wie Menschen das knisternde Papier der Zeitung aufschlugen, das nach Druckertinte roch, und lasen, wie die Expedition nach Australien und Emilie mit einer Katze an ihrer Seite in das Abenteuer ihres Lebens aufbrach.

»Unter einer Bedingung«, sagte sie, nachdem sie ihre Überlegungen abgeschlossen hatte. »Vernachlässigen Sie die Wissenschaft in Ihrem Artikel nicht. Nicht das Abenteuer ist das Bedeutende unserer Expedition, sondern der Erkenntnisgewinn.«

Das Kratzen des Bleistifts auf dem Papier begleitete ihre Worte. »Der wissenschaftliche Fortschritt interessiert unsere Leserschaft gewiss«, erwiderte er und sah sie an. »Aber ich muss ihn einbinden in die Geschichte einer wagemutigen Frau, die sich aufmacht, die Welt zu verändern. Das verstehen Sie doch, oder?«

»Ja«, gestand sie. »Ich wünschte mir, mehr Menschen würden die Schönheit der Flora würdigen können, aber ich verstehe, was Sie meinen.«

»Also?« Er blickte sie fragend an. »Wollten Sie schon immer nach Australien reisen?«

»Ich hätte mir das in meinen kühnsten Träumen nicht ausgemalt.«

Christians Fragen waren durchdacht und zeigten so ehrliches Interesse, dass es Emilie vorkam, als verginge die Zeit des Interviews wie im Flug.

»Herzlichen Dank«, sagte er abschließend. »Nun würde ich gern noch ein Foto von Ihnen schießen, am besten neben einem Globus.«

»Bitte kommen Sie noch einmal wieder«, antwortete sie. »Nolthenius würde es mir nie verzeihen, wenn er sein Konterfei nicht in der *Weser-Zeitung* findet.«

»Einverstanden.« Er nickte zur Bekräftigung. »Dann sehen wir uns morgen wieder. Passt es am Nachmittag?«

»Wenn es um die Zeitung geht, wird der Professor es sicher möglich machen«, sprach Emilie den Gedanken aus, der ihr sofort in den Kopf geschossen war.

»Damit ist er nicht allein«, scherzte Christian, doch plötzlich verdüsterte sich sein Gesicht. »Man sollte die Macht der Presse nicht unterschätzen.«

Hinter seinem Lächeln erkannte Emilie Sorge und erinnerte sich daran, dass er für die *Bürger-Zeitung* geschrieben hatte.

»Haben Sie immer noch Ärger wegen Ihrer Artikel?«

»Mehr, als selbst ich befürchtet habe.« Christian seufzte. »Den Auftrag von der *Weser-Zeitung* habe ich nur bekommen, weil ich meinen Vater ins Spiel brachte. Das ist mir nicht leichtgefallen.«

»Wie schlimm steht es?«

»Ich fürchte, ich werde mich demnächst ebenfalls auf eine Reise begeben, allerdings nicht ganz so freiwillig und glücklich

wie Sie.« Erneut versuchte er ein Lächeln, was ihm miss-
glückte. »Es wird wohl eher eine Flucht.«

»Was ist mit der Pressefreiheit?« Bisher hatte Emilie sich
nie für Politik interessiert, sodass es ihr schwerfiel nachzuvollziehen, warum Worte auf Papier so eine Bedrohung für
den Kaiser darstellen sollten, dass jemand ihretwegen flüchten
musste.

»Cornelius Burchardt hat mir dringend geraten, Bremen
zu verlassen«, vertraute Christian ihr mit leiser Stimme an.
»Meine Artikel für die Sozialdemokratie haben mehr Aufmerksamkeit erregt, als ich erwartet habe.«

»Und Sie ... Sehen Sie sich auch in Gefahr?«

Christian hatte die Stirn in Falten gelegt. »Ich habe nichts
getan, was als Hochverrat gewertet werden könnte.«

Dann sah er zu Boden, als glaubte er seinen Worten selbst
nicht.

»Sind Sie da sicher?«

Er blickte sie an und hob die Hände in einer Geste der Resignation. »Es ist nicht einfach. Offiziell gibt es seit 1874 keine
Zensur mehr, sondern Pressefreiheit, aber ...« Er fuhr sich mit
der Hand durchs Haar. »Staatsanwaltschaft und Polizei wachen
trotzdem über alle Zeitungen. Wenn man etwas schreibt, was
ihnen nicht passt, schreien sie Majestätsbeleidigung und be-
schlagnahmen die Zeitung oder verhaften den Journalisten.«

»Dann ist es also gefährlich, was Sie tun?«

»Ja, das ist es«, gab er schließlich zu. »Aber ich kann nicht
so einfach meinen Stift niederlegen. Das, worüber ich schreibe,
ist mehr als nur Tinte auf Papier – es ist die Stimme derer, die
sonst nicht gehört werden.«

»Selbst um den Preis, dass Sie aus Bremen flüchten müssen?«

»Was wäre ich für ein Journalist, wenn ich im Angesicht der Gefahr aufgebe?« Er schüttelte sich, als könnte er damit die düsteren Gedanken vertreiben. »Es wird mir guttun, einmal etwas anderes als Bremen zu sehen.«

»Wo wollen Sie hinreisen?«, fragte Emilie, während sie darüber nachdachte, ob sie so mutig wie er wäre, ob sie weitermachen würde, wenn sie so bedroht würde.

»Nach Frankreich oder England, ich überlege noch.« Er zuckte mit den Schultern. »Ich spreche beide Sprachen und könnte in beiden Ländern sicher Arbeit finden.«

»Was sagt Ihr Vater?« Emilie konnte sich nicht vorstellen, dass Jost Ostherloh begeistert wäre, wenn sein Sohn die Stadt verließe.

Seine Mundwinkel zuckten bitter. »Was ich unternehme, ist ihm vollkommen gleichgültig. Er hat schließlich Alexander, der alle seine Erwartungen erfüllt«, sagte Christian tonlos. »Ich kann tun und lassen, was sich will, solange ich den guten Ruf der Familie nicht beschädige. Nicht *noch mehr* beschädige.«

Kapitel 47

Louise beobachtete, wie der Himmel vor dem Fenster sich verdunkelte, während ihr Vater sie immer noch anschaute, ohne ein Wort zu sagen. Er hatte von dem Plan gesprochen, den Onkel Georg und er für sie geschmiedet hatten, ohne jedoch Details zu benennen. Die Stille zwischen ihnen und die Ungewissheit machten sie ganz kribbelig.

»Vater«, begann sie erneut, aber wieder brachte er sie durch eine Handbewegung zum Schweigen. Er ging vor ihr auf und ab und stieß immer wieder die Luft aus, als wollte er etwas sagen. Tiefe Linien der Sorge zeichneten sich auf seinem Gesicht ab, während er um die passenden Worte zu ringen schien. Schließlich blieb er stehen und zündete sich eine Zigarre an, weiterhin schweigend. Die würzige Note des Tabaks mischte sich mit dem Duft der ledergebundenen Bücher, so schwer, dass es Louise beinahe den Atem raubte. Als ihr Vater sie schließlich ansah, traf sein Blick sie direkt ins Herz. In seinen Augen lag das trübe Grau des Bremer Winters, kalt und ohne einen Hauch väterlicher Wärme.

Louise knetete ihre Unterlippe mit den Zähnen und überlegte, ob sie einen dritten Versuch wagen sollte, ihn anzusprechen. Aber sie traute sich nicht, weil sie seine erneute Ablehnung fürchtete.

»Tochter, ich muss dir wohl nicht sagen, wie enttäuscht ich von dir bin.« Seine Stimme klang ebenso kühl wie sein Blick. Obwohl sie einander nie sehr nahegestanden hatten, fühlte sie sich plötzlich allein und traurig. Sie wünschte, sie könnte die Zeit zurückdrehen zu dem verhängnisvollen Tag, an dem sie Alexander begegnet war. Alles, was sie je für den Mann ihrer Cousine zu fühlen geglaubt hatte, kam ihr nun albern und naiv vor.

Sie war nicht einmal enttäuscht darüber, wie feige er sich verhalten hatte. Alle Illusionen, die sie über ihn gehegt hatte, waren zum Einsturz gekommen, als er sein wahres Gesicht Onkel Georg gegenüber gezeigt hatte. Alexander war weder mutig noch liebte er sie. Was war ich nur für ihn, fragte sich Louise. Warum hat er mir diese Versprechungen gemacht? Genau genommen kam es darauf auch nicht mehr an. Niemals wollte sie ihn wiedersehen und war beinahe froh, dass Sophie und er nach Übersee reisten, um dort ihre Familie zu gründen.

»Louise!«, sagte ihr Vater scharf, und sie richtete ihre Aufmerksamkeit wieder auf ihn.

»Entschuldige, ich war in Gedanken.« Sie sah zu Boden und sprach sehr leise, um seinen Zorn nicht weiter anzufachen. »Es tut mir leid. Ich wollte der Familie keine Schande bereiten.«

Die Worte klangen dürr und sagten nicht im Ansatz aus, was sie fühlte. Warum nur war es in ihrer Familie nicht möglich, über Gefühle zu sprechen?

»Du hast das Vertrauen meines Bruders und seiner Familie, *unserer Familie*, furchtbar enttäuscht.« Der Vorwurf ihres Vaters, in ruhigem Tonfall ausgesprochen, lastete schwer auf ihren Schultern. Gleichzeitig konnte sie die Ungerechtigkeit nicht länger ertragen. Warum sollte nur sie die Verantwortung für das Unglück übernehmen? Alexander trug mindestens genauso viel Schuld an der Misere wie sie.

»Ich war es nicht allein.« Louise sah ihren Vater an, mit Blicken duellierten sie sich. Er gewann, und sie sah wieder zu Boden.

Ihr Vater seufzte und begann erneut, in der Bibliothek auf und ab zu laufen. Plötzlich blieb er stehen, zog einen in Leder gebundenen Band aus dem Regal und schlug ihn auf, nur um ihn dann mit einem Knall wieder zuzuschlagen. Louise zuckte zusammen.

»Ich muss es dir wohl nicht erklären, nicht wahr? Du weißt es selbst gut genug«, sagt der Vater in barschem Ton. »Einem Mann verzeiht man so eine Geschichte mit einem Augenzwinkern; der Ruf einer Frau hingegen ist für immer zerstört.«

»Ich dachte, dass ich ihn liebe ... und er mich auch«, versuchte sie sich zu verteidigen. Ihre Stimme zitterte, sie wünschte sich, mutiger zu sein und ihrem Vater entgegentreten zu können. »Ich wollte niemanden verletzen.«

»Würdest du das auch Sophie ins Gesicht sagen?«

Kaum hatte ihr Vater ausgesprochen, sprang sie auf, nun zitterten ihre Hände vor Zorn. Wie konnte er so etwas Hartes zu ihr sagen? Sollte er nicht zu ihr halten, selbst wenn sie einen furchtbaren Fehler begangen hatte?

»Setz dich.« Ihr Vater deutete auf den Sessel, als wäre sie ein Schoßhündchen, das auf seinen Befehl hin springen musste.

Sie gehorchte und nahm auf dem dunkelblauen samtbezogenen Sessel Platz. Die Hände legte sie sittsam gefaltet in ihrem Schoß ab und schaute zu ihm auf. Er zog an seiner Zigarre und stieß einen kunstvollen Rauchring aus. Nach einer Weile, die ihr unendlich lang erschien, sagte er mit müder Stimme:

»Tochter, du kannst nicht in Bremen bleiben. Deine Affäre, sie würde einen Schatten über uns alle werfen, die Familie ...«

Er klang so ernst, dass sich ihr die Kehle zuschnürte.

»Vater, bitte.«

»Hast du gedacht, du kannst mich dazu zwingen, dich mit nach London zu nehmen?«

»Wie kommst du auf so eine Idee?« Sie konnte es nicht fassen, was ihr Vater von ihr hielt. Er schien sie überhaupt nicht zu kennen. »So eine Intrige käme mir nie in den Sinn.«

Was für eine bittere Ironie. Dank der aufgedeckten Liebe zum Ehemann ihrer Cousine würde ihr Vater nun endlich ihren Wunsch erfüllen und sie zu sich nach England holen.

»Sie wäre auch nicht mit Erfolg gesegnet.« Er drückte die Zigarre mit einer strikten Bewegung im Aschenbecher aus, bevor er sich ihr zuwandte. »Nach London wirst du mich nicht begleiten. In Bremen machen Gerüchte über euch die Runde. Es ist nur eine Frage der Zeit, dann werden sie auch bald bei den Bremern in London ankommen.«

»O nein.« Nun griff sie sich mit der Hand an die Kehle, rang nach Luft. In ihrer Naivität hatte sie nicht erkannt, wie weitreichend die Konsequenzen ihres Handelns wirklich waren. Sie hatte gehofft, irgendwie mit einem blauen Auge aus allem herauszukommen. Bremen verlassen zu müssen, tat ihr nicht weh. Aber was hatten ihr Onkel und ihr Vater sich für sie ausgedacht? Die schiere Panik stieg in ihr auf.

»Georg und ich sind uns einig, ich muss dich wohl oder übel ans andere Ende der Welt senden.« Ihr Vater marschierte erneut vor ihr auf und ab, die Hände hinter dem Rücken verschränkt.

»Du schickst mich nach Australien?« Obwohl der Schrecken immer noch tief in ihr saß, begann sie, innerlich zu jubilieren. Nun würde die ganze Malaise doch noch ein gutes Ende finden. »Auf die Expedition mit Emilie Nebelthau?«

Australien schimmerte wie ein Versprechen für einen Neuanfang, die Möglichkeit eines selbstbestimmten Lebens.

»Freu dich nicht zu früh.« Voller Zorn verengte ihr Vater die Augen. »Du wirst reisen, jedoch nicht unverheiratet.«

»Wie bitte?« Louise zog scharf die Luft ein, vergaß jegliche Contenance im Angesicht einer Zukunft, in der ihr Vater sie in die Hände eines anderen Mannes geben wollte, damit der über sie und ihr Schicksal bestimmte. »Die Reise beginnt in wenigen Tagen.«

»Eine Heirat ist die einzige Möglichkeit, sicherstellen zu können, dass dein Ruf geschützt bleibt und du dort ein angemessenes Leben führst«, erklärte ihr Vater mit Ungeduld in der Stimme. »Du erwartest doch nicht, dass ich dich allein reisen lasse?«

»Emilie reist auch allein«, wagte sie einzuwenden. »Sie kann mir als Begleitung und Schutz dienen.«

»Genug! Es steht dir nicht zu, meine Entscheidungen infrage zu stellen.« Drohend richtete er sich auf, sein Gesicht eine kalte Maske. »Du wirst Nolthenius heiraten. Falls er dich überhaupt will.«

Ihr Atem stockte, nachdem ihr Vater diesen Namen genannt hatte.

»Den Professor? Niemals!« Sie sprang auf, angetrieben von nur einem Gedanken. Auf keinen Fall würde sie diesen Mann heiraten, diesen Emporkömmling ohne Manieren.

»Setz dich!« Seine Worte prasselten mit der Wucht eines Herbststurms auf sie ein und trieben sie zurück in die Sicherheit des Sessels.

»Bitte nicht«, flüsterte sie, ihr Ton rau von ungeweinten Tränen. »Vater, Nolthenius ist kein guter Mann.«

»Einen guten Mann wirst du mit deinem zerstörten Ruf auch nicht mehr finden«, blieb er unerbittlich.

Das durfte nicht sein. Fieberhaft suchte Louise nach einer Alternative. Lieber würde sie sterben, denn als Ehefrau von Nolthenius nach Australien zu reisen. Doch ihr Verstand war wie gelähmt, ihr wollte nichts einfallen.

»Bitte, Vater, was würde meine Mutter sagen?«, griff sie schließlich zum letzten Mittel. »Sie würde sich wünschen, dass ich einen Mann heirate, den ich liebe.«

»Lass deine Mutter aus dem Spiel!« Nun durchbrach heißer Zorn seine kühle Oberfläche. »Sie wäre ebenso enttäuscht von dir wie ich.«

Mit diesen Worten nahm er ihr den Wind aus den Segeln. Sie sackte in ihrem Sessel zusammen, schlug die Hände vors Gesicht und begann, lautlos zu weinen. In einem ihrer geliebten Romane würde der Held nun in die Bibliothek stürmen, um die Heldin vor einem furchtbaren Schicksal zu retten, doch für Louise gab es keinen Ritter, sie war allein. Fieberhaft ging sie im Kopf die Männer ihrer Kreise durch. Christian Ostherloh – nein, er war ihr zu ähnlich, als dass sie miteinander glücklich würden. Außerdem wollte er in Bremen bleiben. Sie brauchte einen unverheirateten Mann, der in London oder Guatemala oder Togoland lebte oder ... Ein Lächeln glitt über ihr Gesicht, als ihr die zündende Idee kam.

»Felix Smitt«, stieß Louise hervor. Sie erinnerte sich an sein Lächeln, das offen und ehrlich war, nicht so anbiedernd wie das von Nolthenius. »Ihn könnte ich mir als Ehemann vorstellen.«

Ihr Vater betrachtete sie länger, in seinem Blick lag ein Funke von Erstaunen über ihre Entschlossenheit. »Smitt wäre eine gute Partie, da gebe ich dir recht, aber wird er dich wollen?« Nach einer Weile, in der nur das leise Ticken der Standuhr zu vernehmen war, nickte er bedächtig. »Seine Familie wird erfreut sein, wenn er endlich heiratet. Wir müssen uns sputen. Ich werde morgen mit ihm sprechen.«

Louises Brust hob sich in einem tiefen Atemzug, ein Seufzer, der die schwere Last auf ihr zu teilen schien. »Danke, Vater.« Sie schluckte schwer, ihre Stimme brach: »Ich bereue alles. Aus tiefstem Herzen.«

Ihr Vater erhob sich, wandte ihr den Rücken zu und blickte aus dem Fenster, wo die Konturen Bremer Häuser sich scharf gegen den Abendhimmel abzeichneten. »Ich kann nur hoffen, dass Smitt dich nehmen wird«, sagte er schließlich, ohne auf ihre gestammelte Entschuldigung einzugehen. »Ich hoffe für dich und uns, dass es noch nicht zu spät ist.«

Sie saß schweigend, hoffte, dass er sich zu ihr umdrehen würde und ihr Vergebung gewährte, aber er drehte ihr weiter den Rücken zu.

»Danke, Vater«, flüsterte sie, erhob sich und ging zur Tür. Dort blieb sie stehen und schaute ihn an. Falls er ihren Blick bemerkte, ließ er es sich nicht anmerken. Als sie den Raum verließ und die Tür hinter sich schloss, wurde Louise bewusst, was auf sie wartete: die Ehe mit einem Mann, den sie kaum kannte, die Reise in das ferne Australien und das Bangen, ob ihr Geheimnis gelüftet würde. Mit hängenden Schultern schlurfte sie in ihr Zimmer, fühlte sich traurig und einsam.

Kapitel 48

Emilies Herzschlag beschleunigte sich, als das unverkennbare Geräusch schwerer Schritte den Korridor entlanghallte, begleitet von lauten Flüchen, die sie selbst durch die schwere Eichentür hörte. Reflexartig sah sie sich um, auf der Suche nach einer Fluchtmöglichkeit, doch es gab kein Entkommen. Seit ihrem Streit wegen des Artikels war sie Nolthenius, soweit es ging, aus dem Weg gegangen. Der Professor konnte es weder ihr noch Christian verzeihen, dass nicht er im Mittelpunkt des Zeitungsberichts gestanden hatte. Wenn Nolthenius und Emilie einander begegneten, strafte er sie mit eisiger Verachtung, die sie mit Gleichgültigkeit quittierte.

Bisher hatte sie immer Felix an ihrer Seite gehabt, der ihr als Schutz und Freund gedient hatte. Heute jedoch stand sie allein da. Jede Faser ihres Körpers spannte sich an, und sie unterdrückte den Impuls, panisch davonzurennen. Wenn sie gemeinsam mit dem Professor auf einem Schiff reisen musste, konnte sie es sich nicht erlauben, vor ihm zu flüchten. Sie musste dieser unerwünschten Begegnung die Stirn bieten, so wie sie sich Ostherloh gestellt hatte.

Sie gab vor, mit der Präparation eines herbstlichen Ahornblattes beschäftigt zu sein, die scharlachroten und bernsteinfarbenen Blätter vor ihr ein Stillleben der Jahreszeit, als er in den Raum stürmte. Wuchtig knallte die Tür hinter ihm zu.

»Sie sind ebenfalls nicht bei der Feier?«, blaffte er sie an.

»Welcher Feier?«, entgegnete Emilie und blickte auf ihre Finger, beschäftigt mit den brüchigen Blättern. Als er nicht antwortete, sah sie auf und bemerkte, wie rot sein Gesicht angelaufen war. Noch mehr erschrak sie über das hinterhaltige Funkeln in dem Blick, den er ihr zuwarf, und das breite unheilvolle Grinsen, das auf seinem Gesicht erblühte.

»Die Festlichkeit zur überaus schnellen Verlobung Ihres ach so guten Freundes.«

»Wie bitte?« Noch immer verstand sie kein Wort, aber auf jeden Fall hatte es nichts Gutes zu bedeuten.

»Smitt. Der Schlawiner hat sich die Gildemeester geangelt. Sie wollen morgen schon heiraten.« Nolthenius verengte die Augen. »Oder haben Sie da etwa Amor gespielt?«

Nein, das konnte nicht sein! Das durfte nicht sein! Emilie starrte den Professor an, unfähig, nur ein Wort hervorzubringen.

Das Wort »heiraten« hallte in ihren Gedanken wider, ein unerwarteter Schlag, der sie wie erstarrt zurückließ.

»Morgen bereits?«, entfuhr es ihr, bevor sie sich bremsen konnte.

Nolthenius beobachtete sie genau, suchte nach einem Zeichen von Erschütterung. »Sehr übereilt, nicht wahr? Man fragt sich schon, was das wohl zu bedeuten hat.«

Was meinte der Professor denn damit? Emilie, innerlich aufgewühlt, hielt sich mühevoll aufrecht und starrte ihn nur an.

»Glotzen Sie nicht so blöde«, schnauzte er sie an. Dann stieß er ein hämisches Lachen aus, das die Atmosphäre des

Arbeitszimmers vergiftete. »Ach, ich verstehe, der feine Herr Smitt hat Ihnen also auch nichts gesagt, der Feigling.«

Glücklicherweise war ihr Abscheu vor dem Professor stärker als ihr Schmerz über Felix' Liebesheirat. Irgendwie gelang es ihr zu lächeln.

»Was Herr Smitt mit mir teilt und was nicht, geht Sie gar nichts an.« Emilie wandte ihre Aufmerksamkeit wieder dem bunt gefärbten Ahorn zu und hoffte inständig, dass Nolthenius nicht bemerkte, wie sehr ihre Finger zitterten.

»Mehr haben Sie nicht zu sagen?« Nolthenius stieß ein Schnauben aus und trat näher an sie heran. Obwohl es ihr unangenehm war, wich Emilie nicht zurück. Mit aller Kraft bemühte sie sich, ihr Zittern zu unterdrücken. »Dabei sollten Sie sich ärgern. Die Gildemeester kann Ihren Platz auf der Expedition einnehmen. Ihre Zeichnungen sind besser als Ihre.«

»Ostherloh hat mich nicht für Pflanzenbilder an Bord geholt«, antwortete sie mit eisiger Stimme. »Ich reise als Naturforscher, wie Sie.«

»Warten Sie ab, was Ostherloh sagt, wenn er von der Hochzeit hört.« Der Professor weidete sich an Emilies Erschrecken.

Sie presste die Lippen zusammen und ballte ihre Hände zu Fäusten. Sie musste an sich halten, um ihm nicht ins Gesicht zu schlagen. Sein Grinsen, gehässig und selbstgefällig, zeigte deutlich, dass er die Situation genoss und sich über Emilies Unglück amüsierte. Sosehr sie ihn auch verabscheute, er war nur der Bote des Schreckens.

Die wahre Schuldige war Louise Gildemeester, die Frau, die sich einen Platz in der Expedition erschlichen hatte. Mehr noch, sie hatte Emilie nicht nur die Reise, sondern auch Felix genommen, den Mann, dem ihr Herz gehörte. Als sie Tränen aufsteigen spürte, schubste sie Nolthenius zur Seite und rannte an ihm vorbei aus dem Raum. Vor der Tür begann sie zu schluchzen und verbarg das tränenüberströmte Gesicht in den Händen. Erst jetzt, da Felix nicht mehr für sie erreichbar war, konnte sie sich ihre starken Gefühle für ihn eingestehen.

Warum nur hatte sie zugelassen, dass Louise Gildemeester ihre Finger nach ihm ausstreckte und ihn in ihren Bann schlug? Ach Felix, armer, blinder Felix – warum nur hatte er sich verführen lassen von dem lilienweißen Teint und den meergrünen Augen? Konnte sie ihm wirklich einen Vorwurf machen? Emilie war immer noch an Albert gebunden und hätte daher keine Zukunft mit Felix gehabt. Trotzdem fühlte sie den tiefen Schmerz des Verlusts.

Emilie wischte sich mit den Fingern die Tränen ab und eilte davon, nur weg von Nolthenius und ihrer Arbeit. Ihrer geliebten Forschung, die sie nun erneut zu verlieren drohte. Dieses Mal nicht wegen eines Mannes, sondern wegen einer Frau. Hatte sie sich wirklich so in Louise getäuscht? War es ein Fehler gewesen zu erwarten, dass die Bremerin mit ihr sprach, bevor sie heiratete? Dabei hatte Emilie gerade erst erlebt, wie wenig sich das feine Fräulein für andere Menschen interessierte. Nur zu gut erinnerte sie sich, wie Louise in ihrer ungestümen Art, begleitet vom Rascheln ihres teuren Kleides, in Emilies Arbeitszimmer gestürmt war, um ihr mitzuteilen, dass sie nach Australien mitreisen wollte. Hatte die Bremerin da bereits den Plan gehegt, Felix zu heiraten? Anscheinend waren er und Emilie nur Steinchen auf Louise Gildemeesters Reise zu Ruhm und Reichtum.

Zorn über den erneuten Verrat verdrängte die Trauer. In Emilies Inneren brodelte ein Sturm der Entrüstung – es war Zeit, dass Louise Gildemeester ihr gegenüberstand, Zeit, dass die Wahrheit ans Tageslicht kam. Doch halt, Nolthenius hatte etwas von einer Feier gesagt. Wie würde es aussehen, sollte Emilie dort hineinplatzen und die Braut beschimpfen? Und wenn schon, sie scherte sich nicht mehr darum, was die feinen Bremer Damen und Herren über sie flüstern mochten. Wichtig war nur eines: Sie wollte von Louise persönlich erfahren, warum sie Emilie verraten hatte.

Ihre Bitterkeit, gespeist aus Trauer und Wut, peitschte sie voran, trieb sie durch die belebten Straßen Bremens, vorbei an hohen Backsteinfassaden und über das Kopfsteinpflaster. Sie drängte sich an Dienstmädchen vorbei, die ihr etwas Unfreundliches nachriefen, wich zwei Herren in dunklen Anzügen aus, die über die Straße stolzierten, als gehörte ihnen die Welt. Endlich stand sie, außer Atem, vor dem prachtvollen Haus der Familie Gildemeester – deutliches Zeichen von Reichtum und Macht einer alteingesessenen Bremer Familie.

Überrascht blieb Emilie stehen, drehte den Kopf nach rechts und nach links, auf der Suche nach Anzeichen der Festlichkeit, von der die Nolthenius gesprochen hatte. Doch davon war hier nichts zu sehen, Keine eleganten Kutschen mit edlen Pferden davor warteten vor dem Haus, kein Blumenschmuck zierte den Garten und die Treppe. Weder Musik noch fröhliches Gelächter waren zu hören.

Unschlüssig trat Emilie von einem Fuß auf den anderen, während ihr Atem sich langsam beruhigte. Hatte Nolthenius sie vielleicht belogen, um sich an ihr zu rächen? Der Professor wäre sicher perfide genug, sie zu belügen, aber sie glaubte nicht, dass er genug Fantasie besaß, sich so eine Scharade auszudenken.

Es gab nur einen Weg, die Wahrheit herauszufinden. Sie musste sich Louise Gildemeester stellen. Also holte Emilie tief Luft und stieß das Tor auf, das den Weg zum Haus versperrte.

Mit langen Schritten eilte sie über den gepflasterten Weg, die steinerne Treppe hinauf und pochte lautstark an die Haustür.

Ein Hausmädchen, ein schmales Ding in Schürze und Haube, öffnete ihr und sah sie überrascht an. »Werden Sie erwartet?«

»Ist Fräulein Gildemeester da? Ich habe mit ihr zu reden.« Emilies Stimme klang fest, mit einem befehlenden Unterton, der keinen Widerspruch duldete.

»Ich werde fragen, ob das gnädige Fräulein Sie empfängt«, antwortete das Dienstmädchen und musterte Emilie von oben bis unten. In seinem Blick konnte Emilie lesen, wie derangiert sie wirken musste. Das gab den Ausschlag, endgültig alle guten Manieren hinter sich zu lassen. Sie hatte bereits zu viele Türen durchschritten, um nun von dieser aufgehalten zu werden.

»Die Mühe müssen Sie sich nicht machen.« Mit einer energischen Geste schob Emilie das Mädchen zur Seite und marschierte an ihm vorbei in die Eingangshalle.

»Halt, halt, das dürfen Sie nicht.« Das Dienstmädchen flatterte wie ein aufgeregter Vogel um sie herum. »Ich muss Sie erst anmelden.«

»Wo ist Fräulein Gildemeester?«, scheuchte Emilie das Mädchen zur Seite. »Sag es mir!«

»In der Bibliothek.« Sichtlich erschrocken über Emilies harschen Ton deutete das Mädchen auf eine große Eichentür.

Mit einem knappen »Danke« wandte sich Emilie ab, ließ das Hausmädchen hinter sich und betrat ohne Anklopfen oder Zögern den Raum. Die Bibliothek empfing sie mit dem Geruch alten Leders und brennenden Holzes, das im Kamin brannte. Nur kurz ließ Emilie ihren Blick über die hohen Regale, gefüllt mit kostbaren Folianten, und die edlen Sitzmöbel gleiten. Sie suchte die Frau, die sie für ihre Freundin gehalten hatte und die sich als ihre ärgste Feindin entpuppt hatte.

Endlich entdeckte sie Louise und hielt überrascht inne. Emilie hatte eine glückliche Braut, eine triumphierende Siegerin erwartet, doch stattdessen sah sie ein Häufchen Elend. Louise saß auf einem eleganten Sofa, die Hände vors Gesicht geschlagen, und ihre Schultern bebten, als ob sie weinte. Sie schien so sehr in ihrer Traurigkeit versunken, dass sie nicht einmal bemerkt hatte, dass Emilie den Raum betreten hatte.

Sollte sie gehen und zu einem späteren Zeitpunkt zurückkehren?, fragte sich Emilie. Doch die Hartnäckigkeit, die sie hierhergeführt hatte, ließ sie verharren – sie musste erfahren, was in Louise vorging, was die Verräterin so elendig schluchzen ließ. Das Mitgefühl, das in ihr aufstieg, schob Emilie beiseite.

»Fräulein Gildemeester«, sagte sie schließlich leise, aber energisch. »Sie wollen also statt meiner auf die Expedition gehen?«

Die Bremerin zuckte zusammen und sah auf, die schönen Augen gerötet, das Gesicht voller Traurigkeit.

»Ich ... Ich hatte gehofft, wir reisen gemeinsam«, brachte sie schließlich hervor. »Haben Sie sich das nicht gewünscht?«

»Belügen Sie mich nicht!« Emilie brachte die Worte nur mühsam hervor, übermannt von Traurigkeit. »Nolthenius sagt, Sie sind eine bessere Malerin als ich und können mich wunderbar ersetzen.«

Als sie die Worte ausgesprochen hatte, musste Emilie mühsam um Beherrschung ringen, zu schmerzvoll war der Gedanke, alles verloren zu haben: die Expedition, für die sie sich aufgeopfert hatte, und den Mann, dem sie ihre Gefühle nicht eingestanden hatte.

Erneut überraschte Louise Gildemeester sie, denn auf ihrem Gesicht, das selbst unter Tränen schön aussah, zeichnete sich deutliche Verwirrung ab. Sie zog ein spitzengeschmücktes Taschentuch hervor, trocknete ihre Tränen und fragte dann: »Sie glauben doch nicht, dass das meine Absicht ist?«

»Planen Sie, die Expedition zu begleiten oder nicht?«, fragte Emilie barsch. Sie war schon zu oft auf die Ränke des Fräulein Gildemeester hereingefallen, als dass sie ihr die gespielte Verwunderung abkaufen würde. »Werden Sie Felix heiraten oder nicht?«

»Ja, aber das bedeutet nicht, dass ich Sie aus der Expedition drängen will.« Louise erhob sich und kam auf Emilie zu, die Hände nach ihr ausgestreckt. »Ich werde mit nach Australien reisen als ...«

»Als Ehefrau von Felix Smitt«, unterbrach Emilie sie erneut. »Ich musste mir die Reise hart erarbeiten. Sie müssen nur heiraten. Herzlichen Glückwunsch.«

Kapitel 49

Louise betrachtete sich im Spiegel. Das Zimmer wurde nur erhellt durch das zaghafte Morgenlicht, das durch das Fenster wanderte und über ihr schlichtes Brautkleid strich. Der dünne Stoff legte sich sanft um sie, vornehm und anmutig in seiner Schlichtheit, aber nur ein schaler Abglanz des prachtvollen Kleides, das Sophie getragen hatte.

Ebenso wie Louises Hochzeit nur ein trauriges Abbild der prächtigen Feier ihrer Cousine sein würde. Keiner der zahlreichen Freunde und Bekannten war eingeladen, nur ihr Vater und seine Eltern würden Louise und Felix Smitt auf das Standesamt begleiten. Alexander und Sophie waren bereits nach Guatemala aufgebrochen, Onkel Georg und Tante Caroline waren nach Bayern gereist, um nicht an Louises Hochzeit teilnehmen zu müssen. Sie hatten Johann Christoph gezwungen, sie zu begleiten, obwohl er an Louises Seite sein wollte. Onkel Georg wäre krank, lautete die offizielle Erklärung, aber Louise wusste es besser.

Nicht einmal Henriette und Leontine durften an der Zeremonie teilnehmen. Trotz Louises inständigen Flehens war ihr Vater hart geblieben. Mit den Worten: »Es gibt keinen Grund zum Feiern«, hatte er ihre Bitte abgeschmettert.

Gleichzeitig wehmütig und zornig erinnerte sie sich an die

majestätische Hochzeitsfeier, die Sophie und Alexander genossen hatten. Ihr prächtiges Fest war voller Musik, Gelächter, Geschenke, wunderbarer Mahlzeiten und ein Meer aus Blumen gewesen. Louises eigener großer Tag würde nahezu unsichtbar dagegen aussehen.

Die Welt außerhalb ihres Zimmers war vergleichsweise still: Keine Diener huschten aufgeregt hin und her, die Arme mit frisch poliertem Silberbesteck und edlem Porzellan beladen, um die mit feinstem Leinen gedeckten Tische einzudecken. Keine Verwandten waren von weit her angereist, um Felix und ihr mit feucht-glücklichen Augen Toasts auszusprechen.

Alles war so überstürzt abgelaufen, dass Louise kaum Zeit zum Nachdenken gefunden hatte. Ihr Vater war bei Felix vorstellig geworden, der nach erster Überraschung einverstanden gewesen war, ebenso wie seine Eltern. Herr und Frau Smitt waren so begeistert, dass ihr Sohn endlich eine Braut gefunden hatte, dass sie sich mit allen Bedingungen der Feier einverstanden erklärt hatten: eine schnelle Verlobung, gefolgt von einer ebenso schnellen Trauung, allerdings nur standesamtlich. Nicht einmal eine kirchliche Hochzeit gestand ihre Familie Louise zu.

Sie strich mit den Händen über den seidigen Stoff und presste die Lippen zusammen, um nicht in Tränen auszubrechen. Am meisten bedauerte sie, keine Trauzeugin zu haben. Ihr Vater hatte ihr verboten, Leontine oder Henriette zu fragen, da man sonst deren Familie hätte einladen müssen, die alle Zeugen von Louises Feier geworden wären. Daher hatte sie auf Emilie Nebelthau gehofft und sich gewünscht, auf der Hochzeit ein Band zwischen ihnen zu knüpfen, das sie in Australien festigen würden.

Während Louise vorsichtig an dem Tee nippte, den Else ihr

gebracht hatte, hallten Emilies Worte in ihr nach. Jedes »Wie konnten Sie nur?« hatte sich in ihr Herz gebohrt, obwohl sie deren Zorn nicht begreifen konnte. Wie konnte Emilie nur glauben, was der Intrigant Nolthenius ihr einflüsterte? Immer noch versuchte Louise zu verstehen, was die Naturforscherin ihr vorwarf.

Mit erhobenem Haupt, die Hände zu Fäusten geballt, hatte Emilie vor ihr gestanden. »Wie konnten Sie mich nur so hintergehen?«

»Warum hörst du nicht zu, Emilie? Ich wollte niemals ...«, versuchte Louise zu erklären, aber Emilie unterbrach sie rücksichtslos.

»Niemals was, Fräulein Gildemeester? Mir den Platz auf der Expedition streitig machen?« Emilies Stimme zitterte, trotz der Stärke, die sie zur Schau stellte.

»Das habe ich niemals geplant.« Auch Louises Stimme flatterte, erschüttert durch die Vorwürfe und Emilies kalte Wut. »So gut solltest du mich kennen. Ich wollte dich unterstützen, damit du nicht allein mit den Männern reisen musst.«

»Glauben Sie das wirklich?« Emilie schüttelte verbittert den Kopf. »Sie tun nur das, was gut für Sie ist, und suchen Ausreden und Entschuldigungen.«

»Bitte, lass uns gemeinsam auf die Reise gehen.« Louise streckte die Hand nach der Frau aus, die sie für eine Freundin gehalten hatte. »Bitte werde meine Trauzeugin.«

»Niemals!«, stieß Emilie hervor. »Ich kann mir nichts vorstellen, was ich mir weniger wünsche.«

Und das war der Moment gewesen, in dem etwas unwiderruflich zwischen ihnen zerbrochen war. Louise hatte die Entschlossenheit in Emilies Blick gesehen, bevor diese sich abgewandt hatte und mit resoluten Schritten aus der Bibliothek geeilt war.

In ihrer Verzweiflung hatte Louise Felix um Hilfe und Vermittlung gebeten, aber auch er hatte Emilies Meinung nicht ändern können. Nun gut, dachte Louise, mir bleibt ja eine lange gemeinsame Schiffsreise, auf der ich sie um Verzeihung bitten kann.

Als sie sich vor dem Spiegel drehte, erklang ein Klopfen an der Tür. Else kam herein, einen Strauß Herbstblumen in der Hand. »Gnädiges Fräulein, ehr Vadder wartet op di.«

Das Dienstmädchen wollte ihr die Blumen überreichen, aber Louise hob die Hand, um es aufzuhalten.

»Einen Moment noch.« Sie griff nach den weißen Handschuhen, zog sie über und spürte, wie sich die Seide kühl um ihre Finger schmiegte. Dann warf sie einen abschließenden Blick in den Spiegel: Sie sah ein perfektes Bild der Tugendhaftigkeit, Eleganz und Ruhe, doch in ihrem Herzen herrschten Aufruhr und Enttäuschung. Zu spät, sie hatte zu viele falsche Entscheidungen getroffen und musste nun mit den Konsequenzen ihrer Handlungen leben.

»Die Blumen, bitte.« Sie streckte ihre Hand aus und nahm den Strauß entgegen. »Danke, Else.«

»Sehr wohl, gnädiges Fräulein.« Else zögerte. »Hartlich Glückwunsch, gnädiges Fräulein. Wi all freuen uns för jo, an dissen glücklichsten Dag vun jo Leven.«

»Danke.« Louise strich das Kleid glatt und seufzte. Heute würde gewiss nicht der glücklichste Tag ihres Lebens werden. Trotzdem drehte sie sich um und machte sich auf den Weg nach unten, wo ihr Vater bereits auf sie wartete. Er blickte zu ihr hoch, seine Miene kalt und unnahbar. Wie schon so oft in ihrem Leben wünschte sich Louise, ihre Mutter wäre am Leben und würde sie an diesem Tag begleiten. Doch nur Carl Gildemeester und Felix' Eltern waren diejenigen, die Zeugen von Louises Eheschließung werden würden. Felix' Familie erwartete sie am Standesamt.

»Bist du bereit?«, fragte ihr Vater. »Kann ich mich darauf verlassen, dass du dich angemessen verhalten wirst?«

»Ich werde dir keine Schande machen.« Louise wich seinem Blick aus, denn sie hatte kurz überlegt, vor der Hochzeit zu fliehen. Sie mochte Felix, aber empfand keine Leidenschaft für ihn. Ihr Herz gehörte immer noch Alexander, obwohl er sie so betrogen hatte. Mit Felix kann ich neu beginnen, hatte sie sich immer wieder gesagt, mit ihm kann ich Abenteuer erleben, die mir sonst verwehrt wären. Trotzdem hatte sich ihre Kehle angefühlt wie zugeschnürt, je näher der Hochzeitstag rückte. Es kam ihr vor, als hätte sie selbst kaum ein Wort mitreden dürfen, was ihre Zukunft anging. Sie musste dem Willen ihrer Familie folgen, ohne dass jemand auch nur fragte, was sie sich wünschte.

Diese Überlegungen waren ihr immer wieder in den Sinn gekommen und hatten zu dem Gedanken geführt, Bremen, ihre Familie und alles hinter sich zu lassen, irgendwo anders einen echten Neubeginn zu wagen. Aber wohin wollte sie fliehen? Was wäre die Alternative zu dieser überstürzten Hochzeit? Ein Leben in Schande, denn sie würde nicht einmal als Gouvernante arbeiten können, sollte ihr Ruf für immer ruiniert sein.

»Dann komm.« Sie hatte gehofft, ihr Vater würde ihr seinen Arm anbieten, aber er hielt Abstand zu ihr, was sie schmerzte. Aber es war ihre Schuld, sie hatte es sich selbst zuzuschreiben, dass sie seine Liebe verloren hatte.

Er führte sie zur Kutsche, half ihr hinein, und gemeinsam

fuhren sie bis zum Standesamt, in eisigem Schweigen. Nur das Rumpeln der Kutschenräder auf dem Bremer Pflaster war zu hören. Louises Hoffnung, dass ihr Vater diesen Tag nutzte, um ihr zu verzeihen, erwies sich als trügerisch. Er saß ihr gegenüber, steif und kerzengerade, ohne ein Gefühl zu zeigen, ohne ein Wort für sie. Erneut kämpfte sie gegen Tränen an, ebenso gegen den Wunsch, ihre Gefühle offen aussprechen zu können. Die Bremer Erziehung siegte: Sie verharrte in Stille und zählte die Minuten, bis sie endlich ihr Ziel erreichten. Der Kutscher öffnete ihr die Tür. Davor stand Felix, ein freundliches Lächeln auf den Lippen, und half ihr beim Aussteigen.

»Louise.« Galant reichte er ihr seinen Arm, damit sie sich unterhakte. Hinter ihm standen seine Eltern mit erwartungsvollen Gesichtern und festlicher Kleidung. Gesine Smitt hatte in letzter Minute versucht, eine größere, eine – wie sie sagte – dem Anlass angemessene Feier vorzubereiten, aber Carl Gildemeester hatte ihr das verwehrt. Wie sehr sie das ärgerte, zeigte sich an den scharfen Falten um ihre schmalen Lippen. Louise lächelte ihr trotzdem zu und betrat an Felix' Arm das Standesamt.

Die Worte des Standesbeamten nahm Louise kaum wahr, denn sie erwartete weiterhin, gleich zu erwachen und festzustellen, dass sie alles nur geträumt hatte. Doch es war Wirklichkeit, sie heiratete. Nachdem Felix das Jawort gegeben hatte, sprach auch sie diese winzigen Buchstaben aus, die ihr Leben für immer veränderten.

»Ich nehme dich zu meinem Ehemann«, erklärte Louise feierlich, und im Stillen fügte sie hinzu: Und begleite dich auf eine Reise, obwohl wir uns kaum kennen.

Felix' Vater reichte ihm die Ringe, schlichte Bänder aus Gold, die matt schimmerten. Als Smitt den Ring über Louises

Finger schob, barg diese zarte Berührung das Versprechen geteilter Abenteuer und gemeinsamer Entdeckungen jenseits aller Meere.

Nach dem Ende der schmucklosen Zeremonie lud ihr Vater zu einem Mittagessen ein. Auch wenn Louise seine Liebe verloren hatte, so ließ er es sich nicht nehmen, Felix' Eltern zu bewirten. Sie fanden sich im Hillmann's ein, diesem vornehmen Hotel mit seinen samtbezogenen Sitzecken und dem gedämpften Licht, das an diesem Tage im Gegensatz zu Louises Stimmung stand. Carl Gildemeester hatte ein Privatzimmer reserviert – eine ruhige Ecke fernab neugieriger Blicke, damit sie niemandem der Bremer Gesellschaft über den Weg liefen.

»Herzlichen Glückwunsch.« Gesine Smitt hinterließ mit ihren Lippen eine flüchtige Berührung auf Louises Wange. Bei ihrem ersten Zusammenkommen hatte Felix' Mutter Louise mit einem raubvogelartigen Blick gemustert, und Louise hatte sich gefragt, ob die Gerüchte über ihre Verfehlung bereits zu Gesine Smitt vorgedrungen waren. Ihre Schwiegermutter war eine Walküre mit ausladendem Vorbau und kräftigem Körper, ihre dunkelblonden Haare zu einer hohen Frisur aufgetürmt, die sie noch gewaltiger erscheinen ließ.

Was bin ich froh, dass wir nach Australien reisen und ich nicht mit ihr in einem Haus leben muss, hatte Louise als Erstes gedacht, als ihr ihre Schwiegermutter vorgestellt wurde. Bisher hatte sie den ersten Eindruck nicht revidieren müssen.

»Willkommen in unserer Familie.« Ihr Schwiegervater, Ferdinand Smitt, ein schmächtiger Mann, wirkte neben seiner gewaltigen Frau noch kleiner. Er war ein schüchterner Mann mit einem freundlichen Lächeln, was Louise an Felix erinnerte. Sie konnte sich kaum vorstellen, dass er für das große Vermögen der Familie verantwortlich war. Ihr Vater hatte Louise auf ihre

Frage hin versichert, der erste Eindruck täusche. Herr Smitt sei ein gewiefter Kaufmann, hatte er gesagt, ein Mann, dessen Harmlosigkeit ihm zum Vorteil gereiche. Ein Schachspieler, der hinter einem sanften Lächeln seine Züge verbarg.

Kaum hatten sie Platz genommen, holte Felix' Mutter tief Luft. »Warum konntet ihr nicht mit der Heirat warten?«, beschwerte sie sich. Sie hatte neben ihrem Sohn Platz genommen, einen mürrischen Ausdruck auf dem breiten Gesicht. »Wir haben so lange darauf gewartet, dass du die Ehe schließt, und nun ist es so überstürzt erfolgt. Ohne ordentliche Trauung und ohne Gäste.«

Unwillkürlich strich Louises Finger über die glatte Tischdecke, als könnte das sanfte Rascheln des Stoffs sie beruhigen.

»Mutter«, antwortete Felix, den Louise noch nicht als ihren Ehemann betrachten konnte. »Ich habe es dir doch erklärt. Wir mussten so schnell heiraten, damit wir als Paar nach Australien reisen können.«

»Warum muss es denn ausgerechnet diese Wildnis sein?« Gesine Smitt zog in einer dramatischen Geste den Handrücken an die Stirn. »Warum kannst du nicht ins Kontor deines Vaters eintreten, jetzt als verheirateter Mann?«

Bevor Felix, der äußerst unglücklich aussah, antworten konnte, sagte Louise in freundlichem Ton: »Dafür bleibt noch viel Zeit. Wenn Felix seinen Forschungen nachgekommen ist, kann er immer noch Händler werden.«

Felix sandte Louise einen Blick, in dem sich Dankbarkeit und Erleichterung unverhohlen mischten. Seine Mutter jedoch rümpfte die Nase, als schätzte sie es gar nicht, wenn die junge Frau sich einmischte. Doch es schien, als hätte sie ihre Waffen niedergelegt – zumindest für den Augenblick.

Nach dem Essen begleitete Felix seine Eltern nach Hause, um dort seine Koffer zu packen, denn morgen schon wollte er nach Bremerhaven reisen, um alle Vorbereitungen für die große Reise zu begleiten. Louise hatte sich von ihren Schwiegereltern und ihrem Vater verabschiedet und ein Zimmer im Hillmann's bezogen, in dem sie bis zur Abreise nach Bremerhaven wohnen würde. Ihr Vater hatte ihr das als überraschendes Hochzeitsgeschenk überreicht, wobei sie sich fragte, ob er sie auf diesem Weg nicht einfach nur aus der Gildemeesterschen Villa entfernen wollte.

Nun saß sie in dem elegant ausgestatteten Raum und wartete auf ihren Ehemann. Immer wieder fiel ihr Blick auf das Bett, und sie fragte sich, was sie wohl in der Hochzeitsnacht erwartete. In ihren Romanen hatte sie keinen Hinweis entdeckt, Leontine und Henriette hatten auch keinen Rat gewusst – und Sophie oder Tante Caroline konnte Louise leider nicht mehr fragen.

Sie bestellte sich einen Tee, blätterte in *Die Gartenlaube* und ließ ihre Gedanken einfach wandern, zu ihren Freundinnen, die ihr Geschenke und Briefe geschickt hatten, nach Australien, erst einmal nach Bremerhaven, wie wohl die Kabine aussehen würde. Nach dem Tee fühlte sie sich müde und legte sich aufs Bett, um einen Moment die Augen zu schließen.

Als die Tür des Hotelzimmers sich öffnete, erschrak sie. Ihre Augen waren verquollen, und ihre Haare sträubten sich in alle Richtungen, wie sie fühlen konnte, als sie mit ihren Händen hindurchfuhr. Was musste sie nur für einen Eindruck auf ihren frischgebackenen Ehemann machen?

»Einen Moment, bitte.« Sie sprang auf und eilte ins Badezimmer, wo sie Wasser in ihr Gesicht schöpfte, ihre Haare richtete und in das seidene Nachthemd schlüpfte, das sie für diesen Anlass gekauft hatte. Plötzlich schlug ihr Herz schneller. Sie musste nur aus der Tür des Badezimmers treten, und dann würde sie erfahren, wie sich die körperliche Liebe anfühlte. Mit zitternden Fingern nestelte sie ein letztes Mal durch ihre Haare, bevor sie die Tür öffnete.

»Felix. Warst du erfolgreich?«

»Ja. Die Reise ist vorbereitet.« Er lächelte. Auch wenn er sich bemühte, es zu verbergen, erkannte sie, dass er genauso nervös war wie sie. Trotzdem fühlte sie sich in ihrem dünnen Seidennachthemd nahezu nackt und eilte zum Bett, schlug die Decke zurück und schlüpfte darunter.

»Louise, ich werde nicht ...«, begann Felix und suchte nach Worten. »Ich erwarte nicht, dass ...« Er beendete den Satz nicht, legte seinen Frack ab und drapierte ihn sorgsam über der Lehne eines Stuhles.

»Ich denke, wir sollten nichts übereilen«, antwortete sie leise, den Blick auf ihre Hände gerichtet, die sie auf der Decke verschränkt hatte. Ein unbeholfenes Schweigen breitete sich zwischen ihnen aus, Distanz füllte den Raum. Felix stand mitten im Zimmer, halb entkleidet.

»Ich w ... werde das Li ... Licht löschen«, flüsterte er schließlich, seine Stimme drohte sich zu überschlagen. Mit großen Schritten ging er durch den Raum und schaltete die Lampe aus. Ein gnädiges Halbdunkel hüllte sie ein. Trotzdem schloss Louise die Augen, als Felix begann, sein Hemd aufzuknöpfen.

Kapitel 50

Heute nun war der Tag gekommen, den Emilie seit ihrer Ankunft in Bremen herbeigesehnt hatte. Heute würde sie den Zug nach Bremerhaven nehmen, dort in einem kleinen Hotel übernachten und morgen an Bord des Schiffes gehen, das sie nach Australien bringen würde. Ihr Herz pochte laut vor Aufregung, doch gleichzeitig verspürte sie Wehmut beim Gedanken an all die Abschiede, die auf sie warteten.

Nachdem sie ihr geliebtes Botanik-Lehrbuch in die Reisetasche gelegt hatte, verweilte sie einen stillen Augenblick, um sich von dem kleinen Zimmer zu verabschieden, das ihr mehr ein Zuhause gewesen war als das Haus, das sie mit Albert und Clara bewohnt hatte. Ein letztes Mal setzte sie sich auf das schmale Bett, spürte die harte Matratze und sah aus dem Fenster.

»Wo bleevst du denn?«, erklang Lucies Stimme vor der Tür. Lucie und Hedwig hatten es sich nicht nehmen lassen, sich von Emilie zu verabschieden. Den Kindern hatte sie gestern bereits auf Wiedersehen gesagt, was mit vielen Tränen verbunden gewesen war.

»Ich komme.« Emilie nickte dem Zimmer zum Abschied zu, blinzelte, um die Tränen zu vertreiben, und trat vor die Tür. Dort erwarteten Hedwig und Lucie sie bereits, begleitet von Culpeper, den Lucie an einer Leine hielt. Emilie setzte ihre Reisetasche ab und wartete, dass Jeanne hineinhüpfte. Dann wandte sie sich ihren Freundinnen zu.

»Ich habe es schon gesagt, aber ich wiederhole es gern erneut: Ich werde euch vermissen.« Da sie nicht wusste, was sie noch sagen sollte, sah Emilie auf ihre Hände, die sie ineinander verschränkt hatte.

»Du büst hier ümmer weer willkommen«, sagte Hedwig leise. »Wehe, du söchst di en anner Slaapoort, wenn du ut Australien trüggkummst.«

»Ein Jahr werde ich sicher dortbleiben«, wandte Emilie ein. »Du musst das Zimmer vermieten, du brauchst das Geld.«

»Dat al, aver för di findt sik en Plätzchen.«

»Danke.« Emilies Herz floss über, und sie umarmte Hedwig.

»Nu gah all! Anners verpasst du noch dien Zug.« Auch Lucie umarmte Emilie, um sie dann resolut von sich zu schieben. Trotz ihrer herben Worte glitzerten Tränen in ihren Augen. »Anners fangen Hedwig un ik noch an to heulen as Culpeper.«

Der Hund hob den Kopf, als er seinen Namen hörte. Der Blick seiner dunklen, treuherzigen Augen wanderte von einer zur nächsten, und bei der stillen Frage, die darin lag, fühlte Emilie ihr Herz schwer werden. Culpeper wartete auf ein Zeichen, dass er seine Herrin begleiten durfte. Emilie beugte sich ein letztes Mal zu ihm herab, strich über sein raues Fell: »Du bist ein guter Hund, Culpeper. Pass gut auf Lucie und ihre vielen Kinder auf.«

»Dor is en Hund to wenig för«, spottete Hedwig und lächelte breit. Dann wurde ihr Gesicht erneut ernst. »Wi schöölt di missen.«

»Ich könnte in Bremen bleiben.« Emilie seufzte. »Nolthenius will mich nicht an Bord haben, Felix ist mit Louise verheiratet, ich werde mich fühlen wie das fünfte Rad am Wagen.«

Ganz zu schweigen davon, dass ihre Mitreisenden in der ersten Klasse reisen würden, während Emilie sich mit der dritten zufriedengeben musste. Das gab ihr noch mehr das Gefühl, nicht dazuzugehören. Culpeper gab ein leises Winseln von sich, als würde er ihre Gefühle spüren, ihre Wankelmütigkeit, ob sie die Reise wahrhaftig wagen sollte.

»Genöög darvu, die Gildemeester kocht ok bloot mit Water. Falls se jemals kochen tut.« Lucie schüttelte den Kopf. »Se mag riek sein, aver du bist die Forscherin. Weil du so gut büst, deshalb stänkert der olle Nolthenius gegen di.«

»Aber alle werden auf ihn hören. Schließlich ist er Professor«, widersprach Emilie. Sie hatte ihren Freundinnen ihr ganzes Leid geklagt und Verständnis bekommen, aber auch den Auftrag, sich nicht kleinkriegen zu lassen.

»Vertroo op di.« Hedwig drückte Emilie ein kleines Bündel in die Hand. »Hier, wat Proviant för di un för die Miez.«

Der Duft von frischem Brot und die herzhafte Note von Räucherfisch, sorgfältig in Zeitungspapier gewickelt, stieg aus dem Bündel auf und weckte die Aufmerksamkeit der Katze. Jeanne saß bereits in Emilies abgewetzter Reisetasche und schien eher bereit für das Abenteuer als Emilie selbst. Als hätte die Katze gespürt, was sie erwartete, war sie seit zwei Tagen zu Hause geblieben, anstatt durch die Gassen der Neustadt zu tigern, und hatte Emilie beim Packen zugesehen.

Emilie umarmte ihre Freundinnen ein letztes Mal, strich Culpeper über den Kopf und machte sich dann auf den Weg zum Bahnhof. Ihre Schritte klapperten auf dem Kopfsteinpflaster, während sie durch die Gassen Bremens ging. In ihrem

Kopf kreisten die Gedanken, Vorfreude auf das Abenteuer vermischte sich mit Traurigkeit, die Stadt zu verlassen, die ihr so vertraut geworden war.

Emilie konnte den Bahnhof bereits in der Ferne ausmachen, die gewaltige Fassade ragte hinter den Dächern der bremischen Häuser hervor. Der Himmel über der Stadt war ein melancholisches Grau, was zu ihrer Stimmung passte. Je weiter sie sich von ihren Freundinnen entfernte, desto schwerer fielen ihr die Schritte. *Bleib hier, bleib hier, bleib hier,* trommelten ihre Stiefel auf der Straße. Mehr als einmal war sie versucht, sich umzudrehen, die Expedition aufzugeben und sich in Bremen ein kleineres Leben als Naturforscherin aufzubauen. Sie könnte Herbarien erstellen und verkaufen, sie musste nicht einmal um die Welt reisen, um ihren Wert als Forscherin zu beweisen.

Als Jeanne plötzlich aus der Reisetasche hüpfte, zog das Emilie aus ihren Gedanken. Verwundert drehte sie sich um, sah der Katze nach, die sich geschickt zwischen den Beinen hindurchschlängelte. Wo wollte Jeanne nur hin?

Emilie verengte die Augen, dann trat ein Lächeln auf ihr Gesicht. Mit flatternden Ohren und heraushängender Zunge kam Culpeper auf sie zugerast. In einiger Entfernung folgte ihm einer von Lucies Söhnen, der mit der Faust drohte und Verwünschungen ausstieß, die Emilie allerdings nicht verstehen konnte. Sie hatte sich noch nicht entschieden, ob sie lachen oder weinen sollte, als der Hund sie erreichte, gefolgt von Jeanne.

Schwungvoll warf sich Culpeper an ihre Beine, so energisch, dass er sie beinahe umgeworfen hätte.

»Ach, du«, flüsterte sie. Emilie wusste, dass sie ihn nicht mit auf die Reise nehmen konnte. Doch der Hund schien entschlossen, ihr zu folgen, egal, wohin.

Als sie vor ihm in die Knie ging, stupste Culpeper sie zur Begrüßung mit seiner nassen Schnauze gegen ihre Wange, ein vertrautes Gefühl, das ihr Tränen in die Augen trieb.

»Muss ich dich wirklich zurücklassen, mein Guter?«, murmelte sie. Ihre Worte verloren sich in seinem Fell, als sie ihn fest in ihre Arme schloss. Der Hund leckte ihr Gesicht, als wollte er ihr Trost spenden, und als sie sich erhob, presste er sich eng an sie.

Da hatte sie auch schon Lucies Sohn erreicht. Außer Atem beugte der Junge sich vor, stützte die Hände auf die Oberschenkel und brachte keuchend heraus: »He hett sik eenfach losschaten. Ik kunn den Düvel nich behollen.«

Bevor Emilie antworten konnte, schlug die Bahnhofsuhr die volle Stunde, als wollte sie Emilie ermahnen, sich nicht weiter aufzuhalten. Sie musste sich sputen, wenn sie eine Fahrkarte kaufen und ihren Zug erreichen wollte. Emilie wischte sich die Tränen aus den Augen, atmete tief ein und fand in sich die Kraft, den bevorstehenden Abschied zu ertragen. Sie hob Jeanne hoch und setzte sie wieder in die Reisetasche, wo die Katze sich sofort einkuschelte.

»Ich werde dich nie vergessen, mein guter Culpeper«, flüsterte Emilie, als sie dem Hund ein letztes Mal über den Kopf strich. »Ich werde zu dir zurückkommen. Das verspreche ich dir.«

Dann drückte sie Lucies Sohn die Leine in die Hand, ermahnte ihn: »Halt ihn gut fest«, und setzte ihren Weg fort. Hinter ihr wurde Culpepers Bellen immer leiser, bis es nichts mehr war als dumpfes Summen in der Geräuschkulisse des Bahnhofsvorplatzes. Obwohl die Zeit drängte, blieb Emilie stehen, um sich das prachtvolle Haus anzusehen. Hätte sie nicht gewusst, dass es der Bremer Hauptbahnhof war, hätte sie das zweistöckige Gebäude für einen Palast oder eine Burg gehalten. Ein Eindruck, der durch das Säulenportal vor dem Eingang und die kleinen Türme, die Ein- und Ausgang verzierten, hervorgerufen wurde. Obwohl sie schon eine Weile in Bremen lebte, hatte sie den Bahnhof noch nie von innen gesehen und war sehr gespannt. Sie holte tief Luft, straffte die Schultern und marschierte hinein. Als sie staunend stehen blieb, rannten andere Reisende, die den Bahnhof bereits kannten oder es eilig hatten, in sie hinein. Sie murmelte eine Entschuldigung und trat an den Rand, um sich einige Momente der Bewunderung zu gönnen. Wie bereits die Fassade war auch das Innere des Bahnhofs prachtvoll gestaltet: Der Fußboden war gefliest, an den Wänden prunkte dunkler belgischer Granit, gefüllt mit rot gemustertem Marmor. Die Wände waren hell gestrichen, mit Akzenten aus Gold, Verzierungen aus Stuck und Säulen aus Velpker Sandstein. Das erkannte Emilie sofort, war sie doch auf ihren Reisen mehrfach durch Velpke gekommen.

So gern sie das Innere näher betrachtet hätte, sie musste eine Fahrkarte für sich und auch für Jeanne kaufen und sich dann zu den Gleisen begeben. Fünf Schalter für die Fahrkartenausgabe befanden sich in der Vorhalle. Emilie stellte sich an, kaufte ihre Karten und sah sich suchend um.

»Den Wartesaal für die dritte Klasse finden Sie westlich des Vestibüls«, sagte der Fahrkartenverkäufer und deutete in die Richtung.

»So viel Zeit bleibt mir nicht.« Emilie lächelte ihm zu. »Wie komme ich zu meinem Bahnsteig?«

»Gehen Sie zu dem Personentunnel am Ende des Vestibüls«, antwortete er. Wieder begleitete er seine Worte mit einem Fingerzeig in die richtige Richtung.

»Danke.« Sie wandte sich um, hob ihre Tasche an und

prüfte, ob Jeanne noch an Bord war. Die Katze schlief, vollkommen unbeeindruckt von der Pracht und den vielen Menschen, die sich hier aufhielten.

Emilie hingegen schloss kurz die Augen, ließ die Geräusche des Bahnhofs über sich zusammenschlagen wie die Wogen des Meeres und atmete tief ein, um die Erinnerung an Bremen in sich einzuschließen. Dieser Ort war ihr vertraut geworden, seine Wege waren zu ihren geworden. Bremen, einst nur ein Punkt auf einer Landkarte, war für sie eine Heimat geworden.

Die Freundinnen, die sie in dieser Stadt gefunden hatte, waren mehr als nur anonyme Gesichter in der Menge. Lucie, deren lautes Lachen selbst in der dunkelsten Stunde Licht spendete. Hedwig mit ihrer ruhigen Stärke hatte ihr oft den Weg gezeigt, wenn Emilie sich verloren geglaubt hatte.

Im Kopf verabschiedete sie sich von jeder Straße, jedem Haus, das ihr etwas bedeutet hatte, und vor allem von den Menschen, die sie mit offenen Armen empfangen hatten. Ja, sie würde nach Bremen zurückkehren, nachdem sie Australien erforscht hatte.

Langsam begann sie zu begreifen, dass sie wirklich und wahrhaftig nach Australien reisen würde. Vor Aufregung knetete sie ihre Unterlippe mit den Zähnen, während ihr Blick nach dem Gleis suchte, auf dem ihr Zug eintreffen und dann nach Bremerhaven abfahren würde.

Ihre Finger schlossen sich fester um den Griff der Reisetasche, als sie auf das Gleis hinaustrat. Hier herrschte ein strenger Geruch nach geöltem Metall, nach Kohle und etwas, was sie nicht erkennen konnte. Um sie herum verabschiedeten sich Reisende von ihren Lieben, Frauen schluchzten in Taschentücher, Männer hielten sich sehr gerade, und Kinder bekamen Schluckauf vor Aufregung.

Nur Emilie hatte ihre Abschiede bereits hinter sich und stand nun einsam und etwas verloren zwischen all den Menschen, aber wer hätte sie auch begleiten sollen?

Ostherloh etwa, Nolthenius oder Felix? Beim Gedanken an ihn wurde ihr Herz schwer, denn an ihn zu denken, hieß auch, an seine frisch angetraute Ehefrau zu denken. Wie sollte sie den beiden gegenübertreten, wenn sie sich zufällig an Bord des Schiffes begegneten? Oder gab es diese Möglichkeit nicht, da Emilie bei den armen Menschen reiste, während Louise und Felix Smitt es sich gut gehen lassen würden?

Das schrille Pfeifen einer Lokomotive riss Emilie aus ihren Überlegungen. Da kam er auch schon, der Zug, der sie nach Bremerhaven führen würde. Dampfwolken begleiteten ihn, ebenso wie das Geräusch der ratternden Räder.

»Komm, Jeanne, uns erwartet ein Abenteuer.« Sie nahm die Reisetasche und begann, die Wagen der dritten Klasse zu suchen. Doch bevor sie einstieg, hörte sie, wie jemand ihren Namen rief. Die Stimme erkannte sie sofort und wandte sich dem Mann zu, der mit großen Schritten auf sie zugeeilt kam.

»Frau Nebelthau, darf ich Sie begleiten?« Christian Ostherloh lächelte breit.

»Nach Bremerhaven?«

»Ja, und weiter nach Australien.«

Kapitel 51

Als die ersten bleichen Strahlen der Morgensonne durch die Gardinen sickerten, öffnete Louise die Augen. Sie lag still da, ihr Körper auf Abstand zu dem ihres Ehemannes, ihre Gedanken kreisten um die Abwesenheit des Feuers und der Leidenschaft, die in den Geschichten der Romantik so gepriesen wurden. Davon hatte sie in der letzten Nacht nichts erlebt.

Louise sah zu Smitt hinüber, der auf dem Rücken lag und schlief. Die Sorgenfalten auf seiner Stirn hatten sich geglättet, im Schlaf wirkte er glücklich und jünger. Ihr Herz zog sich unvermittelt zusammen – nicht aus Leidenschaft, sondern aus einer sanften Form der Zuneigung, die sich unerwartet eingeschlichen hatte.

Als sie sich räusperte, ließ der Laut ihren Ehemann blinzeln und die Augen öffnen. Überrascht, sie wach zu finden, richtete er sich auf und rieb sich den Schlaf aus den Augen.

»Guten Morgen, Louise«, murmelte er, seine Stimme rau. Er gähnte hinter vorgehaltener Hand. »Hast du gut geschlafen?«

»Guten Morgen«, erwiderte sie und schenkte ihm ein zaghaftes Lächeln. »Ja, danke. Ich hoffe, du auch?«

Die Anspannung des Hochzeitstags war gewichen, Louise fühlte sich wohl in Felix' Gegenwart, auch wenn sie ihm nicht die starken Gefühle entgegenbrachte, die sie für Alexander empfunden hatte. Ihre Ehe würde wohl in ruhigeren Bahnen verlaufen, aber der Gedanke war ihr nicht unangenehm. Als er sich aufsetzte, wandte sie ihm ihre Aufmerksamkeit zu.

»Ich ... Es war ni ... nicht das, was ich mir unter einer Ho ... Hochzeitsnacht vorgestellt hatte«, begann Felix zögerlich, und Louise meinte, eine Entschuldigung in seinem Ton wahrzunehmen. »Ich ho ... hoffe, ich habe dich nicht enttäuscht.«

Louise setzte sich ebenfalls auf, zog die Decke bis zum Kinn und blickte ihn nachdenklich an. »Uns bleibt noch viel Zeit, uns einander anzunähern.« Sie lächelte schief, ein bittersüßes Lächeln, mit dem sie ihre naive Vorstellung von romantischer Liebe verabschiedete.

Auf sein schmales Gesicht legte sich ein Ausdruck von Erleichterung. »Dann arrangieren wir uns mit dem, was wir haben, und bauen darauf auf.«

Er streckte seine Hand nach ihr aus, als Versprechen, dass er ihr einen ruhigen Hafen bieten würde, in dem sie Schutz und Verbundenheit finden könnte. Einen Moment lang spürte sie Bedauern, dass zwischen ihnen nicht so eine intensive Verbindung bestand wie zwischen Alexander und ihr. Aber was hatten ihr die Gefühle für Alexander gebracht? Nur Schmerz, den endgültigen Verlust der Liebe ihres Vaters und die Flucht aus Bremen.

»Ja«, stimmte sie Felix daher zu und legte ihre Hand in seine.

»Soll ich uns das Frühstück aufs Zimmer bestellen?« Felix neigte fragend den Kopf.

»Das ist eine schöne Idee.« Louise erhob sich und ging ins Badezimmer, um sich für den Tag vorzubereiten.

Als sie gewaschen und frisiert ins Zimmer zurückkehrte,

erwartete sie ein gedeckter Tisch. Irgendwie war es Felix sogar gelungen, eine rote Rose aufzutreiben, die einen Farbfleck zwischen dem edlen weißen Porzellan bildete.

»Danke«, würdigte sie seine Geste. »Ich werde mit dem Frühstück auf dich warten.«

Auch er stand auf, um ins Bad zu gehen. Während sie auf ihn wartete, schenkte sie sich einen Tee ein und plante ihren Tag. So viel war noch zu tun, denn schließlich würden sie morgen bereits in See stechen. Noch immer konnte sie kaum fassen, wie abrupt und rasant sich ihr Leben geändert hatte. Eine überstürzte Hochzeit, eine ebenso schnelle Abreise nach Australien. Vor wenigen Tagen war ihr diese Expedition noch als eine gute Idee erschienen, aber da hatte sie auch daran gedacht, sie gemeinsam mit Emilie Nebelthau zu unternehmen.

Aber die Naturforscherin hatte deutlich gemacht, dass sie keinen Wert auf Louises Anwesenheit legte. Hoffentlich würde es ihr auf der Reise gelingen, Emilies Freundschaft wieder zu gewinnen.

»Du siehst aus, als wärst du in Gedanken.« Felix gab ihr einen sanften Kuss auf die Wange. Er roch nach Seife und Rasierwasser, ein zitroniger Duft, der ihr gut gefiel.

»Ich bereite mich gedanklich auf die Reise vor.« Sie deutete auf den Tisch. »Möchtest du auch einen Tee?«

Er nickte und setzte sich ihr gegenüber. Obwohl sie einander kaum kannten, fühlte es sich seltsam vertraut an, gemeinsam zu frühstücken.

»Ich werde gleich nach Bremerhaven aufbrechen, um alles für unsere Abreise vorzubereiten.« Felix trank einen Schluck seines Tees. »Benötigst du noch etwas?«

»Danke.« Sie lächelte und nahm sich ein Brötchen, das nach Hefe duftete und noch warm war. »Ich werde heute in die

Villa meiner Familie fahren, um dort zu packen. Hoffentlich vergesse ich nichts.«

»Ja, es ging alles ein wenig schnell.« Sein Lächeln wärmte ihr Herz. Wenn Felix sich entspannte, konnte Louise sich vorstellen, ihn einmal zu lieben. »Ich bin mir sicher, du wirst in Australien auch etwas kaufen können.«

»Erzähl mir von Australien und der Expedition«, bat sie. »Wo werden wir ankommen? Was ist dann geplant?«

. . .

Nachdem sie sich von Felix verabschiedet hatte, ließ sich Louise eine Kutsche rufen, um in die Villa der Familie Gildemeester zu fahren. Während die Räder auf dem Kopfsteinpflaster klapperten, kreisten ihre Gedanken um ihre Ehe und ihre Zukunft. Was war das für ein Beginn, wenn ihr frisch angetrauter Gemahl sie schon am Morgen nach der Hochzeitsnacht verließ?

Wieder einmal vermisste sie ihre Mutter, eine Frau an ihrer Seite, mit der sie ihre Fragen und Zweifel hätte besprechen können. Allerdings fragte sie sich wiederholt, ob Sophie mit Tante Caroline über solche Themen hatte sprechen können. Selbst mit viel Fantasie konnte Louise sich das nicht vorstellen.

Ob ihr Vater sie erwartete?, stellte sie sich die nächste Frage. Der Gedanke machte ihr Herz schwer. Denn sie hatte ihm einen Brief zukommen lassen, indem sie ihn förmlich um ein letztes Treffen bat. Immerhin war er höflich genug gewesen, ihr eine Antwort zu geben und sie für heute einzuladen. So weit war es mit ihnen also gekommen, sie trafen Verabredungen. Nun war es nicht so, dass sie einander früher nahegestanden hätten, aber dennoch verspürte Louise eine tiefe Einsamkeit.

Da hielt der Kutscher das Pferd auch schon an. Er öffnete

Louise die Tür und fragte: »Soll ich auf Sie warten, gnädige Frau?«

»Danke. Ich werde mit der Kutsche der Familie zurückkehren.« Sie suchte in ihrer Tasche nach ihrem Portemonnaie, um ihn zu bezahlen. Ein Lächeln glitt über ihr Gesicht, weil sie sich nun erstmals ihres Status als verheiratete Frau bewusst wurde. Sie durfte allein in der Kutsche fahren und den Kutscher bezahlen.

Nachdem sie ausgestiegen war, blieb sie einen Moment stehen, um sich die Villa ein letztes Mal anzuschauen. Auch wenn ihr das Gildemeestersche Haus niemals ein Zuhause gewesen war, hier hatte sie die längste Zeit ihres Lebens verbracht. Die Nachmittagssonne überzog das Mauerwerk mit einem goldenen Schimmer, ließ die herbstlich bunten Blätter der alten Bäume rot und golden aufleuchten, fast, als wollte das Haus ihr den Abschied schwer machen.

»Willkamen, gnädiges Fräulein«, begrüßte Minna sie, um sich dann sofort zu korrigieren. »Willkamen, gnädige Frau. Hartlich Glückwunsch to de Hochtiet.«

»Danke«, erwiderte Louise und fragte sich dann, was die Dienstboten wohl über ihre übereilte Eheschließung redeten. Aber das konnte ihr gleichgültig sein, denn morgen würde ein neuer Abschnitt ihres Lebens beginnen, weg von den vertrauten Straßen der Hansestadt. Gemeinsam mit Felix würde Louise den weiten Ozean überqueren, und Bremerhaven war der Ort, an dem ihr Abenteuer seinen Anfang nehmen sollte.

»Soll ich Ihnen beim Packen helfen?«, fragte Minna.

»Ich muss erst die Sachen auswählen und klingele dann nach dir.« Louise nickte dem Mädchen zu und ging die Treppe hoch zu ihrem Zimmer. Dort angekommen, öffnete sie den Kleiderschrank, um Reisekleidung auszuwählen.

»Bitte, denke daran, dass wir in den Sommer reisen«, hatte Felix ihr mit auf den Weg gegeben. Mit einem Lächeln hatte er ergänzt: »Und denke ebenfalls daran, dass wir keine Dienstboten auf unserer Reise haben werden, die unser Gepäck tragen.«

»Ich weiß, nur mein Zeichenmaterial ist mir wichtig«, hatte Louise erwidert, und nun stand sie vor ihrem Schrank und betrachtete ihre Kleidung unter dem Blickwinkel, was davon für eine Expedition ans andere Ende der Welt brauchbar wäre. Leuchtende Farben, edle Stoffe, wunderbar geeignet, auf Bällen oder bei feinen Abendessen zu repräsentieren, aber gewiss nicht dafür, durch die australische Wildnis zu reiten.

Mit einem Seufzen ließ sie ihre Hand an den schönen Stoffen entlangwandern, spürte die glatte Kühle der Seide, die weiche Wärme des Samtes und bedauerte es, die schönen Stücke nicht mehr tragen zu können. Aber auf der Reise musste sie praktischen Erwägungen folgen. Dem Abschied von den gewohnten Annehmlichkeiten folgte die Entschlossenheit, sich den Herausforderungen einer neuen Welt zu stellen.

Zwei Reitkostüme besaß sie, die zwar elegant, aber auch praktisch waren, aber sie waren aus dunklem Stoff, unpassend für den australischen Sommer. Schließlich entschied Louise sich für drei schlichte Tageskleider, die nicht allzu viel Platz wegnehmen würden und die dennoch elegant genug waren, auch bei einem Abendessen getragen werden zu können. Denn Louise rechnete mit allem Möglichen. Obwohl sie Felix mit Fragen nach der Expedition gelöchert hatte, besaß sie immer noch keine genaue Vorstellung von dem, was sie am anderen Ende der Welt erwartete.

Nur eins wusste sie, sie würde dort zeichnen können, so viel sie wollte. Sie warf einen Blick auf die schwere Lederreisetasche, in der sie ihre Skizzenblöcke, Buntstifte und Bleistifte versammelt hatte. Hoffentlich hatte sie genug eingepackt. Und wenn nicht, selbst wenn Australien für sie ein fremdes Land war, Stifte und Papier würde man sicher bekommen.

Sie klingelte nach dem Dienstmädchen, damit Minna die Kleidung verpackte und ins Hotel bringen ließ. Zu ihrer Überraschung war es jedoch Else, die das Zimmer betrat.

»Pack alles in die Tasche und schicke sie ans Hillmann's«, befahl Louise dem Dienstmädchen. »Ich werde jetzt meinen Vater aufsuchen.«

»Sehr wohl, gnädige Frau.« Else wartete einen Moment ab und platzte dann heraus: »Ik finde Sie mutig. Ik deed mi dat nie trauen, so wiet to reisen ...«

»Danke.« Louise lächelte. »So mutig bin ich gar nicht. Aber ich bin sehr neugierig.«

Mehr konnte und wollte sie dem Dienstmädchen nicht erzählen. Else musste nicht erfahren, dass ihre Familie Louise keine Wahl gelassen hatte, aber möglicherweise wusste das Mädchen bereits davon. Man sollte nie unterschätzen, wie viel die Dienstboten vom Leben ihrer Herrschaft erfuhren.

Nun blieb Louise nur noch eins zu tun: Sie musste sich von ihrem Vater verabschieden. Sie nickte Else zu und machte sich auf den Weg zur Bibliothek. Bald würde sie die letzten Worte mit ihrem Vater wechseln und das Haus hinter sich lassen.

In der Bibliothek erwartete er sie, dem Ort, der Louise immer einer der liebsten Räume im Haus gewesen war, den sie nun jedoch mit der Erinnerung an das furchtbare Gespräch mit ihrem Vater und ihrem Onkel verband. Mit dem Tag, an dem Alexander endgültig gezeigt hatte, wie feige er war und wie wenig sie ihm bedeutete.

Vorbei ist vorbei, dachte sie, vergangen ist vergangen. Egal, was geschehen war, durch ihre überstürzte Heirat und die anstehende Reise würde sie einen neuen Anfang erreichen. Sie hoffte, dass ihr ein Neuanfang auch mit Emilie gelingen könnte und dass die Forscherin ihr vergeben würde.

Noch immer konnte sich Louise nicht ganz erklären, warum die andere Frau so wütend auf sie war. Sie hatte Emilie niemals etwas versprochen oder sie getäuscht, und ja, der Vorwurf stimmte, Emilie hatte sich die Reise selbst schwer erarbeitet, während sie Louise in den Schoß gefallen war. Aber das bedeutete ja nicht, dass Louise sich die Überfahrt nicht verdienen würde. Im Stillen schwor sie sich, Emilie ihren Wert zu beweisen.

»Vater«, sagte sie, nachdem sie die Tür zur Bibliothek geöffnet hatte. Carl Gildemeester saß im Sessel, in ein Buch vertieft. Als sie ihn ansprach, sah er auf, sein Gesichtsausdruck war unergründlich, seine Miene blieb unbewegt. Sie hatte auf ein Lächeln gehofft, auf ein winziges Zeichen, dass sie ihm noch etwas bedeutete.

»Ich möchte mich verabschieden«, flüsterte sie und war versucht, die Hand nach ihm auszustrecken in einer Geste der Versöhnung, aber sie wagte es nicht.

»Ich wünsche dir eine gute Überfahrt«, sagte er, sein Tonfall höflich, als wäre sie eine flüchtige Bekannte, neben die er bei einem Abendessen gesetzt worden war. »Sei vorsichtig. Australien ist ein wildes Land.«

Wie hatte sie es nur vergessen können, dass ihr Vater die Wildnis jenes fernen Kontinents einst selbst bezwungen hatte. Ein Sturm von Fragen erhob sich in ihr, der Wunsch, alles zu erfahren, aber nun war es dafür zu spät. Außerdem fürchtete sie, nur oberflächliche und kühle Antworten zu erhalten, also verschloss sie die Fragen in sich.

»Danke.« So vieles blieb ungesagt, aber ihr fehlte der Mut,

eine weitere Ablehnung zu spüren zu bekommen. Stattdessen nahm sie sich vor, ihm einen Brief zu schreiben, nachdem sie in Australien angekommen wäre, in dem sie ihm all das mitteilte, was sie heute verbarg. Sie wandte sich zur Tür, bevor die Traurigkeit sie zu übermannen drohte.

In dem Moment flüsterte er: »Deine Mutter war auch so.«

Louise blieb stehen und drehte sich ihm zu: »Was meinst du?«

Carl redete so gut wie nie über seine verstorbene Frau. Louise hatte gedacht, er hätte Cicely vergessen, und daher überraschte es sie umso mehr, dass er ausgerechnet heute über sie sprach.

»Deine Mutter hat auch mit dem Herzen gedacht und gehandelt, ohne die Konsequenzen zu bedenken.« Seine Stimme wurde weicher, und er lächelte. »Louise, du ahnst nicht, wie sehr du ihr ähnelst. Äußerlich, aber auch innerlich.«

Sein Ton war sanft, sein Lächeln gleichzeitig liebevoll und traurig, was Louises Herz berührte. Ihre Blicke trafen sich in einem Moment des Verständnisses und der Versöhnung. Louise ahnte nun den Grund für die Distanz ihres Vaters, die sie in den vergangenen Jahren so sehr geschmerzt hatte.

»Ich vermisse sie immer noch«, wisperte sie. Sie wagte es nicht, ihn anzusehen.

»Ich auch, Tochter, ich auch.« Seine Stimme war nur ein Hauch, von Traurigkeit umweht. Nun streckte er die Arme aus, und sie eilte auf ihn zu. Mit einem Seufzer ließ sie sich in seine Arme sinken und verbarg ihr Gesicht an seiner Schulter. So geborgen hatte sie sich lange nicht mehr gefühlt.

»Ich habe viel falsch gemacht, Louise. Geh, liebes Kind. Finde dein Glück in der Ferne, und lass dich von nichts aufhalten.« Ihr Vater strich ihr sanft über das Haar. »Wenn du aus Australien zurück bist, beginnen wir neu.«

Kapitel 52

Ein kühler Luftzug trug den Geruch von Salzwasser, Petroleum und Fisch zu Emilie, als sie am Hafen von Bremerhaven ankam und stehen blieb, um sich zu orientieren. Um sie herum schwirrten die vielfältigen Geräusche eines Hafens: das laute Rufen der Arbeiter, das Dröhnen von Lasten, die in die Frachträume der Schiffe verladen wurden, und das ächzende Scharren von Seilen, die Seeleute an den Pollern festmachten. Schiffsplanken knarrten, als die Wogen sanft gegen die Schiffe schlugen – und über allem kreischten die Möwen, die vor dem stahlgrauen Himmel ihre Kreise zogen.

Suchend sah sie sich nach Christian Ostherloh um, der zwar den Zug mit ihr geteilt hatte, aber in der ersten Klasse gereist war, nicht in der Holzklasse, so wie sie. Ganz Gentleman hatte er ihr angeboten, sie in die schlechtere Klasse zu begleiten, aber Emilie hatte dankend abgelehnt. Sie war froh, allein zu sein und ihren Gedanken nachzuhängen. Nun hätte sie gern jemanden an ihrer Seite, aber sie hatten sich am Bahnhof nicht wiedergefunden. Zu viele Menschen waren in Bremerhaven ausgestiegen, und Emilie hatte sich von dem Strom mitreißen lassen.

Sie atmete tief ein und schmeckte das Salz des Meeres auf ihren Lippen, als sie ihren Blick über den Wald aus Schiffsmasten schweifen ließ. So viele Schiffe unterschiedlichster Größe lagen hier vor Anker, auf Zwischenhalt, bis sie Passagiere und Fracht über die Weltmeere befördern würden. Langsam verspürte Emilie das Prickeln der Aufregung, die Vorfreude auf das große Abenteuer. Ihre Finger schlossen sich um den Griff der Reisetasche, was Jeanne weckte. Die Katze hob ihren Kopf und schaute sich um, ebenso interessiert am Hafen wie Emilie. Als eine freche Möwe keck über ihnen flog, begann Jeanne, aufgeregt zu keckern, und Emilie fürchtete, sie würde aus der Tasche springen, doch die Katze legte sich wieder schlafen.

»Ich sollte mich beeilen, bevor du es dir anders überlegst«, sagte Emilie zu der Katze und blickte sich weiter suchend um.

Ein Arbeiter marschierte schnaufend und leise vor sich hin fluchend an ihr vorbei. Er schob einen Handwagen, auf dem Koffer und Säcke gestapelt waren, und blieb kurz stehen, um sich mit einem Tuch den Schweiß von der Stirn zu wischen.

»Entschuldigung«, sprach Emilie ihn an, »die *Braunschweig*, wo liegt sie?«

»Da hinnen am Pier«, antwortete er, musterte sie und schob dann seinen Handkarren weiter.

»Auf geht's, Jeanne.« Emilie ging auf das Schiff zu, aus dessen Schornstein bereits feiner Rauch aufstieg. Die weiße *Braunschweig* war größer und eleganter, als Emilie sie sich vorgestellt hatte. Das Schiff zählte zwei Masten und einen Schornstein. Emilie fragte sich, wo wohl das Zwischendeck war, in dem sie die Überfahrt vornehmen würde. Bis zu sechshundert Passagiere fanden dort Platz, wie sie von Felix erfahren hatte, damals, als sie die Reise noch gemeinsam geplant hatten, bevor er geheiratet hatte.

Inzwischen strömten etliche Menschen in Richtung des Dampfers, die meisten von ihnen eher schlicht gekleidet wie

Emilie, mit nur wenig Gepäck, so wie sie. Das waren wahrscheinlich ihre Mitreisenden. Emilie beschleunigte ihre Schritte, damit sie sich einen guten Platz sichern und Jeanne dem Kapitän vorstellen konnte.

Nachdem sie die schwankende Gangway überwunden hatte, betrat Emilie das Deck der *Braunschweig* und wollte den anderen Passagieren in Richtung des Zwischendecks folgen, als Jeanne aus ihrer Reisetasche sprang und über das Deck spazierte, als hätte sie nie etwas anderes gemacht. Emilie blieb vor Schreck fast das Herz stehen, denn das Deck war voller Passagiere, die ihr Gepäck hinter sich herzogen und ihren Schlafplatz suchten. Zwischen ihnen hasteten Seeleute geschäftig umher, beantworteten Fragen und wiesen Reisenden den Weg.

»Komm her, Jeanne!«, rief Emilie nach der Katze, die sich zwischen den Beinen der Menschen hindurchschlängelte, ohne Angst vor den vielen Passagieren.

Doch wieder einmal entschied sich die Katze, Emilie zu ignorieren und ihrer eigenen Wege zu gehen. Schnurstracks lief sie auf einen älteren Mann mit einem weißen Bart zu und rieb sich am Bein seiner Uniform.

»Wer bist denn du?«, fragte er mit dunkler Stimme und beugte sich herunter, um Jeanne über den Rücken zu streichen.

»Entschuldigung, Herr Kapitän.« Inzwischen hatte Emilie die beiden erreicht, und ihre Wangen brannten vor Scham über das Verhalten ihrer Katze. »Jeanne, komm endlich her.«

Aber die Katze gab vor, taub zu sein, während sie weiterhin den Kapitän umschmeichelte. Er richtete sich auf und lächelte Emilie an.

»Willkommen an Bord. Sie müssen Frau Nebelthau sein«, begrüßte er sie freundlich. »Es ist eine Ehre, so bekannte Forscher wie Sie und Ihre Kollegen an Bord zu haben. Und diese wundervolle Katze! Ich freue mich, dass sie sich als Schiffskatze verpflichtet hat.«

»Vielen Dank, Herr Kapitän. Jeanne und ich sind dankbar für Ihre Gastfreundschaft. Sie können sich sicher sein, dass wir uns gut um Ihr Schiff kümmern werden.«

»Das hoffe ich.« Der Kapitän lachte. »Sie sollten sich ein Bett unter Deck sichern, Frau Nebelthau. Ich werde auf Jeanne aufpassen.«

»Danke.« Emilie nickte ihm zu und folgte dem Menschenstrom ins Zwischendeck, wo sie sich eines der schmalen Holzbetten aussuchte.

Nachdem sie ihr Gepäck verstaut und die Bekanntschaft der Mitreisenden, die in den Betten neben ihr schliefen, gemacht hatte, zog es Emilie wieder an Deck. Sie brauchte die Weite des Himmels über sich, im Angesicht einer Reise, die sie tagelang im Bauch des Schiffes festhalten würde. Sie trat an die Reling und schaute auf die endlose Weite des Meeres hinaus. Der Wind spielte mit ihrem Haar, während sie den kühlen Sprühnebel des Wassers auf ihrer Haut spürte. Es war ein Moment des Friedens, wie sie ihn selten erlebt hatte.

»Emilie!«, erklang eine Stimme, die sie sofort erkannte. Ihr Herz schlug schneller, als sie sich, ohne nachzudenken, in Bewegung setzte, nur weg von ihm. Erst nachdem sie dem Fluchtimpuls nachgegeben hatte, setzte ihr Verstand wieder ein. Was würde Felix nur denken, wenn sie davonlief wie ein schüchternes Reh? Deutlicher konnte sie ihm nicht zeigen, was sie für ihn empfand.

»Emilie. Warten Sie, bitte.« Felix eilte ihr nach.

Sie blieb stehen und sah ihm entgegen, das Herz voller Traurigkeit.

»Herzlichen Glückwunsch zur Hochzeit«, brachte sie hervor, als er sie erreicht hatte. So leise, dass ihre Worte beinahe von dem schrillen Kreischen einer gierigen Möwe verschluckt wurden.

»Warum sind Sie der Einladung nicht gefolgt?« Er neigte den Kopf, seine Stimme sanft. »Louise hätte sich gewünscht, Sie als Trauzeugin zu gewinnen.«

»Die Reisevorbereitungen.« Die Lüge kam ihr leicht über die Lippen. »Ich muss nach unten. In das Zwischendeck, dorthin, wo Ostherloh mich untergebracht hat.«

Obwohl sie mit einem kargen Quartier gerechnet hatte, war Emilie doch erschüttert gewesen, wie wenig Platz ihr zur Verfügung stand, mit wie vielen Menschen sie das Zwischendeck teilte. Bereits jetzt, noch bevor sie die Reise angetreten hatten, war ihr schwindlig geworden von dem Stimmengewirr und den unglaublichen Gerüchen: Schweiß, Seife, Gewürze, Wurst, Zwiebeln, Käse, frisch gebackenes Brot. Gerüche, wie sie eine Menschenmenge und deren Proviant so mit sich brachten.

Felix und seine frisch angetraute Ehefrau hingegen würden in einer eigenen Kabine reisen, selbstverständlich in der ersten Klasse. So wie es sich für Angehörige der Bremer Kaufmannschaft gehörte. Falls Emilie je gehofft hatte, die Unterschiede zwischen ihnen überwinden zu können, so musste sie nun einsehen, es war nicht möglich.

»Emilie, bitte gewähren Sie mir ein paar Minuten.« Felix lächelte sie schüchtern an, mit diesem Lächeln, das ihr so viel bedeutete. »Bitte, lassen Sie uns reden.«

»Es gibt nichts zu sagen.« Ihre Hände verkrampften sich. Über ihr zog die Möwe weiter ihre Kreise und kreischte, ein Laut, so traurig und bitter wie ihr Herz. »Ich wünsche Ihnen Glück.«

Sie wandte sich ab, wollte ihn so schnell wie möglich hinter sich lassen, bevor ihr noch Worte entkamen, die sie später bereuen würde.

»Wir waren uns doch nahe«, flüsterte er, so leise, dass der Wind die Worte beinahe übertönte. »Was ist geschehen?«

»Sie haben geheiratet«, stellte sie fest.

»Sie sind verheiratet.« Felix' Stimme sank ins Unhörbare. »Es ... Es gab für uns nie eine Chance.«

Für eine Weile standen sie schweigend nebeneinander und beobachteten das bunte Treiben im Hafen. Arbeiter, deren Kleidung dunkel von Schweiß war, luden Koffer und Ballen auf schaukelnde Karren und schafften sie an Bord, Damen mit eleganten Hüten und teuren Kleidern und Herren in dunklen Anzügen spazierten am Kai entlang, auf der Suche nach dem Schiff, das sie in die Welt tragen würde.

Wagenräder rumpelten über das Kopfsteinpflaster, die ankommenden Passagiere stellten Fragen oder stießen Laute der Bewunderung für die prächtige *Braunschweig* aus. Wellen schlugen an die Schiffswände und schaukelten die *Braunschweig* sanft hin und her.

»Wann kommt Ihre Ehefrau?« Emilie blickte sich suchend um. War Louise Gildemeester bereits unter den Menschen, die über die Gangway strömten? »Oder ist sie bereits an Bord?«

Noch war Emilies Groll zu stark, als dass sie der Bremerin heute bereits begegnen wollte. Irgendwann würde sich ein Treffen auf dem Schiff nicht mehr vermeiden lassen, so groß die *Braunschweig* auch war, aber Emilie würde die Begegnung so lange hinauszögern wie möglich.

»Sie wird bald ankommen.« Felix seufzte. »Ich bin vorausgefahren, um alles vorzubereiten.«

»Und Nolthenius?«

»Er und Ostherloh kommen auch gleich. Der Kaufmann will sich wohl vergewissern, dass alles seinen Gang geht.«

»Ostherloh?« Emilie fühlte erneut, wie ihr Hals sich zuschnürte. »Ihm will ich nicht begegnen.«

»Das verstehe ich. Ich werde Sie entschuldigen.«

Erneut schwiegen sie, schauten über das graublaue Meer zum Horizont, den sie bald erkunden würden. Die Matrosen riefen einander Befehle zu, Kutschen kamen am Kai an, denen elegant gekleidete Damen und Herren entstiegen. Sofort machten sich Arbeiter auf, ihnen das Gepäck abzunehmen, um es an Bord des Schiffes zu bringen.

»Sind Sie glücklich, Felix?«, wisperte Emilie schließlich, als sie das Schweigen nicht mehr ertrug. »Ich wünsche mir das für Sie, das wissen Sie.«

»Ich weiß es nicht«, antwortete er ehrlich.

»Das verstehe ich«, sagte sie aus vollem Herzen. An dem Tag, an dem sie Albert geheiratet hatte, hätte sie auch nicht sagen können, ob sie glücklich gewesen war. »Felix, ich kann Ihnen meine aufrichtige Freundschaft anbieten.«

Dankbar griff er nach ihrer Hand. »Das weiß ich zu schätzen und versichere Ihnen, dass ich auch Ihnen immer freundschaftlich verbunden sein werde.« Sein Tonfall wurde dunkler, ernster. »Glauben Sie mir, in Australien werden wir jeden Freund brauchen.«

Erschrocken sah sie ihn an, wollte fragen, was seine kryptischen Worte zu bedeuten hatten, doch ein Blick in sein Gesicht belehrte sie eines Besseren. Felix wirkte angespannt, die Falten um seinen Mund waren tief, als er einen Seufzer ausstieß.

»Denken Sie nur, Jeanne hat bereits Bekanntschaft mit dem Kapitän gemacht«, erzählte sie daher in plauderndem Tonfall, um seine Spannung abzumildern. »Sie sieht unserer Reise voller Begeisterung entgegen.«

»Daran sollten wir uns ein Beispiel nehmen.« Nun wandte Felix sich ihr zu und lächelte. »Ich weiß, es ist zu früh, aber ich möchte Sie um etwas bitten.«

»Ja?«

»Versuchen Sie, Louise zu vergeben und ihr eine Freundin zu sein.« Er nahm ihre Hände in seine. »Louise braucht jemanden an ihrer Seite. Ich kann das nur begrenzt sein.«

»Es ist noch zu früh«, antwortete Emilie nach kurzem Überlegen, »aber ich werde mich bemühen. Für unsere Freundschaft, mein lieber Felix.«

Kapitel 53

Louise stieg aus der Kutsche, die sie zum Hafen von Bremerhaven gebracht hatte. Als ein kühler Wind vom Meer her wehte, der nach Salz und Tang und Freiheit roch, zog sie ihren eleganten Samtmantel enger um sich. Ihr Gepäck war bereits an Bord gebracht worden, und sie musste nun nur noch ihren Ehemann finden, um das Abenteuer zu beginnen. Erstaunlich, wie viele Menschen ebenfalls mit der *Braunschweig* reisen wollten. Sie drängten um Louise, schubsten sie, fluchten, oft in Sprachen, die sie nicht verstand. Wie hatte sie nur davon ausgehen können, die Teilnehmer der Expedition wären die Einzigen, die das Schiff nutzten?

Nachdem sie, von ärmlich gekleideten Passagieren bedrängt, die schwankende Gangway überschritten hatte, sah sie sich suchend um.

Das Deck der *Braunschweig* war ein Gewirr aus Seilen, Koffern, Taschen, Fässern und Menschen. Matrosen rannten hin und her und versuchten, die Passagiere zu dirigieren. Möwen kreischten, Kinder weinten, Frauen schluchzten, es erschien ihr wie ein heilloses Durcheinander, und sie konnte sich kaum vorstellen, dass sich dieses Chaos je ordnen würde. Auf einmal war sie froh, die Reise nicht allein antreten zu müssen. Aber wo mochte Felix sein? Vielleicht wartete er in ihrer Kabine? Nein, ihr Ehemann, noch immer fühlte es sich wie eine Lüge an, ihn so zu nennen, würde gewiss an Deck bleiben, bis das Schiff ablegte.

Louise, die ihren Mantel am Kragen zusammenhielt, ließ ihre Augen über die Weite des Ozeans schweifen, dessen Wellen gegen die *Braunschweig* rollten. Endlich erblickte sie Felix, in trautem Gespräch mit Emilie Nebelthau. Was für ein wunderbarer Zufall, dachte Louise, das gab ihr die Gelegenheit, sich bei Emilie zu entschuldigen und die Reise unter einem glücklicheren Stern zu beginnen. Doch als sie sich den beiden langsam näherte, bemerkte sie den Ausdruck, mit dem die Naturforscherin Felix ansah, und blieb überrascht stehen.

Denn diesen Ausdruck ungestillter Sehnsucht kannte Louise nur zu gut. So hatte sie Alexander angeschaut und er sie – es war Liebe! Wie hatte Louise das vorher nicht erkennen können? Nun fügte sich alles zusammen wie ein Puzzle: Emilies Zorn auf Louise war also nicht nur Ärger, weil Louise sich an Bord geschlichen hatte, sondern Trauer über den Verlust des geliebten Mannes. Warum hatte Emilie nur nichts gesagt?

Nachdem sie die Wahrheit erkannt hatte, wollte Louise den beiden Zeit geben, miteinander zu reden. Eifersucht verspürte sie nicht, denn Eifersucht würde Liebe und Besitzdenken voraussetzen, aber Felix gegenüber empfand sie nur Dankbarkeit und Freundschaft.

So zog sie sich diskret zurück, gab den beiden den Raum, den sie benötigten, damit Emilie und Felix miteinander sprechen konnten, ungestört durch sie. Erschüttert über ihre Erkenntnis machte Louise sich auf die Suche nach der Kabine, in der sie – und ihr Ehemann – die Reise verbringen würde. Doch sie kam nicht weit.

»Louise, warte!«, erklang eine Stimme hinter ihr, und sie

drehte sich um. Christian Ostherloh kam auf sie zu, das übliche schiefe Grinsen auf seinem markanten Gesicht. »Ich hatte gehofft, dich vor der Reise anzutreffen, aber nun muss ich dich überraschen.«

»Was machst du hier?«, herrschte Louise ihn an, innerlich aufgewühlt durch das, was sie eben entdeckt hatte. »Reist du etwa ebenfalls nach Australien?«

»Jemand muss doch über dieses Abenteuer berichten«, entgegnete er fröhlich, doch dann legte sich ein Schatten über sein Gesicht, der an den Übergang von einem Sonnenstrahl zu einem Wolkenschleier erinnerte. Eine Ernsthaftigkeit schlich sich in seinen Ton, er krümmte sich, als läge ein Gewicht schwer auf seinen Schultern. »Es erschien mir klüger, Bremen für eine Weile zu verlassen.«

Eigentlich hatte Louise genug eigene Dinge zu bedenken und wollte sich nicht mit seinen Problemen belasten. Doch ihr Mitgefühl – und auch ihre Neugierde – waren stärker, und sie fragte: »Was ist geschehen?«

»Ich bekam ein wenig Ärger wegen meiner Schreiberei und wollte meinem Vater aus dem Weg gehen.«

Das konnte Louise nur zu gut verstehen. Ihr war Jost Ostherloh immer etwas suspekt gewesen, zu ehrgeizig, zu fordernd, zu rücksichtslos. Selbst ihr Onkel, der sehr viel auf einen kämpferischen Geschäftssinn hielt, hatte Ostherloh gemieden, soweit es möglich war. Warum Georg dann der Hochzeit seiner über alles geliebten Tochter mit Alexander zugestimmt hatte, hatte Louise nicht verstanden.

»Das tut mir leid. Wenn ich dich unterstützen kann, lass es mich wissen.« Sie lächelte. »Obwohl ich mir wenig vorstellen kann, wobei ich nützlich sein könnte.«

»Vielleicht werde ich dich interviewen. Nun muss ich zu

meiner Kabine.« Mit einer angedeuteten Verbeugung verabschiedete er sich kurz und eilte mit großen Schritten davon.

Louise sah ihm nach, und ihr Blick fiel erneut auf Emilie und Felix, die beide immer noch miteinander sprachen; ihre Köpfe so nahe aneinander, dass es aussah, als würden sie sich gleich küssen. Konnten sie nicht etwas vorsichtiger sein? Sie wollte die Schiffsreise nicht mit weiteren Skandalen und Gerüchten beginnen. Daher wandte sie sich ab und fragte einen Matrosen, wo die Kabinen lagen. Nachdem er ihr den Weg gewiesen hatte, bewegte sie sich vorsichtig weiter, versuchte, sich dem Rollen des Schiffs anzupassen.

Sie ging durch die kunstvoll gestalteten Flure der ersten Klasse, deren polierte Messingbeschläge im Licht der elegant verzierten Lampen glänzten. Gewiss würde ihre Kabine ebenfalls elegant und prachtvoll sein, während Emilie sich mit dem Zwischendeck zufriedengeben musste. Obwohl die Naturforscherin Louises Ehemann liebte, fühlte sie leise Scham darüber, wie viel mühsamer die Reise für Emilie sein würde. Es musste Louise gelingen, ihre Freundschaft wiederaufleben zu lassen und Emilie an dem Komfort ihrer Erste-Klasse-Reise teilhaben zu lassen. Während sie nach der Tür zu ihrer Kabine suchte, hüpften ihre Gedanken zu Christian. Obwohl er vorgegeben hatte, die Abreise aus Bremen leichtzunehmen, hatte es doch sehr nach einer Flucht geklungen.

Dann jedoch sah sie jemanden, der vor der Tür ihrer Kabine auf und ab marschierte, als wartete er auf sie. Louise blieb stehen, denn mit ihm hatte sie nicht gerechnet.

»Frau Smitt«, begrüßte Nolthenius sie, wobei er ihren Ehenamen ausspuckte, als wäre er eine saure Zitrone. »Da sind Sie ja endlich«, sagte er und fletschte die Zähne zu etwas, was wohl ein Lächeln sein sollte. »Ich warte hier schon ewig.«

Louise, fröstelnd unter der Kühle seiner Stimme, zog ihren Mantel fester um sich, als könnte der Stoff ihr Schutz gegen die unheimliche Begegnung bieten. »Wenn Sie Felix suchen, er ist an Deck«, brachte sie schließlich hervor.

»Nein, ich habe auf Sie gewartet.« Unvermutet trat Nolthenius näher, sodass Louise einen Schritt zurückwich. Überraschend streckte er seine Hand aus und packte ihren Arm, um sie mit aller Kraft zu sich heranzuziehen.

»Was soll das? Lassen Sie mich gefälligst los!«, fuhr Louise auf, ihre Stimme fest, nachdem sie den ersten Schrecken überwunden hatte.

»Sie hätten mich statt Felix heiraten sollen«, zischte Nolthenius ihr ins Ohr, seine Worte voller Gift, sein Atem war heiß und feucht an ihrem Ohr. »Denken Sie wirklich, dass dieses Männchen«, seine abfällige Geste ließ keine Zweifel daran, wen er meinte, »Sie vor den Unbilden der Welt oder vor mir beschützen kann?«

Bevor Louise antworten konnte, erklangen Schritte hinter ihr, und ein Paar kam den Flur herunter, wohl auf der Suche nach seiner Kabine. Blitzschnell ließ Nolthenius sie los, fletschte erneut die Zähne und rannte an ihr vorbei.

Louises Herzschlag raste. Sollte sie Felix davon berichten? Ob ihr Ehemann sie wohl gegen den Professor verteidigen konnte? Bevor sie eine Entscheidung treffen konnte, kam Felix auf sie zu. Als er sie entdeckte, huschte ein liebevolles Lächeln über sein Gesicht, ein Zeichen seines freundlichen Charakters, was sie schätzte, was ihn jedoch untauglich als Verteidigung gegen jemanden wie Nolthenius machte.

»Louise?«, fragte Smitt, ein Ausdruck von Sorge trat auf sein Gesicht. »Was ist geschehen? Du siehst aus, als hättest du einen Geist gesehen.«

»Es ist nichts.« Sie wandte sich ihm zu, bemühte sich um ein Lächeln. »Es ist die Weite des Meeres. Sie lässt mich über unsere bevorstehenden Tage nachdenken.«

»Wir werden uns den Herausforderungen stellen, gemeinsam.« Er bot ihr seinen Arm an. »Das Schiff legt gleich ab. Ich wollte fragen, ob du dir zusammen mit mir das Schauspiel ansehen willst.«

»Gemeinsam«, wiederholte sie, und ihr Lächeln wurde sicherer, ehrlicher, erhob sich über alle Zweifel. »Das würde mich freuen.«

Untergehakt gingen sie an Deck, suchten sich dort einen Platz an der Reling und winkten den Menschen am Kai zu, die gekommen waren, Freunde und Familie zu verabschieden. Louise verspürte einen Stich des Bedauerns, dass niemand für Felix und sie dort stand. Weder ihre Familie noch ihre Freundinnen. Als sie gemeinsam den Ozean betrachteten, fühlte sich der Wind nicht mehr ganz so kalt an, und das Schiff unter ihnen rollte sanfter gegen das Drängen der See. Aus dem Augenwinkel betrachtete sie ihren Ehemann, dessen Finger vor Aufregung auf die Reling trommelten. Als er ihren Blick spürte, sah er sie an.

»Uns erwartet ein großes Abenteuer, meine Liebe.« Sein Lächeln wärmte sie. »Wenn wir uns aufeinander verlassen können und ehrlich miteinander sind, werden wir es bestehen.«

»Ja, das werden wir«, erwiderte sie nur und hoffte, dass er die Unsicherheit in ihrer Stimme nicht bemerkte.

Epilog

Inmitten der Menschen, die gekommen waren, um sich von ihren Freunden und Verwandten zu verabschieden, bevor diese auf die große Reise ans andere Ende der Welt gingen, stand Jost Ostherloh wie ein einsamer Leuchtturm. Der Kaufmann hatte es sich nicht nehmen lassen, höchstpersönlich nach Bremerhaven zu reisen, um zu beobachten, ob die Abreise vonstattenging, wie er es geplant hatte. Sein Blick ruhte auf der *Braunschweig*, die bereit war, den sicheren Hafen zu verlassen.

Jost stemmte sich gegen die Menschen, die sich um ihn drängten, schubsten und drängelten, um einen möglichst guten Blick auf das abfahrende Schiff zu erhalten. Mit seinen schweren Stiefeln und seinem eleganten Wollmantel stand er wie ein Fels des Wohlstands im Meer der Armen, deren Hoffnung mit ihren Familien auf die See hinausfuhr.

Um ihn herum herrschte ein infernalischer Krach, eine Mischung aus dem Knarren der Takelage, dem rhythmischen Schlagen der Wellen gegen die Kaimauern, dem Poltern der Arbeiter, die Kisten und Fässer verluden, und schließlich die schluchzenden Menschen. All das machte es ihm schwer, seine Gedanken zu sortieren. Dabei gab es so vieles, was noch zu bedenken war. Endlich ertönten das Stampfen der Maschinen und das Zischen des Dampfes, der aus den Ventilen des Schiffs entwich, gefolgt vom Tuten der Schiffshörner – Signale des Aufbruchs.

Die Rauchschwaden, die aus dem Schornstein der *Braunschweig* stiegen, verschmolzen mit dem schmutzigen Grau des Himmels, während die scharfen Schreie der Möwen wie spöttisches Gelächter über ihn hinwegzogen. Als die ersten Regentropfen fielen, schüttelte sich Jost und seufzte. Wie passend, dass dieser Aufbruch von Grau und Regen begleitet wurde. Allzu viele Schwierigkeiten und Hindernisse hatten sich auf dem Weg zu seinem Museum ergeben, sodass er fürchtete, in den letzten Minuten zu scheitern.

In Gedanken ließ er die vergangenen Monate Revue passieren: den unerwarteten Widerstand von Emilie Nebelthau, die er vollkommen anders eingeschätzt hatte und deren Wissen er dringend benötigte, denn Nolthenius war nur ein Windbeutel mit hochtrabendem Titel, aber wenig Substanz.

Das hielt den Professor nicht davon ab, Josts Nerven mit permanentem Genörgel zu strapazieren, dass er keine Weibsbilder mit nach Australien nehmen wollte. Wie konnte dieser Pinsel sich nur derart selbst überschätzen? Jost konnte nur beten, dass die Expedition trotzdem vernünftige Ergebnisse bringen würde. Seine ganze Hoffnung ruhte auf Felix Smitt, klug und unterschätzt, durch sein Stottern mit wenig Selbstbewusstsein ausgestattet, was es leicht machte, ihn zu lenken. Jedenfalls hatte Jost das gedacht bis zu dem Moment, an dem Smitt ihn mit seiner überstürzten Hochzeit überraschte. Ausgerechnet mit Louise Gildemeester.

Jost rieb sich mit zwei Fingern die schmerzende Stirn, als er daran dachte, wie die vermaledeite Liebelei seines Sohnes mit Louise Gildemeester beinahe alles zerstört hätte, was Jost über Jahre hinweg geplant hatte. Wie hatte Alexander sich nur auf diese sinnlose Romanze einlassen können? Er hatte seinen Sohn zu Besserem erzogen.

Ein bitteres Lachen stieg in ihm auf, als er sich vorstellte, dass Carl Gildemeester wohl Ähnliches über seine Tochter gedacht hatte. Jost hatte Louise immer etwas langweilig gefunden, war sicher gewesen, sie wäre eine brave höhere Tochter und würde sich an die Konventionen halten.

Langsam erschien es ihm wie ein Wunder, dass die Expedition überhaupt noch zustande gekommen war. Wie viele Strippen hatte er ziehen müssen, wie viele Gefallen eingefordert, nur damit sein Lebenswerk, das Museum, nicht scheiterte. Denn nur mit dem Museum würde er den Namen seiner Familie für alle Zeiten unsterblich machen. Auf seine Söhne konnte er nicht zählen, Alexander war zu gefühlsduselig, so wie seine Mutter, und Christian ...

Jost stieß einen Fluch aus, der ihm erstaunte Blicke der Menschen einbrachte, die sich langsam auf ihren Weg nach Hause begaben. Auch er drehte sich um und ging zu seiner Kutsche. Doch der Gedanke an seinen ungehörigen Sohn drückte ihn wie ein Schuh, der immer wieder an derselben Stelle rieb. Nicht genug, dass Christian mit den Sozialdemokraten angebändelt hatte, nein, er musste auch noch nach Australien reisen, als Beweis seiner Unabhängigkeit.

Ich hätte es ihm verbieten sollen, dachte der Kaufmann, aber er wusste, dass das seinen Sohn nur noch mehr angespornt hätte. Ich sollte mir eine junge Frau suchen und noch zwei, drei Erben zeugen, damit Christian und Alexander zur Räson gebracht werden. Warum eigentlich nicht? Seine Söhne hatten Bremen verlassen, der Grundstein für sein Museum war gelegt, also konnte Jost sich der Frage widmen, wie er sein Imperium sichern konnte.

Sein Blick folgte der *Braunschweig*, die am Horizont verschwand, und Jost atmete erleichtert auf. Er zog den Brief aus der Tasche, der dort wie ein Stück glühende Kohle gebrannt hatte. Mit verengten Augen las er die Worte, die seine Expedition zum Scheitern gebracht hätten, wenn sie die richtige Person erreicht hätten. Was für ein Glück, dass Albert Nebelthau ein eitler Fatzke war und glaubte, Jost erpressen zu können.

Sehr geehrter Herr Ostherloh,
selbst wenn Sie meinem berechtigten Ansinnen, dass Emilie
nicht ohne mich nach Australien reist, nicht nachgeben wol-
len, so teilen Sie meiner Frau mit, dass Clara lebt und in Jar-
chau auf sie wartet.
Albert Nebelthau

Wut flammte in Jost auf, seine Augen verengten sich zu schmalen Schlitzen, und für einen Moment schien es, als würde der Zorn ihn verzehren. Doch er fing sich wieder und kehrte zurück zu der unheimlichen Ruhe und Kontrolle, die seinen Konkurrenten so viel Angst machte – zu Recht!

Jost lachte böse auf, zerriss den Brief in winzige Fetzen, als könnte er damit die Worte selbst zerstören, und vertraute sie dem Wind an, der die Schnipsel in Richtung des Schiffes wehte. Sein Blick folgte ihnen, bis sie nicht mehr zu sehen waren, als hätte er mit ihnen jeden Zweifel ebenso fortgesandt. Für Emilie Nebelthau reichte es immer noch, diese Nachricht zu erhalten, wenn sie aus Australien zurückgekehrt war. Und falls sie nicht zurückkehrte, nun, auch das wäre kein Schaden.

Danke

Schreiben ist oft eine einsame und intensive Arbeit, die viel Zeit in Anspruch nimmt und tiefe Konzentration erfordert und mich zur Eigenbrötlerin werden lässt. Doch hinter den Kulissen gibt es eine Vielzahl an Menschen, die eine wichtige Rolle dabei spielen, die Geschichten erfolgreich zu machen. An dieser Stelle möchte ich all jenen danken, die im Hintergrund bleiben und meinen Schreibprozess so besonders machen.

Ich möchte mich von Herzen bei meiner Literaturagentin Anna Mechler für ihre wertvolle Unterstützung und ihr Engagement bedanken. Anna hat nicht nur meine Ideen mit großer Professionalität vertreten, sondern auch mit wertvollen Ratschlägen dazu beigetragen, dass ich mich nicht verrenne.

Dem Ullstein Verlag gebührt mein aufrichtiger Dank für die Möglichkeit, meine Geschichten in die Welt hinauszutragen. Inga Lichtenberg hat Emilie und Louise vom ersten Moment genauso geliebt wie ich. Ein besonderer Dank gilt meiner einfühlsamen Lektorin Anna Heller, die meine Worte behutsam geformt und die richtigen Fragen gestellt hat.

In meiner Reise der Recherche für meinen historischen Roman möchte ich mich auch bei der Universitätsbibliothek Kassel und dem Staatsarchiv Bremen bedanken. Durch ihre wertvollen Quellen und Unterstützung war es mir möglich, tiefere

Einblicke in die Geschichte und Kultur von Bremen im Jahr 1890 zu gewinnen.

Ein großer Dank gilt den Autorinnen und Autoren der Beiträge zur Sozialgeschichte Bremens, deren Schriftenreihe ein unglaublicher Fundus ist.

Ein ganz großer Dank geht an all die Bloggerinnen, die meine Bücher mit ihrer Leidenschaft und Hingabe unterstützen.

Ein herzliches Dankeschön gilt weiterhin meinem Ehemann Matthias, der mich durch die Hochs und Tiefs des Autorinnenlebens begleitet. Glaub mir, ich weiß, dass es nicht einfach ist. Unsere Katzen und Kater darf ich nicht vergessen, die mit ihren eigenwilligen Charakteren mal ablenken, mal inspirieren, aber immer liebevoll an unserer Seite sind.

Und schließlich danke ich euch, liebe Leserinnen und Leser: Eure Worte und Rückmeldungen sind mein Antrieb und meine Inspiration. Danke, dass ihr meine Geschichten mit offenen Herzen empfangen habt.

Christiane Lind

Historische Anmerkungen und Buchempfehlungen

Was ich am Schreiben historischer Romane besonders liebe, sind die Überraschungen, die sich bei der Recherche ergeben und die ich am liebsten alle mit in die Geschichte einbinden würde. So unglaublich es erscheinen mag, Buffalo Bill war tatsächlich im September 1890 in Bremen anzutreffen und sorgte dort für Furore.

Die Nordwestdeutsche Gewerbe-, Industrie-, Handels-, Marine-, Hochseefischerei und Kunstausstellung war ein bedeutendes Ereignis, das tatsächlich stattgefunden hat, genauso wie die Versammlung deutscher Naturforscher und Ärzte vom 15.–20. September 1890. Allerdings entspringt Emilie Nebelthaus Vortrag dort rein meiner Fantasie.

Wer mehr über das historische Bremen im Kaiserreich erfahren möchte, dem empfehle ich diese Bücher:

- *Bremen. Einst und jetzt. Eine Chronik.* Bearbeitet von Friedrich Gläbe. Arbeitsgemeinschaft Bremer Schule e. V. (Hrsg.) Eilers und Schünemann Verlagsgesellschaft mbH 1960.
- *Bremen. Handelsstadt am Fluss.* Veröffentlichung des Freundeskreises des Übersee-Museums e. V. Hartmut Roder (Hrsg.). Verlag H. M. Hauschild GmbH 1995.

- S. D. Gallwitz: *Das schöne Bremen. Die Lebensgeschichte einer Stadt.* Friesen Verlag 1925.
- Wiebke Hoffmann: *Auswandern und Zurückkehren. Kaufmannsfamilien zwischen Bremen und Übersee.* Waxmann Verlag 2009.
- Fritz Peter: *Freimarkt in Bremen. Geschichte eines Jahrmarkts.* Karl Schünemann Verlag 1962.

Als wunderbarer Fundus haben sich die Beiträge zur Sozialgeschichte Bremens erwiesen, die ab den 1980er-Jahren erschienen und inzwischen eigene Zeitzeugnisse sind. Tabellen, die auf einer Schreibmaschine getippt wurden, haben einen eigenen Charme.

Einen einzigartigen Einblick in die (gute) Bremer Gesellschaft Ende des 19. Jahrhunderts zeigt der Roman *Sommer in Lesmona* von Marga Berck und dessen gleichnamige Verfilmung aus dem Jahr 1987. Hintergrundinformationen bietet ein Projekt der Universität Bielefeld:

http://wwwhomes.uni-bielefeld.de/bseiler/Lesmona/index.html

Für mich als Autorin, die Bilder und Fotos liebt, waren diese Bände unglaublich hilfreich, um mir das Leben zur Kaiserzeit vorstellen zu können:

- *Aspekte der Gründerzeit. Ausstellung in der Akademie der Künste vom 8. September bis zum 24. November 1974.* Katalog der Ausstellung 1974.
- *Die gute alte Zeit im Bild. Alltag im Kaiserreich 1871–1914 in Bildern und Zeugnissen, präsentiert von Gert Richter.* Bertelsmann Lexikon Verlag 1974.
- Andreas Schulz: *Lebenswelt und Kultur des Bürgertums im*

19. und 20. Jahrhundert. Enzyklopädie Deutsche Geschichte, Band 75. R. Oldenbourg Verlag 2005.

Im späten 19. Jahrhundert unterlagen Bürgerstöchter wie Louise einer Vielzahl gesellschaftlicher Konventionen, die ihr Leben und ihre Entscheidungen stark beeinflussten. Diese Einschränkungen waren eng mit den damaligen Vorstellungen von Weiblichkeit, Moral und sozialer Stellung verbunden. Unverheiratete Frauen hatten nur begrenzte Möglichkeiten, eigene Entscheidungen zu treffen oder ein unabhängiges Leben zu führen. Sie waren oft darauf angewiesen, finanzielle und rechtliche Angelegenheiten durch männliche Vormünder oder Familienangehörige regeln zu lassen. In einer Gesellschaft, in der das Ledigbleiben misstrauisch beäugt wurde, galten unverheiratete Frauen als verdächtig.

Die Hauptaufgabe höherer Töchter bestand darin, eine gute Ehefrau und Mutter zu werden, die den Haushalt führt und sich um die Kinder kümmert. Bildung und berufliche Ambitionen wurden oft als unnötig oder gar unangemessen angesehen, da ihnen die gleichen Chancen und Rechte wie ihren männlichen Mitbürgern verwehrt blieben. Allerdings muss man sich bewusst machen, dass diese Forderung, Frauen hätten zu heiraten, zu einer Zeit gestellt wurde, als es deutlich mehr Frauen als Männer gab. Selbst wenn alle Frauen die Ehe angestrebt hätten, war dies oft nicht möglich.

Dennoch zeigten viele von ihnen jedoch auch Mut, Einfallsreichtum und Entschlossenheit, um in dieser restriktiven Umgebung ihre eigenen Wege zu gehen.

Vertiefende Einblicke in das Leben von Frauen zur Kaiserzeit, nicht nur in Bremen, aber auch dort, finden sich in diesen Büchern:

- Barbara Beuys: *Die neuen Frauen – Revolution im Kaiserreich. 1900–1914.* Insel Verlag 2015.
- Hannelore Cyrus: *Denn ich will aus mir machen das Feinste. Malerinnen und Schriftstellerinnen im 19. Jahrhundert.* Verlag in der Sonnenstraße 1987.
- *Frauenalltag und Frauenbewegung 1890–1980.* Katalog zur Ausstellung im Historischen Museum Frankfurt a. M Herausgegeben von Viktoria Schmidt-Linsenhoff. Stroemfeld Verlag 1981.
- Martina Käthner: *Der weite Weg zum Mädchenabitur. Strukturwandel der höheren Mädchenschulen in Bremen 1854–1916.* Campus Verlag 1994.
- Renate Meyer-Braun (Hrsg.): *Frauen – Geschichte – Bremen.* Schriftenreihe der Wissenschaftlichen Einheit Frauenstudien und Frauenforschung (WEFF) an der Hochschule Bremen, Band 3. WEFF Verlag 1991.
- Elisabeth Meyer-Renschhausen: *Weibliche Kultur und soziale Arbeit. Eine Geschichte der Frauenbewegung am Beispiel Bremens 1810–1927.* Böhlau Verlag 1989.
- Bärbel Ehrmann-Köpke: *»Demonstrativer Müßiggang« oder »rastlose Tätigkeit«? Handarbeiten der Frauen im hanseatischen Bürgertum des 19. Jahrhunderts.* Taxman 2010.
- Ingrid Schraub: *Zwischen Salon und Mädchenkammer. Biedermeier bis Kaiserzeit.* Kabel Verlag 1996.
- Ingeborg Weber-Kellermann: *Frauenleben im 19. Jahrhundert.* Büchergilde Gutenberg 1984.

Bereits in den Romanen, die jungen Mädchen zum Lesen gegeben wurden – ihre Lektüre wurde streng überwacht –, standen romantische Vorstellungen von Liebe und Anpassung an Konventionen im Mittelpunkt. Einflussreiche Beispiele für das richtige Verhalten für junge Mädchen wurden nicht nur durch Vorbilder im realen Leben gegeben, sondern auch durch Literatur. Romane speziell für die »Backfische« wurden zu Bestsellern. So erreichte Clementine Helms *Backfischchens Leiden und Freuden* zwischen 1863 und 1896 fünfzig Auflagen.

Wirklich lesenswert ist hier:

- Dagmar-Renate Eicke: »*Teenager*« *zu Kaisers Zeiten. Die »höhere« Tochter in Gesellschaft, Anstands- und Mädchenbüchern zwischen 1860 und 1900.* Marburger Studienkreis für Europäische Ethnologie 1980.

Die romantische Liebesgeschichte von Leontines Eltern und das damit verbundene Familiendrama habe ich mir aus den lesenswerten Erinnerungen *Es war alles ganz anders* von Vicki Baum geliehen. Sobald ich sie gelesen hatte, wollte ich sie in meinem Buch unterbringen.

Eine künstlerische Freiheit, die ich mir erlaubt habe, war die Wahl des Schiffsnamens *Braunschweig*, das in meiner Geschichte nach Australien fährt. Als gebürtige Niedersächsin war es mir ein persönliches Bedürfnis, diese Verbindung zu meiner Heimat herzustellen und somit einen Hauch von regionaler Geschichte einzuflechten.

Als Autorin liebe ich es, wenn ich in meiner Recherche auf Figuren stoße, die so einzigartig und faszinierend sind, dass man sie sich nicht ausdenken könnte. Fisch-Lucie ist genau eine dieser unvergesslichen Persönlichkeiten. Als Bremer Original war sie schlagfertig, mutig und unglaublich stark. Mit siebzehn Kindern und alleinerziehend führte sie ihren Fischhandel mit einer Leidenschaft und Entschlossenheit, die bewundernswert ist. Es heißt, dass Lucie einer Kontrahentin einmal einen Fisch im wahrsten Sinne des Wortes um die Ohren gehauen hat.

Für Emilie Nebelthau war die Botanikerin Concordia Amalie Dietrich, geborene Nelle (1821–1891), Vorbild. Sie war eine bedeutende deutsche Naturforscherin des 19. Jahrhunderts, die als Botanikerin, Zoologin und Pflanzenjägerin bekannt wurde. Allerdings ist sie nicht unumstritten, da sie aus Australien neben Pflanzen und Tieren auch menschliche Schädel und Skelette für das Museum Godeffroy in Hamburg mitbrachte. Mehr über diese spannende Frau erfährt man in der Biografie, die ihre Tochter Charitas geschrieben hat.

- Charitas Bischoff: *Amalie Dietrich*. G. Grote'sche Verlagsbuchhandlung 1909.

Um mir einen Überblick über die Welt der Naturforschung zu verschaffen, habe ich das Naturkundemuseum Ottoneum in Kassel und natürlich das Übersee-Museum in Bremen besucht. Beide bieten unglaublich spannende Sammlungen.

Als Einstieg in die Welt der Pflanzenjäger und Pflanzensammler diente mir:

- Marc Jeanson und Charlotte Fauve: *Das Gedächtnis der Welt: Vom Finden und Ordnen der Pflanzen*. Aufbau Verlag 2020.

Im Roman spielt das Bremer Plattdeutsch eine bedeutende Rolle, da es nicht nur die Authentizität der Figuren und ihrer Umgebung unterstreicht, sondern auch die regionale Identität hervorhebt. Aus Gründen der Verständlichkeit haben Anna Heller und ich uns entschlossen, das Niederdeutsch etwas abzumildern. Im ersten Entwurf sprachen vor allem Hedwig und Lucie noch mehr Dialekt.

Die Quellen, die ich für die Verwendung des Bremer Plattdeutsch herangezogen habe, sind unter anderem der Översetter, das plattdeutsche Wörterbuch des NDR, eigene (begrenzte) Kenntnisse sowie die Werke des Bremer Heimatdichters Georg Droste, die wertvolle Einblicke in die Sprache und den Dialekt der damaligen Zeit bieten. Alle Fehler sind mir zuzuschreiben, aber wie sagt man so schön: *'N beten scheef hett Gott leev.*

Die Stunde der Freiheit

Prag, Sommer 1989: Tausende DDR-Bürger flüchten in die deutsche Botschaft in Prag in der Hoffnung auf ein besseres Leben. Unter ihnen ist der alleinerziehende Vater Tobias mit seiner kleinen Tochter Jasmin, der schnell zum Sprecher der Ostdeutschen wird. Die Botschaftsmitarbeiterin Judith kümmert sich liebevoll um die Geflüchteten, die Kinder liegen ihr besonders am Herzen. Zu Tobias fühlt sie sich stark hingezogen. Doch als dieser wegen seiner kranken Mutter Prag verlassen muss, geschieht das Unfassbare: Tobias' Exfrau entführt Jasmin. Judith ist entsetzt – wie soll sie das Kind nur wiederfinden?

Theresa Herold
Als wir nach den Sternen griffen
Roman

Klappenbroschur
Auch als E-Book erhältlich
www.ullstein.de

Ihre Blumenbilder machten sie weltberühmt – dabei schuf sie Schönheit aus großem Schmerz

Die erwachsene Georgia O'Keeffe blickt zurück auf ihr Leben: Auf die schillernden Jahre in New York, wo sie umgeben von Künstlern und Fotografen wilde Jahre verbringt; ihr politisches Engagement bei der National Woman's Party, nicht zuletzt auf ihre große Liebe zu Alfred Stieglitz, dessen Aktfotografien von Georgia ihr Gesicht weit über die Grenzen der USA bekannt macht. Als sie – bereits in ihren Fünfzigern – in der Ruhe ihrer Ranch in New Mexico endlich die Erdung findet, die sie ihr ganzes Leben gesucht hat, wird klar, dass sie ihrem Ehemann und Förderer Stieglitz längst entwachsen ist: Unbeirrt geht sie ihren steinigen Weg zu einer Kunst, die dem Leben in all seiner morbiden Vollkommenheit huldigt, und wird damit unsterblich.

Amelia Martin
Die Farben der Wüste
Georgia O'Keeffe malte, um die Welt
neu zu begreifen

Klappenbroschur
www.ullstein.de

ullstein